中国诗歌
专题史丛书

中国诗话史

（增订本）

THE HISTORY
OF CHINESE
SHIHUA

蔡镇楚 著

江西教育出版社
·南昌·

图书在版编目（CIP）数据

中国诗话史 / 蔡镇楚著 . -- 增订本 . -- 南昌：江西教育出版社，2022.12（2023.4 重印）
　　ISBN 978-7-5705-3084-7

Ⅰ . ①中… Ⅱ . ①蔡… Ⅲ . ①诗话—诗歌史—研究—中国 Ⅳ . ① I207.209

中国版本图书馆 CIP 数据核字 (2022) 第 080767 号

中国诗话史（增订本）
ZHONGGUO SHIHUA SHI（ZENGDING BEN）
蔡镇楚　著

江西教育出版社出版
（南昌市学府大道 299 号　　邮编：330038）

各地新华书店经销
浙江海虹彩色印务有限公司印刷
开本：965 毫米 ×635 毫米　　1/16
印张：31.5　　字数：380 千字
2022 年 12 月第 1 版　　2023 年 4 月第 2 次印刷

ISBN 978-7-5705-3084-7
定价：118.00 元

赣教版图书如有印装质量问题，请向我社调换　电话：0791-86710427
投稿邮箱：JXJYCBS@163.com　　电话：0791-86705643
网址：http://www.jxeph.com

赣版权登字 -02-2022-220
版权所有 侵权必究

钱锺书先生写给作者的信

自序

中国第一部诗话史研究问世已逾十年,新千年的钟声已经敲响,新世纪的曙光已经升起,新的学术视野正在对以往的学术成果展开新的挑战。因此,站在新的学术高度重新审视我们这部《中国诗话史》的成败得失,对它加以修订再版,也就非常必要了。

中国诗话,著作如林,卷帙浩繁,历久不衰。据鄙人《中国诗话文献考》著录,流传至今的中国诗话之作,尚存一千四百部左右。面对如此繁富的诗话文献研究资料,这次修订拙著,仍然着眼于中国诗话发展演变轨迹的史的阐述。但除保留初版的基本思想与基本体例以外,广泛吸收了十多年以来诗话研究突飞猛进的最新成果,其中主要是我本人对中国诗话、朝鲜诗话、日本诗话等进行总体研究的学术成果。

诗话研究的学术价值和主要目标,最根本的一点是在于建立有别于"西方诗学"的"东方诗话学"。多年以来,我从中国诗话研究入手,把学术视野与研究范围扩展到朝鲜诗话、日本诗话与印度梵语诗学以及西方诗学,深感中国诗话乃至东方诗话之独具特色的文化内涵及其所体现的民族文化性格是何等的深厚。比较而言,我认为以中、韩、日三国诗话为代表的东方诗话,具有与"西方诗学"完全不同的审美特性与学术风格:

其一,依名称而言,自欧阳修《六一诗话》以降,东方诗话之作多袭用"诗话"之名。据不完全统计,现存一千七百部左右的中、韩、日三国诗话之作,以"诗话"名书者多达千部。"诗话"之名,陈陈相因,相续相禅,历久不变,是儒家宗法文化与中国人注重祖先崇拜的文化心理的一种反映。而"西方诗学"著作,自亚里士多德《诗学》之撰著与传世,其后则较少有人继续沿用"诗学"之名名书者。

其二,依论诗体制而言,东方诗话多为语录体式、随笔体式,无论分卷分门者,均由一条一则内容互不相关的论诗条目连缀而成,各种论诗条目,长短随宜,应变作制,有话则长,无话则短,无须严密的结构布局,体制灵活多变。而西方诗学论著,大多是严密系统的理论著作,逻辑较为完整,结构体系比较严密。

其三,依论诗内容而言,东方诗话以诗为主,属于狭义的诗学。其内容大多分为"论诗及事"与"论诗及辞"两种类型。而西方诗学的论述对象与思想内容,则以小说、戏剧、史诗之类叙事文学为主,名为"诗学",实为文艺理论之通称也。

其四,依论诗风格而言,东方诗话多属于"以资闲谈"的论诗随笔之类,语言通俗浅近,风格平易自然,侃侃而谈,娓娓动听,饶有趣味;不像西方名牌的诗学著作那样严肃正经,也不像《文心雕龙》那样注重语言的骈俪化,读之令人生畏。

其五,依论诗宗旨而言,东方诗话论诗多遵循儒家风教之旨,以《诗三百》为尚,高扬起"诗言志"与"诗缘情"两面旗帜,论诗重教化,重人品,重含蓄,重意境。而西方诗学大多注重作品的社会历史价值与艺术技巧,诗学宗旨因人而异,因时而异,各种学说之间往往前后否定、互相排斥,缺乏中国诗学理论批评中那种内在的逻辑联系与思想内容的包容性。

诗话研究的历史,与千年诗话一样悠远绵长。从北宋时代的《唐宋分门名贤诗话》等诗话类编的编辑到元代方回对宋代诗话之作的考证，从清代纪昀等《四库全书总目》对历代诗话的著录评骘到章学诚《文史通义·诗话》之论，诗话研究一直是历代学者关注的话题。然而，真正勒成专著的诗话研究著作，却是成于日本文化时代古贺侗庵的《侗庵非诗话》十卷。是书虽然专论历代诗话之非，在诗话研究史上却为我们树立起了一座新的里程碑。日本学者这一历史功绩，至今却鲜为人知，故我有专文评介。

二十世纪末叶，是中国诗话乃至东方诗话总体研究成就最辉煌的历史时期。其主要标志有三：一是一批颇有学术分量的诗话研究论著的出版，代表作如日本船津富彦的《中国诗话研究》，韩国赵钟业的《中韩日诗话比较研究》《韩国诗话研究》、许世旭的《韩中诗话源流考》，中国蔡镇楚的《中国诗话史》《诗话学》《石竹山房诗话论稿》、刘德重与张寅彭合作的《诗话概说》、张葆全的《诗话和词话》等。二是一个国际性的学术团体"东方诗话学会"于1996年在韩国正式宣告成立，其会刊《诗话学》亦在首尔太学社正式创刊发行。三是"东方诗话学"的崛起与诗话研究专门学术会议的召开，如1991年在桂林召开的"首届中国诗话词话学术研讨会"、1996年与1999年两次在韩国召开的"东方诗话学国际学术发表大会"以及2001年将在香港举办的"东方诗话学会第二次国际学术发表大会"。人才、成果、国际学术交流三位一体，形成了诗话研究空前繁荣的学术局面。

诗话的崛起，是中国古代诗歌繁荣发展的必然结果，是中国诗文化与文学批评专门化的产物，是中国文化史上一种不容忽视的历史文化现象。随着中国儒家文化与印度佛教文化的传播，中国诗话又衍生出了朝鲜诗话、日本诗话、越南诗话等，因而在世界的东方形成了一个跨越时空的"东方诗话圈"。这个东方诗话圈，是我们今天从事诗话研究的基本立足点。我们的前辈如徐英先生，立足于中国诗话，而标举"诗话学"，于1936年撰有《诗话学发凡》一文；

鄙人立足于东方诗话圈,不揣谫陋而倡言"东方诗话学",不仅撰有《诗话学》一书,还先后撰有《中国诗话与日本诗话》《中国诗话与朝鲜诗话》《中国诗话与印度梵语诗学》《诗话与诗话学》《诗话研究之回顾与展望》等一系列学术论文,希图使之能取得与"西方诗学"平等对话的学术地位。而"东方诗话学会"这一国际性学术团体及其会刊《诗话学》的创立与历届"东方诗话学国际学术发表大会"的召开,使徐英先生与我先后为"诗话学"张目的个人行为,从此转变成为一个集团化、国际化的学术行为。在"东方诗话学"这面旗帜之下,一切有志于东方诗话研究的学者将实现与"西方诗学"的平等对话,逐步改变"西方诗学"独尊于天下的学术局面。

诚然如此,国际学术竞争归根到底乃是人才的竞争。经过前辈学者的努力,道路已经开拓,巨轮已经起航,诗话研究的希望就寄托在年轻一代的身上。这就是我常说的"诗话呼唤新一代之崛起"。我们欣喜地看到,一批优秀的学位论文,为二十世纪崛起的诗话研究开拓出了一个崭新的学术境界。诸如韩国全英兰《韩国诗话中有关杜甫及其作品之研究》、张鸿在《高丽时代诗话批评研究》、金姬子《韩国品则类研究》,中国连文萍《明代诗话考述》、李清良《略论理学与诗话》《中国文论思辨思维研究》、饶毅《中国诗话与唐宋诗之争》、张红《清代朴学与清代诗话》、蔡静平《钟嵘〈诗品〉与古代诗话》、欧海龙《论中国诗话的生命意识》、吴果中《象喻:中国文学批评的艺术生命》等,正代表着新一代博士、硕士研究生的学术眼光和研究水平,大大开拓了诗话研究的思维空间,是诗话研究的希望之所在。

为了开拓诗话研究的思维空间,我们的研究方法也要更新。我认为,诗话研究不应该局限于诗学的研究(这种研究自然是必要的),还应提倡对诗话作文化学的研究,或作美学的研究、文人心态的研究、审美语言学的研究、比较文学的研究、文献学的研究、民俗学的研究、宗教文化的研究等等。只有将诗话放在一个广阔的学术文化背景中加以系统的研究，使诗话研究方法呈现出多元化的格局，才有利于诗话研究思维空间的不断拓展，才有益于区别于西方诗学的、独具特色的"东方诗话学"的诗学文化体系与方法论体系的创建与完善。

为此，"东方诗话学"应当以中、韩、日、越南等国诗话为主要研究对象，以民族传统文化为学术坐标，以儒家文化圈与佛教文化圈相映照的"东方诗话圈"为时空范围，以西方诗学与印度梵语诗学为参照系，运用多种行之有效的方法，多层次、多角度、多方面地进行全面系统的研究，其学术前景则是相当广阔而辉煌的。

我的学术事业，以诗话为起点。我与诗话之缘，起始于二十世纪六十年代大学读书时，成于七十年代初劳动改造之余的读书活动。而我从事诗话研究方面的成功，一是得利于环境之艰，二是得益于选题之功，三是得力于师友之助。八十年代之初，我在北京中国社会科学院学习时，曾带去一部《诗话概论》的书稿。这个选题得到了钱锺书、陈贻焮、邓绍基、刘再复等先生的首肯。于是书稿被推荐到了人民文学出版社，又得到刘文忠、宋红、绛云同志的热情帮助。一年后，书稿被退回修改。又经过一年的努力，我将原来的"概论"改写而为《中国诗话史》，字数比"概论"增加了十万以上。此时，湖南出版界的朋友索要这部书稿，我征得人民文学出版社的同意，将修改好的《中国诗话史》书稿交给了湖南文艺出版社的马小驹先生。

《中国诗话史》是鄙人的成名之作，但初版的《中国诗话史》受当时的学术眼光与写作资料等条件的局限，难免有不少缺陷，也许后人会在其基础上写出更加辉煌的诗话研究著作，但作为中国"第一部"，自然得到了学术界的热情关注。著名学者钱锺书先生于病中来信，表示"既喜其问世，且祝其名世"，欣喜之情溢于言表。十多年以来，国内多部文学艺术大辞典予以称许评介，不少大学的相关学科曾先后用作研究生选修课或必修课之书。又因《中国诗话史》与《诗话学》列入本学科研究生学位课程体系，于1993年申报全国首届普通高校优秀教学成果奖时，分别获省级一等奖与国家级二等奖，因而受到湖南省教委与国家教委的表彰。尤其值得书写一笔的是《中国诗话史》流传于国外，被韩国国立首尔大学与梨花女子大学等采用为研究生班的教材。1990年8月，我应韩国中国学会与首尔大学李炳汉教授的邀请，第一次走出国门，开始了我新的学术生涯。当我以第一个中国大陆学者的公开身份登上首尔国际学术讲坛的时候，当国际学术界的朋友与韩国的硕士、博士生热情地请我在《中国诗话史》上签名留念的时候，我仿佛感到自己已经进入了一种崭新的人生境界。

古人常言："艰难困苦，玉汝于成。"我是在极端艰难的环境中从事诗话研究的，因此其中难免存在许多缺陷，有知识的，有资料的，也有研究方法的。但是，我忠实积极，勤学好问，转益多师，因而得到了学术界的广泛关注和热情支持。特别是我国著名学者郭绍虞、钱锺书、钱仲联、周振甫、徐中玉、陈贻焮、羊春秋、马积高、邓绍基、罗宗强，韩国赵钟业、李炳汉，日本船津富彦、丰福健二，以及同辈学者中的诸多好友，如李安民、莫及、蒋凡、周维德、刘再复、刘文忠、陈祖美、胡明、陶文鹏、莫砺锋、王钟陵、曹旭、马小驹、蔡栋、王林、段班县等。我与他们是文字之交、君子之交，正是他们无私的支持与热情的关照，才成就了我的学术事业。对于所有关爱和支持我的学术事业的师长、亲友与中文系的同事们，我无以为报，唯有借拙著《中国诗话史》再版之际，谨表由衷的谢忱。此情此心，有如寸草丹枫，令红笺无色，与日月争辉矣。

蔡镇楚识于岳麓山石竹山房

2000年3月9日

目录

■ 卷一 总论

总论 002

第一章 诗话与诗话之源 004
 第一节 诗话 004
 第二节 诗话溯源 008

第二章 诗话的流变与演进轨迹 026
 第一节 诗话的流变 026
 第二节 诗话演进的历史轨迹 029
 第三节 中国诗话与东方诗话圈 031

第三章 诗话的学术价值与历史地位 035

■ 卷二 宋诗话

第一章 诗话之崛起 054
 第一节 诗话崛起于宋 054
 第二节 宋诗话的演进轨迹 065
 第三节 "诗话"是对于"诗格"的革命 071

第二章　北宋诗话 091
第一节　首批诗话之作 091
第二节　苏黄诗风与诗话创作 094
第三节　苏黄诗风的反思与"江西格"批评 106

第三章　南宋诗话 114
第一节　诗话创作倾向的转变 114
第二节　"中兴四大诗人"与诗话创作 128
第三节　"江湖派"与诗话创作 131
第四节　宋诗话的压卷之作 135

■ 卷三　金元诗话

第一章　金代诗话 150
第一节　苏学北盛与金源诗风 150
第二节　王若虚与《滹南诗话》 152

第二章　元代诗话 156
第一节　诗话的衰落 156
第二节　诗格的复兴 162

■ 卷四　明诗话

第一章　诗话之复兴 168
第一节　复兴的背景及概况 168
第二节　明诗话的时代特色 171

第二章　拟古主义诗话 180
第一节　明初尊唐之风与诗话创作 180
第二节　"前后七子"诗话 185
第三节　"末五子"诗话 193

第三章　反拟古主义诗话 …… 201
第一节　从《升庵诗话》到《逸老堂诗话》 …… 201
第二节　从唐宋派到竟陵派 …… 212
第三节　其他诗话之作 …… 217

第四章　明诗话的创作得失 …… 227
第一节　明诗话的两大系列 …… 227
第二节　明诗话的理论得失 …… 229

■ 卷五　清诗话

第一章　诗话的黄金时代 …… 240
第一节　盛况空前的清代诗话 …… 240
第二节　朴学之盛与诗话创作 …… 249

第二章　清初诗话 …… 256
第一节　宗唐诗派诗话 …… 256
第二节　宗宋诗派诗话 …… 261
第三节　神韵派诗话 …… 264
第四节　王夫之与《姜斋诗话》 …… 268
第五节　叶燮与《原诗》 …… 276
第六节　"浙中三毛"诗话 …… 290

第三章　清中叶诗话 …… 293
第一节　格调派诗话 …… 293
第二节　性灵派诗话 …… 302
第三节　肌理派诗话 …… 312
第四节　《北江诗话》与《养一斋诗话》 …… 315

第四章　清诗话的专门化 …… 321
第一节　地方诗话 …… 321
第二节　专家体诗话 …… 324
第三节　名媛闺秀诗话 …… 327

卷六 近代诗话

第一章 乾坤之变与近代诗话 334
- 第一节 乾坤之变与诗风之变 334
- 第二节 近代诗话的基本特征 336

第二章 新派诗话 343
- 第一节 新派诗话的崛起及其影响 343
- 第二节 新派诗话的代表之作 347

第三章 旧派诗话 361
- 第一节 旧派诗话的论诗倾向 361
- 第二节 旧派诗话的主要派别 364

卷七 现代诗话

第一章 诗话的历史转变 388
- 第一节 五四新文化运动与中国诗话 388
- 第二节 南社诗话 393
- 第三节 旧体诗话的衰落 395
- 第四节 新体诗话的兴起 398

第二章 诗话史的新变 405
- 第一节 鲁迅与《鲁迅诗话》 405
- 第二节 郭沫若与《沫若诗话》 412
- 第三节 《沫若诗话》与《鲁迅诗话》论诗之比较 420

第三章 现代诗话发展的新趋势 424
- 第一节 诗话向诗学演进 424
- 第二节 诗话与美学结合 429
- 第三节 中西诗的比较研究 433

■ 卷八 诗话之整理研究

第一章 诗话整理与研究之历史 ………………………………… 448
  第一节 宋元人的开拓之功 ……………………………………… 448
  第二节 清人的集大成之功 ……………………………………… 455

第二章 诗话整理与研究之现状 ………………………………… 461
  第一节 诗话整理与出版概况 …………………………………… 461
  第二节 诗话研究专论的勃兴 …………………………………… 464
  第三节 诗话整理研究的旗帜 …………………………………… 467
  第四节 中国诗话史研究的世界视野 …………………………… 478

增订本后记 ……………………………………………………………… 485

卷一　总论

总论

中国，素有"诗国"之誉。几千年的古代文明史，从某种意义上来说，就是一部诗歌发展的历史。

在我们这个诗歌国度的皇天后土之中，随着中国古代诗歌的蓬勃发展，特别是唐诗高峰的崛起，一种新兴的、区别于西方诗学的论诗之体——诗话，在北宋欧阳修时代应运而生。可以说，诗话是中国诗文化的产物。

闻一多先生《文学的历史动向》一文指出："《三百篇》的时代，确乎是一个伟大的时代，我们的文化，大体上是从这一刚开端的时期就定型了。文化定型了，文学也定型了。从此以后二千年间，诗——抒情诗，始终是我国文学的正统的类型，甚至除散文外，它是唯一的类型。"从闻一多先生所说的角度来看，中国文化定型于诗，定型于《诗三百》。是中国第一部诗歌总集《诗三百》，奠定了中国文化的坚实基础。从这个意义上来说，中国文化就是一种诗文化。

在欧洲，从古希腊到文艺复兴，研究文学理论的著作，一般都称为"诗学"，如亚里士多德的《诗学》。中国则不同，虽然没有划一的诗学，但是研究文学理论的著作却如百花齐放，万紫千红。欧阳修之前，勒成专著的文学理论之作，有陆机的《文赋》、刘勰的《文心雕龙》、钟嵘的《诗品》、旧题司空图的《二十四诗品》等等。自欧阳修始创诗话之体，千百年来，中国的论诗之著大多以"诗话"

命名，勒成专著的历代诗话之作，数以千计。作家云蒸，作品如林，卷帙繁富，汗牛充栋，而且早就走出国门，衍生出兴盛一时的朝鲜诗话、日本诗话等，在世界的东方呈现出一个巨大的"东方诗话圈"，显示出蓬勃旺盛的艺术生命力。

任何一门艺术，总是深深地植根于本民族赖以生存、发展的沃土之中，打上本民族文化性格的烙印。中国诗话也是这样。它体现的正是中华民族的文化性格，形成的正是我们民族所特有的文化传统。中国历代数以千计的诗话之著，是一笔巨大的文学遗产，也是世界文学理论宝库中一颗璀璨耀眼的明珠，闪烁着独特的灵光异彩。有如此绚丽多姿的诗歌艺术之花，有如此丰硕的诗歌理论之果，我们中华民族理应为之骄傲和自豪，用不着在西方诗学特别是在现代派所谓"表现"理论面前自惭形秽！

五四运动以来，学术界对中国文学史和中国文学理论批评史的研究，由于不自觉地接受了"西方文化中心论"的影响，大多运用西方文学史观和文艺理论来解释中国古代文学的历史现象，因而从未给予中国历代诗话以应有的历史地位。对这笔诗歌理论批评遗产未给予足够的重视，研究者寥寥无几，非难者却接踵而来。即便是为数不多的研究者，也大多局限于个别作家作品的微观研究，很少有人对中国历代诗话进行系统全面的宏观研究，诗话研究专著至今尚未问世。在中国文化史上，中国哲学史、中国文学史、中国文学批评史、中国戏曲史、中国音乐史、中国美学史、中国佛教史、中国美术史……都先后问世，唯独还没有一部中国诗话史。可以说，中国诗话还是一块未开垦的处女地；系统的诗话研究，至今还处于拓荒阶段。

因此，对中国诗话进行系统的科学的整理和研究，继承和发展这笔巨大的诗学文化遗产，建立具有中国特色又能与"西方诗学"平等对话的东方诗话学，乃是历史赋予我们这一代的光荣使命。

第一章
诗话与诗话之源

第一节　诗话

我们研究的是中国诗话史。

为了把中国诗话放到比较广阔的历史环境和文学背景之中来研究，我们不妨把自己的视野放宽一点，首先探讨一下诗话的概念、特性和艺术渊源。

在中国这个诗的国度里，诗话是一种最富有民族特色的文学批评样式。然而令人遗憾的是，古往今来人们对于诗话是什么，它有何特性等，都缺乏恰切的表述。比较富有代表性的说法，一般有三种：

（1）宋人许顗云："诗话者，辨句法，备古今，纪盛德，录异事，正讹误也。"（《彦周诗话》）

（2）清人吴琇曰："诗话者，以局外身作局内说者也，故其立论平而取义精。"（《龙性堂诗话序》）

（3）今人郭绍虞说："诗话之体，顾名思义，应当是一种有关诗的理论的著作。"（《清诗话·前言》）

这三种说法，都从各自不同的角度反映了人们对诗话这一概念的基本认识。许顗从诗话创作的内容立论，大体概括了北宋时代诗话创作的主要内容。记得欧阳修始创诗话之际，说他的诗话创作宗旨仅仅在于"以资闲谈"①。基于这一宗旨,初期诗话之作大都沿着欧阳修开创的既定路线,以记叙诗事为主,成为"以资闲谈"的记事随笔体式。至许顗所处的北宋末年,情形逐渐变化。许氏总结了当时的诗话创作经验,认为诗话创作以辨析诗歌句法、记叙古今诗事、订正诗歌讹误为主要内容。所谓"辨句法",是讲诗学方法;"备古今",是说诗学源流;"正讹误",是言诗学利病;而"纪盛德",就是指诗学观念了。《易·系辞上》曰:"日新之谓盛德。"所谓"盛德",旧指美盛的品德。许顗从诗话创作的功利主义观点出发,把"纪盛德"作为诗话的一种社会职能,这在当时是颇有权威性的诗学观念。至于吴琇所论,则从诗话作者的角度出发,道出了诗话对诗歌的评说特质。所谓"以局外身作局内说",正是要求诗话作者站在客观的立场上对诗歌进行公正的评说,以做到立论平正,取义精当。很明显,随着诗话的崛起,其内容不再限于许顗所标举的,诗话的作用也不再囿于欧阳修所倡明的"以资闲谈"了,诗话之体已经超越了闲谈随笔的藩篱,进入到文学理论批评的宏观领域之中。它的内容,大致包括标举论诗宗旨,推溯诗派渊源,评论诗人诗作,摘赏诗歌佳句,漫谈诗歌技法,记叙诗坛轶事,考证诗歌掌故,诠释诗句僻典等等,凡有关诗歌的内容,可以无所不包、无所不论了。这样,欧阳修"以资闲谈"的随笔体记事诗话,逐渐发展成具有中国特色的古代诗歌评论的一种专著形式。所以,郭绍虞先生指出,诗话之体"应当是一种有关诗的理论的著作"。显然,这是广义上的"诗话",是演变和扩大了的"诗话",是对诗话所作的现代意义上的解释。

  这三种不同的解释,都有其依据,如果把它们看作一个系列的整体,则比较清晰地展现了中国诗话由以记事为主的闲谈随笔到以论辞为主的诗歌专著形式的不断发展、成熟、完善的历史,反映了

---

① 见《六一诗话》卷首题词。

诗话之体由狭义的诗话向广义的诗话发展演变的历史全过程。然而，遗憾得很，它们并未组成一个系列，因而各自有其表述的不足和理论的缺陷。就许颛、吴琇之说而言，主要是缺乏个性。许氏重内容而忽略其特质，吴氏抓住了诗话重在评说的特质，然而"以局外身作局内说"者又岂止诗话，其他文学评论样式不也同样么？相形之下，还是郭绍虞先生的论断较为全面，诗话的内容和形式都顾及到了，但是总嫌敷衍太过，因为它仅仅限于广义上的诗话，概括不了欧阳修所开创的闲谈随笔式的诗话。

那么，何谓诗话呢？诗话，是中国古代一种独特的论诗之体。本人认为，诗话这个概念，就其范围，即概念的外延而论，有狭义与广义之分。狭义的诗话，按其内容来说，是诗歌之"话"，就是关于诗歌的故事；按其体裁而言，就是关于诗歌的随笔体，以欧阳修的《六一诗话》为首创，以"资闲谈"为创作旨归。广义的诗话，乃是一种诗歌评论样式，凡属评论诗人、诗歌、诗派以及记述诗人议论、行事的著作，皆可名之曰诗话。从这个意义上来说，中国诗话之体的演变轨迹，大致可以分为两个发展变化过程：

其一曰"话"，以记事为主，讲诗的故事，属于狭义的诗话阶段。

其二曰"论"，以诗论为主，重在诗歌评论，属于广义的诗话阶段。

在中国诗话史上，初期的诗话大都属于狭义的诗话，如欧阳修的《六一诗话》、司马光的《续诗话》、刘攽的《中山诗话》等，创作目的在于"资闲谈"，创作重心在于"记事"。这是诗话发展演进中的正宗。如果诗话之体仅仅停留在这一阶段上，那就出现其学术缺陷。像世界上任何事物不可能永远停止在一个水平上一样，诗话之体既保留了以"闲谈""记事"为正宗的传统，在不断的创作实践中，又以新的面貌、新的姿态实现了诗话由以记事为主向以论辞为主的历史性飞跃。诗话创作不再以"资闲谈"为目的，诗话的内容不再局限于"记事"，诗话的重心从诗的故事转到诗论，从说部转为诗评，从诗本事转向诗学、文艺论与美学论了。可以说，这种广义的诗话，是对原来那种狭义诗话的概念上的一种超越。我们应当承认，在中国诗话史上，诗话这种在概念上的超越，即由狭义的诗话向广义的诗话的历史演变，乃是质的飞跃，是诗话之体逐渐发展、成熟、完善的标志，是诗话创作上的一场具有积极意义的重大变革。

诚然，从发展的观点来看，我们应该为广义的诗话在概念上对狭义的诗话的这种超越喝彩，但是也必须看到，这种概念上的超越，也容易导致诗话概念的混乱。如果照郭绍虞先生的提法，岂不是一切"有关诗的理论的著作"都可以称之为"诗话"？这就失之太宽了。

世界上的一切事物，其所以千差万别，千变万化，根本依据或内在原因，正在于它们各自具有不同的个性和本质特征。诗话也是一样。作为中国特有的一种论诗之体，诗话的个性，是闲谈式的、随笔式的；诗话的风格，是轻松的、自由活泼的；诗话的体制，是由一条一条内容互不相关的论诗条目连缀而成，是富有弹性的。因此，诗话的本质特征，不同于冗杂荒诞的笔记小说，也不同于诗品、诗评、诗论、诗说、诗式、诗格之列，因为"诗品""诗评""诗论"，侧重于诗的评骘议论，指出是非得失，风格过于严肃；"诗说""诗式""诗格"，侧重于诗句的诠释，指明作诗方法，阐述诗歌创作准则，内容过于单调划一，不符合诗话之体的个性与风格。研究中国诗话，就必须弄清楚诗话的范畴，从中国古代数以千万计的论诗之著述中确定哪些是诗话，哪些不是诗话。本人认为，诗话必须具备以下三个基本要素：

第一，必须是关于诗的专论，而不是个别的论诗条目，甚至连古人书记跋序中的有关论诗的单篇零札，也不能算作诗话。

第二，必须属于一条一条内容互不相关的论诗条目连缀而成的创作体制，富有弹性，而不是自成一体的单篇诗论。

第三，必须是诗之"话"与"论"的有机结合，是诗本事与诗论的统一。一则"诗话"是闲谈随笔,谈诗歌的故事,故名之曰"话";二则"诗话"又是论诗的,是"论诗及事"与"论诗及辞"的契合无垠,属于中国古代诗歌评论的一种专著形式。

根据这三个基本要素,并以此为标准,诗话的范畴则比较容易确定,诗话的界说也比较容易分辨了。只要符合这几条标准,具备这三大要素,欧阳修之后,不论是标名"诗话"的,还是未标名诗话的,都可以视为"诗话";同时,也只有具备这三条标准者,才能称之为"诗话",缺一不可。这样,既可以避免失之过宽,又可以避免失之过窄。

第二节 诗话溯源

诗话之体产生的历史渊源,是一个聚讼纷纭的学术研究命题。前人虽有许多启人以智的探讨,但因立论角度各异,往往人言人殊,使人莫衷一是,无所适从。这里就几种主要的较有权威性的见解,究其大要,加以陈述。

一 诗话昉于三代说

清代著名的诗话研究专家何文焕在《历代诗话序》中指出:

> 诗话于何昉乎? 赓歌纪于《虞书》,六义详于古序,孔、孟论言,别申远旨,《春秋》赋答,都属断章。三代尚已! 汉、魏而降,作者渐夥,遂成一家言。洵是骚人之利器,艺苑之轮扁也。

何氏认为,诗话之体,始于三代。所谓"三代",指的是中国古代文明史上最早出现的"夏""商""周"三个朝代。这是中国古代文明的发祥时期,是孕育和诞生中国第一部诗歌总集——《诗经》的时代。何氏认为诗话始于"三代",是从相当广义的方面溯源。其立论之依据,主要在于《虞书》之纪"赓歌",《诗大序》之详"六义",以及孔、孟论《诗》之片语只言等。除何氏之外,还有清人姜曾，他说：

> 或谓自钟嵘《诗品》而后，诗话充栋，大都妄下雌黄，无裨诗教。然观吴札观乐，不废美讥；子夏序《诗》，并论哀乐，即诗话之滥觞也。①

姜氏之论，与何氏略有不同，认为"吴札观乐""子夏序《诗》"，乃是"诗话之滥觞"，较之"昉于三代"说，略为实际和具体一些，然而，实际上也是恪守诗话始于三代之说的。类似者，还有《左传》《孟子》《诗小序》《韩诗外传》诸说。清丁炜《词苑丛谈序》云："诗与词，均三百之遗也；诗话之与词话，其即春秋大夫历聘，赋诗见志，左氏传诸纪载遗意也。"丁氏以为诗话之风，自《左传》已开。清曾燠《静志居诗话序》云："诗话何昉乎？孟子之论《小弁》《凯风》与《云汉》之诗，盖诗话之祖也。"曾氏以为诗话之祖，就是《孟子》。清汪沆《榕城诗话序》云：

> 予惟诗话之作，滥觞于卜氏《小序》，至钟仲伟《诗品》出，而一变其体，沿及唐、宋，以迄近代。

此以为《诗小序》乃诗话之滥觞。近人方孝岳《中国文学批评》又云："《韩诗外传》可以算是后来诗话之先驱。"《韩诗外传》十卷，西汉韩婴撰，是研究西汉今文诗学的重要资料之一。此书虽每条皆征引《诗经》诗句，然实系引《诗》以印证古事，非引事以阐释《诗经》本义。

以上数说，皆以为在古代典籍文献著作中已经可以寻出诗话之起源，表面上看来，似乎可信，但深入分析，则觉得漏洞百出，很难通达。正如徐中玉先生所指出的那样，其一，诗话诚为论诗之作，前举诸种古代作品中，诚有若干论诗语句意见在内，但仅凭此点，实尚不能断定二者间已有直接源流关系。古代作品任何一种均有若

---

① 姜曾：《三家诗话序》，《清诗话续编》，上海古籍出版社，1983，第1919页。

干论诗语句,若仅凭此点即谓诗话起源于彼,则古代一切作品几均可谓为诗话之起源,如是则不能仅限于《左传》《孟子》《诗小序》《韩诗外传》诸书矣。其二,古代作品之内容,大都博涉一切,论诗仅其内容之一部,或极小之一部。因之,若因其曾经论诗即认为乃诗话之祖,则后代一切学科均得以此类古代作品为其直接之远祖矣。其为无意义,盖不待辩。其三,探求诗话之起源,原其目的,乃在了解诗话与其远祖间之关系,从而认识诗话演变发展轨迹。若以诗话之起源推及于古代之著作,则必不能达此目的。诗话若果起源于古代著作,何以中断千年后至宋代始又复兴?此千余年之中断,实即诗话起源于古代作品说的致命伤。将问题之起源随意推远,且以推远推古为能,表现一己之博洽与卓识,这委实是中国古代学者的通病之一。这种推法,不仅毫无根据,而且于学术无所裨益。徐氏断言:"据上所论,故余以为诗话起源于古代著作一说,殊欠通达,碍难成立。后代诗话,不论在体裁上、意见上,无疑必受古代著作之若干影响,但影响为一事,起源又为一事,二者不可混淆。"[1]这是正确的。罗根泽认为何文焕关于诗话昉于三代说,实际上是"坠于玄渺"[2],也是基于对诗话之体的本质特性的认识,因为《虞书》之"赓歌"、《论语》之"接舆歌"、《孟子》之"沧浪歌"、《说苑》之"越人歌""子文歌"、《新序》之"徐人歌"等等,虽然也具有某种故事性;而《虞书》之命女典乐,孔、孟论《诗》之片语只言,虽然也具有评论性,但都是一鳞半爪,不成系统,若也算作诗话,则连《搜神记》《世说新语》一类六朝笔记小说、《两京新记》《刘宾客嘉语录》之类唐人杂记中的若干诗条,也可理所当然地进入诗话之列,这就使诗话失之太宽了。本来,清学者沈德潜《古诗源·例

---

[1] 徐中玉:《诗话之起源及其发达》,《中山学报》1卷1期,1941年11月。
[2] 罗根泽:《中国文学批评史》第三册,上海古籍出版社,1984,第220页。

言》云:"康衢击壤,肇开声诗。"穷诗之源,唐尧时代有《击壤歌》《康衢谣》,虞舜时代有《卿云歌》《南风谣》《虞帝歌》等等,此等古朴之歌,本来就真伪莫辨,假如又视之为诗歌之源,说中国诗歌起源于虞舜时代,那就必然会重蹈郑玄之失,激起后人之非议。① 诚然,关于诗歌之源,人们可以从各自不同的角度去作各种不同的解释,历史学的解释也好,心理学的解释也好,② 乃至于社会学、政治学、伦理学、美学诸方面的解释,都可以自成一家之言。然而,我们不禁要问:诗歌之源,难道就是诗话之源吗? 当然不是。中国的古代诗论,特别是《虞书》"诗言志"说,诸子论《诗》之语,对诗话之体的凝聚、生成、发育,无疑产生过深远的影响。特别是《诗大序》的问世,更反映出人们在诗学观念上的新的演进,不失为儒家诗论——"诗经学"的精粹。然而,诗话作为一种新的论诗之体,它却是中国古代诗歌不断繁荣发展的产物。郭绍虞先生在论述文学批评是怎样产生之时说过:

<blockquote>
文学批评的产生和发展,是在文学的产生和发展之后。在文学产生并且相当发展以后,于是要整理,整理就是批评。③
</blockquote>

作为中国古代诗歌评论的一种主要形式,诗话的产生和发展,自然也只能在诗歌的产生和发展之后,而不可能在此之前。只有在诗歌艺术"相当发展"之后,随着诗歌创作之需,也随着诗歌的整理与研究之需,诗话之体才有诞生的必要性和可能性。假如把"诗

---

① 汉郑玄《诗谱序》云:"诗之兴也,谅不于上皇之世。大庭轩辕,逮于高辛,其时有亡,载籍亦蔑云焉。《虞书》曰:'诗言志,歌永言,声依永,律和声。'然则,诗之道放于此乎!"郑玄考证,"诗"字最早见于《虞书》,故以为中国古典诗歌大抵起源于虞舜时代。唐孔颖达《毛诗正义》云:"虽于舜世始见'诗'名,其名必不初起舜时也。"

② 朱光潜《诗论》云:"诗的起源实在不是一个历史的问题,而是一个心理学的问题。"

③ 郭绍虞:《中国文学批评史》,上海古籍出版社,1982,第1页。

歌之源"与"诗话之源"混为一谈,就必然陷入了片面性,"坠于玄渺"之中。

二 诗话本于钟嵘《诗品》说

清代著名史学家章学诚,有一部《文史通义》,其中的《诗话》篇曾论及诗话之源。他说:

> 诗话之源,本于钟嵘《诗品》。然考之经传,如云:"为此诗者,其知道乎?"又云:"未之思也,何远之有?"此论诗而及事也。又如"吉甫作诵,穆如清风""其诗孔硕,其风肆好",此论诗而及辞也。事有是非,辞有工拙,触类旁通,启发实多。江河始于滥觞,后世诗话家言,虽曰本于钟嵘,要其流别滋繁,不可一端尽矣。《诗品》之于论诗,视《文心雕龙》之于论文,皆专门名家勒为成书之初祖也。

章氏这段论述,大致包含四层意思:其一,他开宗明义地断言诗话之源,本于钟嵘《诗品》;其二,与此同时,他又注意到古代经传中若干论诗之语的存在;其三,他承认古代经传的论诗之语对诗话的滥觞作用,但又明白指出其滥觞之义与诗话起源的显著区别;其四,他进一步指出《诗品》是古代论诗著作中"专门名家勒为成书之初祖"。古人论诗,大都是一鳞半爪,吉光片羽式的,虽为名家,却非专门;而以"专门名家"论者,则是自钟嵘《诗品》始,开后世专门名家以诗话体裁论诗之先路。且古人论诗,片语只言,散篇零楮,依附于集部而存在,从未勒成专著;而论诗之著勒成专书者,亦始于钟嵘《诗品》,开后代诗话勒为成书之先声。钟氏《诗品》"专门名家"与"勒为成书"二点,均为后来诗话家诗话著作之特征,可见《诗品》对诗话的影响之深。因此,徐中玉认为章氏说"诗话之源,本于钟嵘《诗品》"是能成立的①。我们认为,章学诚关于诗话之源的论述,极大地纠正了何文焕关于诗话昉于三代说的玄虚渺茫之弊,而把诗话之源的探讨和追溯,引到了一个客观实在的学术领域之中。显然,这是一大进步。

中国古典诗论的发展,由孔、孟论《诗》的片语只言而到《诗大序》之类单篇零楮,由《虞书》之"诗言志"而到钟嵘《诗品》一类论诗专著的问世,无疑经历了一种异乎寻常的飞跃。这种飞跃,又从内容到形式,必然为诗话之体的崛起而创造了一个良好的诗学文化理论基础。然而,钟嵘《诗品》是否就是诗话之源?则需要作实事求是的科学分析。

钟嵘《诗品》,以"九品论人,七略裁士"之法论诗,开创了以品论诗之先例。作者能从文学批评方面立论,根据五言诗的基本特征撰写成文,力图论说五言诗在中国诗歌发展史上出现的必然性及其应有的历史地位,确实不失为中国诗歌理论史上一部具有划时代意义的论诗专著。比较而言,刘勰的《文心雕龙》,兼论诗文,"体大思精";而钟嵘《诗品》,专论五言诗,且又是有系统的论述,不是零星的随录,形式上虽然与闲谈随笔式的宋人诗话迥异,然而诗话所包含的内容,却已基本具备。作者于品评论述之余,也间或记述有关诗事,如谢惠连以权术表彰区惠恭,释宝月窃有柴廓之《行路难》,谢灵运因梦而得佳句"池塘生春草,园柳变鸣禽",后世传作佳话。我们认为,《诗品》这种对历代诗人所作的概括性、总评性品评之法,间述有关诗人创作故实之笔,也很难否定它不是后世诗话之先导。《诗品》者,百代诗话之祖,中国诗话之伐山也。从这个意义上来说,章学诚把钟嵘《诗品》视之为"诗话之源",也未尝不可。因此,清人何文焕辑纂《历代诗话》,则以钟嵘之《诗品》

---

① 徐中玉:《诗话之起源及其发达》,《中山学报》1卷1期,1941年11月。

为中国历代诗话之首;今人郭绍虞也因袭此论,说《诗品》是我国'诗话'的最早一部作品"①。《历代诗话》的这种编排体例,自清而后,几成定论,亦可见钟嵘《诗品》对后世诗话影响之深。无怪乎沈尹默《题日本儿岛星江翁〈支那文学概论〉》诗云:"漫共钟刘争品第,流传诗话总须删。"暂且不论此话是否公允,我们从中不也可以领悟到钟嵘《诗品》与后世诗话的渊源承传关系吗?

不但如此,而且诗话之体早在六朝笔记小说中也已露出端倪,然而,正如罗根泽先生所指出的:"《诗品》确是勒成专书的论诗初祖,但不即是宋人诗话本源。"②因为《诗品》并不与"诗话"同一性质、同一旨趣,也不符合诗话之体所特有的体制与风格。欧阳修《诗话》自序,说《诗话》纯在于"以资闲谈",司马光《续诗话》也指出诗话属于"记事"。由此知之,早期诗话原本是"记事"以"资闲谈"而已,与钟嵘《诗品》之"第作者之甲乙而溯厥师承"③者,并不相同。《诗品》原名《诗评》,谓之"品",所以定品第;谓之"评",所以显优劣,都与《诗话》之旨大异其趣。当然,记事以资闲谈之作,早在唐代已很发达,这就是所谓"笔记";然而,"笔记"的记事,漫无限制,以"杂"为特征;而"诗话"之记事,则只限于"诗",即诗人、诗歌、诗派、诗本事等等,以"诗"为中心,既没有"笔记"之冗杂,也没有小说之荒诞。罗根泽否定章学诚之说,显然是从初期诗话的随笔化出发的;至于此后钟派诗话崛起,则另当别论了。而罗根泽否定诗话本于钟嵘《诗品》说,则实际上是出于对欧阳修"以资闲谈"的诗话创作之旨的维护,表现出以"记事"为诗话正宗的一种观念。

---

① 郭绍虞、王文生主编《中国历代文论选》第一册,上海古籍出版社,1979,第321页。
② 罗根泽:《中国文学批评史》第三册,上海古籍出版社,1984,第220页。
③ 《四库全书总目》集部诗文评类序言,《四库全书总目》,中华书局,1987,第1779页。

三　诗话出于《本事诗》之说

陈振孙《直斋书录解题》文史类载有聂奉先《续广本事诗》五卷，并云："虽曰广孟启（棨）之旧，其实集诗话耳。"罗根泽《中国文学批评史》论及《本事诗》之时说：

> 诗话没有兴起以前，除了钟嵘《诗品》和司空图《诗品》，还有三种论诗的书，就是诗格、诗句图和本事诗。本事诗是诗话的前身。

又说：

> 本事诗是"诗话"的前身，其来源则与笔记小说有关。唐代有大批的记录遗事的笔记小说，对诗人的遗事，自然也在记录之列。就中如范摅的《云溪友议》，王定保的《唐摭言》，其所记录，尤其是偏于文人诗人。由这种笔记的转入纯粹的记录诗人遗事，便是本事诗。我们知道了"诗话"出于本事诗，本事诗出于笔记小说，则"诗话"的偏于探求诗本事，毫不奇怪了。①

罗根泽这种说法，不仅解决了"诗话"探求诗本事的近源所自，也从某种意义上补救了前二说之不足。他认为，何文焕的"昉于三代"之说"坠于玄渺"，而钟嵘《诗品》确是勒成专书的"论诗初祖"，但也并非就是宋人诗话之本源，因为诗话之本源"出于本事诗"。

所谓"本事"，就是指诗歌创作的故事原委。这种体例，既不同于诗格、诗式，又有异于诗例、诗句图之类。它只分条记述诗歌本事，并分别收录有关诗歌，故名之"本事诗"。

唐人孟棨有《本事诗》一卷，自序云："诗者，情动于中而形于言。故怨思悲愁，常多感慨，抒怀佳作，讽刺雅言，虽著于群书，盈厨溢阁。其间触事兴咏，尤所钟情，不有发挥，孰明厥义？因采

---

① 罗根泽：《中国文学批评史》第二册，1984，上海古籍出版社，第244页。

为《本事诗》。"① 一般人只以为《本事诗》掇拾唐人故实，以为谈资。从是序观之，孟棨论诗，力主"诗缘情"之说。采诗人缘情之作，各详其事迹而成。晚唐时代，艺术环境"绮罗香泽"，一般认为：所谓"情"，率指男女艳情。孟棨不为世俗之见所羁绊，强调"情"源于事，所谓"触事兴咏"也。因而注重于诗本事。前人论《本事诗》，只注重其史料价值，如《四库全书总目》则称"唐代诗人轶事，颇赖以存"；而对于它孕育宋人诗话之体的积极意义，却不甚了了。事实上，《本事诗》的真正价值，正在于它孕育宋人诗话之体方面。宋人诗话之所以能够诞生，而后又积数代之功，蔚为大国，穷本溯源，《本事诗》的功绩，是不可低估的。正如罗根泽先生说："《本事诗》不惟间接的影响了宋人诗话，且直接的领导了几种续本事诗。"② 如果以欧公《诗话》与孟棨《本事诗》稍加比较，就不难发现诗话之体所留下的《本事诗》的印记：

第一，论其性质，都是有关诗的闲谈随笔。

第二，论其体制，都是由一条一条内容互不相干的论诗条目连缀而成。

第三，论其采录对象，都是以当朝诗人诗作为主，《本事诗》多录唐人之作，《诗话》多述宋初之诗。

第四，论其写作动机，都在于缀拾诗人及其诗歌故实，以为谈资。

当然，事物是向前发展的，不可能永远停止在同一个水平之上。欧氏的《诗话》乃至宋人诗话，较之孟棨《本事诗》和唐人论诗之作，也确实提高了一大步，虽然同取随笔形式，但却不限于"论诗及事"，而在轻松活泼的笔调之中，时现诗学的理论光彩。这就比《本

---

① 丁福保辑《历代诗话续编》，中华书局，1983，第2页。
② 罗根泽：《中国文学批评史》第二册，上海古籍出版社，1984，第244页。所谓《续本事诗》，主要有三种：一是处常子的，已佚；二是罗隐的，佚；三是聂奉先的《续广本事诗》，五卷，久佚，今有《说郛》及《唐宋丛书》辑本。

事诗》要略高一筹；即使是论诗及辞，也比唐人诗格、诗例、诗句图之类高明得多，体现出宋人诗话由"以记事为主"而向"以论辞为主"的发展趋势，因而才开创了诗话创作的新局面。

四 诗话出于诗律之"细"说

清人吴琇曾经从诗律方面去探讨诗话之源，提出了诗话出于诗律之"细"说，使诗话溯源别开生面。吴琇在《龙性堂诗话序》中说：

"晚节渐于诗律细"，"细"之为义，诗话所从来也。予夺可否，次第高下，诗于是乎有选；平章风雅，推敲字句，诗于是乎有话。话者，诗选之功臣也。①

"晚节渐于诗律细"，出自杜甫《遣闷戏呈路十九曹长》诗。所谓"诗律"，就是诗歌格律。在中国，随着"永明"声律运动之兴起，中国诗受赋的影响而走上"律"的道路，"格律"成为诗歌的第一要素。众所周知，律诗肇始于齐梁，而极盛于唐代。律诗的主要特色有二：一是意义的排偶，二是声音的对仗。因此，律诗的诞生与普及提高，正是诗歌格律日趋缜密精细的主要标志。

吴琇认为，诗话之所从来，在于诗歌格律之缜密精细。诗话之"话"，所谓"诗选之功臣"者，就是"平章风雅，推敲字句"之谓。这样，所谓"话"，已经不再是初期诗话之所谓"故事"之义，其真正内涵已包含着"风雅"之平章和"字句"之推敲，诗话的文学理论批评性质更加鲜明了。

吴琇还认为，诗选之"选"，就是"予夺可否，次第高下"之谓。本来，诗歌评选的总集，就带有文学批评的意义。面对着浩如烟海的古代诗歌，编选者要选优汰劣，各人必有其取舍标准。元人方回说："所选，诗格也；所注，诗话也。"（《瀛奎律髓自序》）诗选与诗评，其标准本来有某些相通之处，诗话也因此通于诗选。清人沈德潜所

---

① 郭绍虞编选、富寿荪校点《清诗话续编》，上海古籍出版社，1983，第931页。

编选的《别裁集》亦附诗话,各书称引,亦常有径称为《别裁集诗话》者①。吴氏如此溯源,接触到了诗歌发展演变的内部规律性,也看到了诗歌选集与诗歌批评常有互相混淆的一面,自成一家之言,是颇有见地的。从诗律方面来分析,诗话的诞生,正是中国古代诗歌繁荣发展、诗律缜密精细的必然结果,是中国古代文学理论批评专门化的必然产物。

诗话之源的探讨,本书略述了何文焕、章学诚、吴琇以及今人罗根泽先生等几种见解,也许还有其他新颖独特之见,但已有足够的代表性了。通过以上四说,我们似乎能够看到诗话溯源的基本轨迹:前人对于诗话之源的探讨,往往是由远及近,由虚到实,由表及里,由粗而细的。这四种说法,各有所长,亦各有所短。何文焕就中国古诗之源来立论,未免过于玄渺;章学诚从中国古代诗论的专门化溯源,把诗话之源的探寻引到一个客观实在的学术领域,也就纠正了何氏之说的玄渺,但只注意诗论对诗话之体产生的影响,而未着力去考察宋人诗话最本质的特征,因而失之偏颇。罗根泽从内容与形式两方面立论,较前面二说有三大优点:一是能从诗话之近源入手,二是能从宋人诗话的本质特征出发,三是能看到《本事诗》对诗话创作的内容与形式方面的间接影响。而吴琇又从诗歌格律方面立论,从诗歌(特别是律诗)的内部与文学批评本身来探讨诗话之源,使之上升到新的理论的高度,无疑是对前面三人之说的一种理论补充,另辟蹊径,益人神智。

然而,这四种说法又都有一个通病,即采用的是线性思维方式,而不是多方面、多角度、多因素的探源,各执一端,恪守一隅。因为世界上从来就没有任何孤立存在着的事物,一切事物都与其他事物存在着纵横交错的复杂联系。基于这种事物普遍联系的辩证法观

---

① 郭绍虞:《诗话丛话》,《照隅室杂著》,上海古籍出版社,1986,第273页。

点，中国文学史上任何一种文学现象，从萌芽、发育到成熟、完善，中间必然有许多互相关联的环节，一系列具有特定功能的环节联结起来，成为一个有序性的统一的整体。各种文学现象整体的性质和特征，正是各种事物内部与外部的各个部分、各个环节相互作用、相互制约的结果。中国诗话源远流长，它的诞生和发展繁荣不可能不经历一个漫长而复杂的凝聚、孕育过程。如果说，北宋欧阳修时代是诗话之体瓜熟蒂落的中心环节，那么，在此之前的许多中介环节，作用于它，制约于它，促成了它的生长、发育、成熟，有如"十月怀胎，一朝分娩"。因此，撇开这些中介环节的整体性，孤立地、静止地、片面地从某一个方面、某一个角度去考察诗话之源，就可能"只见树木，不见森林"，陷入形而上学的盲目性之中。

同时，还必须指出，前人对于诗话之源的探讨，其所以得出以上各自不同的结论，除了思维方式方面的原因之外，还有一个重要原因是概念上的混淆，即把"起源"与"来源"混而为一。其实，"来源"与"起源"作为两个不同的概念，它们有着一种内在的本质区别："起源"标志着某一事物的诞生；"来源"一般指构成这一事物的某种因素及所从来之处。这种因素，不可能是单一化的，而是多元化的；它可能来自其亲属关系的事物，也可能来自不同性质的别事物。一般来说，"起源"重在事物之发生，而"来源"则重在事物之源流；事物"起源"只有一次，而"来源"则可多种多样；而某一事物的诞生，乃是各种因素凝聚、作用的结果。因此，"来源"并不等于"起源"，有如马克思主义的"三个来源"我们不能把它当作"三个起源"一样。"来源"与"起源"又是有内在联系的，它们之间的关系可以用"十月怀胎"与"一朝分娩"来说明。显然，如果不明确这两个概念及其相互间的差别，就容易引起一些混乱的理解，以至做出不恰当的判断。

严格地说，何文焕的"昉于三代"说、章学诚的"本于《诗品》"

说、罗根泽的"诗话出于《本事诗》而《本事诗》又出于笔记小说"之说如果能够成立的话，我们也只能承认它们只是诗话之体赖以诞生的几个主要来源而已。在中国诗话史上，肇始于三代的论《诗》之语，也许是诗话之远源，所谓"诗话之滥觞也"；而钟嵘《诗品》也定然对诗话之"论诗而及辞"的一面产生过巨大影响，成为诗话起源的一个中介环节，促成了诗话由"论诗及事"向"论诗及辞"的转化；而孟棨的《本事诗》从内容到形式影响着宋人诗话，也许是诗话之体产生的更为直接的近源，对初期诗话的"闲谈""记事"的本质属性起过决定性的作用。然而，它们并不即是所谓"诗话"。那么，诗话究竟起源于何时？郭绍虞指出："诗话之体当始于欧阳修。欧氏以前非无论诗之著，即其亦用笔记体者，如潘若同《郡阁雅言》之属，此后纂辑之诗话，每多称引其语，此类书虽在欧氏以前，然晁公武《郡斋读书志》称其'多及野逸贤哲异事佳言'，知非纯粹论诗之作，故《宋史·艺文志》以入小说类而不入文史类。是则诗话之称，固始于欧阳修，即诗话之体亦可谓创自欧阳氏（亦可称欧氏）矣。"① 这是很精到的见解。我们把诗话起源定于北宋欧阳修时代，其合情合理性还远远不在于郭氏所说。

诗话是一种独立的诗论体裁，它必然产生也只能产生于特定的历史阶段。这个历史阶段的"特定性"，主要表现在以下三点：（1）诗话之体必须在古典诗论的母体之内发育成熟；（2）整个社会必须为诗话之体降生具备相适应的环境；（3）诗坛文苑必须有为诗话之体接生的能干的助产婆。这一切，北宋时代业已具备。如果对诗话作历史的、全面的分析，其发育期大致可以分为四个阶段。

（一）胚胎期：这个时期大约处于先秦时代。《虞书》的"诗言志"说，孔、孟论《诗》的片语只言，《左传》所载春秋各国诸侯交往

---

① 郭绍虞：《宋诗话考》，中华书局，1979，第1页。

中的论《诗》片段等，这是中国古典诗论的滥觞。何文焕力主诗话昉于三代之说，正是看到了这种最古朴的诗论（或者更准确地说叫作论《诗》语录）对诗话所产生的深远影响。然而它毕竟只是隐隐显现出中国诗话的理论因子和基本要素而已，属于诗话之体的胚胎的最初渊源。

（二）发育期：这个时期大约出现在汉魏六朝时代，这个时代最富于智慧和创造，充满着艺术精神。特别是魏晋，"人的觉醒"带来了"文的自觉"[①]。一批文学批评论著应运而生，汉代的《毛诗序》、魏曹丕的《典论·论文》、晋陆机的《文赋》、齐梁时代刘勰的《文心雕龙》、梁代钟嵘的《诗品》等，都从各个方面促成诗话之体的发育，为诗话的崛起提供了坚实的理论基础。可以说，这是诗话之体赖以诞生的一个重要的中介环节。

（三）成型期：主要是在隋唐五代。此时的唐代，是诗的唐朝[②]，诗的世界。耸立于诗国群峰之巅的唐诗，乃是诗歌王国的冠冕，而唐代律诗又是这皇冠上的一颗明珠。唐诗高峰的崛起，为诗话这种新的诗歌评论样式的发育成型提供了一个最佳的契机。为诗歌创作之需，唐代诗坛出现一大批诗格、诗式、诗例、诗句图一类诗学入门书籍。虽然唐人诗格大多是讲科场诗赋格律的，曾为宋代改革诗体的欧阳修所极力诋诃，按罗根泽的说法，"诗话"是对于"诗格"的革命。然而，唐人诗格广泛地传播而普及了诗歌格律常识，其中少许佳作，如司空图的《二十四诗品》，托名王昌龄的《诗格》以及皎然的《诗式》，无疑也曾以其诗律常识和诗学见解影响着后世诗话。清人吴琇关于诗话出于诗律之"细"说，正说明诗话之体的诞生乃是诗歌繁荣发展、诗律缜密精细的必然结果。尤其是晚唐时

---

① 参见李泽厚《美的历程》，中国社会科学出版社，1984。
② 闻一多有"诗唐"之称，见郑临川《闻一多论古典文学》，重庆出版社，1984，第82页。

代，受六朝笔记小说的影响，孟棨撰《本事诗》三卷，对诗话之体曾产生过重大影响：一是内容上偏于探求诗本事；二是形式上采用闲谈随笔形式；三是体制上由一条一条内容互不相关的论诗条目连缀成篇；四是风格上轻松、活泼、自由。只要稍加比较，我们就不难发现《六一诗话》与《本事诗》具有惊人的相似之处，也可以说《本事诗》实际上是宋人诗话的唐人模式。所以，罗根泽断言："本事诗是诗话的前身。"

（四）分娩期：这在北宋欧阳修时代。诗话之体在古典诗论的母体内生长发育，至北宋时代已趋于成熟。这说明诗话之体的诞生具有了某种可能性。然而，鸡蛋并不就是鸡子，要使鸡蛋孵化为小鸡，还必须有适当的温度。同样，诗话之体诞生的这种可能性能否转化为现实性，还得看当时的外部条件是否相适应。这里我们应该值得庆幸的，是宋代的社会环境和文学背景，已经为诗话之体的诞生准备好了一个宽敞而舒适的社会摇篮。

宋代，这是学术思想活跃，充满着思辨精神的时代。比较而言，唐代处于中国封建大帝国的鼎盛时期，整个社会的主旋律是积极乐观、蓬勃进取的，充满着幻想、希望和追求的色调。万紫千红的唐代诗坛，一直处在激烈而热情的竞争之中。正如清人吴乔所说：

> 三唐人各自作诗，各自用心，宁使体格稍落，而不肯为前人奴隶。（《清诗话·答万季野诗问》）

中国古典诗歌发展到唐代所出现的新情势、新风貌、新成就、新精神，使原先兴起于魏晋南北朝的"诗品"以及题序跋记之类的诗文评介也因散篇零札，而不能适应诗歌创作繁荣发展的客观需要，迫切要求诗歌评论样式的创新。然而，身处竞争热潮之中的唐人，只能顺应当时律诗创作之需和举子应试诗赋的实际需要而撰写诗格、诗式、诗例、诗句图一类作诗法入门书，还来不及对唐诗创作的新鲜经验和成败功过进行认真的总结，也来不及对中国古典诗歌的发展演变作规律性的探讨，更不可能去从事诗歌评论样式的革新。显然，历史的重任，理所当然地落到了后人的肩上。宋代与唐代不同，封建帝国的红日开始西沉，整个社会沉浸在严峻的反思之中，思考多于幻想，感伤多于希望，忧患多于追求。科举制度的改革，特别是重策论的影响，宋人多好议论，"开口揽时事，论议争煌煌"（欧阳修《镇阳读书》）。议论之风所及，促成了学术界由重词章、恪守经注的"汉学"向重义理、务明大义的"宋学"的转变，"以文字为诗，以才学为诗，以议论为诗"，好发议论的宋人，走进了谈诗论诗的新天地。士大夫阶层，于政事之余，无人不作诗、谈诗、论诗。这是一个学术思想特别活跃的时代，一个充满着思辨精神的时代。佚名《唐宋分门名贤诗话》卷一云：

> 梅圣俞爱严维诗，有"柳塘春水慢，花坞夕阳迟"，善则善矣。然细细较之，"夕阳迟"则系花，"春水慢"不须柳也。如杜诗云："深山催短景，乔木易高风。"此了无瑕颣也。又云："萧条九州内，人少虎狼多。少人慎莫投，多虎信所过。饥有易子食，兽犹畏虞罗。"如此等句，其含蓄深远，殆不可模仿。凡诗以义为主，文词次之。或意深义高，虽文词平易，自是奇作。韩吏部古诗高卓，至律诗虽可称善，要之有未工者，而好韩诗者句句称述，未可谓然也。……永叔尝云："知圣俞诗者，莫如修。尝问圣俞举平生所得句，圣俞所自负者，皆修所不好；圣俞所卑下，皆修所称赏。"故知心赏音之难如是，其评古人之诗得无似之乎？

魏泰《临汉隐居诗话》亦云：

> 顷年尝与王荆公评诗，予谓："凡为诗，当使挹之而源不穷，咀之而味愈长。至如永叔之诗，才力敏迈，句亦清健（'清健'，一作'雄健'，一作'新美'），但恨其少

余味尔。"荆公曰:"不然,如'行人仰头飞鸟惊'之句,亦可谓有味矣。"然余至今思之,不见此句之佳,亦竟莫原(一作"晓")荆公之意。(《历代诗话》本)

这两则诗话,真实地反映出宋人言诗的生动情景,足以说明宋人于政事之余,茶余饭后,谈诗,论诗,评诗,已蔚然成风。此风之兴,于诗话这一新的论诗体裁的诞生,是相当有益的。

宋代不仅为诗话之体的诞生创造了如此良好的社会环境和文学背景,而且还造就了一个能干的助产婆——诗话的首创者欧阳修。

郭绍虞先生论诗话绝句曾有"偶出绪余撰诗话"[①]之说。事实也确然如此。北宋文坛宗主欧阳修晚年退居汝阴,此时"西昆体"的浮艳诗风已经革除,文学革新运动已大功告成,"古文"以及宋诗发展的道路已经开拓,欧阳修文学集团及其文学主张已经主宰文坛。整个北宋文坛诗苑已经太平无事,没有发生什么重大事件,没有提出什么新鲜问题,没有引起什么激烈的论争。作为一代文学宗匠,欧阳修也就没有什么文学理论上的根本性问题需要重新予以考虑或重加申说了。在整理旧稿之余,平日读诗、写诗、谈诗、论诗中的某些琐闻轶事、点滴体会、一得之见、片语只言,欧公反倒觉得有必要随手笔录下来,"以资闲谈"。于是他在"宋人言诗"的时风之中,取法于民间"诗话"之名,编纂成篇,名之曰《诗话》。石破天惊,一个新的诗歌评论样式,终于降生到诗歌王国了!此后第二年(即公元1072年),欧公便与世长辞了。之后,其文学好友司马光追效其体而作《续诗话》,刘攽继其后而撰《中山诗话》。从此,宋人接踵而来,效者云集,诗话创作盛极一时,蔚为风尚。诗话之体也逐渐发展成为中国古代诗歌评论的主要样式。这是欧阳修

---

① 见《宋诗话考》卷首。原诗是:"醉翁曾著《归田录》,迂叟亦题涑水闻。偶出绪余撰诗话,论辞论事两难分。"

本人也始料未及的。

当然，一种文学样式诞生之后，能否为社会所认可，能否普及于文坛，能否蔚为大国，还是一个极为复杂的问题。这里，一要看当时的文学风尚，看它能否为这种新的文体的发展提供良好的艺术环境；二要看这种文学样式本身是否具有较强的艺术生命力，看它能否为文坛乃至整个社会所喜闻乐见；三要看文学集团的力量，看它的首创者和第一批作家群能否以自己的创作实践为后人所承认和效法。正是具备这三大优越条件，诗话便不可遏制地崛起于宋。

从诗话之体在古典诗论的母体之中孕育的全过程来看，诗话之体诞生于北宋欧阳修时代，其渊源所自，不可能是单一化的。因此，关于诗话的溯源，也必须是多渠道、多层次、多方面的；各执一端，则只能引起毫无实际价值的派别之争。鉴于此，章学诚虽然力主诗话本于《诗品》之说，但又强调"要其流别滋繁，不可一端尽矣"。郭绍虞论及诗话之源时也指出：

> 溯其渊源所自，可以远推到钟嵘的《诗品》，甚至推到《诗三百篇》或孔、孟论《诗》的片言只语。但是严格地讲，又只能以欧阳修的《六一诗话》为最早的著作。（《清诗话·前言》）

显而易见，章、郭等人都不主张恪守一隅、各执一端，证明广泛地探溯诗话之源的正确性。

第二章
诗话的流变与演进轨迹

第一节　诗话的流变

艺术如同人生，一切都在动荡，一切都在嬗变，相续相禅，生生不息。

诗话之体诞生于北宋欧阳修时代之后，也在无数诗话家的创造性实践中，按照自身的规律性，不断出现新的流变和新的演进。

郭绍虞先生在《清诗话·前言》中指出："论诗之著不外二种体制：一种本于钟嵘《诗品》，一种本于欧阳修《六一诗话》，即溯其源，也不出此二种。"郭氏的论述是正确的。从总体来看，诗话之体本身的变化，主要在其论诗宗尚和体制上，出现了"欧派"与"钟派"之分。前者"宗欧"，后者"宗钟"。如果作宏观的审视，诗话这种体制上的嬗变，便可以用以下这个图解来表示：

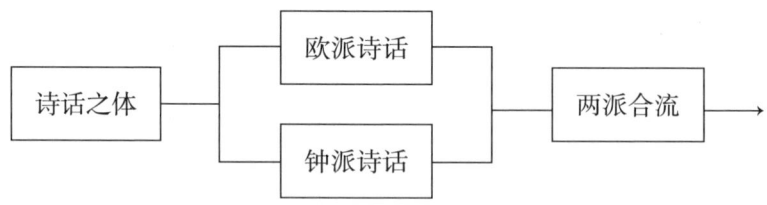

（一）欧派，即以欧阳修《六一诗话》为宗，朝着"论诗及事"的既定方向发展，以论事为主，旨在"以资闲谈"，风格比较轻松、

自由。最先的追随者，是欧阳修文学集团中的一些诗友，如司马光有《续诗话》，刘攽有《中山诗话》等。北宋时期的大部分诗话之作，一般都沿着欧公《诗话》所开创的路线，以闲谈记事为主。之后，每一个时期，也都有许多诗话作者接踵而至。即便是清诗话中的随笔式的"以资闲谈"的著作，其数量也不少，如吴伟业《梅村诗话》、顾嗣立《寒厅诗话》、王士禛《渔洋诗话》、毛奇龄《西河诗话》、郭麐《灵芬馆诗话》、袁洁《蠹庄诗话》、张曰斑《尊西诗话》、徐熊飞《春雪亭诗话》、陶元藻《凫亭诗话》、沈涛《匏庐诗话》、俞俨《生香诗话》、马星翼《东泉诗话》、徐经《雅歌堂诗话》、喻文鏊《考田诗话》、潘焕龙《卧园诗话》、姚椿《樗寮诗话》、严廷中《药栏诗话》、张晋本《达观堂诗话》、吕善报《六红诗话》、姚锡范《红叶山房诗话》、李家瑞《停云阁诗话》、陈来泰《寿松堂诗话》等等，不胜枚举。这就说明欧派诗话，还是颇有生命力的。而且，从诗话之体的首创者、体式、性质、风格特征诸方面来考察，欧派诗话应当是中国诗话之正宗，是诗话的正统。

（二）钟派，即以钟嵘《诗品》为尚，朝着"论诗及辞"的方向发展演进，以诗论为主，重在"第作者之甲乙而溯厥师承"[①]，风格比较严肃、缜密。在时间上，钟派诗话出现于欧派之后，大概于北宋与南宋之交初露端倪。主要标志是北宋末年、南宋之初叶梦得的《石林诗话》，我们可以把它视为诗话之体由"论诗及事"向"论诗及辞"逐渐演进转变的过渡。此后的南宋诗话之作，如张戒《岁寒堂诗话》、姜夔《白石道人诗说》、严羽《沧浪诗话》等，大都倾向于诗歌理论与批评的论述，属于钟派诗话之列。这时，诗话之体显然是变化了，超越了。其后，历代诗话都有许多重理论、主批评的论诗专著应运而生，如金代王若虚《滹南诗话》、明代徐祯卿《谈

---

① 《四库全书总目》集部诗文评类序言，《四库全书总目》，中华书局，1987，第1779页。

艺录》、谢榛《四溟诗话》、王世贞《明诗评》、王世懋《艺圃撷余》、胡应麟《诗薮》等等，都着重论述其诗学见解，评骘诗人诗作，以论辞为主，而不再是以论事为主，不是"以资闲谈"的随笔小品，而是论诗谈艺的严肃著作了，显露出理论的光彩和战斗的锋芒，评论性、针对性十分明显。到清代，诗话创作进入了中国诗话史的黄金时代。在当时浓厚的学术研究风气影响之下，清诗话的特点，更加富于理论化、系统化和专门化。诗话创作的宗钟倾向尤为突出，而且显示出蓬勃向上的面向诗学领域的探索精神，代表着中国诗话的发展方向及诗学文化价值。我们认为，钟派诗话虽然本于钟嵘《诗品》，但从诗话之体本身的演进轨迹来分析，它之所以在欧派诗话之后崛起，原因有三点：一是诗话之体不断演变的必然趋势，二是诗歌理论批评不断发展形势的迫切需要，三是诗话作家在诗话创作实践中不断探索不断总结经验的结果。鉴于此，诗话之体才有由以论事为主向以论辞为主转变的契机，才有由欧派诗话向钟派诗话更张的动力。所以，从这个意义来说，钟派诗话是对欧派诗话的一种超越，一种后来居上。诗话的诗学文化价值和历史地位，也就因此而不可低估了。

通观中国诗话，主要是这两大派。其介于二者之间的，属于欧派的支流；而专论诗格、诗例、诗式或声调等作诗方法的，则属于钟派的支流。这两大派，既互相区别，又相互联系，相辅相成，有如诗话之体身上的两翼，缺一不可。其微妙的关系就在于"论诗及事"与"论诗及辞"在对立渗透组合中互相补充，而成为一个有机统一的整体。单纯的"论诗及事"，无异于本事诗，失去了诗话的学术价值；纯粹的"论诗及辞"，与古典诗论又有何区别？因而也就失去了诗话之体赖以诞生的实际意义。作为中国古代一种独特的论诗之体，诗话应该是"论诗及事"与"论诗及辞"的和谐统一。这样，它才既别于笔记小说与本事诗之属，又有异于钟嵘《诗品》一类论诗专著,从而显示自己独特的艺术个性和风格特征。

其实,无论是欧派还是钟派,都只是诗话的一种形式。它们各有自己的领域、特长和价值,构成二元或多元互参和并存发展的诗话格局,而没有处于互相排斥、前后否定的派别之争。因而,一到清代,在朴学大盛的特定历史环境和学术空气之中,欧派与钟派互相融合,相辅相成,出现两派合流的情势,诗话之体的本体属性,终于得到了充分的发挥和前所未有的拓展。

第二节 诗话演进的历史轨迹

诗话之从论事到论辞,从宗欧到宗钟,从轻松的闲谈随笔到严肃的理论专著,这是诗话之体本身发展演变的主要倾向和必然趋势。

在中国诗话史上,诗话在中国古典诗论的母体之内孕育而诞生,然后又积数代之功,至清代而鼎盛,又至现代而新生。此中经历了多少人世沧桑和艰难坎坷呵!从诗话之体内部演进的全过程来看,其历史轨迹的四个阶段,则清晰可见:

(一)以"论事"为主体的闲谈随笔体诗话的繁荣,是诗话演进过程中的第一个阶段,即宋(金、元)诗话阶段。宋代是诗话之体"一朝分娩"的时代。宋诗话,从欧阳修《六一诗话》到严羽《沧浪诗话》,前后一百多年的发展演变过程,大体经历了北宋和南宋两个时期,它们既相互联系,又相互区别。一般来说,北宋诗话是南宋诗话的先导,南宋诗话又是北宋诗话的必然发展。北宋诗话的创作宗旨,以欧阳修《六一诗话》为宗,论诗及事,于述诗事之中间现作者的一己一得之见,多为"以资闲谈"的记事随笔;南宋诗话基本上未脱北宋诗话的窠臼,述诗事者居多,像《岁寒堂诗话》《白石道人诗说》《沧浪诗话》之类偏重诗论的专著,真是凤毛麟角。所以,从总的创作倾向而言,整个宋代诗话,不论北宋、还是南宋,闲谈性、资料性的记事随笔体居绝对多数,而纯粹理论批评性的,则比较少见。受宋诗话创作倾向的影响，金元诗话仍遵循闲谈随笔的体系，走模拟宋诗话之路，如韦居安《梅磵诗话》、吴师道《吴礼部诗话》和蒋正子《山房随笔》等，皆属于欧派诗话系列。

（二）以"论辞"为主的评论体诗话的勃兴，是诗话演进过程中的第二个阶段，即明诗话阶段。元代，欧派诗话一度衰落，而属于钟派诗话支流的诗格之作，却开始复兴。至明代，由于特定的社会环境和文学思潮的影响，诗话创作向文学批评的方向跨进了很大的一步，钟派诗话骤然勃兴。其基本特点有三：一是宗唐拟古的创作倾向，以前后七子诗话为主要代表；二是咄咄逼人的派别之争，拟古主义与反拟古主义的斗争方兴未艾，为期七百年之久的"唐宋诗之争"就兴于此时；三是诗学权舆的一度勃兴，诗学、诗格、诗法一类理论专著，比较注重从内部探讨诗歌的创作规律性，为清诗话的理论化、系统化、专门化奠定了良好的基础。因此，从总的创作倾向看，明代诗话以"论辞"为主，重视诗歌理论和文学批评功能，具有评论性、批判性、针对性、知识性的特点，属于钟派诗话之列。

（三）诗话创作的理论化、系统化、专门化，是诗话演进过程中的第三个阶段，也是最高阶段，即清代诗话阶段。诗话崛起于宋，至金元而衰落，经过明代的复兴，至清代而鼎盛，达到登峰造极的地步。其卷帙之繁富，品种之多样，理论之系统，体系之完整，成就之卓著，在中国诗话史上是空前绝后的。在当时浓厚的学术研究之风影响下，清代诗话家都以严谨的治学方法和严肃认真的写作态度，从事诗话创作，使清代诗话日趋系统化、理论化、专门化，具有很高的学术价值。王夫之《姜斋诗话》、王士禛《带经堂诗话》、沈德潜《说诗晬语》、翁方纲《石洲诗话》、袁枚《随园诗话》、赵翼《瓯北诗话》、叶燮《原诗》、潘德舆《养一斋诗话》、洪亮吉《北江诗话》、朱庭珍《筱园诗话》等等，都曾名噪一时，影响深远。特别是清诗话的四大学说——王士禛的"神韵说"，沈德潜的"格调说"，袁枚的"性灵说"，翁方纲的"肌理说"，都以各自独特的理论，在中国诗话史、中国文学理论批评史、中国美学史上闪烁着夺目的光彩，极大地丰富和发展了中国古典诗歌理论的艺术宝库。

（四）旧体诗话的衰落，新体诗话的诞生，是诗话演进过程中的第四个阶段，即现代诗话阶段。像春雷震撼神州，似狂飙席卷大地，1919年，举世闻名的五四运动，开创了中国历史的新纪元。由于五四新文化运动的冲击和推动，传统的"旧体诗话"日趋衰落，具有新形式与新内容的"新体诗话"应运而生，并逐步取代了旧体诗话的历史地位。这是中国诗话史上一场具有历史意义的巨大变革。从此，在西方哲学、诗学、美学、艺术心理学、形式逻辑学和现代科学技术的影响下，特别是在马克思主义的理论指导下，中国诗话开始冲破它固有的封闭式的结构体系，得以走向世界和未来。从现代诗话发展情况来看，我们认为：(1)诗话向诗学演进，(2)诗话与美学结合，(3)注重中西诗的比较研究，这三点正体现着现代诗话发展的新趋势。它表明古老的中国诗话之体，在当今新的时代潮流与文学背景下，从内容到形式，正出现质的突变、质的飞跃。可以预言，作为中国独特的一种诗歌理论批评的专著形式，诗话的前途是远大的，诗话的未来是光辉灿烂的。

第三节　中国诗话与东方诗话圈

中国诗话，在北宋欧阳修时代崛起之后，经历了宋、元、明数代的繁衍和发展，至清代而鼎盛，成为中国诗歌理论批评的一种最主要的著作形式。

千年诗话，卷帙浩繁，如汗牛充栋，表现出特别旺盛的学术生命力，且早已跨出国门，衍生出了古代的朝鲜诗话与日本诗话，越南文论亦深受其影响。据本人编纂的《中国诗话文献考》查证，中国历代诗话之知见书目，数以千计。流传至今的中国诗话之作，尚存有一千三百九十余部,加之朝鲜诗话、日本诗话之存世者,中、韩、日三国诗话的传世之作,总计尚有一千七百余部。如此繁富的东方诗话之作,形成了东方文学批评史乃至东方文化史上一种不容忽略的文化现象,这就是"东方诗话圈"。

东方诗话圈,是古代儒家文化圈的产物。世界古代文化,因民族与地域而异,但是论其发祥地,大要不出其二:一是东方之中国,二是西方之罗马。西方文化源于埃及,而兴盛于罗马,波及于整个欧洲;东方文化,以中国为宗主,以儒家文化为纽带,凡周边的国家和地区,如朝鲜、日本、东南亚地区,很早就进入了儒家文化圈之内。中国诗话则凭借着儒家文化的翅膀翱翔于周边各国和地区,走向世界。而且,由于印度佛教文化传播于中土,佛教文化特别是佛教禅宗思想及其思维方法,极大地影响于中国历代诗话,乃至古代朝鲜、日本诗话。于是,在儒家文化和佛教文化的孕育之下,从印度→中国→朝鲜→日本→东南亚,在世界的东方,便形成了一个跨越时空的东方诗话圈。

中国第一部以"诗话"命名的论诗著作,是北宋欧阳修的《六一诗话》,而以钟嵘《诗品》为"百代诗话之祖";日本第一部以"诗话"命名的论诗著作,是释师炼的《济北诗话》,而日本学者多以空海大师辑录的《文镜秘府论》为日本诗话之宗;朝鲜第一部以"诗话"命名的论诗著作,是徐居正的《东人诗话》,韩国学者则以李仁老的《破闲集》为"韩国诗话之冠"。中、韩、日三国诗话之中的第一部以"诗话"命名的论诗著作,其问世时间虽然有先后之分,但其论诗体例、结构形式、论诗宗旨,乃至基本概念、范畴、范畴群、理论体系与方法论,如出一辙。可以说,中韩日三国诗话是出于同一个母体的孪生兄弟,只是中国诗话为其长兄而已。这个母体,就是中国儒家文化。盛极一时的中韩日三国诗话,是中国古代儒家文化与佛教文化交融混一的产物,既深深地打上了中国传统文化的烙印，还充分体现了中华民族、朝鲜民族、日本民族各自有所不同的文化性格、文人心态、审美情趣和思维方式。

比较而言，以中国诗话为代表的东方诗话，具有与西方诗学完全不同的特色：

其一，就名称而论，东方诗话自欧阳修首创"诗话"以降，中、韩、日三国历代论诗之作，多沿袭"诗话"之名，据不完全统计，现存一千六七百部历代论诗之作，以"诗话"名书者多达千部。"诗话"之名，陈陈相因，相续相禅，历久不变，正是儒家注重祖宗崇拜的宗法文化观念的一种反映。而西方诗学自从亚里士多德《诗学》问世以来，则很少有人继续沿用"诗学"之名。名为"诗学"，实为文艺理论之通称也。

其二，就论诗体制而言，东方诗话大多采用语录体式，由一条一则内容互不相关的论诗条目连缀而成，有话则长，无话则短，长短随宜，应变作制，灵活多样。这一体制特点，初期诗话显得尤为突出；北宋以后的诗话论诗体制，或有按内容分卷编排者，论诗条目亦有扩充而为段落者，但其基本体制并没有多大变化，只是内容更丰富，体制更完美而已。

其三，就论诗内容而言，东方诗话以诗为主，属于狭义的诗学。故其内容不出"论诗及辞"与"论诗及事"两种类型，前者源于钟嵘《诗品》，我称之为"钟派"；后者始于欧公《六一诗话》，我谓之为"欧派"。比较而言，古代朝鲜诗话多以"论诗及事"为主，属于欧派诗话之列；日本诗话多以"论诗及辞"为主，属于钟派诗话之列。

其四，就论诗风格而言，东方诗话大多属于"以资闲谈"的随笔之类，行文运笔，自由自在，不受任何拘束，有如学术散文，形散而神不散，始终以论诗为中心。特别是其语言风格，平易浅近，多运用宋元兴起的白话文，完全摈弃刘勰《文心雕龙》式的骈俪风格，很少有学究气、书卷气,也与逻辑严密、体制完备的西方诗学大相径庭。以其能使作者"挟人尽可能之笔,著唯意所欲之言",故赢得了古今中外广大的作者群;以其能"使人心开目明,玩味不能去手",故又赢得了古今中外广大的读者群。这正是以中国诗话为代表的东方诗话长盛不衰的一个重要原因。

其五,就论诗宗旨而言,东方诗话多遵循儒家"温柔敦厚"与"兴观群怨"诗教之旨,以《诗三百》为圭臬。清人徐世溥《榆溪诗话》云:"《三百篇》者,诗之昆仑,亦诗之海也。"日本久保善教《木石园诗话》谓"诗之渊源,在《三百篇》"。长山樗园《诗格集成》说:"《三百篇》,诗之祖也。"韩人崔滋《补闲集》亦谓《三百篇》"发其性情之真,而感动之切,入人骨髓之深耶"。因之而尊杜,称颂杜甫为"诗圣",韩人崔滋《补闲集》云:"言诗不及杜,如言儒不及夫子。"日本古贺侗庵《侗庵非诗话》云:"诗至老杜,是谓集大成之孔子。"清人袁枚《随园诗话》云:"文尊韩,诗尊杜,犹登山者必上泰山,泛水者必朝东海也。"与西方诗学不同,东方诗话论诗倡言"诗品出于人品"之说,特别注重诗人的诗品与人品,追求诗人的理想完美人格之美和诗歌的蕴藉朦胧含蓄之美,而以"意境美"为最高审美境界和批评标准。

东方诗话圈,也与东方儒家文化圈一样,是一个客观存在的历史事实。它好像东方升起的一道绚丽的彩虹,架起了古老的中国通往周边国家和地区的桥梁,为中国与朝鲜、日本、东南亚地区的学术文化交流的悠久历史写下了光辉灿烂的篇章,也为我们今天从事中国古代文化史、中国古代文学史、文学理论批评史、美学史、比较文学史、文化传播史、对外关系史的深入研究,开拓出一个无限广阔的新的思维空间。

第三章

诗话的学术价值与历史地位

在中国文学批评史上，诗话自北宋时代崛起以来，一直以中国古代诗歌评论的专著形式而跻身于文苑诗坛，作家云蒸，著述繁富，众采纷呈，流布世代，至今未衰，显示出旺盛的艺术生命力。然而，令人奇怪的是，诗话的价值和历史地位，却一直没有得到应有的肯定。元初以来，种种非难和贬斥，接踵而至，什么"诗话盛而诗愈不如古"（赵文《青山集》卷一《郭氏诗话序》）呀，"诗话作而诗亡"（袁枚《随园诗话》卷八）呀，"唐人精于诗而诗话则少，宋人诗离于唐而诗话乃多"（吴乔《清诗话·答万季野诗问》）呀，甚至连著名史学家章学诚也指责清人诗话"可忧""可危"（章学诚《文史通义·诗话》）等等。至日本文化年间，古贺侗庵撰《侗庵非诗话》十卷，极论诗话之非，指斥历代诗话的十五种疵病。前人所以得出如此不公正的结论，除少数诗话之作确实存在章学诚与古贺侗庵所批评的缺点之外，我认为还有三个原因：一是出于一种传统的偏见，以为诗话一诞生就与士大夫茶余饭后的消遣闲谈结下不解之缘。二是缺乏辩证的观点，一叶遮目，仅见诗话之短，不知诗话之长，简单加以否定。三是研究方法之不足，只盯住个别粗劣的诗话之作，视野狭窄，而对中国历代诗话缺乏宏观的审视与全面的研究。诗话也有流弊，我们毋庸讳言，正如朱光潜所说："诗话大半是偶感随笔，信手拈来，片言中肯，简练亲切，是其所长；但是它的短处在零乱琐碎，不成系统，有时偏重主观，有时过信传统，缺乏科学的精神和方法。"(《诗论·抗战版序》)其实，任何一种文学样式，一旦落入平庸之辈手中，都会被糟蹋得不成样子，弄得面目全非。何况本来就没有一种完美无缺的文体呢。作为一种新兴的论诗之体，诗话诞生之初，由于是闲谈随笔，本末精粗，无所不包，也难免有些"滥"。倘若不看主流，不看发展，求全责备，总以为诗话是先天不足，畸形发展，仿佛是宋人孕育出来的一具怪胎，那又岂能有正确公正的评价呢？

同西方诗学相比，由于传统的民族文化性格和审美心理的影响，中国诗话虽然缺乏系统的逻辑思辨，但是在轻松灵巧的笔调中，却蕴藏着重要的丰富的诗歌理论，特别是在诗歌本质论、风格论、作家论、创作论、鉴赏论、批评论、文体论、诗歌史论等方面，更有数不胜数的精辟见解，构成了具有中国特色的古典诗歌理论的基本体系。所以，我们认为，诗话是中国古代文学理论、文学批评和诗歌美学的宝贵财富，是丰富的文学理论遗产的重要组成部分。它的学术价值和历史地位，是不可低估的。

一 诗歌艺术论的渊薮

诞生在诗国沃土中的诗话，面对着五光十色的诗歌艺术之花，她曾以生花妙笔，不遗余力地加以描绘。中国古代诗歌理论中的许多根本性问题，都是诗话所探讨和阐述的对象。可以说，中国诗话是古代诗歌艺术论的渊薮。例如，何谓"诗"？诗的本质是什么？这是诗话首先必须探讨的诗歌理论问题。从宋李颀《古今诗话》、黄彻《䂬溪诗话》、严羽《沧浪诗话》，到清王夫之《姜斋诗话》、吴乔《围炉诗话》、叶燮《原诗》、袁枚《随园诗话》，都继承了古典诗论的"诗言志"与"诗缘情"两大学说，认为诗歌的本质特征在于抒情言志。中国古典诗歌，长于抒情，而短于叙事，抒情短诗特别发达，形成以抒情小诗为主体的诗歌王国。可见，这种对诗歌本质特征的认识，是符合诗歌实际的。正是出于这种认识，历代诗话特别注重诗歌的"教化"，要求真实反映现实，抒发真情实感，强调兴寄美刺，发挥诗歌的社会功能，成就了诗歌的现实主义优良传统。

诗歌的风格论，源于魏晋。刘勰《文心雕龙》的"八体"，以及唐皎然《诗式》、司空图《二十四诗品》，对后世诗话的诗歌风格论的形成，都有一定影响。作为诗歌艺术论的两个重要内容，诗话的诗歌风格论，是在前贤诗论基础上发展完善的，形成了自身的体系，这就是：(1)"风格系诸世运"，认为诗歌的艺术风格，因时而异，始终受到时代环境和社会条件的制约。(2)风格"系水土之风气"，即因地域而异，所谓"西北之音慷慨，东南之音柔婉"，盖出于风物水土之固然。(3)"诗品出于人品"，就是说艺术风格又因人而异，诗歌的不同风格，正是诗人各自不同的气质个性、思想情感、生活阅历和艺术修养的必然反映。(4)"风雅包罗广博"，因此，艺术风格也应该提倡多样化，"非可一端求一格定也"。如果说魏晋六朝和隋唐五代的诗论，还只停留在艺术风格的类别和诗歌风格的评藻方面，那么诗话对于艺术风格的探讨，已经趋于理论化、系统化了。特别是关于艺术风格如何形成的"天地人"三论，即诗歌的艺术风格，因时、因地、因人而异的见解，议论精微，全面深刻，堪称的论。

他如张戒《岁寒堂诗话》中的"言志为本"说，黄彻《碧溪诗话》中的"怨刺"说，范温《潜溪诗眼》中的"诗眼"说，陈师道《后山诗话》中的"以文为诗"说，严羽《沧浪诗话》中的"以禅喻诗"说，王夫之《姜斋诗话》中的"情景融洽"说，王士禛《渔洋诗话》中的"神韵"说，沈德潜《说诗晬语》中的"格调"说，袁枚《随园诗话》中的"性灵"说，等等，都以独特的理论建树，丰富和发展了诗话关于诗歌艺术论的内容。

二　诗歌创作的经验总结

中国诗话的作者绝大多数是诗人，具有丰富的诗歌创作经验。因而，在诗话创作中，特别注重于以感性的直观为基础的诗歌创作经验的总结，把实践中的感性认识上升到理性的高度，因而即使是一得之见，也片言中肯，富有亲切感和实用价值，有益于指导诗歌创作实践。其诗歌创作论，就是关于诗歌创作实践的理论概括，包括诗歌的创作原则、艺术构思、创作过程、创作方法等，对古代诗歌的创作规律，进行了有益的探讨和精确的表述。

"以意为主""意在笔先"，这是历代诗话所总结的重要的诗歌创作原则。所谓"意"，就是诗歌的主旨，中心思想，是作品的统帅和核心。从刘攽的《中山诗话》提出"诗以意为主，文词次之"以后，历代诗话家都特别注重"立意"和"炼意"。王若虚的"意主语役"说(《滹南诗话》)，王夫之的"意帅语兵"论(《姜斋诗话》)，都强调"意"的统帅作用和核心地位，认为"寓意则灵"，有了思想性，诗歌才有生命力。而"无意之诗"，犹如"无帅之兵"，只是"乌合"之众，没有战斗力。然而，诗歌不是政治宣言，而是语言艺术，具有自身的特点和规律性。所以，诗歌创作都重寄托，贵含蓄，强调"情景交融""形神兼备""境与意会"，创造美好深邃的意境。这是诗歌创作的典型化原则之所在，也是诗歌创作成败的关键。而意境，则植根于真实、鲜明、生动的艺术形象之中，意境的创造在于形象的创造。为此，历代诗话特别要求把握艺术构思的特殊规律，正确处理艺术表现的辩证关系，如形与神、假与真、正与反、虚与实、显与隐、动与静、浓与淡、情与理、理与趣、情与景、意与势、文与质、通与变、声律与自然等等，以少胜多，以小见大，以简驭繁，力求形象生动传神，诗歌境界全出。在这方面，中国诗话总结了前人从事诗歌创作和诗歌研究的丰富经验，讲作诗之法的诗话专著也层出不穷，在诗歌的比兴、用事、对仗、声律、结构、脉络等方面，作了许多有益的探讨。有人斥之为"形式主义",实际上正是注重从诗歌的内部来探讨诗歌的创作规律的一种表现。

诗歌创作论的一个重要理论,是"诗思"。所谓"诗思",就是诗人创作时的一种艺术思维活动。历代诗话对"诗思"的探讨,不乏其人。从黄彻的《䂬溪诗话》、葛立方的《韵语阳秋》,到翁方纲的《石洲诗话》、朱庭珍的《筱园诗话》,人们对"诗思"的理解和论述,大略包括三点:一是"诗思"产生于"物"。所谓"诗思在灞桥风雪中、驴子上"(《䂬溪诗话》卷二),正是说明诗人的创作灵感,产生于社会生活。王夫之的"铁门限"之说(《姜斋诗话》),叶燮关于以"理、事、情"为"诗之本",以"才、识、胆、力"为"诗人之本"的思想(《原诗》),正是从朴素唯物论的思想高度,论证了这种"应物斯感""情与物迁"的诗歌创作规律。二是"诗思"的基本特征,在于情与景、意象与情趣的忻合无间。他们认为进入创作构思中的"诗思",从创作过程来看,一般包括两个阶段:(1)"景生情"→"情生景"→"情景相生",这是创作构思的三个步骤。(2)"情中景"→"景中情"→"情景交融",这是创作所达到的艺术境界。三是"诗思"最注重"意象"。这是中国古代诗歌创作的通用手法,今人取名曰"意象思维"。同西方诗学中的"形象思维"相比,意象思维重在情感表现,是主观之"意"与客观之"象"的有机统一,更具有民族文化性格:一是富于情趣,符合中国诗歌的抒情本质和审美特征;二是重在意境,追求"形神兼备",以"境界"为最高审美标准;三是谐于韵律,注重声韵格律,较西诗更富有音乐美和形式美。据此,我们认为,"诗思"的论述,正是历代诗话的一大功绩。

三 诗歌艺术鉴赏的金钥匙

中国诗话历来注重诗歌的鉴赏。它所论及的"诗味"与"兴趣"、"妙悟"与"神思"、"形神"与"意境"、"情景"与"寄托"、"真

实"与"含蓄"、"诗眼"与"格律"等等,都属于诗歌鉴赏论的范畴。下面我们从三个方面来介绍历代诗话对诗歌鉴赏的论述:

第一,关于诗歌鉴赏的一般原则。历代诗话认为:其一是"诵其诗,贵知其人"。读者应为诗人的"知音",知其人,知其怀抱。如能"由其世以知其人,由其人以逆其志,则古诗虽有不能解者,寡矣"(王国维语);否则,"诵其诗不知其人,斤斤焉仅斥其诗格卑靡,定为下品之第,何异向名倡而责之曰:曷不缀道论以自娱"(《茗香诗论》)。其二是"熟读细思"。古人云:"读书千遍,其义自见。"熟读,是诗歌欣赏的基础。因之谢榛曾把"熟读"当作"提魂摄魄之法"(《四溟诗话》卷二)。但光读还不行,还要"细思"。吴乔指出:"读诗心须细,密察作者用意如何,布局如何,措词如何,如织者机梭,一丝不紊,而后有得。"(《围炉诗话》)其三是"通首贯看"。鉴赏诗歌,须着眼全篇,而"不可拘泥一偏";若偏重一隅,势必"以文害辞,以辞害志"。因此,鉴赏者的立足点宜高,"譬如人立于山之中间,山顶上是一种境界,山脚下又是一种境界,此三种境界各各不同。中间境界人论上境界人之诗,或有影子;至若最下境界人而论最上境界人之诗,直未梦见也"(《而庵诗话》)。根据这三条原则,诗话家们还强调诗歌鉴赏必须解决三个关系:一是作者与读者的关系。薛雪说:"状难写之景,如在目前;含不尽之意,见于言外。作者得于心,览者会其意。此是诗家半夜传衣语,不必举某人某句为证。"(《一瓢诗话》)二是读者与诗歌的关系。薛雪又说:"诗文无定价,一则眼力不齐,嗜好各别;一则阿私所好,爱而忘丑。"(《一瓢诗话》)因此,鉴赏者必须秉公论断,"无私于轻重,不偏于爱憎"。三是读者与读者之间的关系。"诗无达诂"。读者之间,由于社会地位、身世遭际、个性特征、文学修养等不同,而造成鉴赏的差异性,是不足为怪的。然而,诗歌鉴赏之大敌,在于"矮子看戏",承虚接响,随声附和,人云亦云。"吾辈定须竖起脊梁,撑开慧眼;举世誉之

而不加劝,举世非之而不加沮。"(《一瓢诗话》)

第二,关于诗歌鉴赏的分类。按欣赏对象分,则有四种:一是佳句欣赏,这是最普遍的。何谓"佳句"?谢榛指出:"凡作近体,诵要好,听要好,观要好,讲要好;诵之行云流水,听之金声玉振,观之明霞散绮,讲之独茧抽丝。此诗家四关。使一关未过,则非佳句矣。"(《四溟诗话》卷一)谢氏从句、音、色、味四个方面来考察律体诗的佳句,颇有见地。二是名篇欣赏,即单篇诗歌的鉴赏。这种鉴赏要求从内容到形式,全面衡量。而历代诗话所创立的"诗眼"(魏庆之《诗人玉屑》卷三,又范温《潜溪诗眼》)、"诗肠"、"诗思"、"诗趣"①之说,则为诗歌鉴赏开一方便法门。三是诗体欣赏,即从诗歌的各种体式及其艺术风格特征方面来鉴赏。如古体与近体、五言与七言、律诗与绝句等等,体式不同,欣赏的标准与要求也不尽相同。如《葚原诗说》则分"五言律说""七言律说""排律说""绝句说""乐府说""古体说"。四是意境欣赏,即以诗歌的意境(或曰"境界")为鉴赏的最高标准,强调诗歌的审美理想在于"意境美",它是诗歌艺术美的最高层次。此外,按鉴赏方法分,则有所谓社会学欣赏、心理学欣赏和格律学欣赏等,特别是格律学欣赏,重在诗歌的形式美、格律美、语言美。因此,不懂得诗歌格律,就难以鉴赏诗歌。

从历史的观点来看,诗话中的诗歌鉴赏论尽管还不够完善,但是它的鉴赏实践和理论探讨,是有价值的。诗话,是进入中国古典诗歌艺术之宫的金钥匙。

---

① 冒春荣《葚原诗说》卷一云:"诗肠须曲,诗思须痴,诗趣须灵。意本如此而说反如彼,或从题之左右前后曲折以取之,此之谓曲肠;狂欲上天,怨思填海,极世间痴绝之事,不妨形之于言,此之谓痴思;以无为有,以虚为实,以假为真,灵心妙舌,每出人意想之外,此之谓灵趣。"

四 诗歌批评的有力武器

近人陈一冰《诗话研究》指出:"诗话,文学批评之一种也。"诗话,是中国古代文学批评专门化的产物,是中国古代诗歌理论批评的一种独特的专著形式,在中国文学批评史上,占有很重要的地位。

诗话的诗歌批评论,是对于中国文学史上诗歌运动、诗歌风尚、诗歌流派、作家作品的评论,主要包括批评原则、标准、方法等等。从总体来看,诗话对诗歌的批评,大致坚持了三条原则:一是恪守"诗教",强调诗歌的"美刺"作用和社会功能;二是"知人论世",强调诗歌的艺术真实性;三是从作品入手,强调"以文为断"与"以意逆志"。至于诗歌批评的标准,言人人殊,众说纷纭。有人以为古代文论家多以"真"为文学批评之标准,其实也不尽然。在中国诗话史上,诗歌批评的标准。往往因时而异,因人而异,因诗派而异。大概有以下五种类型:

第一,道德批评派。主儒家"温柔敦厚"诗教,以封建伦理纲常、道德规范为诗歌批评准则,强调诗歌创作在于"成孝敬,厚人伦,美教化,移风俗",认为"论诗之教,以'兴观群怨'为用"。

第二,社会批评派。以"惟歌生民病"为诗歌批评的准则,强调诗歌创作应该真实反映社会现实,提倡诗歌"为君、为臣、为民、为物、为事而作"。

第三,性灵批评派。以抒发性灵,表现自我为诗歌批评的准则,强调诗歌的抒情本质,认为诗歌创作应该表现真情实感和"赤子之心"。

第四,格律批评派。主格律,以诗歌的格调、韵律、章法为批评的准则,强调诗歌的形式美,而不注重诗歌的思想内容。

第五,审美鉴赏派。主神韵,以诗歌的"意境"(即境界)为最高审美标准和批评准则,强调诗歌的艺术本质、审美特征和批评家的鉴赏水平、审美能力。

大凡有这五种诗歌批评流派或模式，也许还有其他。每一派都有其代表人物和诗话之著。但与西方文学批评流派互相对立、互相更递的情况不同，中国诗话中的五大批评流派，往往是交叉型的，虽各有宗旨，却互为补充，互相通融，而不是相互排斥，势不两立。

　　与逻辑严密的西方诗学和现代派的文学批评不同，由于体制的关系，中国古代诗话的诗歌批评方式，具有以下鲜明的特点：一是语录式的条目，言简意赅，富有诗的结构，语言容量很大；二是摘句式的评点，以"点悟"为妙，片言中肯，富有概括性，但也显得零散、片断，不成系统；三是多采用夹叙夹议式，论辞论事结合，随所触发，信笔即书，行文自由，风格活泼，趣味盎然；四是好用对比和比喻来批评诗风、诗派、诗人，通过对比，区分异同点，辨别优劣处，观点鲜明，语言生动，酣畅淋漓，富有感情色彩，与板着面孔发空洞议论的批评，形成鲜明的对比。当然这种批评的针对性有时还是很强烈的，如张戒《岁寒堂诗话》之批评苏黄诗风，严羽《沧浪诗话》之评论宋诗，明代诗话中的门户攻讦之风，等等。

五　诗歌发展历史的生动记录

　　中国诗话，卷帙繁富，称引广博，网罗散佚，资料丰富。中国有"诗国"之誉。那么，诗歌究竟是怎样产生和发展的？诗歌的源流正变、盛衰升降的情况怎样？中国诗史的演进轨迹如何？争奇斗艳的诗歌流派又是怎样产生、发展和消亡的？数以百万计的历代诗人，他们各自的生平事迹及其诗歌创作活动怎样？等等，大凡中国文学史特别是诗史所牵涉到的问题，历代诗话都有着极其广泛、极其真实的记述。可以说，诗话是中国文学史的生动记录，是作家作品研究、诗歌流派研究、诗史（含断代诗史和地方诗史）研究的重要而富有的资料宝库。就作家作品而论，诗人的家世爵里、仕宦交游、品德风度、悲欢离合，以及诗歌本事、艺术高下、字句真伪，都在诗话之中留下了清晰的面貌。以何文焕编辑的《历代诗话》为例,所辑录二十七种诗话,涉及的历代诗人就有一千二百九十二人;丁福保所辑的《历代诗话续编》,收诗话二十九种,涉及的诗人有二千八百余人。许多诗人及其诗作早已湮没无闻,正史、方志都无从考据,全靠诗话所载,赖以仅存。有的诗人虽然正史有传,也不及诗话所提供的材料那样具体、生动和丰富多彩。以诗歌流派而论,关于诗派的立名、渊源、形成原因、发展演变情况及其历史功过与文学地位,诗话均有所论及。如诗派之源,始于何时,历来说法不一。王夫之《姜斋诗话》主"建安"[1]说。李调元主晚唐张为《诗人主客图》说,认为"宋人诗派之说,实本于此"[2]。而正式提出"宗派"之名,则始于宋代的"江西诗派"。诗歌流派的形成,有三个要素:一是诗人,二是地域,三是诗风。南宋杨万里说:"江西宗派诗者,诗江西也,人非皆江西也。"[3]认为"江西诗派"并非系之于"江西",而是系之于"味"。所谓"味",即诗人的审美趣味和诗歌的艺术风格。清人张泰来指出:"诗派,人之性情也。"[4]说明诗派的形成,虽不能排斥地域,即诗人籍贯这一因素,但决定的要素不是地域,而是"味",是"性情",相似或近似的"性情"与"味",正是诗派形成的基因,而时空的差异,并不妨碍诗人在共同的文学旗帜之下的集合。至于诗歌流派演进的全过程,从严羽《沧浪诗话》中的"诗体"之论,到清诗话中的宋荦《漫堂说诗》、王夫之《姜斋诗话》、叶燮《原诗》、鲁九皋《诗学源流考》等,都曾做过详尽而系统的阐述,对于我们从事诗派研究和诗史研究,至今尚有一定指导作用。

再以诗史而论,中国诗话有两种完全对立的诗歌发展史观:一

---

[1] 王夫之:《姜斋诗话》卷下,王夫之等撰《清诗话》上册,中华书局,1963,第15页。
[2] 张为:《诗人主客图序》,丁福保辑《历代诗话续编》,中华书局,1983,第70页。
[3]《江西宗派诗序》,《诚斋集》卷七十九。
[4] 张泰来:《江西诗社宗派图录跋》,王夫之等撰《清诗话》上册,中华书局,1963,第62页。

是"诗之格以代降"。受文学退化论影响,认为古人早已为我们树立了楷模,时代越向前发展,文学就愈不如古。以胡应麟与明代"前后七子"为代表。二是诗歌发展"相续相禅",生生不息。从文学进化论出发,认为诗歌因"时"因"世"而变,有盛有衰,但总趋势是向前发展的,"此理也,亦势也"。以叶燮与公安派为代表。在《原诗·内篇》中,叶燮对中国诗歌发展演变的全部历史,进行了详尽的论述,诗歌演进的基本轨迹已经清晰地呈现在我们面前。此外,随着诗话创作的专门化,断代诗话与地方诗话兴起。如《全唐诗话》《五代诗话》《全宋诗话》《辽诗话》《国朝诗话》等,一部诗话就是一部断代诗史;而且,诗话又通于方志,郭子章的《豫章诗话》之论赣诗,郑方坤的《全闽诗话》专论闽诗,陶元藻的《全浙诗话》专论浙诗,还有《南浦诗话》《海虞诗话》《雁荡诗话》《西江诗话》《澉浦诗话》《三管诗话》以及《楚天樵语》《滇南草堂诗话》等等,论述地方诗人诗作,一部诗话就是一部地方诗歌的发展史。由此可见,诗话采撷菁英,汰除糟粕,别裁真伪,博参广考,是有裨于中国文学史尤其是中国诗史之研究的。

再如,诗话作为中国文学史上一种新的论诗体裁,还对其他文体的产生和发展起着重要影响。在中国文体史上,诗话与题跋两种文学样式,都由欧阳修作始。诗话之体在不断演进的过程中,随着作为诗的两大分支的词、曲分化为两种独立的文学样式,于是作为诗话的分支,"词话"和"曲话"以及"赋话""文话""四六话",也应运而生了。这是文体发展的必然趋势,是诗话使之然。

六 诗歌美学研究的资料宝库

中国诗话,还是中国美学史未及开垦的一块富有的荒地,有许多开拓性的工作正等待着我们。研究中国诗话,我们感到不仅优秀的诗话之著如《白石诗说》《沧浪诗话》《怀麓堂诗话》《南濠诗话》《诗薮》《谈艺录》《四溟诗话》《姜斋诗话》《渔洋诗话》《原诗》《随园诗话》《瓯北诗话》《筱园诗话》《艺概》，就是一般未能名家的诗话之作，其诗歌艺术论也都包含着丰富多彩的美学思想，闪烁着光彩夺目的美学理论光辉，是研究中国诗歌美学和美学史的资料宝库。很难设想，一部完整的中国美学史，假如离开中国诗话，又怎么能够卒篇！因此，近几年来，中国诗话曾引起了美学界的极大注目。李泽厚、刘纲纪主编的《中国美学史》，北京大学哲学系美学教研室编辑的《中国美学史资料选编》等美学专著，也不能不把一部分兴趣投向中国历代诗话，在中国美学史上给诗话以应有的历史地位。

　　诗话在中国美学史上的重要地位，是由诗话本身的美学价值决定的。中国诗话中的美学思想，呈现出一种多彩的丰姿和独具一格的审美特征。前面所谈到的诗歌风格论、创作论、鉴赏论等，实际上就是美学，是诗歌美学，是中国古典美学的重要组成部分。其中的美学观点，有如诗歌艺术海洋中的珊瑚，众彩纷呈，千姿百态。从一些基本概念、范畴、艺术规律，如赋、比、兴、志、情、意、风、神、气、骨、韵、味，以及兴象、意气、神思、兴会、妙悟、境界等等，到清诗话中的四大学说，如王士禛的"神韵说"、沈德潜的"格调说"、袁枚的"性灵说"、翁方纲的"肌理说"，都从不同的角度探讨和总结了诗歌美学的某些普遍性规律，在不同程度上概括和反映了中国古典诗歌和诗歌美学的民族特色和文化性格。同西方古典诗学相比较，在审美倾向方面，西方注重审美客体的审美属性，强调审美活动的理性认识特点；而中国古代诗话则注重审美主体的审美意识，强调审美活动中的感性体悟。在理论表述方面，西方偏重于理性分析，以逻辑思辨形态为主，鸿篇巨制，自成体系；而中国诗话则偏重于感性直观，以经验积累形态为主，言简意赅的评点多于长篇大论，形象性的表述多于抽象性的概括。这样，便构成了中国诗歌理论所特有的美学结构，其结构层次大体如下：

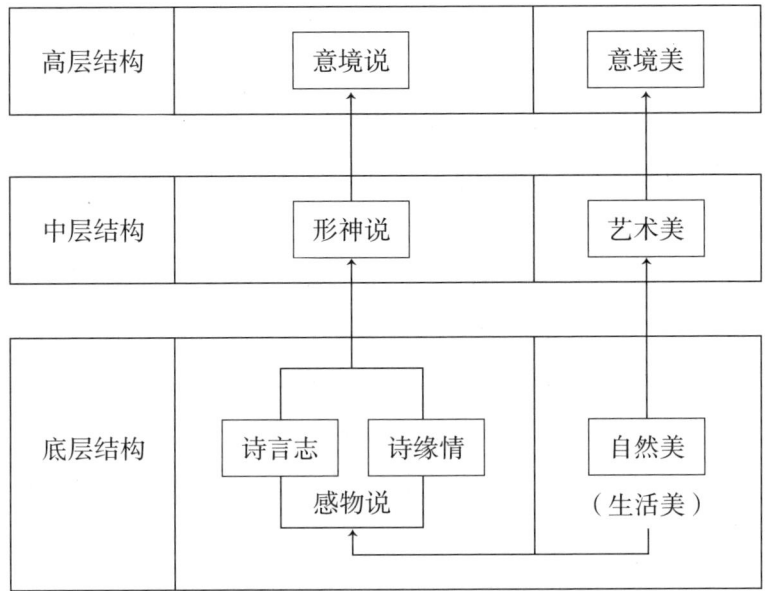

底层结构，属于诗歌的艺术本质论。"诗言志"说认为诗的本质内涵在于理念，"诗缘情"说认为诗的本质特征在于抒情。不论"言志"还是"缘情"，都以"感于物"为客观的现实根源。所以，"物"——"志"——"情"三位一体，构成了以"感物吟志"、表现情感为基本特征的中国古典诗歌美学的立体结构。如图所示。

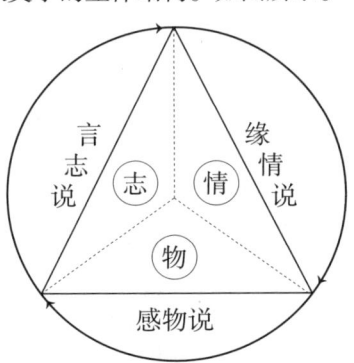

中层结构，属于诗歌的艺术形象论。中国诗歌美学提出的"形神"说，认为"形神兼备"是诗歌艺术形象创造所追求的目标和打动读者的关键所在，要求艺术形象做到具体性与概括性、独特性与

典型性的完美统一。高层结构，是指诗歌的艺术境界论。其美学内涵，包括三个方面：一是诗歌创作以创造"意境美"为最高的审美理想。二是诗歌鉴赏以艺术境界为最高审美标准。三是诗歌评论以"境界"为最高批评准则。意境，以形象为基础；艺术形象，是产生诗歌意境的母体。诗歌的意境美虽然是丰富多样的，但首要的是艺术的形象性。然而，仅仅是客观的形象，还不能构成诗的境界，只有实现"情中景"→"景中情"→"情景交融"，浑然一体，才能达到诗歌的理想境界。这就是说，意境美，来自自然美（含生活美）与艺术美的升华。"境界"所揭示的艺术奥秘，是西方诗学与美学不可企求的。作为艺术批评或文学批评的一个术语，在西洋美学中并无同等的用语。

七 诗话的文化价值

当今之诗话研究者，多从诗论的角度入手，注重从中发掘其"诗学"概念、范畴、范畴群乃至理论体系。这当然是我们所需要的。但是从总体而言，如果诗话研究仅仅只限于这一个方面，即远远不够。诗话的学术价值是多方面的。诚如《蔡宽夫诗话》所云："古今沿革不同，事之琐末者，皆史氏所不记，唯时时于名辈诗话见之。"诗话所表现的不仅是作家们的诗学观念，而且更多的是其史学意识、文化意识、审美意识；诗话的创作，是理性的自觉，但更多的是感性的体悟。诗话是古代文人的生活方式、文化心态、审美情趣的真实记录和生动体现。中国文人以"余事作诗人"的态度作诗，又以"以资闲谈"的宗旨写作诗话，但始终体现了作家们所崇尚的文化观念。诗话所开创的这种论诗传统，深深打上了民族文化性格和审美情趣的烙印，是中国传统文化的历史积淀。无论是传统文化，还是地域文化，形形色色的文化色彩给历代诗话涂饰了一层层亮丽的光泽。天地人合一，儒道释互补，真善美和谐统一，深邃的人生哲理，闪光的诗思感悟，优美的风流雅韵，真切的生命体验，复杂的文人心态，多彩的生活情调，无尽的闺思低吟，诗化的青楼红尘，浓郁的民俗风情，奇谲的道风仙骨，清妙的禅月诗魂，生动的语言艺术，文人之兴会，名士之风雅，诗家之逸趣，智者之顿悟，乃至名物典章，历史沿革，奇闻轶事，饮食起居，书画棋弈，声律音乐，茶道酒令，舞马斗鸡，花木虫鱼，都在诗话中得到淋漓尽致的表述，诗话的字里行间，散发着非常浓郁的文化气息，充满着历代文人的诗外人生之思。从儒家文化、宗教文化到地域文化、民俗文化，从女性文化、青楼文化到音乐文化、饮食文化，乃至诗的文化传播，一切文化现象中凡涉于诗者，历代诗话都有生动的反映。许多诗话之作注重文化的阐述和诗人对社会人生的感悟体验，因而今天的读者仍然能够跨越时空的界限，与古代作家们心灵沟通，相知相缘，从中获得审美享受，把握诗外的人生真谛。诗话中联结古人与今人的情感纽带，正是博大精深的中国传统文化。也正是这种种文化基因，才使中国诗话相续相禅，生生不息；亦使历代诗话的文化品味始终不失其民族面目。所以，我认为研究诗话的角度和方法，应该是呈现多元化的格局，不应该只是单一化的诗学研究，应该注重作文化学研究，或者作美学的研究、文艺心理学的研究、审美语言学的研究、比较诗学的研究、民俗学的研究、宗教学的研究等等。如果拘于一端，以西方诗学的尺度去衡量东方诗话，就可能挂一漏万，拾羽失鹏，甚至因为不与西方诗学相侔而形成某种偏见。我们提倡对诗话进行文化学的研究，注重诗话的文化阐释，是以诗话本身的文化价值、诗学价值等等价值体系为依据的。它不仅有利于诗话研究的思维空间的拓展，也有益于中国古代文论的现代转换。

八 中国诗话的比较文学价值

现代中国诗学，是西风东渐的产物，是西方诗学的宁馨儿。而中国诗话及其衍生的朝鲜诗话、日本诗话、越南诗话等，才是中华民族为代表的东方各民族文化传统、文化性格、审美情趣与诗学观念的集中体现，是东方文化的产儿，是东方民族心灵的展示。

一般而论，东西方的文化交流，历来通过四个途径：一是草原之路，二是丝绸之路，三是大食之路，四是香料之路。这都是古代中国构架东西方文化交流的桥梁。因此，当我们把以中国诗话为代表的东方诗话放在世界比较文学研究的天平之上加以总体研究的时候，我们就会惊奇地发现，东方诗话是当今世界比较文学研究尚未开拓的重要领域，中国诗话的比较文学研究价值也许比中国文学作家作品研究的价值要大得多，至少是毫不逊色。

其一，通过对中国诗话与周边国家古代诗话的比较研究，可以清楚地看到中国古代儒家文化、道家文化等及其思维方法、文化观念、诗学理想、审美情趣、价值取向对周边各个国家与地区所产生的巨大影响，可以考察儒家文化圈的形成、发展、演变的全过程及其历史地位。为此，我曾经发表了《中国诗话与日本诗话》《中国诗话与朝鲜诗话》两篇学术论文，并设想创建"比较诗话学"之理论体系与方法论体系；韩国赵钟业教授撰有《中韩日诗话比较研究》一书，许世旭教授著有《韩中诗话渊源考》一书。

其二，通过对中国诗话与印度梵语诗学的比较研究，可以深入探讨印度佛教文化及其梵语诗学对中国古代文化及其诗话创作所产生的深远影响，寻求中国古典诗学与古典美学的佛教文化渊源及其在中国诗话创作中的种种表现。为此，我撰写了《中国诗话与印度梵语诗学》一篇学术论文，为"东方诗话圈"的形成寻求除儒家文化之外的佛教文化依据，从而使中国诗话的研究领域拓展到了儒家文化圈之外的古代印度佛教文明。

其三，"东方诗话圈"的形成，得力于儒家文化与佛教文化，因而为一门新的学科"东方诗话学"之崛起奠定了基础。东方诗话学，以中、韩、日等国诗话为研究对象，以西方诗学和印度梵语诗学为参照系。通过对"东方诗话学"的深入研究，我们的学术视野不再仅仅停留在中国诗话方面,也不再囿于中、韩、日等国诗话之比较研究,而超越历史与现实的时空,将目光投向声名显赫的"西方诗学",将东西方两种不同文化传统的"东方诗话学"与"西方诗学"进行全方位的比较研究,以探求东西方各自不同的民族文化性格和民族文化精神以及共同的"诗心"与"文心"。从比较研究的广度与深度来看,这是在更大规模的文化背景之下的比较研究,是真正意义上的比较文学研究,是世界比较文学研究的一个重大突破。作为东方诗话学的开创者,我以为这种比较研究所具有的学术价值与世界意义,乃是不可低估的。

卷二　宋诗话

第一章
诗话之崛起

第一节　诗话崛起于宋

诗话之体，诞生于宋，亦盛于宋。清代息翁《兰丛诗话序》说：

> 诗之有话，自赵宋始，几于家有一书。余少学朱竹垞先生家，见《草堂诗话》之专言杜者，凡五十家。他可知也。（《清诗话续编》本）

事实确实是这样。在中国诗话史上，自从欧阳修首创诗话之体以后，诗话出现了长足之势。作为一种新兴的论诗样式，它不胫而走，盛极一时，蔚为大国。据胡震亨《唐音癸签》著录，凡以"诗话"命名的宋人诗话有三十六种，清《四库全书总目》所载的宋人诗话有三十二种，《中国丛书综录》所载的宋人诗话为六十七种之多。复旦大学郭绍虞教授曾撰《宋诗话考》，收录的宋人诗话凡一百三十九种，其中现存完好无缺的宋人诗话，有四十二种；其部分流传或本无其书而为后人纂辑而成的诗话，有四十六种，合为八十八种（罗根泽先生《两宋诗话年代存佚残辑表》中所记载的存、残、辑的有九十五种）；其他还有五十种宋人诗话，属于已佚或尚存有佚文而未及纂辑的。以上这几个数字，可能还不是宋人诗话的全部。古往今来，历史如大浪淘沙，宋人诗话中被散落的珠宝，也就难以计算了。然而，仅仅是这些，也足以说明宋人诗话创作之富了。

诗话之体，崛起于宋，原因何在？

郭绍虞先生论诗话绝句之中有"偶出绪余撰诗话"之说。从欧阳修晚年"退居汝阴而集，以资闲谈"看来，诗话之体确系欧公"偶出绪余"而首创，看起来似乎出于一种偶然性。然而，辩证唯物主义告诉我们：在事物的发生发展过程中，其必然性和偶然性总是同时存在、不可分割的，既不可能有离开必然性的纯粹的偶然性，也不可能存在离开偶然性的纯粹的必然性，必然性总是寓于偶然性之中，而偶然性内部又总是蕴含着一种必然性的。

中国诗话之体之所以崛起于宋，如果多角度、多层次、多方面地来考究其中的缘由，就不难发现，诗话之体不仅植根于诗歌国度的土壤之中，孕育于古典诗论和笔记小说的母体之内，而且也是中国古代文学评论专门化的产物，是"宋人言诗"的丰硕之果，是欧阳修及其文学集团努力奋斗的必然结果。

一 诗歌发展之需

诗话之体诞生以前，中国诗歌已经走过了漫长的发展道路。从《诗经》到《楚辞》，从汉乐府到"五言腾踊"，从"永明体"到唐诗高峰突兀而起，中国诗歌以雄健的步伐跨入繁荣发展的黄金时代。日本斋藤馨《诗山堂诗话序》云："有诗而后有诗话。"郭绍虞《诗话丛话》云："以诗之多，于是有诗话。"作为诗歌评论、诗歌鉴赏和诗歌记事的一种专著形式，诗话是中国诗歌蓬勃发展、空前繁荣的必然产物。诗歌国度的皇天后土，为诗话之体的诞生创造了雄厚的基础。离开了中国这一特定的诗歌环境，诗话之体也就失去了存在的意义，成了无源之水，无本之木。

从中国诗史来考察，唐代诗坛的一个显著特点，是诗歌创作一直处在激烈而热情的竞争之中。正如清人吴乔所言：

> 三唐人各自作诗，各自用心，宁使体格稍落，而不肯为前人奴隶。（《清诗话·答万季野诗问》）

唐人的可贵之处，就在于"各自作诗，各自用心"，不拾人牙慧，敢于独创。各种风格流派，争奇斗艳，终于把唐诗推上了"前不见古人，后不见来者"的艺术高峰。

同时，由于唐代律诗创作之需和举子应试诗赋的实际需要，唐诗论坛曾出现过大批的诗格、诗式、诗例、诗句图之类的诗学入门书，这类关于诗歌写作法的通俗读物，对于诗歌格律常识的普及，当然不无裨益。然而这毕竟不是诗歌评论。即使是兴起于六朝的所谓"诗品"以及题序跋记之类的诗文评介，也因散篇零札，不能适应诗歌创作空前繁荣发展的客观需要。这样，一方面由于中国诗歌发展到唐代所出现的新情势、新风貌、新成就、新精神，迫切要求并推动了诗歌评论样式的创新；另一方面也由于身处竞争热潮之中的唐人，还来不及对唐诗创作的新鲜经验和成败功过，进行认真的总结，也来不及对古代诗歌的发展演进作规律性的研究。历史的重任，理所当然地要落到后人的肩上。宋人敢于承担起诗歌发展历史所赋予的重任，首创诗话这种崭新的诗歌评论之体，并且在中国诗话史上掀起了第一个诗话创作的高潮，也就无愧于历史了。

二 重用文士之习

诗话之体，崛起于宋，还与赵宋社会重用文士之习有一定关系。

鉴于晚唐五代武臣跋扈的教训，宋王朝的统治者出于巩固政权之需，实行一系列优遇文士的政策。不仅执政的宰相，非文士莫属，且主兵的枢密使、理财的三司使，以及临民使治的地方长官，也多由文士充任。又以丰厚的制禄，殊礼的恩赏、祠禄、恩荫等手段，对文士备加笼络。为了广开才路，宋大开科举，取录人数大大超过唐代，一次多达三四百名进士。据曾巩《本朝政要策》载，宋太宗即位，兴国二年以郡县阙官，旬浃之间，就选拔文士几五百，至兴国八年，进士达万二百六十人，淳化二年达到万七千三百人之多（《元丰类稿》卷四九）。这就为宋代文士施展个人才华、实现个人理想和抱负，提供了良好的机遇。重用文士的国策，大大激发了有志之士从文从政的积极性。于是，重文之风，风靡全国，以致宋代儿童启蒙读的《神童诗》，开宗明义地说：

天子重英豪，文章教尔曹。

万般皆下品，唯有读书高。

由于国家急需一大批政治经济管理人才，宋王朝改"以诗赋取士"为以经义、论、策取士。科举制度的改革，特别是重策论的影响，所以宋人多好议论。"开口揽时事，论议争煌煌。"（欧阳修《镇阳读书》）议论之风影响所及，在学术界，促进了重词章、恪守经注的"汉学"向重义理、务明大义的"宋学"的转变；在文学界，欧阳修承韩柳古文运动，改革文体，改革诗体，巩固了便于议论的新文体——"古文"的主宰地位，也有利于宋诗开阖纵横地自由发展；在政界，诗人、官僚、政治家，三位一体，促使宋代诗人的身份较之唐代更加官僚化。于是，关心政治，好发议论，便成为当时的社会风尚。特别是梅尧臣、欧阳修、苏轼一代文臣诗宗，都是当时政治舞台上的风云人物。他们的官僚习气感染于诗，即"以议论为诗"，因而开了一代诗风。这就为诗话之体的勃兴，提供了一个良好的社会环境。

然而，事物的发展总是曲折多变的。宋仁宗、神宗时代，党派纷争，宋王朝的文禁因此而严格起来，以至政见不同的苏轼，仅因几句诗歌而锒铛下狱。这就是震撼宋代诗坛的所谓"乌台诗案"。之后，"开口揽时事"的人少了；好发议论的宋人，离开了东晋清谈家式的讲坛，缄口不论朝政。然而，积习难改，为了避祸，人们转变了话题，走进了谈诗论诗的新天地。诗话的崛起，从此有了一个新的契机。

由此可见，诗话之体在宋代崛起，就其现实的社会条件来看，一是重文之风的影响，二是议论之风的影响。正是这种影响，诗话之体诞生的社会条件，才逐渐成熟起来。

三　宋人言诗之果

赵宋诗风之盛，不亚于李唐。士大夫阶层，于政事之余，无人不作诗，也无人不谈诗。南宋刘克庄为《竹溪诗集》作序，曾谈及当时诗风之盛，说两宋三百年间，"人各有集，集各有诗，诗各有体；或尚理致，或负材力，或逞辨博，少者千篇，多至万首"，可谓洋洋大观。

宋代，这是一个学术思想特别活跃的时代，一个充满着思辨精神的时代。学派纷争，议论层出。据魏泰《临汉隐居诗话》记载：

> 沈括存中、吕惠卿吉父、王存正仲、李常公择，治平中，同在馆下谈诗。存中曰："韩退之诗乃押韵之文尔，虽健美富赡，而格不近诗。"吉父曰："诗正当如是，我谓诗人以来未有如退之者。"正仲是存中，公择是吉父，四人交相诘难，久而不决。公择忽正色谓正仲曰："君子群而不党，公何党存中也？"正仲勃然曰："我所见如是，顾岂党邪？以我偶同存中，遂谓之党，然则君非吉父之党乎？"一坐大笑。（《历代诗话》本）

这段文字，生动地记叙了宋人于茶楼酒馆谈诗论诗，争论不休的情景。宋人好发议论，政事之余，茶余饭后，谈诗论诗，评骘高下，是是非非，蔚然成风。此风之兴，于诗话这种论诗体裁的诞生，是极为有益的。

郭绍虞先生说："宋人诗作多论派，各奉唐人自得师。"[①] 其实宋人不仅作诗论派，而且论诗也分派。各种流派，竞相争锋。由于各承师表，追奉唐人，便各自搜辑唐人诗集，以为师宗，奉之圭臬。如杜甫诗集，六十卷杜集，经过五代洪流的冲击，早已泯灭；千余

---

① 郭绍虞：《宋诗话考》绝句，中华书局，1979，第5页。

首杜诗,也处于飘零之中。"陈公时,偶得《杜集》旧本,文多脱误。"①到了北宋中叶,情况已逐渐变化,搜辑杜诗者渐渐增多。王琪《杜工部集后记》说:"近世学者,争言杜诗","人人购其亡逸,多或百篇,少数十篇。藏弆矜大,复自以为有得"。仅以此杜诗而言,宋人言诗风气之盛,已可以管中窥豹,略见一斑了。

欧阳修是一代文宗。他既改革文体,又改革诗体,对于苏舜钦和梅尧臣的"主张风雅",更是推举不已,又是梅诗的第一位评鉴者和追仿者。欧公与梅氏的唱和诗,占欧诗的十之一二。欧公《诗话》仅二十九则,称述苏、梅者多至九则,占全书的三分之一还多。其中最为重要的一则说:

> 圣俞、子美齐名于一时,而二家诗体特异:子美笔力豪隽,以超迈横绝为奇;圣俞覃思精微,以深远闲淡为意。
> 各极其长,虽善论者,不能优劣也。

欧公的这种揄扬、赞许,使苏、梅声名大振。这里也可见"宋人言诗"特别是台阁重臣言诗的作用和影响之大。

"宋人言诗"之蔚为风尚,如前所论,固然与社会政治方面的原因有关,同时也有文学本身的因素。这主要是中国古代诗歌的卓越成就,特别是唐诗所具有的非凡的艺术魅力,极大地吸引着宋人去探讨,去研究其创作经验和艺术规律。以韩愈为例,欧公《诗话》曾说:

> 退之笔力无施不可,而尝以诗为文章末事,故其诗曰"多情怀酒伴,余事作诗人"也。然其资谈笑,助谐谑,叙人情,状物态,一寓于诗,而曲尽其妙。此在雄文大手,固不足论,而予独爱其工于用韵也。盖其得韵宽,则波澜横溢,泛入傍韵,乍还乍离,出入回合,殆不可拘以常格,

---

① 欧阳修:《六一诗话》,人民文学出版社,1983,第8页。

如《此日足可惜》之类是也；得韵窄，则不复傍出，而因难见巧，愈险愈奇，如《病中赠张十八》之类是也。余尝与圣俞论此，以谓譬如善驭良马者，通衢广陌，纵横驰逐，惟意所之；至于水曲蚁封，疾徐中节，而不少蹉跌，乃天下之至工也。

这则诗话，很少引起人们的重视。今录于此，正可见在"宋人言诗"之风盛行之际，宋人是怎样探讨唐人的创作经验和创作规律的。欧阳修说韩愈"以诗为文章末事"，韩愈自己也表白"余事作诗人"，然而"一寓于诗"，或资谈笑，助谐谑，或叙人情，状物态，皆能"曲尽其妙"。个中奥妙，确实值得探讨和研究。虽然这则诗话，仅从韩愈"工于用韵"来分析，并不全面，然而，欧公正是从韩诗得韵的"宽""窄"的分析之中说明韩诗之"波澜纵横"与"奇崛险怪"，得力于"雄文大手"。因此，欧公把韩愈比作善于驾驭良马的人，不仅"通衢广陌，纵横驰逐"，即使至于"水曲蚁封"，也能"疾徐中节""因难见巧"，赞叹不已地说：这是"天下之至工"！清沈德潜也称韩诗于李杜之后"别开境界"。

欧公这则诗话，可以视为"宋人言诗"的楷模。有人说："唐人不言诗而诗盛，宋人言诗而诗衰。"这种论调，当然不符合事实，也不符合艺术辩证法。晚清诗话家林昌彝反驳说：

昔人谓"诗话作而诗亡"，此论未免太过。近临川太学李君宗瀛《東粤西王少鹤诗》有"论诗口诀传都赘"之句，亦以诗话为不必作。盖以唐人无诗话而诗存，宋人有诗话而诗亡。不知唐人无诗话，至晚唐风格卑弱，已几于亡；宋人始有诗话，而宋诗至东坡、山谷、渭南，雄视一代而苍然入古，是诗至宋而未尝亡。诗之存亡，关一代之运会，不关于诗话之作与不作也。近代竹垞、西河、愚山、渔洋、秋谷、确士、瓯北、简斋、雨村、四农，皆有诗话；

竹垞之婵雅，四农之精确，则诗话必不可不作，是有诗话而古诗存。(《射鹰楼诗话》卷五)

林昌彝的驳辨，当然未必将道理说得十分精确中肯，但是，他的基本观点是正确的。我们认为，唐诗之盛，本来就非为"唐人不言诗"的结果；宋诗之"衰"（其实，宋诗也并未"衰"），亦非"宋人言诗"所致。将诗之盛衰，归结于时人是否言诗，归结于时人是否创作诗话，这显然是毫无根据的。而恰恰相反，"宋人言诗"，导致诗话之体的诞生；宋诗话之崛起，又在一定程度上促进了中国古代诗歌的整理与研究。

四 欧公首创之功

诗话之体，是在中国古典诗论之母体中长期孕育而成的。如前所述，诗话之体的发育过程，大致包括有胚胎期、发育期、成型期、分娩期。到北宋时代，欧阳修好像一个能干的助产婆，"偶出绪余撰诗话"，促使了诗话之体的诞生。

欧阳修（1007—1072），字永叔，号醉翁，晚年更号"六一居士"。庐陵吉水（今江西吉安）人。宋仁宗天圣进士，曾任枢密副使、参知政事。谥文忠。他四岁丧父，家境贫困，其母以荻秆画地教他识字，后成为北宋著名的文学家、史学家和诗人。在北宋时代，他的文学地位很高，与中唐时代的韩愈相似，领袖北宋文坛三十年之久，被尊为一代文宗。在中国文学史上，欧阳修的主要成就，是领导并完成了北宋文学的革新运动；在文体史上，首创"诗话"和"题跋"两种新的文学评论样式。

诗话之体，创自欧阳修。宋神宗熙宁四年（1071）欧公退居颍州汝阴，于整理文稿之余，撰写《诗话》。因为是首创，书名只称之为《诗话》。司马光的仿效之作，亦称之曰《续诗话》。之后，在欧阳修文学小集团的努力之下，诗话之作越来越多，层出不穷，为避免名称的混淆，后人才将欧公《诗话》改称为《六一诗话》。此外，尚有《六一居士诗话》《欧公诗话》《欧阳永叔诗话》《欧阳文忠公诗话》诸称，皆出于后人所加，取便称引而已。

至清代，赵翼还根据欧阳修的《归田录》所论诗之语，而巧立名目，将它改称为《归田诗话》，更是画蛇添足了。尽管异名如此繁多，但中国文学史一般以《六一诗话》为其通称。

《六一诗话》系欧公晚年最后的作品，一卷。《郡斋读书志》著录于子部小说类，题名《欧公诗话》，《直斋书录解题》著录于集部文史类，《四库全书》收于集部诗文评类。

中国的诗歌理论，从最初的"诗言志"开始，就特别强调诗和政教的密切关系。诗应该有益于政教，这就成了中国诗歌创作和诗歌理论的一个传统，成为中国诗歌的民族特色的一个重要部分。但是，欧公《诗话》却用"以资闲谈"的随笔体写成，创作宗旨仅仅在于"以资闲谈"。本书认为，这种情况与欧阳修创作《诗话》的时代背景有密切关系。当欧公退居汝阴的时候，"西昆体"的浮艳诗风已经革除，北宋的文学革新运动已经大功告成，"古文"和宋诗发展的道路已经开拓，欧阳修文学集团及其文学主张已经主宰文坛。整个北宋文坛已经太平无事，没有发生什么重大事件，没有提出什么新鲜问题，没有引出什么激烈的论争，也就没有什么诗歌创作和诗歌理论上的根本性问题需要重予考虑或重加申说。在整理旧稿之余，平日读诗、写诗、谈诗、论诗中的某些琐闻轶事，欧公反倒觉得应该随手笔录下来。这样，欧公创作《诗话》而采用"以资闲谈"的随笔体，也就不足为怪了。

如果把《六一诗话》放在中国文学批评史上加以分析，我们就可以看到，欧阳修之于诗话的开创之功，主要表现在以下几方面：

第一，首创"诗话"这一新的诗歌评论样式。

在中国古代的文学批评史上，文学评论的形式，各色各样。有无体不包的《文心雕龙》那样系统周密的专著，也有单篇零札似的书序跋记论赞;有以品论诗的《诗品》一类诗歌评论专著,也有重在诗格、诗例、诗式和诗本事的唐人诗法之作,还有"论诗绝句""论诗诗"一类以诗论诗之体。欧阳修的《六一诗话》问世,开文人诗话之风,为中国诗歌理论批评创立了一种新颖而独特的专著形式。

诗话,在中国古代各种体裁的"诗文评"里,是最饶有趣味、最为人们喜闻乐见、也最有影响的一种。诗话的优点,是体制灵活,短小精悍,随言短长,应变作制。它不是严肃正经的崇论闳议,而是亲切随意的漫谈随笔,语气轻松,文笔平易,顺手拈来,信笔写去,有话则长,无话则短,给人以一种不拘一格、优游自在的印象。诗话之体的这种别具一格的风格和形式,是欧阳修开创的。《六一诗话》一书共二十九则论诗条目,采用漫谈随笔体,不分章节,由一条一条内容互不相关的论诗条目连缀而成。这些条目,可长可短,可多可少,富于弹性。这种灵活性,是任何诗学专著不可企及的。欧公以前,诗论形式单一化,多重在品评、格例、本事和写作方法上的研讨。自从欧公《诗话》问世,首创诗话之体,遂将以上诸方面兼收并蓄,融合一体,为论诗开了方便法门。欧公之后,效者云集,诗话创作,蔚然成风,终于使诗话之体由小到大、由粗及精,逐渐发展成为中国古代诗歌评论的主要形式,取代了中国古典诗论的地位。从这种意义上来说,诗话的崛起,正是中国古代文学理论批评专门化的产物。

第二,确立了诗话轻松活泼的艺术风格。

欧公《诗话》卷首题序云:"居士退居汝阴而集,以资闲谈也。"这里的"闲谈",在口为谈资,是对"宋人言诗"而言;在手则为行文运笔的风格,是对诗话创作而言。宋人诗话,艺术风格轻松活泼,不拘形迹,与严肃的逻辑推理形成鲜明对照。这也许正是建安文学"通脱"风格的继续。

有人认为"以资闲谈",正是作者写作态度不严肃的表现。郭绍虞先生还把诗话作者不署真名,作为"不自重其著作"、态度不严肃的证据(见《宋诗话辑佚·序》)。我们认为这是一种误会。理由有四:

其一,欧阳修一生勤勉,素以严肃谨慎著称。据宋人记载,欧公晚年自理文集,彻夜不眠,修改再三,常谓"不畏先生嗔,却怕后生笑",一时传为佳话。他对自己的艺术劳动,一向很珍惜,从未掉以轻心,曾说:"余平生所作文章,多在三上,乃马上、枕上、厕上也。"(《归田录》)初稿一出,便悬于壁上,来回诵读,反复修改,连小柬也不例外。创作《诗话》,何以会一反常态?

其二,据郭绍虞《宋诗话考》所证,《六一诗话》之前身,乃是《杂书》。张邦基《墨庄漫录》卷八也称欧公有《杂书》一卷,未载入欧公文集之中。《杂书》大概是欧公在宋仁宗嘉祐五年(1060)任枢密副使时所撰,凡九事,卷首自题云:"秋霖不止,文书颇稀,丛竹萧萧,似听愁滴。顾见案上故纸数幅,信手学书。枢密院东厅。"今对照二书,《杂书》所言九事多已载入《六一诗话》之中,如论九僧诗等等。十一年之后,作者退居汝阴,于整理旧稿之余,以原《杂书》为基础,撰为《诗话》,又不再保留其《杂书》原稿,正可见其写作态度是严肃认真的。

其三,以《六一诗话》本身而论,所撰二十九条诗话,从内容到形式,无有一条轻佻鄙俗之语,尽为通过所述诗本事来表明个人之诗论见解,至其《诗话》中论诗之语,则多为不刊之论,而无不严肃之笔。相反,我们倒从欧公行文运笔的字里行间,看到了诗话之体所特有的艺术个性和艺术风格。这就是郭绍虞先生所指出的:"在轻松的笔调中间,不妨蕴藏着重要的理论;在严正的批评下,却多少带些诙谐的成分。"(《宋诗话辑佚·序》)古罗马诗人和文艺评论家贺拉斯早就提出"寓教诲于娱乐"的名言,诗话之体的这种风格个性,不也正是"寓教于乐"吗?

其四，欧阳修研究者都知道，他反对学者耽心于一艺，主张"自然为文"，风格多样化。欧公本人的诗、词、文，也各由其性，自由发展，不拘一格，变化多姿。《石林诗话》卷上说："欧阳文忠公诗，始矫昆体，专以气格为主，故言多平易疏畅。"诗话这种轻松活泼、亲切平易、简便灵巧的随笔风格，正体现了他的艺术主张。至于宋人作诗话而不署真名，更不能作为立论的依据。诸如"漫叟""粟斋""西郊野叟"之类，皆为作者笔名。在中国文学史上，笔名的使用由来已久。诗话作者署之以笔名，不署真名，就视为"不自重其著作"，写作态度"不严肃"，恐怕难以叫人信服。

总之，宋诗话的崛起，原因固然很多，我们探究的角度可以多一点，远一点，不应拘于一隅。然而，其开拓之功，首创之功，应该归于欧阳修。

第二节 宋诗话的演进轨迹

大凡一种新的文学样式的发展演变，都是由粗而精、由简而繁、由低级而高级、由不规则而趋于规则。宋代诗话发展演进的基本轨迹，也是这样的。两宋三百年间，宋诗话也经历了这样一个发展过程。按照宋诗话发展的具体实际和时代变化，可分为北宋诗话和南宋诗话两个发展阶段。

一 北宋诗话

北宋诗话，以欧阳修创作的《六一诗话》开其端，司马光效其体而作《温公续诗话》，刘攽作《中山诗话》继其后。接着，诗话创作盛极一时，蔚为风尚。

如前所论，宋诗话之崛起，与欧阳修文学集团的推崇和创作实践，有着极为密切的关系。众所周知，欧公的文学革新，以洛阳为起点。所谓"七友""八老"，标举"以文章道义相切劘"(《渑水燕谈录》卷四)，形成了最初的文学小集团。此后，欧阳修主盟北宋文坛三十年之久。他团结同志，宽宏大度，培养后进，礼贤下士，不避嫌仇，器重人才。王安石、苏氏父子、司马光、刘攽、曾巩、王回、吕惠卿等，都曾得到欧公的推荐提携。人才的大量涌现，使欧阳修的文学事业后继有人。这样，当欧公临死前一年，退居汝阴，撰《诗话》而创诗话之体以后，能够登高一呼，群起追随，司马光、刘攽诸人踵而效之。两宋三百年间，作家云集，著作如林，出现了中国诗话史上的第一个诗话创作高潮。

在这一阶段，宋诗话主要是沿着欧阳修所开拓的"以资闲谈"的路线发展。诗话以论诗及事为主，属于闲谈随笔体者居其多数。如司马光《温公续诗话》、刘攽《中山诗话》、释文莹《玉壶诗话》、旧题苏轼撰《东坡诗话》、魏泰《临汉隐居诗话》、赵令畤《侯鲭诗话》、陈师道《后山诗话》、陈辅《陈辅之诗话》、范温《潜溪诗眼》、蔡居厚《蔡宽夫诗话》、吴开《优古堂诗话》、蔡絛《西清诗话》、李颀《古今诗话》、许顗《彦周诗话》、周紫芝《竹坡诗话》、吕本中《紫微诗话》、吴可《藏海诗话》等。这些诗话，皆以"闲谈"为宗，以"记事"为主，重在诗歌本事的记述，用事造语的考释和寻章摘句的欣赏，往往写得娓娓动人，读来津津有味，风格与"轶事小说"十分相似。

诚然，这是北宋诗话的主流，是基本倾向。然而，事物是发展的，不是一成不变的。到北宋中叶，随着苏黄诗风的影响，诗话的内容也起了变化。诗话创作特别注目"用事出处"和"造语出处"，如吴开的《优古堂诗话》，其大部分用于这两个"出处"的考释；吴可的《藏海诗话》和曾季狸的《艇斋诗话》，则着重以"点铁成金""夺胎换骨"的实例来谈写诗技巧；而魏泰的《临汉隐居诗话》和叶梦得的《石林诗话》，则开始于"记事"之中针对苏黄诗风而露出批判的苗头。这些诗话之作，尽管未脱"闲谈""记事"的窠臼，但与宋代早期诗话相比，议论、学问和指示性的成分增多了，比较注重于诗坛的创作实际了。虽然这种议论、考释、指示性，仅仅局限于文字词句和摘句欣赏，而且是零散的、片段式的，见地狭小，但是这种微小的变化，却说明宋诗话有着潜在的发展力量，已经不只是"以资闲谈"的东西，它将以一种新兴的诗歌评论样式的姿态登上中国文学理论批评的大雅之堂。

北宋末期，叶梦得的《石林诗话》开始出现偏重于理论的某种倾向，标志着宋诗话从"以论事为主"向"论辞论事两难分"的方向发展的必然趋势。

宋室南渡前后，宋诗话盛极一时。但其中所谓"资闲谈""逞博辩"之作，依然不少，许多诗话偏于考据和个别章句欣赏。在这种时风之中，叶梦得的《石林诗话》所起的承先启后的作用，也就决定了它在宋诗话史上的重要地位。郭绍虞先生曾为叶氏诗话题诗一首：

随波截流与同参，白石沧浪鼎足三。
解识蓝田良玉妙，那关门户逞私谈。

(《宋诗话考》)

郭氏认为，在宋代诗话之林，《石林诗话》可以与《白石诗说》《沧浪诗话》鼎足而立。这一评价，也够高了。叶梦得处于党派纷争、宗派倾轧之中，又是晁无咎的外甥，然而，《石林诗话》的可贵之处，就在于不"关门户"，不"逞私谈"，不因人废诗。特别是能够从诗歌创作的艺术思维的角度论诗，宗旨颇与严羽《沧浪诗话》相近。他提出"意与言会，言随意遣"的创作原则，提倡诗歌应"以气格为主"，只有"意与境会、言中其节"，才能如"弹丸脱手"，如"初日芙蕖"，如"蓝田日暖，良玉生烟"，得自然造化之妙。他认为"诗家妙处"，在于"缘情体物"，"无所用意，猝然与景相遇，借以成章"，反对牵强用事之弊。凡此诸说，都是石林论诗主旨之所在，说明这部诗话不失为北宋诗话中的代表之作，它的理论价值和影响，是应该肯定的。当然，《石林诗话》与《沧浪诗话》相比，其理论虽然还显得零碎，片言只语，不成系统，但却脚踏实地，无空疏浮泛之弊，深深打上了从北宋诗话向南宋诗话过渡的印记。

二 南宋诗话

经过北宋末年叶梦得《石林诗话》的过渡以后，宋诗话在自身演进的过程中，以一种崭新的态势进入到南宋时代。

南宋诗话，是对北宋诗话的继承和发展。代表作有张表臣《珊瑚钩诗话》、张戒《岁寒堂诗话》、黄彻《䂬溪诗话》、吴聿《观林诗话》、吴沆《环溪诗话》、朱弁《风月堂诗话》、旧题尤袤《全唐诗话》、蔡梦弼《草堂诗话》、何汶《竹庄诗话》、姜夔《白石道人诗说》、赵与虤《娱书堂诗话》、刘克庄《后村诗话》、蔡正孙《诗林广记》、佚名《北山诗话》、严羽《沧浪诗话》等。其中许多诗话虽然尚未超越出北宋诗话"以资闲谈"和"记事"的藩篱，然而，其总的创作倾向，则已经向着"论诗及辞"的发展方向，朝前跨出了新的一步。许多诗人和诗论家能够针对当时诗界的具体情况，结合个人的诗歌创作实践，比较自觉地运用诗话的形式，来表述自己的诗学见解。因而，南宋诗话由北宋诗话那种零散、点滴、片段式的诗论之管见，发展而为比较系统的、专著性的诗歌理论体系。

诚然，这种理论体系还很不成熟，还很不完善，然而在中国诗话史上，这都是诗话创作中具有重大意义的实质性的一种突破。概而言之，这种实质性突破表现在以下三方面：

（一）诗话创作的针对性。

北宋诗话的创作宗旨，在于"以资闲谈"；南宋诗话虽然还是采用随笔体，然而，诗话创作的目的明确了，针对性加强了。北宋末年许𫖮《彦周诗话》开宗明义地说："诗话者，辨句法，备古今，纪盛德，录异事，正讹误也。"至南宋，诗话的用意，已经不再是"资闲谈"；诗话的内容，也不仅仅限于许𫖮所标举的。南宋人都有意而为诗话，诗话进入了理论批评的领域。特别是苏黄诗风和江西诗派的影响之下，一方面是江西诗派的诗人作诗话而为宗主黄庭坚及其理论张目，另一方面是撰诗话而把批判的矛头指向江西诗派。苏黄于当时被奉为圭臬，张戒《岁寒堂诗话》却对苏黄诗风提出了尖锐的批评，指出"自汉魏以来，诗妙于子建，成于李杜，而坏于苏黄"，并斥之为"诗人中一害"；江西诗派几乎与整个南宋王朝相终始，声势浩大，不可一世。严羽《沧浪诗话》敢于向权威挑战，大胆地抨击江西诗派，全面否定这一诗潮。严羽《答出继叔临安吴景仙书》说：

仆意谓：辨白是非，定其宗旨，正当明目张胆而言，使其词说沉着痛快，深切著明，显然易见；所谓不直则道不见，虽得罪于世之君子，不辞也。

严羽所表现出的批判精神和捍卫诗道的气魄，是值得称道的。由此可见，南宋诗话的批评意味增强了，针对性突出了。在现实的文艺斗争中，诗话之体成熟了，诗话的地位提高了，逐步发展成为了宣传文学主张、参与文艺斗争的有力工具。

（二）诗歌理论的探索性。

北宋诗话，于记事之中所含蕴的诗论之见，一般是片言只语式的偶感随想，是一己之见，一得之见；至南宋，诗话的重心则由诗本事和词句考释转到诗论。在总结前人诗歌创作经验、继承前人诗论传统、研究诗歌理论方面，表现出一种可贵的探索精神。概括地说，这种理论的探索性，主要表现在于：一是论诗辨体。古往今来，中国诗歌浩如烟海，诗歌流派多如繁星，诗体之辨，十分必要。吴曾《能改斋漫录》卷十引用《西清诗话》谓蔡元长尝语蔡絛须知歌行吟谣之别，说："近人昧此，作歌而为行，制谣而为曲者多矣。且虽有名章秀句，苦不得体，如人眉目娟好，而颠倒位置，可乎？"鉴于学古与论诗之需，张表臣《珊瑚钩诗话》、姜夔《白石诗说》等都着手辨体，严羽《沧浪诗话》专列《诗体》篇，对历代诗体进行多角度、多方面、各层次的辨析。虽然严氏论诗辨体之中,体与格不分,格与法不分,混体、格、法三者为一,疏舛之处固所难免,然而,这种开创精神,实在难能可贵。冯班洗垢索瘢,亦嫌过火。二是以禅喻诗。禅宗兴于中唐,是一支影响广泛的佛教宗派。禅宗分南北:南宗主张"顿悟"之说,北宗主张"渐悟"之说。其思想实质,乃是唯心的主观信仰主义。在"禅道"与"诗道"的关系的研究之中,宋人的可贵之处,正在于不断开拓自己的思维空间,经过不懈的探索,在研究"诗"与"禅"的横向联系之中,终于发现了其中的奥妙:"大抵禅道惟在妙悟,诗道亦在妙悟。"(《沧浪诗话》)所谓"禅道",就是禅宗之原理;"诗道",则为诗歌之原理,用今人的说法,即诗歌的审美特征和诗歌创作的规律性。严羽认为,"禅道"与"诗道",二者之共同点就在于两个字:"妙悟"。从诗歌创作的思维规律出发,他指出诗歌创作,"惟悟乃为当行,乃为本色"。说:"论诗如论禅。"一个"如"字,说明严羽《沧浪诗话》的"诗禅说",全在于以禅喻诗、以禅论诗。当然,诗禅之说,并非始于沧浪,前此诗人多有所论及,然而,正确阐述诗禅关系、因而为论诗开辟一个新的天地的,只有严羽。"诗禅说"的确立,丰富了中国古代诗歌理论的艺术宝库。

(三)诗话体例的系统性。

北宋诗话的创作体例,显得零散,多由一条一条内容互不相关的论诗条目连缀而成,只分条,不分章节。至南宋诗话,创作体例有了明显的进步。它不仅仅还保留着北宋诗话的随笔风格,在编排体例上,已经突破了初期诗话的排列形式,而采用按内容分类的创作体例排比。如严羽《沧浪诗话》,则按《诗辨》《诗体》《诗法》《诗评》,分门别类,序列清楚,系统性明显提高了。从表面上看,严羽还是用随笔体,用亲切平易的闲谈语气,还像坐在软椅上聊天,不像站在讲台上说教,实际上是书已经不是在闲谈,不是拉杂谈些诗坛的趣闻和诗歌词句了,而是专尚于理论,阐明有系统、有纲领的文学见解了,迥异于北宋诗话中的零星琐碎之作。"以禅喻诗",虽然并非为沧浪首创,前此诗话、诗论之作早有所论述,然而经过严羽的阐发,南宋诗话中的一个重要学说——"诗禅说",则更为系统化了。南宋初年诞生的张戒的《岁寒堂诗话》,专事于苏黄诗风的批评,敢说苏黄是诗歌病症之根源,表现出一种批评家的胆略。然而其中还有几条"记事",还承袭着北宋诗话"闲谈""记事"的格局。到姜白石,情况就不同了。他的《白石诗说》就完全脱离了"轶事小说"和"本事诗"的窠臼,论诗重诗法与诗病。此书称"诗说",而不称"诗话",也表示重在理论,与一般诗话之述故事尚考据者不同。其编排体例,虽然鉴于内容单一而未予分门,但在这三十条诗话中,他把诗的辨体、立意、布局、措词、说理、使用、写景、体物及其写作目的都涉及了,排比还是有序的。

此外,南宋诗话编排体例的系统性,还表现在宋人诗话的选编之中。以南宋魏庆之辑录的《诗人玉屑》为例,凡二十卷,前十一卷论诗艺、诗体、诗格及诗歌表现方法等;后九卷具体评论汉以下的诗人诗作。全书虽有枝蔓之病,但排比大致有序,较之于北宋阮阅编辑的《诗话总龟》与胡仔纂辑的《苕溪渔隐丛话》二书,则又有显著的进步。

第三节 "诗话"是对于"诗格"的革命

罗根泽《中国文学批评史》指出:"'诗话'是对于'诗格'的革命。"

诗格何谓?"格"者,标准也,法式也。所谓"诗格",就是作诗之准则与法式。在诗话崛起之前,由于诗歌创作之需,唐代诗坛曾涌现出一批注重于诗歌格律的诗学入门书,时人称之为"诗格"。

钟嵘《诗品》之后,唐人诗格、诗式、诗品、诗例、诗句图之类诗学入门著作应运而生。罗根泽《中国文学批评史》论及诗话与唐人诗格之关系时说:"'诗话'是对于'诗格'的革命。"罗氏所言,大凡有如下意思:一是以其论诗,诗话或许脱胎于唐人诗格;二是以其话诗,诗话之初以诗歌本事为主,或许不同于唐人诗格;三是以其"论诗及事"与"论诗及辞"的演变,诗话最终超越了唐人诗格的范式,而成为一种包罗广杂的论诗之体,一种诗歌品评样式。

据文献记载,唐人诗格主要有:上官仪《笔札华梁》、元兢《诗髓脑》、旧题王昌龄《诗格》《诗中密旨》、旧题李峤《评诗格》、王维《诗格》、旧题白居易《金针诗格》《文苑诗格》、旧题贾岛《二南密旨》、王梦简《诗格要律》、李淑《诗苑类格》、李洪宣《缘情手鉴诗格》、王睿《诗格》、王玄《诗中旨格》、徐寅《雅道机要》、徐衍《风骚要式》、姚合《诗例》、王起《大中新行诗格》、郑谷《国风正诀》、徐三极《律诗洪范》、徐蜕《律诗文格》、皎然《诗式》、任博《新点化秘书》、闫东叟《风雅格》、张天觉《律诗格》、李邯郸《诗格》、李嗣真《诗品》、倪宥《龟鉴》、张为《诗人主客图》、李商隐《源词人丽句》、李洞《集贾岛诗句图》、旧题司空图《二十四诗品》等等。其中多数诗格著作出自诗僧和释子之手,有些后人伪托之作,也有不少已经失传。

唐人诗格,是唐代律诗创作的需要,也是唐朝科举考试以诗赋取士的必然结果。唐人诗格,具有两个基本特征:一是注重诗歌格律,强调诗歌格律的严密性;二是注重诗歌创作法式,讲究作诗方法的规范性。其中多数诗格承袭六朝声律论的传统,重在声律格调批评,如李淑《诗苑类格》详述上官仪的诗歌对偶有"六对""八对"之说,僧淳《诗评》论诗,亦注重诗格,编中有所谓"象外句格""当句对格""当字对格""假色对格""假数对格""十字句格""十字对格""独体格""诗有四题格"等等,凡十数种格式。与释齐己论格之不同者,在于僧淳言格,多以诗句为例证,注重意象清远空灵之句,强调意在言中,而意度难见。他说:"一曰高不言高,意中含其高；二曰远不言远，意中含其远；三曰闲不言闲，意中含其闲；四曰静不言静，意中含其静。"这说明作者的审美追求，在于以含蓄蕴藉的语言艺术表现"高""远""闲""静"的恬淡自然的审美情味，与皎然、司空图的审美趣味尚有共通之处。

唐人诗格的整理研究成果，主要有日本遍照金刚的《文镜秘府论》，罗根泽《中国文学批评史》之记述唐人诗格者，张伯伟《全唐五代诗格校考》（陕西人民教育出版社1996年版），蔡镇楚《中国文学批评史》（中华书局2005年版）论诗品、诗格、诗式、诗句图等等[①]。

一　旧题王昌龄《诗格》

旧题王昌龄《诗格》，率先提出"诗有三境"说，是中国文学理论批评史上意境学说得以建立和完善的一座里程碑。是编版本众多，今有清人何文焕《历代诗话》中华书局1981年校点本。旧题王昌龄《诗格》的最大价值，是"诗有三境"说。他指出：

> 诗有三境：一曰物境，欲为山水诗，则张泉石云峰之境，极丽绝秀者，神之于心，处身于境，视境于心，莹然掌中，然后用思，了然境象，故得形似。二曰情境，娱乐愁怨，皆张于意，而处于身，然后驰思，深得其情。三曰意境，亦张之于意，而思之于心，则得其真矣。

王昌龄的"诗有三境"即物境、情境、意境之说，在中国意境学说史上实现了由儒家"境界"和佛家"境界"向诗学"境界"的转化，具有划时代的美学意义。

所谓"物境"，则重在于"物"，强调的是自然万物之境，其主要审美特点就是"了然境象，故得形似"，亦强调"神之于心"与"视境于心"的心灵观照。这说明王昌龄笔下的"物境"，乃是诗人

[①] 为其诗话溯源，在此将陈子昂"建安风骨"与杜甫论诗绝句一并论及。

心目中的自然境象之美,因而带有一定的感情色彩。

所谓"情境",重在于一个"情"字,以"娱乐愁怨,皆张于意,而处于身,然后驰思,深得其情"为审美特征,注重作者那种不吐不快、不平则鸣的坦荡情怀,注重心驰神往、诗思千里的奇思妙想,感情色彩极为浓厚。

所谓"意境",重在于一个"意"字,突出作者的诗意之境。王昌龄认为,"意境"的审美特征,一是"张之于意",二是"思之于心",故能得境之真。这种意境之"真",其美学追求就是唐诗以"真"为人生目标与审美情趣的艺术至境。

二 旧题释皎然《诗式》

皎然是唐代著名诗僧,《唐才子传》卷四称其"往时住西林寺,定余多暇,因撰序作诗体式,兼评古今人诗,为《昼公诗式》五卷,及撰《诗评》三卷,皆议论精当,取舍从公,整顿狂澜,出色《骚》《雅》"。

皎然《诗式》今作一卷,是唐人诗格之传世佳作。是编论诗重在法式,着眼于探讨诗歌创作的内部艺术规律,有所谓"诗有四不""诗有四深""诗有二要""诗有二废""诗有四离""诗有六迷""诗有六至""诗有七德""诗有五格"之说。如论"诗有四不":"气高而不怒,怒则失于风流;力劲而不露,露则伤于斤斧;情多而不暗,暗则蹶于拙钝;才赡而不疏,疏则损于筋脉。"皎然论"诗有四不",紧扣"气""力""情""才"四个方面立论,从正反两个层面说明诗歌创作与创作主体本身之"气""力""情""才"四者的适度关系,将诗歌美学与生命美学糅为一体。又如论"诗有四深":"气象氤氲,由深于体势;意度盘礴,由深于作用;用律不滞,由深于声对;用事不直,由深于义类。"所谓"诗有四深",是作者从"气象""意度""用律""用事"四个方面对诗歌创作提出的一种审美要求。"深"与"浅"相对,皎然要求"诗有四深",就是强调诗歌艺术之美必须精于体势、构思、声律与义类。他认为，只有这样，才能使诗歌的气象具有光彩流动之美，意度磅礴而富有力量，格律灵巧优美，用典含蓄蕴藉。

以"境"论诗，开创了独具特色的中国"意境说"之先河。"境"，出于法相宗的"八识"之说，即"眼识，耳识，鼻识，舌识，身识，意识，末那识，阿赖耶识"。以"识"（心）为尚，以"阿赖耶"为本，而以前六识所辨别的色、声、香、味等外物为其境界。先秦两汉人多用"境"与"境界"言地域疆界。"境界"一词连用，最早见于《无量寿经》之"斯义弘深，非我境界"与《诗·大雅·江汉》郑玄笺之"正其境界，修其分理"。

论诗注重"境象"。其《诗议》云："夫境象不一，虚实难明，有可睹而不可取，景也；可闻而不可见，风也；虽系乎我形，而妙用无体，心也；义贯众象，而无定质，色也。"其《诗式·取境》云："夫不入虎穴，焉得虎子？取境之时，须至难至险，始见奇句。成篇之后，观其气貌，有似等闲，不思而得，此高手也。"在《辨体有一十九字》条中又说：

> 夫诗人之思初发，取境偏高，则一首举体便高；取境偏逸，则一首举体便逸。才性等字亦然。体有所长，故各归功一字。偏高、偏逸之例，直于诗体、篇目、风貌不妨。一字之下，风律外彰，体德内蕴，如车之有毂，众辐归焉。

"取境"，就是意境的创造。以上所论，既说明"取境"的基本原则，又强调"取境"的重要性。"取境"说，注重诗人的情感指向，诗思初发，诗人必须以才力、气质、情感对外界的物境进行审美再创造，方能获取不同的诗歌境界：

高：风韵切畅曰高；逸：体格闲放曰逸；

贞：放词正直曰贞；忠：临危不变曰忠；

节：持操不改曰节；志：立志不改曰志；

气：风情耿耿曰气；情：缘情不尽曰情；

思：气多含蓄曰思；德：词温而正曰德；

诫：检束防闲曰诫；闲：情性疏野曰闲；

达：心迹旷诞曰达；悲：伤甚曰悲；

怨：词理凄切曰怨；意：立言曰意；

力：体裁劲健曰力；静：非如松风不动，林狖未鸣，乃谓意中之静；

远：非谓森森望水，杳杳看山，乃谓意中之远。

这以上十九字，或偏重于诗品状态，或偏重于情感状态，或偏重于诗歌意态，或偏重于心态意境，但皎然则以"十九体"论诗境，故文前有"取境"偏高、偏逸之举；又认为诗道之极者，在于"但见情性，不睹文字"，强调"文外之旨"。这就论及"诗境"本身的审美特质了。在《诗式序》中，皎然给诗下的定义是："夫诗者，众妙之华实，六经之精英，虽非圣功，妙均于圣。彼天地日月，元化之渊奥，鬼神之微冥，精思一搜，万象不能藏其巧。"这种解说，与一般诗人不同，似儒非儒，似道非道，似禅非禅，如梦如幻，如神如仙，佛光离合，字里行间闪烁着一种灵光禅韵。皎然对诗、文的理解，对谢灵运诗歌的赞美，完全是出自"风流自然"的艺术理想，是情与景合、意与境浑、诗与禅结缘的美学追求，是禅家的"不二法门"在诗学批评中的具体运用，为唐代涌现出来的一批清雅诗僧的诗歌创作与诗学批评提供了理性范式，在中国文学批评史上也占有一席重要地位。是编版本众多，今有清人何文焕《历代诗话》中华书局 1981 年校点本。

三　陈子昂《修竹篇序》

陈子昂（661—702），是唐代诗歌革新运动的积极倡导者。他的《与东方左史虬修竹篇序》，虽然只是一篇序言，却成为唐代文学得以健康繁荣发展的指路明灯，成为诗歌革新运动的一面旗帜。

中国诗歌发展历史，晋宋以来，诗坛文苑出现一种偏重形式、内容空虚、脱离社会现实的不良倾向，为艺术而艺术之风盛行一时，与《诗三百》、汉乐府的现实主义诗风背道而驰，亦偏离了"建安风骨"与"正始之音"的美学轨道。为了纠正这种不良文风，陈子昂于《修竹篇序》中指出：

> 东方公足下：文章道弊五百年矣。汉魏风骨，晋宋莫传，然而文献有可征者。仆尝暇时观齐、梁间诗，彩丽竞繁，而兴寄都绝，每以永叹，思古人常恐逶迤颓靡，风雅不作，以耿耿也。一昨于解三处见明公《咏孤桐篇》，骨气端翔，音情顿挫，光英朗练，有金石声。遂用洗心饰视，发挥幽郁。不图正始之音，复睹于兹，可使建安作者相视而笑。解君云："张茂先、何敬祖，东方生与其比肩。"仆亦以为知言也。故感叹雅制，作《修竹诗》一篇，当有知音以传示之。

《修竹篇》是陈子昂见到东方虬《咏孤桐篇》（已佚）之后而写的诗篇。这篇短序虽是对东方虬而说，是对东方虬诗歌的评论、赞许，实是陈子昂提倡诗风改革的一篇宣言。

陈子昂的诗学批评，首先立足于对六朝骈俪浮艳文风的批评与否定，认为晋、宋以来的齐、梁诗歌之弊正在于"彩丽竞繁，而兴寄都绝"。

陈子昂之批评齐梁诗歌"兴寄都绝"，与他所倡导的"汉魏风骨"有关。一般认为，"兴"指比兴手法而言，"寄"是指内容方面的寄托之意。合而论之，是指以"托物起兴"与"因物喻志"的表现手法，而抒发作者的情思、志趣，使诗歌具有一种飞动的气势和昂扬奋发的人格力量。

其次，陈子昂的批评面对着汉魏以降特别是齐梁以来的不良诗风，倡导以恢复"汉魏风骨"为旗帜和诗歌创作宗旨，从而为唐代文学特别是唐诗的健康发展指明了正确方向。

"魏晋风骨"，亦称之"建安风骨"，是指东汉末汉献帝建安时代以曹氏父子和建安七子为代表的以"慷慨任气"、明朗刚健为审美特色的一种诗风。

"建安风骨"以其时代特色而论，明显地具有三点时代的规定性：一是在反映社会的离乱和人民的疾苦之中，文学创作的情感指向转向真实、转向人民、转向个人；二是在要求建功立业、统一天下、实现社会长治久安的宏伟抱负之中，个人的价值、人的自我意识的增强得到了淋漓尽致的发挥，因而人的觉醒促使文学进入"自觉的时代"；三是在对于社会现实的再现与诗歌艺术境界的追求之中，一种"志深而笔长""梗概而多气"的那种悲凉慷慨、意气骏爽、情志飞扬而辞义又遒劲有骨力的艺术风格得以形成。我们以为，以上三个明显的时代的规定性，就是陈子昂树立而为唐代文学旗帜的"汉魏风骨"即"建安风骨"的文化内涵。

再次，陈子昂崇尚"汉魏风骨"的文学观念与美学思想，还体现在对初唐诗风的批评方面：一则他以高度的历史责任感来面对日趋衰颓的初唐文风，每"思古人常恐逶迤颓靡，风雅不作"，内心深感惶恐不安，因而要提倡"汉魏风骨"，打出这面复古旗帜，以革新时风。二则陈子昂对于东方虬之类承传建安风骨与正始之音的诗人，给予极高的评价，称其《咏孤桐篇》"骨气端翔，音情顿挫，光英朗练，有金石声"，使他"洗心饰视"，感到其诗"发挥幽郁"，认为解君说东方虬可与张茂先、何敬祖"比肩"之论"亦以为知言"。三则陈子昂自己作《修竹诗》一篇，作为实践"汉魏风骨"之作，以为"知音"者传示之。陈子昂的诗歌创作，大部分都实践了自己的文学主张，如代表作《感遇诗》三十八首、《蓟丘览古》七首和《登幽州台歌》，有意摒弃六朝以来"彩丽竞繁"之习，运用朴质无华之古诗体式，以比兴寄托手法，来反映社会现实，抒发自己的思想感情，表现出一种苍凉悲壮的时代气息，形成一种沉郁悲凉而又高雅冲淡的艺术风格。

陈子昂上承建安，下启盛唐，对转变唐代诗风、引导唐诗走向繁荣而健康的发展之路，有着重大的历史贡献。唐卢藏用《右拾遗陈子昂文集序》高度肯定了他的开风气之功，说他"卓立千古，横制颓波，天下翕然，质文一变"。

陈子昂之后，唐人论诗多以"风骨"为准，如殷璠《河岳英灵集序》指出："开元十五年后，声律风骨始备矣。"在其《集论》中又说该集所收录之诗，是"文质半取，风骚两挟。言气骨则建安为传，论宫商则太康不逮"，指出唐诗注重声律与风骨两种创作倾向，出之于"汉魏风骨"，远源于"南风周雅"。该集编者殷璠评诗，亦以"汉魏风骨"为标准，如评高适则曰"诗多胸臆语，兼有气骨"；评薛据则曰"为人骨鲠有气魄，其文亦尔"；评崔颢则曰"晚节忽变常体，风骨凛然"；评王昌龄则曰"元嘉以还，四百年内，曹、刘、陆、谢，风骨顿尽。顷有太原王昌龄，鲁国储光羲，颇从厥迹"。杜确《岑嘉州诗集序》亦云："开元之际，王纲复举，浅薄之风，兹焉渐革。其时作者凡十数辈，颇能以雅参丽，以古杂今，彬彬然，灿灿然，近建安之遗范矣。"晚唐皮日休《郢州孟亭记》亦指出："明皇世，章句之风大得建安体，论者推李翰林、杜工部为尤。"这些都说明，唐代诗歌革新，都是以陈子昂倡导的"汉魏风骨"为旗帜的。正是"汉魏风骨"这面光辉灿烂的诗歌旗帜，指引着一代唐诗的航船劈风斩浪，驶进了诗歌王国更加辉煌的艺术彼岸。

四 杜甫《戏为六绝句》

杜甫六绝句，开创了一种新的论诗评诗之体，大凡分为两大部分：前三者为实际批评，具体评论庾信、初唐四杰等，实事求是地称赞了庾信与初唐四杰"王杨卢骆"的文学地位，批评了当时嗤点庾信和哂笑四杰的人，认为"庾信文章老更成，凌云健笔意纵横"，充分肯定庾信晚年健笔凌云、意境纵横开阔的文风；又指出四杰能够驱遣着如"龙文虎脊"似的瑰玮文辞，不顾时人之讥哂，终究成就了光耀万古的文学事业。"尔曹身与名俱灭，不废江河万古流"，这是何等崇高的赞美之辞！后三首为理论批评，揭示作者的论诗宗旨：

其一，杜甫从"才力"入手，评述当时诗坛的总体情况。庾信和初唐四杰在中国文学史上留下了光辉的一页，而当今文坛诗苑，论其"才力"都难以超越"数公"，难以称雄于当代。一般诗人的丽词尚且可取，然而"翡翠兰苕"，才力单薄，很难成就庾信与四杰之雄伟事业。这种评价，似乎过于悲观，但杜甫旨在针对时人对前贤的讥哂，为肯定前贤的功绩而发的。

其二，杜甫诗学观念的"集大成"性。在论诗绝句之中，杜甫的诗学观念大凡有二：一是不厚古薄今，亦不颂今非古。较之陈子昂之提倡"汉魏风骨"而非难齐梁，较之李白所谓"自从建安来，绮丽不足珍"之排斥六朝文学，杜甫不以时代为界，诗学观念显得宽容、豁达，表示"不薄今人爱古人"，不排斥齐梁文学之"清词丽句"，又主张力追屈宋。二是"转益多师"，博采众家之长。他主张"别裁伪体"，去伪存真，反对模拟因袭，递相祖述，认为只有"转益多师"，博采众长，方能归于风雅。"转益多师是汝师"，又称"李陵苏武是吾师"（《解闷》），这是多么宽阔的伟大胸怀！元稹在《唐故工部员外郎杜君墓系铭序》中称颂道："至于子美，盖所谓上薄风骚，下该沈宋，言夺苏李，气吞曹刘，掩颜谢之孤高，杂徐庾之流丽，尽得古今之体势，而兼人人之所独专矣。"元稹指出了杜甫诗史的博采众长，各体兼备的集大成之功，这正是杜甫最为伟大，最为成功之处。杜甫的学力才情与人格魅力，杜诗的沉郁顿挫与博大精深，杜甫"诗圣"的历史地位，杜甫"诗史"的社会价值，盖出自"转益多师"与"博采众长"。

论诗绝句，是一种诗化的文学批评体式。

杜甫对中国文学批评史的贡献，不仅表现在倡言"不薄今人爱古人"的文学史观与"转益多师是汝师"文学创作论方面，更突出地表现在开创论诗绝句而以诗论诗之体方面。前人论诗评文,多局限于以文出之,而杜甫首开以诗论诗之风,使文学批评诗化。自杜甫《戏为六绝句》之后,后人多踵而效法其体,于是论诗绝句蔚然成风。白居易有《听歌六绝句》、戴复古有《论诗十绝》、王若虚有《论诗诗》八首、元好问有《论诗三十首》、王士禛有《戏仿元遗山论诗绝句》十二首、谢启昆有《读全宋诗仿元遗山论诗绝句二百首》、袁枚有《仿元遗山论诗八首》、赵翼有《论诗五绝》五首、洪亮吉有《道中无事偶作论诗绝句二十首》、宋湘有《说诗八首》、张问陶有《论诗十二绝句》、彭蕴章有《题元人诗十二首》、姚莹有《论诗绝句六十首》等等。中国历代论诗绝句与论诗诗,成为诗歌理论批评中的一种不可或缺的样式。

这种论诗绝句与论诗诗,较之于"以文论诗"的传统散文笔法,大致具有以下优点:一是义精而词简,集中而含蓄,能把丰富的内涵浓缩在短小的篇幅之中,具有"尺幅千里"之势,因而容易记诵,印象深刻,为广大读者所喜闻乐见。二是形象具体,生动活泼,能以具体生动的诗歌艺术语言去品评作家作品,去揭示诗歌艺术规律,较之于"以文论诗"之逻辑说理、严肃评判,则迥异其趣,因而更具鲜明的民族风格和民族特色,更符合文学艺术批评的审美特征,有利于诗学批评的繁荣发展。

五 旧题司空图《二十四诗品》

司空图(837—908),字表圣,唐咸通末举进士,官中书舍人,是晚唐时代卓有建树的文学理论批评家。司空图论诗,其美学特征就是主"味",重"味外之旨"与"韵外之致"。是编版本众多,今有清人何文焕《历代诗话》中华书局 1980 年校点本。

司空图以"味"论诗,见于《与李生论诗书》:

> 文之难,而诗之尤难。古今之喻多矣,而愚以为辨于味,而后可以言诗也。江岭之南,凡是资于适口者,若醯,非

不酸也，止于酸而已；若醝，非不咸也，止于咸而已。华之人以充饥而遽辍者，知其咸酸之外，醇美有所乏耳。彼江岭之人，习之而不辨也，宜哉！诗贯六艺，则讽谕、抑扬、渟蓄、温雅，皆在其间矣。然直致所得，以格自奇。前辈编集，亦不专工于此，矧其下者耶！王右丞、韦苏州，澄澹精致，格在其中，岂妨于遒举哉？贾浪仙诚有警句，视其全篇，意思殊馁，大抵附于寒涩，方可致才，亦为体之不备也，矧其下者哉！噫！近而不浮，远而不尽，然后可以言韵外之致耳。（《司空表圣文集》卷二）

司空图以"味"辨诗，所谓"味"，指韵味。辨味，就是审美。司空图的"辨于味，而后可以言诗"之论，是其论诗主旨之所在。司空图的"味论"，是继钟嵘"味论"之后，中国"味论"的第二个里程碑。他的"味论"大致包含三个方面：即所谓"韵外之致""味外之旨"与"象外之象"，后人把它称之为司空图"三外"说。

所谓"韵外之致"，指的是诗歌创作中的言意关系。韵，是说诗的语言之美，包括诗的神韵与韵味。致，即意态、情趣。司空图谓"近而不浮，远而不尽，然后可以言韵外之致"，要求诗歌的语言不浮浅，不尽意于句中，应该形象鲜明如在目前，意境含蓄而又深远，才可获得诗歌的"韵外之致"。"味"，妙在"咸酸之外"，这是司空图诗歌美学的著名论断，对后世审美鉴赏曾产生过深远影响。

所谓"味外之旨"，指的是诗歌的审美效果而言。司空图《与李生论诗书》最后云："盖绝句之作，本于诣极，此外千变万状，不知所以神而自神也，岂容易哉？今足下之诗，时辈固有难色，倘复以全美为工，即知味外之旨矣。"司空图以"全美"来解释"味外之旨"，"全美"包含味之多样性，即于单一化的酸、咸之味之外，尚有深永多样化的"醇美"之味，于"讽谕、抑扬、渟蓄、温雅"等多种意蕴之间去体味诗的"醇美""全美"，即美感的多样性。根据这一标准，司空图认为前辈作者"以格自奇"，各自以其独特风格而标新领异，如王维、韦应物之澄澹精致，与风格遒劲之作各擅其美，贾岛虽有警句，却只有"蹇涩"一格，单调乏味。只有诗味隽永深长，才能给读者以无穷无尽的审美享受。

所谓"象外之象"，出自司空图《与极浦书》之中，曰：

> 戴容州云："诗家之景，如蓝田日暖，良玉生烟，可望而不可置于眉睫之前也。"象外之象，景外之景，岂容易可谈哉！然题纪之作，目击可图，体势自别，不可废也。

司空图借戴容州之论来说明诗境与形象的审美特点，有如"蓝田日暖，良玉生烟"。这是一种卓绝千古的比喻：蓝田，在陕西境内，多玉石，晴日高照，往往烟雾朦胧，远望蓝田，只见玉光四溢，瑰丽景象，令人炫目。所谓"象外之象"，指客观景象与主观情感中的艺术形象融和一体。前一个"象"指作品本身的艺术形象，即艺术作品中所描写的物象；后一个"象"，是指于作品所描写的具体景象之外，通过艺术想象而重新获得艺术创造的艺术形象，及其所达到的艺术至境，是意象与意境的契合，是主观与客观的统一。

根据司空图的"韵外之致""味外之旨""象外之象、景外之景"之说，晚唐有旧题司空图《二十四诗品》应运而生，以品论诗，以味论诗。

《二十四诗品》是继杜甫《戏为六绝句》之后，第一部诗化的文学理论批评著作。所谓"诗化"，是指其以诗论诗，以诗歌形式品评诗歌的意境与艺术风格。《二十四诗品》的品目如下：

> 雄浑　冲淡　纤秾　沉著　高古　典雅　洗练　劲健
> 绮丽　自然　含蓄　豪放　精神　缜密　疏野　清奇
> 委曲　实境　悲慨　形容　超诣　飘逸　旷达　流动

这二十四个品目，每一品皆以四言十二句诗出之，以多种意象表述一个意境，描写一种艺术风格之美，每一首四言诗都以意象化的形象性语言去描绘诗意所象征的艺术境界，使二十四诗品成为诗歌意象之美的渊薮，以此引导读者意会其景外之景、象外之象和言外之意。这种意象批评较之皇甫湜之以比喻论文，则更显得含蓄与凝练，因而更富有诗化批评的审美特点。如"清奇"一品：

> 娟娟群松，下有漪流。晴雪满汀，隔溪渔舟。可人如玉，步屧寻幽。
>
> 载瞻载止，空碧悠悠。神出古异，淡不可收。如月之曙，如气之秋。

作者以十二句四言诗来描写"清奇"的艺术境界和艺术风格特征，如画如诗，引人入胜。郭绍虞《诗品集解》解释云：

> 前六句写清奇之状。"娟娟群松，下有漪流"，是一种清奇境界；"晴雪满汀，隔溪渔舟"，又是一种清奇境界；"可人如玉，步屧寻幽"，更是一种清奇境界。……后六句写清奇之神。……"载瞻载止，空碧悠悠"，谓所触者只是清奇之境；"神出古异，淡不可收"，谓所存者只是清奇之想。心神出于高古奇异，自觉萧然淡远。"不可收"，亦状悠悠不尽之意。"如月之曙，如气之秋"，总结以上所言，再状清奇之神。……"如月之曙"，言月光清明；"如气之秋"，言秋气高爽。合而观之，则"空碧悠悠""淡不可收"之境，更觉形象化矣。

作者如此反复描写诗意之境，以此来解说抽象的艺术风格，这与司空图论诗之所谓"象外之象，景外之景"的审美追求是妙合无垠的。正是这种以韵语形式，以造境的方法，通过诸多意象和生动的语言描绘，将二十四种抽象的诗歌风格类型的逻辑思维与形象生动的艺术思维巧妙地融为一体，才使《二十四诗品》达到了唐代诗歌艺术论的理论峰巅，对后代诗歌风格论产生了不可估量的深远影响。

六　释齐己《风骚旨格》

齐己，晚唐诗僧，潭州益阳（今属湖南）人。本姓胡，名得生。幼为大沩山寺司牧，后遍游江海名山，与郑谷、方干、曹松为诗友。论诗之作有《玄机分别要览》《风骚旨格》。是编一卷，题为"风骚旨格"，意在以风骚为圭臬，从字法、句法入手，全面总结风骚之诗法格式及其内在规律性。全书分"六诗""六义""十体""十势""二十式""四十门""六断""三格"等八部分，除"六诗""六义"为诗经学范畴之外，其余所谓"诗有十体""诗有十势""诗有二十式""诗有四十门""诗有六断""诗有三格"等，皆为独创之格，较之释皎然《诗式》之论格，又有所发挥，如所谓"诗有十势"称之为"狮子返掷势""猛虎踞林势""丹凤衔珠势""毒龙顾尾势""孤雁失群势""洪河侧掌势""龙凤交吟势""猛虎投涧势""龙潜巨浸势""鲸吞巨海势"等。作者都以自然界动物为喻，以表现诗歌的十种不同体势，并列诗句说明，形象生动有趣，别开生面，对唐人以后的"诗格""诗话""诗论"之作影响很大。

齐己的读诗诗，写得相当精彩，前人论李白，只注重其纵酒赋诗的表象层面，如郑谷《读李白集》云："何事文星与酒星，一时钟在李先生。高吟大醉三千首，留著人间伴月明。"其实，李白总是以醉饮狂歌来掩饰内心深处的无限寂寞与人生伤痛。唯有僧齐己《读李白集》诗可谓的评，其诗云：

竭云涛，剖巨鳌，搜括造化空牢牢。

冥心入海海神怖，骊龙不敢为珠主。

人间物象不供取，饱饮游神向悬圃。

锵金铿玉千余篇，脍吞炙嚼人口传。

须知一一丈夫气，不是绮罗儿女言。

这是一首真正读懂李白的论诗诗，也是对大诗人李白人格气质之的评。前六句以极度夸张的辞藻写李白诗歌题材内容与非凡气势，后四句赞叹李白诗歌的艺术效果与风格特征,而以"丈夫气"概括李白诗的气质、个性、艺术风格与文化精神,是古今评论李白的真知灼见。何谓"丈夫气"?一是才气,二是骨气。论才气,李白是天才;论骨气,李白"安能摧眉折腰事权贵"。李白是孟子所赞美的"大丈夫"。

七　桂林僧景淳大师《诗评》

《诗评》一卷,论诗主情,重格式,讲含蓄。作者指出"诗有三体"云:"一曰诗人之体为上,二曰骚人之体为中,三曰事流之体为下。诗之言为意之壳,如人间果实,厥状未坏者,外壳而内肉也;如铅中金、石中玉、水中盐、色中胶,皆不可见,意在其中。使天下人不知诗者,视为灰劫,但见其言,不见其意,斯为妙也。诗有动静,情动意也,情虽含蓄,览之可见。"作者把诗分为三等,以"诗人之体"为上,以"骚人之体"为中,而以"事流之体"为下。这是因为他的审美标准在于主"情"重"意",认为语言只是诗意的外壳而已,语言必须含蓄蕴藉,如"铅中金,石中玉,水中盐,色中胶",意在其中。这种诗学观点与司空图等如出一辙,属于唐代文学批评中之"为艺术而艺术"一派。

八　文彧《诗格》

《宋诗纪事》卷九十一称"文彧,号文宝大师,有《诗格》"。又谓《文彧诗格》,《直斋书录解题》作"沙门神彧撰"。

是书一卷,分论诗之"破题""颔联""诗腹""诗尾""诗病""诗有所得字""诗势""诗道"八题。每论均有简要解释,引诗为证,说明诗意与语言的密切关系,注重唐诗创作格式的经验总结。如论破题:所谓"破题",即点明题意之法。文彧说:"诗有五种破题:一曰就题,二曰直致,三曰离题,四曰粘题,五曰入玄。"然后就五种破题之法,逐一加以解释,引证有关诗句,并予以说明。如论直致,作者说:"二曰直致,就题中通变其事,以为首句是也。崔补阙《咏边庭雪》:'万里一点白,长空鸟不飞。'此用'白'一字,伤其雪体,故云'直致'。"文彧论诗注重对论题的阐述解说之法,不同于其他唐人诗格多重立论而很少论证者,已经突破了唐人诗格本身的语录条目体制。这是文彧诗学批评的一个重要特点。

文彧《诗格》的一个突出特点是以禅论诗。其论破题,极力推崇"入玄"之法,说:"五曰入玄,取其意句绵密,只可以意会,不可以言宣也。贾岛《送人》:'半夜长安雨,灯前越客心。'此乃上下句,不言送人而意在送人。郑谷《题雁》:'八月悲风九月霜,蓼花红淡苇条黄。'此乃上下句,不言雁而意就雁也。欧阳詹《赠老僧》:'笑向何人谈古时,绳床竹杖自扶持。'此乃上下句,不言老僧而意见老僧。"其论诗病云:"夫为诗者,难得全篇造于玄妙。"其论诗道云:"至玄至妙,非言所及,若悟诗道,方知其难。"

文彧以玄禅论诗,致使全篇引为例证的诗句隽语,亦多选用充满禅悟意味者。如论破题之四:

> 四曰粘题,破题上下二句重用其字是也。禅月诗:"得力未得力,苦吟夏又残。"此乃一句内粘二字也。方干诗:"王(至)业未得力,至今犹苦吟。"此乃上下共粘二字也。送僧诗:"一衲与一锡,一身索索轻。"此乃上下共粘三字也。《古诗》:"行行重行行,与君生离别。"此乃一句粘四字也。《别友人》诗:"昔年相别今又别,今别还将昔别同。"此乃两句粘四"别"字,又粘二"今"二"昔"字。

篇中所举例证,多以禅月诗心为尚,表明文彧诗学批评的审美趋向,亦见晚唐诗学批评注重玄风禅味的美学风格和含蓄空灵之美的审美追求。如论诗尾:"亦云断句,亦云落句,须含蓄旨趣。"这就是文彧所崇尚的诗禅之灵光,首开宋人以禅论诗之先声。

九 释保暹《处囊诀》

《宋诗纪事补遗》卷九十六称:释保暹晚唐五代人,"字希白,金华人，普惠院僧"。其《处囊诀》一卷，《直斋书录解题》著录于集部文史类。是书以禅论诗，注重诗之用，在中国文学批评史上首创"诗眼"之说。罗根泽《中国文学批评史》说："其他诗格书率注重艺术技巧或讽刺方法，《处囊诀》则注重诗之用。"其实，保暹之所谓"诗之用"者，不同于儒家诗教之旨，而在于禅家之味。以禅论诗，是其基本的诗学倾向。保暹云："夫诗之用，放则月满烟江，收则云空岳渎，而情忘道合，父子相存；明昧已分，君臣在位；感动神鬼，天机不测。是诗人之大用也。"又云："夫诗之用也，生凡育圣，该古括今，恢廓含容，卷舒有据，是诗之妙用也。"保暹认为，诗之用者，一为诗之大用，一为诗之妙用。大用者在于"月满烟江"之放，"云空岳渎"之收。这一"放"一"收"，旨在父子、君臣、天机之"情忘道合""明昧已分""感动神鬼"，所强调的是诗歌创作的丰富内容。而诗之妙用者，在于"生凡育圣，该古括今，恢廓含容，卷舒有据"，表现出诗歌艺术的博大精深与变幻多端，注重的是诗歌创作的艺术技巧。而后保暹把诗歌之用归纳为五个方面："诗有五用：一曰其静莫若定，二曰其动莫若情，三曰其情莫若逸，四曰其音莫若合，五曰其形莫若象。"作者认为，诗之为用，一是"静"，即在于静定；二是"动"，即在于动情；三是"情"，强调情逸；四是"音"，强调音合，即音韵和谐；五是"形"，注重形象之美，即描形绘象之工。由此可见，保暹论诗之用者，注重的是诗歌艺术的内容与形式两个方面的含义，是禅家审美情趣与诗学批评相结合的具体运用。据此，保暹首倡"诗眼"之说。书中专立"诗有眼"条目，指出：

> 贾生《逢僧》诗："天上中秋月，人间半世灯。""灯"字乃是眼也。又诗："鸟宿池边树，僧敲月下门。""敲"字乃是眼也。又诗："过桥分野色，移石动云根。""分"字乃是眼也。杜甫诗："江动月移石，溪虚云傍花。""移"

字乃是眼也。

所谓"诗眼",乃是诗中最传神的关键字眼。人的眼睛,是人的心灵之窗。诗眼者,就是诗歌的灵魂之窗,是一篇主旨的集中体现者,是诗人心灵反映的一个窗口。但唐僧保暹之论"诗眼"者,实际是指"句中眼"而言,即一句诗或一首诗之中最为精练传神的关键字眼。"诗眼"之说,是诗歌审美鉴赏的重要方法。保暹诗学批评,注重诗中之"眼",开创宋人"诗眼"之说的先河,其功绩是不可低估的。

十 旧题孟棨《本事诗》

(唐)孟棨,字初中,《新唐书·艺文志》与《津逮秘书》皆误录为"孟启"。是篇一卷,前有光启二年十一月自序,称"诗者,情动于中而形于言"。

是编以记述诗歌本事为宗,专述唐诗人缘情之作,分为情感、事感、高逸、怨愤、征异、征咎、嘲戏七个门类。五代时,又有署名处常子《续本事诗》,亦绪其体例,分为七章,今已遗失不传。别有聂奉先《续本事诗》一卷。

本事诗,乃诗之本事,诗歌之故事也。本事诗对欧阳修《六一诗话》之体式的构建,影响最为直接:一是诗话以诗歌故事为主体,论诗内容偏重于诗本事;二是论诗体制长短随宜,应变作制,采用一条一条内容互不相关的语录条目连缀而成。是编版本众多,今有丁福保《历代诗话续编》中华书局1983年校点本。

十一 张为《诗人主客图》

(唐)张为,袁州宜春(今属江西)人。工诗,《全唐诗》有《张为诗》一卷。此《诗人主客图》将中晚唐诗人八十四人,以主客之图,一一排座次,摘句评骘优劣,区分流派。开创一种独具特色的论诗体例。今存一卷本《函海》本、丁福保《历代诗话续编》校点本,另有三卷本《谈艺珠丛》本等。

十二　旧题吴兢《乐府古题要解》

（唐）吴兢撰，二卷，存。是书集乐府古题而解之，前有自序，后有毛晋跋语，称原本十卷，传本仅存二卷，毛晋家藏三册。今有丁福保《历代诗话续编》中华书局1983年校点本。

十三　《大唐三藏取经诗话》

《大唐三藏取经诗话》，又名《大唐三藏法师取经记》。说经话本。作者不详。世多以为宋刊，鲁迅认为作者或为元人，但无以考证，只能推测。全书三卷，17段。叙述唐玄奘取经故事，其中猴行者为主要人物，但情节比较简单，无猪八戒形象，有降伏深沙神的描写，略具明代小说《西游记》的雏形。今存宋、元两种刻本：一为大字本，题《新雕（大唐）三藏法师取经记》，分三卷，每一卷缺第一至三则，第二卷全缺。此本旧藏日本高山寺，后归德富苏峰成篑堂文库，罗振玉先生曾据以影印，收入《吉石庵丛书》初集；一为巾箱本，题《大唐三藏取经诗话》，分上中下三卷，凡十七节，中卷第七节结尾及第八节前半部分亦缺，卷末有"中瓦子张家印"题款。此本原藏日本高山寺，后归大仓喜七郎，1916年罗振玉亦据此以影印。上海古籍出版社亦据此本影印，收入《古本小说集成》。今有《大唐三藏取经诗话校注》，李时人、蔡镜浩校注，中华书局1997年版。此书文化价值在于：（一）它是较早的唐僧取经故事的话本，对后代写"西游"故事的文学作品影响颇大；（二）它是中国文化史上较早标举"诗话"的著作，对后世诗话之体的崛起影响颇大。（按：关于《大唐三藏取经诗话》成书时间，学术界众说纷纭：是"取经诗话"影响欧公《诗话》，还是取法欧公？一时难以断定，可以存疑）

第二章
北宋诗话

第一节　首批诗话之作

像春雷震醒沉睡的大地,像战鼓激荡出征的人心,像竞舸扬起前进的风帆。自从欧阳修晚年"退居汝阴而集,以资闲谈"的《诗话》诞生以后,中国诗话之作有如雨后春笋,有如万马奔腾,有如千帆竞发,表现出一种旺盛的艺术生命力。

首批诗话之作,除欧阳修《六一诗话》以外,还有司马光《温公续诗话》、释文莹《玉壶诗话》、刘攽《中山诗话》等。这批诗话,以"资闲谈"为宗旨,采用随笔形式,内容以"记事"为主,体例上皆以一条一条内容互不相关的论诗条目连缀而成,随言短长,应变作制,富有弹性。这种灵活的论诗体制,轻松活泼的艺术风格,是欧阳修《六一诗话》开创的。

欧公辞世后,其文学好友司马光继之而起,撰《续诗话》而追随仿效之。司马光(1019—1086),字君实,号迂叟,陕州夏县(今山西夏县)人。仁宗宝光初进士,哲宗时官至尚书左仆射。《宋史》卷三三六有传。《温公续诗话》小引称:"《诗话》尚有遗者,欧阳公文章名声虽不可及,然记事一也,故敢续书之。"这说明《续诗话》的撰述意旨,原与欧公相同,重在"记事"。《四库全书总目》称:"是编题曰《续诗话》者,据卷首光自作小引,盖续欧阳修《六一诗话》

而作也。"这是明显的模拟效法之作。之后,又有刘攽的《中山诗话》问世。

刘攽(1022—1088),字贡父,临江新喻(今江西新余)人。庆历六年(1046)进士,官至中书舍人。卒后,弟子私谥曰"公非先生"。《宋史》卷三一九附记其生平事迹。所撰《中山诗话》一卷,凡六十六条。《四库全书总目》称:"宋人所引多称《刘贡父诗话》","名曰'中山',疑本无标目,后人用其郡望追题,以别于他家诗话也"。刘攽以博洽滑稽著称,是书所载多涉考证,又杂以诙谐,涉及理论者颇少。今传诗话,欧公《诗话》与温公《续诗话》而后,即以《中山诗话》为最古,故亦沿欧阳司马以诗话记事闲谈之习。

初期诗话,旨在记事闲谈,与"轶事小说"和"本事诗"无甚区别。然而正因为是"诗话",以至引人注目者,正在于其中论诗的那一部分。这些诗话,虽取随笔体裁,不成系统,然而细加细绎,也不难看出作者的诗歌理论见解。

欧公《六一诗话》,人民文学出版社1962年郑文校点本,以《全集》本、《历代诗话》本等为据,厘为二十八则诗话条目;然而查《百川学海》《萤雪轩丛书》诸本,均为二十九则,孰是孰非?据日本国立图书馆珍藏之《六一诗话》宋刻本,日本学者船津富彦、丰福健二又以日本最初之《济北诗话》、朝鲜之《白云小说》与《六一诗话》进行比较研究,皆以《百川学海》诸本厘为二十九则者为正本。二本之别在于第十七则诗话,《历代诗话》诸本将其中"李白戏杜甫"与"陶尚书"二则合而为一,故为二十八则;实则应该一分为二,以二十九则为是。

是书论诗,其内容大致可以归纳为三个方面:一是主张"自然为文",认为梅尧臣"平生苦于吟咏,以闲远古淡为意,故其构意极艰",而于范希文席间赋《河豚鱼诗》,"作于尊俎之间,笔力雄赡,顷刻而成,遂为绝唱"。二是注重诗人的生活经历,认为诗歌应该是对社会现实的真实写照,主张诗人如能对再现于诗中的情境具有真切感觉,就能使诗歌曲尽其妙。他称道孟郊的《谢人惠炭诗》,认为"非其身备尝之,不能道此句"。他又主张诗歌题材的多样化,对那些局限于"山、水、风、云、竹、石、花、草、雪、霜、星、月、禽、鸟"之类题材者,予以无情的嘲笑。三是重诗歌鉴赏。在第十二条中,作者引用梅圣俞的话,提出了诗歌鉴赏的重要见解:一是"意新语工",认为立意新颖、形象鲜明、语言隽永,才是诗之极致。二是"状难写之景如在目前,含不尽之意见于言外"。这是两句千古名言。前者要求诗歌富于形象性,认为描状要逼真传神;后者指诗的风格要含蓄,不能发露无余。作者赞美"子美笔力豪隽,以超迈横绝为奇;圣俞覃思精微,以深远闲淡为意"。这些见解,都是很精到的,富于创新的。虽然《六一诗话》所论,也间有抵牾之处,但是,他在理论上给人的启迪和在创作上开文人诗话之风,其开拓之功,是永存的。

《温公续诗话》一卷,三十三条,论诗之见与《六一诗话》相近。司马光论诗尊杜甫,认为"近世诗人,惟杜子美最得诗人之体",并对《春望》诗的前四句做了精辟的分析:

"国破山河在,城春草木深。感时花溅泪,恨别鸟惊心。"
山河在,明无余物矣;草木深,明无人矣;花鸟,平时可娱之物,见之而泣,闻之而悲,则时可知矣。

这种精辟阐释堪称诗歌鉴赏之典范!司马论诗力主诗贵含蓄蕴藉,说:"古人为诗,贵于意在言外,使人思而得之,故言之者无罪,闻之者足以戒也。"从诗话史的角度来考察,这种见解正可以作为诗歌鉴赏评论的一个重要原则。

《中山诗话》一卷,六十六条,《郡斋读书志》著录于子部小说类,作三卷。是书虽未脱诗话中闲谈记事之习,然于记事中亦见其论诗见解。《中山诗话》论诗,一是强调"诗以意为主,文词次之",认为"意深义高,虽文词平易",也是"奇作"。因此,他要求咏风景之诗也应该是"含蓄深远",不以"影似百物"为贵。二是主张为诗应该"量力致功",精思有恒。指出:"唐人为诗,量力致功,精思数十年,然后名家。"强调诗歌创作应持严肃态度,苦心研虑,"无务多业",贵能成就。三是认为诗歌"用事"应"事如己出,天然浑厚",并不一概反对"用事"。这种态度,显然是可取的。

《玉壶诗话》一卷,三十五条,系后人以诗僧文莹《玉壶清话》论诗之语辑集而成,辑者佚名。《玉壶清话》,凡十卷,据作者自序,成书于元丰元年(1078)。而《玉壶诗话》辑成于何时,已无从考证。郭绍虞《宋诗话考》亦所论未详。今据《学海类编》本和《丛书集成》本考察,《玉壶诗话》仍以"记事"为主,于记事之中,间有论评。如作者称道杜诗为"一时之史"。宋人于杜诗有"诗史"之誉,当以此论为先声。文莹又有《湘山野录》三卷,续录一卷,记国朝故事,间有论诗之语,被今人列入近期出版的《中国历代诗话选》之中,而《郡斋读书志》《宋史·艺文志》和《四库全书》皆著录于子部小说家类。窃以为前人是对的。

第二节 苏黄诗风与诗话创作

欧阳修辞世之后,苏轼、黄庭坚代之而起,诗风因之一变。正如严羽指出:

> 国初之诗尚沿袭唐人:王黄州学白乐天,杨文公、刘中山学李商隐,盛文肃学韦苏州,欧阳公学韩退之古诗,梅圣俞学唐人平淡处。至东坡、山谷,始自出己意以为诗,唐人之风变矣。山谷用工尤为深刻,其后法席盛行,海内称为江西宗派。(《沧浪诗话·诗辨》)

在中国诗歌史上,苏轼与黄庭坚皆因诗名世,以诗齐名,史称"苏黄"。《宋史·黄庭坚传》云:"庭坚于文章尤长于诗,蜀、江西君子以庭坚配（苏）轼，故称苏黄。"苏黄的诗歌理论虽有所不同，而在诗风上却如严沧浪批评的"以文字为诗，以才学为诗，以议论为诗"（《沧浪诗话·诗辨》），黄庭坚尤为用工，以至提倡"点铁成金"和"夺胎换骨"，强调"无一字无来历"，在创作实践中，形成了散文化、议论化、以"用事押韵"为工的苏黄诗风。

苏黄诗风风靡一时，苏黄亦誉重天下，被当时的诗坛奉为圭臬。声势浩大的江西诗派，正是苏黄诗风盛极一时的产物。

苏轼（1036—1101），字子瞻，号东坡居士，眉山（今属四川）人。嘉祐二年（1057），与其弟苏辙同榜进士，深受知贡举欧阳修的器重，待以殊礼。轼致书谢及第，欧公读后欣然致书梅圣俞云："读轼书，不觉汗出。快哉！快哉！老夫当避路，放他出一头地也。"（《与梅圣俞书》）欧公辞世，苏轼曾于《祭欧阳文忠公夫人文》之中详细记载有欧公以斯文相托、衣钵相传的动人事迹：

十有五年，乃克见公。公为拊掌，欢笑改容："此我辈人，余子莫群。我老将休，付子斯文。"再拜稽首："过矣公言。"虽知其过，不敢不勉。（按：此言嘉祐二年之事，下述熙宁四年秋之事。）契阔艰难，见公汝阴。多士方哗，而我独南。公曰："子来，实获我心。我所谓文，必与道俱，见利而迁，则非我徒。"又拜稽首："有死无易！"公虽云亡，言如皎日。

从初次相见，托以斯文，到临终嘱咐，重申为文宗旨，我们可以看到欧公与苏轼之间的亲密关系，师生情深，衣钵相传，"有死无易"。欧公退归之时，苏轼已后来居上，成为中国文学史上鲜见的"全才"。苏轼没有诗话专著，后世流传的《东坡诗话》系后人所辑。原书二卷，今本书为一卷，三十二条。今仅有《说郛》本。此外，元人陈秀明亦辑有《东坡诗话录》三卷，清人辑于《学海类编》，则为别本。日人近藤元粹从《东坡志林》中钞出其中论诗之条，辑成为《东坡诗话补遗》一卷，凡六十六条，皆以随笔漫谈的方法论诗。其实，苏氏对宋诗的影响主要在于两点：一是以其散文化、议论化、重用事的诗歌创作，为宋诗开拓一前所未有的境界；二是在苏轼门下集结的所谓"苏门四学士"和"六君子"，成为宋诗的骨干力量。"四学士"即黄庭坚、秦观、晁补之和张耒；"六君子"是"四学士"之外，另加陈师道和李廌。

黄庭坚（1045—1105），字鲁直，号山谷老人，又号涪翁，洪州分宁（今江西修水）人。英宗治平进士，历官北京国子监教授《神宗实录》检讨官、著作郎、起居舍人等。在中国诗歌发展史上，黄山谷的历史地位在于与苏轼一道，变化唐音，奠定宋诗格调，并称"苏黄"，开一代诗风，被门人亲党奉为江西诗派之宗。他论诗之语甚多，唯无诗话之作传世。今传《黄山谷诗话》，宋蔡梦弼《草堂诗话》曾有称引，郭绍虞《宋诗话考》说疑时人纂辑所为，非出山谷自著，今其书亦无传本。

山谷论诗，本于儒家诗教。主张有为而作，"非有为而不发于笔端"，又反对讥弹时政，以詈骂讪谤为诗，认为"诗者人之情性也，非强谏争于庭，怨忿诟于道，怒邻骂座之为也"（《诗人玉屑》）。这种论调，显然是以"温柔敦厚"的儒家诗教为本的。山谷极其推崇杜甫，却错误地认为"诗词高胜，要从学问中来"，而杜诗的妙处也仅仅在于高深的学问，在于杜甫能"广之以《国风》《雅》《颂》，深之以《离骚》《九歌》"（《玉屑》十四），说明他没有真正领会杜诗的伟大价值。其实，杜诗之所以伟大，光照千古，正是在于反映了广阔的社会生活，表现了深刻的现实主义精神，而不在于他在诗歌里能"搜猎奇书，穿穴异闻""无一字无来处"。出于这种本末倒置、以流为源的诗论主张，黄庭坚在诗歌创作方面的理论，自然也是错误的。概括地说，其诗歌创作理论就是所谓"点铁成金"与"夺胎换骨"之说：

老杜作诗，退之作文，无一字无来处；盖后人读书少，故谓韩、杜自作此语耳。古之能为文章者，真能陶冶万物，虽取古人之陈言入于翰墨，如灵丹一粒，点铁成金也。(《答洪驹父书》)

　　诗意无穷，人之才有限。以有限之才，追无穷之意，虽渊明、少陵不得工也。然不易其意而造其语，谓之换骨法；窥入其意而形容之，谓之夺胎法。(《冷斋夜话》卷一引)

　　所谓"点铁成金"，即取"古人陈言"加以点化；"夺胎换骨"，也无非是取古人之意加以形容而已。黄山谷自鸣得意地称此为"诗人之奇"，是诗歌创作中"百战百胜"的"孙吴兵法"(《再次韵杨明叔小序》)，其实不过是以摹拟取代创作的一种投机取巧，以至王若虚《滹南诗话》斥之为"剽窃之黠"。点化前人诗句，加以改造，推陈出新，使之更加深刻凝练，丰富生动，也是一种创作方法。问题在于山谷之论，竟被江西诗派奉为"不传之秘"的"法宝"，作为江西诗派最基本的创作纲领。这就是十分有害的。诗歌的生命在于社会生活的土壤之中。离开丰富多彩的现实生活，专事于仿古，以借鉴代替创造，诗歌之树必然会干枯的。当然，山谷论诗并非无一是处，但从总的倾向来看，江西诗派在诗歌创作实践中的失败，已经证明黄庭坚强调的"点铁成金"与"夺胎换骨"之说，只会把诗歌创作引向歧路。

　　在苏黄诗风影响之下，江西诗派的诗话创作，大概具有以下论诗特点：

　　第一，尊杜宗黄。陈师道《后山诗话》指出："学诗当以杜子美为师……学杜不成，不失为工。"并认为学杜必先学黄庭坚，不由黄而学杜，"则失之拙易矣"。刘克庄《江西诗派小序》也大力赞扬黄庭坚，称誉黄"为本朝诗家宗祖"。陈师道是江西诗派"三宗"

之一,他关于尊杜宗黄的见解,遂为江西诗派的诗学理论奠定了基础。杜甫、山谷也因此而成为江西派的两面旗帜。

第二,提倡"点铁成金""夺胎换骨"。黄山谷的这一主张,被江西派奉为圭臬、奉为不传之秘的"法宝"。葛立方说:"诗家有换骨法,谓用古人意而点化之,使加工也。"(《韵语阳秋》卷二)其实,所谓"点铁成金",也是取"古人之陈言"加以点化而已。这种"换骨""点化"之论,成为江西派诗歌创作的秘诀,因而为江西派诗话所发挥。

第三,重在造语炼字。在苏黄诗风影响下,论诗重炼字炼句,已成风气。江西诗派强调诗歌创作要做到"无一字无出处",追求"用事押韵之工"。所以,江西派诗话无一部不谈诗法,不谈句法,不谈字法,注重用语"出处"的考释。一般来说,以句法言诗,也易为一偏之论,欲以一二特殊之句来概括某人的一生之作,自然会失之偏颇。然而,通过细密的考据,知其渊源出处,也能加深对诗歌的理解;而且在此基础上,宋人创为"诗眼"之说,在诗歌鉴赏史上不能不算作一种创造。鉴于这些,我们对江西派的句法之说,也不能一概否定。

第四,强调"悟入"。从作诗必须"自立""自得"出发,江西派诗人论诗,强调"悟入"和"活法"。吕本中指出:"作文必要悟入处,悟入必自工夫中来,非侥幸可得也。如老苏之于文,鲁直之于诗,盖尽此理也。"(《童蒙诗训》)又说:"学诗当识活法。所谓活法者,规矩备具,而能出于规矩之外;变化不测,而亦不背于规矩也。"(《夏均文集序》)可见,所谓"悟",则能"自得";只有下苦功进到"悟入",学诗之路才能畅达。江西诗派诗话喜欢纵谈诗法,但也不肯蹈袭前人,不主张株守一家,都有一点自立的气概。他们强调"悟入",指出"后山论诗说换骨,东湖论诗说中的,东莱论诗说活法,子苍论诗说饱参,入处虽不同,然其实皆一关捩,要知非悟入不可"(曾季狸《艇斋诗话》)。这正好说明江西诗派的论诗主张,是同一论调,同一关捩。这种"悟入"说,也就开严沧浪"以禅喻诗"之先声。

由此观之,江西诗派的诗话之作,曾深刻地打上苏黄诗风的思想烙印。下面,我们对其中富有代表性的诗话进行简要评述。

《后山诗话》一卷,存。《郡斋读书志》《宋史·艺文志》著录于子部小说类,惟《直斋书录解题》著录于集部文史类,《四库全书》著录于集部诗文评类。作者陈师道(1053—1101),字无己,号后山居士,彭城(今江苏徐州)人。元祐中被荐于朝,任徐州教授、太学博士,后官秘书省正字。《宋史》有传。后山论诗宗山谷,为江西诗派之骨干,他恪守江西诗派"点铁成金""夺胎换骨""无一字无来处"的纲领,论诗以"四宁四毋"即"宁拙毋巧,宁朴毋华,宁粗毋弱,宁僻毋俗"为宗旨,着眼于形式技巧和用字造语。然而,他又主张尊体,认为"诗文各有体",指出"退之以文为诗,子瞻以诗为词,如教坊雷大使之舞,虽极天下之工,要非本色",反对"以文为诗""以才学为诗",批评安石诗"失之巧"、苏轼诗"失之粗"、山谷诗"失之奇",表现出一种实事求是的精神。在江西诗派的诗话之作中,这部诗话具有较重要的理论价值和历史地位。正如郭绍虞所说:"此书虽仍是随笔体裁,但与以前诸家诗话有所不同。一、所论不限于诗,兼及古文四六,扩大文学批评之范围,为此后《诚斋诗话》诸书之所祖。二、即其言诗不偏于论事,而论辞又不限于摘句,则又为《沧浪诗话》《对床夜语》诸书之所自出,使诗话之作由说部而进入理论批评,则其关系至钜,正不必以依托病之矣。"(《宋诗话考》)

《潜溪诗眼》一卷,范温撰。原书久佚,今有郭绍虞《宋诗话辑佚》本。温,一作仲温(生卒年不详),字元实,成都华阳人。秦少游之婿。晁公武《郡斋读书志》和吕本中《紫微诗话》均称其"学于黄庭坚",故是书所论亦本江西诗派论诗主张,尊杜重法,着重论述杜诗风格、布局谋篇、字眼句法。观其书名"诗眼"而不名之曰"诗话",已知其论诗主旨之所在。何谓"诗眼"?"诗眼"在诗中处于何种地位?这个诗歌鉴赏理论中的重要论题,虽然范温及宋人其他诗话均未作具体而精确的阐述,然而,中国古代诗学理论中的"诗眼"之说,始于唐释保暹《处囊诀》①而成于宋人范温。这种富有创造性的提法,总结了前人在炼字炼句方面的基本经验,为诗歌的创作和鉴赏提供了一把艺术钥匙。

《李希声诗话》一卷,李錞撰。是书久佚,《宋史·艺文志》作《李錞诗话》,著录于文史类。今有郭绍虞辑佚本(《宋诗话辑佚》),凡十七条。书中多述故事,较少论诗之语。论诗"以风调高古为主",讲求人品和学识,反对雕琢使事。作者李錞(生卒年不详),字希声,豫章(今江西南昌)人。官至秘书丞,有《李希声集》。其为诗宗黄庭坚,亦江西诗社中人。

《潘子真诗话》一卷,残,有节本和辑佚本:郭绍虞得三十七条,罗根泽得三十五条。作者潘淳,字子真,新建(今属江西)人。《江西通志》卷一三四有传,称其师事黄庭坚,有《诗话补遗》传世,盖补其祖潘兴嗣所著《诗话》一卷之遗而作。论诗以山谷为宗,重句律,探来历,讲求语意清新,气韵深稳。

《洪驹父诗话》一卷,原书久佚,仅《苕溪丛话》《竹庄诗话》《诗人玉屑》《诗林广记》有录存。其佚文,郭绍虞得二十二条,罗根泽得二十六条。作者洪刍,字驹父,豫章人。绍圣进士,崇宁入元祐党,靖康中为谏议大夫。金兵入汴,坐为金人括财,流沙门岛卒。洪氏有兄弟四人,兄朋字龟父,弟炎字玉父,羽字鸿父,为黄庭坚外甥,俱有才名,世称"四洪"。其中朋、刍、炎三人皆图入江西诗派,故称之"三洪",受诗法于黄庭坚。论诗重句法,备赞山谷"句

---

① 保暹《处囊诀》有"诗有眼"条。

法高妙",全书多替江西诗派立言。

《优古堂诗话》一卷,凡一百五十四条,吴开撰。今有《历代诗话续编》本。作者(生卒年不详)字正仲,滁州人。绍圣中宏词科,靖康中官翰林承旨,以主和而附于金人,为误国庸臣,后被窜谪而死。其《优古堂诗话》,被《四库全书总目》收入集部诗文评类。该书所论以北宋诗人为主,间论唐人。内容多系考证诗中用事出处,成为江西派诗话中别开生面的考证论诗之著。后世论者多以为无足可取,《四库总目提要》就说"夺胎换骨,翻案出奇,作者非必尽无所本,实则无心闇合,亦多有之。必一句一字求其源出某某,未免于求剑刻舟"。这话当然不错,然而在当时苏黄诗风之下,偶有此类著作,突出考证,知诗中用事来历,也能加深对诗歌的理解,所以,寻根探原的考证论诗之著,有一点亦无可非议。

《王直方诗话》,据《郡斋读书志》称原有六卷,散佚甚早。曾慥《类说》录存一卷,凡五十二条;《诗话总龟》《渔隐丛话》《诗人玉屑》等书均有称引。今传世者系辑佚本,郭绍虞本得三百零六条,罗根泽本得二百八十二条。历来诸家称引,书名各异,盖又有《归叟诗话》《兰台诗话》《诗文发源》《归叟诗文发源》等。作者王直方(1069—1109),字立之,号归叟,汴京(今河南开封)人。仕宦不显,喜与苏轼、黄庭坚、陈师道、吕本中游,为吕本中列入《江西诗社宗派图》中。论诗尊杜,认为杜甫"才力富健","不行一万里,不读万卷书,不可看老杜诗"。书中多述事,直录苏黄语录,论诗语少,又失之考据,后人多为之纠谬。然而于述事和佳句摘引之中,亦偶尔见其论诗好恶。诸如他关于杜诗"着意深远"和"诗贵圆熟""诗不厌多改"之见,以及他恪守贺方回论诗信条"平淡不流于浅俗;奇古不邻于怪僻;题诗不窘于物象;叙事不病于声律;比兴深者通物理;用事工者如己出;格见于成篇,浑然不可镵;气出于言外,浩然不可屈"等等,还是有可取之处的。

《彦周诗话》一卷,凡一百三十七条,《直斋书录解题》著录于集部文史类,《四库全书》收入集部诗文评类。作者许顗(生卒年不详),字彦周,襄邑(今河南睢县)人。《四库全书简明目录》认为"其论诗宗元祐之学,故所述苏黄绪论为多。其品第诸家,颇为有识。惟参杂以神怪之说,自秽其书,为深可惜耳"。这一评述较为准确。然而,许氏诗话的价值不在于论诗,而在于论诗话。在中国诗话史上,欧公始创诗话之体以来,诗话以"资闲谈"为宗旨,以"记事"为内容。随着诗话创作的繁荣,人们对诗话之体的认识也在逐步提高。许顗自序指出:

诗话者,辨句法,备古今,纪盛德,录异事,正讹误也。

若含讥讽、著过恶、诮纰缪,皆所不取。(《历代诗话》本)

许顗对"诗话"的解释,反映出宋人从事诗话创作的思维空间有了新的开拓,对诗话之体的性质的认识有了新的提高。在他们看来,诗话已不仅仅是"以资闲谈"的随笔,而是从事诗歌批评辨析的新的文学样式。宋人对诗话之体在认识上的飞跃,不啻扩大了诗话创作的内容,也说明诗话在自己的发展演进过程中已进入了有意而为之的自觉的时代。从这个意义来说,许顗的《彦周诗话》,在中国诗话史上是一个里程碑。

《竹坡诗话》一卷,《遂初堂书目》著录于文史类,作《周少隐诗话》,他本或作《竹坡老人诗话》;《宋史·艺文志》与《四库全书》皆收入集部诗文评类,作《竹坡诗话》。作者周紫芝(1081—?),字少隐,自号竹坡居士,宣城(今属安徽)人。绍兴中登第,历官枢密院编修官,出知兴国军。《四库全书简明目录》说他曾"以诗媚秦桧父子,人品颇卑。然诗则不能谓之不工,故其论诗考证品评,亦多可取"。对此诗话,历来毁誉不一。一般论者指出周紫芝论诗不外乎二病:一是称扬时人而轻议古人,如以东坡、文潜诸人咏梅之诗为远胜和靖之类;二是拘泥于江西诗派的点化之说,重在一字争奇，过于苛细穿凿。然而，其中有关"作诗正要写所见"，惟使读者身临其境，方得其妙；有关诗应有"气象""风味"，"叙事有情致"，富有"熔化之功"；有关诗人选语用字要求"蕴藉"，不露"风骨"，"事在语中而人不知"之说，也有其可取之处，不可一概否定。

《紫微诗话》一卷，吕本中撰。作者字居仁，祖籍东莱（今山东莱州），世称东莱先生。绍兴六年赐进士出身。历官中书舍人，权直学士院，故诗家称之"吕紫微"，诗话因以此为名，或称《东莱吕紫微诗话》《东莱诗话》。吕本中论诗出于黄庭坚，是江西诗派的骨干之一，曾撰《江西诗社宗派图》，以黄庭坚为宗主，陈师道等二十四人序列其后，"江西诗派"之名由此而生。又作《童蒙诗训》，论诗推崇苏、黄，但又强调独创。其诗话之作则以记述家世旧闻和宋代诗坛杂事为主，论诗而及事者甚多，基本倾向仍系传江西诗派，主张"专学老杜"，"字字有来处"。《四库全书简明目录》说："其学源出豫章，而所论乃不主一家，亦不主一格。"看来，吕氏论诗在江西宗派之中，也比较开明，并不恪守江西诗派衣钵。

《藏海诗话》一卷，吴可撰。原书久佚，清人从《永乐大典》中辑出，今有《历代诗话续编》本。作者吴可，事迹无考，《宋诗纪事》说："可字思道，金陵人。宣和末，官至团练使，责授武节大夫致仕，有诗名。"论诗与韩驹同属苏黄一派，而于苏轼为近，其诗话的大量篇幅在申述苏轼诗论之见，故能深知江西诗之利病，而折中于苏黄，提出"以杜为体，以苏黄为用"的主张，提倡"风韵超然"，含蓄蕴藉、不露筋骨的诗风，反对"只宋一家"、千首一体。此外《四库全书总目》说吴可论诗"每故作不了了语，似乎禅家机锋"。这话也是。吴可在诗话中也称："凡作诗如参禅，须有悟门。"特别是《诗人玉屑》曾载有吴可三首《学诗诗》，每首开头皆称"学诗浑似学参禅"。吴可以禅喻诗，实开沧浪之先声。

《唐子西文录》一卷，凡三十五条，唐庚述，强行父记。唐庚

（1069—1120），字子西，眉山人。绍圣进士，为宗学博士，擢京畿常平。后因为张商英赋《内前行》而被贬惠州，赦归，卒于返蜀途中。《宋史》卷四四三有传。强行父（1091—1157），字幼安，余杭（今杭州）人。曾官睦州、宣州通判。强行父曾与唐庚同寓京师，庚卒后，行父将唐庚平日口述论诗文的话追记成书。属语录体诗话。王若虚《滹南诗话》卷二评论此书，称为《唐子西语录》，郭绍虞认为这是"语录通诗话之始"（《宋诗话考》）。《季沧苇书目》也曾改《文录》为《唐庚诗话》，《千顷堂书目》又称司马泰《古今类说》将唐氏论诗论文别为二种：一为《唐庚文录》，载卷二十五；一为《唐子西诗话》，载卷四十七之中。唐子西论诗，力推杜甫和苏轼，认为"作诗当学杜子美"，以"混然天成"为妙。但他又主张"收拾诗材"，多读书，"以资为诗"，以致难免有脱离现实生活的倾向，打上苏黄诗风的印记。

《艇斋诗话》一卷，《直斋书录解题》著录于集部文史类，《宋史·艺文志》则收入子部小说类。作者曾季狸（生卒年不详），字裘父，号艇斋，南丰（今属江西）人。举进士不第，尝师事韩驹、吕本中、张栻，时有诗名。陆游《曾裘父诗集序》，称之"安时处顺，超然事外，不矜不挫，不诬不怼"（《渭南文集》卷十五）。著作有《论语训解》《艇斋杂著》《艇斋诗话》等。季狸论诗，宗江西诗派，注重用字、炼句，对"夺胎换骨""悟入"之说，多有发挥。其诗话也多述江西诗派诗人的逸闻轶事，于其师韩驹、吕本中等人的诗与诗论，则称引评述更多。他指出：

> 后山论诗说"换骨"，东湖论诗说"中的"，东莱论诗说"活法"，子苍论诗说"饱参"，入处虽不同，然其实皆一关捩，要知非悟入不可。

这是典型的江西诗论，强调诗贵"悟入"。《艇斋诗话》是研究江西诗派的重要参考书，虽然其中亦偶疏考证，后人亦举其疵，但今之研究江西诗派者，不可不重视之。

《韵语阳秋》二十卷，文渊阁本《四库全书总目》称誉为宋人诗话之善本。作者葛立方，字常之，丹阳人。又名《葛常之诗话》《葛立方诗话》，成书于隆兴元年（1163）葛氏由天官侍郎罢七年之时。《四库全书简明目录》说："其评诗不甚论工拙，惟辨别风旨之是非，故谓之阳秋。"阳秋，晋语，即春秋，指史书。《遂初堂书目》与《直斋书录解题》均著录于文史类，《四库全书》收于集部诗文评类，今有《历代诗话》本。这部诗话的最大价值在于文化的阐释，论诗旨在求风雅之正，以事理为要，内容甚为广泛。据郭绍虞考，大抵一、二两卷论诗法诗格，三、四两卷论诗之本事，五、六两卷重在考证，七、八两卷多涉用事，九、十两卷则多评史之作，十一卷论仕宦升沉之况，十二卷述生死达观之理，十三卷重在地理，十四卷多论书画，十五卷则述歌舞音乐，十六卷记述花鸟虫鱼，十七卷述医卜杂技，十八卷论人识鉴，十九、二十卷则附以岁时、风俗、饮食、妇女之类。虽然所论各家之诗也注重于诗法、用事和考证，未脱江西派窠臼，然而颇有见地的诗论主张亦寻处可见。窃以为主要有两点必须引起论者重视。其一是"人情对境，自有悲喜"。这是美感问题。作者指出："人之悲喜，虽本于心，然亦生于境。心无系累，则对境不变，悲喜何从而入乎？"他认为"心有中外枯菀之不同，则对境之际，悲喜随之尔"（卷十六）。这里，葛氏阐述的正是这样一条美学原理：审美主体对审美客体的感受，往往是随着审美主体的心理变化而变化的。这对于诗歌评论和鉴赏，具有一定的指导作用。其二是论"诗思"。他在卷二说："诗之有思，卒然遇之而莫遏，有物败之则失之矣。故昔人言覃思、垂思、抒思之类，皆欲其思之来，而所谓乱思、荡思者，言败之者易也。郑綮诗思在灞桥风雪中、驴子上，唐求诗所游历不出二百里，则所谓思者，岂寻常咫尺之间所能发哉！前辈论诗思多生于杳冥寂寞之境，而志意所如，往往出乎埃埸之外。"

所谓"诗思",就是诗人从事诗歌创作中的思维活动,是诗兴,是诗歌创作的动机与情思。葛立方论及诗思,涉及灵感问题。他说郑綮的诗思产生于灞桥风雪中、驴背上;唐求的诗思在于游历之所得[①],是说诗思得于阅历和闻见,感于外物,生于杳冥寂寞之境,要富于想象,不要局限于寻常咫尺之间;而诗思的环境贵在虚静,灵感发生时更应避免外界的干扰。这种看法是符合诗歌创作规律的。

第三节 苏黄诗风的反思与"江西格"批评

如前所论,北宋中叶,欧门出了苏轼,苏门又出了黄庭坚,二子相继而起,各开生面,"子瞻以新,鲁直以奇",卓然成家,笼罩当世。宋诗至此,才别于唐诗而独树一格,走上了议论化、散文化、讲求用事押韵的道路。元祐以后,诗人迭出,莫不以苏、黄二家为依归,苏黄诗风,遂风靡一时。正如清人翁方纲所说:

> 谈理至宋人而精,说部至宋人而富,诗则至宋而益加细密,盖刻抉入里,实非唐人所能囿也。而其总萃处,则黄文节(庭坚)为之提挈,非仅江西派以之为祖,实乃南渡以后,笔虚笔实,俱从此导引而出。(《石洲诗话》卷四)

苏、黄是唐宋诗转变的关键人物,为宋诗开拓了前所未有的境界。在苏黄诗风影响下,宋人高举着"以文字为诗,以才学为诗,以议论为诗"的旗帜,坚持走自己的路。从某种意义而言,此实为中国律诗的一大解放:就内容来说,则时事、谈笑、谐谑、人情、物态,无不可以寓于诗中,所谓"喜笑怒骂,皆成文章";就形式而言,则铺叙、议论、抒情、博依广引,无不可以曲尽其致,所谓"文理自然,姿态横生"。

[①] 北宋孙光宪《北梦琐言》云:"唐求《临池洗砚》诗云:'恰似有龙深处卧,被人惊起黑云生。'又:'渐寒沙上雨,欲瞑水边村。'《早行》云:'沙上鸟犹睡,渡头人已行。'诗思不出二百里间。"

然而，诗歌毕竟不同于散文。其根本差别，就在于思维方式的不同。诗歌的本质，就是抒情。从"诗言志"到"诗缘情"，中国古典诗歌早已形成了以抒情为主体的民族文化传统。宋人"以文为诗"，崇尚理趣，诗歌创作也表现出思维的伦理化、议论化，这自然是对以诗歌为代表的传统文学的一种新的开拓，我们也无可厚非。然而，应该指出，宋人于戛戛独造之同时，也忽视了对传统文学思想的运思特点的研究。所以，从思维方式的角度来看，风靡一时的苏黄诗风，就是宋人思维之伦理化、议论化的产物。

在苏黄诗风的熏陶之中，黄庭坚极力鼓吹的"夺胎换骨""点铁成金""无一字无来处"那套诗歌创作的金科玉律，也曾令不少人陶醉。山谷的门徒们也正为自己的诗歌创作所表现出的"夺胎""点化"之工而沾沾自喜。然而，正在这个时候，它的巨大的理论缺陷和被江西诗派所歪曲的畸形的诗歌创作，也曾使多少人苦苦思索。就连出入于江西诗社的稍有头脑的诗人，也开始对苏黄诗风影响下形成的诗歌理论的圭臬进行反思，力图解开这一历史的迷惑。

"夺胎换骨"，被江西派门徒奉为金科玉律，不少诗话著作为之宣传、发挥。黄庭坚自己也不断运用此法从事诗歌创作，如白居易有诗云："百年夜分半，一岁春无多。"山谷用其诗意，仅仅增加四字而为新诗："百年中去夜分半，一岁无多春再来。"王安石有诗云："只向贫家促机杼，几家能有一絇丝？"山谷改换五字而为己诗："莫作秋虫促机杼，贫家能有几絇丝？"人们不禁要问：这难道就是诗歌创作？

"无一字无来处"，也被江西诗派尊奉为教旨，以致作诗强调"用事"，搬弄典故，好用古语；论诗也限于用语"出处"的考释。这样做的结果，势必形成一种"取古人之陈言"入诗的不良风气，扼杀诗歌的艺术生命；而且以考据论诗，也容易以训诂的解释来取代文学的本体论研究。由于时代的局限，宋人当然不可能认识到这种理论的高度，然而，一味追求"用事押韵之工"所造成的不良影响，宋人已经清醒地认识到了。如魏泰《临汉隐居诗话》批评道：

> 黄庭坚喜作诗得名，好用南朝人语，专求古人未使之事，又一二奇字缀葺而成诗，自以为工，其实所见之僻也。故句虽新奇，而气乏浑厚。吾尝作诗题其编后，略云："端求古人遗，琢抉手不停。方其拾玑羽，往往失鹏鲸。"盖谓是也。

这种批评，已大体切中要害。黄山谷作诗，好奇尚硬，标立拗体①，舍本逐末。魏泰以拾羽失鹏作比，正是对山谷诗派的莫大讽刺。

通过这种反思，被尊为"宗祖"的权威性的宝殿动摇了，被奉为教旨和圭臬的诗学理论受到应有的批判了，声势浩大、阵容显赫的江西诗派逐渐解体了。

在宋代诗话史上，首先对苏黄诗风进行反思的诗话家，恐怕要数北宋末年的魏泰。泰字道辅，号溪上丈人，又自号临汉隐居，襄阳人。泰是曾布的内弟，恃势为患乡里。《墨庄漫录》载有襄阳民谣曰："襄阳二害，田衍、魏泰。"然数举进士不第。著有《东轩杂录》《临汉隐居诗话》等。该诗话一卷，凡七十条。《宋史·艺文志》著录于文史类，《四库全书》收入集部诗文评类。魏泰对诗家的批评，重在有无"余味"。其诗话则以"余味"为论诗的艺术标准，指出："凡为诗，当使挹之而源不穷，咀之而味愈长。"又说："诗者述事以寄情，事贵详，情贵隐，及乎感会于心，则情见于辞，此所以入人深也。"这里的所谓"余味"，就是指诗的韵味、趣味，要求诗歌必须具有

---

① 律绝讲究平仄，误用者谓之"失粘"；不依平仄常格而加以变换者为"拗体"。拗体始于杜甫、韩愈，至黄庭坚而大量创作，成为山谷诗的特格。江西诗派对此推崇备至，视为黄庭坚诗的独得之秘，并且以出句中平仄二字互换者，为"单拗体"；两句中平仄二字对换者，为"双拗体"；大拗大救，于每对句之第五字以平声谐转者，为"吴体"。巧立名目，分列体格，实是舍本逐末。

感人至深的艺术魅力。而要做到这一点，应该做到"事贵详，情贵隐"。详，指描写的细腻；隐，指抒情的含蓄蕴藉。根据这一标准，魏泰批评韩诗为"押韵之文"，批评欧诗"少余味"，批评苏黄诗"逞豪放而致怒张"，认为黄庭坚一味追求用字之"奇"不过是拾羽失鹏而已。这些意见，颇中当时苏黄诗风之病。

陈师道被"江西派"尊为"三宗"之一。虽然他的诗歌理论完全属于江西诗派，然而，在苏黄诗风的反思中，他也比较清醒地看到其中弊病。在《后山诗话》中，他批评苏诗"失之粗"，黄庭坚诗失之"奇"；批评"以文为诗"，指出："退之以文为诗，子瞻以诗为词，如教坊雷大使之舞，虽极天下之工，要非本色。"所谓"本色"，就是诗歌那种浑然天成、无斧凿之痕的艺术特色。陈师道认为"诗文各有体"，也应各有"本色"，以文为诗，以诗为词，皆非本色。我们认为，在苏黄诗风长盛不衰之际，陈师道作为江西宗派的要员之一，能如此清醒地面对传统和时风，较之那些恪守一家的诗论家所表现出的保守和幼稚，他的这种求实精神，实在难能可贵。

江西诗派的诗话之作，还有《庚溪诗话》二卷。作者陈岩肖，字子象，号西郊野叟，金华（今属浙江）人。绍兴初，官建康，后以任子中宏词科，仕至兵部侍郎。论诗宗江西诗派，于元祐诸家，征引尤多。上卷冠以宋代御制，次为历代帝王诗，又次为杜甫、苏轼诗；下卷杂论宋人诗，也间及其词，许多散佚诗词，赖以传世。全书重在记述本事，但于记事之中亦对唐宋诗家各有评骘，如论"江西格"条，最为确凿。指出：

> 本朝诗人与唐世相亢，其所得各不同，而俱自有妙处，不必相蹈袭也。至山谷之诗，清新奇峭，颇造前人未尝道处，自为一家，此其妙也。至古体诗，不拘声律，间有歌后语，亦清新奇峭之极也。然近时学其诗者，或未得其妙处，每有所作，必使声韵拗捩，词语艰涩，曰"江西格"

也。此何为哉？吕居仁作《江西诗社宗派图》，以山谷为祖，宜其规行矩步，必蹱其迹。今观东莱诗，多浑厚平夷，时出雄伟，不见斧凿痕。社中如谢无逸之徒亦然，正如鲁国男子善学柳下惠者也。（《历代诗话续编》本）

这段论述，指斥江西诗派末流之弊，在当时殊不多见。所以《四库全书总目》评论说："其论山谷诗派一条，深斥当时学者未得其妙，而但使声韵拗捩，词语艰涩，以为'江西格'，尤为切中后来之病。"这个评论是恰当的。由此可见，一方面陈岩肖论诗，已经没有专主元祐之学，比较开通，尚重实际；另一面，他对"江西格"的批评，不正是对"江西诗派"旧营垒的反戈一击吗？正因为陈岩肖出入于这个旧营垒，深知"江西格"的病根，因而能够击中要害，切中其弊。江西诗派的理论和创作，所表现出来的沉重的历史惰性，也正在为人们所认识。以至到了南宋时代，许多曾经出入其中的著名诗人如陆游、杨万里等，终于跳出了这一保守和惰性十足的诗歌旧营垒所设置的形式主义藩篱，走进了诗歌创作的自由王国。

蔡絛，字约之，自号百衲居士，别号无为子，兴化仙游（今属福建）人，蔡京之子。著有《西清诗话》三卷、《蔡百衲诗评》一卷，论诗虽"以苏轼、黄庭坚为本"，却主变化自得，认为"作诗者陶冶物情，体会光景，必贵乎自得"，强调"作诗用事要如禅家语，水中着盐，饮水乃知盐味"。显然，此等议论乃是对江西诗格的一种反拨。特别是后人为其所辑之《诗评》，纵论王维、李白、杜甫、苏轼、山谷等唐宋名家诗风，指出：

> 柳子厚诗，雄深简淡，迥拔流俗，至味自高，直揖陶、谢；然似入武库，但觉森严。王摩诘诗，浑厚一段，覆盖古今；但如久隐山林之人，徒成旷淡。杜少陵诗，自与造化同流，孰可拟议；至若君子高处廊庙，动成法言，恨终欠风韵。黄太史诗，妙脱蹊径，言谋鬼神，唯胸中无一点

尘，故能吐出世间语；所恨务高，一似参曹洞下禅，尚堕在玄妙窟里。东坡诗，天才宏放，宜与日月争光，凡古人所不到处，发明殆尽，万斛泉源，未为过也；然颇恨似方朔极谏，时杂以滑稽，故罕逢蕴藉。韦苏州诗，如浑金璞玉，不假雕琢成妍，唐人有不能到；至其过处，大似村寺高僧，奈时有野态。刘梦得诗，典则既高，滋味亦厚；但正若巧匠矜能，不见少拙。白乐天诗，自擅天然，贵在近俗；恨为苏小虽美，终带风尘。李太白诗，逸态凌云，照映千载；然时作齐梁间人体段，略不近浑厚。韩退之诗，山立霆碎，自成一法，然譬之樊侯冠佩，微露粗疏。柳柳州诗，若捕龙蛇、搏虎豹，急与之角而力不敢暇，非轻荡也。薛许昌诗，天分有限，不逮诸公远矣；至合人意处，正若刍荛，时复咀嚼自佳。王介甫诗，虽乏风骨，一番出清新，方似学语之小儿，酷令人爱。欧阳公诗，温丽深稳，自是学者所宗；然似三馆画手，未免多与古人传神。杜牧之诗，风调高华，片言不俗；有类新及第少年，略无少退藏处，固难求一唱而三叹也。右此十四公，皆吾生平宗师追仰所不能及者，留心既久，故闲得而议之。至若古今诗人，自是珠联玉映，则又有不得知也已。（胡仔《苕溪渔隐丛话后集》卷三十三引《西清诗话》）

是编评议唐宋十四名家诗风，论其长短得失、瑕瑜互见者，多以比喻出之，颇多精到之见，实为诗话论诗之创获，甚为难得，影响颇为深远。

应该指出，北宋之末和南北宋之交，批评苏黄诗风和江西诗派最有力的，还是叶梦得的《石林诗话》和张戒的《岁寒堂诗话》。

叶梦得（1077—1148），字少蕴，号石林居士，苏州吴县（今江苏苏州）人。宋哲宗绍圣四年（1097）进士，后官至翰林学士、龙图阁学士、尚书左丞，崇信军节度使。《宋史》卷四四五有传。叶氏学问博洽，一生著述繁富，有《石林总集》一百卷，原书散佚大半。其《石林诗话》有一卷、二卷、三卷本之分；《历代诗话》本今作三卷，九十条，另附《拾遗》凡三条。《书录解题》著录于文史类，《四库全书》收于集部诗文评类。是书虽然承袭北宋诗话"闲谈""记事"的格局，但如前所述，它能从诗歌的艺术特征入手论及诗歌创作的一些重要理论问题，如内容与形式的关系、诗歌的艺术思维规律等，是宋代诗话的代表作之一。他论诗主张"以气格为主"，做到"意与言会，言随意遣，浑然天成"，反对苏黄的"用事"之法，批评江西派片面追求字奇语工的不良风气。它的诞生，标志着宋代诗话创作的倾向，已出现了令人欣喜的新的转机。

批评苏黄诗风最激烈的，是南北两宋之交的诗话家张戒。他是正平（今属山西）人，宣和六年（1124）进士，绍兴五年（1135）以荐授国子监丞，后因从赵鼎反对主和派而遭贬于台州。著有《岁寒堂诗话》二卷，今有《历代诗话续编》本传世。张戒论诗"以言志为本"，继承和发扬了儒家诗教的传统，认为"言志乃诗人之本意，咏物特诗人之余事"，要求诗歌创作必须恪守"温柔敦厚"的诗教，发挥诗的美刺功能，为清代沈德潜的"格调说"开了先河。他明确提出"世间一切皆诗"的著名论断，认为："王介甫只知巧语之为诗，而不知拙语亦诗也；山谷只知奇语之为诗，而不知常语亦诗也。欧阳公诗，专以快意为主；苏端明诗，专以刻意为工。李义山诗，只知有金玉龙凤；杜牧之诗，只知有绮罗脂粉；李长吉诗，只知有花草蜂蝶；而不知世间一切皆诗也。惟杜子美则不然，在山林则山林，在廊庙则廊庙；遇巧则巧，遇拙则拙，遇奇则奇，遇俗则俗；或放或收，或新或旧；一切物，一切事，一切意，无非诗者。"这部诗话曾受到历代诗话批评家的推崇，多认为是宋人诗话中举足轻重之作。郭绍虞先生指出："余尝绅绎其书，觉前哲所评犹有未尽。

盖张氏诗论重要之点,乃在南宋苏黄诗学未替之时,已有不满之论,而其所启发,似又足为沧浪之先声也。"(《宋诗话考》)我们认为,郭氏的意见讲得很好。他是从文学理论批评的高度来衡量《岁寒堂诗话》的价值和历史地位的。当苏黄诗风风靡一时、甚嚣尘上之际,是张戒最先发难于苏黄,对其错误理论和实践,进行了十分尖锐的批判。他说:

> 诗以用事为博,始于颜光禄,而极于杜子美;以押韵为工,始于韩退之,而极于苏、黄。……用事押韵,何足道哉!苏、黄用事押韵之工,至矣,尽矣,然究其实,乃诗人中一害。使后生只知用事、押韵之为诗,而不知咏物之为工,言志之为本也,风雅至此扫地矣。(《岁寒堂诗话》卷上)

又指出:

> 自汉魏以来,诗妙于子建,成于李、杜,而坏于苏、黄。……子瞻以议论作诗,鲁直又专以补缀奇字;学者未得其所长,而先得其所短,诗人之意扫地矣。(《岁寒堂诗话》卷上)

这里,作者连用了两个"扫地",一是"《风》《雅》扫地",一是"诗人之意扫地",突出了苏黄诗风所造成的严重后果。在张戒以前,宋人有谁这样旗帜鲜明地批评苏黄诗风?没有!有谁家之诗话如此重视诗歌理论的批评?也没有!张戒所表现出的这种大无畏的批判精神,实在令人敬佩。虽然他的立论有时也不免失之偏颇,但是这种批评性即现实的针对性,竟为今后的诗话创作开拓了新的眼界,树立了新的楷模,标志着诗话之体已由初期的闲谈随笔发展成为文学批评的一种样式,而且已经成熟了。这是中国诗话史上,具有历史意义的重大转折。

第三章
南宋诗话

第一节 诗话创作倾向的转变

德国著名哲学家费尔巴哈在批判黑格尔的历史观时,说过这样一段话:

> 自然界中的各个发展阶段,决不是仅仅具有一种历史的意义;这些发展阶段乃是环节,但却是自然界同时并存的整体的各个环节,并不是一个特殊的、个别的整体的各个环节,个别的整体本身又只是宇宙的一个环节,亦即自然界的环节。(《黑格尔哲学批判》)

这段话说来说去,就是讲"环节",讲环节的个别性与整体性的统一和共存。在中国诗话的研究中,我们看到:诗话创作与诗歌创作一样,总是受到传统和时风的影响,不可能超越时间和空间的藩篱。一时的文学风气,就是传统的特定演变,既是文学传统的产物,又是革新文学传统的产物;创作者总是在时风的影响下从事继承和创新,同时也以自己的创作实践促成这种文学风气的形成和发展。不是吗?以渊源而论,诗话之体是中国古典诗论的传统的特定演变;以时风而论,却又是欧阳修革新唐人诗格的产物。欧阳修首创诗话之后,追随者竞相仿效,又形成了"闲谈""随笔"的诗话创作的新的传统和风气。北宋诗话,基本上是徘徊于欧阳修开创的

"闲谈""随笔"之路，缺乏向诗歌理论的未知领域开拓、探索的精神，呈现出理论的保守和幼稚。那么，在新的时风当中，诗话创作长期徘徊的局面，又将被新的创作实践所结束；诗话创作所形成的"闲谈""随笔"的传统，也将因对传统的革新而出现新的拓展。按系统论来说，正是这一个个的许多环节，环环紧扣，形成了中国诗话不断向前发展演进的历史的阶段性和超越时空界限的排比有序的统一的整体性。

下面，我们将从传统和时风两个既区别又相互联系的不同角度，对南宋时代诗话创作的基本倾向及其转变的原因等，进行必要的论述，以期对宋诗话的发展全过程及其基本特征，有个比较清晰的认识。

一　论事论辞契合

至南宋时代，诗话创作出现新的转机，这就是论事与论辞的契合。清代著名史学家章学诚在论述中国历代诗话的分类时指出：

> 诗话之源，本于钟嵘《诗品》。然考之经传，如云"为此诗者，其知道乎"，又云"未之思也，何远之有"，此论诗而及事也；又如"吉甫作诵，穆如清风，其诗孔硕，其风肆好"，此论诗而及辞也。（《文史通义·诗话》）

章氏认为，从论诗的内容来分，诗话"虽书旨不一其端，而大略不出论辞论事"两大类别。

根据这种分类法，我们认为，北宋诗话大多属于论诗及事之类；而南宋诗话，就其基本创作倾向而论，则是论事与论辞的契合。如果把南宋诗话放在宋诗话的整个系统之中来考察，我们就会发现，南宋诗话的创作倾向之所以会出现这种新的转机，主要原因大致有三：

其一，这是诗话之体自然发展的轨迹。

如前所述，诗话之体的论诗体制，是欧阳修在"以资闲谈"的创作宗旨之下而开创的。欧公之后，司马光、刘攽、陈师道、赵令畤、蔡宽夫、吴开、许顗、周紫芝、吕本中、叶梦得、吴可等人，也都沿着欧公《诗话》所开创的"以资闲谈"的既定路线从事诗话创作，促进了"闲谈""随笔"这种诗话创作传统的形成和发展。诗话的这种闲谈随笔体式，以"记事"为主，在记述诗人轶闻佚事和诗歌本事、考释诗句之中，偶尔也显露出吉光片羽似的诗学见解。

北宋诗话的这种欧派风格和艺术特色，固然有它的长处，如郭绍虞先生所说的："在轻松的笔调中间，不妨蕴藏着重要的理论；在严正的批评之下，却多少又带些诙谐的成分。"(《宋诗话辑佚·序》)然而，如果把它放在文学理论批评的天平之上，它在理论上的缺陷，也是很明显的。这种理论的缺陷，主要表现在诗学理论的概念、范畴的朦胧性和模糊性。理论，应该旗帜鲜明；模棱两可、含糊其词的理论，是没有力量的。北宋诗话中的论诗之见，虽然也片言中肯，不乏精到之见，但也显得零乱琐碎，不成系统，概念模糊，内涵和外延混乱，带有很强的主观随意性。这些短处，当然不能责怪诗话！事实证明，诗话这种新的论诗体式，经过北宋时代的几度徘徊，而以论事论辞相契合的崭新姿态，进入南宋时代，获得了新的艺术生命。

列宁在论述事物的发展时曾经指出，唯物辩证法发展观的"主要的注意力正是放在认识'自己'运动的泉源上"①。北宋诗话所以在"以资闲谈"的既定路线上几度徘徊，是因为"闲谈""记事"的这种同一性使它获得了保持相对稳定的力量。然而，正如我们在前面说过的，对于这种记事随笔体诗话，引起人们注意的，不仅仅是那些连篇累牍的诗的"记事"，更在于其中的论诗部分。这一部分即使仅仅是诗歌的一得之见、一己之见，片言只语，却代表着作

---

① 列宁：《谈谈辩证法问题》，《列宁全集》第2卷，人民出版社，1995，第557页。

者的论诗主旨、理论主张和审美趣味、审美理想,体现着诗歌理论批评的发展方向。所以,这些欧派诗话之作,虽然同属"闲谈""随笔"体式,但论诗主旨并不尽相同,论诗之见也千差万别,甚而处于矛盾斗争之中。我们知道,正是这种矛盾斗争,促使事物的变化和发展,冲破矛盾的同一性,实现矛盾转化。诗话之体的演变,本身就处在生生不息的变易之中。这种变易,是诗话的艺术生命力之表现。在新的形势下,欧派诗话这种论诗体式本身所造成的所谓理论缺陷,已经不再适应中国诗歌理论和文学批评的发展了。而且,欧派诗话中那一部分有理论价值的论诗部分,也在不断地生长发育成熟起来。为了适应诗歌理论的不断发展,迎合文学批评所出现的新情势和新任务,诗歌创作对自己的论诗传统进行必要而又可能的革新,也许正是诗话之体在自己发展演变的过程中的一种历史的必然吧!

其二,诗话创作倾向的转机,也由于苏黄诗风的影响。

北宋诗话,论诗及事,以"记事"为主;南宋诗话,出现"论事"与"论辞"的契合。这从事物进化的观点来看,我们似乎可以说,南宋诗话一方面是对北宋诗话创作传统的继承,另一方面又是对这一传统的革新和否定。这种否定,自然是辩证的否定,是诗话之体的自我否定。实质上,否定,就是事物的转化,是旧质向新质的飞跃。在这种否定之中,诗话之体趋向成熟、完善,从"以资闲谈"的随笔而进入到诗歌理论批评的领域。应该说,促成这种转化的缘由是多元的。从时风来考察,其中一个重要方面就是苏黄诗风的影响。

宋人尚理学,好议论。这种社会风尚作用于诗,则"以议论为诗""以用事为博"。风靡一时的苏黄诗风,究其风源,也许就在于此。反过来,盛极一代的苏黄诗风,也必然对诗话创作产生重大影响。这种影响包含两个方面:一是内容,二是形式。苏黄诗风的议论化特色,促成了宋诗话由北宋的"论诗而及事"向南宋的"论事""论辞"

契合的转化。关于这个问题,以往的研究者基本上没有涉及。这里,我们想从以下三个方面来加以论述,以求得对南宋时代诗话创作倾向之转机,有一个较为明确的理解。

(一)论点突出,论证有据。

例如张表臣《珊瑚钩诗话》三卷,《四库全书》收于集部诗文评类。杜诗有"文采珊瑚钩"之句,张氏取之以为诗话之名,其意在于:(1)以示尊杜;(2)自炫文采。作者张表臣,字正民,单父(今山东单县)人。官右承议郎,通判常州,绍兴中为司农丞。张氏论诗宗法元祐之学,与惠洪《冷斋夜话》相同。书中多记杂闻琐事,不尽论诗之语。但是,即使是少量的论诗,亦颇多精到之见。如:

> 诗以意为主,又须篇中炼句,句中炼字,乃得工耳。以气韵清高深眇者绝,以格力雅健雄豪者胜。元轻白俗,郊寒岛瘦,皆其病也。(《历代诗话》本)

> 篇章以含蓄天成为上,破碎雕镂为下。如杨大年西昆体,非不佳也,而弄斤操斧太甚,所谓七日而混沌死也。以平夷恬淡为上,怪险蹶趋为下。如李长吉锦囊句,非不奇也,而牛鬼蛇神太甚,所谓施诸廊庙则骇矣。(《历代诗话》本)

这些见解,虽然未脱江西派窠臼,但已表现出一种明显的进步和通脱。他批评杜、韩诗文,也多中肯的话。此外,张氏诗话关于诗体以及古今诗体变化的论述,全面而中肯,于诗体及其发展史的研究,具有重要的参考价值。论诗观点的鲜明性,往往是判断诗话之作是"论事"还是"论辞"的主要标志。北宋诗话,绝大多数将自己的论诗见解隐藏在诗的"记事"之中,吉光片羽,诗话的理论光彩若明若暗,若隐若现,读者要细加绅绎,才能把握作者的论诗主旨、文学好恶和审美观念。南宋诗话,一反北宋诗话论诗的朦胧性和模糊性,论点趋向鲜明,主旨较为明确,诗事、诗例已退居于次要地位，仅仅作为论证所依据的材料来使用，为论点张目。例如魏泰的《临汉隐居诗话》，以"余味"作为论诗的艺术标准，因此提出了"事贵详""情贵隐"的见解。魏泰指出：

> 诗者述事以寄情，事贵详，情贵隐，及乎感会于心，则情见于词，此所以入人深也。如将盛气直述，更无余味，则感人也浅，乌能使其不知手舞足蹈，又况厚人伦，美教化，动天地，感鬼神乎？"桑之落矣，其黄而陨。""瞻乌爰止，于谁之屋。"其言止于乌与桑尔，及缘事以审情，则不知涕之无从也。"采薜荔兮江中，搴芙蓉兮木末"，"沅有芷兮澧有兰，思公子兮未敢言"，"我所思兮在桂林，欲往从之湘水深"之类，皆得诗人之意。至于魏晋南北朝乐府，虽未极淳，而亦能隐约意思，有足吟味之者。唐人亦多为乐府，若张籍、王建、元稹、白居易以此得名。其述情叙怨，委曲周详，言尽意尽，更无余味。及其末也，或是诙谐，便使人发笑。此曾不足以宣讽。诉之情况，欲使闻者感动而自戒乎？甚者或谲怪，或俚俗，所谓恶诗也，亦何足道哉！（《历代诗话》本）

这段文字近乎一篇短小精悍的诗论。作者首先提出自己的观点，指出诗贵事详情隐，方能入人深；否则，"盛气直述，更无余味"，既不能"感人"，更不能达到"教化"之目的。接着以《诗经》《楚辞》与乐府诗为例，从正反两方面加以论证，说明有无"余味"，诗的艺术效果迥然不同。短短三百字，观点鲜明，论证有据，言简意赅，与北宋其他"记事"类诗话，其论诗风格和运笔方法，已经大相径庭。到南宋时代，从张戒的《岁寒堂诗话》到姜夔的《白石道人诗说》和严羽的《沧浪诗话》，这种诗论风格也就更为突出了。

（二）重考据、尚驳辨。

吕本中《童蒙诗训》指出：

自古以来，语文章之妙，广备众体，出奇无穷者，唯东坡一人；极风雅之变，尽比兴之体，包括众作，本以新意者，唯豫章一人。此二人当永以为法。(据陈鹄《耆旧续闻》卷二)

吕氏极赞苏黄文字之妙，说明苏黄诗风的一个重要特点，是"用事押韵之工"。诗话，以诗歌为论述与批评对象，因而，这种"用韵之工""使事之精"，也就不可能不感染于诗话创作。影响所及，则为诗话创作倾向的转化，提供了一个良好的契机。

通观宋代诗话，由于苏黄诗风的影响，诗话的内容除诗坛遗闻轶事的记述以外，炼字炼句和用事的考据，比比皆是。内容决定形式。这种内容的变化，也必然导致诗话创作形式的革新，特别是诗话创作中语言风格的变化：初期诗话那种轻松、诙谐的记叙语言，开始为严肃的考据式、训诂式、驳辨式的论说语言所取代。这种取代，当然是为了适应诗话创作中的考据和驳辨之需。宋人对"半夜钟"的考证与辩论，就是最好的佐证。

欧阳修曾于《六一诗话》中说："唐人有云：'姑苏台下寒山寺，半夜钟声到客船。'① 说者亦云，句则佳矣，其如三更不是打钟时。"这是唐人张继的诗句，题为《枫桥夜泊》。欧公认为夜半三更并不打钟，"半夜钟声"违反了生活的真实，批评"诗人贪求好句，而理有不通，亦语病也"。此说既出，宋人争相考证，搜罗许多证据，证明"夜半钟声"的记载，唐人诗还有许多，并非张继一人所言，表现出一种多闻阙疑的精神。

王直方《兰台诗话》指出："余观于鹄《送宫人入道》诗云：'定知别往宫中伴，遥听缑山半夜钟。'而白乐天亦云：'新秋松影下，半夜钟声后。'岂唐人多用此语也？倘非递相沿袭，恐必有说耳。

---

① 世传版本多为："姑苏城外寒山寺，夜半钟声到客船。"

温庭筠诗亦云：'悠然逆旅频回首，无复松窗半夜钟。'庭筠诗多缵在白乐天诗后。"（《苕溪渔隐丛话》前集卷二十三，《诗林广记》卷十）北宋末年，叶梦得《石林诗话》指出，"今吴中山寺，实以夜半打钟"，而欧公未尝到过吴中一带，故未知实情。计有功的《唐诗纪事》也说吴中一带，确有夜半敲钟之习，谓之"无常钟"。之后，南宋初年的陈岩肖，则以亲身经历，指出"余昔官姑苏，每三鼓尽，四鼓初，即诸寺钟皆鸣，想自唐时已然也"，并又列举皇甫冉《秋夜宿严维宅》诗和陈羽《梓州与温商夜别》诗，说明"夜半钟不独张继言之"（《庚溪诗话》）。吴曾的《能改斋漫录》则考释更为翔实。直至清初，寒山寺夜半鸣钟之习，依然沿袭不断[①]。

欧阳修是位大学者，但他对"半夜钟声"的指责，却未经调查研究，当然也完全无损于张继此诗的价值。因为枫桥的诗意美，有了寒山寺的半夜钟声，便带上了历史文化的色泽，使这静谧之夜仿佛回荡着历史的回声，古雅而庄严。从诗的意境来考虑，有无夜半鸣钟之习，并无关大雅。正如清人马位说："今吴中山寺，实以夜半打钟。然亦何必深辩，即不打钟，不害诗之佳也。"（《秋窗随笔》）因为"诗流借景立言，惟在声律之调，兴象之合，区区事实，彼岂暇计"（胡应麟语，《全唐诗话续编》引）。然而，"半夜钟声"之辩，却足以说明在苏黄诗风影响下，诗话创作重考据、尚驳辨的倾向，以考证论是非曲直，诗话的判辨性也就自然增强了。这无疑有益于诗话创作由"论事"向"论辞"的转化。

（三）夹叙夹议，述事与论辞结合。

在苏黄诗风影响下，为着述事、考证、议论的需要，南宋诗话创作多采用夹叙夹议的形式。其论诗体制，固然未脱"闲谈""随笔"

[①] 清初孙枝蔚《枫桥》诗云："依旧钟声夜半过，谁知张继善吟哦？老夫独少诗中画，始觉平生怨愤多。"

的模式，然而，已经不同于初期诗话专述诗歌本事和诗坛轶闻的那种"记事"体，而成为漫话诗坛轶事、品藻诗人诗作、谈论诗歌作法、考证用事出处、批评不良诗风、探讨诗歌源流的专门著作了。诗话之作的这种多功能性，正好说明诗话创作的宗旨，已经不再局限于欧阳修所确定的"以资闲谈"，而是以许颉所规定的"辨句法，备古今，纪盛德，录异事，正讹误"为旨归了。于是，随着诗话创作内容的扩大，诗话创作的形式也必然有所变化和发展。夹叙夹议，述事与论辞结合的表现形式，正是这一发展变化的结果。

当然，这种夹叙夹议的形式，也仅仅是诗话创作从"以论事为主"向"以论辞为主"的一种过渡而已。这种过渡，早在北宋末期的《石林诗话》已露出端倪；而到南宋之初的《岁寒堂诗话》，则已基本完成这种过渡。这并不是说，南宋诗话及其以后的历代诗话就没有记事体了。"记事"体诗话，各个时期都存在，是诗话之林中的一株大树。然而，我们应该承认，通过这一过渡，诗话创作的总趋势，乃是"论诗及辞"，而不是"论诗及事"。这样，诗话才跻身于中国古代文学理论批评的大雅之堂，成为中国古代诗歌理论批评的一种独特的专著形式。这样一来，诗话创作"单一化"的格局打破了；内容的多样化导致了形式的多样化，各种探索和创新也随之而起。这一切都说明：南宋诗话是北宋诗话的发展和进步，被指斥为"诗人中一害"的苏黄诗风，对南宋诗话的发展（从内容到形式）也起着某种积极的促进作用。

其三，诗话创作之转机，还由于文学批评发展之需要。

前面已经说过，诗话这种独具一格的诗论样式，本身就是中国古代文学批评专门化的产物。从诗话诞生以后的递嬗演进的基本轨迹来看，宋诗话大致经历了考证性、鉴赏性、驳辨性三个发展阶段。它们之间没有明显的界限，互为交叉而又大致有序。北宋诗话以考证性和鉴赏性为主，南宋诗话则以驳辨性批评为主而夹之以考证和鉴赏。

成书于南宋高宗建炎二年（1128）的《彦周诗话》，"其论诗宗元祐之学"，"品第诸家，颇为有识"（《四库全书简明目录》）。许𫖮在品评"东坡诗体"一节中指出：

> 东坡诗，不可指摘轻议，词源如长河大江，飘沙卷沫，枯槎束薪，兰舟绣鹢，皆随流矣。珍泉幽涧，澄泽灵沼，可爱可喜，无一点尘滓，只是体不似江湖，读者幸以此意求之。（《历代诗话》本）

这种批评，虽则也属鉴赏性的，但已不同于北宋初、中期诗话了，说明人们对诗话的批评辨析的性质的认识，已经有了显著的提高。

由于思想认识的提高和思维空间的不断拓展，南宋诗话家已经把诗话创作当作诗歌批评的一种工具来使用了，从而提高了诗话的文学批评价值和历史地位。例如南宋初人张戒，论诗有了自己的批评标准。其《岁寒堂诗话》以"言志为本"，重情志而归于"无邪"，对奉为诗坛圭臬的苏黄，敢于正面提出批评。这部大作"通论古今诗人，由宋苏轼、黄庭坚上溯汉、魏、《风》、《骚》，分为五等，大旨尊李杜而推陶阮，始明言志之义，而终之以无邪之旨，可谓不诡于正者"（《四库全书总目》）。从总体来看，《岁寒堂诗话》已经摆脱"记事"的羁绊，而以论辞为主。后人如潘德舆《养一斋诗话》、马星翼《东泉诗话》、张宗泰《跋〈岁寒堂诗话〉》、林昌彝《海天琴思录》等，都对这部诗话作了高度的评价，一致肯定它的批判精神。

文学批评，不像文学理论著作那样强调高度的概括性和理论的系统性，它的价值在于批评的针对性。南宋诗话的针对性，主要表现在对苏黄之弊的针砭，表现在对"江西格"的批判。除《岁寒堂诗话》以外，南宋诗话的其他代表之作，大都以纠苏黄诗风及江西诗派之迷误为己任。如姜夔的《白石诗说》虽谈诗法，也能切中江西诗派的要害；严羽的《沧浪诗话》对诗歌的批评，主要针对江西诗派之弊而发。这一切都足以说明，南宋诗话创作倾向的转机，正在于批评苏黄诗风和江西诗派之需，是文学批评不断发展之必然。

二 诗禅之风盛行

郭绍虞先生论及严羽之《沧浪诗话》时，曾指出"沧浪论诗，本受时风影响"（《沧浪诗话校释》）。这里的所谓"时风"，就是指盛极两宋时代的诗禅之风。

禅宗，中国有影响的佛教派别之一。南朝梁武帝时菩提达摩由天竺来中国传授禅法而创立，后分为北方神秀的"渐悟说"和南方慧能的"顿悟说"两宗，故南北两宗又有"南能北秀"之称。而唯南宗盛行，至唐五代，南宗又分化而为沩仰、临济、曹洞、云门、法眼五小宗，世称"一花五叶"。南宋时代，唯临济、曹洞两派盛行，影响甚广，及于理学和诗学。学禅，在宋代文人之中蔚为风尚。从理学家周敦颐和程颢兄弟，到三苏父子和"苏门诗人"，都以浓厚的兴趣来谈禅，并将禅宗的新思想及新的思维方式搬进自己思想理论体系之中。

南宋诗话的诗禅之说，正是盛行一时的诗禅之风的产物。

虽然，诗禅之说的创立，应当归之于严羽，归之于严羽的《沧浪诗话》；然而，以禅喻诗，并非始于严羽。在严羽以前，诗禅之风早已盛行；诗禅之说也早已出现。只是零星琐屑，不成系统而已。早在1935年，郭绍虞先生曾在当时的《文艺月报》上发表了一篇题为《〈沧浪诗话〉以前之诗禅说》的论文[①]，详尽地论述了唐宋时代"以禅喻诗"的基本情况，指出《沧浪诗话》以前，"以禅喻诗"者已不乏其人，唐代有诗僧寒山、皎然，还有诗论家司空图；宋代有苏轼、黄庭坚、魏泰、叶梦得、陈师道、徐俯、韩驹、吴可、吕本中、曾幾、赵蕃、陆游、杨万里、姜夔等。这说明宋代诗坛的各

---

① 郭绍虞：《照隅室古典文学论集》上编，上海古籍出版社，1983，第192—242页。

种派别,都对禅宗发生过极大的兴趣,时风所及,以禅喻诗也就势所必然了。应该说他们都是诗禅说的奠基者;而严羽《沧浪诗话》的主要贡献,在于总结了前人或时人"以禅喻诗"的经验,并且上升为理论,使之系统化,从而创立了"诗禅说"。

"诗禅说"的创立,是南宋诗话对中国诗歌理论的一大贡献。它说明诗话创作者思维空间的不断拓展,说明宋人在把握诗歌的艺术规律和对诗歌的审美价值的认识上已经有了一个崭新的飞跃。

为了弄清"诗禅说"的来龙去脉,看看它对《沧浪诗话》的深远影响,我们还是对严羽以前的"诗禅"之说做一番简要的巡礼吧:

(一)"象外之象"说。

唐代诗论家司空图《与极浦书》提出了"象外之象"说:

> 戴容州云:"诗家之景,如蓝田日暖,良玉生烟,可望而不可置于眉睫之前也。"象外之象,景外之景,岂容易可谈哉!然题纪之作,目击可图,体势自别,不可废也。

所谓"象外之象",就是超越于物象的诗歌意象,是诗歌中的艺术形象之美在诗人心灵深处的一种再现。严羽《沧浪诗话》标举的所谓"羚羊挂角,无迹可求"之论与"空中之音、相中之色、水中之月、镜中之象",皆是一脉相承的。二者论诗的一个共同之点,就在注重诗歌艺术的朦胧美,即意象美。

(二)"禅宗"之论。

叶梦得《石林诗话》曾论及"禅宗",指出道:

> 禅宗论云间有三种语:其一为随波逐浪句,谓随物应机,不主故常;其二为截断众流句,谓超出言外,非情识所到;其三为函盖乾坤句,谓泯然皆契,无间可伺。其深浅以是为序。

并且说"老杜诗亦有此三种语","若有解此,当与渠同参"。郭绍虞认为:"是为沧浪以禅喻诗之所出。"(《宋诗话考·石林诗话》)

（三）重在"悟入"。

江西诗派论诗一般都重在一个"悟"字。曾季狸《艇斋诗话》指出：

后山论诗说换骨，东湖论诗说中的，东莱论诗说活法，子苍论诗说饱参，入处虽不同，然其实皆一关捩，要知非悟入不可。

所谓"关捩"，就在于"非悟入不可"。吕本中论诗更重在"悟入"，其《童蒙诗训》云：

作文必要悟入处，悟入必自工夫中来，非侥幸可得也。如老苏之于文，鲁直之于诗，盖尽此理也。

这里，他强调诗歌创作要"悟"，只有"悟入"到诗歌创作的规律性，达到严羽所说的"羚羊挂角，无迹可求"的艺术境界，才算达于"诗道"。所谓"悟"，正是严沧浪"妙悟"说之所本。

（四）"学诗如参禅"。

曾幾《读吕居仁旧诗有怀诗》云："学诗如参禅，慎勿参死句。"论诗已近禅悟。

韩驹与吴可说得更加明白一些。韩驹《赠赵伯鱼诗》云："学诗当如初学禅，未悟且遍参诸方。一朝悟罢正法眼，信手拈出皆文章。"吴可有《藏海诗话》，以禅喻诗，说："凡作诗如参禅，须有悟门。"又有《学诗诗》三首：

学诗浑似学参禅，竹榻蒲团不计年。
直待自家都了得，等闲拈出便超然。

学诗浑似学参禅，头上安头不足传。
跳出少陵窠臼外，丈夫志气本冲天。

学诗浑似学参禅，自古圆成有几联。
春草池塘一句子，惊天动地至今传。

这三首诗载于《诗人玉屑》卷一,当时的龚相也作《学诗诗》三首奉和之,云:

> 学诗浑似学参禅,悟了方知岁是年。
> 点铁成金犹是妄,高山流水自依然。

> 学诗浑似学参禅,语可安排意莫传。
> 会意即超声律界,不须炼石补青天。

> 学诗浑似学参禅,几许搜肠觅句联。
> 欲识少陵奇绝处,初无言句与人传。

这些见解,都是以禅喻诗,开严羽《沧浪诗话》"诗禅说"之先声。此外,赵蕃也有和吴可《学诗诗》三首云:

> 学诗浑似学参禅,识取初年与暮年。
> 巧匠曷能雕朽木,燎原宁复死灰燃。

> 学诗浑似学参禅,要保心传与耳传。
> 秋菊春兰宁易地,清风明月本同天。

> 学诗浑似学参禅,束缚宁论句与联。
> 四海九州何历历,千秋万岁孰传传。

参禅,是佛教禅宗的修行之法。即习佛者为寻求开悟,向各处禅师参学之意。宋人都认为"学诗浑似学参禅",这就沟通了"诗道"与"禅道"的关系,从而找到了诗道的本色在于"妙悟"。过去的研究者都断定这是主观唯心论,其实,这正是宋人在诗禅之风影响下,为论诗开拓的一个新领域。"以禅喻诗",表现宋人言诗的开拓精神。当然,这个问题比较复杂,宋人是否融会贯通,是否领悟到诗歌创作的规律性,还应另当别论。但是,他们这种探索精神,还是应当肯定的。

第二节 "中兴四大诗人"与诗话创作

南宋时代，通过对苏黄诗风的反思和"江西格"的批判，曾经出入其中的诗人如陆游、范成大、杨万里，终于摆脱了江西诗派的束缚，走上自我创新的诗歌之路，致使宋诗创作得以"中兴"，为时人所推崇，后与尤袤并称为"中兴四大诗人"，亦称为"尤杨范陆"。

"中兴四大诗人"之中，仅杨万里撰有《诚斋诗话》一卷，编入《诚斋集》之中，《四库全书》收于集部诗文评类。杨万里（1127—1206），字廷秀，号诚斋，吉州吉水人。绍兴二十四年（1154）进士，历官太常博士、宝谟阁直学士。《宋史》卷四三三有传。杨万里初学江西，后"忽若有悟"，敢于创新，形成了以清新活泼为风格的"诚斋体"。从历史渊源来看，"诚斋体"是对"江西体"的超越和革新。杨氏论诗，深受苏轼、韩驹、吴可诸人影响，以禅喻诗，往往重在"味"。其《江西宗派诗序》说：

> 江西宗派诗者，诗江西也，人非皆江西也。人非皆江西，而诗曰江西者何？系之也。系之者何？以味不以形也。

他承袭司空图《诗品》中的"味外之味"说，认为"诗已尽而味方永"者为善，强调诗歌应有"无穷之味"，赞扬陶渊明、柳子厚的五古"句雅淡而味深长"。他的《诚斋诗话》虽以诗话名，但其中多论文之语，而且涉及四六文。他的诗歌理论和创作实践，在一定程度上突破了江西诗派"点铁成金"和以文字为诗、以理性为诗的藩篱，但仍未脱尽江西格的影响，可以说是江西派诗论转变成沧浪诗禅说的一座过渡性的桥梁。

陆游（1125—1210），字务观，号放翁，山阴（今浙江绍兴）人。二十九岁赴临安省试，名列第一，次年应礼部试，为秦桧所黜。后以荫补登仕郎，反因主抗金而免职。中年入蜀，先后入王令、范成大幕府。五十四岁时奉诏东归，累迁江西常平提举，迁礼部郎中，旋即被劾，退居故里而卒。有《山阴诗话》一卷，《宋史·艺文志》著录于子部小说类，唯未见其书。《老学庵笔记》十卷，不尽论诗。日本黑琦璞斋与饭村岳麓曾于笔记中摘录其论诗之语，名为《放翁诗话》，亦未见此书。其后近藤元粹加以校补，改题为《老学庵诗话》，编入《茧雪轩丛书》中。放翁论诗重气格，重体味，重实践，认为学诗之道"工夫在诗外"。他谆谆告诫人们："纸上得来终觉浅，绝知此事要躬行。"这是陆放翁论诗的主旨之所在。

尤袤（1127—1194），字延之，号遂初居士，无锡人。绍兴进士，累官给事中、礼部尚书兼侍读，谥文简。有《遂初堂书目》一卷，陈振孙《直斋书录解题》称其遂初堂藏书为近世之冠。著录的宋人诗话，足为考证家之所必稽。今传世的《全唐诗话》六卷，旧题尤袤撰，编入《历代诗话》中。然《四库全书总目》谓此书为贾似道门客廖莹中抄窃计有功《唐诗纪事》而成。近人丁福保考为尤袤之孙尤焴所编。所述唐代诗人甚众，凡三百二十二人，内容简要，流传甚广。清人孙涛重新订正此书，并撰《全唐诗话续编》二卷，今收入《清诗话》之中。又有沈炳巽撰《续唐诗话》一百卷，收于《两浙𫐌轩录》卷二十五，《湖州府志·艺文略》亦载之，可惜未曾刊行于世。

范成大（1126—1193），字致能，号石湖居士，吴县（今江苏苏州）人。官至参知政事、大学士。诗与尤袤、陆游、杨万里齐名，号称"中兴四大诗人"。范无诗话之作，今《中国历代诗话选》收录其《范村梅谱》一节，似是牵强。

总之，号称"中兴四大诗人"的主要成就，在诗而不在诗论，诗话创作平平。南宋前期的诗话创作，除张戒《岁寒堂诗话》以外，值得提及的还有黄彻《䂬溪诗话》、朱弁《风月堂诗话》、陈善《扪虱新话》、吴聿《观林诗话》、吴沆《环溪诗话》等。

《碧溪诗话》十卷,莆田黄彻撰。《遂初堂书目》著录于文史类,作《黄微诗话》,"微"疑为"彻"字之误;《四库全书》收于集部诗文评类,今有《历代诗话续编》校点本。黄彻论诗重在风教,品评诸家之诗,推崇杜甫,皆以"辅名教""存风雅"为标准,继承发扬了儒家"诗教"的批评传统。其《碧溪诗话自序》说:

> 平居无事,得以文章为娱,时阅古今诗集,以自遣适。故凡心声所底,有诚于君亲、厚于兄弟朋友、嗟念于黎元休戚,及近讽谏而辅名教者,与予平日旧游所经历者,辄妄意铺凿,疏之窗壁间。未几,抄录成帙,而以《碧溪诗话》名之。至于嘲风雪、弄草木而无与于比兴者,皆略之。(《历代诗话续编》本)

陈俊卿序又引黄彻之语说:

> 时取古人诗卷,聊以自娱,因笔论其当否,且疏用事之隐晦者,以备遗忘。(同上)

由此可见,黄彻首倡以"辅名教""论当否"为诗话创作宗旨,这是对许顗"辨句法,备古今,纪盛德,录异事,正讹误"之说的补充,说明到南宋时代,人们对诗话的社会功能和文学地位有了新的认识。"辅名教",指的是诗学观念;"论当否",指的是诗学利病。"辅名教""论当否"之说的提出,标志着诗话创作已经超越了"以资闲谈"的旧篱笆,而进入了文学批评的自由王国。仅仅从对诗话的认识这一点来看,黄彻《碧溪诗话》的诗学价值和历史地位,就应该予以充分肯定。

《风月堂诗话》二卷,朱弁撰。绍兴十年(1140)序云:"予复以使事羁绊漯河,阅历星纪,追思曩游风月之谈,十仅省四五,乃纂次为二卷,号《风月堂诗话》。"朱氏字少章,号观如居士,徽州婺源(今属江西)人。建炎初,以两宫通问使被金人拘禁十七年之久,守节不屈,表现出坚强的民族气节。绍兴十三年(1143)与洪皓、张邵南归,易宣教郎,直秘阁,主管佑神观卒。《宋史》卷三七三有传。《风月堂诗话》为朱使金被拘时所作。论诗贵自然,不以用事为高,认为"古今胜语,皆自肺腑中流出",但仍推崇苏黄诗风。

吴聿(生卒年不详),字子书,自署楚东人。所撰《观林诗话》一卷,论诗偏重考证,间述佚事,多称述苏黄,于唐宋大家诗句颇多引证考索,评介之语,亦较贴切中肯。《四库全书简明目录》称其"凡所考证,大抵典核,为宋人诗话之佳本"。

吴沆(1116—1172),字德远,号无莫居士,抚州崇仁(今属江西)人。著有《环溪诗话》三卷,论诗宗"一祖二宗",即以杜甫为祖,以李白、韩愈为宗。《环溪诗话》多重句法,说作诗多用实字、事实、健语则可救空疏率易之弊。他以诗有无"肌肤""血脉""骨格""精神"为评论标准,指出:

> 诗有肌肤、有血脉、有骨格、有精神。无肌肤则不全,无血脉则不通,无骨格则不健,无精神则不美。四者备,然后成诗。

这是很有见地的。

第三节 "江湖派"与诗话创作

南宋诗坛,永嘉诗派曾与江西诗派对垒。

永嘉诗人赵师秀(号灵秀)、翁卷(字灵舒)、徐照(字灵辉)、徐玑(号灵渊),因其字号各有一"灵"字,故并称为"永嘉四灵"。他们以晚唐姚合、贾岛为宗,标榜野逸清瘦的诗风,以力矫江西派粗硬之病,然理论上无所建树,诗歌创作成就不高,随着"四灵"相继逝去而偃旗息鼓。到南宋后期,"江湖派"因之继起。

"江湖派"之名,出自南宋书商陈起刊行的《江湖集》(分为前集、后集、续集)、《中兴江湖集》。其中收有同时诗人刘克庄、刘过、戴复古、方岳等一百零九家诗作,这些诗人多无政治地位,浪迹江湖,故有"江湖派"之称。

"江湖派"的代表人物,当推刘克庄,且有诗话行世。刘克庄(1187—1269),字潜夫,号后村居士,莆田(今属福建)人。以荫入仕,迁建阳令,因作《落梅》诗免官。淳祐六年(1246)赐同进士出身,累官秘书监、工部尚书兼侍读。但仕途连蹇,四起四退,后官龙图阁直学士,卒谥文定。有《后村诗话》十四卷,近六百条。前集二卷,后集二卷,为刘克庄六十至七十岁所撰;续集四卷,成书时年八十;新集六卷,时年八十二岁。《四库全书》收于集部诗文评类。前、后、续集,主要评论汉魏以下诗人诗作,而以唐宋人为多;新集则专采唐人诗篇,间加品评。克庄论诗有两大特色:一是比较注重联系历史事实和作者生平事迹,强调诗与社会现实生活的紧密关系,因而高度评价了陈子昂、李白和杜甫的诗歌成就,颇具识力;二是提倡独创,自成一家之言。他主张诗歌应该充分表现诗人的个性和气质,"自成一家",指出"杜牧、许浑同时,然各为体","二人诗不著姓名亦可辨"。他曾作《江西诗派小序》,亦重在体制之变,说:"豫章稍后出,会萃百家句律之长,究极历代体制之变,搜猎奇书,穿穴异闻,作为古律,自成一家,虽只字半句不轻出,遂为本朝诗家宗祖。"可见,独创性是刘克庄论诗的重要标准。

《剡溪诗话》一卷,三十九条,高似孙撰,存有抄本。此书不见宋人著录或称引,唯《铁琴铜剑楼书目》著录于诗文评类。似孙字续古,号疏寮,余姚(今浙江绍兴)人。淳熙十一年进士,累官校书郎、徽州通判、处州太守。著有《选诗句图》《剡录》等,《剡溪诗话》恐为后人从《剡录》辑录而成。高氏论诗多重遣词、造语、用事,认为"诸家机杼",应该"互相发挥""各家诗律各入玄妙"。

《敖器之诗话》一卷,又称《臞翁诗评》,敖陶孙撰。陶孙(1154—1227),字器之,号臞庵,福州福清人。庆元五年进士,官泉州签判,终奉议郎,主管华州西岳庙。刘克庄《后村先生大全集》卷一四八有其墓志铭。敖氏论诗侧重风格，尊崇杜甫。他评古今诸名人诗，均以比喻论各人的风格，切中肯綮，要言不烦，富有生动的形象性。他指出：

> 魏武帝如幽燕老将，气韵沉雄；曹子建如三河少年，风流自赏；鲍明远如饥鹰独出，奇矫无前；谢康乐如东海扬帆，风日流丽；陶彭泽如绛云在霄，舒卷自如；王右丞如秋水芙蕖，倚风自笑；韦苏州如园客独茧，暗合音徽；孟浩然如洞庭始波，木叶微脱；杜牧之如铜丸走坂，骏马注坡；白乐天如山东父老课农桑，言言皆实；元微之如李龟年说天宝遗事，貌悴而神不伤；刘梦得如镂冰雕琼，流光自照；李太白如刘安鸡犬，遗响白云，核其归存，恍无定处；韩退之如囊沙背水，唯韩信独能；李长吉如武帝食露盘，无补多欲；孟东野如埋泉断剑，卧壑寒松；张籍如优工行乡饮，酬献秩如，时有诙气；柳子厚如高秋独眺，霁晚孤吹；李义山如百宝流苏，千丝铁网，绮密瑰妍，要非适用。本朝苏东坡如屈注天潢，倒连沧海，变眩百怪，终归雄浑；欧公如四瑚八琏，止可施之宗庙；荆公如邓艾缒兵入蜀，要以崄绝为功；山谷如陶弘景祗诏入宫，析理谈玄，而松风之梦故在；梅圣俞如关河放溜，瞬息无声；秦少游如时女步春，终伤婉弱；后山如九皋独唳，深林孤芳，冲寂自妍，不求识赏；韩子苍如梨园按乐，排比得伦；吕居仁如散圣安禅，自能奇逸。(《说郛》涵芳楼本)

通过新奇的比喻，二十八位名人诗的艺术风格已了然于心，足见敖陶孙的论诗特色是何等鲜明啊！

方岳，字元善，号菊田，宁海（今属浙江）人，也是"江湖派"的重要作家。著有《深雪偶谈》一卷，今传世者仅存十六条，或非全帙。《四库全书总目》著录于集部诗文评类存目之中。方岳论诗"本于性情"。他指出:"诗无不本于性情,自诗之体随代变更,由是性情或隐或见,若存若亡,深者过之,浅者不及也。"观其论诗之语,多评骘发挥,"记事"甚少,则知南宋诗话之"论辞"已趋成熟。

陈起编《江湖小集》收洪迈诗二卷。洪迈(1123—1202),字景卢,江西鄱阳人。绍兴中博学宏词科,先后知泉州、吉州、赣州、婺州,累官中书舍人兼侍读、直学士院等,谥文敏。著有《容斋随笔》十六卷、《续笔》十六卷、《三笔》十六卷、《四笔》十六卷、《五笔》十卷,总称为《容斋五笔》,凡七十四卷。今传《容斋诗话》六卷,盖为后人辑其论诗之语而别成诗话。洪迈论诗推崇陶潜、杜甫、白居易及"苏黄"诸家,对杜、白、苏三家,品评甚多。认为杜诗"命意用事,旨趣深远";称道白居易为人诚实洞达,为诗情真感人!而苏东坡则师彭泽而慕乐天,提倡作文为诗应有"师承""渊源",但不应"字字执泥"于古人。

姜夔的《白石道人诗说》一卷,也曾被陈起辑入《江湖小集》所附诗评之中。姜夔(约1155—1209),字尧章,号白石道人,江西鄱阳人。一生未仕,浪迹江湖,与陆游、范成大、尤袤、杨万里、朱熹、辛弃疾、叶适诸人游。娴于音律,善度新调,为一代词家,后世推为"南渡一人"(冯煦《宋六十一家词选例言》)。所撰《诗说》,又名《白石诗话》《白石道人诗说》《姜氏诗说》等。《四库全书》作二十七条,收入集部别集类,《历代诗话》厘为三十条。此书论诗重诗法与诗病,说:"不知诗病,何由能诗?不观诗法,何由知病?名家者各有一病,大醇小疵,差可耳。"所论及的内容包括辨体、立意、布局、措词、用事、写景、体物等,虽然未脱江西藩篱,但他能从诗的本质特征上来探讨诗歌创作的内部规律,注重诗歌艺术风格的独创性和多样性。姜氏论悟论活法,与江西诗人不同。《诗说》说"文以文而工,不以文而妙。然舍文无妙,胜处要自悟"。这里所谓"悟",在于悟到自然妙处,与吕本中所谓"悟入必自工夫中来"

之说不同；姜氏也说"活法"，认为"乍叙事而间以理言，得活法者也"。这里所谓"活法"，本于苏轼"法度去前轨"之说，在于胸中本无法执，随物赋形，"造乎自得"，文成法立，与吕本中所谓"变化不测，而亦不背于规矩"之说不同。正因为如此，姜氏论诗不拘于字句用事之工，而追求诗境的"高妙"。他指出：

> 诗有四种高妙：一曰理高妙，二曰意高妙，三曰想高妙，四曰自然高妙。碍而实通，曰理高妙；出自意外，曰意高妙；写出幽微，如清潭见底，曰想高妙；非奇非怪，剥落文采，知其妙而不知其所以妙，曰自然高妙。

姜氏在这里明确提出了自己的审美理想和审美标准。他倡"高妙"，重"意格"，贵含蓄，强调诗的"一家风味"，都说明其论诗已经触及诗歌的艺术规律和审美特征，具有一定的美学价值。

第四节　宋诗话的压卷之作

像一支盛开的牡丹，像一颗腾空升起的巨星。诗话之体经历了一个半世纪的发展演进，到南宋末年，一部自成体系的诗学专著——严羽的《沧浪诗话》终于诞生了！

《沧浪诗话》是宋诗话的压卷之作，是宋人诗话的优秀代表，在中国诗话发展史上树起了一座新的里程碑。它的问世，为宋人诗话增添了理论的光彩，提高并巩固了诗话之体的价值和地位，也在中国文学史和中国美学史上产生了极其深远的影响。而今，《沧浪诗话》已译成多种文字，在国际上引起了学术界的兴趣和重视。严羽《沧浪诗话》的研究，已经具有一定的国际意义。

一　严羽其人

严羽，字仪卿，一字丹邱，自号沧浪逋客，邵武（今属福建）人。南宋著名文学批评家和诗人。著作有《沧浪吟》和《沧浪诗话》。

关于严羽的生平事迹，至今尚无定论。对严羽的生卒年，学术界提出了三种不同的揣测：第一，有些学者以《促刺行》《庚寅纪乱》与史实为据，推算严羽生于1192年；认为《剑歌行赠吴会卿》一诗是严羽诗作中可确定年代的最晚的一首，作于1243年，又据黄公绍序署年上推二十年，那么其卒年当在1243年至1248年之间。第二，有些研究者根据《送赵立道赴阙仍试春官即事感兴因成五十韵》一诗中"一王新盛礼，万国贺重熙"二句，认为它所反映的是宋理宗宝祐元年立储宫事，又据黄公绍序记述进行推算，严羽卒年应在1254年至1260年之间。第三，有些专家排比诗情，认为《促刺行》诗当作于扬州解围之后即宋理宗淳祐三年（1243），因以推算严羽生于宋宁宗嘉泰三年（1203），至元初依然健在。

这种种推测终归是推测，由于历史的原因，资料奇缺，无法考稽，严羽的生平事迹依然是个谜。但根据严羽故里福建省邵武市拿口镇严家坊的传说，知严羽先世系陕西华阴人，在五代战乱之中，其祖先闽远使者随王潮军入闽，辗转流亡，定居于邵武的一个山村——严家坊。严羽、严仁兄弟与同族严参，皆以诗名，誉重东南，世称"三严"。

严羽而立之年，元军南侵，江淮烽烟四起，百姓流离失所。出于民族义愤，严羽投笔从戎，入邵武人杜杲、杜庶父子所属的吴会卿部，任幕宾。淳祐二年扬州告急，严羽随吴会卿部解扬州之围，次年有《剑歌行·赠吴会卿》，诗云：

　　去年从君杀强虏，举鞭直解扬州围。

之后，严羽隐归乡里，四十岁时，严参、严仁在"严家祠堂"为之主持寿宴，严羽即席赋《促刺行》诗，抒发"三年走南复走北"，"即今多病筋力弱，壮心犹存兴寂寞"的悲怆之情，并亲手种植了两棵铁树，以示心坚似铁的意志。铁树至今尚存，枝叶繁茂，生机盎然。

严羽身处南宋末年多事之秋，虽浪迹江湖，自号"沧浪逋客"，却是一个曾怀壮烈抱负的热情的爱国志士。蒿目时艰，忧心家国，使严诗具有激昂慷慨之气,富于较强的现实感。如他《从军》《塞下》《有感》《送赵立道赴阙仍试春官即事感兴因成五十韵》等诗篇,虽然皆为仿古摹唐之作,却真诚地表达了诗人心存社稷,期望中兴的一片爱国之情。"何日匈奴灭,中原得晏然?""济时须俊杰,愿睹中兴期"。你看,严羽的政治倾向性,是何等鲜明、何等坚定啊!

邵武城东的富屯溪畔,曾有一楼名为"望江楼",又名"三滴水楼"。严羽当年尝与诗人戴复古和太守王子文在此酬唱论诗,并与戴复古成了忘年之交。戴氏有《祝二严》诗,盛赞严羽的诗品人品。其中写道:

> 前年得严粲,今年得严羽。
> 我自得二严,牛铎谐钟吕。
> …………
> 羽也天资高,不肯事科举。
> 风雅与骚些,历历在肺腑。
> 持论伤太高,与世或龃龉。
> 长歌激古风,自立一门户。
> 二严我所敬,二严亦我与。
> 我老归故山,残年能几许?
> 生平五百篇,无人为之主。
> 零落天地间,未必是尘土。
> 再拜祝二严,为我收拾取。

对严羽的赞许和希望之情,溢于言表。严羽以后又撰著《沧浪诗话》。为资纪念,清顺治年间,改"望江楼"为"诗话楼",后又将富屯溪南岸的一座"八角楼",改名为"沧浪阁"。

严羽的生平、行踪和事迹,虽然难以考稽,然而,严羽的诗篇及其《沧浪诗话》,将如同"诗话楼""沧浪阁"一样,为天地增辉,与日月共存。

二 《沧浪诗话》

严羽《沧浪诗话》一卷,许印芳《诗法萃编》厘为二卷,非为原本。明刻《沧浪诗集》四卷所附《诗话》一卷,有宋度宗咸淳四年(1268)黄公绍序,可知此书始刻于度宗咸淳年间。关于《沧浪诗话》的成书年代,众说不一。一种意见认为,《沧浪诗话》为《诗人玉屑》所收,而《玉屑》有淳祐甲辰(1244)黄升序,可见是书成书下限为淳祐三年(1243)。据是书有"近宝庆间"语,参之戴复古有关诗作,认为其成书可能在1232年至1233年间。另一种意见认为,1236年至1243年间,严羽漂泊在外,无以从事理论著述,加之戴复古1233年至1234年春在邵武期间并未提及严羽有诗话问世,因而推定其成书时间当在严羽初游归来后期,即1235年左右。郭绍虞先生考证,是书成书时间"可能在绍定(1228—1233)以前,至迟亦必在淳祐(1241—1252)以前"(《宋诗话考》上卷)。

美籍华裔学者陈绥颐(Chen, Shou-Yi)教授在其《中国文学史述》(*Chinese Literature: A Historical Introduction*)一书中指出:"宋代晚期,诗歌评论随之兴起,最著名的是严羽的诗话。"[①]这是恰如其分的评介。古往今来,《沧浪诗话》引起了国内外研究者的极大兴趣,见仁见智,毁誉不一。为之注释者就有四种:

(1)胡鉴《沧浪诗话注》:重在所论之诗的采辑及诗人之时代仕履。

(2)王玮庆《沧浪诗话补注》:仅注其《诗体》篇,原有小注,故称补注。

(3)胡才甫《沧浪诗话笺注》:采用胡鉴注本释词,多引后人申阐辨驳之语。

[①] 陈绥颐:《中国文学史述》之《宋代文学:传统诗歌》一节。美国纽约罗纳德出版公司1961年版。

（4）郭绍虞《沧浪诗话校释》：校、注、释相结合，集古今注释评骘之大成，颇多个人精到之见，足资参考。

攻之者有冯班《沧浪诗话纠谬》（亦名《严氏纠谬》）、陈继儒《偃曝谈余》等。日本西常道氏又从冯班《钝吟集》中辑录其有关论诗之语，为《沧浪诗话附录》一篇，收入《萤雪轩丛书》之中。新中国成立以后，由于种种原因，学术界有些人指责严羽的《沧浪诗话》"脱离现实"，是"主观唯心论"，有"形式主义""唯美主义"倾向，就连国外某些学者也把严羽诗论归之为"唯美派"。简单化、政治化的批评，使《沧浪诗话》所体现的严羽的美学思想和诗学理论蒙上了一层厚厚的尘垢。历史进入二十世纪八十年代，学术界冲破了禁区，清理了传统的历史积淀，开始恢复了《沧浪诗话》的本来面目，严羽及其诗话研究，出现了新的突破，取得了可喜的成绩。然而，亟待解决的问题还很多。严羽诗话是个丰富而复杂的体系，多侧面、多角度、多层次的研究，还有待引向深入，特别是与中西诗学理论、美学思想的纵向、横向联系的比较研究，将是深入研究严羽的一个重要课题。

本人认为，《沧浪诗话》是中国诗话史上第一部比较系统的诗歌理论和诗歌批评的专著，具有重大的美学价值。现在就其理论特色及其贡献，作简要的论述。

（一）系统性。

《沧浪诗话》的理论特色，首先在于它的系统性。

《沧浪诗话》全书由《诗辨》《诗体》《诗法》《诗评》《考证》五个部分组成，从诗歌的内容到形式，自成一完整的体系。《诗辨》是全书的理论纲领，以"以禅喻诗"为中心，论及了诗学和美学的基本主张；《诗体》主要探讨中国古代诗歌体制和诗歌流派的发展演变情况；《诗法》是关于诗歌创作的技巧与法则，颇多经验之谈，近乎姜夔的《白石诗说》；《诗评》是严羽的诗歌批评论，着重品评以唐诗为主体的历代诗人诗作;《考证》是对作品、选本及字句真伪、舛讹的辨证和考订。

沧浪论诗主旨,集中在《诗辨》一篇。它以禅喻诗,以禅论诗,重在诗歌审美意识的探讨,提出了"真识""妙悟""入神""别材别趣"与"兴趣"之说,以此来研讨诗人的审美能力、审美活动和诗歌的审美标准、审美特征等重大的理论问题。

第一,关于"真识"说。

沧浪论诗,关键在一"识"字。《诗辨》开宗明义地指出"夫学诗者以识为主",所谓"入门须正,立志须高",都是从"识"着眼。书中感叹"正法眼之无传久矣",又说"看诗须着金刚眼睛","具一只眼",要求"识真味""识太白真处",均为"识"生发。并且一再表白:"倘犹于此而无见焉,则是野狐外道,蒙蔽其真识,不可救药,终不悟也。"我们以为,这里的所谓"识""真识",指的就是诗歌创作和诗歌鉴赏所必须具备的一种审美能力。这种审美能力,首先表现在对诗歌的审美特征的认识和辨别上面。"美感的主要特征,是一种赏心悦目的快感"[①],这当然不是生理上的快感,而是精神上的愉悦,是心理上的快感。从这个意义上来说,诗歌的审美特征就在于"兴趣""趣味",在于"赏心悦目""心旷神怡"。出于对审美能力的高标准要求,严羽在总结"唐诗之道"的基础上提出了"以汉魏晋盛唐为师"的复古论,对唐人诗歌作了经验性的总结和理论上的概述,指出:

诗之法有五:曰体制,曰格力,曰气象,曰兴趣,曰音节。

所谓"体制",指的是诗歌的体裁;"格力",指诗歌的格调;"气象",指诗歌的风格;"兴趣",指诗歌的美感和境界;"音节",自然指诗歌的音韵节奏之美。正如陶明濬《诗说杂记》所解释的:"此

[①] 车尔尼雪夫斯基:《美学论文选》,人民文学出版社,1957,第97页。

盖以诗章与人身体相为比拟,一有所阙,则倚魁不全。体制如人之体干,必须佼壮;格力如人之筋骨,必须劲健;气象如人之仪容,必须庄重;兴趣如人之精神,必须活泼;音节如人之言语,必须清朗。五者既备,然后可以为人。亦惟备五者之长,而后可以为诗。"因此,所谓"识",尤其是"真识",就是要求首先必须"识"以上五个方面,具备辨别诗歌审美特征的能力,然后才能言诗,正如欣赏音乐之美者必须要有音乐耳朵一样;如果没有"真识",没有审美能力,诗歌创作和诗歌欣赏也就难以实现。严羽论诗注重于"识",强调审美能力的培养,把它作为审美的先决条件,无疑是正确的,绝不是什么"主观唯心论"。

第二,关于"妙悟"说。

严羽以禅喻诗,倡导"妙悟说"。他把学诗看作学禅,认为"禅道惟在妙悟,诗道亦在妙悟","惟悟乃为当行,乃为本色"。所谓"禅道",则禅宗之原理;所谓"诗道",则诗歌创作的内在规律性。本来,"禅道"与"诗道"是两个截然不同的范畴。之所以能够"借禅以为喻",就在于"妙悟"。那么,什么是"妙悟"?古往今来,对于"妙悟"的理解,众说纷纭,莫衷一是。本人认为,所谓"妙悟",是指诗歌审美活动中的一种思维方法,即审美经验积淀的入门之道。

作为诗歌的审美活动,"妙悟"要求领悟和表现诗歌的艺术规律和审美特征,其中包含着审美鉴赏和审美创作两个方面。作为"妙悟"的鉴赏论来说,它是审美经验的积淀,要求全面理解和把握前人诗歌所创造的最高层次的审美意境,深刻地洞察其艺术特性和丰富经验;作为创作论来说,从"悟"到"妙悟",主要是指诗歌创作要富有形象性,符合诗歌创作的艺术思维规律,正确地处理好"词、理、意、兴"的关系,达到词、理、意、兴的统一。严羽论诗,之所以主盛唐,推李、杜,"以汉魏晋盛唐为师,不作开元、天宝以下人物",正是以这种"妙悟说"为理论依据的。他说:"孟襄阳学力下韩退之远甚，而其诗独出退之之上者，一味妙悟故也。惟悟乃为当行，乃为本色。"所谓"当行"，就是内行；只有掌握诗歌的审美特征，才可能成为诗歌创作的内行。所谓"本色"，就是本然之色，即浑然天成、无斧凿之痕的一种艺术特色。盛唐诗歌的高妙之处，正在于它的天然本色。所以，严羽以禅喻诗、倡导"妙悟说"，其最终目的无非是通过从"悟"到"妙悟"、从"渐悟"到"顿悟"的审美活动，领悟、体味诗歌的审美特性，创造诗歌的艺术美，达到浑然天成的最高层次上的审美境界。这也许就是"妙悟说"的真谛之所在。我们完全没有必要给它披上一层五光十色的袈裟，弄得神秘莫测，晦涩难懂。

第三，关于"兴趣"说。

严羽诗话在论及诗歌的审美特征时指出："夫诗有别材，非关书也；诗有别趣，非关理也。然非多读书，多穷理，则不能极其至。所谓不涉理路，不落言筌者，上也。诗者，吟咏情性也。盛唐诗人惟在兴趣，羚羊挂角，无迹可求。故其妙处透彻玲珑，不可凑泊，如空中之音，相中之色，水中之月，镜中之象，言有尽而意无穷。"这段精辟的论述，大家都知道是针对宋诗之弊而发的，但后人易"书"为"学"，也就在如何理解"别材""别趣"和"兴趣"方面争论不休。本人认为，严羽此论的总主旨在于诗歌的审美特征。所谓"别材"，指的是诗人把握诗歌艺术规律和审美特征的审美能力；"别趣"，是诗歌"吟咏情性"的审美情趣和艺术魅力。严羽总结了唐诗的审美经验，认为诗歌创作一不"关书"二不"关理"，然而又必须"读书""穷理"，才有可能达到完美的艺术境界。基于这种认识，严羽提出了盛唐诗歌最突出的审美原则和审美特征，就是"兴趣"。所谓"兴趣"，就是诗歌抒情性与遵循艺术思维规律所创造的含蓄蕴藉之美和谐统一的一种审美情趣。作者运用一连串的比喻，来说明诗歌的这种审美情趣所具有的基本艺术特征，如羚羊挂角，似水月镜花，富有朦胧空灵之美、蕴藉含蓄之美，又具有"言有尽而意无穷"的美感趣味，诗歌的艺术美也因此而更加典型化、审美化、情趣化。这是盛唐诗歌的审美经验积淀，对于力挽唐风以救宋人之失、对于诗歌审美特征和艺术规律的探讨有不可磨灭的贡献。虽然也有白玉之瑕，如有人批评他忽视了对哲理的审美情趣，但若斥之为"唯美主义"，则失之偏颇。

第四，关于"入神"说。

严羽论诗，也有自己的审美标准，这就是"入神"。他指出："诗之极致有一，曰入神。诗而入神，至矣，尽矣，蔑以加矣！惟李、杜得之，他人得之盖寡也。"很明白，严羽论诗以"入神"为审美标准。他认为诗歌至善尽美、达到无以复加的艺术造诣，就是"入神"。陶明濬《诗说杂记》解释说："入神二字之义，心通其道，口不能言。己所专有，他人不得袭取。所谓能与人规矩，不能使人巧，巧者其极为入神。今在诗言诗：诗之妙处，人各不同，善学古人者，得其精英而遗其糟粕，得其精神而略其形似。古人有古之妙处，我亦有我之妙处，同工异曲，异地皆然，如风行水上，自成其文。真能诗者，不假雕琢，俯拾即是，取之于心，注之于手，滔滔汨汨，落笔纵横，从此导达性灵，歌咏情志，涵畅乎理致，斧藻于群言，又何滞碍之有乎？此之谓入神。"（卷八）这种解释，比较清楚，不致教人无所适从。从审美范畴来说，严羽以九品论诗，将诗歌分为"高""古""深""远""长""雄浑""飘逸""悲壮""凄婉"九品，兼容李白之"飘逸"和杜甫之"沉郁"，主张艺术风格的多样性和诗歌意境的丰富性，既称许"优游不迫"的阴柔之美，又欣赏"沉着痛快"的阳刚之美。他从汉魏风骨和盛唐气象的诗歌星空之中，以"入神"为审美标准，准确地找出李、杜双子星座，标举李杜诗歌为唐人模式，倡言"以盛唐为法"。由此可见，严羽之所谓"入神"，并非仅仅指"九品"中的某种风格和诗歌境界，而是泛指诗歌艺术的最高境界,即沧浪一再称颂的汉魏、盛唐诗之高妙处。境界是诗之本,"入神"则使诗歌的艺术境界臻于完美了。

(二)探索性。

理论上的探索性,是《沧浪诗话》论诗的又一个理论特色。

宋代诗话的总的创作倾向,是论诗及事,《沧浪诗话》则一反"以资闲谈"的论诗传统,重在理论的探讨,表现出一种可贵的探索精神。

第一,以禅喻诗。

如前所说,宋代诗禅之风盛行,而确立"诗禅"之说,却应归功于沧浪。《沧浪诗话·诗辨》专门论及"禅道"与"诗道"的关系的有一节。虽然它曾为后人攻评不休,然而有一点是不容否定的,就是严羽集宋人诗禅之说之大成,将它上升到新的理论高度,使之系统化、理论化。这是《沧浪诗话》对中国诗歌理论的一大贡献。因为它把禅宗的新思想、新的思维方式运用于论诗,又自成体系,不仅为中国诗学建一新的门庭,开拓了论诗的思维空间,而且启迪了后人,开清代诗话"神韵"和"格调"两大论诗派别。

严羽对自己创立的"禅悟"之说,也颇为自矜。在《答出继叔临安吴景仙书》之中他说:

> 仆之《诗辨》,乃断千百年公案,诚惊世绝俗之谈,至当归一之论。……以禅喻诗,莫此亲切。是自家实证实悟者,是自家闭门凿破此片田地,即非傍人篱壁、拾人涕唾得来者。(《沧浪诗话校释·附录》)

严羽以为自家的"以禅喻诗",是自己"闭门凿破"的一片新的田地,属于自己从事诗学研究的一种新发现、新贡献。显然,沧浪言过其实了。但他善于总结前人的经验,并加以组织发挥,上升为一种诗学理论。这个功绩,也是不容抹杀的。

第二,论诗辨体。

文体论,中国古代称之为"文章流别论"。它滥觞于先秦,形成于魏晋南北朝时期。关于诗体之辨，并非始于严羽。然而《沧浪诗话》以一章的篇幅专论诗体，这在中国诗体分类史上却还是头一回。诚如郭绍虞先生说，沧浪对于诗体之辨往往存在着"体与格不分，格与法不分，混体格法三者而为一"（《沧浪诗话校释》）的毛病，然而其开创之业和集大成之功，却是不可否认的。本人认为，如果把《沧浪诗话·诗体》摆到中国古代文体研究史上去分析，严羽在中国古代诗体研究方面的主要贡献是：

（1）大而全，集古今诗体之大成。许印芳评论《诗体》一章时说："诗体繁赜，大概已具于此，其余体格，博览群书自知之。"（《诗法萃编》）

（2）简而明，概诗体演变之史要。严羽说："《风》《雅》《颂》既亡，一变而为《离骚》，再变而为西汉五言，三变而为歌行杂体，四变而为沈宋律诗。"（《沧浪诗话·诗体》）这"四变"，简明地反映了《诗经》之后中国古代诗体发展演变的四个阶段。此外有关"以时""以人"而论的诸体，从时代和作品的角度，体现着诗歌流派不断演进的基本轨迹，都有益于中国古代诗歌发展史的研究。

（3）广而新，论述角度复杂多变。严羽《诗体》虽然有"体格法"混一之弊，但拓展了论述的角度，除"以时而论"与"以人而论"之外，还有以集命名的"选体""玉台体""西昆体""香奁体"等；有以字数句式而称的三言、四言、五言、六言、七言、九言等；有以格律与否而分的"古体""近体"；有以乐府歌谣而分的"谣""吟""词""引""咏""曲"等；还有以"叹""愁""哀""怨""思""乐""别"名者；还有一些"杂体"。角度不同，名称各异。严羽从各个不同的角度纵论诗体，广而新；虽然有时也显得杂而乱，但毕竟有利于诗体之辨，丰富了中国古代文体论的宝库。

（三）针对性。

沧浪论诗的又一个理论特色，是其有强烈的针对性。

严羽《答出继叔临安吴景仙书》谈到创作《沧浪诗话》的动机时，曾说："仆意谓辩白是非，定其宗旨，正当明目张胆而言，使其词说沉着痛快，深切著明，显然易见，所谓不直则道不见，虽得罪于世之君子，不辞也。"(《沧浪诗话·附录》)这里，严羽表现出一种敢于"辩白是非"、不惜"得罪于世"的学术胆量。他的《沧浪诗话》首先是针对苏黄诗风和江西诗派，其次是反对江湖诗派的"清苦"诗风。

严羽论诗，为救一代诗弊而发。他一针见血地指出：

> 近代诸公乃作奇特解会，遂以文字为诗，以才学为诗，以议论为诗；夫岂不工，终非古人之诗也，盖于一唱三叹之音，有所歉焉。且其作多务使事，不问兴致，用字必有来历，押韵必有出处，读之反复终篇，不知着到何处。其末流甚者，叫噪怒张，殊乖忠厚之风，殆以骂詈为诗。诗而至此，可谓一厄也。(《历代诗话》本)

沧浪认为苏黄诗风、江西诗派的主要弊病，在于违背了"吟咏情性"这一根本原则，欠缺"一唱三叹之音"，失去了诗歌所固有的审美特征和审美价值。于是，提出"别材""别趣"和"兴趣"之说，"推原汉魏"，强调"以盛唐为法"。在盛唐诗人，又明确地提出"以李杜为准，挟天子以令诸侯"的观点，批判"尊杜抑李"或"尊李抑杜"两种错误倾向。

严羽以前，张戒曾尖锐地批评"苏黄"为诗人中之一害。严羽与张氏不同，批判的矛头指向的不是"苏黄"二人，而是整个江西诗派及其不良诗风，"辩白是非"，定其宗旨，敢于否定整个诗潮，不辞"得罪于世"。应该说，这种捍卫诗道，敢于向权威和传统挑战的精神，是值得赞赏的。

当然，严羽《沧浪诗话》的理论缺憾，还是很明显的，以致后人攻讦不休。清人冯班的《沧浪诗话纠谬》曾诋之为"呓语",则未免毁之太过。前人大都认为沧浪最大的病处,在于"其论诗只能从艺术风格上作唯心神秘之谈"(《宋诗话考》)。本人认为,一部著作有一部著作的创作宗旨,《沧浪诗话》以禅喻诗,侧重探讨诗歌的艺术规律,并非沧浪之病。其理论上的最大缺憾,就是对宋诗的全盘否定。他指责宋人以议论为诗,缺乏"兴致"和"气象"。本来抽象说理,无情无象,当然不好,如道学家诗,但仅仅是少数而已。中国文学史上,为期数百年之久的"唐宋诗之争",始作俑者乃是严沧浪。一般来说,唐诗主情,情景交融,理在其中;宋诗主理,是情理交融,也有景物。"情必依乎理",诗中有理,不等于背离形象思维的规律,也不一定"味同嚼蜡"。唐诗有唐诗之长,宋诗也有宋诗之长。从唐诗到宋诗,由重情到重理,这是中国古代诗歌升入高层次的表现,是宋代士大夫解剖生活、思索人生、冷静地反思历史的产物。从这种意义来说,宋诗把摹仿生活提高到解剖生活,把描写人生提高到思索人生,用理性思维升华形象思维而又不脱离具体的诗歌意象,是不应该全盘否定的。

卷三　金元诗话

第一章
金代诗话

第一节　苏学北盛与金源诗风

金，是中国北方女真族统治者建立的国家政权，创建于宋徽宗政和五年（1115），到宋理宗端平元年（1234）为蒙古所灭，与中国历史上的宋王朝对峙一百一十九年之久。

金源文学与赵宋文学有着千丝万缕的联系，大体以北方汉民族文学为主流，未形成女真族文学的民族风格。究其原因，大概有以下几点：（1）女真族初无文字，灭辽后始学契丹文和汉字，并仿制而成女真文字。但由于"虑女真字创制日近，义理未如汉字深奥"（完颜雍语），因而多以汉字写诗作文。这就为汉文学传布于金源提供了方便。（2）女真族是北方的游牧民族，尚武轻文，能诗者如完颜璹、完颜匡、完颜合周、术虎邃、乌林达爽等，为数甚少。金源诗人中的绝大多数还是汉人。他们有的是赵宋王朝的留金使臣，如宇文虚中、吴激、蔡松年；有的是金兵南下，未及随赵宋王朝南渡的诗人。这就必然使金源文学打上赵宋文学的烙印。（3）苏黄诗风的影响。苏轼在宋代文学革新中处于领袖地位，黄庭坚本出于"苏门"，后被奉为江西诗派的宗祖，声名甚著，竟与苏轼齐名，并称为"苏黄"。在中国诗史上，宋诗风格之形成，地位之确定，与"苏黄"关系极大。风靡整个宋代的"苏黄"诗风，也吹拂着金源诗坛。金代诗人由于在北宋范围内互尊宗主,各承师祖,以致形成金源诗坛的各种派别,壁垒森严,争论蜂起。究其大略,主要分两起:先有赵秉文与李之纯之争,赵宗欧苏、尚平易、主集成,李宗山谷、喜奇怪、主一体;后有王若虚与雷希颜之争,王尊东坡、好平淡、力主"贵不失真",雷法韩愈、宗山谷、崇尚"奇峭语造"。这样看来,风靡一时的赵、李之争与王、雷之争,实际就是"宗苏"与"宗黄"之争而已。王若虚的《滹南诗话》之尊苏抑黄,正是这种纷争的产物。加之当时名重一时的元好问,明显地站在赵、王一边,也就助长了尊苏之诗风。整个金源诗坛,出现了苏学北盛的局面。清人翁方纲《石洲诗话》卷五说:

> 当日程学盛于南,苏学盛于北,如蔡松年、赵秉文之属,盖皆苏氏之支流余裔。遗山崛起党、赵之后,器识超拔,始不尽为苏氏余波沾沾一得,是以开启百年后文士之脉。(《清诗话续编》本)

北宋末年,王辟之《渑水燕谈录》也谈到苏诗广传北国的情况:

> 张芸叟奉使大辽,宿幽州馆中,有题(苏)子瞻《老人行》于壁者。闻范阳书肆亦刻子瞻诗数十篇,谓《大苏小集》。子瞻才名重当代,外至夷虏,亦爱服如此。芸叟题其后曰:"谁题佳句到幽都,逢着胡儿问大苏。"(中华书局点校本)

这种苏诗传于北和"苏学盛于北"的情况,正好说明北宋文学对金源文学的影响之深之广。

受金源诗风的影响,金代诗话具有两个最明显的特点:

第一,沿用随笔体式,新辟论诗绝句体。金人诗话之作仅有《滹南诗话》,仍恪守北宋诗话窠臼,采用闲谈随笔体式。此外是论诗绝句之体,王若虚有《论诗诗》和《论诗绝句》各四首,元好问有《论诗三十首》。这既是对杜甫《戏为六绝句》的继承和发展,又开明、清各代以诗论诗之风气,另辟蹊径,别具一格,对中国文学批评史的贡献，无疑是很大的。

第二，论诗各奉宗主，互立门派，论争不休，增强了诗话创作的针对性和批评性，提高了诗话的文学批评价值。王若虚《论诗》诗云："文章自得方为贵，衣钵相传岂是真。已觉祖师低一着，纷纷法嗣复何人？"所谓"衣钵"，指江西诗派的诗法；"祖师"指的是黄庭坚。重模拟，尚奇险，正是金代诗坛所固有的时风，也开元诗话的模拟仿效之风气。

第二节 王若虚与《滹南诗话》

金代诗话，寥寥无几，代表之作是王若虚的《滹南诗话》。此外尚有三部佚作：

文伯起《小雪堂诗话》。元好问《东坡乐府集选引》谓"绛人孙安尝注坡词，参以汝南文伯起《小雪堂诗话》"云云；赵翼《瓯北诗话》卷十二"南宋人著述未入金源"一则诗话，亦云有"文伯起《小雪堂诗话》"者。

魏道明《鼎新诗话》。《金史·艺文志补录》记载，元好问《中州集》卷八亦云魏道明"有《鼎新诗话》行于世"也。

范墀《诗话》。《金史·艺文志补录》著录，元好问《中州集》卷八亦谓范墀有"《诗话》行于世"者。

王若虚（1174—1243），字从之，号慵夫，晚年又号滹南遗老。藁城（今属河北）人。金章宗承安二年（1197）进士，历任鄌州录事、国史院编修官、著作佐郎、平凉府判官、左司谏、延州刺史等官职，又曾出使西夏国。金亡不仕，北归镇阳隐居。若虚为官清正，历管城、门山县令时，多有惠政。《金史》卷一二六本传说他"秩满老幼攀送，数日乃得行"。

王若虚是金末元初的著名学者，以文学、经学、史学显称于世。有《滹南遗老集》四十五卷。其学术成就，主要在于经史考据和文学批评两方面。于文,有《文辨》四卷;于诗,有《滹南诗话》三卷。

《滹南诗话》有《七子诗话》坊刻本,《四库全书》收于集部别集类,近人丁福保又收于《历代诗话续编》之中,今有人民文学出版社 1962 年与《六一诗话》《白石诗说》合刊本。

王若虚是金源诗坛的革新派代表人物。当时的金源诗坛沿袭北宋遗风,尊崇黄庭坚,推尚李贺、卢仝,模拟奇险的诗风盛行。王若虚领袖诗坛以后,力主尊苏抑黄,批判江西诗派。《四库全书简明目录》说:"其论文宗苏轼,而不甚取韩愈;论诗宗杜甫,而不甚取黄庭坚。盖主于浩浩直达,而不尚剗削锻炼也。"这种评论是切合实际的。

《滹南诗话》三卷,凡八十九则,论诗主旨在于一个"真"字。把真实性作为诗歌批评的重要标准。

所谓"真",一是指"情性之真"。他指出:"哀乐之真,发乎情性,此诗正理也。"认为诗歌的"正理",在于"情性之真",在于诗人抒发真性情,写出真襟抱。他在《论诗诗》中赞扬苏诗如"三江滚滚",笔底翻澜,白诗如"百斛明珠",晶莹圆彻,这种高妙的艺术境界,主要在于其中有诗人的"真情性""真襟抱"。二是指"事物之真"。他要求诗歌必须真实地反映现实生活,真实地叙事状物,"从肺腑中流出",真实地写出自己对事物的真切感受;如果"不求是而求奇,真伪未知,而先论高下",尤只能是自欺欺人而已。由此可见,王若虚所提倡的"真",正是诗人情感的主观真实性与现实生活的客观真实性的统一体。

那么,怎样才能达到诗歌的"真"的境界呢?王若虚在《滹南诗话》中也有较为精当的论述:第一,在内容与形式的关系方面,他强调"以意为主,以言语为役",认为"工于外而拙于内"的诗歌,是没有艺术生命力的。对于各种忽视诗歌的思想内容、片面追求奇险怪诞的形式主义诗风,对于江西诗派追求"无一字无来处"的摹

拟复古倾向,他都给予有力的批评。他说:

> 山谷之诗,有奇而无妙,有斩绝而无横放,铺张学问以为富,点化陈腐以为新;而浑然天成,如肺肝中流出者,不足也。(《滹南诗话》卷中)

且不论王若虚批评山谷诗是否得当,我们从中可以看出,王若虚正是以"情性之真"来处理内容与形式的关系的。第二,在形似与神似的关系方面,他强调二者的辩证统一。他指出:

> 东坡云:"论画以形似,见与儿童邻;赋诗必此诗,定非知诗人。"夫所贵于画者,为其肖耳;画而不似,则如勿画。命题而赋诗,不必此诗,果为何语!然则,坡之论非欤?曰:论妙在形似之外,而非遗其形似;不窘于题,而要不失其题。如是而已耳。世之人不本其实,无得于心,而借此论以为高。画山水者,未能正作一木一石,而托云烟杳霭,谓之气象;赋诗者,茫昧僻远,按题而索之,不知所谓,乃曰格律贵尔。(《滹南诗话》卷中)

这段论述十分重要,一方面他认为"形似"是根本,诗歌创作如果"不本其实,无得于心",不讲形似,不注重形象性,而凭空追求所谓"神似""气象",就势必"茫昧僻远","不知所谓";另一方面,他又十分赞同苏轼的观点,反对"空陈形似",认为诗歌"妙在形似之外,而非遗其形似"。这就清楚地阐明了"形似"与"神似"的辩证关系。本人认为,"形似"与"神似",是中国古代文艺理论中两个独特的美学概念,研究二者的辩证统一关系,乃是传统美学的重要课题之一。王若虚论诗主"真",要求形神统一,注重传形之神,实在是真知灼见。

纵观《滹南诗话》,其字里行间充满着对黄山谷和江西诗派的批判性。他批评山谷说:

> 鲁直论诗,有"夺胎换骨、点铁成金"之喻,世以为

名言。以予观之,特剽窃之黠者耳。鲁直好胜而耻其出于前人,故为此强辞,而私立名字。夫既已出于前人,纵复加工,要不足贵。虽然,物有同然之理,人有同然之见,语意之间,岂容全不见犯哉!盖昔之作者,初不校此。同者不以为嫌,异者不以为夸,随其所自得,而尽其所当然而已。至于妙处,不专在于是也。故皆不害为名家而各传后世,何必如鲁直之措意邪!(《滹南诗话》卷下)

在《文辨》中,王若虚甚至指斥江西诗派的诗歌为"斯文之蠹"。批评之尖刻,至矣,尽矣,蔑以加矣!从文学遗产的继承与创新的关系来看,黄山谷的"夺胎换骨"与"点铁成金"之说作为两种学诗方法而加以实践,我们认为也未尝不可,王氏之斥也许过于偏激。但是,王若虚对这种理论框架的保守性和局限性的批判精神,却是十分可贵的。鉴于诗歌审美的本质特征,应该说,独创性是诗歌的艺术生命。蹈袭前人,拾人牙慧,而不从社会、人生、情性的土壤中去发掘诗歌之源,诗歌的生命之树就会枯萎,这不是明摆着的吗?引导"夺胎换骨"的人们从自我封闭的框架走出来,这就是王若虚《滹南诗话》的真正价值之所在。

第二章
元代诗话

第一节 诗话的衰落

在金与南宋长期对峙南北的空隙之间,蒙古帝国从广袤的草原上崛起。

宋宁宗开禧二年(1206),铁木真联合蒙古各部族,在斡难河会议上创立蒙古帝国。鉴于铁木真统一蒙古的巨大功绩,这个"一代天骄"被尊为"成吉思汗"。

宋理宗端平元年(1234),成吉思汗之子窝阔台一举灭亡金,统治了整个黄河流域。

宋度宗咸淳七年(1271),成吉思汗之孙忽必烈取《易经》"乾元"之义,改国号为"大元",自尊为元世祖。

元世祖至元十六年(1279),大元帝国的铁骑以排山倒海之势、雷霆万钧之力,攻克了"暖风熏得游人醉"的京城临安,偏安一隅的南宋小朝廷告终,全中国各民族大统一的局面从此形成。

然而,大元帝国的赫赫帝业,由于建立在武力镇压与强权致治的基础之上,国内民族矛盾十分尖锐激烈,所以不到一个世纪,就被朱元璋起义推翻了。

与大元帝国铁骑开拓中国版图的显赫战功相比,元代的文学理论批评既没有锐利的武器,也没有惊人的功业。诗话创作也相当冷落，没有生气，没有蒙古铁骑那种所向披靡、气吞万里如虎的精神和气概，在中国诗话史上，呈现出一种相当衰落的景象。

在中国诗话史上，宋代诗话经历了北宋与南宋两个发展阶段。从论事到论辞，从轻松到严肃，从零散杂乱的个人之见到趋于系统化、理论化，以南宋末年《沧浪诗话》为标志，说明诗话之体已经成熟。进入元代，国家空前大统一，按理来说，元代诗话应该继承前人的传统，总结宋人的创作经验，沿着宋人开辟的道路继续前进。然而，历史却不以人们的意志为转移。诗话经过宋代这第一个创作高潮之后，至元代一落千丈，出现了前所未有的衰败局面。这究竟是什么原因呢？

（一）尚武轻文之习。

建立在武力镇压基础之上的元帝国，按蒙古的民族习俗，实行游牧政策和奴化政策。重牧轻农，尚武轻文。整个国家机器趋于军事化和畜牧化，以适应肆无忌惮地掠夺财货土地、扩张势力范围的强权政治和专制统治之需。为此，蒙古贵族将自己统治下的人民划分为四等：一是蒙古人，二是色目人（西域与欧洲各藩属人），三是汉人（辽、金旧民及其统治下的北方汉人），四是南人（被征服的南方汉人）。在被征服的诸民族中，汉人所受的压迫和剥削最为惨重。统治者倾心于侵略扩张和物质享受，很少过问文化建设，甚至奉行一条仇视知识、歧视文人学士的路线。科举考试制度，长期废而不行，斩断了读书人进身的阶梯。郑思肖指出："鞑法：一官、二吏、三僧、四道、五医、六工、七猎、八民、九儒、十丐，各有所统辖。"（《大义略序》）"九儒十丐"之说，足以说明元代读书人社会地位之低下。当时社会上曾流行着这样一首散曲：

　　　　不读书有权，不识字有钱，不晓事倒有人夸荐。老天
　　只恁忒心偏，贤和愚无分辨。（无名氏:〔朝天子〕《志感》）

读书人丧失仕进之路，只好沦落风尘，与倡优为伍；而权贵们

却热心于争权夺利,"取富贵青蝇竞血,进功名白蚁争穴"(马谦斋〔沉醉东风〕)。这是中国历史上最黑暗的军事统治时代。在这种愚昧落后的社会环境之中,统治者的文化素质低下,读书人的积极进取之心被扼杀,从事学术研究的理论家与学者又怎么能够崛起?

(二)文学代变之势。

一代有一代的文学。在中国文学史上,处于代变中的传统文学样式,唐为诗,宋为词,元为曲,明清为小说,已几成规律。也就是说,每个朝代都有自己引为旗帜的文学。元代文学的主要成就,在于"元曲"。据今人隋树森编辑的《全元散曲》收录的作家作品统计,有名姓的元曲作家凡二百一十二人,散曲中的小令计三千八百五十三首、套数四百五十七套。这当然绝非元曲之全部,而且所谓"元曲",还包括元代的杂剧戏曲在内。然而,仅以此数目,"元曲"取得了与"汉赋""唐诗""宋词"同等的文学地位和历史价值。整个元代文学,元曲是主流,是旗帜,是巍峨的丰碑。本来就比较萧条的元代文坛诗苑,被元曲所主宰着;本来就为数不多的作家学者,都把自己的兴趣和精力放在元曲的创作之上。于是,留给传统文学——诗歌及其评论样式——诗话的地盘,自然也就很狭窄了。而元曲,经过作者的潜心创作,无论形式与精神,都具有新的生命、面貌和创造精神,表现出一种新兴的艺术力量。所以,我们似乎可以这样说:元曲创作之盛,诗话创作之衰,乃是文学代变的必然趋势。

(三)摹拟因袭之风。

鉴于以上缘由,元代的文学批评如"万马齐喑",既没有提出什么重大的理论问题,又没有展开过热烈的文学论争,缺乏生气。而摹拟因袭,以古为尚,鼓吹"温柔敦厚",宣扬"太和之气",即是终元一代带有普遍性的文学思潮。"元代诗人,世推虞、杨、范、揭。"(《四库全书总目》)其诗歌理论,如虞集所言:

近世诗人深于怨者多工,长于情者多美,善感慨者不

能知所归,极放浪者不能有所反,是皆非得情性之正。(《胡师远诗集序》)

近世诗人把"深于怨者""长于情者""善感慨者""极放浪者"都斥之为"非得性情之正",这显然是不符合诗歌艺术的审美特征和审美规律的。其保守复古,已可见一斑!宋荦《元诗选序》说:"宋诗多沉僿,近少陵;元诗多轻扬,近太白。"又说:"宋人学韩、白多,元人学温、李多。"这当然有一定道理,然而元代诗人所缺乏的,正是李、杜、韩、白那种积极向上的进取精神和磅礴深厚的思想内容,也没有欧、苏、王、黄那种广博精深的学术造诣。元人只在诗歌形式上规唐仿宋,无论是宗唐还是宗宋,走的大多是摹拟因袭之路。在这种沉闷保守的文学背景下,元代诗话除了摹拟因袭宋、金诗话之格,难以出现异乎寻常的诗话之代表作。屈指可数的几部诗话,如祝诚的《莲堂诗话》、蒋正子的《山房随笔》、吴师道的《吴礼部诗话》、韦居安的《梅硐诗话》等,都沿袭北宋欧派诗话"以资闲谈"的创作主旨,以记事为主,很少有一二创见。

《莲堂诗话》二卷,祝诚撰。存,明嘉靖间有连阳精舍抄本,清有胡珽《琳琅秘书丛书》本。祝诚生平事迹不详,元初人,元世祖至元年间(1264—1294)在世。是书杂述唐、宋、金、元诗人轶事,诗歌掌故,兼涉考证。述事生动有趣,其中亦可见其文学好恶和创作意趣。

《瀛奎律髓》四十九卷,方回撰。《四库全书》收入集部诗文评类。方回(1227—1307),字万里,号虚谷,歙县(今属安徽)人。论诗主江西,以杜甫为不祧之祖,以黄庭坚、陈师道、陈与义为江西三宗,首创"一祖三宗"之说。《瀛奎律髓》本是方回编辑的一部体现江西派诗论的诗选,所选皆为五、七言律诗,故名"律髓"。分类编排,详加评点,议论分明,条贯井然。方回自序云:"所选,诗格也;所注,诗话也。"认为诗选与诗话是可以相通的。这是诗选通于诗话之作。清人吴之振评论说:"其论世,则考其时地,逆其意志,使作者之心,千载犹见;其评诗,则标点眼目,辨别体制,使风雅之轨,后学可寻。斯固诗林之指南,而艺圃之侯鲭。"评价如此之高,于宋元诗话中堪称之上乘,然而,正如清人纪晓岚指出的,方回论诗,由于专主江西,也不免有"党援""攀附""矫激"之弊。此外,方回又有《虚谷诗话》,存,有《说郛》本;《虚谷评五谢诗》一卷,存,有明抄本;《文选颜鲍谢诗评》四卷,存,有清抄本(四库底本);《名僧诗话》六十卷,佚。

《吴礼部诗话》一卷,吴师道撰。《元史·艺文志》与《补辽金元艺文志》皆著录于文史类。今有《历代诗话续编》校点本。吴师道(1283—1344),字正传,婺州兰溪(今属浙江)人。至治元年(1321)进士,历官国子助教、奉议大夫、礼部郎中。《元史》有传。其诗话为随笔体,多述郡邑诗人诗作本事,片语只词,博采旁征,耳目所及,点缀无遗,亦知为力之勤而用心之苦。特别是吴氏注重诗歌欣赏,说:"作诗之妙,实与景遇,则语意自别。"认为耳目亲历,方能解诗之妙。亦为可取。

《梅磵诗话》三卷,韦居安撰。《元史·艺文志》著录于文史类,《四库全书》列于未收书目,称其"所论多南宋时人之作,名篇警句往往在是,采掇亦复谨严"。韦氏生平事迹不详,吴兴(今属浙江)人。南宋理宗景定(1260—1264)间进士。论诗主张"有感而发",认为"非亲历其景,不足以见诗之妙"。与吴师道之见略同。《梅磵诗话》多述南宋诗人本事,论诗之见很少发明。但丁福保辑之于《历代诗话续编》时曾评论说:"持论精当,无所偏颇,深得诗话之体。"看来,丁氏之论是"以资闲谈"为标准的。

《山房随笔》一卷,蒋正子撰。存,今有《历代诗话》本。《四库全书简明目录》说此书"所记多宋末元初事,而叙贾似道误国始末尤详",可资参考。

《修辞鉴衡》二卷，王构撰。存，有元至顺四年（1333）集庆路儒学刻本，《四库全书》收入集部诗文评类。王构（1245—1310），字肯堂，东平（今属山东）人。元世祖至元间授翰林国史院编修官，武宗时官至翰林学士承旨。是书上卷论诗，为诗话集，多采录宋人诗话和笔记编次而成；下卷论文，所引各书，现多散佚，赖以略存，如《诗文发源》《诗宪》《蒲氏漫斋录》等，为今人所未见。

元代诗话中还值得论及的是少数民族作家辛文房的《唐才子传》。辛文房（生卒年不详），字良史，西域人。曾官省郎职。《元史》有传。他"游心简编，宅心史集"，于元成宗大德八年（1304）撰成《唐才子传》。自序云："传成，凡二百七十八篇，因而附录不泯者又一百二十家，厘为十卷。"此书久佚，《四库全书》从《永乐大典》所存各韵引文中辑出，仅二百三十四人，又附传者四十四人，厘为八卷，是为辑本。现行十卷本，系清代陆芝荣根据日本所刊《佚存丛书》本校刻，共计三百九十八人，与辛氏自序所称相符，堪称完本。此书虽以"传"名，实则以论诗为主，而不重在记事的系统翔实，是评传体诗话之作。作者先述诗人生平轶事，后品评其诗歌创作，因诗系人，而以评论为主，体现了作者的诗学见解，揭示了唐诗的艺术特色，勾画出了唐诗风格流变的基本轮廓。因此，可以视之为诗话之著。

还有《东坡诗话录》三卷，陈秀民辑录诸家论苏诗之语而成。《四库全书总目》著录于诗文评类存目，称其"排纂后先不以本诗之事类为次第，又不以原书之年代为次第，殊无体例"。陈秀民（生卒年不详），字庶子，温州（今属浙江）人。初官武冈城步巡检，后擢知常熟州，迁浙江行中书省参知政事、翰林学士。《元诗选》有传。陈氏论诗主江西，推崇苏轼、黄山谷和陈师道的诗学观点和作诗方法，要求作诗"宁拙毋巧，宁朴毋华，宁僻毋俗"，强调"文字频改，工夫自出"，于绚烂中造平淡，达到陶诗那种"如大匠运斤，无斧凿痕"的高远境界。

《南溪诗话》二卷,无名氏撰。浙江天一阁藏本,《四库全书总目》著录于诗文评类存目。其本出明人王恕家,前有王恕之子王承裕序,称"南溪"为录诗话者的别号,逸其姓名,当为胜国时人。据《四库全书总目》编者考证,书中所引已有白珽、刘履诸名,无疑为元末人所作。是书杂录各家诗话,而不置议论,略如阮阅《诗话总龟》的体例,却不分门类。

此外,《诗词余话》一卷,俞焯撰,有《说郛》本;《诗学管见》一卷,俞远撰,明刻本;《诗话隽永》一卷,喻正己撰,有《说郛》本;《困学斋杂录》一卷,鲜于枢撰,有《四库全书》本;《霏雪录》二卷,刘绩撰,有《学海类编》本。

第二节 诗格的复兴

也许是历史的回光返照,元代诗坛盛行着诗格、诗式、诗例一类诗学入门书籍。例如:

《诗法家数》一卷,杨载撰。存。

《诗学正源》一卷,杨载撰。存。

《诗学禁脔》一卷,范梈撰。存。

《木天禁语》一卷,范梈撰。存。

《诗格》一卷,范梈撰。存。《诗学指南》本。

《诗法正宗》一卷,揭傒斯撰。存。

《诗宗正法眼藏》一卷,揭傒斯撰。存。

《诗谱》二卷,陈绎曾撰。存。《文筌》本。

《诗法正论》一卷,傅若金撰。存。

《傅与砺诗法》四卷,傅若金撰。存。明刻本。

《诗文正法》不知卷数,傅若金撰。佚。

《名贤诗旨》一卷,佚名撰。存。《诗学指南》本。

这类著作"论多庸肤,例尤猥杂",重在诗体、诗眼、诗法、诗病等方面的知识性介绍,不是什么杰出之作,然而它却摆脱了宋人诗话闲谈随笔体的格局,使湮没已久的唐人诗格、诗式、诗例一类的创作之风得以复兴。

这种文学现象,绝非发生于偶然。究其原委,大致有二:

第一,传统文学的衰落。中国的传统文学,是诗歌;传统诗歌,以律诗为正宗。为了普及诗歌的格律常识,提高律诗的创作质量,唐五代时期,诗格、诗式、诗例一类诗学入门书勃然崛起,著作若林,卷帙繁富。随着李唐王朝的寿终正寝和这个诗歌发展的黄金时代的消逝,传统文学开始走向衰落。至元代,一种新兴的文学样式——散曲和杂剧崛起于文坛,并且取代了诗歌的文学地位。然而,一方面是中国传统文学所具有的强大的潜在生命力和因此而长期形成的民族文化性格的影响,一方面又是传统文学始终不甘心于退出历史舞台,不甘沉沦于衰败的状态。所以元代那些正统文学的顶礼膜拜者们,都为拯救传统文学而竭尽全力地拼搏着:一是力主唐音,倡鸣唐诗。元有杨士弘(字伯谦,襄城人)上承宋末严羽"以盛唐为法",选《唐音》十四卷,下开高棅《唐诗品汇》和前后七子尊唐之风。二是大量写作诗学入门书,普及推广诗学常识使之通晓诗格、诗式和诗法,以便更好地阅读和欣赏唐人诗萃。诗格的复兴,势在必然。

第二,"无师自通"的诗学入门书。如前所述,元代是中国文化史上学术思想沦入最沉闷最黑暗的时期。统治者尚武轻文,文化落后,知识贫乏,整个民族的文化素质越来越低劣;加之蒙古贵族又实行种族歧视政策,文士学子深受其害,使"读书无用"论泛滥成灾,斯文扫地,师道殆废,求师不易。于是,诗格一类通俗易懂的诗学入门书,就成为了学诗者"无师自通"的自学丛书,畅销全国。那些一心想赚钱的书贾们,为了营利而大量刊行,为诗格一类诗学入门书的复兴提供了良好的契机。正如郑振铎先生指出的:"也许他们都是为'浅学'者说法的,都是为了书贾的利润而编成的——元代的书籍,书贾所刊者以通俗的、求广销的书为最多。"(《插图本中国文学史》第五十四章"批评文学的进展")这就一语道破了天机。

鉴于以上原因,唐人诗格在元代这一特定的社会条件和学术环境之中而得以复兴。像对待唐人诗格一样,我们对复兴后的元人诗格一类诗学入门之作,也应该持"一分为二"的态度,不可一概排斥。下面,我们来分析几部有代表性的诗格之作。

《诗法家数》一卷。作者杨载(1271—1323),字仲弘,浦城(今属福建)人。延祐二年(1315)进士,任饶州路同知,后迁儒林郎,卒于宁国路总管府推官。工诗文,与虞集、范梈、揭傒斯并称为"元诗四大家"。杨氏论诗强调学习与继承,对继承与创新的关系有比较正确的认识。他认为"倘有志于诗,则须先将汉魏和盛唐诸诗,日夕沉潜讽咏,熟其词,究其旨",这就是要"学",而学为创新,不是为了"蹈袭",并把"陈烂不新"作为诗之"十戒"之一。他指出:"诗之六义,实则三体。风雅颂者,诗之体;赋比兴者,诗之法。"并把"赋比兴"这种方法看成是"诗学之正源,法度之准则",实为有识之见。

《木天禁语》一卷。作者范梈(1272—1330),字亨父,一字德机,人称"文白先生"。清江(今江西樟树)人。曾官左卫教授,迁翰林院编修官,后任湖北岭北廉访司经历等职。《木天禁语》论诗讲究篇法、句法、字法、气象、家数、音节,作者谓之"六关"。并以此为纲,每纲之下又系子目,各引唐人一诗为证,专谈诗法,自称此书在于纠正"古今论著,类多言病而不处方"之弊病,自誉为古今《本草》,实则未脱唐人诗格的旧规。但值得一提的是他论诗重"气象",说:"诗之气象,犹字画然。长短肥瘦,清浊雅俗,皆在人性中流出。"这里的所谓"气象,"指的就是体现在诗歌风格之中的诗人的气质、个性。他认为诗人的"涵养情性，发于气，形于言，此诗之本源"，把诗歌的气象与诗人的情性联系起来，正反映出人们对诗歌的审美特征的探讨有了新的发展，对后世诗论产生了很大的影响。

《诗法正宗》一卷。作者揭傒斯（1274—1344），字曼硕，龙兴富州（今属江西丰城）人。官至翰林侍讲学士，卒谥文安。曾总修辽、金、宋三史。其诗如"美女簪花"；论诗注重"诗味"，强调诗家修养。因而他十分推崇司空图的"味外之味"说，认为无味之诗犹如"无滋味之物，谁复饮食也"，而诗中之味"又非饮食之味可比"，是"天下之至味"。这种审美趣味和审美标准，不无可取之处。

《诗法正论》一卷。作者傅若金（1304—1343），字与砺，一字汝砺，新喻（今属江西）人。官至广州文学讲士。其诗风雄浑悲壮，人称有"老杜遗风"；论诗主情性，重人品，提倡艺术个性和艺术风格的多样化。认为"唐人以诗为诗，宋人以文为诗。唐诗主于达情性，故于《三百篇》为近；宋诗主于立议论，故于《三百篇》为远"。这种见解是正确的，具有一定的积极意义。

凡此种种，足以说明元人复兴了唐人诗格，但并非是唐人诗格的简单重复，就其论诗的内容而言，也在许多方面发展和丰富了唐人诗格，还具有自己的论诗个性。唐人刘禹锡曾有"八音与政交通，文章与时高下"之说，傅若金认为刘氏之说是可信的，因而提出诗歌随时代之变而变化的见解。我们认为，既看到元人复兴唐人诗格的一面，又看到元人诗格是对唐人诗格的继承和发展，这才符合艺术辩证法。

卷四　明诗话

第一章
诗话之复兴

第一节 复兴的背景及概况

像秋风扫荡着残云,在元末农民大起义的凯歌声中,朱元璋于1368年建立了明王朝。

明王朝的建立,结束了元朝近百年之久的残暴统治,恢复了汉制,按理来说,应该给中国传统文学的复兴带来一片生机。综观朱明王朝统治中国的二百七十余年的历史,诗人也层出不穷,诗派林立,卷帙亦富。清人朱彝尊曾编《明诗综》一百卷,收录明初诗人至明亡后遗民三千四百余人的诗歌;又有《明词综》一十二卷。论其数量之多,并不亚于唐、宋二代;然而论其精神,却远远逊于前代了。

中国传统旧体文学的危机,至明代而愈演愈烈。究其原因,大多归咎于明代的八股文考试制度。清人吴乔在《答万季野诗问》之中说:

> 事之关系功名富贵者,人肯用心。唐世功名富贵在诗,故唐世人用心而有变,一不自做,蹈袭前人,便为士林中滞货也。明代功名富贵在时文,全段精神,俱在时文用尽,诗其暮气为之耳。(《清诗话》本)

所谓"时文",就是八股文。八股文是科举时代的产物。科举制始于隋唐时期,至两宋而逐渐完善,至明清而进入鼎盛时期。明代课士,定出八股格式。每篇文章由破题、承题、起讲、入手、起股、中股、后股、束股八部分组成。《明史·选举志》云:

> 科目者,沿唐宋之旧,而稍变其试士之法。专取四子书及《易》《书》《诗》《春秋》《礼记》五经命题试士,盖太祖与刘基所定。其文略仿宋经义,然代古人语气为之,体用排偶,谓之"八股",通谓之制义。

又说:

> 《四书》义一道,二百字以上;经义一道,三百字以上。取书旨明晰而已,不尚华采也。

像这种规定体制,限定字数,替圣人立言的"八股文",确实是束缚思想、为巩固封建统治服务的工具,是文学艺术发展繁荣的绊脚石。应该说,这是明代旧体文学衰落的一个重要原因。除此以外,我们还可从当时的社会背景和文学发展的基本趋势来考察。

明代的中国,资本主义生产关系已露出端倪。宋元以来的都市经济不断繁荣,市民阶层不断壮大,以戏曲、小说为主体的市民文学蓬勃发展,成为明代文学的主流。特别是随着商品经济的发展,明代的印刷业不断兴旺发达起来,刻书行业如雨后春笋,有官刻、家刻、坊刻,江、浙、闽成为当时的三大刻书中心。胡应麟《少室山房笔丛》卷四记载:

> 凡刻之地有三:吴也,越也,闽也。蜀本,宋最称善,近世甚稀。燕、粤、秦、楚,今皆有刻,类自可观,而不若三方之盛。其精,吴为最;其多,闽为最,越皆次之。其直重,吴为最;其直轻,闽为最,越皆次之。

明代刻书的黄金时代,是嘉靖至万历年间。有了刻书行业,随之而起的是书坊、书店。明代的书店,就这样应运而生。南京一地,即有唐氏富春堂、世德堂、广庆堂、文林阁、陈氏继志斋等著名书店。书坊、书店之兴，沟通了书籍的流通渠道，对于文学的繁荣发展起了巨大的促进作用。

明代文坛最突出的特点，是拟古主义文学思潮泛滥。在市民文学与日俱壮的情势之下，传统的旧体文学的衰落，使那些恪守传统、思想保守的明代作者忧心忡忡；而几千年以来传统文学的辉煌成就和深远影响，又使他们产生了一种极端的崇古思想。他们将这笔巨大的文学遗产视为一尊偶像而顶礼膜拜，思想难以解放，迷信不能破除，以致打出"文必秦汉，诗必盛唐"的复古旗号。他们的诗歌创作重摹拟，少独创，因之文网恢恢，诗道旁落，缺乏诗歌创作最可贵的创新精神。然而，他们大多数是台阁重臣，如李东阳，茶陵派的核心人物，主盟文坛，地位显贵，影响极大。这样，明代文坛大凡由两股巨大的文学潮流所主宰着：一是八股文，二是拟古主义。

唯物辩证法认为，世界上的任何事物无不包含着矛盾，矛盾着的对立面又统一又斗争，推动了事物的运动、变化和发展。明代文坛诗苑中的复古拟古思潮，在前后七子的掀动之下而日趋高涨，反拟古主义思潮也就随之而兴起。在拟古主义与反拟古主义的斗争中，诗话作为一种诗歌评论的独特样式，也就愈加发挥了它的文学批评武器的功能。拟古主义者以诗话来宣传自己的文学主张，反拟古主义者也以诗话作为批判武器。

正因为这样，明代诗话摆脱了"时文"的羁绊，也超脱了传统的旧体文学衰落的影响，上承宋代诗话，下启清代诗话，向着文学理论批评的正确方向继续向前发展，在诗歌体制源流与作家作品研究诸方面，获得了可喜的成绩。在中国诗话史上，经过元诗话的衰落以后，明诗话的复兴使诗话创作又出现了第二个高潮，为诗话至清代而鼎盛奠定了坚实的基础。

明代诗话，著作如林，卷帙甚富。据《中国丛书综录》所著录的情况来看，以"诗话"命名的有十七部，未名"诗话"而实属诗话之体者有三十一部，合计凡四十八部。这个数字还很不精确，仅仅是其中之一部分。据本人所编纂的《中国诗话文献考》所载，明代诗话的已知书目就有一百七十多部。其中以"诗话"命名者凡六十部（含诗话集），未名之"诗话"而实为诗话之体者，凡一百一十部之多。所以，从数量上来看，明代诗话并不亚于宋代诗话。

第二节 明诗话的时代特色

明代诗话，产生于朱明一代所特有的社会环境和文学思潮之中，深深地打上了历史的印记，因而具有自己的时代特色和艺术个性。

一 宗唐拟古的创作倾向

明代诗话的基本创作倾向，是以盛唐为宗，以拟古主义为基调。

朱明王朝建立以后，为了巩固封建中央集权的政治需要，一方面极力提倡孔孟之道和程朱理学，加强君权、神权、族权、夫权对于人民群众的严厉统治，一方面大力倡导以"三杨"为代表的，以歌功颂德、点缀升平为目的的"台阁体"。但由于朝政的日趋腐败，由于阶级矛盾和阶级斗争的日益尖锐，这种"雍容典雅"、粉饰太平的诗风，渐渐为人所唾弃。为了拯救当时诗文创作由于"台阁体"统治诗坛而带来的严重危机，弘治、正德年间，李梦阳、何景明首倡复古，打出"文必秦汉，诗必盛唐"的复古旗帜，应者云集，争相呼和，很快就形成了一个声势浩大的文学复古运动。

这个复古运动的理论主张，完全是针对"台阁体"之弊而提出来的。清朱彝尊《静志居诗话》卷十二云：

　　成（化）、弘（治）间，诗道旁落，杂而多端，台阁诸公，白草黄茅，纷芜靡曼……理学诸公，击壤打油，筋斗样子。

这样一来，因"台阁体"空洞无物，早已为文人骚客所厌恶，而一般读书人又为功名所诱，潜心于八股文，死抱着儒家理学经典和时文范本以终时日，所以在这种"诗道旁落"的情势下，李、何之辈为挽救当时文坛诗苑的浅陋与凋敝，倡言复古，提出"文必秦汉，诗必盛唐"的口号，确能使人们一新耳目。正如《四库全书总目》所言：

> 考明自洪武以来，运当开国，多昌明博大之音；成化以后，安享太平，多台阁雍容之作，愈久愈弊，陈陈相因，遂至啴缓冗沓，千篇一律。（李）梦阳振起痿痹，使天下复知有古书，不可谓之无功。

在"复古"的旗帜之下，高呼着"文必秦汉，诗必盛唐"的战斗口号，彼此唱和，推波助澜的，除李梦阳、何景明以外，还有徐祯卿、边贡、康海、王九思、王廷相等，号称"前七子"。复古派以迅雷不及掩耳之势，掀起了一股巨大的文学复古浪潮，很快地取代了明初"台阁体"一派在文坛上的统治地位。到嘉靖年间，以李攀龙和王世贞为首，包括谢榛、宗臣、徐中行、吴国伦、梁有誉在内的"后七子"继之而起，变本加厉，把复古运动又推向了一个新的高潮。这一运动由弘治到万历间，前后持续百年之久，影响甚大，以致"天下推李、何、王、李为四大家，无不争效其体"（《明史·李梦阳传》）。

处于"文必秦汉，诗必盛唐"为旗帜的文学思潮中的明代诗话，其创作的基本倾向就是宗唐拟古。前后七子的诗话代表作有：

《谈艺录》一卷，徐祯卿撰。

《艺苑卮言》八卷，王世贞撰。

《全唐诗说》一卷，王世贞撰。

《四溟诗话》四卷，谢榛撰。

此外，受七子诗论影响者还有一些，如：

《艺圃撷余》一卷，王世懋撰。

《诗薮》四篇二十卷，胡应麟撰。

《唐诗品》一卷，徐献忠撰。

《颐山诗话》一卷，安磐撰。

前后七子的文学复古运动及其诗话著作，从理论与实践的高度，在廓清"台阁体"诗风方面，都具有积极的意义，但因盲目宗唐复古，以格调法式的摹拟代替对文学遗产的批判继承，以致走上拟古主义道路，对诗歌创作产生了不良影响，因而受到公安派的严厉批评。这给我们一个深刻的教训：从事文学艺术，先由摹拟入手，并非坏事；然而，倘若一味摹拟复古，师貌而不师心，过犹不及，使自己成为古人的奴隶，则必然丧失自己的艺术生命，走进拟古主义的死胡同。

二 咄咄逼人的派别之争

明代文坛的一个显著特点，就是设坛分埠，派别林立，壁垒森严，攻讦不休。盛气凌人、咄咄逼人的派别之争，此起彼伏，整个诗坛文苑，充满着一股泼辣辣的霸气。钱谦益在《赠别胡静夫序》中曾这样描绘明代诗坛：

> 今之称诗者，掉鞅曲踊，号呼叫嚣，丹铅横飞，旗纛竿立，捞笼当世，诋谰古学，磨牙凿凶，莫敢忤视。譬诸狂易之人中风疾走，眼见神鬼，口吞水火，有物冯之，懵不自知。（《有学集》卷二十二）

整个诗坛"磨牙凿凶，莫敢忤视"，真可谓泼辣已极，狂易已极。可以说，一部明代文学史，殆全是文人骚客分门立户、标榜攻击的历史。明代诗话史，也是这样。为期六七百年之久的唐宋诗之争，就始于明代诗坛各立门户、攻讦不已的气氛之中。关于这种纷争对明代诗话的影响，本人已在拙著《诗话概论》之中详加论述，不再赘言。这里，我们想申述两点：

第一，所谓"唐宋诗之争"正是明代文人派别之争的产物。

明人好标榜，立门庭，诗派繁猥。郭绍虞先生早在1948年于《文艺复兴·中国文学研究号（上）》发表《明代的文人集团》一长篇论文①，对集团林立、派别繁猥的明代文人集团的发展演变情况进行了详尽的考证和系统的论述，据文中所列，诗文流派以外，有稽可查的文学社团就有一百多个。明代诗话中的不少作者曾先后结社入会，例如徐泰入"小瀛洲社"，徐献忠入"逸老续社"，梁有誉入"南园诗社"，曹学佺入"阆风楼诗社"，王世贞、徐祯卿、李攀龙、谢榛等入"七子社"，胡应麟入汪道昆组织的"白榆社"，陈子龙入"几社"，朱孟震入"青溪社"，等等。特别是一些举足轻重的诗话作家入社，更使那些头角崭露的诗社名声大振，主张坚定，声势益大。如嘉靖年间，王世贞、李攀龙诸人结社，见当时谢榛以援卢柟出狱事而名震京师，公卿争与交结，故王、李延揽谢榛入社，从而备享盛名。谢榛入社以后的第一大贡献，就在于决定该社的学诗宗主。据谢榛《诗家直说》记载：

> 一日，因谈初唐盛唐十二家诗集，并李、杜二家孰可专为楷范？或云沈、宋，或云李、杜，或云王、孟。余默然久之，曰："历观十四家所作，咸可为法。当选其诸集中之最佳者，录成一帙，熟读之以夺神气，歌咏之以求声调，玩味之以裒精华，得此三要，则造乎浑沦，不必塑谪仙而画少陵也。夫万物一我也，千古一心也，易驳而为纯，去浊而归清，使李、杜诸公复起，孰以予为可教也。"诸君笑而然之。

七子登坛设埠，尊奉李、杜，以盛唐为法。地望弥高，翕张贤豪，吹嘘才俊，也就不免党同伐异，以好恶为高下。这样，派别之

---

① 郭绍虞：《照隅室古典文学论集》上编，上海古籍出版社，1983，第518—610页。

间,虚矫恃气,高自夸许,分唐界宋,各执一端,使明代开始的唐宋诗之争,打上明代诗坛派别之争的烙印,出现盛气凌人、咄咄逼人之势。这就是郭绍虞先生批评的所谓"霸气""法西斯作风",也正是范景文《葛震甫诗序》所指出的:

> 余尝笑文人多事,坛坫相高。其意莫不欲尽易昔人所为,独雄千古。不知矫枉有过,指摘适滋。往者代生数人,相继以起,其议如波。如吴下之正用修,近代之翻王李,后必非先,沿为故事。今则各立户庭,同时并角,其议如讼。拟古造新,入途非一;尊吴右楚,我法坚持。彼此纷嚣,莫辨谁是。(《范文忠公文集》卷六)

可以说,这正是整个明代文坛诗苑的一个缩影。文学批评像这样攻讦不止,缺乏民主精神,缺乏学术民主,当然不利于学术研究的发展。

"宋无诗"与"文必秦汉,诗必盛唐"之说陷入了形而上学的深渊。文学,总是时代的。时代性,是文学的基本特征之一。"歌谣文理,与世推移"。在中国诗史上,任何时代的诗歌只能是时代的产物,是自己的时代生活和时代精神在作家头脑和创作实践中的反映。因此,实事求是地对待每个时代的诗歌,才是马克思主义的正确态度。对于宋诗,自从严羽《沧浪诗话》提出唐诗"胜本朝"以后,后世论者多所訾议。一代宋诗,长期为人所诟病。至明代,唐诗的顶礼膜拜者更是变本加厉,扬唐抑宋,已如水火。一方面倡言"诗必盛唐",一方面訾贬"宋无诗"。甚至归罪于诗话,认为唐代诗话少,而唐诗繁荣;宋代诗话多,则诗不如唐。这在偏胜、走极端、自以为是、不容异己的明代诗坛,发展到登峰造极的地步。论诗,因设坛分坫、互相攻击而抹杀一切;人情,像李攀龙、王世贞那样,对于同一社团中的谢榛也因议论不合而终致绝交。明代七子以复古自命,矜心盛气,倡言"宋无诗"和"诗必盛唐"之说,也就不可能不陷入文学退化论的形而上学的泥坑之中。清人叶燮在论及明代七子时说：

> 自"不读唐以后书"之论出，于是称诗者必曰"唐诗"；苟称其人之诗为"宋诗"，无异于唾骂。（《原诗》内篇上）

这是一种反常现象，由此可见明人对宋诗的偏见是何等之深！

恩格斯在《社会主义从空想到科学的发展》一文中曾指出，不论是自然界还是人类社会，"一切终究是辩证地，而不是形而上学地进行着的"。在文学艺术领域里，一个时代的文学作品的艺术风格，总是与自己的时代生活和作家的生活实践和艺术实践紧密联系的。宋诗之所以如严羽总结的具有"以文字为诗，以才学为诗，以议论为诗"和"尚理"的四大特点，也正是那个时代的审美风尚所致。在中国文学史上，宋人继唐人之后，面临着大宗的文学遗产所造成的一种精神威压。如何总结唐诗的丰富经验，如何探求宋诗的根本出路，则成为宋人面临的两大重要课题。宋诗之尚理，诗话之勃兴，理学之兴盛，正说明宋人的社会生活、人生态度、心理特征和审美风尚，已经迥然异于唐人。封建社会到宋而走下坡路，与盛唐时代那种积极向上、豪情奔放的时代精神相比较，宋代似乎进入了历史的反思阶段。不可能大有作为的情绪，笼罩着士大夫的心灵，使他们多以冷眼看世界，默默品人生，冷静的历史反思代替了积极入世、建功立业的蓬勃热情。这样一来，诗歌创作就由"唐诗主情"而到"宋诗主理"，不以现实图画见长，而把摹绘生活提高为剖抉解剖生活，把描写人生提高为探索思考人生，表现人的品格和修养，从忧患的意识和恐惧的心理中折射出社会现实的黑暗。这就造成了宋诗尚理的特点。我们认为，这不是宋诗从唐诗轨道上倒退，而是诗歌升华到高层次的表现；不是宋人对唐人规律的反叛（所谓"一反唐人规律"云），而是宋人对唐诗大宗遗产的继承和拓展。当然，宋人在如何推陈出新的问题上，也难免有许多失误，我们也用不着为宋人讳言；但是一味扬唐抑宋，鼓吹"宋无诗"和"诗必盛唐"之说，也就易于坠入形而上学的迷雾之中。

三 诗学权舆的一度勃兴

诗学，在西方专指古希腊哲学家亚里士多德所开创的系统地阐述文艺理论的著作；现代诗学，指的是研究诗歌艺术原理的专门著述。与西方诗学相比，系统的诗学在中国发展得相当缓慢。有人说中国没有诗学，这是很不符合实际的。在中国文学理论发展史上，诗论、诗话、诗说、诗律、诗史、诗笺等，一切有关论述中国诗歌之源流、派别、风格、发展演变过程和诗人诗作品评诸方面的著述，都属于诗学的范畴。就连"诗学"之名，早在宋代就已出现，如杨明复的《诗学发微》之类，然乃《诗经》之学耳。属于诗歌之学者，元人范梈曾撰《诗学禁脔》一卷，杨载有《诗学正源》一卷，俞远有《诗学管见》一卷。

从宏观的审视来看，任何一个时代的文学，都离不开历史发展的连续性，特别是与相邻的前代文学之间的连续性。文学理论的发展也是这样。为了适应传统文学发展之需，唐人诗格、诗式一类诗学入门书，有如雨后春笋；至元代又忽而复兴。明代诗坛，为拯救传统文学之衰落，诗学权舆又一度勃兴起来。据不完全统计，诗学权舆一类著作有三四十部之多，在明代诗话中占有很大的比例。较为重要的有：

《诗学权舆》二十二卷，黄溥编。

《诗学梯航》一卷，周鸣撰。

《诗学正宗》十六卷，浦南金编。

《诗学杂言》二卷，冒愈昌撰。

《诗学事类》二十四卷，李攀龙撰。

《诗学体要类编》三卷，宋孟清辑。

《诗法》十卷，谢天瑞辑。

《诗法源流》三卷，王用章辑。

《名家诗法》八卷，黄省曾编。

《冰川诗式》十卷，梁桥撰。

《诗法要标》三卷，朱之蕃辑。

《诗法指南》二卷，王樻撰。

《新刊全相万家诗法》六卷，汪彪撰。

《骚坛千金诀》一卷，李贽撰。

《骚坛秘语》三卷，周履靖撰。

《艺苑玄几》一卷，邵经邦撰。

《诗家集法》一卷，胡文焕撰。

《三百篇声谱》一卷，张蔚然撰。

……

凡此种种诗学权舆之作的一度勃兴，一则是作为中国传统文学的诗歌创作的需要，二则反映了诗话之体逐渐向诗学发展演进的某种趋势。虽然，这种诗学权舆还仅仅局限于诗体、诗格、诗式、诗法诸方面的论述，还没有发展到系统的诗歌理论专著的最高形式，然而，它毕竟是诗学权舆，毕竟不同于北宋那种"以资闲谈"的随笔体式的欧派诗话了。例如《诗学权舆》，黄溥撰。溥字澄济，号石厓居士，弋阳（今属江西）人。正统进士，官至广东按察使。是书二十二卷，兼收众体，各为注释，分为"名格""名义""韵谱""句法""格调"诸目，又杂引诸说以为证。又如《冰川诗式》，梁桥撰。桥字公济，号冰川子，真定（今河北正定县）人。由选贡生而授四川布政司经历。所撰《冰川诗式》十卷，成于嘉靖二十四年（1545）。是书分"定体""炼句""贞韵""审声""研几""综赜"六门，杂录旧说，参以臆见。从个别来看，其中有些著作，采摭虽广，而内容陈腐，考证多疏；然而从整体而言，这些诗学权舆之作，比较注重从内部来研究探讨诗歌的发展规律，研究诗歌的音韵、格律、句法、对偶、用事、篇章结构诸问题，显然是有利于中国诗歌的创作和研究工作的。在中国诗话史上，明代诗学权舆之作的勃兴，正标志着明代诗话已经成为由宋、金、元诗话向清代诗话的理论化、系统化、专门化方面过渡的一座坚实的桥梁。

第二章
拟古主义诗话

第一节　明初尊唐之风与诗话创作

朱明王朝建立之初，朱元璋曾采取一系列方针政策，让天下百姓得以休养生息。他指出："天下初定，百姓财力俱困，譬犹初飞之鸟，不可拔其羽，新植之木，不可摇其根，要在安养生息之。"（《洪武实录》）经过近百年的努力，明初的中国，社会安定，经济繁荣，文化发达。特别是永乐年间，明成祖朱棣召集天下文士两千多人，编纂中国文化史上最大的一部类书《永乐大典》。是书凡二万二千八百七十七卷，凡例目录六十卷，广收古今各类图书七八千种。这是中国文化史上的一件大事。在明初诗坛，以"三杨"（即杨士奇、杨荣、杨溥）为代表的"台阁体"统治着诗坛，以粉饰现实、歌功颂德为目的，诗风雍容华贵。接着出现以李东阳为首的茶陵诗派，为纠正"台阁体"雍容典雅的浮靡诗风，在文学上主张宗唐法杜（甫）。然而，由于他主要着眼于诗歌的体制、音节、声调等形式技巧，而且其主要成员多坐拥权位，远离现实生活，以至其诗文不仅未能摆脱"台阁体"的影响，而且又开前后七子拟古主义的先河。

在这样一种社会的和文学的气氛之中，明初诗话，就其创作内容和思想倾向性而言，主要有两个方面：一是尊唐，二是反台阁体。

一个时代的文学风尚的形成，大凡都取决于传统和时风的影响。就传统而论，这是前代文学发展的连续性。自南宋严羽倡言"以盛唐为法"，元人遂转向唐音；元明之交，杨维桢及其门人贝琼，论诗亦主唐音，至以林鸿为首的"闽中诗派"崛起，以盛唐相号召，而开明初尊唐之风。就时风而论，明初"台阁体"的浮靡诗风，风靡全国，诗道旁落，中国数千年的传统文学处于严重的危机之中。面对这种衰败的情势，明初诗人挺身而出，规摹唐音，以捍卫诗道，这也是历史赋予的重任。所以"林子羽《鸣盛集》专学唐"（《怀麓堂诗话》），以后"闽中十才子"之一的高棅（字彦恢，名廷礼，福建长乐人），作为林鸿诗说的共鸣者，选编了《唐诗品汇》九十卷，收列六百二十名唐人的五千七百六十九首唐诗，对明初诗话的尊唐之风起了推波助澜的作用。

高廷礼的《唐诗品汇》虽然是一部唐诗选本，但对于中国文学史和文学理论批评史的研究，具有特殊的贡献：首先，创立"四唐说"，为唐诗之研究开一方便法门。是书将唐诗发展史分为初、盛、中、晚四个时期，阐述了唐诗发展的历史全过程，又指出了唐诗在各个不同发展阶段上的演变情况及其相互联系的紧密关系。这是具有开创意义的。其次，诗体分类。它将诗歌类型分为五古、五律、五绝、五言排律、七古、七律、七绝等七种，这在中国诗体史研究方面也堪为首创。再次，诗歌风格流派的研究。该书不仅从宏观的角度解决了唐诗分期这一重大的研究课题，而且以批评家的眼光，从微观的角度对"四唐"的诗歌风格以及各个时期中诗人的艺术个性进行了有益的探讨和论述，言简意赅，可谓"辨尽诸家，剖析毫芒"。

明初最早的几部诗话，也比较集中地体现了明初诗坛这种蓬勃兴起的尊唐之风。比较出名的有瞿佑的《归田诗话》三卷，李东阳的《怀麓堂诗话》一卷，安磐的《颐山诗话》二卷，蒋冕的《琼台诗话》二卷，王恕编辑的《南溪笔录群贤诗话》前集一卷、后集一卷、续集一卷，单宇撰的《菊坡丛话》二十六卷。

瞿佑（1341—1427），字宗吉，号存斋，钱塘（今浙江杭州）人，曾官国子助教。永乐年间因诗得祸系狱，谪贬于保安（今陕西志丹县）。明仁宗洪熙元年（1425）放还归家。《归田诗话》，又名《存斋诗话》，又名《妙集吟堂诗话》，系晚年自谪所返故里后作。有明成化刻本，《四库全书总目》著录于集部诗文评类存目，今有《历代诗话续编》本。这是明代最早的诗话之作，据自序，成书于洪熙乙巳（1425）。论诗主唐音，赞扬杜甫"识大体"、李白"襟抱不凡"，指出李白之诗多"奇妙句，惜世少称之者"；又认为刘禹锡诗"多感慨"，具有一种"老而不衰"的"英雄之气"。书中对白居易诗品述甚多，称许其《长恨歌》为"文章之妙"。是书以记事为主，近乎野史。但谈诗多能联系诗人的身世和时代环境去探求诗歌的立意、情感和社会作用，提倡诗歌"直言时事不讳"，表现出一种比较现实的诗学观点。特别值得注意的，书中还记载着宋代不少爱国诗篇，如陆秀夫殉国、家铉翁持节、汪水云（元量）赐还、东鲁遗黎、岳鄂王墓数则诗话，字里行间都洋溢着高昂的民族意识和时代精神。《四库全书总目》说"此书所见颇浅"，这是不公允的。

李东阳（1447—1516），字宾之，号西涯，茶陵（今湖南茶陵县）人。明英宗天顺间进士，官至吏部尚书、华盖殿大学士、少师兼太子太师。宦官刘瑾专权之际，他依附周旋，颇为时人所不满。他是明初诗坛茶陵诗派的领袖，主盟文坛凡二十年，对明初诗坛的尊唐之风起了举足轻重的作用。有《怀麓堂集》。

其《怀麓堂诗话》一卷，又名《麓堂诗话》，是明初诗话的代表之作。《四库全书总目》著录于集部诗文评类，今有《历代诗话续编》本。论诗上承南宋严羽论诗之旨，力推李、杜，主张以盛唐为法。认为诗应当有"真情实意""天真兴致"，抒发情性要如自肺腑中流出。以此为标准，他特别推崇汉魏、盛唐之诗，认为每一个时代的诗歌，诗格高下虽有不同，调亦有别，而"六朝、宋、元诗，就其佳者，亦各有兴致，但非本色"，只有汉魏、盛唐之诗，才堪称后世楷模。是书以大量的篇幅谈论诗歌声调的轻重、清浊、长短、高下、缓急以及用字遣词的虚实、结构的起承转合、手法的比兴对仗等：可以看出，李东阳尊盛唐、宗李杜，基本精神在于诗的法度声调，注重诗歌创作的形式美的探究。其中确有不少独到的见解。过去一般论者都认为，李东阳的诗论，是从"台阁体"到"前七子"的一个中介环节，说其对明初"台阁体"诗风有救弊之义，但也开了后来明代七子崇古拟古的先声。我们认为，这种结论未必符合李东阳诗论的实际情况。

长期以来，我们的文学批评史研究，由于受"政治标准第一，艺术标准第二"的影响，评价历史上某一批评家的理论观点，往往将其批评标准简单化、模式化。凡主张文学反映现实、有助于教化，而且对当时以及后世产生过积极影响的理论，就认为是进步的，是现实主义的理论；而那些着重探讨文学的内部规律的理论主张，则往往被贴上"形式主义"的标签，以至对重视诗歌讽谏作用的"教化派"诗论过于肯定，而对于注重诗歌审美意义的"审美派"诗论过于贬斥。对于李东阳诗论的批评也是这样，往往只注重对他的诗论作社会学的批评，而缺少美学意义上的分析。李东阳《怀麓堂诗话》尽管多谈汉魏、唐诗的法度、音韵、格调，却反对摹拟，这与后来前后七子的拟古主义是截然不同的。所以《四库全书简明目录》云："其论诗主于法度音调，而极论剽窃摹拟之非。至李梦阳出，乃一变其体，然赝古之派，适中其所诋诃，故后人多抑彼伸此。惟好誉其子兆先，有王福畤之癖，为其所短耳。"这个评语，才是比较公允的。

茶陵派诗话之作还有何孟春的《余冬诗话》。何孟春，字子元，湖南郴州人。少游学于李东阳门下，学问赅博，弘治六年（1493）

进士，授兵部主事，累官右副都御史、巡抚云南，后入为吏部左侍郎，以争大礼，左迁南京工部左侍郎。隆庆初赠礼部尚书，谥文简。《明史》有传。其《余冬诗话》三卷，有《学海类编》本，《四库全书总目》著录于集部诗文评类存目之中。是书实际从《余冬序录》中摘其论诗之语而成，以记事为主，论诗从其师李东阳之说，宗唐法杜，着眼于诗歌的体制、音节、声调，而所论又多作理语，于苏轼亦多微词，谓苏轼之文"无见于道，枉读书耳"。故《四库全书总目》说何氏"以讲学之见论文，已不能得文外之致；至以讲学之见论诗，益去之千里"，恐怕过于尖刻吧！

宗唐诗话还有《颐山诗话》二卷，安磐撰。磐字公石，号颐山，嘉定人。弘治进士，官至兵科给事中。嘉靖初，因争大礼廷杖除名。《明史》有传。《颐山诗话》有明抄本，《四库全书总目》著录于集部诗文评类。其论诗宗严羽，持论颇能中理；虽载及俳谐，涉于小说，但论诗宏旨亦然清晰。《琼台诗话》二卷，又名《琼台先生诗话》，蒋冕撰。冕字敬之，号琼台居士，全州（今属广西）人。成化二十三年（1487）进士，官至户部尚书、谨身殿大学士。谥文定。《明史》有传。有《湘皋集》三十三卷。其《琼台诗话》有明万历二十六年（1598）许自昌刻本，《四库全书总目》著录于集部诗文评类存目之中。另外，单宇有《菊坡丛话》二十六卷，宇字时泰，号菊坡，临川（今属江西）人。正统四年（1439）进士，官侯官县知县，《明史》有传。是书采撷古今论诗谈文之语编次成帙，分为二十六门，其中论诗者二十四卷，论四六者一卷，论乐府者一卷。单宇编纂此书意在与宋胡仔《苕溪渔隐丛话》相配，故以"丛话"为名。但是书采撷不及胡仔书广博，而且仔书多论文，此书多记事；仔书多考证，此书只抄撮旧文，不重论述考证。

第二节 "前后七子"诗话

> 唐人无选宋无诗，后进轻狂肆贬词。
> 真趣盎然流肺腑，底须摹拟失神奇。
>
> （明·李濂《绝句》）

明代弘治年间，一个由"前七子"倡导、掀起来的文学复古运动，席卷明代文坛诗苑。这个运动以"文必秦汉，诗必盛唐"为战斗旗帜，以复古相号召，扬唐抑宋，此唱彼和，终成一代诗风，而实际效果却是袭盛唐形貌，失盛唐精神，降而为模拟剽窃。对这股声势浩大的拟古主义文学思潮，时人与后人都曾严肃地批评过、抨击过。李濂此诗，也正是针对七子由复古而拟古之弊而发的。

明代七子的复古拟古主义运动，究竟是怎样兴起来的呢？这里，除了一般的社会背景和时代因素以外，我们认为有三点：其一，这是诗歌发展到明代而出现的必然现象。中国古代的诗歌，由唐至宋而一大变，唐诗以雄浑高华的意境取胜，宋诗则以理致取胜，清新刻露，议论化、散文化的倾向性十分明显。因此，早在南宋末年，就受到大诗话家严羽的批评（见《沧浪诗话》），并提倡"以盛唐为法"。至元人已转向唐音。到明初，高棅辑《唐诗品汇》，李东阳撰《怀麓堂诗话》，力宗盛唐，诗坛的尊唐之风风靡全国，为明代七子的文学复古运动的兴起，提供了一个适宜的文学环境。其二，这是纠明初诗坛文苑不正之风的需要。如前所述，明初诗坛文苑，空气沉闷，文风萎弱，"台阁体"空洞无物，啴缓冗沓，早已为人所厌弃，如何来矫正"台阁体"之弊，已经成为诗坛的当务之急；同时，"八股文"取士的制度，极大地引诱着读书人献力于八股文章。许多文人学子死抱八股范本以终日，死啃"四书""五经"而穷年，以致"成化以还，诗道旁落，唐人风致几于尽隳"（《诗薮》续编卷一）。为了挽救当日文坛的浅陋和诗界的严重危机，七子倡言复古，"文必秦汉，诗必盛唐"的旗帜一亮出，就使人们的耳目为之一新。出于对"台阁体"的厌恶和对古人诗文的迷信，人们纷纷聚集在复古派的鲜艳旗帜之下，以为跟着复古派可以走出一条崭新的文学之路来。其三，这是以李、何、王、李为代表的文学集团长期奋斗的结果。欧阳修也曾有过"非久而众胜之"的论述。大凡中国文学史上的文学运动，如果没有"各领风骚数百年"的才人的共同努力，即使其主张再好，也只能是昙花一现；"久而众"则胜。明代的文学复古运动，与唐、宋的文学复古运动相比，性质截然不同。唐宋是革新，明代不过是拟古。然而，这个拟古主义运动却持续了百年之久，其生命力就在于前后七子的文学集团的作用。自从李梦阳打出复古旗子，四杰领路，前七子结社，后七子崛起，"末五子"紧锣密鼓，倡言鼓吹，彼此呼应，互相唱和，推波助澜，才使这股巨大的文学复古思潮，愈涨愈高，百年未退；愈演愈烈，经久未衰。忽视文学集团的重大作用，文学史上的许多问题，便无法正确理解和阐述。

明代的拟古主义，正式形成一个势力强大的派别而又以理论来号召的，当然始于李梦阳与何景明。李、何并称，同为"前七子"领袖。李梦阳（1473—1530），字天赐，又字献吉，号空同子，庆阳（今属甘肃）人，后徙大梁。弘治进士，授户部主事，迁郎中。著有《空同集》。何景明（1483—1521），字仲默，号大复，信阳（今属河南）人。弘治进士，官至陕西提学副使。著有《大复集》，徐祯卿、边贡、王廷相、康海、王九思与之结盟，而以李、何为领袖。《明史·文苑传》序云："李梦阳、何景明倡言复古，文自西京，诗自中唐而下，一切吐弃，操觚谈艺之士，翕然宗之。"又说："梦阳才思雄鸷，卓然以复古自命。弘治时，宰相李东阳主文柄，天下翕然宗之。梦阳独讥其萎弱，倡言'文必秦汉，诗必盛唐'，非是者弗道。"李、何没有诗话，也没有诗论，从他们的题序跋记之中，我们可以看出他们的文学主张主要有两点：一是"文必秦汉，诗必盛唐"。即文以秦、汉为准则，古诗拟汉、魏，近体拟盛唐。二是摹拟以形式为主，致使作品变成摹临古帖，铸形宿模，独守尺寸。这种由复古而拟古的理论，当然是一种"文学退化论"，然而，影响却相当的大。至嘉靖年间，以李攀龙、王世贞为首的"后七子"相继而起。他们发展了"前七子"的理论主张，结社宣传，互相鼓吹，彼此标榜，使拟古主义运动愈演愈烈。李、何、王、李终于变成了文坛上的四大偶像。正如《明史·文苑传》所说："攀龙才思劲鸷，名最高，独心重世贞，天下亦并称王李；又与李梦阳、何景明，并称何李、王李。……好之者推为一代宗匠。"

拟古主义的诗话之作，颇有影响的有：徐祯卿的《谈艺录》一卷，王世贞的《艺苑卮言》八卷，谢榛的《四溟诗话》四卷等。

徐祯卿（1479—1511），字昌穀，一字昌国，吴县（今属江苏）人。弘治进士，官国子监博士。少与唐寅、祝允明、文徵明齐名，世称"吴中四才子"。著有《迪功集》等。其《谈艺录》一卷，是明代"前七子"的诗话代表之作。今有《历代诗话》本。是书秉承七子"文必秦汉，诗必盛唐"之旨，古诗宗汉、魏，律诗宗盛唐，于华靡虚浮的"台阁体"有救弊之义。他论诗主情致，重神韵，通过对汉魏古诗的评析，比较系统地阐发了诗歌的本质特征，强调诗歌的"情""气""思""力"。他指出：

情者，心之精也。情无定位，触感而兴，既动于中，必形于声。……盖因情以发气，因气以成声，因声而绘词，因词而定韵。此诗之源也。然情实眇眇，必因思以穷其奥；气有粗弱，必因力以夺其偏；词难妥帖，必因才以致其极；才易飘扬，必因质以御其侈。此诗之流也。由是而观，则知诗者，乃精神之浮英、造化之秘思也。

这里，徐氏论述了"情""气""词""韵"与"思""力""才""质"相互之间的关系，有独到的见解，远非李梦阳、何景明所能及。根据这种理论,他盛赞汉魏古诗可以"格天地,感鬼神,畅风教,通世情",而其创作目的全在于"广教化之源,崇文雅之致,削浮华之风,敦古朴之习"。由此可见,徐氏的诗论主张,尽是针对"台阁体"之弊而发的。

《谈艺录》以其鲜明的论诗主张和强烈的针对性,影响着明代诗坛。由于它论诗主情致,与清代王士禛所倡导的神韵说有相通之处,因而一直为神韵派所推崇。王士禛论诗绝句中曾赞叹他说:

> 天马行空脱羁靮,更怜谈艺是吾师。

今著名学者钱锺书先生撰诗话一册,也曾效《谈艺录》名之,说:"因径攘徐祯卿书名,不加别。非不加也,无可加者。"(《谈艺录》)亦可见钱先生对徐氏《谈艺录》的推崇仰慕之情。

"后七子"诗话之代表作,当推王世贞的《艺苑卮言》和谢榛的《四溟诗话》。

王世贞(1526—1590),字元美,号凤洲,又称弇州山人。太仓(今属江苏)人。嘉靖进士,官山东副使,以父难解官。后补大名兵备,官至南京刑部尚书。主柄文坛二十年之久,门生满盈。有《弇州山人四部稿》《弇山堂别集》等。其论诗之著有《艺苑卮言》八卷(另有附录四卷,分论词、曲、书画)、《全唐诗说》一卷、《卮言倪》八卷(陈与郊辑)、《明诗评》四卷等。

王世贞论诗,宗前七子。虽然强调"诗乃心声之精",要求诗歌创作必须"神与境会",但仍以"格调说"为中心,以复古自命,鼓吹"文必秦汉,诗必盛唐,大历以后书勿读"。因此,《艺苑卮言》着重谈论唐诗,极力推崇初、盛唐,而对中晚唐如韩愈、白居易等则多出微词。他认为西汉以来,文格代降,一代不如一代。说:

> 西京之文实,东京之文弱,犹未离实也;六朝之文浮,离实矣。唐之文庸,犹未离浮也;宋之文陋,离浮也,愈下矣。元无文。(《艺苑卮言》卷三)

因而主张为文须先熟读汉以前文及六朝、韩柳佳文。论诗，他极推李杜，说：

> 李杜光焰千古，人人知之，沧浪并极推尊，而不能致辨。……太白以气为主，以自然为宗，以俊逸高畅为贵；子美以意为主，以独造为宗，以奇拔沉雄为贵。其歌行之妙，咏之使人飘扬欲仙者，太白也；使人慷慨激烈，歔欷欲绝者，子美也。……五言律、七言歌行，子美神矣，七言律圣矣。五七言绝，太白神矣，七言歌行圣矣，五言次之。（《艺苑卮言》卷四）

王世贞曾公开打出"是古非今"的旗号，声言自己是"是古非今"论者。他在《归太仆赞》中宣称："余作《艺苑卮言》时，年未四十，方与于鳞辈（李攀龙之字）是古非今。"以至其《卮言》论诗，总离不开"复古"二字。由于他"才最高，地望最显，声华意气，笼盖海内。一时士大夫及山人词客衲子羽流，莫不奔走门下，片言褒赏，声价骤起"（《明史·文苑传·王世贞传》）。明代七子之中，影响之大，于斯为盛。

鉴于前七子之失，王世贞虽承前七子论诗之旨，未脱拟古之迹，然而《艺苑卮言》也显露出欲变其说的端倪，至晚年更有所醒悟。他论诗主格调说，但并非泥于格调，在《卮言》中，他正确地论述了格调与才思的关系：

> 才生思，思生调，调生格；思即才之用，调即思之境，格即调之界。（卷一）

王氏强调"才""思"，把才思和格调紧密地结合在一起，视才思为格调的基础，从这个基础之上去探讨格调的精神实质，认为才思不同，则格调亦有别。这比李梦阳、李攀龙之辈专从形式摹拟上来谈格调，则又提高了一步。从这一点来看，王世贞论格调，实为前七子所未发，是值得肯定的独到之见。他主张"模拟之妙者，分歧逞力,穷势尽态,不唯敌手,兼之无迹,方为得耳";提倡博采百家,不赞成死板的模拟;反对剽窃,认为"剽窃模拟,诗之大病";认为学古而臻于"情景妙合,风格自上,不为古役,不堕蹊径",方为上乘之作。因此,他一方面推崇李梦阳、李攀龙,同时也能比较清醒地看到二李之辈的弊病。他指出:

献吉之于文,复古功大矣。所以不能厌服众志者何居?一曰操撰易,一曰下语杂;易则沉思者病之,杂则颛古者卑之。(《艺苑卮言》卷六)

又说:

于鳞节奏上下,瞽师之按乐,亡弗谐者,其自得微少。优孟之为孙叔敖,不如其自为优孟也。(《与张助甫书》)

王世贞对李梦阳与李攀龙的批评,是比较深刻的。

凡此种种,都说明王元美论诗,总的倾向在于复古,主格调,坚持"文必秦汉,诗必盛唐"之说,但辨析精微,又比较重视艺术特征之论,所以对"前七子"的拟古主义有了一定程度上的突破。《艺苑卮言》也因此在明代七子的复古运动中,产生了一定的影响。

此外,王世贞还有《全唐诗说》一卷,专论唐诗,甚推盛唐。说李白之诗"以自然为宗",可谓中的。又有《明诗评》四卷、《国朝诗评》一卷,专论明代建立以来的诗人诗作,颇多精当之语。

在明代前后七子诗话中,首屈一指者当推谢榛的《四溟诗话》。是书凡四卷,原名《诗家直说》。今有丁福保编《历代诗话续编》本。

谢榛(1495—1575),字茂秦,号四溟山人,临清(今属山东)人。眇一目,时称之"眇君子"。为人任侠重义,游京师,识李攀龙、王世贞,结社论诗,名重一时,成为"后七子"文学复古运动的骨干之一。在"后七子"中,谢年齿最高,影响最大。但因与李攀龙意见不合,李贻书与之绝交,王世贞偏祖李攀龙,于是将谢榛排斥在七子、五子之列。《明史·文苑传》记载:

> 李攀龙、王世贞辈结诗社,榛为长,攀龙次之。及攀
> 龙名大炽,榛与论生平,颇相镌责。攀龙遂贻书绝交,世
> 贞辈右攀龙,力相排挤,削其名于七子之列。(《谢榛传》)

文人标榜倾轧之恶习,由此可见一斑!尽管如此,谢榛于前后七子中的地位和影响,却是李、王之辈难以抹杀的。事实上,谢茂秦的诗歌理论,也一直为"后七子"所宗,在其复古运动中起着理论指导的作用。

《四溟诗话》论诗,主格调说。以大量的篇幅论述唐诗,认为唐诗气格甚高,宜为诗家楷模,主张师法初唐、盛唐,而以盛唐为主,赞扬李、杜的诗歌"格高似梅花,韵胜似海棠"(卷二),对李、杜等十四家诗给予了极高的评价,说"选李杜,十四家之最佳者,熟读之以夺神气,歌咏之以求声调,玩味之以裒精华"。

这部佳作,比较全面地论述了诗歌艺术的本质特征,认为"诗乃模写情景之具,情融乎内而深且长,景耀乎外而远且大"(卷四)。在情与景的关系上,他以生动的比喻,说明"景乃诗之媒,情乃诗之胚,合而为诗"(卷三)。这是对诗歌"情景论"的精辟阐述。在诗歌创作方法方面,谢氏从写景、述事、遣词、造句、构思、拟古等方面具体地论述了虚与实、奇与正、浓与淡、动与静、难与易的对立统一、相互转化的辩证关系,主张学诗不宜专主一家,要如蜂采百花,只有博采,才能酿出最甜的蜂蜜,才能卓然自立。因此,他强调师法唐人,"勿执于句字之间",要特别注重于领悟唐诗的"神气"。因为"诗无神气,犹绘日月而无光彩",如产一婴孩,虽有形体而无啼声。可见,谢氏论诗超乎前后七子之处,就在于特别注重"养气"和"创新"。他说:

> 自古诗人养气,各有主焉。蕴乎内,著乎外,其隐见
> 异同,人莫之辨也。熟读初唐、唐盛诸家所作,有雄浑如
> 大海奔涛,秀拔如孤峰峭壁,壮丽如层楼叠阁,古雅如瑶

瑟朱弦，老健如朔漠横雕，清逸如九皋鸣鹤，明净如乱山积雪，高远如长空片云，芳润如露蕙春兰，奇绝如鲸波蜃气。此见诸家所养之不同也。学者能集众长，合而为一，若易牙以五味调和，则为全味矣。（卷三）

这段精彩的论述，以多重比喻，论述了唐代诗人的不同气质与艺术风格。所谓"养气"，就是加强自身的思想修养和艺术修养。诗人内在的气质不同，诗歌的艺术风格也因此而异。所以诗人必须注重于"养气"。他又说：

赋诗要有英雄气象。人不敢道，我则道之；人不肯为，我则为之。厉鬼不能夺其正，利剑不能折其刚。（卷四）

这里的所谓"英雄气象"是指诗歌创作中那种敢于开拓、勇于创新的进取精神。在前后七子的拟古主义甚嚣尘上的明代中叶，谢茂秦以七子要员的身份，如此强调"养气"和"创新"，表现出一种与其他七子成员所不尽有过的论诗气魄和理论见解，实在难能可贵。这不仅说明他论诗能够卓然自立，大异于七子的拟古主义，而且标志着他与李攀龙相镌责，受到排斥打击之后的艺术觉醒。正是谢氏自己注重于"养气"，具有"英雄气象"，道人之"不敢道"，为人之"不肯为"，才有如此精辟之论，才得以卓然屹立于明代诗坛。谢榛的理论主张及其创作实践也告诉我们：对于任何一个诗歌流派、任何一个文学集团，都应该坚持实事求是的原则，具体问题具体分析；即使是一个壁垒森严的文学派别，也不是铁板一块。明代前后七子的拟古主义，总的倾向是错误的，而对于其中的某个成员及其论诗主张，又必须具体分析，正确对待，而不能一概否定，一棍子打死。

第三节 "末五子"诗话

历史演进到晚明之初,喧嚣一时的前后七子大都已经寿终正寝;声势浩大的拟古主义运动,也行将偃旗息鼓,只能像落日的余晖,返照着明代诗坛。这时,一个由胡应麟、屠隆、魏允中、赵用贤、李维桢等所组成的,被王世贞称为"末五子"的文学派别出现了。

"末五子"属于明代七子的一个支派。论诗谈文虽然仍承七子余风,主"文必秦汉,诗必盛唐"之说,但经过长期的对前后七子文学复古运动的反思,在许多方面对前后七子的拟古主义已经有所突破。其诗话之作持论也稍有改变,不可与前后七子诗话等量齐观了,应该区别对待。

"末五子"的中坚人物是胡应麟。

胡应麟(1551—1602),字元瑞,又字明瑞,号石羊生,又号少室山人。兰溪(今属浙江)人。万历中举人,因久不第进士,遂筑室山中,聚书四万余卷,以读书著述为业。著作有《少室山房类稿》《少室山房笔丛》和评论古今诗歌的诗话《诗薮》等。

《诗薮》二十卷,约二十万言,是一部篇幅宏大、内容繁富的诗话巨著。全书分四编,其中内编六卷,以体为序,分论古今体诗;外编六卷,以时代为序,分论自周至元诗;杂编六卷,分遗逸、闰余各三卷,是上二编的补遗;续编二卷,论当代诗歌。精心组织,体系清晰,结构完整。

胡氏论诗,大凡出于王世贞兄弟,秉承《艺苑卮言》与《艺圃撷余》的论诗之旨,提倡体格声调与兴象风神。其基本的诗学理论有两大内容:一是尚格而又主变,二是尚法而又重悟。

首先我们来看第一点。胡应麟在《诗薮·内编》开宗明义地指出:

> 四言变而《离骚》,《离骚》变而五言,五言变而七言,七言变而律诗,律诗变而绝句,诗之体以代变也。《三百篇》

> 降而《骚》,《骚》降而汉，汉降而魏，魏降而六朝，六朝
> 降而三唐，诗之格以代降也。(《内编》卷一)

这是胡氏论诗的主旨。他一方面认为中国古代诗歌"体以代变"，一方面又指出其"格以代降"的演变趋势。所谓"体以代变"，就是说中国诗歌的发展演进受时代的制约和影响，也就是说"一个时代有一个时代的文学"，时代不同，诗歌之体也因此而变。这种理论是很有见地的。从总体来看，内编六卷，分体论诗，系统地阐述了中国古代各种诗体的源流，品评了各种诗体中的代表诗作，注重对各种诗体的艺术特征和创作规律的探讨。见解颇为精辟，论述比较全面。可以说，内编六卷是是书精华之所在，对于我们今天从事中国文学史、文学理论批评史、文体史和美学史的研究，具有重要的参考价值。然而令人遗憾的是，胡应麟这种"体以代变"的诗学观，毕竟深深地打上了"前后七子"的烙印，严重地受到"格以代降"的制约，宣扬的仍是七子的文学复古论。所谓"格以代降"，就是指诗格"一代不如一代"。从《三百篇》到唐诗，上下几千年，一代有一代的诗格，而诗格却每况愈下，后不如前。这就为明代七子的复古拟古运动，提出了理论依据。他又说：

> 诗至于唐而格备，至于绝而体穷。故宋人不得不变而
> 之词，元人不得不变而之曲。词胜而诗亡矣，曲胜而词亦
> 亡矣。明不致工于作，而致工于述，不求多于专门，而求
> 多于具体，所以度越元、宋，范综汉、唐也。(《内编》卷一)

这又为明七子的复古论提出了事实依据。由此可知，胡应麟论诗尚格而又主变，主张尚格和主变的统一，目的全在于复古。既然"体以代变"，变到了"绝而体穷"的地步，那就"不得不变"，"变"也就理所当然了；既然"格以代降"，后不如古，为拯救传统文学的衰落，复古也就势在必行了。在胡氏看来，明代七子的文学复古运动，既合情，又合理。无怪乎郭绍虞先生这样评论他说："明人

复古，却正以复古为变。这在复古运动上找到崭新的理论，又是他的巧为调和之一。一般反对复古论者都以'变'为中心，而他却于变的理论上建设他的复古论。"(《中国文学批评史》)真可谓一针见血地道出了胡氏诗论的要害！

下面再谈第二点，尚法而又重悟。他说：

> 作诗大要不过二端：体格声调，与兴象风神而已。体格声调有则可循，兴象风神无方可执。故作者但求体正格高，声雄调鬯，积习之久，矜持尽化，形迹俱融，兴象风神，自尔超迈。譬则镜花水月，体格声调，水与镜也；兴象风神，月与花也。必水澄镜朗，然后花月宛然。讵容昏鉴浊流，求睹二者？故法所当先，而悟不容强也。(《内编》卷五)

这一段言语在胡氏诗论中极为重要，其基本精神是使格调通入神韵，认为诗歌创作应力求达到"法"与"悟"的统一。这里的所谓"法"，就是"体格声调"，即格调；所谓"悟"，就是"兴象风神"，即神韵。在论述格调与神韵的关系上，胡氏秉承严羽、王世贞、谢榛的论诗之旨，以镜花水月为喻，认为诗歌的"体格声调"犹如水与镜，而诗歌的"兴象风神"则如月与花；只有"水澄镜朗"，然后才能使"花月宛然"。就是说，诗歌的神韵应以格调为基础，而格调则应以神韵为归宿。

这就是胡应麟论诗的批评标准，也是审美标准。按照这个标准，胡氏以盛唐为界，是古非今，厚古薄今。他推崇汉魏盛唐，赞扬汉魏唐诗"冠古绝今"，北朝民歌《敕勒歌》"大有汉魏风骨"，盛唐之诗更具有不同于并超出于初唐之诗的"神韵"和"气概"。对于李、杜，他更是赞颂备至，称"唐人才超一代者，李也；体兼一代者，杜也。李如星悬日揭，照耀太虚；杜若地负海涵，包罗万汇"(《内编》卷四)，又称"盛唐李杜，气吞一代，目无千古"(《续编》卷一)，而杜诗出神入化，尤具"风调之美"。对于盛唐以后诗歌，胡氏虽不像七子那样极尽贬斥之能，亦颇多微词。他说："唐人诗如初发芙蓉，自然可爱；宋人诗如披沙拣金，力多功少；元人诗如镂金错采，雕缋满前。"(《外编》卷六) 又说："盛唐绝句，兴象玲珑，句意深婉，无工可见，无迹可寻。中唐遽减风神，晚唐大露筋骨，可并论乎？"(《内编》卷六) 字里行间，一褒一贬，态度十分明朗，可见胡氏论诗也并未脱尽七子的窠臼。然而，应该指出，虽然胡氏论诗主变，而万变不离其宗，依旧建立在格调说的基础之上。但是他主张尚格和主变的统一、尚法和重悟的统一，并在明代诗坛首次倡言以神韵论诗，比其他格调论者更注重于对诗歌的艺术风格和审美特征的把握，这在诗歌理论上的重大贡献和重要意义，则应该充分给予肯定。我们认为，胡氏在论述诗歌的"体格声调"和"兴象风神"时，其理论主张还有三点可取之处：

其一，他强调诗歌必须是骨肉、气韵、意象、声色俱存，而不应该像"宋人学杜得其骨，不得其肉；得其气，不得其韵；得其意，不得其象；至声与色并亡之"(《内编》卷四)，只有"筋骨立于中，肌肉荣于外，色泽神韵充溢其间"，才能达到"诗之美善备"(《外编》卷五) 的艺术境界。

其二，他要求诗歌应如"七言律之全美"。所谓"全美"，他解释说："庄严，则清庙明堂；沉着，则万钧九鼎；高华，则朗月繁星；雄大，则泰山乔岳；圆畅，则流水行云；变幻，则凄风急雨。一篇之中，必数者兼备，乃称全美。"(《内编》卷五) 当然，这种"全美"，即使是名流哲匠，一时也难于达到，然而，胡氏追求诗歌艺术美的执着精神，是值得后人引为楷模的。

其三，他提倡诗歌的风格特色应以"清"为贵，说："诗最可贵者清。然有格清，有调清，有思清，有才清。才清者，王、孟、储、韦之类是也。若格不清则凡，调不清则冗，思不清则俗。王、杨之流丽，沈、宋之丰蔚，高、岑之悲壮，李、杜之雄大，其才不可概以清言,其格与调与思,则无不清者。"(《外编》卷四)何谓"清"?胡氏解释道:"清者,超凡绝俗之谓,非专于枯寂闲淡之谓也。"(同上)这显然是从诗歌的品格、声调、情思方面解释的。他认为诗歌的格、调、思超凡绝俗,就谓之"清",而并非专指那种形象的枯寂和语言的闲淡。清者,格调明朗,光洁莹静,一尘不染;清者,情思闲雅,清丽舒徐,高出人表;清者,形象鲜明,境界迭出,写景则历历在目,抒情则沁人心脾。因此,他以"清"为标尺而评论诗人的艺术风格,指出:

> 靖节清而远,康乐清而丽,曲江清而澹,浩然清而旷,常建清而僻,王维清而秀,储光羲清而适,韦应物清而润,柳子厚清而峭,徐昌谷清而朗,高子业清而婉。(《外编》卷四)

这些论述,都体现出胡氏的审美理想和审美趣味,对于诗歌艺术风格论的探讨和研究,确能给人以新的启迪。

"末五子"中的其他成员,没有诗话之作行世,但其某些诗论主张,还值得一提。例如屠隆(1542—1605),字长卿、纬真,号赤水、鸿苞居士,鄞县(今浙江宁波)人。万历进士,官至吏部郎中。有《鸿苞集》等。其中有《论诗文》一文(《鸿苞集》卷十七),鲜明地阐述了其论诗主张:

> 诗之变随世递迁。天地有劫,沧桑有改,而况诗乎?善论诗者,政不必区区以古绳今,各求其至可也。论汉、魏者,当就汉、魏求其至处,不必责其不如《三百篇》;论六朝者,当就六朝求其至处,不必责其不如汉、魏;论唐人者,当就唐人求其至处,不必责其不如六朝。

这简直可以说是对明代前后七子的复古理论的一种背叛!与胡应麟相比,屠隆的诗"随世递迁"之说,已经不再是"诗之格以代降",已经超出了"一代不如一代"的文学退化论的窠臼,已经不再追循"以古绳今"的拟古主义的旧轨道。他认为"诗道之所以为贵者，在体物肖形，传神写意，妙入玄中，理超象外，镜花水月，流霞回风，人得之解颐，鬼闻之欲泣"（同上）。这就使格调通人性灵，与拟古主义格格不入，而与宋之严羽、清之王士禛的论诗主张相通了。这正是屠隆诗论的可贵之处。

与"末五子"论诗风格相近的有王世贞之弟王世懋。

世懋（1536—1588），字敬美，号麟洲，李攀龙辈称之为少美。嘉靖进士，累官太常少卿。有诗话《艺圃撷余》一卷，《四库全书总目》著录于集部诗文评类，何文焕辑之于《历代诗话》之中。

世懋论诗仍从其兄世贞之见，主格调说，但比他的兄长转变得更为明朗、更为突出一些。他主张为诗当"先须辨体"，讲究"当行本色"，不可以"羊质虎皮，虎头蛇尾"。他指出：

> 作古诗先须辨体，无论两汉难至，苦心模仿，时隔一尘；即为建安，不可堕落六朝一语；为三谢，纵极排丽，不可杂入唐音。小诗欲作王、韦，长篇欲作老杜，便应全用其体。第不可羊质虎皮，虎头蛇尾。词曲家非当家本色，虽丽语博学无用，况此道乎？（《历代诗话》本）

这当然也是格调派的论诗之见，但却比前后七子的格调说略高一筹，因为它已使格调通于神韵。明代七子的格调说，是其文学复古运动的理论基础。按照这种理论，古诗以汉魏为宗，律诗以盛唐为法，认为汉魏古诗和初盛唐律诗，皆以格调为上乘。这样一来，明代的格调说者，其所谓学古，言必称汉魏、盛唐，注意力全在于形式，而失其精神。句摹字拟，也就变成了通病。王世懋的头脑稍微清醒一点。他能看到格调说弊病所在，因而公开声言："今之作者但须真才实学，本性求情，且莫理论格调。"（《艺圃撷余》）这无异于对格调论者以当头棒喝！所谓"本性求情"，就是根据诗人的性情去求其思想情感和艺术个性的表现。王世懋认为作诗应当重视才学性情，不必过多地去理会格调。由此可见，王世懋的这种见解，要比只注重字摹句拟的传统的格调说高明得多。

有鉴于此，王敬美在《艺圃撷余》中极力推崇汉魏古诗和盛唐律诗，认为它们能"宣其性情"，"意兴不局"，"贵有风人之致"。他要求论诗者应严格分清盛唐与中唐的界限，"必谓盛唐人无一语落中（唐），中唐人无一语入盛"。他师法盛唐，足见一片虔诚之心！而对于明代前后七子，他既有继承，又有批判；既赞扬李梦阳、李攀龙等精心学古，又不满于当时的拟古剽窃之风。他说：

　　李于鳞七言律，俊洁响亮，余兄极推毂之。海内为诗者，争事剽窃，纷纷刻鹜，至使人厌。予谓学于鳞不如学老杜，学老杜尚不如学盛唐。何者？老杜结构自为一家言，盛唐散漫无宗，人各自以意象声响得之。（《艺圃撷余》）

这与谢榛的论诗宗旨相似。为矫正格调派末流之失，他主张宗主一家再博取众家之长，即如蜂采百花，自能酿出最甜的蜜汁来。

"末五子"作为前后七子的一个支派，虽有上承七子复古论的一面，但也有超越七子的藩篱的一面。"末五子"诗论的这种两面性，反映出明代前后七子发动的文学复古运动，至"末五子"时代已经变成强弩之末，已经丧失了它的锋芒，失去了艺术生命力。明代诗歌理论界的这种变化，先前的研究者只注重反拟古主义一派不断与之论争的一面，以至把拟古主义的失败全归功于反拟古派，而忽视了拟古派内部的分化，忽视了拟古派别中的有识之士经过长期的反思而逐渐与原有的立场观点决裂的努力。我们认为，明代七子的文学复古运动之所以由盛而衰，原因是多方面的。一是他们的复古理论本身的缺陷性和艺术实践的逆反性。不管前后七子的主观动机如何，他们欲以复古而拟古来挽救传统文学的衰落，标榜"文必秦汉，诗必盛唐"，这就使其理论与实践彻底地违背了历史和文学本身的发展规律。二是"唐宋派"和"公安派"等反拟古主义诗文流派长期与之斗争的结果（这一点我们将在下一章详加论述）；三是明代复古派内部的分化。像谢榛、王世贞以及王世懋、胡应麟、屠隆等人，其论诗的双重性、两面性，从对拟古主义的反思中所表现出的某种艺术觉醒甚至叛逆言行，都曾从营垒内部对明代文学复古运动的衰落和失败起着重要作用。

第三章
反拟古主义诗话

在明代诗坛，拟古主义与反拟古主义的文学论争，经历过一场鏖战，前后七子煽起的摹拟复古的弥天烟尘才得以澄清。回顾这场反拟古主义的斗争，从戏剧家徐渭、哲学家李贽，到公安三袁；从"童心说"到"性灵说"，都发挥了反复古拟古的积极作用；杨慎的《升庵诗话》、俞弁的《逸老堂诗话》、都穆的《南濠诗话》、陈懋仁的《藕居士诗话》、陆时雍的《诗镜总论》等诗话之作，都面对着前后七子狎主齐盟、气焰方张的诗苑，不随波逐流、应风俯仰，能够卓然自立，表现出一种可贵的反对复古拟古潮流的精神。

第一节 从《升庵诗话》到《逸老堂诗话》

一 杨慎与《升庵诗话》

杨慎（1488—1559），字用修，号升庵，成都人。明正德年间试进士第一，授官翰林修撰。明世宗时，充经筵讲官，以直言力谏下狱，后谪戍云南永昌卫，凡三十余年，终于谪所。天启中追谥文宪。著述之富，明季当推第一。有《升庵集》八十一卷，诗话有《升庵诗话》十四卷。今有丁福保编《历代诗话续编》之改编本传世，其余版本，错舛甚多，殆不足取。

杨慎与"前七子"同时，又与何景明等友善，然而，在"前七子"煽起的复古拟古之风风靡一时之际，却能卓然自立，不随风俯仰。论诗比较公允,不专主盛唐,于宋诗,亦能坚持实事求是的态度,反对"前七子"那样分唐界宋和尊唐抑宋,对于李梦阳、何景明的"宋无诗"之说,颇为不满。《升庵诗话》卷十二《莲花诗》一则诗话,曾记载这样一则故事,宋人寇准有《江南曲》一首,诗云:

烟波渺渺一千里,白蘋香散东风起。

日暮汀洲一望时,柔情不断如春水。

何景明尝言"宋人书不必收,宋人诗不必观"。一天,杨慎特意抄写了寇准此诗和其他三首宋人咏莲诗给何景明评判,问道:"此何人诗?"何景明看后随口答道:"唐诗也。"杨慎大笑,说:"此乃吾子所不观宋人之诗也。"何氏沉默了许久,强词夺理地说:"细看亦不佳。"……这则故事,既是对何景明等"前七子"盲目地鄙薄宋诗和绝对地排斥宋诗的有力讽刺,还足以说明明代七子对宋诗的偏见之深!像何景明这样以门户之见论诗,又岂能切中肯綮呢?杨慎的高明之处,正在于论诗少有偏见,持论较公正。他尊奉唐诗,而不一概地贬斥宋诗,对苏轼、苏舜钦、王安石、刘克庄等一类卓有成就的宋代诗家,也给予同样的肯定和称许,一再声言"不可云宋无诗也""谁谓宋无诗乎"。而对于唐诗,杨氏也敢于揭其短《诗话》卷十一《劣唐诗》指出:"学诗者动辄言唐诗,便以为好,不思唐人有极恶劣者,如薛逢、戎昱,乃盛唐之晚唐。"故意挑剔,当然不好。但这种实事求是、区别对待的论诗态度,则是可贵的。这也是《升庵诗话》能在文学批评方面取得一定成就的重要原因。全书上自远古,下迄当代,于考辨诗事之中品藻历代诗人诗作,探讨诗歌源流,剖析诗人风格流派,考订辨误,颇有精到之见,不失为明人诗话中的优秀著作。

杨慎论诗主要有两个标准,一是重性情,主"诗以道性情"之说,认为《三百篇》虽约情合性,归之道德,但未尝有道德性情之句,都意在言外,使人自悟。因此,他指出:

唐人诗主情，去《三百篇》近；宋人诗主理，去《三百篇》却远矣。匪惟作诗也，其解诗亦然。（卷八《唐诗主情》）

根据这个标准，他推崇唐诗。不管是初唐、盛唐、中唐，还是晚唐，凡是重性情之作，都给予肯定。如对于晚唐杜牧，他评论说："律诗至晚唐，李义山而下，惟杜牧之为最。宋人评其诗豪而艳，宕而丽，于律诗中特寓拗峭，以矫时弊，信然。"（卷五《杜牧之》）明代"前七子"的错误之一，就是论诗绝对化，迷信盛唐，盛唐以外，"一切吐弃"。杨慎对杜牧的称许，说明他论诗不依傍七子，不为世俗和时风所羁绊，不仅遍及四唐，也肯定宋人的论诗之见，肯定历代诗歌的文学价值和历史地位，表现出不同于"前七子"的文学宗尚。

从"诗言志"到"诗缘情"，人们对于诗歌的本质特征与审美特性的认识，早已出现了新的飞跃，然而道学家却以"理气诗"来反对"诗缘情"之说。杨慎在《升庵诗话》中针对明代学风承袭宋代理学，好谈性理之学，大量创作"理气诗"的实际，对言理谈性的"理气诗"提出了尖锐的批评，认为这类诗不为"缘情"而作，而"用语录之话"，实际上是"假诗"（卷九《假诗》）。他引用李仲蒙之语对"赋比兴"进行了新的解释：

叙物以言情谓之赋，情物尽也；索物以托情谓之比，情附物也；触物以起情谓之兴，物动情也。（卷十二《赋比兴》）

这种解释，与传统的解释相比，更突出了"情"的地位和作用。不能不说，这是一个创见。根据这种解释，杨氏评论唐人韩翃诗时说："唐人评韩翃诗，谓'比兴深于刘长卿，筋节减于皇甫冉'。比兴，景也；筋节，情也。"（卷十四《韩翃诗》）韩翃，是"大历十才子"之一，其诗多酬赠之作。按照杨慎的解释，韩诗之"情"减于皇甫冉，说明唐人的评论是中肯的。

杨慎论诗的又一个标准，是注重艺术风格的清新天然、蕴藉含蓄。他指出：

> 杜工部称庾开府曰"清新"。清者，流丽而不浊滞；新者，创见而不陈腐也。（卷九《清新庾开府》）

明代中叶，拟古风盛，复古焰炽。时人尾随七子，以拟古为时髦，所谓"学不的古，苦心无益"，变成了"古人影子"。诗歌创作如此尺尺寸寸，句摹字拟，还有什么"清新"可言！针对七子之弊，杨慎倡言诗歌风格的"清新""天然""蕴藉""含蓄"，则与前七子的模拟复古大异其趣、大相径庭了。更有甚者，他提出文不论繁简难易，"唯求其美"（见《升庵集》卷五十二《论文》），把"美"作为衡量作品优劣高下的一条重要的艺术标准。他鼓励作者从拟古的桎梏中解脱出来，去追求艺术的独创性，去追求诗歌的清新蕴藉之美。根据这个标准，他高度评价了六朝庾信的诗歌，说"庾信之诗，为梁之冠绝，启唐之先鞭"，兼有"绮艳""清新"与"老成"之长，"绮而有质，艳而有骨，清而不薄，新而不尖"，独见其妙（卷九《庾信诗》）。这是很有见地的。然而，杨氏又根据这一标准，反对"诗史"之说，认为"诗"与"史"各自有体，诗不可以兼史。他说：

> 宋人以杜子美能以韵语纪时事，谓之诗史。鄙哉！宋人之见，不足以论诗也。（卷十一《诗史》）

称杜子美诗为"诗史"，语最先出唐孟棨《本事诗》，非始自宋人。所谓"诗史"，是指能够比较深刻地展现某一历史时期社会生活面貌的诗歌。杜甫的"三吏""三别"一类直陈时事的现实主义诗篇，是"安史之乱"时期唐代社会生活的一面镜子，集中地体现了杜甫诗歌的人民性和爱国精神。《新唐书·杜甫传赞》说："（杜）甫又善陈时事，律切精深，至千言不少衰，世号'诗史'。"而杨慎论诗，却只强调"含蓄蕴藉"的一面，把以诗兼史，加强诗歌真实地反映社会生活的广度和深度，与史书等量齐观，把诗歌"道性情"与"纪时事"两种功能截然对立起来，反对"诗史"之说，把杜诗中直陈时事的现实主义诗篇,视为"下乘"之作。这种鄙弃和不满,显然是毫无道理的,反映出杨氏论诗的某种片面性和主观性。当然,如果说杨慎一概排斥"诗史"之作,那也不切合实际情况。事实上,他在《升庵诗话》中又举刘因《书事绝句》和宋子虚《咏王安石》诗为例,说:"二诗皆言宋祚之亡由于(王)安石,而含蓄不露,可谓诗史矣!"(卷十一《咏王安石》)说明他对"诗史"的艺术要求,全在于"含蓄不露";他所反对和否定的是发露无余的刚笔之作。通观《升庵诗话》,"蕴藉含蓄"是杨氏对诗歌的普遍要求。他称许薛涛"闻说边城苦,今来到始知。好将筵上曲,唱与陇头儿"诗"有讽谕而不露,得诗人之妙"(卷十四《薛涛诗》),也正是以含蓄之美为标准的。因此,他在《诗话》中对杜甫、白居易等诗歌的批评,也有某些失当之处。他甚至说:"诗歌至杜陵而畅,然诗之衰飒,实自杜始。"这是相当偏激的评骘。然而,从中可以看出:杨氏对杜诗批评得如此尖刻,其目的主要在于纠正明代中叶日益"衰飒"的诗风,是针对"前七子"摹唐拟杜的恶习而发的。

《四库全书简明目录》评论杨慎《诗话补遗》时指出:此书"作于谪戍永昌之时,边地少书,惟凭记忆,故不免小有舛讹。然(杨)慎学有根柢,兼富词章,其所论说,究在明人诗话之上"。这是中肯的评价。当明代"前七子"复古拟古烈焰方炽之秋,杨慎不依傍门户,不随风俯仰,与七子反道而行,给予拟古主义思潮以有力的批评,其历史功绩,是不可磨灭的。

二 都穆与《南濠诗话》

都穆(1458—1525),字玄敬,号南濠居士,吴县(今江苏苏州)人。明弘治十二年(1499)进士,授工部都水主事,历礼部郎中,加太仆少卿。为人清修博学,虽老而好学不倦。著述甚富,曾使宁夏,有《使西日记》一卷(《江南通志》称其奉使秦中,访其山川形势,故宫遗址,作《西使记》,即此书);又搜访金石遗文,作《金薤琳琅》二十卷；又有《寓意编》一卷、《谈纂》二卷、《都氏铁网珊瑚》二十卷、《南濠诗话》一卷。

《南濠诗话》，又名《南濠居士诗话》，《四库全书》著录于集部诗文评类存目。其书世有多种版本，一为黄桓所刻，凡七十二则；一为文璧所刻，凡四十二则，较黄本少三十则，而其中三则为黄本所无；清鲍廷博以两本参校，合为七十五则，即为《四库全书》所本。近人丁福保辑有《历代诗话续编》本，凡七十九则。此书的创作年代，据黄桓刻书所序，初版为明正德八年（1513），盖为都穆晚年所撰。

都氏论诗，大抵主严羽《沧浪诗话》的"妙悟"之说。他说：

> 严沧浪谓论诗如论禅："禅道惟在妙悟，诗道亦在妙悟，学者须从最上乘，具正法眼，悟第一义。"此最为的论。（《历代诗话续编本》）

所谓"的论"，就是精确之论，恰切之论。都氏对严羽"妙悟"之说如此赞美，在明人诗话中十分鲜见。他还不厌其烦地引用了宋人赵蕃、吴可、龚相三家的九首《论诗诗》，并且自己又模仿其体，创作了三首论诗诗歌。现抄录于后：

> 学诗浑似学参禅，不悟真乘枉百年。
> 切莫呕心并剔肺，须知妙语出天然。

> 学诗浑似学参禅，笔下随人世岂传？
> 好句眼前吟不尽，痴人犹自管窥天。

> 学诗浑似学参禅，语要惊人不在联。
> 但写真情并实境，任他埋没与流传。

都穆说这是"效颦"之作，当然是自谦之词，但已足见他的文学宗尚了。在《南濠诗话》中，他秉承严羽的论诗之旨，着重论述了自己的三点论诗主张：

其一,注重"真情"与"实境",主张作诗必须"景与情合"。他引用陈嗣初的话说:"作诗必情与景会,景与情合,始可与言诗矣。如'芳草伴人还易老,落花随水亦东流',此情与景合也;'雨中黄叶树,灯下白头人',此景与情合也。"这"情",当然是"真情";这"景",乃是"实境"。只有"情与景会,景与情合",才是好诗。这种论诗之见,对于当时诗坛盛行的尊唐拟古之风,确有一定的针砭作用。

其二,强调"诗须有为而作",反对"无为而强作"的唱和应酬之作。他指出:

> 东坡云:"诗须有为而作。"山谷云:"诗文惟不造空强作,待境而生,便自工耳。"予谓今人之诗,惟务应酬,真无为而强作者,无怪其语之不工。元遗山诗云:"纵横正有凌云笔,俯仰随人亦可怜。"知此病者也。

又说:

> 古人诗有唱和者,盖彼唱而我和之,初不拘体制兼袭其韵也。……至元、白、皮、陆诸公,始尚次韵,争奇斗险,多至数百言,往来至数十首,而其流弊至于今极矣!非沛然有余之才,鲜不为其窘束。所谓性情者,果可得而见邪?

唱酬次韵,俯仰随人,窘步相仍,致使诗人的情感,不能随意抒发;诗人的艺术个性,不能尽情发展。都氏认为这种诗都属无为而作,无病呻吟,流弊至今已经登峰造极。因此,对于"无为而强作"的应酬诗,对于句摹字拟、笔下随人的拟古之作,都应该群起而攻之。显然,这是针对明初的"台阁体"和"前七子"的拟古主义诗风而发的。

其三,提倡"诗须苦吟",赞扬严羽的"别材"之说能得诗的真谛。他指出:"世人作诗以敏捷为奇,以连篇累册为富,非知诗者也。老杜云:'语不惊人死不休。'盖诗须苦吟,则语方妙,不特杜为然也。"他十分称许唐代"苦吟诗派"的苦吟精神,并从贾岛、孟郊、卢延让、杜荀鹤等诗人的艺术实践中,领悟到"诗之不工,以不用心之故",认为"未有苦吟而无好诗"。都穆注重诗人创作的"苦心",把"苦吟"当作"好诗"的创作条件,当然有它正确的一面;但是,如果忽视了作者的生活阅历、学识才能和思想情感等其他条件,那就会失之偏颇。都穆已经注意到这一点。在《学诗诗》中,他就认为"语要惊人不在联",不在于一二联对仗工整的诗句;诗的"传世",诗的艺术生命,不在于语言技巧的运用,而起决定作用的是"写真情与实境"。在都氏看来,"但写真情与实境"是衡量"好诗"的主要标准。凡反映了真实情感和实际生活面目的,就是好诗,就能产生动人心弦的艺术力量而流传百世。在《诗话》中,他又引用杜甫、萧千岩、范景文等人的话,论述了读书与为诗的关系问题:

> 老杜诗云:"读书破万卷,下笔如有神。"萧千岩云:"诗不读书不可为,然以书为诗则不可。"范景文云:"读书而至万卷,则抑扬高下,何施不可?非谓以万卷之书为诗也。"景文之语,犹千岩之意也。尝记昔人云:"万卷书人谁不读?下笔未必能有神。"严沧浪云:"诗有别材,非关书也。"斯言为得之矣。

所谓"斯言为得之",就是指严羽的"别材"之说能得这两句杜诗的真谛。

严羽的"别材"说,是针对宋诗之弊而发的。"别材",又作"别才",指诗歌创作的特殊才能,包括对社会生活的观察能力、对客观事物的辨析能力、对诗歌的艺术规律和审美特征的认识能力、对塑造艺术形象的创造能力……都穆认为,读书与为诗,关系极为密切而又微妙。"以才学为诗""以万卷之书为诗",把诗歌创作当作兜书袋子,肯定不好,因为它违背了诗歌创作的艺术规律;然而,如果不注重读书,不注重自身的文学艺术修养,也不能"为诗"。严羽指出:

"诗有别材,非关书也","然非多读书……则不能极其至"。这是符合艺术辩证法的。所以,都氏称许它能得"读书破万卷,下笔如有神"之论的真谛。由此亦可见都穆对严羽诗论的崇尚。

不过,都穆论诗还是有自己的见解的。严羽论诗分唐界宋,都穆却不以为然,而且对其扬唐抑宋极为不满。他说:

> 昔人谓"诗盛于唐,坏于宋",近亦有谓元诗过宋诗者,陋哉见也。刘后村云:"宋诗岂惟不愧于唐,盖过之矣。"予观欧、梅、苏、黄、二陈至石湖、放翁诸公,其诗视唐未可便谓之过,然真无愧色者也。

扬唐抑宋,固然不对;刘克庄扬宋抑唐,亦为偏激。都穆坚持实事求是的态度,认为欧、梅、苏、黄等宋诗大家之诗,于唐诗"真无愧色"。持论公允,难能可贵。一部《南濠诗话》,记轶事,论诗法,评藻历代诗人诗作,而重点又放在宋诗上面。这无疑是对尊唐抑宋、笔下随人的明代拟古主义诗风的一种挑战!《四库全书总目》说"此编刻意论诗,而见地颇浅",显然是不公允的。

三 俞弁与《逸老堂诗话》

俞弁(生卒年不详),字子客,号戌申老人,昆山(今属江苏)人。一说字子容,号守约居士,长洲(亦属江苏)人,有《山樵暇语》十卷。前者依《历代诗话续编》目录提要,后者依《中国人名大词典》。这二说,孰是孰非?《逸老堂诗话》究竟是谁人之作?是昆山俞弁,还是长洲俞弁呢?

本人认为,《逸老堂诗话》应该是昆山俞弁所撰。主要依据有二:一是作者自云:"吾乡魏太常校常寓杨庵精舍,偶谈水灾,但逢六,数有水厄,每六十年或六年必有一变。"(《诗话》卷下)考魏校,字子才,明昆山人,官至太常寺卿。作者自称与魏太常同乡,则知是书作者为昆山人。二是据《逸老堂诗话》所录:"祝枝山先生希哲,尝叙家君《约斋漫录》二十卷。"又说"家君白发种种,嗜学不倦"。

"家君",犹称"先父"。作者的"家君"是谁?据祝氏《漫录》可知是被称为"吴之耆儒"的俞宽父。而丁福保亦指出:"《逸老堂诗话》二卷,著录于《艺风藏书续记》。……检祝枝山《怀星堂集》《约斋闲录序》,知俞宽父之子,名弁,字子客。"二说正好相符,则是书作者为俞宽父之子俞弁,当无疑了。其诗话之名,据自序,取自作者"逸老堂"书斋之名。俞氏称自己"日居其中,铅椠编帙,未尝去手,意有所会,欣然笔之。久而成帙,勒为二卷,藏诸箧笥,因名曰《逸老堂诗话》"(《逸老堂诗话序》)。是书成书时间,据作者自序,可定为嘉靖二十六年(1547)。

《逸老堂诗话》论诗,博于考辨诗事,有寓理义的阐述于考辨诗事之中的特点。全书二卷,凡一百五十二则,分论明代及以前历代诗人诗作,间论词曲,而重点在于品评宋诗。其中,上卷凡七十二则,重在历代诗歌的品藻评骘;下卷凡八十则,注重于诗事的考辨驳正。通观全书,大凡俞弁论诗,主风雅教化之旨。他在《诗话》中先引元代文学家卢挚的论诗之语说:

> 卢疏斋(卢挚之号)云:"大凡作诗,须用《三百篇》与《离骚》,言不关于世教,义不存于比兴,诗亦徒作。夫诗发乎情,止乎礼义。《关雎》乐而不淫,哀而不伤,斯得性情之正。古人于此观风焉。"(《逸老堂诗话》卷上)

后又援引明人蒋冕的话:

> 蒋少傅冕云:"近代评诗者,谓诗至于不可解,然后为妙。夫诗美教化,敦风俗,示劝戒,然后足以为诗。诗而至于不可解,是何说邪?且《三百篇》,何尝有不可解者哉?"(《逸老堂诗话》卷下)

由此可见俞氏的文学宗尚。看来,他是正统的儒家"诗教"派。

从"诗教"出发,俞弁在《逸老堂诗话》中,主要阐述了三个主要的论诗见解:第一,反对分唐界宋和剽窃雷同,主张"近乎人情物理"。他引唐子元之语,严肃地批评"前七子"的拟古思潮,说"李空同、何景明二子一出,变而学杜,壮乎伟矣。然正变云扰,而剽袭雷同,比兴渐微,而风雅稍远矣"(卷下)。而对于"七子"的宗唐弃宋,他给予了有力的驳斥:

> 古今诗人措语工拙不同,岂可以唐宋轻重论之?余讶世人但知宗唐,于宋则弃不收。如唐张林《池上》云:"菱叶乍翻人采后,荇花初没舸行时。"宋张子野《溪上》云:"浮萍断处见山影,小艇移时闻草声。"巨眼必自识之,谁谓诗盛于唐而坏于宋哉?瞿宗吉有"举世宗唐恐未公"之句,信然!(卷上)

俞氏对"前七子"拟古主义的批评,提高了《逸老堂诗话》的真正价值和历史地位。

第二,反对严羽"诗有别材,非关书也"之说,提倡多读书。他充分肯定了杜甫关于"读书破万卷,下笔如有神"的观点,并引用葛常之《韵语阳秋》说:"欲下笔,自读书始。不读书,则其源不长,其流不远,欲求波澜汪洋浩渺之势,不可得矣。"因此,俞氏认为严羽"诗有别材,非关书也"之说,"恐非确论"。(卷上)并且指出:"不读天下书,未遍天下路,不可妄下雌黄!"(同上)

第三,反对句雕字镂,争险斗奇,提倡诗歌创作应该"有所感而赋",语言通俗易懂。俞氏诗话引用他人之语说:

> 《竹坡诗话》云:"作诗止欲写所见为妙,不必过求奇险。"叶文庄公与中云:"近之作者,嫫母慼西施之额,童稚攘冯妇之臂。句雕字镂,叫噪聱牙,神头鬼面,以为新奇,良可叹也。"予尝见元人房白云颢诗云:"后学为诗务斗奇,诗家奇病最难医。欲知子美高人处,只把寻常话做诗。"邱文庄濬《答友人论诗》云:"吐语操辞不用奇,风行水上茧抽丝。眼前景物口头语,便是诗家绝妙辞。"(卷下)

鉴于此，他高度赞扬白居易的诗，认为"白乐天诗，善用俚语，近乎人情物理"，斥责李东阳对"乐天赋诗，用老妪解，故失之粗俗"的批评是毫无道理的"妄谈"。他的同乡马愈有诗云：

> 大干山，小干山，两山突兀湖中间。世态炎凉说不尽，叉手干人千万难。仲宣不遂依刘愿，作赋还乡泪如霰。蒙正朱门九不开，归家懒见妻儿面。大干山，高欹嵚；小干山，青嶙峋。徒去干人劳尔神，不如壁立千万寻。孤标直上干青云，下视蚁子何足云？噫嘻高哉余素心。两干山，莫干人。（卷上）

这首诗，通俗易懂，寓意深刻。俞弁高度赞扬它"有所感而赋，豪迈跌宕，不减刘龙洲"。

此外，《逸老堂诗话》还夹有几则论文。如卷上论欧、苏之文："欧阳公之文，粹如金玉；苏文忠公之文，浩如江河。欧公之摹写事情，使人宛然如见；苏公之开陈治道，使人恻然动心。皆前代之所无有也。"我们认为，这段论述是《逸老堂诗话》最精彩的一则。其精到之至，堪称的论。可惜论的是文，论诗却不曾有此等绝妙之词。

第二节　从唐宋派到竟陵派

在明代文学史上，前后七子的复古主义运动，曾经遭到众多的诗文流派的抵制和攻击。诸如"唐宋派""公安派""竟陵派"等，他们虽然多无诗话之作行世（后人应当为之辑诗话），然而，在批判拟古主义的斗争中，都发挥了积极的战斗作用。考虑到历史的连续性及其对明、清诗话所产生的影响，我们的这部诗话史也应该给它们一席地位。因此，本节将对这些诗文流派作简要的论述。

一　唐宋派

首先起而反对复古派的，是以王慎中、唐顺之、归有光、茅坤为首的"唐宋派"。

王慎中（1509—1559），字道思，号南江，晋江（今属福建）人。唐顺之（1507—1560），字应德，武进（今属江苏）人。归有光（1507—1571），字熙甫，昆山（今属江苏）人。茅坤（1512—1601），字顺甫，号鹿门，归安（今属浙江）人。他们都主张学习唐、宋散文，要求文章应"皆自胸中流出"，以见"文章本色"，反对前后七子"文必秦汉"的拟古主义，在当时具有积极的纠弊意义。然而，他们因从道学家的立场立论，所以又带有很大的局限性。比如唐宋派的一个主要论点，就是"文特以道相盛衰，时非所论也"①。这是与复古派的"文学退化论"相对抗的。他们认为，文章的盛衰与时代无关，关键的问题在于"道"，随着道学的盛衰而变化，道盛则文兴，道衰则文衰。十分明显，这种观点同样是站不住脚的。站不住脚的理论，当然不可能驳倒复古派的"文学退化论"。唐顺之还说："三代以下之诗，未有如康节（邵雍）者。"他们把道学家枯燥无味的格言诗、理气诗，当作"诗思精妙，语奇格高"的佳作。所以，这种道统观念所表现出的严重的局限性，使"唐宋派"在反复古派的斗争中，始终未能形成一个强有力的反对派。这不能不说是件憾事。

二　李贽与"公安派"

明代中叶，高高举起反复古主义旗帜的，是以"三袁"为代表的"公安派"。而对"公安派"产生过直接影响的，莫过于朴素唯物主义思想家李贽了。

李贽（1527—1602），号宏甫，又号卓吾，别号温陵居士，泉州晋江（今属福建）人。二十六岁中乡试举，累官国子监博士、南京刑部员外郎、云南姚安知府等。他以"异端"自居，一生坎坷，遭遇良苦，被统治者以"敢倡乱道"之罪下狱，后自刎图圄之中。有《焚书》《续焚书》《藏书》《续藏书》等，是中国文化思想史上

---

① 茅坤：《唐宋八大家文钞总序》，见《八大家文钞》。

的重要论著;论诗之作仅有《骚坛千金诀》一卷,见于《大雅堂订正枕中十书》。而其诗学观点,则散见于其他论著之中。

李贽文学理论的核心,是"童心说"(语见《焚书》卷三)。所谓"童心",就是"真心",即"赤子之心""绝假纯真,最初一念之本心"。他认为,"天下之至文,未有不出于童心焉者也",传统的"发乎情,止乎礼义"的儒家教条,都是"假人之渊薮"。这无异于是李贽对儒学及程朱理学的公开宣战!因此,他从反道统、追求个性解放的立场出发,提出文学创作要"顺其性"和有为而作,写出"出于吾心""凿凿有味"的作品来;而对于七子的复古拟古,则从理论上给予驳斥:

> 诗何必古《选》,文何必先秦!降而为六朝,变而为近体,又变而为传奇,变而为院本,为杂剧,为《西厢曲》,为《水浒传》,为今之举子业。大贤言圣人之道,皆古今至文,不可得而时势先后论也。(《焚书》卷三)

他认为,文学是时代的产物,随着时代历史的发展而发展,一切厚古薄今、贵古贱今之说,都是荒谬的。

李贽以"童心说"来解释文学现象,自然也有其局限性,但从总体来说,它对明代复古主义和摹拟剽窃之风的批判,具有重大的进步意义,对明、清文学思想特别是"公安派"的崛起,产生过巨大的影响。

万历中叶,"公安派"以崭新的战斗姿态,崛起于明代文坛。

"公安派"之名,因其代表人物"三袁"兄弟为公安(今属湖北)人而得。《明史·文苑传》云:"袁宏道,字中郎,公安人,与兄宗道、弟中道并有才名,时称'三袁'。"

袁宗道(1560—1600),字伯修,官至右庶子。《明史》本传称其"于唐好白乐天,于宋好苏轼,名其斋曰'白苏'"。有《白苏斋类稿》。袁宏道(1568—1610),字中郎,号石公,官至吏部郎中。

有《袁中郎集》。袁中道（1570—1626），字小修，官至南京礼部郎中，有《珂雪斋集》。公安"三袁"是明代中叶反复古派的中坚力量。其诗学理论都是在反对"前后七子"的斗争中发展起来的。概而言之，主要有两大内容：一是进步的文学发展观。"三袁"针对"前后七子"等复古派的"文学退化论"，旗帜鲜明地提出了"公安派"的文学发展观——"势"。所谓"势"，就是指时势，即文学随时代发展之势而发展。认为时有变化，文有古今，"古之不能为今者也，势也"，而"今之不必摹古者也，亦势也"（袁宏道《与江进之书》），时代在变，文章则有"必变之势"（袁中道语）；而这种"变"，不是"一代不如一代"，而是"一代盛一代"。正如袁宏道所说：

　　诗之奇、之妙、之工、之无所不极，一代盛一代，故古有不尽之情，今无不写之景。然则，古何必高，今何必卑哉！（《袁中郎全集》卷二十一《与丘长儒》）

因此，贵古贱今，蹈袭拟古，是违背文学发展的客观规律的。这就从理论上击中了复古拟古主义的要害。二是主性灵的文学创作论。受李贽和焦竑的影响，三袁主张诗歌创作应该"独抒性灵，不拘格套"，充分表现作者的个性和情感，"信口而出，信口而谈"，只要做到"见从己出""任性而发"，不依傍古人，不拾人牙慧，就能"顶天立地"。这种"以发抒性灵为主"的创作主张，开了清代性灵说的先河，在反对"前后七子"以剿袭为复古、以句拟字摹为能事的复古拟古主义的斗争中，发挥了强有力的战斗作用。

　　公安派的理论家有江盈科。江盈科（1553—1605），字进之，号渌萝山人。明湖广桃源（今属湖南）人。万历壬辰（1592）进士，官至四川提学副使。著有《雪涛诗评》（亦名《雪涛斋诗话》）一卷，又有《闺秀诗评》一卷。江盈科与公安袁氏兄弟友善，袁宏道曾有《与江进之书》。其诗学观点大致与"三袁"同旨。是书论诗以公安为宗，主性灵之说。他指出："诗本性情。若系真诗，则一读其诗，而其人性情，入眼便见。大都其诗潇洒者，其人必岜快；其诗庄重者，其人必敦厚；其诗飘逸者，其人必风流；其诗流丽者，其人必疏爽；其诗枯瘠者，其人必寒涩；其诗丰腴者，其人必华赡；其诗凄怨者，其人必拂郁；其诗悲壮者，其人必磊落；其诗不羁者，其人必豪宕；其诗峻洁者，其人必清修；其诗森整者，其人必谨严。……如是而曰诗本性情，何啻千里。"这种见解，是正确的。

三 竟陵派

公安"三袁"对前后七子的拟古主义的斗争，旗开得胜，威震文坛。于是，公安派的诗文风靡一时。之后，以钟惺、谭元春为代表的"竟陵派"随之而起，继续高举起反复古主义的旗帜。

"竟陵派"之名，因其领袖人物钟、谭均为竟陵人而得。《明史·文苑传》云："自宏道矫王（世贞）、李（攀龙）诗之弊，倡以清真，（钟）惺复矫其弊，变而为幽深孤峭，与同里谭元春评选唐人之诗，为《唐诗归》。又评选隋以前诗，为《古诗归》。钟谭之名满天下，谓之竟陵体。"

钟惺（1574—1625），字伯敬，号退谷，竟陵（今湖北天门）人。万历进士，官至福建提学佥事。有《隐秀轩集》。谭元春（1586—1637），字友夏，竟陵人。天启年间，乡试第一。有《谭友夏合集》。

竟陵派的诗学理论，基本上秉承公安派论诗之旨：主张诗文创作应着重抒发"性灵"，反对摹拟复古。他们认为：明代七子的复古，是"取古人之极肤、极狭、极熟，便于口手者，以为古人在是"（钟惺《诗归序》）；是得古人之"滞者、熟者、木者、陋者，曰我学之古人"（谭元春《诗归序》）。七子肤熟，公安欲矫其弊；公安俚僻，竟陵又欲矫其俚僻之弊。然而性灵说又是公安派的精粹，所以竟陵派双管齐下，一方面主性灵，以性灵纠七子肤熟之弊；一方面又学古，于学古之中得古人的精神，"求古人真诗"，以学古纠公安派诗歌的俚僻浮浅之弊。这样看来，竟陵派继公安派的余烈，高举反拟古大旗,同时又以救公安派末流之弊为己任,主观意图倒无可非议。然而,他们批判七子,仅仅只从学古"途径"上去找七子病源,当然不能击中复古派的要害——"文学退化论";他们欲矫公安之弊,提倡的却是所谓"幽深孤峭""孤怀孤诣"的诗风,以致流于怪僻艰涩,不但未能发挥应有的批判作用,反而又从公安派的战壕之中向后倒退了一大步,在纯艺术论的圈圈之中翻筋斗,故清初钱谦益批评其"见日益僻,胆日益粗""以俚率为清真,以僻涩为幽峭",识坠于魔而趣沉于鬼。我们认为,竟陵派固然有其理论的狭隘性,但他们对诗歌艺术的自觉追求,应该肯定。

第三节 其他诗话之作

在好立门庭,诗派繁猥的明代诗坛,复古派与反复古派的论诗之争,还波及和影响了明代的其他诗话之作。这种影响,主要表现在明人其他诗话创作的两种截然不同的倾向性上:一是论诗宗严羽,以王世贞为圭臬;二是论诗以公安、竟陵为宗,排斥王世贞的倾向。这两种类型的诗话之作,也是明代诗坛复古与反复古斗争的产物。

一 宗严羽、王世贞诗话

明人诗话中,依傍门户,力宗严羽,以王世贞为圭臬的,不乏其作。这里,我们介绍的,仅仅是其中的代表之作。

《过庭诗话》二卷,明刘世伟撰。世伟字宗周,阳信(今属山东)人。嘉靖年间,曾官宁州州同。其《过庭诗话》,《四库全书总目》著录于集部诗文评类存目。论诗以严羽为宗,多拾七子绪余。书中所论之诗,多取宋代苏轼、黄庭坚诗中的劣品,意在说明宋诗远不及唐,皆由于苏黄诗风所坏。持论失当之处,比比皆是。如论绝句,则分为"绝前四句""后四句""中四句"诸体,对绝句之体的渊源流别,殆无所知;论古乐府诗,则称"山上复有山"为字谜之祖,牵强至此,令人读之长嗟!

《诗谈》一卷，徐泰撰。泰字子元，海盐（今属浙江）人。弘治十七年（1504）中举人，官光泽县知县。是书著录于《四库全书总目》集部诗文评类存目。论诗宗旨，大抵不出"前后七子"门庭。全书都论明人之诗，自刘基、高启而下，至黄省曾，凡数十家诗，各列品目，仿效宋人敖陶孙诗评的论诗体例，造语多用四言二句，不乏精当之见。

《国雅品》一卷，顾起纶撰。起纶字更生，号元名，无锡人。以国子生累官郁林州州判。有《国雅》二十卷，《续国雅》四十卷，选纂明代诸家诗歌。其诗话《国雅品》列于《国雅》卷首，仿钟嵘《诗品》体例，分"士品""闺品""仙品""释品""杂品"五类，"士品"专论明初至嘉靖、隆庆间诗人诗作，入品者凡一百三十二人，存目六十八人；"闺品"，专论闺阁女子之诗，洪武迄嘉靖凡十九人入品，存目者三人；"仙品"与"释品"，专论方士释子之诗，入品者凡二十人，存目二人；入杂品者，仅二人，存目一人。顾氏处嘉隆之际，论诗受七子影响甚深，故惟奉王世贞《艺苑卮言》为圭臬。书中所品评的诸家之诗，多引《艺苑卮言》之见。如评"高侍郎季迪"条云：

> 高侍郎季迪始变元季之体，首倡明初之音。发端沉郁，入趣幽远，得风人激刺微旨。故高、杨、张、徐，虽并称豪华，惟季迪为最。……《卮言》云："季迪如射雕胡儿，伉捷急利，往往命中。"亦是名鉴。集中诸作，……各臻高妙，不能多采。（《历代诗话续编》本）

对明代"前后七子"，作者极尽褒扬奖掖之词，如对于"前七子"领袖人物李梦阳、何景明，他赞扬说："气象弘阔，词彩精确。力挽颓风，复臻古雅。遴材两汉，嗣响三唐。如航琛越海，辇赆逾峤，琳阙珠房，辉灿朗映，各成一家之言。继而海内翕然景从，为明音中兴之盛，实二公倡之也。"（《士品三》）褒扬至此，已经登峰造极。由此而知顾起纶的文学宗尚。

《玉笥诗谈》三卷,朱孟震撰。孟震字秉器,新淦(今江西新干县)人。隆庆进士。官副都御史,巡抚山西。有《河上楮谈》《汾上续谈》等著。其诗话之作《玉笥诗谈》多述明人诗事,而涉及江西诗人诗作尤多。论诗大旨,以王世贞为宗。

《艺薮谈宗》六卷,周子文编纂。子文字岐阳,无锡人。万历十一年(1583)进士。尝辑明人论诗之语而为《艺薮谈宗》,录宋濂、高棅、何景明、李东阳、徐祯卿、王廷相、杨慎、都穆、皇甫汸、王世贞、何良俊、谢榛、王世懋、胡应麟、王穉登、屠隆、焦竑、李维桢、朱长春等,凡十九家,而以王世贞为圭臬。

《冷邸小言》一卷,邓云霄撰。云霄字元度,东莞(今属广东)人。明万历二十六年(1598)进士,官至广西布政使参政。是书卷首有自序,称其论诗什九,品古什一。论诗极力推尊严羽,以妙悟为宗,以自然为用,尊陶、谢而祧苏、李,左王、孟而右杜、韩。他指出"诗之最上者,须在禅味中悟入",认为"司空图所谓'不著一字,尽得风流'者,亦诗家之一派,不可废也;然以为极则,则狭矣"。全书立论精当,有一定见地。

《雅论》二十六卷,费经虞撰,费密补辑。经虞字仲若,新繁(今四川新都区)人。是书评论列代诗歌,分"源本""体调""格式""制作""合论""工力""时代""针砭""品衡""盛事""题引""琐语""音韵"等,凡十三门类。大抵论诗之旨,于古宗严沧浪,于近人宗王世贞。比较注重"情"与"景"在诗歌创作中的相互关系,他说:"诗贵情兴,若篇篇恣情,遂成放诞;诗贵景真,若篇篇赋景,便落粗浅。"认为"情景兼者为上,偏到者次之",诗歌创作应该"融情于景物之中,托思于风云之表",强调"情景相触而莫分"。这种见解,已近乎"情景交融"之说,并以此作为论诗标准,这无疑对中国古典诗论美学体系中的"情景论"是一大发展。此外,费氏论诗还十分注意诗歌创作中的炼意、炼句、炼字。他引用李东阳的话说："诗贵意，意贵远不贵近，贵淡不贵浓。"要加强诗歌的艺术感染力量，就应该抓住"炼意"这一中心环节，同时还应该注重语言的锤炼和加工。然而此书所论，博而不精，劳而鲜功，多遭后人驳辨。其资料价值和理论价值，都不很高。

此外，还有《艳雪斋诗评》二卷，不著撰人姓名。卷首有崇祯己巳（1629）自序，自署其名曰"石公"，私印则名为"亭奭"，字以召，姓氏已不可考。是书杂录明人诗话，手录成帙。论诗之旨，大凡受时风影响，以王世贞为圭臬，识见颇浅。

二 宗公安、竟陵诗话

公安、竟陵派的反复古斗争，得到了诗坛许多有识之士的认同和支持。在公安、竟陵派诗学理论主张的影响下，一些诗话之作以公安、竟陵为宗，排斥王世贞，在反拟古主义的斗争中，也发挥了一定的战斗作用。

《藕居士诗话》二卷，陈懋仁撰。懋仁字无功，嘉兴（今浙江嘉兴）人。曾官泉州府经历。尝与公安派袁宏道，竟陵派钟惺、谭元春交游甚深。是书著录于《四库全书总目》集部诗文评类存目。据自序称考证多而评骘少，寓理义的阐述于诗事之中。其论诗大旨，以公安、竟陵论诗主张为宗，盛赞公安"三袁"和钟、谭诗文创作，对王世贞等七子的拟古主义亦多贬辞。

《存余堂诗话》一卷，朱承爵撰。承爵字子儋，号舜城漫士，又号左庵，江阴（今属江苏）人。工画，好藏书，诗文古雅而有思致。有《灼薪剧谈》。《存余堂诗话》著录于《四库全书总目》集部诗文评类存目，今有何文焕《历代诗话》本。全书凡二十九条，论诗主情味，重意境，以公安"性灵"之说为圭臬，而对明代七子宗唐贬宋，却不以为然。所论之诗涉及唐、宋、元、明各家，而于宋明两代诗歌尤多。他指出：

作诗之妙，全在意境融彻，出音声之外，乃得真味。如曰："孙康映雪寒窗下，车胤收萤败帙边。"非事不核，对非不工；恶！是何言哉？

明代诗坛，摹拟剽袭之风弥漫，风雅扫地。朱承爵这种诗学观点，注重"意境融彻"，并由此而探求诗歌的审美趣味，这就为拟古主义迷雾笼罩着的明代诗坛，透进了一丝希望的光芒。

《夷白斋诗话》一卷，顾元庆撰。元庆字大有，家阳山大石下，因自号"大石山人"。长洲（今江苏苏州）人。都穆的门人。藏书万卷，一生殆以图书自娱。王穉登去访问他，年已七十有五，犹酬对不倦。志趣与元人倪瓒颇为相近，顾元庆曾撰《云林遗事》一卷，专述倪瓒的事迹。

《夷白斋诗话》之名，取之于顾元庆的堂名"夷白斋"。凡四十则，多述历代二三流作家及诗事，比较注意诗与书画的结合。论诗旨趣与都穆相近，不满尊唐抑宋之风，主张自"悟"自"养"，不假雕琢，能"启人之高志，发人之浩气"。因此，他赞扬宋代书法大师米元章《咏潮诗》是"书既遒劲，诗亦雄壮迈往，凌云之气，盖可见矣"，认为一个诗人，如果能像魏庄渠那样，"禀天地之正气，融而为江河，结而为山岳，言而为有声之绝景"，那么，即使是丹青妙手，又"安能措笔"呢？所以，顾氏援引他人之语指出：

杜东原先生尝云："绘画之事，胸中造化，吐露于笔端，恍惚变幻，象其物宜，足以启人之高志，发人之浩气。晋、唐之人，以为玩物适情，无所关系。若曰黼黻皇猷，弥纶治具，至于图史，以存鉴戒，岂无所关系哉？"陈后山诗云："晚知诗画真有得，悔却岁月来无多。"亦此意也。（《历代诗话》本）

"诗画本一律，天工与清新。"早在宋代，苏轼就根据诗与画要求形神统一而又着重传形之神的特点，指出了中国诗画所共同的审美特征和审美标准。顾元庆《夷白斋诗话》所论述的诗画关系，强调诗画作家应具备的气质和精神，对中国诗学和美学的发展，无疑具有一定的指导意义。

《艺活甲编》五卷，茅元仪撰。元仪字止生，归安（今属浙江）人。茅坤之孙。明崇祯初，以荐授翰林院待诏，不久即参孙承宗军务，改授副总兵官，守觉华岛，以兵哗下狱，遣戍漳浦而卒。是编皆为评论诗文之语，大旨主于排斥王世贞。嘉靖年间，元仪之祖茅坤与王世贞争名相轧。茅坤是"唐宋派"的代表人物之一，曾选编《唐宋八大家文钞》一百六十四卷，倡"文章以道相盛衰，时非所论"之说，与明代七子的"文学退化论"相对抗。王世贞则以题《归有光集》来诋毁茅坤的《八家文钞》，右欧阳永叔而左韩昌黎。茅元仪已身处明末，为继承先祖之业，而撰此书，以攻击王世贞摹拟复古之弊，持论未当之处甚多，门户之见尤烈。

《诗镜总论》一卷，陆时雍撰。时雍字仲昭，桐乡（今属浙江）人。明崇祯六年（1633）举贡生，辑有《古诗镜》三十六卷、《唐诗镜》五十四卷。采摭精审，评释详核，是明末诸家选诗中的善本。是编列于卷首，总论所选汉魏迄晚唐列代之诗。论诗大旨以神韵为宗，情境为主，贵"天真""真趣"，反对做作雕琢，在反复古派的斗争中，与公安、竟陵同旨趣。然而，陆氏的诗学观点，却远比三袁、钟、谭之辈高出一筹，在明人诗话中，似有集大成之功。

第一，纵论古今，不主一家，殆已摆脱明人诗话中好立门户、依傍前人、抑扬随意的陋习。全书议论古今诗歌，从《诗经》到乐府民歌，从一代诗风到一人一诗，从思想内容到艺术风格，从古今诗体到诗歌源流，既作宏观的审视，又有微观的体察；既注重代表诗人的评骘，又考虑作家群的研究，不专主一家，视野开阔，气度不凡，已经脱尽明人诗话所固有的陋习和窠臼。其例，书中所论，比比皆是，无须赘引。

第二，倡神韵，主情致，于评述之中注重诗歌的审美特征与审美趣味的探求，在明人诗话中堪为高标独秀之作。陆时雍认为："诗之佳，拂拂如风，洋洋如水，一往神韵，行乎其间。"他以"神韵"为审美标准，指出诗歌的四大要素是"情""韵""声""色"，强调"诗贵真，诗之真趣，又在意似之间"，所谓"意似"，就是"神似"，如盈盈秋水，似淡淡春山，意广象圆，形神无间，才得"诗之真趣"。因此，他主张诗歌创作，应该"绝去形容，独标真素"，说：

诗不患无材，而患材之扬；诗不患无情，而患情之肆；诗不患无言，而患言之尽；诗不患无景，而患景之烦。知此，始可与论雅。

这是带有规律性的总结。通观《诗镜总论》，我们看到，陆时雍在摹拟剽袭之风余烈未尽的时代，能如此认真地去探求诗歌的审美特征和审美趣味，并运用一定的审美标准去评价历代诗歌，其探求精神和论诗态度，实在难能可贵。

褒贬适当，评释详核，自成体系，其议论化、理论化、系统化的倾向，标志着明人诗话向清代诗话发展的良好情势。陆时雍论诗，比较注重实际，持论公正，不依傍前人，不走极端。他批评"世之言诗者，好大好高，好奇好异"，是"世俗之魔见，非诗道之正传"。世人尊唐宗杜，他却能冷静地思索比较，提出"诗须观其自得"的主张，认为"齐梁人欲嫩而得老，唐人欲老而得嫩，其所别在风格之间；齐梁老而实秀，唐人嫩而不华，其所别在意象之际；齐梁带秀而香，唐人摆华而秽，其所别在点染之间"。这种比较，很能启迪后人。通过比较，即使是大家，他也敢于论其短，指出："子美之病，在于好奇。作意好奇，则于天然之致远矣。"很明显，陆氏揭杜诗之病，全在于论诗贵"天真"、主"真趣"，独标真素。他认为：

诗之所以病者，在过求之也。过求，则真隐而伪行矣。然亦各有故在，太白之不真也为材使，少陵之不真也为意使,高、岑诸人之不真也为习使,元、白之不真也为词使,昌黎之不真也为气使。人有外藉以为之使者,则真相隐矣。

作者如此刻意求"真",议论唐人之"不真"的缘由所在,其旨意全在于主"天真",务必"绝去形容""不得着做"。他认为"善言情者,吞吐深浅,欲露还藏,便觉此衷无限;善道景者,绝去形容,略加点缀,即真相显然,生韵亦流动矣"。显然,陆氏的审美趣味在蕴藉含蓄上面,而鄙弃那些发露无余的刚笔之作。

一部《诗镜总论》,论诗就贵在一个"总"字上面。《古诗镜》和《唐诗镜》,如果说是汉魏至晚唐历代诗歌的荟萃,那么,我们把《诗镜总论》称之为历代诗萃的理论结晶,恐怕不算过誉之词吧!尽管陆氏的某些评论,如论"焦仲卿诗有数病"等,我们也不敢苟同,然而,就其论诗主旨、体例、基本格调而论,它的议论化、理论化、系统化,确实为清代诗话的创作开了先河。近人丁福保编辑《历代诗话续编》时说:"其论汉魏迄唐各家诗,确有见地,非拾人牙慧者所可比拟。"(见该书目录提要)这个评论,是恰当的。

三 《豫章诗话》与《诗源辩体》

明代诗话之林,有两部独具一格的诗话之作:一是郭子章的《豫章诗话》,属于明代地方诗话的代表作;一是许学夷的《诗源辩体》,属于以体论诗的诗话代表之作。

《豫章诗话》六卷,《四库全书总目》著录于集部诗文评类存目,称"是编论其乡人之诗与诗之作于其乡者。上起古初,下迄于明。然多据郡县志书所采,未免芜杂"。郭子章(1542—1618),字相奎,号青螺,江西泰和人。明隆庆五年(1571)进士,官至太子少保、兵部尚书。《豫章诗话》凡六卷,395则诗话,以述诗事为主,凡豫章诗人之诗及历代诗人作于豫章之诗,均一一记述之,不啻是一部江西地方诗史之作。历有明万历三十年(1602)吴献台刻本;《豫章丛书》本,三册。今有台湾广文书局《古今诗话丛编》影印本,前有长洲张鼎思万历壬寅（1602）序，谓其"诗话而曰豫章者，其人豫章之人也；不然，则其与也；不然，则宦而游过而登览者，豫章之山川也"，认为"此非徒说诗也者，盖诗史也"。

如果说《豫章诗话》是一部地方诗史之作，那么许学夷的《诗源辩体》，乃是一部中国古代诗体源流演变史。

许学夷（1563—1633），字伯清，明江阴（今属江苏）人。布衣终生，杜门著述。历四十年之久，十二易其稿而成《诗源辩体》。是书几经增修，而为三十六卷，并《后集纂要》二卷，凡三十八卷之富。以时为序，以作家为目，熔诗论与诗选为一体，纵论古今诗歌体制源流变迁。是书论诗以体为要，重"辩体"，主源流正变。其卷首云：

> 诗自《三百篇》以迄于唐，其源流可寻而正变可考也。学者审其源流，识其正变，始可与言诗矣。古今说诗者，无虑数百家，然实悟者少，疑似者多。钟嵘述源流而恒谬，高棅序正变而屡淆，予甚惑焉。于是《三百篇》而下，博访古今作者凡若干人，诗凡数千卷，搜阅探讨，历四十年。统而论之，以《三百篇》为源，汉、魏、六朝、唐人为流，至元和而其派各出。析而论之：古诗以汉魏为正，太康、元嘉、永明为变，至梁陈而古诗尽亡；律诗以初、盛唐为正，大历、元和、开成为变，至唐末而律诗尽敝。既代分以举其纲，复人判而理其目。诸家之说，实悟者引证之，疑似者辩明之。反复开阖，次第联络，积九百五十六则，凡十二易稿而书始成。爰自《三百》，下至五季，采其撰论所及有关一代者一百六十九人并无名氏，共诗四千四百七十四首，以尽历代之变，名曰《诗源辩体》。宋、元、皇明，别为论次。

此言所述，盖为许氏《诗源辩体》一书之写作宗旨也。作者论诗辩体，实为严沧浪论诗之旨的生发。是书卷三十五于沧浪之颂为多，明确表述其论诗之旨出自沧浪，云：

  沧浪论诗之法有五：一曰"体制"，二曰"格力"，予得之以论汉魏；三曰"气象"，予得之以论初唐；四曰"兴趣"，予得之以论盛唐；五曰"音节"，则予得之以概论唐律也。

许学夷论诗，间于前后七子与公安、竟陵之间，于宋、元、明之诗，评议较为公允，而在其拟古与反拟古诗学之外，别树一套中国诗歌发展演变的"源流正变"体系，不失为明代诗坛的一面光辉旗帜。

第四章
明诗话的创作得失

第一节 明诗话的两大系列

通过以上各个章节对明代诗话所作的考查分析，我们看到，在中国诗话史上，明代以诗话为代表的中国诗学，是极其丰富多彩的。但是，如果从基本的理论和论诗倾向上来分析，明代以诗话为代表的诗学，大致可以分为两大系列：一个是以"前后七子"为代表的复古派诗学，一个是以公安、竟陵为代表的反复古派诗学。这两大系列的诗学理论，互相对立，而又互相补充，这就构成了明代以诗话为代表的中国诗学。

明代诗话的两大系列，长期对立，终明一代，而斗争的焦点集中体现在"唐宋诗之争"上面。

所谓"唐宋诗之争"，是围绕着对唐、宋诗的评价问题而展开，涉及文学思潮、文学流派、文学风格以及美学观点的论争。这场文学论争，滥觞于南宋严沧浪时代，至明而盛，及近代而迄，历时七八百年之久，成为中国诗话史乃至中国文学史上的一大公案。不用讳言，"唐宋诗之争"也曾带有较浓的宗派色彩，但是，它毕竟是文学论争，所涉及的是文学发展的历史趋向和文学发展的客观规律等重大问题，曾极大地影响着明、清乃至近代数百年以来中国传统旧文学的宗尚。因此，有些人把它当作文坛诗苑那种无原则的"意气之争"，显然是很不恰当的。

　　从总的倾向来看，明代的"唐宋诗之争"，其性质还是学术论争的，虽然某些诗学观点曾蒙上门户之见的阴影。我们应该看到，明代诗坛文苑那种林立的门庭壁垒，主要还是文学宗尚不同所致。在"文必秦汉，诗必盛唐"的复古主义旗帜下，一批以"前后七子"为代表的复古派集合起来了。复古派分唐界宋、尊唐抑宋的文学宗尚和摹拟剽袭的诗歌创作之风，自然会遭到别人的抵制和批判，因而就有以公安"三袁"和竟陵"钟谭"之辈为代表的反复古派的崛起。这是历史的必然，是文学史的必然，是符合马克思主义唯物辩证法原理的。

　　在中国文学发展史上，复古主义者的通病就是厚古薄今，是古非今。明代七子的病症也在这里。从总的诗学主张来说，他们的文学史观和创作论都是错误的。其所以有错，在于两个方面：一是以盛唐为界，划时代为鸿沟，认为汉后无文，唐后无诗，文学的发展是每况愈下，一代不如一代。这就坠入了"文学退化论"的深渊了。二是变学古为摹拟剽袭，"古体取法八代，近体取法盛唐"，诗歌创作仅在字、词、句上跟着古人亦步亦趋，扼杀了诗人的创作个性和创新精神。正如潘德舆所批评的，明七子的诗歌"摹拟有痕，刻划过甚，诚开剽窃之风"。这样，从理论到创作实践，明七子也就成了反复古派攻击的靶子。

　　通过对明七子复古理论和创作实践的初步反思，我们可以清醒地看到，李贽、三袁、钟谭等高举反拟古主义的大旗，与明代七子进行公开的论争，是理所当然的正义的事业。他们的反拟古主义斗争，表面上是围绕着"唐诗"与"宋诗"的评论进行的，实质是一场捍卫文学发展的客观规律和诗歌创作的根本原则的斗争。以公安、竟陵为代表的反拟古派，捍卫了文学发展史观，批判了七子的"文学退化论"。反拟古派的大方向是正确的，具有一种反叛的批判的力量。然而，矫枉过正，公安"三袁"主性灵，而又流于空疏浮薄；竟陵钟谭为救公安末流浮浅之弊，又追求孤奇僻怪的形式和幽深孤峭的风格，因此流于艰涩。

诚然如此，明代诗话的两大系列互相对立，互相排斥，然而，在从事唐宋诗的论争过程中，他们在诗歌艺术论的探索时，两大系列却又互为补充。复古派论诗主格调，反复古派论诗主性灵。前者注重诗歌的形式，后者则多注重于诗歌的内容。这就启迪了后人，使清代诗论家能够跨越划时代为鸿沟的界碑，力破藩篱，转益多师，走出了融通于唐宋的学古的新路。比如叶燮的《原诗》，就从诗歌的源流、正变的辩证关系入手，探讨唐宋相济、"方全其美"的为诗之道。从这个意义上来看，明代诗话两大系列所从事的"唐宋诗之争"，就不能一概斥之为"门户之争""意气之争"了。

第二节 明诗话的理论得失

世上的一切事物，都是一分为二的。明诗话也是一样，它在自己的发展演进过程中，既有别于其他时代诗话的理论建树，也有过自身的理论和实践方面的失误。通过以上各章各节的论述，在对明代诗话进行一番粗陋的巡礼之后，我们再来评论明代诗话的理论得失，也许会比较客观一些了。

从总的倾向性来说，明代诗坛由于长期为复古派所主宰，拟古主义思潮百年未退，因此，这种影响反映在诗歌理论方面，就使得复古成为明诗话创作的基本倾向。复古，并非坏事。中国传统文学走的正是一条以复古为通变的发展道路，明代诗话的复古倾向，也是中国传统旧文学日趋衰落的必然产物。既是历史的必然，那当然有它存在的合理性。然而，问题的症结倒不在于"复古"上面，而在于由"复古"而走向了"拟古"的道路。拟古，特别是"拟古主义"，总是不好的。句摹字拟，尺尺寸寸地跟着古人兜圈子，使自己丧失了艺术自由，丧失了艺术个性，诗歌创作有如临摹古帖，成了古人的影子。这样的诗歌，哪里还有自己的艺术生命呢？像明代七子那样，由复古而转向拟古。这条路在中国文学史上是很难走得通的，因为它本身就严重地违背了文学发展的客观规律。正如堂·吉诃德遇上新式风车也要与之搏斗一样愚蠢，拟古主义者反诗道而行之，怎么能不处处碰壁呢？

概而言之，明诗话的最大的理论失误，主要有两点：

一是文学史观之误。"格以代降"之说，是明代七子文学复古运动的理论基础。他们鼓吹"文必秦汉，诗必盛唐""大历以后书不必观"和"宋无诗"之说，正是以"诗之格以代降"作为理论依据的。清初钱谦益批评说：

> 献吉（李梦阳之字）以复古自命，曰古诗必汉魏、必三谢，今体必初盛唐、必杜，舍是无诗焉。……天地之运会，人世之景物，新新不停，生生相续；而必曰汉后无文，唐后无诗。此数百年之宇宙日月，尽皆缺陷晦蒙，直待献吉而洪荒再辟乎？（《列朝诗集小传》丙集《李梦阳》）

七子以时代先后论诗歌优劣高下，割断历史，是古非今，惟古是尚。这种"文学退化论"，理所当然地会遭到人们的批驳。应该看到，在反复古主义的斗争中，明代诗话曾作为文学批评的有力武器，也曾发挥着自己应有的批判力量。但遗憾的是，反拟古主义诗话对这种"文学退化论"的批判，缺乏理论上的驳辩力量，以至战斗力不强。例如他们对于"宋无诗"之说的批判，或以唐宋诗之别论之，或以推崇宋诗论之，多数诗话家对"七子"宗唐弃宋，采取不以为然的态度。即便是公安巨子袁宏道，虽然已经论及"文之不能不古而今也，时使之也"，而诗歌的奇妙工巧，"一代胜一代"，古不必高，今不必卑，表现出一种可贵的文学进化观。然而，却缺乏理论上的驳辩性，仅仅提出"一代胜一代"的论点，仅仅只是扬宋而抑唐，是没有足够的说服力的。唐诗，是中国诗歌发展的高峰。这几成定论，谁能相信刘克庄所说的宋诗胜于唐诗呢？谁能相信"一代胜一代"的简单说教呢？所以，数百年来，文学评论界对宋诗的评论，褒贬毁誉，殆无定准。直至近年，二十世纪八十年代，随着古典文学宏观研究的兴起，理论界才更多地从宋代的社会环境、文坛风尚、时代精神、文学演变轨迹、文学思想体系以及文学发展的连续性和唐宋诗之比较等方面，对宋诗进行多层次、多渠道、多角度的宏观研究，才使宋诗研究出现长足的进步。

明诗话的第二个失误，是诗歌创作论的理论缺憾。自从李梦阳提出"学不的古，苦心无益"以后，在"文必秦汉，诗必盛唐"的旗帜之下，明代七子主张诗歌创作应该以古为本。结果，学古变成了摹拟，创作流同于剽窃。这种创作论的习弊，是十分有害于诗歌创作的。一则诗歌创作固然有继承前人优秀传统的一面，但毕竟这种继承在为创新。像明七子那样"牵率模拟，剽贼于声句字之间，如婴儿之学语，如桐子之洛诵，字则字，句则句，篇则篇，毫不能吐其心之所有"（钱谦益《列朝诗集小传》丙集《李梦阳》），就必然扼杀了诗歌的灵魂。二则一味摹拟，抱残守缺，死守乞灵于一家、一派或一时之诗，就桎梏了诗人的创造精神，千篇一律，绝于生气。正像清人吴乔所指斥的："惟弘嘉诗派，浓红重绿，陈言剿句，万篇一篇，万人一人，了不知作者为何等人，谓之诗家异物，非过也。"（《围炉诗话》卷一）应该看到，"前七子"的拟古之弊，"后七子"已有所警惕，以至在理论上较"前七子"不得不有所变化和修正。比如谢榛曾特别强调作诗"勿执于句字之间"，而主张把重点放在领悟唐人诗歌的神气上面，注重"性情"的抒发。王世贞也曾以"才思"来救七子格调说之弊，指出"剽窃模拟,诗之大病"。这些主张，比"前七子"确实要进步一些，表现出七子成员在摹拟复古的反思中的某种艺术醒悟。然而，他们的这种觉悟还是相当有限的，从理论到创作实践，始终未能跳出拟古主义的篱笆。就这样，前后七子陷入拟古主义的泥坑而不能自拔，其"文必秦汉，诗必盛唐"之说，也走向了自己的反面，致使终明一代，中国传统旧文学非但不能恢复唐宋时代的蓬勃生机，反而更加沉闷与衰竭，失去了原有的艺术光彩。明代七子之失，就在于违背了文学发展和文学创作的艺术规律。这是多么令人深省的经验教训呵！

诚然如此，我们要是全盘否定它，那也不符合辩证法和历史事实。我们认为，以明代七子诗话为主体的明代诗学，在诗歌本质论、风格论、创作论、作家论、鉴赏论、批评论诸方面，同样还有众多的理论之果和艺术之花，值得我们去认真地采撷。

第一，关于诗歌的艺术本质和审美特征的探索。

从"诗言志"到"诗缘情"，中国诗论家对诗歌的艺术本质和审美特征的认识，早已有了质的飞跃。以诗话为主体的明代诗论，继承并发展了前人的理论成果，在诗歌的本质和审美特征的探索方面，也取得了可喜的长进。与宋金元诗论相比较，一般地说，宋人注重的仍然是感物言志，停留在"在心为志，发言为诗"的诗教说上面，主张诗"以言志为本"。到南宋末期，严羽提出"诗者，吟咏情性也"之论，并且认识到诗歌的审美特征在于"兴趣"之后，金元诗论家才有"吟咏情性之谓诗"（元好问语）的见解问世。但占统治地位的，仍然是"诗言志"之说。到明代诗坛，鉴于当时的社会环境和文学宗尚，"诗缘情"之说已经深入人心，而"言志"说逐渐退居于其次。明代诗话，不论门派之别，不论风格之异，在对诗歌的艺术本质和审美特性的认识上，却有惊人的相似之处，这就是诗歌的本质特征在于抒情。从李东阳到前后七子，从李贽到公安、竟陵，论诗主"童心说"和"性灵说"者，尚且不休说了，即便是拟古派的首要人物，也都认为"诗以道性情"。

李梦阳指出："诗者，吟之章而情之自鸣者也。"（《空同集》卷五十一《鸣春集序》）认为诗歌的产生，完全在于"情动则会，心会则契，神契则音""随遇而发"。徐祯卿《谈艺录》甚至把"情"视为诗歌之源。出于对诗歌本质特性的正确认识，李梦阳、何景明都高度地赞扬民歌，认为"真诗乃在民间"，认识到民歌所以动人的根本原因，在于情"真"。在中国诗话史和俗文学史上，这是具有远见卓识的诗学见解。

"后七子"诗话家谢榛，在《四溟诗话》中比较全面地论述了诗歌的艺术特征，强调"以兴为主"，认为"诗本乎情"；没有情，就无所谓格调和神韵。就连倡导拟古和法式的诗坛盟主王世贞，也强调诗歌创作的"事与情"，认为摹拟剽袭必然"无取于性情之真"。

至于那些在拟古剽袭之风风靡诗坛而不随风俯仰、卓然自立的反拟古主义诗话之作，如杨慎的《升庵诗话》、都穆的《南濠诗话》、俞弁的《逸老堂诗话》、陈懋仁的《藕居士诗话》、朱承爵的《存余堂诗话》、顾元庆的《夷白斋诗话》、江盈科的《雪涛诗评》、陆时雍的《诗镜总论》等等，论诗重神韵，主情致，以性情之真作为审美标准，于评述之中大胆地对诗歌的艺术本质和审美特性进行探求，更是丰富了中国诗歌美学的理论宝库。

第二，关于诗歌发展的历史轨迹和各种流派兴衰演变规律的探索。

这是明代诗话最突出的理论成果之一。

我们伟大的祖国，素有"诗的国度"之誉。中国诗歌的历史长河，波澜壮阔，气象万千，焕发着无比瑰丽的风彩神韵。我们认为，中国诗歌的这幅神奇壮阔的历史长卷，是由它在各个历史阶段的独异性和丰富多样性所组成的，犹如长江大河之水，后浪推护着前浪，滚滚滔滔，奔腾入海一样，假如脱落其中的某一历史阶段，哪怕是其中任何一个历史环节，都会有损于这幅历史画卷的完美。这样的蠢事是万万做不得的。然而，明代七子终究还是做了。他们高举着

"文必秦汉,诗必盛唐"的复古大旗,高喊着"汉后无文,唐后无诗""宋无诗",号召人们"宋人书不必收,宋人诗不必观"。其偏见之深,思想僵化到如此地步,实在使顽石也为之长叹!他们哪里意识到,像这样尊唐抑宋,割断历史,也就无异于将这幅完美的历史画卷拦腰截断。仅从这一点来看,明代七子是有罪于我们这个伟大的"诗国"的。

值得庆幸的是,在救七子之弊和反拟古主义的斗争中,明代的诗话家曾严肃而认真地探讨过中国诗歌发展的历史轨迹及其规律,提出了"体以代变"而"诗之变随世递迁"之说,对七子的"文学退化论"予以驳斥。这种文学进化观的提出,在中国诗话史上还是破天荒的一次。魏晋时代,刘勰的《文心雕龙》第一次论及到文学发展史观,提出"文变染乎世情,兴废系乎时序"(《时序》)之说,认为"时运交移,质文代变",也就是说,文学随着时代的推移,从内容到形式都在不断地变化,这是合乎规律的现象。宋、金、元诗话就很少论及这一命题。至明七子之一的谢榛,虽然在《四溟诗话》中提出过"文随世变"(卷一)的命题,但依然是"一代不如一代"的文学退化论。"末五子"之一的胡应麟,在《诗薮》中比较明确地提出了"诗之体以代变"之说,认为"一个时代有一个时代的文学",并且比较系统地阐述了各种诗体的源流,有许多精到之见。然而他的"体以代变"之说仍然受"诗之格以代降"的文学退化论的制约,学诗路线并未脱离复古的窠臼。而屠隆的"诗之变随世递迁"之说,则彻底脱尽了"文学退化论"的旧观念,成为"文学退化论"的反叛者。同时,针对复古派提出的"文学退化论"的纲领,"唐宋派"提出了"文章以道相盛衰,时非所论也",与复古派相对抗。对七子的"文学退化论"提出强有力批驳的,是公安三袁。公安派认为:文学是随着时代的发展而发展的,时代在变,文学也不能不相应地变化。用他们自己的话来说,就是"天下无百年不变之文章","世道既变，文亦因之"，"古之不能为今者，势也"，而"今之不必摹古者也，亦势也"。所谓"势"，就是时代发展变化的必然趋势。"三袁"认为文学的发展变化是时代的变化发展使之然，因而摹拟复古，则完全违反了时代和文学发展的客观规律。这就击中了复古派的根本要害。在中国文论史上，公安三袁从理论上正确地阐述了文学发展史观，丰富和完善了刘勰以来的文学理论体系，对中国诗学的建设，是一大贡献！

在中国诗论史上，对中国诗歌特别是唐诗进行总体研究，始自宋代。一般来说，宋代诗话限于闲谈随笔的体制，对历代诗歌的源流、派别、发展演变过程的研究，还仅仅是零散、片断、粗略的；系统的研究至南宋末年的《沧浪诗话》，方才露出端倪。明代诗话一方面继承了宋金元诗话的理论传统，一方面也由于时代使然，对中国诗歌演进的历史轨迹和发展变化规律的探讨、对各种诗歌流派的兴衰演变态势的研究，要比宋金元诗话成就显著得多。比如唐诗的分期，则肇于南宋，而成于晚明。"四唐"之说的创立，为唐诗研究开一方便法门，解决了中国诗史研究领域里一个重大的研究课题。这一历史功绩，主要应归于明代诗论家高棅和沈琪。王世贞的《艺苑卮言》、胡应麟的《诗薮》、杨慎的《升庵诗话》、陆时雍的《诗镜总论》以及许学夷的《诗源辩体》等诗话著作，都从各自不同的角度，探讨诗歌源流，剖析诗人风格流派，"寻源流""考正变"，在中国诗歌发展史和诗歌流派的兴衰演变规律的研究方面，都有不同的特色和成就。还有一批以评论当代诗人诗作为主要内容的明人诗话，如徐泰的《诗谈》、顾起纶的《国雅品》，专论明人之诗，对于明代诗歌发展的历史轨迹和各种诗文流派的演变网络，都有比较清楚的阐述。这些都有助于中国诗史的研究，有益于历代诗歌流派兴衰演变规律等问题的探索。

第三，关于诗歌的艺术美的探索。

明代诗话的一个显著的特点,就是重诗的格调、法式,追求艺术美的艺术倾向性。

明代诗话对诗歌艺术美的探索,是不遗余力的。早在明初,茶陵派领袖李东阳撰《怀麓堂诗话》,曾以大量的篇幅专论诗歌的音律节奏,从追求诗歌的形式美、音乐美等方面宗唐法杜。谢榛的《四溟诗话》论诗主格调,也偏重于炼字琢句,讲究诗歌的格调技巧,追求艺术形式之美。王世贞的《艺苑卮言》、王世懋的《艺圃撷余》、刘世伟的《过庭诗话》等都主格调说,大谈诗歌的声律、法式;到胡应麟的《诗薮》,这种追求诗歌艺术形式之美的倾向,又深入到了"神韵"这种更新的高度,以格调说为基础,既尚"法"又重"悟",强调"体格声调"与"兴象风神"的统一;更为可贵的,是明代诗话家已普遍地认识到了情与景在诗歌创作中的地位和相互关系,认为"作诗本乎情景","景乃诗之媒,情乃诗之胚,合而为诗"(《四溟诗话》)。在这里,情与景是辩证统一的;只有"情景相融",而又"融情于景",才能创造出神入化的诗歌艺术境界。从而,把诗歌艺术美的探索,提高到了追求诗歌的意境美的更高层次之上。

诚然,如前所述,明代诗话对诗歌艺术美的探讨,从理论到实践还存在某些失误,这种失误,不光是复古派有,反复古派也有。但是,鉴于我们过去在研究中国文学批评史方面存在片面化、机械化和简单化的错误倾向,因而在评价明人诗话对于诗歌艺术美的探讨时,多斥之为"形式主义",批评失当者随处可见。我们认为,自诗话之体诞生于宋以来,中国诗论家运用诗话这样为人们所喜闻乐见的文学样式,已经进入探讨诗歌艺术美的自觉时代。他们已经不再满足于文学发展外部规律的研究,而将自己的研究兴趣更多地放在文学发展内部规律的探索上面。一般来说,从内部研究中国传统文学的发展演变规律,主要应该从汉语的性质、特征的把握入手,认真探讨古代汉语以及由此而形成的中华民族的文化性格对中国古典诗歌的产生、发展和演变的内在影响。所以，中国诗话之著多数比较注重诗歌的音韵、格律、句式、对偶、用典、节奏、篇章结构诸方面的论述和评析，比较注重诗歌的艺术形式对于诗人情感表现上的作用。当然，如果忽略思想内容而一味追求形式美，似乎也无足可取；然而，如把从文学内部来探讨文学发展的规律，注重诗歌艺术形式之美，都一概斥责为"形式主义逆流"，恐怕也要不得的。因为这种指责和批评，只重"教化"，而轻视"审美"，对诗歌理论缺乏美学意义上的评析。

基于以上论述，我们认为，明代诗话是中国诗话发展的一个重要阶段。从论诗体制、创作目的到诗歌理论上的成就，我们就可以毫无愧色地说：明代诗话是从宋金元诗话向以理论化、系统化、专门化为特色的清诗话完成胜利过渡的一座坚实而宽阔的巨型桥梁，在中国诗话史上占有重要的历史地位。

卷五　清诗话

第一章
诗话的黄金时代

第一节　盛况空前的清代诗话

中国诗话,自赵宋时代崛起,经历了数百年的生长发育,在我们伟大的诗歌国度的肥美土壤上开花结果,到清代终于进入了中国诗话发展繁荣的黄金时代。正如郭绍虞先生说:

> 诗话之作,至清代而登峰造极。清人诗话约有三四百种,不特数量远较前代繁富,而评述之精当亦超越前人。

(《清诗话续编序》)

清代,是中国旧体文学大总结的时代,又是文学批评繁荣发达的时代。诗话创作之风,风靡全国;诗话之作,如雨后春笋,瑰丽多姿,气象万千。其数量之多,大大超过了宋、金、元、明历代诗话之著的总和。《中国丛书综录》所著录的清代诗话为五十四部,郭绍虞先生估为三四百种,这已经够多的了,然而尚非清代诗话的全部。据我编纂的《中国诗话文献考》初步统计,仅收藏于全国各大图书馆中的清代诗话之作,就达七百多部。其实,还远不止这个数目,散见于全国各地方图书馆的地方性诗话,鉴于各种原因,尚未能全部著录,散落的珍珠还不计其数。

诗话的黄金时代的主要标志,不仅仅在于这种热闹非凡的创作景象,更重要的一面还在于诗话大家与传世佳作的大量涌现。从总体来说，宋人诗话数量也不少，但质量一般，由于"闲谈"随笔所致，遗忘率、淘汰率很高；而清人诗话创作，早已进入诗话之体发展演变的高级阶段，它已经不再是"以资闲谈"的随笔小品和士大夫"绪余"的点缀之作，而是臻于理论化、系统化、专门化的论诗专著了。其卷帙之繁富，体系之完整，理论之精确，成就之卓著，已经远远超过以前任何一个时代的诗话。如王夫之、叶燮、王士禛、沈德潜、翁方纲、袁枚、赵翼、潘德舆、刘熙载等一类诗话大家，如《姜斋诗话》《原诗》《带经堂诗话》《说诗晬语》《石洲诗话》《随园诗话》《瓯北诗话》《养一斋诗话》《诗概》《射鹰楼诗话》等一大批诗话巨著，都以其突出的理论建树和卓越的贡献，为中国诗话史增添了光辉的篇章。总之，著作如林，卷帙浩繁，名家辈出，传世佳作层出不穷，显示了清代诗话突出而巨大的成就，并因此成为中国诗话史上一座巍峨入云的丰碑。

　　清代，是中国封建社会的最后一个王朝，又是半殖民地半封建社会的开端。清王朝从1644年七岁的福临（顺治）在吉特太后的怀抱中入关登基，到1912年又一个七岁小儿溥仪（宣统）在隆裕太后提携下退位，总共经历了十个皇帝二百六十八年。其间，以1840年鸦片战争为界，区分为两种不同的社会形态：之前一百九十六年，仍是封建社会；之后七十二年，则沦为半殖民地半封建社会。鉴于这一历史实际，为叙述之便，我们将清代诗话分为三个历史阶段：从顺治元年（1644）到雍正十三年（1735）为初期；从乾隆元年（1736）到嘉庆二十五年（1820）为中期；从道光元年（1821）到宣统三年（1911）辛亥革命推翻清王朝止为末期。考虑到历史的连贯性和阶段性的统一，我们仍将从鸦片战争到五四运动这段时期，列为"近代诗话"。现将各个时期诗话创作的基本估价分述如下：

一 清初诗话

万历年间,朱明王朝正处于风雨飘摇之中,而女真贵族则崛起于东北松辽平原。明崇祯九年(1636),努尔哈赤第四子皇太极改国号为"清",定族称曰"满洲"。八年之后,李自成起义的金戈铁马攻克北京,朱明王朝在农民大起义的革命洪流中覆灭了。而在欢庆胜利的锣鼓声中,清兵由明将吴三桂引导,大举入关。于是全国形势急转直下,经过火与剑、血与肉的残酷搏斗,清王朝终于统一了全中国。

清初,既是迭代之交,又是诗风大变之时。作为中国封建社会的最后一个王朝,它已成为封建专制主义国家政权的强弩之末。其腐朽性、顽固性、落后性,无以复加,整个社会所呈现出的乃是一种夕阳返照的景象。由于清贵族统治者对汉族人民实行种族隔离政策和残酷的民族压迫,激化了人民的反清情绪,火与剑、血与泪的搏斗,此伏彼起。清初诗坛,首当其冲。抒爱国之情,寄故国之思,赞英雄之业,发亡国之恨,成为清初诗歌的主调,而像唐初上官体、宋初西昆体、明初台阁体一类点缀升平、歌功颂德之作,在清初诗坛始终被爱国遗民的爱国诗篇压抑着,未能如历代王朝建立之初那样自由地生发。这种一反历代诗歌发展故迹的现象,正是清代特殊的民族关系、政治形势、经济条件、文学环境等所决定的。

面对着清贵族的残酷统治和民族压迫,清初爱国遗民唯一的而又名正言顺的护身法宝,就是学古复古。因此,与明代一样,整个清代诗坛基本上由学古复古诗论占据主导的地位;所不同的地方在于,清人的学古复古诗论完全是在批评明诗及其诗论的基础上建立起来的,是复古诗论发展到更高层次上的理论概括。

叶燮在论及清初诗论时,曾经指出清初诗坛所存在的"宗宋"和"宗唐"两种不同的论诗倾向性。他说:

> 盖尝溯有明之际,凡称诗者咸尊盛唐,及国初而一变,

诎唐而尊宋。旋又酌盛唐与宋之间，而推晚唐，且又有推中州逮元者，又有诎宋而复尊唐者。纷纭反复，入主出奴，五十年来，各树一帜。(《三径草序》)

此中，转变诗风的关键人物是钱谦益。钱氏（1582—1664），字受之，号牧斋，江苏常熟人。明万历间进士，早年参与东林党活动，崇祯时官至礼部侍郎。后仕清，以礼部侍郎衔值秘书院事兼明史副总裁，不久辞归。他主盟文坛长达五十年之久，论诗宗宋，推崇苏轼、陆游和元好问，对转变明末宗唐复古之风，起了举足轻重的作用。此后，又有吴伟业出，又标举唐诗，宗元、白"长庆体"，诗风又变而宗唐。大凡清初诗坛，宗宋派还有宋荦、查慎行等，宗唐派有宋琬、周亮工、施闰章等人。这"宗宋""宗唐"两大流派，已经初步摆脱了明代"唐宋诗之争"那种攻讦门户之风的羁绊，两派之间已无不可逾越的鸿沟，而只是对诗歌艺术美的两种不同的追求。这样，到王士禛主盟文坛，论诗凡数变，先尊唐，后学宋，晚年复又宗唐，说明这位文学宗匠已经带头跨越了那条人为的唐宋鸿沟了。这正是清人所从事的学术研究高于明人之处。

在清初诗坛这种独特的论诗风气之中，清初诗话虽然也存在着"宗唐"和"宗宋"两大创作倾向，但其主导方面却在于对"唐诗""宋调"两种诗歌艺术美及其创作规律的追求和探索上，因此走出了一条通融唐宋的新路子。清初诗话，以王夫之、叶燮、王士禛为三大家，其《姜斋诗话》《原诗》和《带经堂诗话》，乃是这个时期的诗话代表作。此外，比较重要的诗话还有：

《梅村诗话》一卷，吴伟业撰。

《来集之先生诗话》一卷，来集之撰。

《蠖斋诗话》二卷，施闰章撰。

《围炉诗话》六卷，吴乔撰。

《柳亭诗话》三十卷，宋长白撰。

《诗辩坻》四卷，毛先舒撰。

《西河诗话》八卷，毛奇龄撰。

《诗律蒙告》一卷，顾炎武撰。

《静志居诗话》二十三卷，朱彝尊撰。

《漫堂说诗》一卷，宋荦撰。

《山姜诗话》一卷，田雯撰。

《初白庵诗评》三卷，查慎行撰，张载华辑。

《白鹤堂诗话》三卷，彭端淑撰。

《寒厅诗话》一卷，顾嗣立撰。

《龙性堂诗话》初、续二集，叶矫然撰。

《春酒堂诗话》一卷，周容撰，冯贞郡编。

《抱真堂诗话》一卷，宋徵璧撰。

《诗筏》一卷，贺贻孙撰。

《载酒园诗话》五卷，贺裳撰。

《西圃诗说》一卷，田同之撰。

《野鸿诗话》一卷，黄子云撰。

《西江诗话》十二卷，裘君弘撰。

《谈龙录》一卷，赵执信撰。

二 清代中叶诗话

经过清初社会的动荡和自我调整，至雍正、乾隆时代，清王朝的"盛世"已降临到神州大地。于是，这个可以歌颂而又令人诅咒的、建立在民族压迫和文化专制主义基础上的时代，迫切要求诗人们摈弃复古拟古之风，把注意力更多地投向这个被"康乾盛世"的绚丽花环所装饰着的现实世界。基于时代的需要，清代中叶以沈德潜为代表的诗论家，重新又打出"诗言志"的旗帜，把"温柔敦厚"这个早被明人和清初诗人抛弃了的儒家诗教，经过一番梳理洗涤，换上一套崭新的时装，去替圣人立言，为巩固封建统治服务。

清代中叶诗风的转变，是时代使然，是"康乾盛世"的产物。受这种诗风的影响，这个时期的诗话大致分为两大派别：一是以沈德潜为代表的"格调派"，论诗主格调，追求雅正，以"温柔敦厚"为旨归，强调"诗之为道，可以理性情，善伦物，感鬼神，设教邦国，应对诸侯"，以发挥诗歌的社会功用；一是以袁枚为代表的"性灵派"，论诗主性灵，追求个性，以性情为诗之本，反对模唐仿宋、侈谈格调、以书卷考据为诗的形式主义诗风，主张把性情、学问、神韵三者熔于一炉，以更好地表现诗歌的内质。嘉庆年间，窒息思想界的尊崇程朱理学与学术界的考据训诂之风，很快便渗入诗坛，形成了风靡一时的"乾嘉诗风"。继沈德潜之"格调说"以后，大学问家翁方纲创立"肌理说"，欲熔义理、考据、词章之学于诗炉之中，使诗歌创作变成所谓"学人之诗"，以堆垛为富，以捍扯为工。这个"肌理诗派"与袁枚的"性灵诗派"相抗衡，从学者不下百十，流风所被，直至道光年间以程恩泽、何绍基为代表的所谓"学人诗派"。

这个时期，诗话创作如百花齐放，繁荣兴盛，名家辈出，著作林立。其优秀的代表作，主要是沈德潜的《说诗晬语》、翁方纲的《石洲诗话》、袁枚的《随园诗话》和赵翼的《瓯北诗话》。其他诗话之著，卷帙之繁富，不胜言之。单就五卷以上篇幅的诗话之作就有数十种之多，例如：

《榕海诗话》八卷（存三卷），林正青撰。

《罨画楼诗话》八卷，廖景文撰。

《絸斋诗谈》八卷，张谦宜撰。

《宋诗纪事》一百卷，厉鹗撰。

《春秋诗话》五卷，劳孝舆撰。

《定泉诗话》五卷，陈梓撰。

《梧门诗话》十六卷，法式善撰。

《滇南草堂诗话》十四卷，原题白石先生、云谷老人同撰，草堂弟子编次。

《吴兴诗话》十六卷，戴璐撰。

《北江诗话》六卷，洪亮吉撰。

《耄余诗话》十卷，周春撰。

《竹间诗话》八卷，盛大士撰。

《考田诗话》八卷，喻文鏊撰。

《蠡庄诗话》十卷，袁洁撰。

《东南峤外诗话》三十卷，梁章钜撰。

《香雪园诗话》六卷，王诚撰。

《芷江诗话》八卷，补遗一卷，许嗣云撰。

《灵芬馆诗话》十二卷，续六卷，郭麐撰。

《橡坪诗话》十二卷，方恒泰撰。

《石樵诗话》八卷，李树慈撰。

《红叶山房诗话》六卷，姚锡范撰。

《东泉诗话》八卷，马星翼撰。

《应体诗话》二十二卷，杨秉杷撰。

《伯山诗话》十四卷，康发祥撰。

《春草堂诗话》五卷，谢堃撰。

《十二石山斋诗话》八卷，梁九图撰。

《养一斋诗话》十卷，潘德舆撰。

《静修斋诗话》八卷，仇福昌撰。

凡此种种，不一而足。这一切，都可以雄辩地说明，中国诗话发展到清代中叶已经进入登峰造极的鼎盛时期。乾嘉大师们所从事的创造性的劳动，从诗话创作的数量和质量两个方面，终于为光辉灿烂的中国诗话史树起了一座巍峨的丰碑。许多著名的学者，著述甚勤，呕心沥血，在诗话创作的园地里辛勤地耕耘，为建立中国诗话的理论体系做出了巨大的贡献。例如梁章钜（1775—1849），字闽中，号退庵，福建长乐人。他不仅是清代著名的学者和文学家，也是成绩卓著的大诗话家，诗话专著还有《闽川诗话》《闽川闺秀诗话》《三管诗话》《南浦诗话》《雁荡诗话》数种。黄培芳也有《香石诗话》《粤岳草堂诗话》，还有《诗法举要》等。著名学者、《四库全书》总纂官纪昀的诗话撰著也很宏富，有《纪河间诗话》三卷《李义山诗话》（又名《玉谿生诗说》）二卷《唐人试律说》一卷。此外，较有影响的诗话之作还有很多，如徐增《而庵诗话》一卷、师范《荫椿书屋诗话》一卷、丁鹤《兰皋诗话》三卷、庞垲《诗义固说》二卷、方世举《兰丛诗话》一卷、杭世骏《榕城诗话》三卷、冒春荣《葚原诗说》四卷、查为仁《莲坡诗话》一卷、汪沆《槐塘诗话》一卷、薛雪《一瓢诗话》一卷、吴文晖《澉浦诗话》二卷、张澍《阴常侍诗话》、杨际昌《国朝诗话》二卷、舒位《瓶水斋诗话》一卷、尚镕《三家诗话》一卷、赵知希《泾川诗话》三卷、戚学标《三台诗话》二卷、李调元《雨村诗话》二卷、熊琏《澹仙诗话》四卷、宋大樽《茗香诗论》一卷、潘德舆《李杜诗话》三卷、崔旭《念堂诗话》四卷，等等。他们的辛勤劳动和卓著贡献，在清代诗话史上是永远不会磨灭的。

三　晚清诗话

日薄西山，夕阳残照。晚清时代，在帝国主义侵略中国的"鸦片战争"的枪炮声中，在洪秀全领导的"太平天国"起义军的厮杀声中，历时两千年之久而形成的封建主义制度的稳定性结构开始解体，中国封建社会处于风雨飘摇之中，中国人民开始了以反帝反封建为目标的资产阶级旧民主主义革命。从此，中国历史进入了一个新的阶段。

处于"乾坤之变"的历史漩涡之中的晚清诗坛，也随之发生了翻天覆地的变化。这种诗风之变，主要在于诗人积极地投身于现实的社会斗争，诗歌面向现实，面向社会，面向人生。诗歌创作的思想性和战斗性日益增强,反帝反封建成了最基本的主题;诗歌的形式也比较自由,语言趋于大众化、通俗化,诗体的解放已成大势所趋。这个时期,首开诗风的人物是杰出的资产阶级启蒙主义思想家和大文学家龚自珍。虽然他没有诗话专著行世,但是他的诗歌创作和诗歌理论主张,却在中国近代诗坛产生了极其巨大而深远的影响。继之者有魏源、张际亮、张维屏、贝青乔等人,其诗歌创作也表现出一种反帝、爱国的格调。作为鸦片战争的一部史诗,林昌彝的《射鹰楼诗话》就是在这种情势之下产生出来的。

鸦片战争失败,中国逐渐沦为半殖民地半封建社会,帝国主义大有瓜分中国之势。这时,以康有为、谭嗣同、梁启超为代表的资产阶级改良派,挺身而出,力图通过变法维新,达到富国强兵的目的。随着资产阶级改良主义运动的兴起,出现了以黄遵宪为旗帜的"诗界革命",使中国传统的诗歌理论渗入了崭新的革命内容。戊戌变法失败以后,梁启超流亡于日本,撰写了《饮冰室诗话》,总结并继续鼓吹"诗界革命",主张诗歌应"以旧风格含新意境",也就是说,用旧的诗歌形式来表现新的革命内容,要求诗歌反映现实斗争,为革命摇旗呐喊,鸣锣开道。这些理论,集中概括了近代诗歌的进步的历史潮流,也标志着晚清诗话已深深地打上了那个动荡变革的时代的烙印。

此外,晚清时代,中国传统的诗话之体,仍然有众多的诗话之作表现出的是学古复古的倾向,探讨诗歌源流,剖析风格流派,评论诗人诗作,议论得失,考订辨误,抉隐发微,继续沿着历代诗话的创作路线发展。比较有影响的诗话之作有:

《屺云楼诗话》六卷,刘存仁撰。

《梦痕馆诗话》四卷,胡薇元撰。

《白华山人诗说》二卷,厉志撰。

《养自然斋诗话》十卷,钟骏声撰。

《白岳庵诗话》二卷，余楙撰。

《通斋诗话》二卷，蒋超伯撰。

《海虞诗话》十六卷，单学傅撰。

《雪桥诗话》十二卷，二集八卷，三集十二卷，余集八卷，杨钟羲撰。

《云樵外史诗话》二卷，缪焕章撰。

《愚园诗话》四卷，胡光国撰。

《蕉庵诗话》四卷，续编一卷，后编八卷，魏元旷撰。

《南村草堂诗话》（未完稿），邓显鹤撰。

《问花楼诗话》三卷，陆鏊撰。

《小沧浪诗话》四卷，张燮承撰。

《挑灯诗话》九卷，马时芳撰。

《樵隐诗话》十三卷，林钧撰。

《柏严感旧诗话》二卷，赵炳麟撰。

《星湄诗话》二卷，徐传诗撰。

《石溪舫诗话》二卷，吴嵩梁撰。

第二节　朴学之盛与诗话创作

诗话，崛起于宋以后，至清代而鼎盛。请问，究竟是什么原因促使诗话如此飞速地繁荣发展呢？关于这个问题，前辈学者虽也间或论及，但都不甚了了。我们认为，分析某种文学现象的发生与发展，应该从多角度、多层次、多方面去考察分析，才能得出合乎客观实际的正确结论。诗话也不例外。清代诗话创作鼎盛局面的出现，绝不是一种偶然的文学现象，而是诗话之体经过宋、元、明数代的发展演变之后，在清代那个社会的、学术的、文学的具体环境之中得以充分自由发展的必然结果。也可以概括地说，是清代朴学之盛的必然的产物。

朴学，意谓质朴之学。初见于《汉书·儒林传》。汉儒治经，注重于名物训诂考据，故后世泛指汉学中的古文经学派为"朴学"。清代乾嘉学派继承汉儒学风，致力治经考据，以区别于宋儒性命之学，亦称之为朴学。在中国经学史上，清代的朴学，与先秦子学、两汉经学、魏晋玄学、隋唐佛学、宋明理学，前后辉映，各自成为一个时代学术思想的代表。

清代朴学大盛，究其原因很复杂，大致可以归纳为两个方面，一是政治的，一是学术的，二者又互相影响。首先，政治的原因。清贵族崛起于松辽平原，而后入主中原大地，统一中国。为了巩固其统治地位，他们采用高压与怀柔相结合的民族政策。一方面实行八股取士，招徕人才，以山林隐逸和博学宏词的荐举收罗宿儒遗老。一方面是高压政策下的文字狱。清代的文字狱之多、之严酷，在中国历史上最为罕见。据《清代文字狱档》不完全统计，仅乾隆六年到五十三年，不到半个世纪，载入史册的文字狱就达六十三起之多。清统治者大兴文字狱，反映了当时思想文化战线上尖锐的阶级斗争和民族斗争。这种斗争愈演愈烈，文人学士多才为累，避祸远害，挂冠之志和遁世退隐的思想，随之而生。其中士大夫阶层中的优秀分子，更继承东林党和复社的遗风，如顾炎武、王夫之辈，成为清代学术思想的开山祖师。其次，学术的原因。清代的学术思想以"汉学"为主潮。清初爱国遗民顾炎武，出于反清的政治之需，扛起"舍经学无理学"的大旗，主张复兴东汉古文经学，排击元、明"宋学"，以达到"明道救世"的目的，希望文字流传，人心不死，汉族有复兴的一天。所以注重经史，要求根据经书与历史立论，读书与抗清联结，著述与致用一致。顾炎武是清代古文经学派的开创者。到了乾嘉时代，随着统治者实施高压的文字狱，士大夫吸取了许多诗人因诗得罪而招致杀身之祸的惨痛教训，不问政治，回避现实，回避民生，一头栽进故纸堆，把自己的聪明才智和兴趣，都转移到学术研究和古籍整理诸方面来。所以，继顾氏而起的经学家，放弃了"读经致用"的本意，却继承了音韵训诂以及考据方面的传统，潜心致力于学术上的考据、训诂、校勘、辨伪、辑佚、编纂之类的工作。从而，在乾嘉时期出现了朴学大盛的学术局面。

那么，清代诗话创作的全盛局面与朴学之盛有着怎样的关系呢？本人认为，从学术研究的角度来看，清代诗话正是朴学大盛的产物。

第一，朴学之盛，为诗话创作开拓了新的视野，提供了极其丰富的创作材料。清代统治者比前代统治者略为高明之处，在于他们造就了一大批学者型的人才，抢救并保护了大量的中国古籍。虽然其主观动机在于巩固其统治地位，但客观上却为学术研究提供了人才和书籍资料诸方面的条件。在严酷的文字狱之余，清统治者则大力提倡和鼓励学术研究，并且提供了许多方便。如开设"四库全书馆"，征集天下遗书，对于浙江鲍士恭、范懋柱、汪启淑和两淮马裕四家，因献书有功，乾隆皇帝特别通令嘉奖。同时还以官府名义组织编纂《康熙字典》《佩文韵府》《古今图书集成》《全唐诗》等一系列大型的工具书和古典文献丛书，仅仅是《四库全书》就收书三千五百余种，凡七万九千三百余卷。中国古籍的大量整理和大批出版，开拓了人们的视野，为学术研究提供了丰富的文献资料，为文人学士的潜心研究开了方便之门。

梁启超曾经指出："前清一代学风，与欧洲文艺复兴时代相类甚多。"（《清代学术概论》）这种类比，是符合历史实际的。在中国文学史上，几千年的中国传统文学，经历了漫长的发展以后，至清代而进入了全面总结的阶段，各种文体荟萃，百花齐放，万紫千红，呈现出一派文艺复兴的繁荣景象。文学批评也随之兴旺发达，五花八门，无所不备，而主要样式仍然是诗话。从中国诗话史来看，这显然是诗话之体发展的历史必然。诗话经历了宋、元、明几个发展演变阶段，不仅在数量、质量、体制等方面，为清代诗话的鼎盛打下了良好的基础，而且，更为突出的是在诗话创作的经验、理论系统和诗话的整理与研究方面，也为清代诗话提供了极为丰富、极为宝贵的精神食粮。特别是朴学大盛，更为清诗话的创作创造了一个千载难得的学术环境和发展契机。这对清代诗话的空前繁荣和创作质量的提高，起了不可低估的重要作用。正因为这样，清代诗话才得以在历代诗话创作的雄厚基础上，具有集历代诗话之大成的优越性。

第二，朴学之盛，为清代诗话创作创造了一种难得的、富于竞争性的学术研究环境和发展契机。从清代朴学的发展演变过程来看，大致可分为三个时期，这就是梁启超所称的启蒙期、全盛期、蜕变期。启蒙于清初，约当顺治、康熙、雍正三朝，各派崛起，大家辈出，以复兴汉、宋学为归；全盛于中叶，约当乾隆、嘉庆二朝，形成以顾炎武为宗、以考据学为特长的"乾嘉学派"；蜕变于晚清，约当道光、咸丰、同治、光绪四朝，复兴西汉今文经学，注重"微言大义"，倡言孔、孟理想。这一切，从内容到形式，从学术思想到研究方法，都对清代诗话产生过重大的影响。从顾炎武到章炳麟，此间许多朴学大家同时又是著名诗话家；在清代学术研究史上，朴学与诗话总是并行不悖、休戚相关的。一部清代诗话史，无论是清初诗话、清中叶诗话，还是晚清诗话，都深深地打上了朴学的烙印。如清初诗话宗宋尚理，清中叶诗话主格调、重考据，"格调派""肌理派"与"性灵派"之争、晚清诗话的"复古"与"求真"、重"诗品"与"人品"以及新旧两派诗话的对立，无不深受当时的学风所制约，留着时代的印记。特别是"乾嘉学派"的大师们，多以自己的学术思想和研究方法去从事诗话创作，为清诗话的理论体系和艺术风格定下了基本的格调。

作为一个学派，它是指具有大体相同的学术思想、研究方法和创作风格的一群学者而言，单一的个人是难以形成一个学派的。清代朴学各种派别的形成有一个显著的特点，就是它阐释经书义理的基本一致性及其前后的师承关系。与此相同者，清代诗话在继承前人诗学遗产、吸收其论诗方法论方面，也形成了各具特点的不同派别。它们之间各有不同的文学宗尚和师承渊源关系，如肇于南宋的唐宋诗之争，至清初而方兴未艾，出现"宗唐"与"宗宋"两大诗话派别；以王士禛为代表的"神韵说"，则秉承唐司空表圣的《诗品》和南宋严羽的"妙悟"之说；沈德潜的"格调说"，又本于明代七子；以袁枚为代表的"性灵说"，则以明代李贽的"童心说"、焦竑与公安三袁的"性灵"之说为宗。马克思主义认为，矛盾的双方，总是相比较而存在，相斗争而发展的。清诗话的各种不同的流派，彼此论战，互相竞争，乃是清代复杂多样的学术思想在诗学领域里的反映。所谓"唐宋诗之争"，"神韵说""格调说""肌理说""性灵说"之争，以及晚清时代的新派诗话与旧派诗话之争等等，对于清代诗话创作的繁荣发展，无疑起了一定的促进作用。从整个诗话史来看，清代诗话早已不再是以茶余酒后的谈资为创作动机的"绪余"之作了，它已经发展成为严肃的诗歌理论批评的主要形式。许多作者专心尽力而为诗话，自觉运用诗话这一武器，积极参与现实的文学论争，讲道理，摆事实，品评人物，议论得失，抑扬褒贬，各抒己见。这样，诗话创作的目的性更明确了，自觉性增强了，立论的针对性提高了，现实的指导性突出了，论争的锋芒更显露了，理论阐述的思辨性加强了。诗话之体至清代，在传统与时风的影响下，在朴学大盛的特殊的学术环境之中，已经由初期诗话以"论事"为主的低级阶段，发展到了以"论辞"为主的高级阶段了。

第三，盛极一代的清代朴学，以其独特的学术思想、思维方式和方法论影响清代诗话，使诗话创作更趋于严谨化、理论化、系统化和专门化。这是朴学之盛促进清诗话繁荣发展的重要原因。

如前所论，清代盛极一时的朴学，以乾嘉学派为其代表。所谓"乾嘉学派"，指的是乾隆、嘉庆年间（1736—1820）以训诂、考据、笺释为能的经学派系。这个派系，导源于清初大学者顾炎武，主张根据经书和历史立论，以达到"明道救世"的目的。到乾嘉时代，学者继承顾氏的治学方法，以汉儒经注为宗，推崇许慎、郑玄之学，将汉儒古文经学中的训诂、考据、笺释用于古籍整理和学术研究，因而形成所谓"朴学"。乾嘉朴学大师们的研究虽然只属于文献学的范畴，形成一个由版本目录学、校雠学、训诂学、笺释学等构成的小小的系统，然而，其学术思想、思维形式和方法论，则以实证为特点。朴学家都以严肃的态度，严谨的治学精神，孜孜不倦的努力，在学问上用功夫。他们反对主观冥想，排斥空论，提倡实际，强调实事求是，不带主观偏见和门户壁垒色彩。无论是对于中国古籍的校勘、补遗、辑佚和辨伪，还是对作品的语言名物、风俗礼仪、山川地理、典章制度的训诂诠释，对古代作品产生的背景、本事、创作意图、隐义的钩稽、笺解、阐述，对作者生平事迹、学术思想和学术成就的广泛搜求和缜密排比，都曾做过严格的选择、精密的研究、详尽的阐发，撰著了大批古籍的校勘本、注释本以至会校、会注、会评、纂义、集释，还有作家年谱、作品系年、文学大事年表和各种专题性的资料汇编、引得和索引，为中国古籍的整理和文学研究，提供了丰富的经验和丰硕的成果。朴学大师们的这种严谨踏实的作风和扎实牢固的基本功，不畏琐细、埋头苦干的精神，实事求是、一丝不苟的治学态度，开拓进取、集前人研究之大成的累累硕果，永远值得我们后人心仪而效法。他们所从事的技术性很强的工作，于古代文化遗产的继承，有开拓之功；而对于古代文学研究来说，则为我们铺垫了一块坚实的奠基石。清代诗话，就正是在这块基石之上树立起来的一座魏峨的丰碑、参天的大厦。

梁启超在《清代学术概论》中指出："吾辈不治一学则已，既治一学,则第一步须先将此学之真相了解明确,第二步乃批评其是非得失。"这是经验之谈。"乾嘉学派"的最终目标,在于全面彻底地弄清中国古代文化典籍的实际底细和本来面目,其真正价值,则在于为学术研究者架设一座从微观世界通向宏观世界的桥梁。

在中国诗话史上,诗话之体崛起于宋以后,经过金元时期诗话的衰竭与徘徊,其所以又能够由明诗话的复兴发展到清诗话的艺术高峰,此间的桥梁和基石,也正是乾嘉朴学大师们架设和铺垫的。这里面,不仅是乾嘉学派以严谨的治学态度、严密的逻辑思维和求实的研究精神影响清代诗话的创作,而且许多朴学大师同时又是诗话大家,如纪昀、杭世骏、赵翼、翁方纲、李调元、洪亮吉、张惠言、阮元、焦循、舒位、梁章钜等。他们治学严谨,长于考据,善于思辨,既是学术带头人,又是诗话创作骨干,纪昀有《纪河间诗话》《李义山诗话》,杭世骏有《榕城诗话》《桂堂诗话》,赵翼有《瓯北诗话》,翁方纲有《石洲诗话》《格调论》《神韵论》《诗法论》,李调元有《雨村诗话》,洪亮吉有《北江诗话》,阮元有《广陵诗事》《小沧浪笔谈》《石渠随笔》,舒位有《瓶水斋诗话》,焦循有《雕菰楼诗话》,梁章钜有《东南峤外诗话》《闽川诗话》《雁荡诗话》《三管诗话》《闽川闺秀诗话》等,都以辉煌的学术研究和诗话创作成果,卓然立于中国诗话之林,为清代诗话的系统化、理论化、专门化及其繁荣进步,做出了不可估量的巨大贡献。

第二章
清初诗话

第一节　宗唐诗派诗话

清初诗坛,居于领袖地位的是钱谦益和吴伟业。钱氏宗宋,吴氏尊唐,二人各立门户,终于形成了清初诗坛"宗唐"与"宗宋"两大派别。

基于这种独特的诗歌创作环境和论诗气氛,清初诗话创作也就出现了"宗唐"与"宗宋"两种不同的倾向。不过,与明代攻讦不休的"唐宋诗之争"有所不同者,在于清人开始跨越那条人为的唐宋鸿沟,走上了一条通融唐宋的新路。不论他们的文学宗尚如何,是"宗唐",还是"宗宋",其注意力已经不再放在门户争胜方面,而是集中在对唐诗、宋诗两种诗歌的艺术美及其创作规律的追求和探索之上。

清初宗唐诗派,以吴伟业开其端,继之而有施闰章、朱彝尊、冯班、吴乔、贺裳、赵执信等等,在清初诗坛占着主导地位。其诗话代表之作,主要有吴伟业《梅村诗话》、施闰章《蠖斋诗话》、朱彝尊《静志居诗话》、冯班《钝吟杂录》、吴乔《围炉诗话》、贺裳《载酒园诗话》、赵执信《谈龙录》和《声调谱》等。

吴伟业(1609—1672),字骏公,号梅村,江苏太仓人。明崇祯进士,官左庶子。曾师事张溥,为"复社"成员之一。明亡后隐居，后被迫入京仕清，官国子监祭酒，一年后请假辞归。有《梅村集》。论诗之著有《梅村诗话》一卷，仅十三则，以人存诗，多述明末清初之交抗清志士和师友诗事，系记事为主的诗话之作。吴梅村标举唐诗，不像明代七子那样恪守盛唐一家，而是兼容并包，将唐人各家冶于一炉。其间又深受元、白"长庆体"的影响，以七言歌行咏事见长，时号"梅村体"，名作有《圆圆曲》等，因而《四库全书总目》称他的诗歌"格律本乎四杰（指初唐四杰），而情韵为深；叙述类乎香山（指白居易），而风华为胜"。这一评论，正好中肯。

施闰章（1618—1683），字尚白，号愚山，又号蠖斋，安徽宣城人。顺治六年进士，授主事，因试高等，充山东学政，取士有"冰鉴"之誉。康熙中举博学鸿词，官至侍读。其诗近体宗杜，古体宗王、孟，与莱阳宋琬（1614—1674）齐名，王士禛称之为"南施北宋"，称许其五言"温柔敦厚，辞句清丽"。据东南词坛数十年，号"宣城体"。有《学余堂文集》二十八卷、《诗集》五十卷。论诗之著有《蠖斋诗话》二卷，有《施愚山全集》本；又有合二为一卷者，《清诗话》本，凡九十二条。杂论前代诗歌，亦纪当时诗事，大多直录其诗，或摘评字句，或抄录前人诗话旧文，间有一二句点评。从体例到内容，杂而无章，无多新见，仅有资料价值，而缺乏学术性。吴江沈楙德为之跋，曰："《诗话》两卷，虽先生之绪余，然渊雅博洽，立论平允，初非矜闳诞，侈迂夸者所可同日语也。"这显然有些过誉失当，不切实际。《四库全书总目》说他论诗"亦多失考"，认为它是"不甚经意之作"，倒是批评得中肯。

朱彝尊（1629—1709），字锡鬯，号竹垞，又号金风亭长，小长芦钓鱼师等，浙江秀水（今嘉兴）人。康熙时举博学鸿词科，授检讨，曾参加编纂《明史》。博通经史，擅长诗词古文。于词宗南宋姜夔，为浙西词派的创始者；诗与王士禛齐名，时有"南朱北王"

之誉。著述甚富,有《日下旧闻》四十二卷、《曝书亭集》八十卷、《经义考》三百卷;又辑有《词综》三十六卷、《明诗综》一百卷。论诗之著为《静志居诗话》二十四卷,系后人姚祖恩从朱氏《明诗综》中辑录论诗之语而成。是书保存了极为丰富的明代诗人的资料,有的可补史乘之不足。竹垞论明诗,较为持平,对钱谦益《列朝诗集》论诗持门户私见而毁誉不当的缺误,多所纠正。然而,朱氏论诗亦力主唐音,对于宋诗则不遗余力地排击。他说:

> 诗篇虽小技,其源本经史,必也万卷储,始足供驱使。"别材非关学",严叟不晓事。顾令空疏人,著录多弟子,开口效杨、陆,唐音总不齿。吾观赵宋来,诸家匪一体,东都导其源,南渡逸其轨,纷纷流派别,往往近粗鄙。群公皆贤豪,岂尽昧厥旨?良由陈言众,蹈袭乃深耻。云何今也愚,惟践形迹似。譬诸芳蔗甘,含浆啖渣滓。斯言勿用笑,庶无乖义始!(《曝书亭集》卷二十一《斋中读书十二首》)

朱氏责备宋诗"粗鄙",而学宋者更流于"空疏"。作为学者,他主张论诗"以取材博者为尚",这是完全可以理解的。但他一味诋诃宋诗,屡言今之言诗者"厌弃唐音",则可见所持的仍是尊唐贬宋的老调。

清初诗话家冯班、吴乔、贺裳皆主唐音。

冯班,字定远,号钝吟,江苏常熟人。著有《钝吟杂录》十卷,其中《严氏纠谬》一卷专论严羽《沧浪诗话》之弊。吴乔,又名殳,字修龄,江苏昆山人。著有《围炉诗话》六卷,今有《清诗话续编》校点本。贺裳,字黄公,丹阳人。著有《载酒园诗话》五卷,今有《清诗话续编》校点本。冯、吴、贺三人论诗观点基本一致,正如吴乔自序云:"一生困厄,息交绝游,惟常熟冯定远班、金坛贺黄公裳,所见多合。"(《围炉诗话》自序)阎若璩《潜邱札记》也说:"老友吴乔先生尝言,贺黄公《载酒园诗话》、冯定远《钝吟杂录》及某《围炉诗话》,可称谈诗者三绝。"

冯班论诗,盛推唐诗,而以晚唐温、李为宗,于宋诗特别是山谷诗派,则肆意讥评贬斥。他认为"温、李诗,句句有出,而文气清丽,多看六朝书方能作之",而"山谷用事琐碎,更甚于昆体",指斥山谷诗风"疏硬",有如"食生物未化"与"吴人作汉语",有"读书不熟之病"。冯氏《钝吟杂录》卷四,对宋人颇多贬斥之词。他声言"读书不可先读宋人文字",认为"宋人诗逐字逐句讲不得,须另具一副心眼,方知他好处。大约唐人诗工夫细,宋人不如也"。凡此种种,说明冯氏的文学宗尚在于扬唐抑宋。

吴乔《围炉诗话》,是清代诗话中的优秀作品之一。是书以问答体形式论诗,别具一格,其内容以系统全面、说理透彻、论证有据而著称于世,具有集古今论诗之大成的特色,堪称谈艺一绝。正如黄廷鉴所说:"修龄先生所撰《围炉诗话》,脍炙艺林。其排击七子,探源六义,议论精到,发前人之所未发。"张海鹏也盛赞是书"持论名通,一扫皎然《诗式》《沧浪诗话》之陋"(《围炉诗话》书后跋)。这些评论,自然有过誉之处,但吴乔诗话的影响确实很大。著名学者赵执信曾"三客吴门,遍求其书不可得"(《谈龙录》),可见当时即已珍秘之甚。

大凡吴乔论诗,强调比兴,宗晚唐而抑两宋,对明代七子之模拟风气尤多排击,主张为诗须有境有情,有人在其中,以读其诗而可见其人者为尚。是书所论,颇多精辟见解,对赵执信的诗论影响颇大。然而,吴氏认为比兴优于赋体,唐人多用比兴,故优;宋人多用赋体,故劣。此说曾为《四库总目提要》所驳斥,说:"赋、比、兴三体并行,源于《三百》。缘情触景,各有所宜,未尝闻兴比则必优,赋则必劣。况唐人非无赋体,宋人亦非尽无比兴,遗诗俱在,吾将谁欺?乃划界分疆,诬宋人以比兴都绝,而所谓唐人之比兴者,实皆穿凿附会，大半难通。"驳得确有道理。吴氏论诗扬唐抑宋，失之偏颇之处，实在难免，也是一大教训。

贺裳《载酒园诗话》，传本甚稀，今之《清诗话续编》本，体例亦杂乱无章，但内容已基本齐全。据贺氏自序，其论诗以中、晚唐为主，于宋诗则颇多贬词，斥之曰"生硬""鄙俚""酸陋""蠢拙"，或为"学究气""禅和气"，陵夷风雅，食生不化，说"宋诗三变：一变为伧父，再变为魑魅，三变为群丐乞食之声"，极尽诋诃贬斥之能，实拾王、李七子"宋无诗"的余唾。虽则其中所论不无可取之处，但其论诗的基本倾向是错误的，以至影响了这部诗话之作的理论价值和批判意义。吴乔说："黄公《载酒园诗话》三卷，深得三唐作者之意，明破两宋膏肓，读之则宋诗可不读。"（《围炉诗话》自序）这个评语，倒也道出了个中真谛。

赵执信（1662—1744），字伸符，号秋谷，又号饴山，益都（今山东青州）人。康熙进士，官右赞善，因"国丧"期间观演《长生殿》而被革职。他是大文学家王士禛的甥婿，但论诗主张却深受吴乔的影响，反对王氏的"神韵"说，因作《谈龙录》一卷。是书之名，源于王士禛与门人论诗，谓当作云中之龙，时露"一鳞一爪"之语。大凡赵氏论诗，主张"诗以言志"，强调诗中有人，而"必使后世因其诗以知其人，而兼可以论其世"，故对王士禛所标举的"神韵"说深表不满，而于冯班、吴乔、贺裳之论，却盛赞不已。《谈龙录》的真正价值，是对于审美的特殊性和艺术创作规律的探讨。赵执信《谈龙录》开宗明义地记载了洪昇、王士禛、赵执信三人论诗的故事：

> 钱塘洪昉思（昇），久于新城之门矣，与余友。一日，并在司寇宅论诗，昉思嫉时俗之无章也，曰："诗如龙然，首尾爪角鳞鬣，一不具，非龙也。"司寇哂之曰："诗如神龙，见其首不见其尾，或云中露一爪一鳞而已，安得全体？是雕塑绘画者耳。"余曰："神龙者屈伸变化，固无定体，恍

惚望见者,第指其一鳞一爪,而龙之首尾完好,故宛然在也;若拘于所见,以为龙具在是,雕绘者反有辞矣。"昉思乃服。

(《清诗话》上册)

这一论诗趣闻,曾一时传诵四方。对于诗的看法,三人各不相同。洪昇求"全",渔洋执"偏",都陷于片面性。赵秋谷认为,诗如神龙,变化万千,固无定体,可以通过描绘龙的首尾鳞爪去表现它。但这"一鳞一爪",必须通过想象,使之构成一个完整的整体,才能使一条首尾完好的神龙"宛然"浮现在人们的眼前。显然,这种看法是符合诗歌的审美特性和创作规律性的。洪、王、赵对于诗歌的讨论,涉及艺术创作中如何处理好虚与实、藏与露、个别与一般、局部与整体、有限与无限等关系的问题。文艺创作,其突出的特点,就是艺术形象的典型化。作者必须通过丰富的艺术想象,以小见大、以少见多,以有限的艺术形象去反映无限宽广的社会生活。这就是艺术的特殊性。

赵执信精于声韵,还著有《声调谱》一卷,分《前谱》《后谱》《续谱》,故亦称之为《声调三谱》,各本又多厘为三卷。这是中国诗学史上第一部比较全面地论及律诗平仄格律及古调律调区别的专门著作。此后,安徽泾县人翟翚(1752—1792,字仪仲),又撰有《声调谱拾遗》一卷,对赵谱则有所补正和阐说。

第二节　宗宋诗派诗话

明代七子一味标举"诗必盛唐",导致诗歌创作陷入拟古主义的泥坑。清初诗人,惩于明人学唐之弊,于是转而推尊宋诗。正如《四库全书总目》指出的:

> 当我朝开国之初,人皆厌明代王、李之肤廓,钟、谭之纤仄,于是谈诗者竞尚宋、元。(《精华录》提要)

这是事实。清初诗坛,以文坛宗主钱谦益开"宗宋"之端。而后秉承明代公安三袁绪论而为宋诗张目者，有黄宗羲、吕留良、吴之振、叶燮、宋荦、查慎行、田雯、杭世骏等人，形成一个巨大的宗宋诗派。吴之振、吴自牧、吕留良曾合编《宋诗钞》一百零六卷，广录宋诗。诗话之作主要有叶燮《原诗》、查慎行《初白庵诗评》、宋荦《漫堂说诗》、田雯《山姜诗话》、杭世骏《榕城诗话》《桂堂诗话》等。

查慎行（1650—1727），字悔余，号初白，原名嗣琏，字夏重，浙江海宁人。康熙三十二年举顺天乡试，名闻京师，四十二岁赐进士出身，选翰林院庶吉士，授编修。曾从黄宗羲、钱澄之学，为诗宗宋。有《敬业堂集》五十卷。论诗有《初白庵诗评》三卷，系张载华所辑。是书论诗，以宋为宗，而对苏诗多有赞誉。

宋荦（1634—1713），字牧仲，号漫堂，又号西陂，河南商丘人。官至吏部尚书，加太子少师。诗与王士禛齐名，世称"王宋"，邵长蘅辑为《王宋二家集》。著有《西陂类稿》五十卷。论诗之著有《漫堂说诗》一卷，《四库全书总目》著录于集部诗文评类存目之中，今有《清诗话》本刊行于世。宋荦论诗比较持平，宗宋而不废唐，认为诗歌的本质在于"性情之所发"，为诗重在"悟"，"悟则随吾兴会所之，汉、魏亦可，唐亦可，宋亦可；不汉魏、不唐、不宋亦可，无暇模古人，并无暇避古人，而诗候熟矣"。宋氏提出"诗候"之说，别出心裁，指出诗歌创作必须视"诗候"是否成熟，否则，"胸无定见，随波而靡"，陷入盲目性，自然"可哀"。这是颇有创见的。此外，宋氏对唐以后诗歌流派的论述，也很精到，富有宏观的审视态势，可资研究诗史者参考。

为宋诗张目最得力者，莫过于与王渔洋同时的田雯。

田雯（1635—1704），字子纶，一字纶霞，号山姜子，晚号蒙斋，山东德州人。康熙三年进士，官至户部侍郎。著有《古欢堂集》三十六卷，其中《杂著》四卷，杂论历代诗歌。卷一论诗，卷二论

诗体,卷三卷四为诗话,曾辑为《山姜诗话》一卷本。田雯论诗主宋,而以"诗教"为宗。他对扬唐抑宋之习十分反感,说:

> 今之谈风雅者,率分唐、宋而二之。不知唐之杜、韩,海内俎豆之矣;宋梅、欧、王、苏、黄、陆诸家,亦无不登少陵之堂,入昌黎之室。惟其生于宋也,南辕以后,竞趋道学,遂以村究语入四声,去风人之旨实远。(《古欢堂集杂著》卷一)

田雯极力为宋诗张目,对宋诗大家陆放翁尤为推崇,认为在"格卑气弱"的南宋诗坛,"陆务观挺生其间,袚濯振拔,自成一家,真未易才"(同上卷二)。田雯能如此认识到陆游在宋诗领域里的特殊地位,是很有眼力的。

在为宋诗辩护的诗话家之中,值得提及的还有杭世骏。杭世骏(1696—1772),字大宗,号堇浦,浙江仁和(今属杭州)人。家贫力学,乾隆元年召试博学鸿词科,授翰林院编修。晚年主粤东书院、扬州书院讲席。学识淹博,长于史学、小学,曾受命校勘《十三经》和《二十四史》。著有《道古堂诗文集》等。诗话之著有《榕城诗话》三卷、《桂堂诗话》二卷。其论诗以王士禛为宗,极力为宋诗辩护,故对冯班、赵执信诸人不附渔洋而深致不满。其《榕城诗话》云:"予跋其(指二冯)《才调集》点本后曰:固哉,冯叟之言诗也,……右西昆而黜西江。夫西昆盛于晚唐(原注:案晚唐无西昆之名,此语失考),西江盛于南宋,今将禁晋、宋之不为齐、梁,禁齐、梁之不为开元、大历,此必不得之数。风会流转,人声因之,合三千年之人,为一朝之诗,有是理乎?"(《四库全书总目·集部·总集类存目一·二冯评点〈才调集〉》)杭世骏从诗歌发展的历史轨迹和家数流派演变的客观规律上,说明唐诗、宋诗的不同风格流变乃是"必不得之数",论诗者不能苛求"合三千年之人为一朝之诗"。其为宋诗力辩之意,也就十分明畅了。

一代宋诗，长期为人所诟病，这不能不认为是历史的遗憾。在中国文学发展的历史长河之中，一代总有一代的文学。宋诗，也是属于宋人的。宋人的诗学观念、审美理想、艺术个性、品评标准，打上的是宋代的时代烙印，我们岂能以唐人标准来苛求于宋人！从历史的角度来看待宗宋诗派，他们敢于亮出宋诗的旗帜，为宋诗张目，是值得后人称道的。

第三节　神韵派诗话

清代前期，继钱谦益、吴伟业之后，主盟文坛的是王士禛。

钱谦益称许他"文繁理富，衔华佩实"（《王贻上诗集序》）；袁枚与王士禛本来就"不相菲薄不相师"，然而仍把王士禛与桐城文派的创始者方苞并称，承认二人为诗文中一代正宗；谭献更称誉王士禛为"清代第一诗人"（见《复堂日记》）。王士禛论诗，力主神韵，创立清代诗话理论体系中最著名的三大学说之一——"神韵说"，并形成以王士禛为首的神韵诗派。

王士禛（1634—1711），字子真，一字贻上，号阮亭，别号渔洋山人，山东新城人。清顺治十五年（1658）进士，历任扬州府推官、礼部主事、国史副总裁至刑部尚书，谥文简。自幼工诗，继钱谦益、吴伟业之后，于康熙年间主盟文坛，时达五十年之久，名重一时，为一代宗匠，与朱彝尊齐名，有"南朱北王"之称。著有《带经堂集》《渔洋山人精华录》《池北偶谈》《居易录》《渔洋诗话》《五代诗话》等，其门人张宗楠又辑其全部论诗之语而为《带经堂诗话》三十卷，分八门六十四类，卷帙之浩繁，在诗话史上亦不多见。今有人民文学出版社1963年戴鸿森校点本，二册。

渔洋论诗宗旨，远承司空图与严沧浪，近宗徐祯卿、胡元瑞，独标神韵，建立以"神韵说"为核心的诗学理论。杨纯武《王公神道碑铭》指出：

（渔洋）尝推本司空表圣"味在酸咸之外"及严沧浪"以禅喻诗"之旨，而益伸其说。盖自来论诗者，或尚风格，或矜才调，或崇法律，而公则独标神韵。神韵得，而风格、才调、法律三者悉举诸此矣。

王士禛以此形成自己的一家诗论，并且蔚为时代精神，主宰诗坛数十年而不衰，影响甚为深远。

王士禛标举"神韵"，一见于康熙元年，即作者二十九岁时所选唐律绝句五七言为《神韵集》，专言唐音，此书未传；再见于康熙二十八年，作者所撰《池北偶谈》中引汾阳孔文谷说，论诗以清远为尚，而总其妙则在"神韵"二字。此时渔洋已五十六岁，而且是在选编《唐贤三昧集》之后。可见"神韵说"的最后定论，是其晚年。王氏说：

汾阳孔文谷（天允）云：诗以达性，然须清远为尚。薛西原论诗，独取谢康乐、王摩诘、孟浩然、韦应物，言"白云抱幽石，绿筱媚清涟"，清也；"表灵物莫赏，蕴真谁为传"，远也；"何必丝与竹，山水有清音""景昃鸣禽集，水木湛清华"，清远兼之也。总其妙在神韵矣。"神韵"二字，予向论诗，首为学人拈出，不知先见于此。（《带经堂诗话》卷三）

在《香祖笔记》中也说："七言律联句神韵天然，古人亦不多见。"王渔洋论诗主神韵，我们可以从渔洋的全部诗论中看出。所谓"神韵说"，主要包含以下丰富的意蕴与内容：

第一，强调"兴会超妙"，追求"得意忘言"，认为诗的美感在于"空中之音，相中之色，水中之月，镜中之象"一般的艺术境界。王士禛指出："古人诗只取兴会超妙"，"唐人五言绝句，往往入禅，有得意忘言之妙"。（《带经堂诗话》卷三）他认为诗歌艺术的"超妙"之处，正在于"兴会""入神"，在于"得意忘言"。什么是"兴会"

呢？王士禛上承严羽《沧浪诗话》的"妙悟"之说，认为"兴会"就是诗歌情趣的远致余韵，是"镜象水月"与"羚羊挂角，无迹可求"的艺术境界。这种境界，不即不离，若明若暗，朦胧剔透，只可以神到意会，不可以言传实指。所谓"得意忘言"，是作为一个重要的美学命题提出来的。其归结之点，在于求得神韵情致在语言与物象之外的升腾。从美学的意义来说，"得意忘言"是美的欣赏中一种最高境界或最佳状态。当审美进入"得意忘言"的状态之中时，就意味着审美感受的完成。诗歌创作与诗歌欣赏也是如此。"言"为达"意"，作为艺术形式只是手段与途径而已，自然不可胶柱鼓瑟；一旦达到"意"的无形目的，有形的"言"也就自然忘却了。这是我们在欣赏那些最成功的艺术作品和最美妙的自然景物时都能体验到的状态。可见，王士禛的"神韵说"，重视文学作品的远致余韵、美学思想，是十分可取的。

第二，主张蕴藉含蓄，风神韵致的艺术风格，反对轻露直率的"理语"。王渔洋论诗一再标举"言有尽而意无穷"，认为司空图的"不著一字，尽得风流"是破的之论，主张诗歌应该"不涉理路，不落言诠"而"味在酸咸之外"。作为"神韵说"的主要因素的风神韵致，关键当然在于"韵"，而"韵"又必然体现于"神"。所谓"韵"，侧重的是诗歌的艺术魅力；所谓"神"，侧重的则是诗歌的风格内涵，这里包括的既有诗境中的人，尤其含蕴着渗透诗人情性、风度和气质的境外之味。所以，渔洋论诗主神韵，就特别强调诗歌要"含蓄"而不要率直，要"蕴藉"而不要轻露，要求诗歌创作应该具有那种朦胧含蓄之美，吞吐不尽，好像有深意寄托，却又无法指实；似乎有言外余情，却又难以捉摸。这才是诗歌的最高境界。他以"神韵"为标尺，极力泯灭以朝代为凭借的门户界限，带头跨越唐宋鸿沟。我们认为，王士禛一概排斥一切轻露的"理语"，反对"正言以大义责之"，反对判断性、政治倾向性较强的现实主义诗歌，当然是片面的。然而，他这种从诗歌抒情的艺术本质和审美特征出发，追求诗歌艺术美的精神，是可取的。

第三，神韵说的内核，是以冲淡清远为尚的审美意识。王士禛特别推崇诗中逸品，以平淡清远、神韵天然为诗歌美的极致，把审美和艺术看作是标榜风雅的闲情逸致的满足。有人问及"不著一字，尽得风流"之说，王士禛引用李白《夜泊牛渚怀古》与孟浩然《晚泊浔阳望香炉峰》二诗后指出："诗至此，色相俱空，政如羚羊挂角，无迹可求，画家所谓逸品是也。"（《带经堂诗话》卷三）所谓"逸品"，是在绘画上追求的"萧然淡泊之意，闲和严静之心"的超脱绝俗的艺术珍品。王渔洋认为，诗歌艺术也像绘画艺术一样，当以冲淡、清远、天然、超诣为其艺术的极致，"古淡闲远""清空玄虚""不即不离，不粘不脱"，如"蓝田日暖，良玉生烟"，似"羚羊挂角，无迹可求"，朦胧空灵，莹彻玲珑，神韵攸然，色相俱空。所以，从美学的角度来说，王士禛的神韵说，属于模糊美学的范畴，所追求的正是诗歌艺术的朦胧美。文学艺术本来就带有某种朦胧性、多义性，不像自然科学那样要求明确性。诗歌艺术不同，它有读者，读者是艺术接受的主体，是文学作品的审美再创造者。因此，诗歌应该通过接受主体的创造机制，即通过读者的审美心理结构，激发读者进行审美再创造的能动性。诗歌，有些是时代的号角，具有阳刚之美；有些是社会的低诉，具有阴柔之美。然而，不管是阳刚之作，还是阴柔之作，大凡优秀的诗作，都应该给读者留下进行审美再创造的广阔的思维空间。王士禛以前，明代七子片面"宗唐"，摹拟复古，拮扯吞剥；公安、竟陵又一味"宗宋"，诗歌创作流于率直、浅陋、空疏。其时"优孟衣冠""疟疾鬼趣""痴肥貌袭"的种种诗弊，早已为世诟厉。渔洋力倡神韵之说，强调妙悟兴会、风神韵致，追求空灵秀润的诗歌艺术美境，使人耳目为之一新，对明人片面"宗唐""宗宋"之风，确有救弊补偏、摧邪显正之功。

诗之所以为诗，关键在于抒情性。这种抒情的主体，不是事与物，而是具有丰富的想象力和创造性的"人"！因而作为中国传统文学主体的诗歌，才显得那样气韵生动、情境融洽、和谐浑然，具有一种其他叙事文学难得的空灵与神韵之美。从这个角度来看，王士禛的神韵说，乃是中国诗歌理论的一大宝贵财富。

"神韵说"本身也有其艺术理论缺陷，当时的施闰章、赵执信、吴乔等人曾对其脱离现实求神韵的消极部分，以及排斥李白、杜甫诗歌的错误倾向，提出严厉批评，有些意见还是非常中肯的。因此，钱锺书先生说："神韵派在旧诗史上算不得正统，不像南宗在旧画史上曾占有统治地位。唐代司空图和宋代严羽似乎都没有显著的影响；明末清初，陆时雍评选《诗镜》来宣传，王士禛用理论兼实践来提倡，勉强造成了风气。这风气又短促得可怜。王士禛当时早有赵执信作《谈龙录》，大唱反调；乾、嘉直到同、光，大多数作者和评论者认为它只是旁门小名家的诗风。"（《七缀集·中国诗与中国画》）神韵派的反对者所持的观点未必允当，而钱锺书先生所论则是文学史的常识，说明神韵派之所以未能成其"正统"，正是中国诗论的传统所致，为旧的传统所不容。

第四节 王夫之与《姜斋诗话》

王夫之（1619—1692），字而农，号姜斋，湖南衡阳人。明末崇祯十五年（1642）举人，曾任南明桂王府行人司行人。清兵南下，他积极参加抗清斗争，失败后曾辗转流徙于广东、湘西一带山地，后隐居于衡阳西郊石船山，专事于学术研究和著述，学者因称之为"船山先生"。一生著述赡富，多达七十余种，三百五十八卷，后人收辑而成《船山遗书》。

王船山是我国十七世纪伟大的唯物主义哲学家，又是美学大师、著名诗人和著作等身的学者。他的论诗著作，有《诗绎》一卷、《夕堂永日绪论内编》、《南窗漫录》一卷。近人丁福保辑前二书合编而成《姜斋诗话》，收入《清诗话》丛书之中。人民文学出版社1961年校刊本，把《夕堂永日绪论》内、外两编全部收入，又从《船山遗书》中补辑《南窗琐记》一卷,因合而为三卷。卷一解释《诗经》，卷二评论历代诗歌而重在明诗的评骘，卷三记述师友遗诗，较丁氏《清诗话》本更为完备。王夫之还有《古诗评选》《唐诗评选》和《明诗评选》，其中论诗之语颇多精当之见，却一直未能辑入《姜斋诗话》之中，实在令人遗憾。

船山论诗以朴素唯物主义的哲学思想为基础，建立起自己的诗学理论体系："以意为主"，强调"情""景"融浃、"妙合无垠"，以发挥诗歌"兴""观""群""怨"的艺术效力和社会功能。

一　论"兴观群怨"

"兴观群怨"，是孔子论述艺术的作用时提出来的,语出《论语·阳货》。孔子说：

诗，可以兴，可以观，可以群，可以怨。迩之事父，
远之事君，多识于鸟兽草木之名。

所谓"兴""观""群""怨"四者，集中表现了诗歌在社会现实生活中的重要地位和巨大作用。"兴"，即"感发志意"、陶冶性灵，指诗歌的美感作用；"观"，即"观风俗之盛衰"和"考见得失"，指诗的认识作用；"群"，即"群居相切磋""和而不流"，指引起共鸣，交流思想感情，起团结教育的作用；"怨"，即"怨刺上政"，表现喜怒哀乐之情，起劝善惩恶、讽刺时政的作用。

王夫之身处明清改朝换代之交，那个动乱多事的时代，要求诗歌创作必须面向社会，面向现实，面向人生，发挥诗歌"兴观群怨"的艺术感染作用、认识作用和教育作用。王夫之论诗继承并发扬了封建正统诗论的传统观念，在《诗绎》中进而指出，"兴、观、群、怨"是一个以情为主体、交互作用于诗歌创作的有机整体，从而使

孔子创立的"兴观群怨"说变得更为完备了。船山说：

> "诗可以兴，可以观，可以群，可以怨。"尽矣！辨汉、魏、唐、宋之雅俗得失以此，读《三百篇》者必此也。"可以"云者，随所以而皆可也。于所兴而可观，其兴也深；于所观而可兴，其观也审。以其群者而怨，怨愈不忘；以其怨者而群，群乃益挚。出于四情之外，以生起四情；游于四情之中，情无所窒。作者用一致之思，读者各以其情而自得。故《关雎》，兴也；康王晏朝，而即为冰鉴。"訏谟定命，远猷辰告"，观也；谢安欣赏，而增其遐心。人情之游也无涯，而各以其情遇，斯所贵于有诗。是故延年不如康乐，而宋、唐之所由升降也。谢叠山、虞道园之说诗，井画而根掘之，恶足知此？（《姜斋诗话》卷一）

船山认为，"兴、观、群、怨"是诗歌创作的出发点和归宿，是最基本的创作原则和批评标准，辨别汉、魏、唐、宋各个时代诗歌的"雅俗得失"，都应以"兴、观、群、怨"为准则。他指出，"兴""观""群""怨"四者，是一个相互辉映而相得益彰的整体："于所兴而可观，其兴也深；于所观而可兴，其观也审。以其群者而怨，怨愈不忘；以其怨者而群，群乃益挚。"意思是说，诗歌的美感、认识、教育作用总是紧密联系、有机统一的。"观""群""怨"离不开"兴"，离开"兴"，就丧失了诗歌的审美特征，成为单纯而枯燥的说教。"兴"而可"观"，则提高了诗歌特殊的社会功能；"观"而可"兴"，则能给人以美的感染。同时，"群"和"怨"也必须是"可以兴"的，否则就没有艺术的感染力量，因为，诗歌的认识作用和教育作用，是通过诗歌的美感作用来达到的。

船山对"兴观群怨"的理解和阐述，其超越前贤之处还在于："兴""观""群""怨"四者作为一个统一的整体，是以"情"为核心的。他认为诗人在兴、观、群、怨四情之外受外物的刺激而产生四情,而四情一旦产生,在诗歌构思与创作中也就一发难收。"作者用一致之思,读者各以其情而自得",作者与读者之间是依靠情感的共鸣而相通的。在《古诗评选》中,他评论阮籍《咏怀诗》时说:"唯此宕宕摇摇之中,有一切真情在内,可兴、可观、可群、可怨,是以有取于诗。"这就是说,诗歌内容之中能动人以兴、观、群、怨的主要基因,是"真情",情是兴、观、群、怨的核心。王夫之特别注重诗歌的情感特征,要求诗歌必须具有表现情感的艺术功力,达到审美以陶冶个体、协和人群的社会效果。

王船山《姜斋诗话》中的"兴观群怨"论,全面继承了孔子以来关于诗歌社会作用的诗论成果,在新的形势下加以生发阐述,使之放射出了朴素辩证法的理论光芒,为清诗话的诗歌理论体系增加了新的系数。然而,他却把这种"兴""观""群""怨"的统一限制在孔子所划定的宗法伦理道德观的范围之内,服从于"迩之事父,远之事君"的政治需要。其狭隘性和局限性,也就昭然若揭了。

二 论"以意为主"

"诗以意为主"。在中国诗话史上,最早提出这一命题的,是北宋时代刘攽的《中山诗话》。此后的历代诗话家如王若虚、周履靖等,都——承传此说,而古代诗论家论诗,则无不注重于"炼意"。

王船山论诗注重"兴观群怨",更把"意"视为诗歌的灵魂和统帅。他指出:

> 无论诗歌与长行文字,俱以意为主。意犹帅也,无帅之兵,谓之乌合。李、杜所以称大家者,无意之诗,十不得一二也。烟云泉石,花鸟苔林,金铺锦帐,寓意则灵。若齐、梁绮语,宋人抟合成句之出处(宋人论诗,字字求出处),役心向彼撅索,而不恤己情之所自发,此之谓小家数,总在圈缋中求活计也。(《姜斋诗话》卷二)

船山重"意",所针对的是宋、明以来如江西诗派和前后"七子"那种摹拟雕琢的弊病,旨在反对片面"求形模、求比似、求词采、求故实"的拟古诗风。他认为,"意"作为诗歌之"帅",就决定了"炼意"在诗歌创作中的地位和意义。要加强诗歌的艺术感染力,就必须抓住"炼意"这个中心环节。即使是模山范水,只要有"寓意","花鸟苔林,金铺锦帐"也会为之生辉增色;否则,即使如宋人那样苦心掇取"齐、梁绮语",而"不恤己情之所自发",也必然是"小家数"而已。

王夫之"以意为主"的理论,并不仅仅局限于"意犹帅也"这个意义的认识上。他对"意"的理解已经超越了前人的思维范围,说:

> 把定一题、一人、一事、一物,于其上求形模,求比似,求词采,求故实,如钝斧子劈栎柞,皮屑纷霏,何尝动得一丝纹理?以意为主,势次之。势者,意中之神理也。唯谢康乐为能取势,宛转屈伸,以求尽其意,意已尽则止,殆无剩语;夭矫连蜷,烟云缭绕,乃真龙,非画龙也。(《姜斋诗话》卷二)

船山给"意"以崭新的内涵,以最新的解释:"势者,意中之神理也。"说明这个"意"并非一般表达"一题、一人、一事、一物"的中心思想而已,它要求的是"意"与"势"的统一,"神理"要在"意"中,而不在"意"外;"意"应该渗透在所描写的事物之中,而不要游离于形象之外;要生动逼真,"宛转屈伸",把自己的意趣融入富有特色的景物描写之中,"以求尽其意",表现"意中之神理"。由此看来,船山论诗所注重的"以意为主",已经变成了一种对诗歌的思想境界和艺术境界的追求,近乎稍后的王士禛所标举的"兴会神到"。不过王夫之强调这一点,着眼点在于既强调诗歌的审美特性和创作规律,反对摹拟复古的不良倾向,又充分强调"兴会""神理"的前提是"体物""会景"的朴素唯物主义美学观,目的在于"动人兴观群怨"。

有鉴于此,王夫之提出了"身之所历,目之所见,是铁门限"(卷二)的著名论断。生活,是创作的源泉。诗歌的艺术之花,只有植根于生活的原野,才能常开不败,长盛不衰。王船山把"所历""所见",作为创作的"铁门限",就是强调生活实践对于文学创作的极端重要性,就是提倡艺术家要躬身实践,不断从生活实践中吸取创作的营养,使创作植根于现实的社会生活的土壤之中,以永葆自己的艺术青春。

在中国诗话史上,王夫之的"铁门限"之说的提出,极大地丰富了中国古代的诗歌理论宝库,具有重大的学术价值和现实指导意义,至今还应记取。

三 论"情"与"景"

"情景论",即"情"与"景"的关系之论,是中国诗歌美学理论体系中的主体结构成分之一。王夫之《姜斋诗话》对诗歌美学的主要贡献,正是在于对"情"与"景"关系的精辟论述,明确提出"景生情""情生景"与"情中景""景中情","情"与"景""妙合无垠"的情景交融的重要理论见解,从而把古代诗论所努力追求的诗歌艺术境界,提高到了一个崭新的阶段。王夫之指出:

> 兴在有意无意之间,比亦不容雕刻;关情者景,自与情相为珀芥也。情景虽有在心在物之分,而景生情,情生景,哀乐之触,荣悴之迎,互藏其宅。天情物理,可哀而可乐,用之无穷,流而不滞;穷且滞者不知尔。(《姜斋诗话》卷一)

又说:

> 情、景名为二,而实不可离。神于诗者,妙合无垠。巧者则有情中景,景中情。景中情者,如"长安一片月",自然是孤栖忆远之情;"影静千官里",自然是喜达行在之情。情中景尤难曲写,如"诗成珠玉在挥毫",写出才人翰墨淋漓、自心欣赏之景。凡此类,知者遇之;非然,亦

鹘突看过,作等闲语耳。(同上卷二)

此外,王夫之在《古诗评选》《唐诗评选》和《明诗评选》之中,也再三论及诗歌创作中"情"与"景"的关系问题。例如他在评说唐代著名边塞诗人岑参《首春渭西郊行呈蓝田张二主簿》诗时说:

景中生情,情中含景,故曰:景者,情之景;情者,景之情也。(《唐诗评选》卷四)

在评说明人沈明臣《渡峡江》诗时指出:

情景一合,自得妙语。撑开说景者,必无景也。(《明诗评选》卷五)

凡此种种,不一而足。

中国古典诗歌,以"言志抒情"为内核。从诗歌这种艺术本质和审美特性来考察,中国的诗歌艺术大凡经历了这样两个发展阶段:一是"言志抒情",注重"志"与"情"的统一;二是"情景交融",强调"景"与"情"的"妙合无垠"。从《诗经》开始,中国古典诗歌就产生出大批具有情景交融的艺术形象的作品,取得了感人肺腑的审美效果。作为诗歌艺术结晶的中国诗论早就注意到"情"与"景"的关系这一重大的美学命题,并且历代都有许多精辟的论述。然而,多显得比较零散,不成系统。王夫之总结并继承了前人关于诗歌"情景"论的理论精华,进一步作了鞭辟入里的阐述,提出了自己独到的理论创见,从而更加丰富和完善了这一诗歌形象创作规律的理论。

纵观王夫之关于"情景"论的全部论述,我们看到:船山首先是把"情"与"景"放在主观与客观、反映与被反映的辩证角度上加以理解和认识的。在他看来,诗人笔下的所谓"景",包含着两种特殊的内涵:一种是"生情"之"景",即外界客观存在的自然景物。它通过直觉作用于诗人的感官,使之触景而生情。这就是所谓"景生情",是具体的客观的自然景物所引起的联想和感触而产生的一种共鸣。另一种是"情中"之"景",即存在于诗歌艺术形象中的具体的生活图景,所谓"情生景""情中景"之类。这里的"景",已不再是客观的自然景象,而是诗人经过创作构思、选择加工、精心塑造而成的艺术形象了。这种艺术形象,饱含着诗人的情感,富有浓厚的主观色彩,景在情中,因情而生,故称之"情中景""情生景"。船山认为,触景而生情,情以景生,景为情所染,"在心"为情,"在物"即为景,情与景相生,"互藏其宅"。从创作过程来看,"景生情"→"情生景"→"情景相生",这就是诗人在进行艺术构思时的一种心理机制,是创作的第一阶段。

诗歌是语言的艺术。艺术创造的基本手法是通过语言的描述而塑造丰满而生动的艺术形象。所以,诗歌创作,无论是景物、人事、情感,都要借助于艺术形象来体现。王夫之认为:"于景得景易,于事得景难,于情得景尤难。"(《古诗评选》卷一)而情中之景尤其难于曲写。"难"在何处?也许难就难在社会生活和人物的思想感情的错综复杂性。既然如此,王夫之对诗歌创作提出了更高的要求。他希望诗人不要满足于自然美的描写,而应该使自己笔下的自然之美升华到"情"与"景""妙合无垠"的最高层次的艺术境界,实现物我、主观与客观的和谐统一。他认为高明的诗人,他笔下的"景"与"情"总是互相依存,互相渗透,水乳交融,妙合无垠的。一方面是"情者景之情",景与情合,情为境中之情,景为境中之景,以情化景,"情在景中"。一方面又是"景者情之景",情中有景,景中有情,情不为虚情,情皆可以为景;景非为滞景,景皆含情,"情景一合,自得妙语"。如李白的"长安一片月"(《子夜吴歌·秋歌》),通过对静谧的长安秋月的描写,露出了诗人客居他方的一缕孤栖怀远之情;杜甫的"诗成珠玉在挥毫"(《奉和贾至舍人早朝大明宫》),写出了诗人酣畅淋漓、自我欣赏之景。既是抒情,又是写景,达到情景妙合无垠的境地。从创作过程来看,这就是诗歌创作的第二阶段,所谓"情中景"→"景中情"→"情景交融",正是创作完成时诗歌所达到的高层次型的艺术境界。据此,王船山自信地说:"含情而能达,会景而生心,体物而得神,则自有灵通之句,参化工之妙。"(《姜斋诗话》卷二)

王夫之的美学思想十分丰富,认识也十分深刻,是明清时代中国古典美学思想的卓越代表者。我们上述所提及的,仅仅是其《姜斋诗话》所论及的诗歌美学的精粹而已。然而,仅以此"情景论"而言,船山已经把中国古代的诗歌美学思想发展到了一个世人瞩目的新的高峰。有人认为:"艺术意境离不开情景交融,所谓情景交融,也就是近代西方美学讲的移情现象。"也许说得不错。但如此类比,亦不能穷"情景交融"之说的真谛。因为以抒情为本质特征的中国古典诗歌,一般具有两大要素:一是"景",二是"情"。根据中国历代诗论所特别注重的情景相成之论,王夫之开拓性地创为"情景交融"之说,认为诗歌的最高的理想境界就是情与景的"妙合无垠"(不是一景一情的形式排列),从而使"情景交融"成为中国诗歌传统中最富有民族特点的审美情趣。我们认为,比起"移情"之说来,"情景交融"更符合中华民族的文化性格和审美传统,王夫之的阐述也是准确而有价值的。

第五节 叶燮与《原诗》

叶燮(1627—1703),字星期,号已畦,江苏吴江人。晚年寓居吴县横山讲学,人称之"横山先生"。康熙五年(1666)乡试中举,九年登进士第,十四年任江苏宝应县知县,后因"忼直不附上官意",被借故弹劾"罢官"。从此,他欣然游览名山大川,从事讲学著述。清代文坛名家如张玉书、沈德潜、薛雪等,皆出于叶燮门下。主要著作有《已畦文集》二十二卷《已畦诗集》十卷《诗集残余》一卷、《汪文摘谬》一卷。叶燮是清代著名的文学理论家,有论诗专著《原诗》四卷，分内、外二篇。是书以完整的诗学理论体系，卓然屹立于清代诗话之林，在中国诗话史和中国美学史上享有较高的声誉。

同王夫之一样，与别的诗话家相比较，叶燮具有两个明显的论诗优势：一是精通哲学，具有很强的逻辑思辨能力。作为清初唯物主义美学思想的主要代表人物，他善于把感性的经验上升到理论的高度，以深邃的哲学思维的目光观察文学现象，使他的论诗专著《原诗》富有唯物主义的系统性和思辨性的理论特色。二是诗才横溢，博洽精深。南明福王弘光元年（1645），叶燮参加补嘉善弟子员试，以文夺魁，备受学使赞赏。其诗歌艺术纯熟老练，苍劲浑厚，境界俱见。王士禛曾称誉叶燮的诗文创作能"熔铸古昔，而自成一家之言"（《已畦集》卷首）。在《原诗》中，叶燮特别强调诗人的"才、识、胆、力"。我们以为，这正是叶燮本人所具有的"才识胆力"，使他能够在《原诗》中提出并阐明了许多富有真知灼见的诗学命题，而形成了自己独具特色的诗歌美学的理论体系。

《原诗》一书，成于康熙二十五年（1686）。全书分为内、外二篇，凡四卷。顾名思义，所谓"原诗"，即论诗歌之源。探求诗歌艺术的本原，乃是全书的理论体系的核心。其中内篇论述"数千年诗之正变、盛衰之所以然"，外篇杂论诗歌创作中艺术形象的构成等一系列理论问题。沈珩为《原诗》作序时指出："内篇标宗旨也，外篇肆博辨也，非以诗言诗也。"（《原诗》卷首）这里的所谓"宗旨"，就是阐述诗歌艺术的源流本末、沿革因创、正变盛衰的基本原理和创作规律；所谓"肆博辨"，并非高深才学的自我炫耀，如《四库全书总目》所批评的逞"英雄欺人之语"，而是通过具体的艺术鉴赏与批评，来论证自己的论诗宗旨和诗学主张。其理论的系统性、逻辑的思辨性、尖锐的批判性和实践的指导性，都达到了前此诗话所未曾有过的学术水平。

《原诗》对诗歌美学的论述，内涵极为丰富，形成了自身较为完整的诗歌理论体系。本书认为,这一体系大致分为两大系列:一是对诗歌艺术本原的探讨,二是关于诗歌美学的基本原理的论述。现依次分述于后。

一 诗歌艺术的本原

所谓"本原",就是万物之根源。在哲学中,唯心主义认为世界的本原是精神,唯物主义则认为世界本原于物质。关于诗歌的艺术本原,中国古典诗论历来有在心在物之分。在心者认为诗本乎心,在物者认为诗源于物。按照传统的说法,是将二者合而为一,叫作"感物言志"。作为清代著名的唯物主义哲学家和美学家,叶燮观察诗歌现象的广度和深度,则远远超出了前人与同代别的诗论家。他认为诗歌艺术的本源是客观存在于万事万物之中的"理""事""情","以在我之四,衡在物之三,合而为作者之文章"。他明确指出:

> 曰理、曰事、曰情,此三言者,足以穷尽万有之变态。凡形形色色,音声状貌,举不能越乎此;此举在物者而为言,而无一物之或能去此者也。曰才、曰胆、曰识、曰力,此四言者,所以穷尽此心之神明。凡形形色色,音声状貌,无不待于此而为之发宣昭著;此举在我者而为言,而无一不如此心以出之者也。以在我之四,衡在物之三,合而为作者之文章。大之经纬天地,细而一动一植,咏叹讴吟,俱不能离是而为言者矣。(《原诗》内篇卷下)

这一唯物主义的艺术本源论,正是叶燮《原诗》诗歌美学理论体系的基石。

叶燮认为,世界上客观存在的一切事物,形形色色,光怪陆离,但都是"理""事""情"三者的统一体,"三者缺一,则不成物"。那么,什么是"理""事""情"呢?他自己解释说:

> 譬之一木一草,其能发生者,理也;其既发生,则事也;既发生之后,夭矫滋植,情状万千,咸有自得之趣,则情

也。(《原诗》内篇卷下)

根据这种理解,所谓"理",就是事物发生的必然趋势;所谓"事",就是事物的客观存在;所谓"情",就是客观存在的事物所呈现出来的千姿百态的各种情状。因此,可以说,"理""事""情"之说,是叶燮对于世上一切事物发生发展的客观规律性的综合概括。诚然如此,我们还只能承认叶燮是一位唯物主义哲学家;然而,叶燮毕竟还是一位文学理论家和美学大师。出于对诗歌艺术本质的深刻认识,他对诗歌艺术本源的探讨,并没有停留在客观存在的"物"上面,并没有满足于哲学家对于"理""事""情"做哲学意义的阐述。叶燮的可贵之处在于:他进一步把那双深邃的目光投向诗歌的作者,注目于诗人主观方面的"才、胆、识、力",指出作诗之本,就被表现的客观事物而言,可以用"理""事""情"三者来概括;而就诗人的主观条件来说,还应以"才、胆、识、力"四者为要。所谓"才",指作者的创作才能,包括观察、想象、概括、鉴赏诸能力;所谓"胆",指创作中那种敢于破旧创新的胆量和气魄;所谓"识",指学识、见识、阅历,包括认识、辨别、分析客观事物的能力和思想、艺术素养等;所谓"力",指作者的"诗内工夫",即富于独创性的笔力和纯熟新颖的写作技巧。这四者相互联系、相辅相成,"无'才'则心思不出,无'胆'则笔墨畏缩,无'识'则不能取舍,无'力'则不能自成一家"(《原诗》内篇卷下)。其中起决定作用的是"识",无"识",则其他三者就无所寄托。叶燮指出,"以在我之四,衡在物之三",合而为诗人之诗歌,认为诗歌是诗人主观方面的"才、胆、识、力"与客观事物的"理、事、情"相结合的产物,是我与物、主观与客观的有机统一。这就使历代诗论家所概括的"感物言志"说,显得更加严密而完整,把中国诗论长期为之探索的诗歌艺术本源论,提高到了一个更高层次。

理论研究的目的,在于求取对于事物的真理性的认识。以前的研究者，多数只注重作家作品的单一化的品藻，很少高屋建瓴地鸟瞰一部文学史上的全部文学现象。叶燮的研究已不再是"以诗言诗"，而是要擘肌透骨地从大量的文学现象中抽取一般的、更带概括性和规律性的认识，因而更具有高度的宏观审察和思辨的能力。在《原诗》中，叶燮还在唯物主义艺术本源论的基础上，深刻地论述了文学发展过程中的正变盛衰和沿革因创等重要的诗学命题，从而又建立了唯物主义的文学发展史观。

首先，叶燮针对复古主义理论，指出一部文学发展史总是因时递变，日新月异的。他在《原诗》内篇一开始就指出从《诗经》开始，中国的诗歌就一直处在生生不息的"相续相禅"的发展之中：

> 诗始于《三百篇》，而规模体具于汉。自是而魏，而六朝、三唐，历宋、元、明，以至昭代，上下三千余年间，诗之质文、体裁、格律、声调、辞句，递升降不同，而要之，诗有源必有流，有本必达末；又有因流而溯源，循末以返本，其学无穷，其理日出。乃知诗之为道，未有一日不相续相禅而或息者也。但就一时而论，有盛必有衰；综千古而论，则盛而必至于衰，又必自衰而复盛。非在前者之必居于盛，后者之必居于衰也。（《原诗》内篇卷上）

所谓"相续相禅"，就是指诗歌历史发展的连续性和各个发展阶段中的创新性。从历史发展的全过程来看，任何一个时代的文学，都离不开历史发展的连续性，特别是与相邻的前代文学之间继承关系，如长江大河，没有上游、中游的万派细流，也就汇合不成下游那浩荡奔腾的水势一样。因此，分析和研究各个历史阶段中的诗歌创作及其流派，只能把它们放在诗歌发展的历史长河中去考察，不能数典忘祖，不能割断历史。然而，也不能再重复历史，因为"相续相禅"并非一成不变，诗歌发展的历史也如人类社会一样，永远处于运动变化之中。

叶燮进一步发展了明清两代诗论中的文学进化论，认为以"理、事、情"为创作之本源的诗歌创作，所以能够生生不息、"相续相禅"，其主要原因在于两个方面：

一是时代使然。诗歌创作因时而变，"时有变而诗因之"。乾坤之变，政治之变，风俗之变，必然引起诗歌的创作题材、思想内容、艺术风格和表现手法诸方面的变化。他说：

> 且夫风雅之有正有变，其正变系乎时，谓政治、风俗之由得而失，由隆而污。此以时言诗，时有变而诗因之。时变而失正，诗变而仍不失其正，故有盛无衰，诗之源也。吾言后代之诗，有正有变，其正变系乎诗，谓体格、声调、命意、措词、新故升降之不同。此以诗言时，诗递变而时随之。故有汉、魏、六朝、唐、宋、元、明之互为盛衰，惟变以救正之衰，故递衰递盛，诗之流也。（《原诗》内篇卷上）

这里的所谓"正"，指的是传统的正宗；所谓"变"，指的是对传统正宗的新变和突破。叶燮认为，诗歌"有正有变"，即既有传统继承又有创新发展。正变相继，以至长盛而不衰。所以，无论从"诗之源"或"诗之流"的角度来看，时代的"正变"，决定了诗歌的"正变"；然而，诗歌的艺术生命，不在于"正"而在于"变"。难能可贵的是，在这段论述中，叶燮充分认识到了诗歌与时代、诗歌与社会生活的发展所特有的不平衡性规律，提出了"时变而失正，诗变而仍不失其正"的诗学命题。他认为，一定的时代和社会由"正"而"变"，表现出由"盛"而"衰"的发展趋势；而诗歌艺术的发展由"正"而"变"，却并非是由"盛"而"衰"，而往往是"有盛无衰"、长盛不衰。这就是人类社会的物质生产和精神生产所表现出的不平衡性规律。在中国诗话史上，叶燮首先认识到这一点，足见他的识力之高！

二是诗歌自身发展演变之必然。叶燮在充分肯定"时有变而诗因之"的基础之上,又全面回顾了中国古典诗歌发展演变的历史全过程,特别是对唐诗发展演变的历史轨迹,更作了精当的阐述。他认为诗歌之变,同时也是诗歌艺术自身发展演变规律所致。叶燮指出:

> 夫自《三百篇》而下,三千余年之作者,其间节节相生,如环之不断,如四时之序,衰旺相循而生物、而成物,息息不停,无可或间也。吾前言踵事增华,因时递变,此之谓也。故不读明良、击壤之歌,不知《三百篇》之工也;不读《三百篇》,不知汉魏诗之工也;不读汉魏诗,不知六朝诗之工也;不读六朝诗,不知唐诗之工也;不读唐诗,不知宋与元诗之工也。夫惟前者启之,而后者承之而益之;前者创之,而后者因之而广大之。(《原诗》内篇卷下)

叶燮提出"孰为沿为革,孰为创为因"的问题,从发展的观点来论述沿革因创的关系,指出其中"相承相成"、承先启后的发展总趋向。认识诗歌创作只有"前者启之,而后者承之而益之;前者创之,而后者因之而广大之",才有可能"踵事增华",日臻丰富,长盛不衰。一部中国诗歌发展史,就是一部生生不息、相续相禅的发展历史,也是一种不断继承又不断革新、独创的演变过程。在诗歌发展的历史长河之中,各个不同的时代之所以有各个不同时代的诗歌,之所以具有不同的诗歌风貌和艺术特色,"变"是个中关键之所在。所以,叶燮反对摹拟复古,主张"变",由"因"达"变","变"中创新,要求诗人发挥自己的艺术才能,发扬勇于创新的精神,以自己的艺术彩笔,为传统文学的"新变"写出最新最美的诗篇。

二 诗歌美学的基本原理

叶燮的美学思想,内容丰富,论述精当。《原诗》一书,是他的诗歌美学的代表作。现将其诗歌美学的一些基本原理,简要论述如下。

（一）"幽渺以为理，想象以为事，惝恍以为情"——论审美认识的特殊性。

在《原诗》中，叶燮对于诗歌艺术作为审美认识的特殊性，曾做过极其精辟而深刻的分析，指出：

> 要之作诗者，实写理、事、情，可以言言，可以解解，即为俗儒之作。惟不可名言之理，不可施见之事，不可径达之情，则幽渺以为理，想象以为事，惝恍以为情，方为理至、事至、情至之语。（《原诗》内篇卷下）

诗歌的本质在于抒情，而抒情则赖于诗歌的艺术形象。叶燮认为，诗歌的本源是"理""事""情"，然而如果"实写理、事、情"，言言解解，不运用形象思维，就是"俗儒"之作，令人读之生厌。鉴于诗歌审美的特殊性，他认为只有通过形象思维，塑造"虚实相成，有无互立"的艺术形象，诗歌才能达到更高层次上的艺术真实。因此，诗人的本领，诗歌的特点，就在于写出"不可名言之理，不可施见之事，不可径达之情"。他指出，要达到这个目标，诗人的艺术构思就必须遵循艺术思维的特殊原则。"幽渺以为理，想象以为事，惝恍以为情"，这就是说，根据审美认识的特殊性，诗歌中的"理"精妙深微，是诗人在特殊的艺术环境中领悟到的，一般人"不可名言"；诗歌创作应以想象为事，经过诗人想象加工以后的"事"，是对现实生活中的具体事物的概括、集中、典型化，因而更理想，更富有代表性。他认为，诗歌之"情"以惝恍为美，贵在含蓄不露，比兴寄托，给人以恍惚迷离、朦胧空灵之美感；如果径达毕露，则了无余味。总之，他要求诗人笔下的"理""事""情"，更富有概括性、形象性和含蓄蕴藉的特性。叶燮曾说："诗之至处，妙在含蓄无垠，思致微渺。其寄托在可言不可言之间，其指归在可解不可解之会；言在此而意在彼，泯端倪而离形象，绝议论而穷思维，引人于冥漠恍惚之境,所以为至也。"(《原诗》内篇卷下)这是对"幽渺以为理,想象以为事,惝恍以为情"之说的最好的注脚,说明叶燮注重审美认识的特殊性,强调诗歌的"理至、事至、情至",依然在于发挥艺术想象对创造诗歌最高境界的重要意义。

(二)"诗之基,其人之胸襟是也"——论审美的主体性。

审美的主体性是什么?中国诗话家曾提出"诗品人品"之说。叶燮论诗强调"胸襟",认为诗以"胸襟"为基,对审美的主体性提出了又一精辟的见解。他说:

> 我谓作诗者,亦必先有诗之基焉。诗之基,其人之胸襟是也。有胸襟,然后能载其性情、智慧、聪明、才辨以出,随遇发生,随生即盛。(内篇卷下)

叶燮以楼台为喻,指出没有基础的楼台房屋是会倒塌的,没有以"胸襟"为基的诗歌是没有艺术生命的;因此,作家"有是胸襟以为基,而后可以为诗文"。这里的所谓"胸襟",指的是作者自身的高尚思想、情趣与审美观,包括叶氏所列举的性情、智慧、聪明、才辨。显然这是本于"才、胆、识、力",而以"识"为主。《原诗》强调指出诗歌之工,"非就诗以求诗",根本问题取决于诗人的"胸襟"。

在文学艺术领域中,审美的主体性,简单地说,就是肯定并强调审美活动中要体现人的本质力量。诗歌创作所体现的人的本质力量,当然是诗人!因此,诗人自身的思想品德、艺术修养和聪明才智,对于诗歌创作的成败至关重要。人说"诗品出于人品",高尚的人品与优秀的诗品是紧密相关的,正如叶燮所说:"功名之士,决不能为泉石淡泊之音;轻浮之子,必不能为敦庞大雅之响","有胸襟,然后能载其性情、智慧、聪明、才辨以出,随遇发生,随生即盛"。他以杜甫为例,说明杜诗都随着所遇的人、境、事、物,而无处不抒发"思君王、忧祸乱、悲时日、念友朋、吊古人、怀远道,凡欢愉、幽愁、离合、今昔之感",指出杜甫之所以能够因遇得题,因题达情,因情敷句,都因为杜甫有其"胸襟以为基"的缘故。

在中国诗话史上,有关"诗品""人品"与"胸襟"之论,固然有其特定的阶级内容和思想内涵。但是,这种关于审美的主体性的论述,是富有探索性的,它的根本精神在于强调诗人作为审美的主体,在文学活动中的地位、作用和意义。本来文学创作中的审美主体性和客体性是互相依存、有机统一的,探讨审美的主体性,主要在于说明不同的创作者由于主体条件的不同、由于主观的艺术感受能力、想象能力、表现能力、创造能力等方面的差异,因而导致了不同的风格流派的层现错出,导致了文学作品有优劣高低之分。叶燮论诗强调"胸襟",把探索的笔触深入到诗人的内心世界,对于诗歌创作规律和审美特性的探讨,显然是有意义有价值的。

(三)"美本乎天"——论美的客观性。

客观事物的美,都在于客观对象的本身。作为一个朴素的唯物主义哲学家和美学大师,叶燮充分肯定了美的客观性。他指出:

> 凡物之生而美者,美本乎天者也,本乎天自有之美也。

(《己畦文集》卷六《滋园记》)

又说:

> 凡物之美者,盈天地间皆是也。然必待人之神明才慧而见,而神明才慧,本天地间之所共有,非一人别有所独受而能自异也。(《己畦文集》卷九《集唐诗序》)

这就是说,美是一种客观存在,存在于天地之间,存在于自然界之中。这种美是非经人化的自然物之美,它主要在于自然物这个审美对象本身,即在于自然界的一切事物所特有的自然形象和自然形式之中。自然界的山水云霞、树木花草、鸟兽虫鱼、楼台城郭,这些特定的自然形象和自然形式的美,都存在于我之外的客观自然景象之中,并不以人们的主观意识为转移。

在肯定美的客观性之后，叶燮进一步论述了自然美或现实美与艺术美之间的关系。他认为艺术美来源于自然美，艺术美是现实美的反映。他指出，天地万事万物之情状，造物之文之美，以及山水之妙，一旦遇于作家之目，入于作家之耳，即"触于目，入于耳，会于心，宣之于口"，而为象为文，则化自然美而为艺术美。由于自然界一切美的事物，常常是零星分散的，处于"孤芳独美"的形态，不足引人注目，以至感人不深。叶燮认识到自然美不如艺术美，用他自己的话来说，就是"孤芳独美，不如集众芳以为美"，因为世上的事物"分之则美散，集之则美合"。所谓"集"，就是对自然美进行集中、加工、塑造，用今天的术语就是运用典型化的艺术手法。艺术家的本领，就在于"生之植之，养之培之，使天地之芳无遗美，而其美始大"（《滋园记》），即以"集"的艺术手段，去创造艺术美的新天地。

（四）"对待之两端，各有美有恶"——论美的相对性。

美，是客观的，又是相对的，有条件性的。历史上有不少美学家往往把美的相对性、条件性同美的客观性绝对地对立起来，而叶燮却既看到了美的客观性，又看到了美的相对性与条件性，这正是叶燮美学思想最可贵的地方。叶燮指出：

> 陈熟、生新，二者于义为"对待"。对待之义，自太极生两仪以后，无事无物不然：日月、寒暑、昼夜，以及人事之万有——生死、贵贱、贫富、高卑、上下、长短、远近、新旧、大小、香臭、深浅、明暗，种种两端，不可枚举。大约对待之两端，各有美有恶，非美恶有所偏于一者也。其间惟生死、贵贱、贫富、香臭，人皆美生而恶死，美香而恶臭，美富贵而恶贫贱。然逢、比之尽忠，死何尝不美？江总之白首，生何尝不恶？幽兰得粪而肥，臭以成美；海木生香则萎，香反为恶。富贵有时而可恶，贫贱有

时而见美,尤易以明。即庄生所云"其成也毁,其毁也成"之义。对待之美恶,果有常主乎?生熟、新旧二义,以凡事物参之:器用以商周为宝,是旧胜新;美人以新知为佳,是新胜旧;肉食以熟为美者也,果实以生为美者也;反是则两恶。推之诗,独不然乎?(《原诗》外篇卷上)

这一段精彩的论述,充满着素朴的辩证观点和强有力的思辨性。它的基本精神,就是强调美的相对性,认为美与丑互相对立而又互相转化,它们的存在是有条件的。概而言之,叶燮美学中关于美丑的相对性,其美学内涵主要包含以下三个方面:第一,美与恶(丑)是相"对待"而言的,就如日月、寒暑、昼夜、上下、长短、远近、新旧、大小、香臭、深浅等等是相"对待"而言的一样。所谓"对待",就是矛盾与对立,世上的万事万物无不处于矛盾对立之中。美与丑也是一对矛盾,有"美",就有"丑";没有"美",就无所谓"丑"。所谓"对待之两端,各有美有恶,非美恶有所偏于一者",正说明叶燮已经认识到了美与丑是相比较而存在的客观事实。第二,人们的审美心理特征不同,美感也就具有明显的差异性,因而对美与丑的感受也就截然有别。叶燮认为,"对待之美恶",是没有"常主"的,它们因人、因时、因地而异。他在《黄叶村庄诗序》中指出:"境一而触境之人之心不一。"(《已畦文集》卷八)这是很有见地的。同一个审美对象,人的审美理想、审美趣味、审美标准不同,审美感受的差别甚大。六朝以瘦削为美,而大唐妇女却以肥硕为美。"器用以商、周为宝""美人以新知为佳""肉食以熟为美""果实以生为美",反之则为丑。这一切都是从美感的角度来说明美丑的相对性。第三,美是在变化着的,美与丑也在一定条件下相互转化。叶燮指出:"人皆美生而恶死,美香而恶臭,美富贵而恶贫贱。然逢、比之尽忠,死何尝不美?江总之白首,生何尝不恶?幽兰得粪而肥,臭以成美;海木生香则萎,香反为恶。富贵有时而可恶,贫贱有时而见美,尤易以明。"这就是美丑的相对性,说明美与丑在一定条件下可以互相向着对立面转化。叶燮这一精辟的美学见解,闪烁着辩证法的光辉。

值得指出的是,叶燮对美和美感的这种精当的认识,还直接指导着诗歌创作实践。这是难能可贵的。从美丑的相对性出发,他推而及诗道,认为美与丑既无"常主",诗歌创作就应该努力创造比自然美、生活美更高、更典型、更富有代表性的艺术美,"抒写胸襟,发挥景物",以达到"境皆独得,意自天成,能令人永言三叹,寻味无穷"的审美效果;如果"五内空如,毫无寄托,以剿袭浮辞为熟,搜寻险怪为生",就势必"为风雅所摈"。语意深长,发人深省!

(五)"诗无一格,而雅亦无一格"——论美的多样性。

世界是无限多样丰富的;以世界为本原的美,也是无限多样丰富的。

叶燮站在朴素的唯物主义立场上,把审美的目光投向无限多样丰富的外部世界,去寻求美,发现美,因而能够看到美的多样性特点。他在《汪秋原浪斋二集诗序》中指出:

> 自《三百篇》以温厚和平之旨肇其端,其流递变而递降,温厚流而为激亢,和平流而为刻削,过刚则有桀骜诘聱之音,过柔则有靡曼浮艳之响,乃至为寒、为瘦、为袭、为貌。其流之变,厥有百千,然皆各得诗人之一体。一体者,不失其命意措辞之"雅"而已。所以平、奇、浓、淡、巧、拙、清、浊,无不可为诗而无不可以为"雅"。诗无一格,而"雅"亦无一格,惟不可涉于"俗"。(《已畦文集》卷九)

"诗无一格,而雅亦无一格",正是肯定美的多样性。那么,"雅"是什么呢?叶燮自己解释说:"'雅'也者,作诗之原而可以尽乎诗之流者也。"他认为"雅"与"俗"相对,诗歌不可以涉于"俗"。可见"雅",是指诗歌的艺术风格,美好的、高尚而不粗俗的艺术风格。他认为,像世界上的事物具有多样性的特点一样,诗歌的格调及其艺术风格之美,"亦无一格",具有丰富多样性,事物的"平、奇、浓、淡、巧、拙、清、浊",无不可以为诗,也无不可以创造美的、高尚的艺术风格。

根据美的多样性原理,叶燮全面衡量了中国诗歌史上各个发展阶段上的诗歌创作情况和不同风格流派的代表作家,认为他们的诗歌都能"各得诗人之一体","不失其命意措词之'雅'",而各有其美。比如对于晚唐诗歌,论诗者多以衰飒为贬,而叶燮却不以为然,说:

夫天有四时,四时有春秋,春气滋生,秋气肃杀。滋生则敷荣,肃杀则衰飒。气之候不同,非气有优劣也。使气有优劣,春与秋亦有优劣乎?故衰飒以为气,秋气也;衰飒以为声,商声也。俱天地之出于自然者,不可以为贬也。又盛唐之诗,春花也。桃李之秾华,牡丹芍药之妍艳,其品华美贵重,略无寒瘦俭薄之态,固足美也。晚唐之诗,秋花也。江上之芙蓉,篱边之丛菊,极幽艳晚香之韵,可不为美乎?(《原诗》外篇卷下)

这里,叶氏以四季之有春秋作比,说明对盛唐和晚唐诗歌不可分以优劣;又以春花和秋花为喻,指出盛唐与晚唐诗歌都是美的荟萃。这段精彩的比喻,足以说明:叶燮论诗不仅能从哲学的角度认清诗歌发展演变"出于自然"的客观规律性,而且还能从美学的角度分析不同时代、不同风格流派的诗歌所具有的审美价值。

总之,叶燮的诗歌美学,立论深刻,体系完整,具有朴素的艺术辩证法的理论特色,标志着中国古典的唯物主义美学已发展到了一个崭新的阶段。他的《原诗》一书,尽管还有某些理论和实践上的缺陷,美中不足之处也依然存在,如对严羽、高棅、刘辰翁诸人的诗歌理论指责过甚,对曹植和谢灵运的诗歌褒贬失当,等等。但是瑕不能掩瑜,《原诗》毕竟是清代诗话中一部很有学术价值的杰作,代表着清诗话的理论成就,在中国诗话史上也享有很高的历史地位。

第六节 "浙中三毛"诗话

浙江，山川秀丽，人杰地灵，与江苏毗邻，历来号称为人文荟萃之区。在清代，这里既是诗歌之乡，仅以徐世昌《晚晴簃诗汇》所录清诗统计，入选的六千一百五十九位诗人中，浙江就有一千三百人，占五分之一强，居全国的首位，是孕育一代诗人的摇篮，又是清代诗话创作的重心之一，在诗话史上，占一席重要位置。

清初，浙江人毛先舒、毛奇龄、毛际可，三人皆以诗文齐名，时人誉之曰："浙中三毛，东南文豪。"

毛先舒（1620—1688），字稚黄，原名骙，字驰黄，浙江钱塘（今杭州）人。明末诸生，从陈子龙游，又曾从刘宗周讲学。明亡后不求仕进，专事于著述，精于音韵，有《声韵丛说》《韵学通指》，诗话专著有《诗辩坻》四卷，清初毛氏思古堂刻本，今有《清诗话续编》校点本。

先舒论诗力主"通变"，而以"诗教"为旨归。是书取辩于"坻"，亦原出《诗·小雅·甫田》："曾孙之庾，如坻如京。"坻，水中高地；京，高丘。"坻京"则形容丰年之谷物堆积如山。毛先舒以是书之学自矜，高以为"坻"，大以为"京"，因此取义于"坻"，旨在"宣德意，竭忠孝"。《诗辩坻》论历代之诗，脉络清晰，条理分明，具有较强的思辨力。卷一分为"总论""经""逸""汉"四门，其中以"总论"为纲，论述诗学渊源（《原系篇》）、批评古今谈诗家持论之弊（《三弊篇》）、探求诗歌的八种特征（《八征篇》）、指斥各种鄙陋浅俗之论（《鄙论篇》）；卷二论魏晋六朝诗歌；卷三论唐以后各家之诗，于《杂论》之中以"温柔敦厚"为宗旨，纵论诗歌创作和批评中违背艺术规律的十七大罪状（所谓"戾十有七"）；卷四为《诗学径录》和《竟陵诗解驳议》等，介绍作诗门径，又在《驳议》中极力诋毁竟陵诗派的领袖钟惺、谭元春，而为明代七子辩护。所以《四库全书总目》

指出：“先舒诗源出太仓（王世贞）历下（李攀龙），故宋、元皆置不论……而上下千古，所铸金呼佛者，则惟一李攀龙焉。”（诗文评存目，《诗辩坻》提要）这是符合实际的。毛先舒论诗，确以明代七子为宗，门户之见尤深，笃守七子之教，严绝宋、元，以为"尘物"，连胡应麟仅论及宋、元，也受到毛氏的指责。这当然不好，也在一定程度上影响了《诗辩坻》的论诗价值。然而，是书论诗所具有的宏观审视的态势和强有力的逻辑驳辨性，则与明代诗话截然有别，体现出诗话之体至清代而趋于理论化、系统化的倾向。

毛奇龄（1623—1713），字大可，一字齐于；本名甡，号初晴，以郡望称西河先生，浙江萧山人。康熙中任翰林院检讨，明史馆编修官。后以病乞归，博览载籍，著述甚富，又喜驳辨以求胜，对当时用以科举取士的朱熹《四书集注》亦多所抨击。所著分经集文集，经集凡五十种；文集与诗赋杂著，凡二百三十四卷，合而为《西河合集》四百九十二卷。毛奇龄论诗，有《西河诗话》八卷，《四库全书总目》则以《诗话》之名著录于诗文评存目之中。

毛奇龄以学者为诗人，故论诗有学古倾向，大抵折中于唐宋之间，主张"必穷经有年而后能矢歌于一日，故夫风人者，学士之为也"（《俞石眉诗序》）。其《西河诗话》在诗歌理论批评方面也具有寓理义的阐述于考辨诗事之中的特点，以记述诗事为主，大抵录及自己所作及同时诸人的唱和之作，间及唐、宋诗歌。

毛奇龄为人，负气好驳辨求胜，敢于立言标新，凡他人所已言者，必力反其词言之。因此，《西河诗话》亦多有轩轾唐、宋之论。明、清之际，学诗者惩于明代七子宗盛唐之弊，诗风遂转趋于宗宋。毛奇龄则不以为然，欲倡唐诗。他驳辨说：

> 若嘉隆七子，则第仿盛唐影响，近所谓得其郛廓者，其于唐人刻削沉挚，循题即事之法，全然不晓，而目为唐诗，冤矣！（《西河诗话》卷七）

他指出，唐诗与明诗应该严格区分其界限，不能鱼目混珠。如果因为厌恶明诗而因此厌及唐诗，则好像"识者谓恶丑及顷，恶阳虎而及孔子"一样愚蠢！他认为"孔阳""丑顷"原是相似，"比拟"之尚可谅解；而"明何与于唐，而以此拟之"？是说把明诗类比为唐诗，是毫无道理的。

清初汪懋麟曾与毛奇龄论宋诗，汪举苏轼"春江水暖鸭先知"之句，以证"诗不必学唐"。毛奇龄怫然而曰："鹅也先知，岂独鸭也！"争辩戏谑，口不择言！在《西河诗话》中又说：

> 舍人（汪懋麟）举东坡诗"春江水暖鸭先知""正是河豚欲上时"，不远胜唐人乎？予曰：此正效唐人而未能者。"花间觅路鸟先知"，唐人句也。觅路在人，先知在鸟，以鸟习花间故也。此"先"，先人也。若鸭，则先谁乎？水中之物，皆知冷暖，必先以鸭，妄矣！（同上卷五）

这显然是强词夺理，足见毛奇龄之好攻辩与标新。是书所论，喜作高论，妄相标榜。于唐人，则诋李白、柳宗元、李商隐；于宋人，则诋苏轼。历代诗坛大家，都以为不屑一顾，甚至姜仲子、姚季方说他貌似苏轼相，乩仙以奇龄为东坡后身，他闻之皆以为耻辱，诋诃之言多达数百，并有"莫将今日扶乩画，又认他人著屐图"之句，以为诞妄无稽。

"浙中三毛"中的毛际可（1633—1708），字会侯，号鹤舫，浙江遂安人。顺治进士，授彰德府推官，改祥符令。有《会侯文钞》等，而无诗话之著，故此从略。

第三章

清中叶诗话

第一节 格调派诗话

"格调派",是清代中叶出现的一个重要的诗歌流派。以沈德潜为首,并以论诗讲求"格调"而得名。

"格调派",是康、乾"盛世"的产物。

经过清朝初期所实行的"轻徭落赋""与民休息"的政策,至康熙、乾隆年代,出现"鼎盛"局面,史称为"康乾盛世"。然而,这种"盛世"是建立在封建主义的残酷剥削和压迫的基础上的。因而,民族矛盾、阶级矛盾仍然十分尖锐复杂,小规模的农民起义、教会起义,此起彼伏。同时,由于清统治者残酷的政治压迫和反动的文化政策统治,诗风、文风脱离了清初"经世致用"的现实主义道路,向着拟古主义和形式主义方向发展,考据之风盛行,诗道旁落,空疏无用。在这种形势之下,沈德潜以一位方正拘谨的老儒的身份崛起于科场,成为一个典型的台阁诗人。他论诗以"温柔敦厚"为旨归,强调诗歌的社会功用,认为"诗之为道,可以理性情,善伦物,感鬼神,设教邦国,应对诸侯",要求诗人以"诗教"立言,"怨而不怒","归于中正和平";在方法上讲求比兴、格调,"蕴蓄"而不"发露",希望诗人不要揭露矛盾和斗争,努力维护封建统治。这样,沈德潜的"格调说"的创立,也正好为清王朝找到了比王士禛的"神韵说"更为有利于巩固封建统治的诗歌理论。这个诗派,又因沈德潜深得乾隆皇帝的赏识,而在诗坛影响甚大。

沈德潜(1673—1769),字确士,号归愚,江苏长洲(今苏州)人。他半生科名不利,经历十七次乡试,都一一落榜,直到六十六岁才中举,乾隆四年进士,是时年近七十。作翰林,晋侍讲,擢内阁学士兼礼部侍郎,深受乾隆宠幸,称之为"清时旧寒士,吴下老诗翁",并为他的诗集作序。后告老归,讲学于紫阳书院,卒赠"太子太师"。著有《沈归愚诗文全集》,又辑有《古诗源》《唐诗别裁集》《国朝诗别裁集》等选集。其诗话之著有《说诗晬语》二卷,是格调诗派重要的论诗之作。原有《青照堂丛书》本、《诗法萃编》本,后有丁福保《清诗话》本。

沈德潜出于叶燮门下,习闻师说,论述诗歌的源流正变、风格流派、诗人诗作,颇为精审。而其论诗主旨,但重格调,倡"诗教",宣扬"封建功利主义",要求诗歌为封建统治者的政治服务。沈德潜的"格调说",包含着诗歌的思想内容和艺术形式两个方面的要求。他强调指出:

> 诗贵性情,亦须论法。乱杂而无章,非诗也。然所谓法者,行所不得不行,止所不得不止,而起伏照应,承接转换,自神明变化于其中。(《说诗晬语》卷一)

"诗贵性情,亦须论法。"这八个字,是沈氏论诗的主旨。所谓"性情",就是儒家所宣扬的"温柔敦厚""怨而不怒"的思想感情;所谓"论法",就是强调学古,摩取声调,讲求诗歌格律。他认为诗歌的艺术方法应该服务于思想内容的需要,根据内容需要而灵活运用,不顾内容而炫耀技巧,"以意从法",削足适履,就是"死法"。因此,《文镜秘府论》称道:"意是格,声是律;意高则格高,声辨则律清。"这是很有道理的。根据这个论诗主旨,我们可以看到,沈德潜的"格调说",大凡具有两个显著特征:

第一，强调诗歌的社会功用，要求诗歌创作必须从属于政治，这是其格调说最显著的特征。在《说诗晬语》中，沈德潜开宗明义地指出：

> 诗之为道，可以理性情，善伦物，感鬼神，设教邦国，应对诸侯，用如此其重也。(《说诗晬语》卷上)

可以说，这就是沈氏论诗的基本纲领。在《重订〈唐诗别裁集〉序》中，他又重申这一纲领性见解：

> 诗教之尊，可以和性情，厚人伦，匡政治，感神明。

他认为诗歌应以"厚人伦，匡政治""设教邦国，应对诸侯"为政治目的，把"温柔敦厚"作为"诗教之本原"，作为诗歌创作的最高准则。他说：

> 温柔敦厚，斯为极则。(《说诗晬语》卷上)

> 诗专主唐音，以温柔为教。(袁枚《太子太师礼部尚书沈文悫公神道碑》)

沈氏如此不遗余力地宣扬儒家"诗教"，在当时是十分鲜见的。因此，他反对把诗歌"视为嘲风雪，弄花草，游历燕衎之具"(《说诗晬语》卷上)，对于那些揭露和讽刺现实之作，一概被他斥之为粗野、纤小、轻薄的作品；而那些"归美于君""怨而不怒"，符合"温柔敦厚"这一"极则"的诗歌，被他推崇为"贵品"与"雅音"。一贬一褒，态度何等鲜明！由此可见沈德潜"格调说"的精神实质。乾隆时代，清王朝已处于太平盛世。对清统治者的歌功颂德，已为时代所需。沈德潜身为朝廷要官，又深得皇帝宠幸，乾隆巡游江南，每次必给他"加一官，赐一诗"，并说："朕与德潜，可谓以诗始，以诗终矣！"其地位之显要，名望之高贵，在清代文学史上不可多见。所以，沈德潜的格调说，正是沈氏所处的时代和政治地位的产物。

第二，论诗注重法律格调，是沈德潜格调说的又一显著特征。在中国诗话史上，最早把"格调"作为重要的论诗标准的是明代七子。七子的格调说，以复古为宗尚，而堕入拟古主义。胡应麟的"格以代降"之说，就是这种格调说的实质所在。沈德潜的"格调说"，虽然也侧重于诗歌的形式音律，但其主要倾向却反映出封建统治阶级要求在文学形式上加强封建伦理纲常和倡导雄大浑厚诗风的愿望，这是对明代七子格调说的一种超脱和突破。有些人把沈氏对诗歌形式音律美的追求，说成是"纯形式"的东西，显然是一种误会或曲解。沈德潜讲格调，追求诗歌的形式音律之美，完全从属于"温柔敦厚"的儒家诗教，服务于"厚人伦，匡政治"的宗旨。他要求诗歌格调之"高"，正是为了从艺术形式上确保诗歌的思想内容之"正"。所以，我们认为，沈德潜《说诗晬语》论诗侧重于形式音律，正是封建统治阶级要求加强封建伦理纲常在文学形式上的反映。

那么，沈德潜"格调说"对诗歌艺术形式音律之美的具体要求是什么呢？纵观《说诗晬语》所论古今之诗，大凡有如下主要论点：

注重人品与学识，要求诗人熟读经史子书。沈德潜论诗的一个重要内容，就是：

> 有第一等襟抱，第一等学识，斯有第一等真诗。如太空之中，不着一点；如星宿之海，万源涌出；如土膏既厚，春雷一动，万物发生。古来可语此者，屈大夫以下，数人而已。（《说诗晬语》卷上）

沈氏要求诗人加强品德修养，提高学识水平，只有具有丰富的生活阅历，广博的学识，精湛的艺术素养，才能创作出像屈大夫那种"第一等真诗"。为此，他要求诗人熟读经史子集，说：

> 以诗入诗，最是凡境。经史诸子，一经征引，都入咏歌，方别于潢潦无源之学。但实事贵用之使活，熟语贵用之使新，语如己出，无斧凿痕，斯不受古人束缚。（《说诗晬语》卷上）

作为一个学者，他当然鄙弃"潢潦无源之学"，认为"曹子建善用史,谢康乐善用经,杜少陵经史并用",故堪为诗家楷模。而对于经史诸子的征引,也强调其贵"活"贵"新",要求"语如己出,无斧凿痕",这就有别于明代七子的摹拟复古了。

重在"蕴蓄",讲究"优柔善入,婉而多风"。从诗歌的审美特性出发,沈德潜认为"诗贵寄意",语贵"蕴蓄",托物言情。他说:

> 事难显陈,理难言罄,每托物连类以形之。郁情欲舒,天机随触,每借物引怀以抒之。比兴互陈,反复唱叹,而中藏之欢愉惨戚,隐跃欲传,其言浅,其情深也。倘质直敷陈,绝无蕴蓄,以无情之语而欲动人之情,难矣!(《说诗晬语》卷上)

这是一段精彩的论诗之语,是对诗歌的艺术特征和审美趣味的具体表述。他认为诗歌应该托物言情,把思想、道理寄托在特定的艺术形象之中,也就是"借物引怀";如果"质直敷陈",不用"比兴",不借助于物象,就不可能收到"动人之情"的艺术效果。鉴于此,他要求诗歌创作应该"以语近情遥,含吐不露为主","只眼前景口头语,而有弦外音味外味,使人神远",应该于"笔墨之外,别有一段深情妙理"。可见,他追求的是"蕴藉微远之致",是一种"优柔善入,婉而多风"的艺术风格。他说:

> 意主浑融,惟恐其露;意主蹈厉,惟恐其藏。究之恐露者,味而弥旨;恐藏者,尽而无余。(《说诗晬语》卷下)

主张诗歌创作应该"穆如清风",认为"用意过深,使气过厉,抒藻过秾",都是诗家的病症。对于以议论入诗,他并不一概反对,而只要求"议论须带情韵以行",与艺术形象结合,富有浓烈的抒情色彩和耐人咀嚼的韵味,而不要像"伧父面目"那样难看。显然,沈氏的这些见解是正确的。

主张"通变",注重章法而不死守。《说诗晬语》二卷,凡二百二十六条诗话,以众多的篇幅谈论诗歌的法律格调,对各体诗歌的章法、句法、字法更做了具体而精到的论述,甚至连诗歌的对仗、平仄、用事都不厌其详地指正。如律诗,他指出:"起手贵突兀","三四贵匀称,承上斗峭而来,宜缓脉赴之;五六必耸然挺拔,别开一境","收束或放开一步,或宕出远神,或本位收住"。他又根据杜诗的结构系统,总结归纳出律诗的作诗法则,如"倒插法""反接法""透出一层法""突接法"等等。对于歌行体,他指出:

> 歌行起步,宜高唱而入,有"黄河落天走东海"之势。以下随手波折,随步换形,苍苍莽莽中,自有灰线蛇踪,蛛丝马迹,使人眩其奇变,仍服其警严。至收结处,纡徐而来者,防其平衍,须作斗健语以止之;一往峭折者,防其气促,不妨作悠扬摇曳语以送之,不可以一格论。(《说诗晬语》卷上)

体察入微,可谓经验之谈,不乏真知灼见。然沈德潜的格调说,可贵之处还在于主张"通变",遵循着一条以复古为通变的发展道路。他说:

> 诗不学古,谓之野体。然泥古而不能通变,犹学书者但讲临摹,分寸不失,而己之神理不存也。作者积久用力,不求助长,充养既久,变化自生,可以换却凡骨矣。(《说诗晬语》卷上)

他反对"乞灵古人",反对死守章法与摹拟剽袭,甚至批评明代七子拟古诗"病在沿袭雷同""固足招诋諆之口",指出"古人不废炼字法",然而可贵之处就在于"以意胜而不以字胜",因此能够"平字见奇,常字见险,陈字见新,朴字见色"。可见,沈氏论诗既实在,又灵活,又全面,容易为人所接受,在清诗话史上并不多见。有些人说沈德潜的全部诗论,带有突出的"复古主义"和"形式主义"倾向,指斥苛求过甚,恐怕不切实际。

论诗注重个性,提倡艺术风格的多样化。何谓"风格"?风格即人。风格的多样化，自然出之于人的性情面目之各异。沈德潜说：

> 性情面目，人人各具。读太白诗，如见其脱屣千乘；读少陵诗，如见其忧国伤时。其世不我容，爱才若渴者，昌黎之诗也；其嬉笑怒骂，风流儒雅者，东坡之诗也。即下而贾岛、李洞辈，拈其一章一句，无不有贾岛、李洞者存。倘词可馈贫，工同肇悦，而性情面目，隐而不见，何以使尚友古人者，读其书想见其为人乎？（《说诗晬语》卷下）

从这段论述中，我们可以看出，沈德潜论诗主格调说，并不在"纯形式"的追求，与明代七子宣扬的"格调"有着明显的区别。沈氏追求的是内容与形式的统一，尽管这种内容和形式统一在以"温柔敦厚"为"极则"的封建伦理道德这一思想体系之中，具有鲜明的阶级性。然而，这种强调思想内容与艺术形式和谐统一的诗论，在当时又是难得的见解，对清初钱谦益的真情论、王士禛的神韵说以及稍后袁枚的性灵说，在一定意义上也具有补缀充实之功。

由于沈德潜的影响，清代中叶诗坛曾出现了以沈氏为中心的格调诗派。主格调说的诗话之作，还有薛雪《一瓢诗话》、钱良择《唐音审体》、吴雷发《说诗菅蒯》、李重华《贞一斋诗说》、施补华《岘佣说诗》等。

薛雪（1681—1770），字生白，号一瓢，江苏苏州人。通文史，工诗画，精医学，清代著名医学家。所著论诗之作《一瓢诗话》一卷，凡二百三十则，论诗主张师古，重"胸襟""人品"，以"温柔敦厚，缠绵悱恻"为"诗之正"。全书亦偏重于格调，探讨诗歌字法、句法、章法，颇多精当之见。他指出：

> 格有品格之格，体格之格。体格，一定之章程；品格，自然之高迈。品高，虽被绿蓑青笠，如立万仞之峰，俯视一切；品低，即拖绅播笏，趋走红尘，适足以夸耀乡间而已。所以品格之格与体格之格，不可同日而语。

可见，他论诗特别注重品格。因此而又注重于"气魄"，说：

> 诗重蕴藉，然要有气魄。无气魄，决非真蕴藉。诗重清真，尤要有寄托。无寄托，便是假清真。有寄托者，必有气魄。无气魄者，漫言寄托，犹之有性情不可无学问，有学问乃能见性情，二者原不单行。

薛雪学于叶燮门下，其诗论除多承师说而外，还有一个显著的特色就是严厉批判诗坛的不正之风：一是"阿私所好"，因人"偏嗜"，"矮张""短李"，褒贬随意之风；一是"文人相轻"之陋习。他指出：

> 古人爱才如命，其人稍有一长，即推崇赞叹，不避寒暑。今人则惟恐一人出我之上，媢嫉挤排，不遗余力。……余非望人开倡誉之端，实见中怀狭隘者，终为品量之累。郑少谷与王子衡初不相识，尝有诗云："海内谈诗王子衡，春风坐遍鲁诸生。"其推许神交如此。后郑死，王感其意，数千里入闽，经纪其丧。王阮亭先生咏之云："三代而还尽好名，文人从古善相轻。君看少谷山人死，独有生平王子衡。"亦可谓善劝者矣。

这些见解，于今尚有可取之处。

《唐音审体》一卷，钱良择撰。良择，字玉友，一字木庵，江苏常熟人。遍游天下，为诗豪放。有《抚云集》，诗话之作《唐音审体》，今有《清诗话》本。全书侧重于诗格的探讨，于古律体格的原委分析甚详，其中有"古题乐府论""新乐府论""古诗四言五言论""齐梁体论""古诗七言论""律诗五言论""律诗五言应制论""律诗五言长韵论""律诗五言联句论""律诗五言绝句论""律诗六言论""律诗七言四韵论""律诗七言长韵论""律诗七言绝句论"等，堪称古今诗格论之集大成者。

《说诗菅蒯》一卷，吴雷发撰。雷发字起蛟，号夜钟，江苏震泽（今属吴江区）人。诸生。《苏州府志》卷一百六称其"为诗文清矫拔俗，李重华谓如水镜空明，不染纤滓"，盖为康熙雍正间人。著作除《说诗菅蒯》，尚有《寒塘诗话》《香天谈薮》《晨钟录》等。吴氏论诗仍本格调，亦注重于性灵，主张"善学者不论何代，皆能采其菁华；惟能运一己之性灵，便觉我自为我"。他严肃地批判"一代不如一代"的"文学退化论"，说：

> 论诗者往往以时之前后为优劣，甚而曰宋诗断不可学。彼盖拾人唾余，钝者以之自欺，黠者以之欺人。且诗学之源，固宜溯诸古。至于成功，则无论其为汉、魏、六朝，为唐，为宋、元、明，为本朝也。一代之中，未必人人同调。岂唐诗中无宋，宋诗中无唐乎？一人之诗，或有似汉、魏、六朝处，或有似唐、宋、元、明处；必执其似汉、魏、六朝者，而曰此大异唐、宋、元、明；执其似唐、宋、元、明，而曰此大异汉、魏、六朝，何其见之左也？使宋诗果不可学，则元、明尤属粪壤矣；元、明以后，又何必更作诗哉？（《清诗话》本）

吴氏能从诗歌发展的时代性和诗歌创作的艺术个性几方面来批驳，反映出清诗话重理论思辨的论诗倾向性。像这样有理有据的逻辑思辨力，前代诗话是甚为少见的。

《贞一斋诗说》一卷，《苏州府志·艺文志》作《玉洲诗话》，李重华撰。今有《清诗话》本。重华（1682—1754），字实君，号玉洲，江苏吴江人。雍正二年（1724）进士，官翰林院编修，有《贞一斋集》。此书分两部分：前有"论诗答问三则"，综论诗理；后有"诗谈杂录"一百则，拾掇谈诗琐语，似有仿叶燮《原诗》分内、外篇之意。李重华与沈德潜、袁枚同时，又与叶燮同里，论诗大旨略同叶燮，本于格调而兼采性灵，不再分唐界宋，能取诸家之长而别树一帜。特别是"论诗答问"三则，对诗歌的源流、宗别、特征、风格、体式、要旨、发展演变的基本轨迹等，进行了系统而精当的阐述,"既不如沈氏之拘,也不同袁氏之放"。同里沈楸德为之跋,称此书"于古今作者无不窥见底里",似亦确论。

《岘佣说诗》一卷,今有《清诗话》本,施补华撰。据《两浙輶轩续录》卷四十八《施补华小传》载:"补华原名份,字均父,乌程(今属浙江湖州)人。同治庚午(1870)举人,山东补用道。著《岘佣说诗》二卷、《泽雅堂古文》八卷、《古今体诗初集》八卷、二集八卷。"全书凡二百一十五则,论诗亦标举格调,又重神韵风致,于品藻诗歌中讲求诗法,从炼字炼句、用典对仗、起结开合,到波澜顿挫、写景言志、诗体风格等等,品评诗人又不离"神韵",说"七绝用意宜在第三句,第四句只作推宕,或作指点,则神韵自出",认为李商隐七绝"以议论驱驾书卷,而神韵不乏",李白七绝,"天才超逸,而神韵随之",而苏东坡七绝"趣多致多,而神韵却少"。可见,施补华论诗已兼采"格调"与"神韵"二说。由格调诗派诗论的发展演变来看,清代中叶以后,神韵、格调、性灵三大诗派,已出现了合流的论诗倾向。

第二节 性灵派诗话

性灵派,是清代中叶诗坛一个重要的诗歌流派。以袁枚为首,呼应者有赵翼、张问陶、舒位等人。这个流派,以论诗力主"性灵说"而得名。

性灵诗派,以反拟古、重个性、求创新为旨归,表现出资本主义萌芽和缓慢发展时期的中国诗歌理论鼓吹个性自由,追求情感解放的思想意向。清代中叶,沈德潜领袖诗坛,倡"格调说",以"一归于事父事君"为尚,遂多颂圣感恩,诗之真意渐失;延及嘉庆,窒息思想的程朱理学和疲精考据之风渗入诗坛,翁方纲又倡"肌理说",为诗以堆垛为富,捃扯为工。袁枚与赵翼开创性灵诗派,力主"性灵说",既表现出对程朱理学所宣扬的封建伦理道德的挑战,又是对沈德潜、翁方纲、厉鹗为代表的不正诗风的有力批判。

袁枚（1716—1798），字子才，号简斋，浙江钱塘（今杭州）人。乾隆四年（1739）进士，官溧水、沭阳、江宁等县知县。三十三岁即辞官，卜居于江宁小仓山之随园（今南京市北），以诗文名于时，交游甚为广泛，为诗坛所宗仰，世称"随园先生"，晚年自号"仓山居士""随园老人"。一生著述甚富，有《小仓山房诗文集》七十余卷，另有诗话以及说部随笔类等三十余种。是清代著名的文学家和诗话家。其诗话之著有《随园诗话》十六卷，《随园诗话补遗》十卷，有乾隆庚戌和壬子随园自刻本，今有人民文学出版社1960年顾学颉校点本。又仿效司空图《诗品》，撰著《续诗品》一卷。

《随园诗话》（含补遗）凡二十六卷，论诗条目多达一千九百九十九条。是书多记述文坛掌故，诗人佳话，存录亲朋好友诗作，于述事之中品藻历代诗歌，间见其诗学见解，不乏真知灼见，是一部有影响的优秀诗话之作。

袁枚论诗，力主"性灵说"，标举诗人之真情、个性和诗才，提倡诗歌创作应以新鲜活泼、富有个性与生气取胜，反对摹拟剽袭，对沈德潜的格调说表示不满，认为王士禛提倡的"神韵"也只是诗中一格，主张把性情、学问、神韵三者熔于一炉，从而建立起以"性灵说"为核心的自己的诗歌理论体系。他的诗学主张比较符合诗歌的审美特性和创作规律，具有较高的美学价值。

"性灵说"，并非始于袁枚。正如袁枚自己所说：

> 杨诚斋曰："从来天分低拙之人，好谈格调，而不解风趣。何也？格调是空架子，有腔口易描；风趣专写性灵，非天才不办。"余深爱其言。须知有性情，便有格律，格律不在性情外。（《随园诗话》卷一）

所谓"性灵"，指的就是诗人的真性情、真感情。杨诚斋论诗，提倡新鲜活泼，独抒性灵，开了明清二代性灵说的先声。至明代"三袁"发展了杨万里、李贽、焦竑关于"性灵"的见解,倡为"性灵"之说。袁枚的"性灵说",又继承了前人论诗主"性灵"的理论成果,并在新的文学环境之中又有新的拓展,形成了一个较完整的诗学理论体系。

纵观袁枚的全部诗论,我们认为这个理论体系,大致由下面四个部分组成:

第一是情感论。袁枚以"性灵"论诗,首先把真挚的情感作为"性灵说"的核心,认为诗歌创作主要在于抒发性灵,见出诗人的真情实感,表现一颗"赤子之心"。他指出:

自《三百篇》至今日,凡诗之传者,都是性灵,不关堆垛。(《随园诗话》卷五)

余作诗,雅不喜叠韵、和韵及用古人韵,以为诗写性情,惟吾所适。(《随园诗话》卷一)

朱竹君学士曰:"诗以道性情。性情有厚薄,诗境有浅深。性情厚者,词浅而意深;性情薄者,词深而意浅。"(《随园诗话》卷八)

余常谓:诗人者,不失其赤子之心者也。(《随园诗话》卷三)

诗者,人之性情也,近取诸身而足矣。其言动心,其色夺目,其味适口,其音悦耳,便是佳诗。(《随园诗话补遗》卷一)

诗家两题,不过"写景、言情"四字。我道:景虽好,一过目而已忘;情果真时,往来于心而不释。(《随园诗话补遗》卷十)

"性情",是袁枚诗论中的第一要素。他认为诗歌便是性情的表露,思想灵魂的再现。诗人只要不失赤子之心,把自己在特定环境之中的真实性情和新鲜感受流于笔端,言能动心,色能夺目,味能适口，音能悦耳，就是一首好诗。他甚至认为诗人与非诗人的区别，关键在于"胸境"，认为"佳诗"的唯一标准，在于"能入人心脾"。在诗歌与性情的关系上，他把"性情"当作诗歌之源，把性情提高到了相当的地位：

  性情者，源也；词藻者，流也。源之不清，流将焉附？

（《小仓山房续文集》卷三十一《陶怡云诗序》）

  这就要正本清源，只有显出性情之"真"，才能表现层出不穷的艺术创造力，达到"入人心脾"的艺术效果。我们认为，作为"性灵说"的核心，袁枚论诗主性情，强调诗歌创作要发抒性灵，表达真情实感，这是符合诗歌的审美特性和创作规律的。从美学价值观来说，诗歌乃是诗人的人格和性情的表现；从文艺心理学来看，诗歌又是诗人的苦闷和欢乐的象征，是诗人的内心感情活动的升华。袁枚指出：

  人必先有芬芳悱恻之怀，而后有沉郁顿挫之作。人但知杜少陵每饭不忘君，而不知其于友朋、弟妹、夫妻、儿女间，何在不一往情深耶？观其冒不韪以救房公，感一宿而颂孙宰，要郑虔于泉路，招李白于匡山：此种风义，可以兴，可以观矣。后人无杜之性情，学杜之风格，抑末也！

（《随园诗话》卷十四）

  情感性，是艺术创造最基本的特征；艺术创作的全过程，是遵循着"情感逻辑"的特殊轨道而发展变化的。尽管袁枚所标榜的"性情"，具有特定的阶级内涵，但是他却道出了诗歌艺术的本质特征。

  第二是个性论。袁枚论诗主"性灵"，追求个性的自由发展，强调诗歌创作必须"有我"。这正是袁枚的"性灵说"高出于宋、明两代性灵诗派的地方。他明确指出：

  为人，不可以有我；有我，则自恃很用之病多，孔子所以"无固""无我"也。作诗，不可以无我；无我，则剿袭敷衍之弊大，韩昌黎所以"惟古于词必己出"也。北魏祖莹云："文章当自出机杼，成一家风骨，不可寄人篱下。"（《随园诗话》卷七）

诗有干无华，是枯木也；有肉无骨，是夏虫也；有人无我，是傀儡也；有声无韵，是瓦缶也；有直无曲，是漏卮也；有格无趣，是土牛也。（《随园诗话》卷七）

这些生动的比喻，精当的论述，充分说明：袁枚论诗，从"性灵"出发，强调诗歌对个性的追求，在中国诗论史上第一次把"我"字作为抒情和审美的主体而写在诗歌这面旗帜之上。这是具有划时代意义的开拓性见解。

袁枚论诗追求个性自由和情感解放的进步性，一是时代的产物，二是诗歌审美特性的要求。明清时期，中国的资本主义已开始在封建主义的温床中萌芽。随着政治经济和文学思想的不断变化发展，在诗歌美学上崇尚"自然之为美"，要求情真、情深、情至，提倡独创、变革，主张化古为我、古为我役，反对封建传统的理法对个性和情感的束缚，已经成为一种审美倾向。可以说，袁枚鼓吹个性自由和情感解放的诗歌美学，正带有某种资本主义萌芽因素的时代特色，表现出在文学领域之中发展个性、向传统的封建礼教挑战的意向。此其一。

其二，诗歌创作主要在于抒发性灵、表现情感，但是，性情遭际，人人各不相同。人各有情性，则人各有诗。诗中有"我"，就是指诗歌创作要表现自己的艺术个性。每个诗人，都有自己的生活经历、思想情怀，有自己表达喜怒哀乐的艺术方式；诗人也只有把自己独特的生活遭遇、个性、感受直率地抒写出来，才能创造出感人肺腑的艺术形象，赋予诗歌以旺盛的艺术生命力。这就是所谓"有我"或"著我"。根据表现个性的需要，袁枚论诗虽重天分，却不废工力；虽尚自然，却不废雕饰。在袁枚的诗学体系之中，他认为天分与学力，师心与学古，内容与形式，自然与雕饰，平淡与精深，都是相反相成的，诗人应该兼收并蓄，不偏不倚地去对待这种种关系。他说：

> 人闲居时，不可一刻无古人；落笔时，不可一刻有古人。平居有古人，而学力方深；落笔无古人，而精神始出。

（《随园诗话》卷十）

所以，他特别主张创新，主张"变"，认为"当变而变，其相传者，心也"（《答沈大宗伯论诗书》），因为"变"是发展的自然规律。

人的个性，往往打上他所处的时代的印记；但更多的是由于各自的生活道路、思想修养和美学趣味诸方面之不同。诗人的创作个性和艺术风格，总是千差万别的。袁枚论诗强调个性，主张诗歌创作中表现自我，这就会引起诗歌艺术风格的多样化，出现创新、争新的艺术局面。所以，我们认为，作为袁枚"性灵说"的重要组成部分的个性论，在中国诗话史上具有重要的指导意义和美学价值。

第三是批评论。袁枚的诗歌批评，以"性灵"为标准。他论诗主性灵，反对摹拟、抄袭，批驳"宗盛唐""学七子""分唐宋""讲家数"等诗坛的不正之气，而且把批判的主要锋芒直指文坛巨星沈德潜、翁方纲与厉鹗。

袁枚所处的时代，文坛领袖沈德潜倡言"诗教"，力主格调，崇奉盛唐而排斥宋诗，摹拟复古之风又东山再起；由于考据之学的兴盛，金石考据、饾饤文字侵蚀诗界，翁方纲又倡肌理说，"学人之诗"风行一时；以厉鹗为首的浙江诗派，钩考隐僻，以震耀流俗，又趋宋人冷径之风。面对文坛这种种不良的习气，追求个性自由发展的袁枚，是不可能沉默寡言的。他说：

> 前明门户之习，不止朝廷也，于诗亦然。当其盛时，高、杨、张、徐，各自成家，毫无门户。一传而为七子；再传而为钟、谭，为公安；又再传而为虞山：率皆攻排诋呵，自树一帜，殊可笑也。凡人各有得力处，各有乖谬处，

总要平心静气,存其是而去其非。试思七子、钟、谭,若无当日之盛名,则虞山选《列朝诗》时,方将搜索于荒村寂寞之乡,得半句片言以传其人矣。敌必当王,射先中马:皆好名者之累也!(《随园诗话》卷一)

袁枚对"门户之习"的批评是正确的。他主张"存其是而去其非",才不至于陷入门户的"攻排诋呵"之中而不能自拔。这是袁枚批评论的前提条件,是基本出发点。他认为:

抱韩、杜以凌人,而粗脚笨手者,谓之权门托足;仿王、孟以矜高,而半吞半吐者,谓之贫贱骄人;开口言盛唐及好用古人韵者,谓之木偶演戏;故意走宋人冷径者,谓之乞儿搬家;好叠韵、次韵,刺刺不休者,谓之村婆絮谈;一字一句,自注来历者,谓之骨董开店。(《随园诗话》卷五)

所谓"权门托足""贫贱骄人""木偶演戏""乞儿搬家""村婆絮谈""骨董开店",都是当时不良的诗歌创作之风,袁枚都给予辛辣的讽刺和批判。他特别不满论诗分唐界宋,认为"诗者,人之性情;唐、宋者,帝王之国号。人之性情,岂因国号而转移哉"(《随园诗话》卷六)。嘲笑明七子学唐,是"西施之影"。对于选家选近人诗歌,他也指出其中有"七病":一是"管窥蠡测";二是"以己履为式""削他人之足以就之";三是"分唐界宋,抱杜尊韩";四是以"纲常名教"为则,箴刺褒讥;五是"勉强搜寻,从宽滥录";六是"妄为改窜""点金成铁";七是苟私徇情,不讲原则。(见《随园诗话》卷十四)这种批评,于古于今都是富有现实性和针对性的。

袁枚论诗主性灵,因而对于神韵说、格调说和肌理说都有自己的看法。他认为"神韵"不过是"诗中一格",作诗不必首首如此。因为格调说鼓吹"温柔敦厚""怨而不怒",维护封建纲常,束缚诗人个性,所以他对格调说采取针锋相对的批判态度。这也反映出袁枚时代,思想意识的某种开放性,文学宗尚不再依循文坛领袖的权势而俯仰左右，说明诗学理论研究的目的已经提高到求取对于事物的真理性认识上来了。乾嘉时代，考据之风极盛。受其影响，文坛上出现"义理、考据、词章"三位一体的桐城派古文理论，诗坛上产生了翁方纲的肌理之说。袁枚对于"肌理"说，则采取蔑视、鄙弃、全盘否定的态度。他认为"考据家不可与论诗"（《随园诗话》卷十三），讥讽考据家论诗是"博士买驴，书券三纸"（《随园诗话》卷六）。肌理诗派把经史考据和金石版本的勘订也写进诗中，名为"学人之诗"，实则使诗歌蜕变成了押韵的考订文字。这就败坏了诗风，践踏了诗学，也难免不受到袁枚的批评。他指出：

> 人有满腔书卷，无处张皇，当为考据之学，自成一家。其次，则骈体文，尽可铺排，何必借诗为卖弄？自《三百篇》至今日，凡诗之传者，都是性灵，不关堆垛。……近见作诗者，全仗糟粕，琐碎零星，如剃僧发，如拆袜线，句句加注，是将诗当考据作矣。虑吾说之害之也，故续元遗山《论诗》，末一首云："天涯有客号詅痴，误把抄书当作诗。抄到钟嵘《诗品》日，该他知道性灵时。"（《随园诗话》卷五）

这种以堆垛考据为能的"学问诗"，与以性情为审美特性的"诗人之诗"，毫无共同之处，理所当然地应该受到批评。浙派诗人厉鹗，论诗也主张资书以为诗，诗歌颇多饾饤僻典，毫无真情实感，也被袁枚斥之为"貌袭盛唐"而实则"皮附残宋"，不足可取。

此外，袁枚《随园诗话》对诗歌创作的原则和方法，也有所探索和论述。他主张以"人工"济"天巧"，要求学习古人的神理而立足于创新，博览群书而能化之以性灵。所以，袁枚并不注重于诗格、诗式、诗法等既定模式的琐屑之论，而只从表现个性、抒发性灵出发，去寻求诗歌创作的真谛，注重诗人的"灵感"，注重于"活"与"新"。偶尔论及诗法，也只谈些大致的原则，如他说："余常劝作诗者，莫轻作七古。何也？恐力小而任重，如秦武王举鼎，有绝膑之患故也。七古中，长短句尤不可轻作。何也？古乐府音节无定而恰有定。恐康昆仑弹琴，三分琵琶，七分筝弦，全无琴韵故也。初学诗，当先学古风，次学近体，则其势易。倘先学近体，再学古风，则其势难。犹之学字者，先学楷书，后学行草，亦是一定之法。"（《随园诗话》卷十四）袁枚论诗法，注重于引导，也不像格调派那样满纸是"法"，恪守一隅，越俎代庖。这正是袁枚性灵诗派高于时人之处。

袁枚是清代集大成的诗论家。其性灵说作为清诗话的三大学说之一，其可贵之处正在于把性情、学问、神韵三者熔于一炉，以更好地表现诗歌的内质。它合理地吸收了王士禛"神韵说"的理论精髓，融入自己的诗歌理论体系之中，而对当时的学古宗派和不正诗风，都一一给予有理有节的批评驳正，在清代中叶诗坛上具有摧陷廓清之功。尽管"性灵说"尚有空疏之弊，然而与沈德潜格调说中的"温柔敦厚"和狭隘的名教论相比较，性灵说则向艺术真理跨进了一大步。

当代著名美学家李泽厚在论及明清时代的文艺思潮时，就指出了袁枚性灵说得以产生的历史必然性。他说："这是一种合规律性的文艺潮流的发展，不是一两个人或偶然现象，而有其深刻的社会的和思想的内在逻辑，包括像当时正统文学中的袁枚倡性灵，重情欲，斥宋儒，嘲道学，反束缚，背传统，时时闪烁出某种思想解放的光彩，也是这同一历史逻辑的表现一样。它们共同地体现出、反射出封建末世的声响，映出了封建时代已经外强中干，对自由、个性、解放的近代憧憬必将出现在地平线上。"（《美的历程》）这段论述，精辟地概括了袁枚"性灵说"出现的历史必然性及其在文艺思想史上的重要意义。人，作为文学的主体性，就要高度重视人的精神、灵魂、个性以及人的创造力的主体性。因此，在文学领域之中，在作者的笔下，人的性灵、人的个性，应该理所当然地受到尊重，尊重性灵的自由抒发和个性的自由表现，尊重各种艺术个性和艺术风格存在的合理性。这就是袁枚性灵说的主旨和主流之所在。

《随园诗话》还有一些"风流艳事"的记述，曾被章学诚斥之为"轻薄"，并作诗以讽刺挖苦，进行人身攻击，似乎有点过分。《随园诗话》继承宋人诗话的论诗体制，于闲谈随笔的诗事考辨记述之中显现其诗学见解，卷帙甚繁，以至有人曾批评它收取"太滥"。对此，袁枚在其《诗话补遗》之中给予回复，并认为"诗话之作，集思广益，显微阐幽，宁滥毋遗"（卷四）。袁枚心性通脱，《咏桐花》云："桐花恰也清香甚，琐碎无人肯耐看。"也许正以桐花自况。《随园诗话》博取各家，"集思广益"，是无可厚非的；然而，采取"宁滥毋遗"的写作态度，也自然招致于"滥"。所以，观其诗话，也确有琐碎之感。

袁枚性灵说的积极拥护者，是与袁枚、蒋士铨并称为"乾嘉三大家"的赵翼。翼（1727—1814），字云崧（一字耘松），号瓯北，江苏阳湖（今常州）人。有《瓯北诗话》十二卷，前十卷选论李白、杜甫、韩愈、白居易、苏轼、陆游、元好问、高启、吴伟业、查慎行十家诗，后二卷论诗格、诗体、诗病诸问题。

赵翼论诗主性灵，反对"荣古虐今"，强调"争新"与"独创"。这是他在诗歌理论批评上的突出特点，也是《瓯北诗话》的基本精神所在。他有几首《论诗绝句》最能体现这种论诗主张：

　　满眼生机转化钧，天工人巧日争新。
　　预支五百年新意，到了千年又觉陈。

　　李杜诗篇万口传，至今已觉不新鲜。
　　江山代有才人出，各领风骚数百年。

　　词客争新角短长，迭开风气递登场。

> 自身已有初中晚，安得千秋尚汉唐？

瓯北的文学发展观和追求创新的精神，由此已可见一斑了。在他看来，一部中国文学发展史本身就是文学"争新"、作家"独创"的历史，与"复古"没有任何缘分。他把当代诗人查慎行与唐诗大宗李白、杜甫和宋诗大家苏轼、陆游等相提并论，正表现他勇于向"荣古虐今"的复古诗论大胆挑战的可贵精神，表达了性灵诗派努力追求创新的勃勃雄心。因此，虽然《瓯北诗话》由于作者的封建主义立场所限，在论及李白参与李璘起兵、皮日休参与黄巢起义，论吴伟业时诬蔑李自成、张献忠、牛金星等农民起义领袖等事件时，表现出封建性的糟粕，然而，从总的倾向来看，瓯北论诗比较注重以内容与形式的统一来评骘历代诗人诗作，持论比较公允，是清代诗话的优秀作品之一。

第三节　肌理派诗话

肌理诗派，以清代著名学者翁方纲为首，并因论诗讲求"肌理"而得名。

肌理诗派，是考据之风盛极一时的产物。

清代中叶，文网恢恢，高压政策日趋严酷，诗坛空气沉闷，金石考据、饾饤文字侵蚀诗界，以考据为诗的"学人之诗"盛行一时。"学人之诗"，或谓"文人之诗"，或称"儒者之诗"，强调为诗要植根于学。所谓"学有根柢"，则是学人之诗的基本特点。在当时统治者极力提倡经学，考据之风弥漫文坛的特定历史环境之中，在"桐城派"古文义法之说的影响之下，著名学者翁方纲大张"学人之诗"的旗帜，谈肌理，论质实，言诗法，于是以翁方纲为代表的肌理诗派应运而生。

翁方纲（1733—1818），字正三，号覃溪，又号苏斋，直隶大兴（今属北京）人。乾隆十七年进士，改庶吉士，授翰林院编修，累官至内阁学士。方纲学富五车,精于金石、谱录、书画、词章之学,为诗注重学问、义理,首倡"肌理说",以救神韵、格调二说之弊。他一生著述甚富,有《复初斋诗集》七十卷,《文集》三十五卷,《石洲诗话》八卷,《小石帆亭著录》六卷,等等。《清史列传》有传。

《石洲诗话》八卷,成书于乾隆三十三年。今有《清诗话续编》校点本。卷一、二论唐诗;卷三、四论宋诗;卷五论金、元诗;卷六论王士禛之评杜之语,名为《渔洋评杜摘记》,以按语形式,对王士禛评杜之语多所纠正;卷七解说《元遗山论诗三十首》;卷八解说王士禛《王文简戏仿元遗山论诗绝句三十五首》。翁氏论诗提倡"肌理说"。所谓"肌理",指人体的肌肉文理。杜甫诗《丽人行》有"肌理细腻骨肉匀"之句,翁方纲则借之"肌理细腻",来比喻诗歌风格的细密丰腴。他在《志言集序》中说:"义理之理,即文理之理,即肌理之理也。"认为"为学必以考据为准,为诗必以肌理为准"。根据这一"为诗"原则,《石洲诗话》论诗形成了鲜明的特色:其评诗方法,分代分人叙议,逐首逐句剖析,条理清晰,有条不紊,其"肌理"通于义理和文理,贯注于全书之中。其论诗主旨,一是主学,二是宗宋。主学,则重学问,尚考据训诂,欲熔义理、考据、词章于一炉;宗宋,则重质实,尚堆垛捔扯,强调诗歌创作应该以质厚为本、以堆垛为富、以捔扯为工。他特别推崇宋诗,认为"宋人之学,全在研理日精,观书日富,因而论事日密",以至"诗则至宋而益加细密,盖刻抉入里,实非唐人所能囿也"(卷四)。经过探幽抉微,他认为"唐诗妙境在虚处,宋诗妙境在实处"(同上)。这种见解是极为深刻的,可谓论宋诗之的论。应当看到,翁方纲提倡"肌理说",目的全在于补救"神韵"和"格调"二说之失。从某种角度来看,"神韵"说失之空疏,"格调"说则失在囿于格调。翁氏并不反对"神韵"说与"格调"说,他是想对二说进行修正。因此,他特地撰写了《神韵论》《格调论》各上、中、下三篇论文,以说明"神韵为诗之所固有",而"格调为诗之所必备"的观点。通过修正,他向诗歌理论界声称:"格调"即"神韵","神韵"即"肌理",因而"格调"亦即"肌理"。然而,他却不撰《性灵论》上中下三篇,对于王、沈、袁三大著名学者及其三大学说,不作必要的平衡性调整。这并非翁氏的一时疏忽,其用意全在于两点:一是出于其标榜"肌理说"之需,二是出于其个人好恶褒贬之意,以至招来袁枚性灵派的极力讥谤和贬斥。

诗歌,是激情的产物。这种被外物激发出来的情感,充分体现了诗人对真、善、美的向往和追求。然而,翁方纲的"肌理说",却排斥了诗人的情感对诗歌创作的主导作用,把诗歌创作当作金石考据文字的堆垛挦扯和掉书袋似的文字竞赛游戏,这就违背了诗歌艺术的审美特性和创作规律,以至扼杀了诗歌的艺术生命。所以,有人曾批评翁氏"肌理说"不过是"中国诗歌理论中的一具怪胎"而已。说得虽然过于尖刻,但也确实一针见血。

翁方纲为阐发其"肌理说"的诗学主张,还撰有《小石帆亭著录》六卷,书成于乾隆五十七年。"石帆亭",是王士禛论诗授学的地方。翁氏亦将自己著述处名之为"小石帆亭",足见他对一代文宗王士禛的倾慕崇敬之心!是书系翁氏谈论诗歌的艺术技巧、介绍作诗门径的著述汇编,着重推介王渔洋的诗法技艺。其中卷一为《王文简〈古诗平仄论〉》,主要介绍王士禛的《古诗平仄论》;卷二为《赵秋谷所传〈声调谱〉》,多评赵执信《声调谱》之语,也申明王氏的理论;卷三为《五言诗平仄举隅》,以阮籍、张协、左思、刘琨、陶渊明、谢灵运、魏徵、杜甫诸家诗,论五言诗平仄;卷四为《七言诗平仄举隅》,所举皆唐、宋人七言古诗;卷五为《七言诗三昧举隅》,以王士禛《三昧集》和《古诗选》中七言诗为本,专谈风格意境、情致韵味,以证三昧之旨;卷末附有翁氏的《渔洋诗髓论》,意在折中于格调和神韵,说:"二李言格调,而先生言神韵,格调化而为神韵,则千汇万状皆归大冶,而岂伤于执一乎?"此书是翁氏编选校订的论诗之著,突出表现了翁方纲对诗歌的艺术之美的追求和探索,故仍不失诗话的性质,可以视为诗话之别体。

第四节 《北江诗话》与《养一斋诗话》

一 《北江诗话》

《北江诗话》六卷,洪亮吉撰。亮吉(1746—1809),字稚存,号北江居士,江苏阳湖(今常州)人。乾隆五十五年进士,授翰林院编修,督学贵州。晚年因上书指斥朝政,触怒嘉庆而充军于新疆伊犁。后遇赦还,号更生居士,并名其斋为"更生"。学问博洽,精于经学、史学、地理学,诗文亦工,与黄景仁齐名。著有《洪北江全集》。

北江论诗,以儒家"诗教"为宗,从封建伦理道德观念出发,强调"诗人不可无品"。光绪三年王国均《重刊北江诗话序》说:"余维先生立身以忠孝为大,论学以经史为宗,论诗以《三百篇》为主,故于魏、晋诗人,独取陶靖节,以其去古未远也。盛唐李、杜,已视为诗派之支流。历宋、元、明,旁及各家,吞云梦者八九,目中安有余子哉!"这一评论,是比较中肯的。纵观洪氏诗话,论诗多以"忠孝"为最高的道德准则。其所谓"诗人不可无品"的"品",其所谓"大节",指的正是封建士大夫阶层中所标举的对封建王朝的"忠"与"孝"。他指出:"诗文之可传者有五:一曰性,二曰情,三曰气,四曰趣,五曰格。"这里的"性""情""气""趣",乃至于"格",都以"忠孝"为衡量标准,凡是不合者,都在他的批评之列。如号称"江右三大家"的袁枚、蒋士铨、赵翼,只因论诗标举性灵,强调个性自由,他都给予批驳。所以,《北江诗话》在诗歌艺术论,确有不少创见,然而,其论诗立场和观点,也实在表现出封建卫道士的保守性、落后性,打上的是封建末世的思想印记,阶级的和艺术的偏见,也随处可见。此外,北江论诗带有鲜明的厚古薄今的倾向性。这部诗话从诗品人品,到音韵格律,皆以《三百篇》为极则,而于前辈或同辈众多的诗人,即便是一代诗宗文匠,他都给予批评,认为吴伟业"殊昧平仄";沈德潜"学古人"而只是"全师其貌,而先已遗神";王士禛也"受声调之累",窜改杜诗竟至于"点金成铁";朱彝尊学初唐、学北宋也只是"邯郸学步"而已;批评袁枚诗"佻"而"淫艳";厉鹗诗"意取尖新",而"气局本小"。他称颂的仅仅只有黎简、钱载和黄景仁几人,艺术上的保守性和排他性,亦可见一斑。

二 《养一斋诗话》

《养一斋诗话》十卷,三百二十余则,潘德舆撰。这是清嘉道年间出现的优秀诗话之一。

潘德舆(1785—1839),字彦博,号四农,江苏山阳(今淮安)人。道光举人,安徽候补知县,有《养一斋集》。潘氏论诗,以《三百篇》为根本,以儒家"诗教"为旨归,注重"诗品""人品"。其《养一斋诗话》评述历代诗歌的发展源流,品藻各家的诗歌得失,涉及面较广,持论也比较精当。他继承了《诗经》以来的现实主义诗歌传统,吸取了白居易、黄彻、张戒、宋大樽等的现实主义诗论和严羽、姜夔、徐祯卿、王世贞等人的诗歌艺术论方面的合理内核,在新的历史条件下,建立了以"诗品之人品"为核心的诗学理论体系。大凡这个理论体系的主要成分有三:

其一,"诗品"的关键,在于真情。他认为"无论作诗说诗,皆以打扫心地为本"(卷二),又说:"诗只一字诀,曰'厚'。厚必由于性情。"(《养一斋集》卷首)这里的"心地"与"性情"是同义词。而所谓"厚",一是诗意深厚,而不轻薄;二是诗境质实,而不"空疏"。他认为:诗人自己深厚真切的思想情感,乃是构成诗意之"厚"的关键所在。情真则"厚",率则轻薄;虚伪轻浮的情感，既不足为诗意的基根，也不可能给读者以"深曲有味"的审美艺术享受。那么，什么是潘氏所标举的"性情"呢？他自己说：

> 吾所谓性情者，于《三百篇》取一言，曰"柔惠且直"而已。（卷十）

他把"柔惠且直"当作性情的圭臬，并解释说："柔惠"，仁也；"直"，义也。因此，所谓"柔惠且直"，就是"仁义"的代名词。在潘氏看来，"仁义"，是性情的质的属性，作诗说诗，都应该以儒家的"诗教"为权度；"舍此而言诗，诗之螟螣也"。所以徐宝善为《养一斋诗话》作序说：潘氏这部书是"以《三百篇》为根本，以孔门之言诗为准则"的。由此出发，潘氏认为"诗境全贵质实"或曰"以质实为贵"，强调坚实的思想内容与质朴的艺术形式的统一，盛赞顾炎武的诗歌，认为"亭林之诗坚实""其诗境直黄河、太华之高阔"（卷三）。在他心目之中，顾亭林诗的"坚实"与"高阔"，正是出于作者深厚的爱国思想和民族气节，也同时出于沉雄有力的诗歌艺术风格，是雄浑阔大的阳刚之美和充实之美，是沈德潜高度称颂的"风霜之气"与"松柏之质"的完美结合。

其二，"诗品"出于"人品"。在"诗品"与"人品"的关系方面，潘德舆强调"诗品之人品"，认为诗人必须首先加强自身的思想道德和艺术等方面的修养，然后才能写出诗意深厚、"诗境质实"的诗歌来，才能发挥诗歌"厚风俗，美教化"的社会功能。在《诗话》中，他特别称颂曹植、陶潜和杜甫的诗，说他们的诗是"君子之诗"，人品正，胸次高尚，因而诗品甚佳，堪称"千古之冠"。其门人陆梦月向他请教诗法，潘氏说："诗有何法？胸襟大一分，诗进一分耳！"（卷二）正因为这样，他赞许陆游关于"工夫在诗外"的见解为至言，"可以扫尽一切诗话"（卷一），认识到诗人必须深入现实生活，通过社会实践以开拓胸襟，锻炼识见，提高审美能力的重要性。这是难能可贵的。

其三,"诗品"应以"诗教"为本。潘德舆认为,"诗品"的提高,应该以儒家"温柔敦厚"的"诗教"为根本,目的在于充分发挥"诗教"的社会功用,以"挽回世运"、补救时弊。这与顾炎武所提倡的"匡时济民""经世致用"的思想是一脉相承的。潘德舆身处嘉道时代,曾心怀一腔热血,希冀济世匡时,然而仕途多舛,无用武之地。可以说,他的诗学主张,正是他的济世之志在诗学理论上的真实反映。他的老师钟昌最了解他的为人,认为潘氏《诗话》全在于"美天下之风俗",称许《养一斋诗话》之所言,"于天下之风俗,非无益也"(见序言)。显然,这里的"美",是美刺之"美",说明潘氏论诗,所继承的正是《诗经》以来的现实主义传统。

《养一斋诗话》还有一个突出的特色,是它不仅仅局限于对历代诗歌的发展源流及各家得失的评论,还特别注意对历代诗话之作的评析。于宋诗话,他说:

宋人诗话,予向以严羽、张戒、姜夔为佳,然皆就诗论诗;若黄彻之《碧溪诗话》,更能知诗外有事在,尤可敬也。
(卷十)

他之所以推崇黄彻诗话,是因为《碧溪诗话》的特点在于以风教言诗,注重诗歌的思想性,推崇杜诗中关心民生疾苦之作,批评黄山谷一味强调诗以陶冶性情的主张。反对"嘲烟云、媚草木而无与于比兴"之作。这一切皆与潘氏之见不谋而合。所谓"诗外事",正是诗歌之"刺",是它所表现出的"胸中愤怨不平之气"。潘氏说:"予向谓杜诗或似孟子,(黄)彻已先言之。"(卷十)这就是潘氏以为"可敬"之处。张戒《岁寒堂诗话》,也因主张诗以言志为本,强调诗歌的"美刺"功能,潘氏为之折服,说:"吾于宋人诗话,严羽之外,只服张戒《岁寒堂诗话》为中的。"(卷一)又极力推介姜白石的《白石诗说》,认为宋人诗话,唯有《白石诗说》可与《沧浪诗话》《岁寒堂诗话》"鼎立",称许"其说极简极精、极平极远",足以为诗

道之中的"金绳宝筏"。(卷八)

对于明人诗话,潘氏极推王敬美的《艺圃撷余》和方以智的《通雅诗话》,而对诗家一向称许的徐祯卿《谈艺录》,却予以贬斥。通过与《艺圃撷余》比较,他对王渔洋极尊徐昌谷的《谈艺录》极为不满,认为《谈艺录》"极求简奥,其实肤庸",没有什么切中痼疾之言;虽然作诗昌谷工于敬美,而论诗却远远逊于敬美。"渔洋极尊《谈艺》,于《艺圃撷余》则忽之,偏矣。"(卷九)在《养一斋诗话》中,潘氏还特地论及明末清初之交方以智的《通雅诗话》。方以智(1611—1671),字密之,号曼公,桐城人。崇祯进士,官翰林院检讨。少年时代与陈贞慧、吴应箕、侯方域等参加"复社"活动,世称"明季四公子"。清兵南下,出家为僧,名弘智,字无可,人称"药地和尚"。方以智是明清之际的思想家、科学家,著有《通雅》《物理小识》等书。其论诗之著《通雅诗话》罕有传本,也很少为人著录。潘氏于《养一斋诗话》卷十详加引用,予以评述,指出:"诗话之简而当者,莫如明末方密之《通雅诗话》二十余则,极有契会。"接着他摘引其中七则,称许其论诗"皆极中末世诗家之病",同时也指出其中"亦有驳而未醇处",于诗家关键,犹未尽开通。

对于清人诗话,潘德舆出于以"诗教"为宗的论诗主旨,而贬斥袁枚性灵诗派。他说:

> 近人诗话之有名者,如愚山、渔洋、秋谷、竹垞、确士所著,不尽是发明第一义,然尚不至滋后学之惑。滋惑者,其随园乎?人纷纷訾之,吾可无论矣。独《石洲诗话》一书,引证该博,又无随园佻纤之失,信从者多。予窃有惑焉,不敢不商榷,以质后之君子。(卷一)

大凡潘氏对清代诗话之代表作,都采取否定的态度。他认为施闰章的《蠖斋诗话》、王士禛的《渔洋诗话》、赵执信的《谈龙录》、朱彝尊的《静志居诗话》、沈德潜的《说诗晬语》,虽为名著,但"不尽是发明第一义",而袁枚的《随园诗话》,则失之"佻纤",滋惑后学;翁方纲的《石洲诗话》,虽然"引证该博",无"佻纤之失",但也有偏好之弊。因此,他以一千五百余字的篇幅,对翁氏诗话"酷好苏诗"之偏,一一加以评析与驳辨,指斥翁氏"强为附会,遂使人览之茫然"。与此相反,他对于宋大樽的《茗香诗论》,却极力褒扬,说"(方)密之之后能以简胜者,近又有仁和宋大樽《茗香诗论》,其论尤为精澈不刊"(卷十)。以"精澈不刊"论《茗香诗论》,这个评价是相当高的。然而,潘氏的可贵之处,就在于持论有据,实事求是,不一概否定,也不全盘肯定。他极推《茗香诗论》,而又指出其中失当之论,认为茗香高视《十九首》而卑乐府,高视汉而卑陶、杜,"此第以气体论诗,非知诗之本教者"。他指出:"大抵论诗有三要:一曰心术,二曰气体,三曰时运。心术无古今,而气体不能无古今,则时运为之,不可贬也。"(卷十)认为茗香不审时运,而只以气体分升降,也不能通达无滞。

像诗话之体论诗缺乏固有的系统性一样,潘氏于《诗话》之中论述历代诗话,也缺乏其系统性。然而,在清人诗话中,能如此详尽地论及历代诗话,评论其高下得失,是是非非,观点如此鲜明者,却鲜为人见。从中我们可以看到:潘氏评论诗话完全以属于他的论诗主旨,以《三百篇》为根本,以"诗教"为旨归,目的在于昭示圣贤相传"诗言志""思无邪"之旨。他对历代诗话的褒贬扬抑,也是以此为标准,从之者尊,逆之者斥。虽然,这种敢于向名家挑战的批判精神,是难能可贵的;但他维护的仅仅是儒家"诗教"之尊,表现出"诗教"卫道者的某种局限性和保守性。这是我们评论《养一斋诗话》时也必须指出的。

第四章
清诗话的专门化

在中国文学批评史上，诗话的崛起，乃是中国文学理论批评专门化的产物。而诗话之体也在自己的发展演变过程中，逐渐由低级向高级阶段演进，至清代而臻于"大""全""美"，成为专门化的论诗著作。诗话的专门化，是诗话之体成熟、完善、发展到高级阶段的主要标志之一。

清代，朴学大盛，是中国学术史上的黄金时代，也是诗话史的鼎盛时代。这个时期的诗话作者，大多是属于学者型的。王夫之、朱彝尊、毛奇龄、叶燮、吴乔、王士禛、沈德潜、薛雪、纪昀、翁方纲、梁章钜、袁枚、赵翼、张维屏、潘德舆、易顺鼎、林昌彝、邓显鹤、方东树、陈衍等等，都是博学多才的大学者、大文学家，都潜心于诗话的创作和诗话研究。他们治学谨严，不尚空谈，实事求是，无征不信，几乎成了一般学者恪守的信条，使清代诗话从内容到形式，都能兼采历代诗话各家各派之长，集其大成而不偏胜，把论诗的触角伸向作家研究、诗歌品评和理论探幽抉微的深处。诗话的专门化，就是在这样的学术研究气氛中蔚为风尚的。

第一节 地方诗话

所谓"地方诗话"，顾名思义，是指专论某一地域诗人诗作的诗话著作。

清诗话中的地方诗话，所占的比例很大，不可胜举。诸如：

《全闽诗话》十二卷，郑方坤撰。

《西江诗话》十二卷，裘君弘撰。

《全浙诗话》五十四卷，陶元藻撰。

《澉浦诗话》二卷，吴文晖撰。又《澉浦诗话续编》四卷，吴东发撰。

《南浦诗话》八卷，《雁荡诗话》二卷，《三管诗话》三卷，《闽川诗话》（卷数未详），梁章钜撰。

《海虞诗话》十六卷，单学傅撰。

《滇南草堂诗话》十四卷，原题白石先生云谷老人同撰，草堂弟子编次。

《山静居诗话》一卷，方薰撰。

此外还有《菱溪诗话》《三山诗话》《楚天樵语》《昭阳述旧编》《吴兴诗话》《台州诗话》等等，限于篇幅，恕不一一列出。

地方诗话是地域文化的重要载体之一。其突出的特点，一是地域性，论诗的对象与范围只限于一定的区域之内。如郑方坤的《全闽诗话》专论闽诗，陶元藻的《全浙诗话》专论浙诗，裘君弘的《西江诗话》专论历代江西诗，原题白石先生、云谷老人同撰的《滇南草堂诗话》，专论滇南（云南省的别称）之诗。这是论地方诗的几部篇幅宏大的专门著作。范围更小的还有童赓年的《台州诗话》一卷，专论浙江台州地区的诗人诗作；梁章钜的《三管诗话》专论广西之诗，《南浦诗话》专论福建蒲城之诗，《雁荡诗话》专论浙江东南隅雁荡山之诗。二是通过方志，或以诗存人，或以人存诗，使数以千百计的地方诗人特别是无名诗人及其诗歌赖以仅存，为编辑地方人物志和地方艺文志提供了极其丰富的宝贵资料。许多无名诗人乃至名气不大的诗人，不仅正史无传，连地方志亦无立足之地，他们的诗名早已湮没无闻,而在地方性诗话的字里行间,却能见其人而闻其声。特别是封建社会的妇女,地位低下,即便是大家闺秀、扫眉才子,也很难进入正史与地方志的历史王国,然而诗话却给予了她们以一席地位。在地方性诗话中,如袁枚有《随园闺秀诗话》一卷,专论随园闺秀之诗;梁章钜有《闽川闺秀诗话》四卷、丁芸有《闽川闺秀诗话续编》四卷,专论闽川妇女之作。这就为后人研究和编写乡土文学史、女性文学史提供了很多方便。三是博于诗事,寓诗旨的探求于考述诗事之中。地方性诗话广泛地记述了地方诗人的生平事迹和诗歌创作活动,描写了他们的家世和爵里、仕宦和交谊、品德和风格、欢快和愁苦,以及诗事本末、作品得失、艺术特色等等,或详或略,或贬或褒,所述所论,至今尚有一定参考价值。例如,浙江石门人方薰(1736—1799,字兰士,号兰坻)曾撰《山静居诗话》一卷①,专论浙诗,确实具有寓诗旨的阐述于考述诗事之中的特点。这里仅举其中一例:

> 初阳蒋君(后按:"初阳名绍辉,字绎文,桐乡人"),少读书,自昕至夕不能成诵。年逾及冠,忽一日顿悟,凡平生读过书,无不了然于心。其后开卷,过目不忘,人以为夙业所至。其诗若文,一本性灵。尝曰:人每以气格论诗,是以尊汉、唐而薄宋、元;若以世风言诗,则代有其诗,平心读之,自知其乘除运会之变。识者题之,今录其所作数章,可概见矣。(《清诗话》本)

接着收录蒋氏《手指其四曰无名指,遂赋一章》等五首诗作,篇幅甚大,不录于此。

通观《山静居诗话》,从其繁富的诗事之中,我们仍可以了解

---

① 此书《嘉兴府志》作二卷,有《别下斋丛书》本和《花近楼丛书》本。《别下斋丛书》本少一则(见管庭芳跋),《花近楼丛书》本有附录一卷。

方薰的论诗主旨，在于主性情，重天资风韵、清新自然，要求诗歌创作能够"推陈出新""研炼有隽味"，以"有追魂摄魄之妙为工"。他说："诗发乎情，故能感人之情，欢娱疾苦之词，皆情之所不可假者；非若嘲风弄月，可以妆点而成也。"这种见解，虽然并无多少新意，但以此论地方诗，亦可见作者的论诗态度还是严肃认真的，决不是宋诗话初期那种"以资闲谈"的绪余之作了。

第二节　专家体诗话

诗话之体，由论古述今的杂糅之作，变成专论一家或几家的专门著作，乃是诗话创作走向专门化的主要标志之一。

专家体诗话，肇于宋而盛于清。北宋宣和年间，莆田人方深道辑《集诸家老杜诗评》五卷，汇辑诸家评论杜诗之语而成。这是专论一家诗的"专家体诗话"的开山之祖。然而体制粗疏，了无新义。至清代，情景就完全不同了。据清人息翁《兰丛诗话序》所记，说"余少学朱竹垞先生家，见《草堂诗话》之专言杜者，凡五十家"之多。可见专家体诗话的兴旺，乃是古代作家作品研究的产物，是诗话创作趋于专门化的必然结果。

清诗话中的专家体诗话，论数量如息翁之论，已可见一斑。其中的优秀作品，主要有：

《渔洋杜诗话》一卷，王士禛撰，翁方纲辑。清乾隆三十二年大兴翁氏刻本，一册，石洲草堂藏版。此书专辑王士禛论杜诗之语。王士禛论诗主"神韵"，故他论杜诗，亦从"神韵"说出发，对杜诗的"根柢""兴会"与结构、句法等做了比较系统而精当的论述，亦可资参考。

《李义山诗话》二卷，纪昀撰。清光绪十三年朱氏刻本，一册，行素草堂藏版。纪昀（1724—1805），清代著名学者、文学家。字晓岚，一字春帆，直隶献县（今属河北）人。乾隆进士，官至礼部尚书、协办大学士，曾任《四库全书》馆总编纂官。著有《阅微草堂笔记》（笔记小说集）、《纪文达公遗集》等。是书又名《玉谿生诗说》，专论晚唐诗人李商隐之诗。李诗以律、绝为工，深情绵邈，典雅绮丽，但亦有冷僻、晦涩之弊。纪昀论诗重意格，对于李诗中那些颇得言外之意、弦外之音，虽"怨诽之极而不失优柔唱叹之妙"的作品，都给以很高评价，认为它们"意极曲折""格韵俱高"。所以《李义山诗话》是关于李商隐诗歌鉴赏和评析的重要专著之一。研究李商隐者，不可不读。

《三家诗话》一卷，尚镕撰。今有郭绍虞《清诗话续编》校点本。尚镕，字乔客，南昌人。据其同学姜曾序，可知尚氏尝撰《律诗杜骨》一书，"谓李义山、陆放翁、元遗山皆得杜少陵之骨"，而《三家诗话》则"成于今年（道光五年）落解后之第五夜"。是书专论袁枚、蒋士铨、赵翼三大家之诗，自出手眼。其基本特点，主要表现在论诗体例的系统化。全书分为"三家总论""三家分论"和"三家余论"三个部分，总起分论，自成体系，已经基本上摆脱了历代诗话由一条一则内容互不相关的论诗条目连缀成篇的故技。"总论"是纲，概括地论述袁枚、蒋士铨、赵翼"江右三大家"诗。"分论"是目，分别论述三家诗的艺术风格及其得失高下：先论袁子才，凡十五条；再论蒋苕生，凡十三条；后论赵云松，凡十二条。"余论"收尾，论三家诗的弊病，指出以上"三家富于才调"，而各体诗歌殆不及古人妙处。从总体而言，尚镕论三家诗多所指摘，但具有宏观的审视态势。他说：

> 自明七子以后，诗多伪体、僻体。牧斋远法韩、苏，目空一代，然如危素之文，动多诡气。梅村、渔洋、愚山、独漉诸公，虽各擅胜场，而才力不能大开生面。三家生国家全盛之时，而才情学力，俱可以挫笼今古，自成一家，遂各拔帜而起，震耀天下，此实气运使然也。

尚氏能从诗歌发展的历史演进过程和广阔的文学背景之上来论述三家诗的源流和历史地位，立论的基点很高。他认为"三家兼有放翁以下诸人之长"，有如"天外三峰，跻攀不易"。这种评论是比较高的，然而，他并不偏袒三家，为尊者讳，而能实事求是地指出其中弊病之所在：

> 子才学杨诚斋而参以白傅，苕生学黄山谷而参以韩、苏、竹垞，云松学苏、陆而参以梅村、初白。平心而论，子才学前人而出以灵活，有纤佻之病；苕生学前人而出以坚锐，有粗露之病；云松学前人而出以整丽，有冗杂之病。

指斥虽然有点过甚，但能冷静分析，全面衡量，不拘于一端。这种批判态度和求实精神，还是无可非议的。他认为"子才专尚性灵，而太不讲格调"，又说"苕生诗有不可及者八：才大而奇，情深而正，学博而醇，识高而老，气豪而真，力锐而厚，格变而隐，词切而坚"，"盖苕生失在矜才，云松失在逞博"，这是符合三家诗的实际的。

《李杜诗话》三卷，潘德舆撰。清道光刻本，今有《清诗话续编》校点本，题为《养一斋李杜诗话》，附于潘氏《养一斋诗话》之后。《李杜诗话》专辑历代各家论李白、杜甫之语，并一一加以辨正，颇有己见。卷一论李白，卷二论杜甫，卷三杂论李、杜而重在杜甫。是书所论，具有两个鲜明的论诗特色：一是集大成性，自宋至今，有关论及李、杜的诗品人品之语，多已引用，可谓集前贤论李、杜之大成于一书；二是思辨性，作者先引前人论李、杜之语，然后以按语形式，对前人之论一一加以辨正，是是非非，引经据典，逻辑思辨力颇强，是清代专家体诗话中不可多得的佳作。

此外，清人有关杜诗研究的专著还有：

《杜律诗话》二卷，陈廷敬撰。清康熙间《午亭文编》载刊本。

《杜诗言志》十六卷，佚名撰。1979年扬州广陵古籍刻印社据原稿本校刊。

《读杜随笔》四卷，陈讦撰。清雍正十年（1732）刻本。

《读杜义法》二卷，乔亿撰。清乾隆刻本。

《读杜笔记》（不分卷），夏力恕撰。《㵎农遗书》本。

《读杜诗说》二十四卷，施鸿保撰。1962年中华书局上海编辑所标点本。

《杜诗话》五卷，刘凤诰撰。存刘氏《存悔斋集》卷二十四至二十八，清道光十七年（1837）家刻本。

……

至于在诗话中以人分卷者，更是不胜枚举。如前面论及的《瓯北诗话》，就以前十卷分论李白、杜甫、韩愈、白居易、苏轼、陆游、元好问、高启、吴伟业、查慎行之诗，还有《陆放翁年谱》一卷。缪焕章《云樵外史诗话》也有一卷专论查慎行诗。

凡此种种，不一而足。这些诗话的兴起，说明随着学术研究的深入发展，清代诗话创作也日趋精细慎密，分工更为严密细致。从文学研究的角度来说，专家体诗话在作家作品论、风格论以至鉴赏论、批评论诸方面，为后人的深入研究提供了极为丰富而有益的借鉴。

第三节　名媛闺秀诗话

在漫长的封建时代，中国妇女是没有社会地位的。胡云翼先生曾在《中国妇女与文学》中指出：

> 因为生活的层层桎梏，那些被压迫在宗法社会底下的妇女，她们一切值得讴歌的天才和能力，都不容许表现出来，简直可以说，她们的能力是受礼教的摧残而葬送了。一部廿四史，只是一部男性活动史，无论从哲学史，经学史，政治学史各方面去观察，那里有了女性的篇幅？那里表现了女性的光荣？……然而，宗法社会尽管是宗法社会，压迫尽管是压迫；尽管压迫的重力能够使妇女各方面发展的

能力都全部斩丧,却不能抑压女性特殊的艺术天才在文学里面的表现;虽说学术史上不曾有女哲学家,经学家,史学家,然而在文学方面,女性却曾遗下卓越的成就,使一部中国文学史还笼罩着女性文学的异彩,给与我们一点读文学史时的安慰。(《女性与文学》)①

胡氏这段论述,肯定了女性在中国文学史上的地位,是颇有见地的。

在中国诗话史上,有关女性的论诗之语,宋元诗话已间有所见。然而真正意义上的名媛闺秀诗话,则始于明人江盈科《闺秀诗评》。其自序云:

> 余生平喜读闺秀诗,然苦易忘。近摘取佳者数首,各为品题,以见女子自摅胸臆,尚能为不朽之论,况丈夫乎?

其撰述动机,在于以女子为"不朽之论"而反衬丈夫之意。是书选历代名媛闺秀二十七人之诗,略加品评而成。名为"诗评",实为"诗选",是二者的结合而已。今有台湾广文书局《古今诗话丛编·雪涛小书》影印本。至清代中叶,随着资本主义萌芽阶段追求个性自由解放思潮的兴起,一些思想比较解放的诗论家,一方面在诗话创作中大量引用并论述女性诗歌,不再顾忌儒家的传统说教,敢于把论诗的笔触伸进长期被封建礼教锢禁了的女性世界;一方面又随着诗话创作的专门化,不再满足于女性诗歌的片断性的论诗条目,大胆地创作以女性诗歌为论述对象的名媛闺秀诗话,为中国文坛诗苑中的女性作家及其诗歌树碑立传。这一开创之功,应该归之于清代著名的诗话家袁枚。

在女性世界之谜的探索中,袁枚的功绩有二:一是对描写男女之情的"艳诗"的肯定;二是创作《随园闺秀诗话》,开名媛闺秀

---

① 转引自谭正璧《中国女性文学史话》,百花文艺出版社,1984,第9—10页。

诗话以"诗话"名篇之先河。

清代中叶,沈德潜从诗歌"必关系人伦日用"的儒家名教论出发,把中国文学史上的艳情诗斥之为"最足害人之术"。袁枚曾对此予以有力的批驳。说:

> 闻《别裁》(指《清诗别裁集》)中独不选王次回诗,以为艳体不足垂教,仆又疑焉。夫《关雎》即艳诗也,以求淑女之故,至于展转反侧。使文王生于今,遇先生,危矣哉!《易》曰:"一阴一阳之谓道。"又曰:"有夫妇然后有父子。"阴阳夫妇,艳诗之祖也。傅鹑觚善言儿女之情,而台阁生风;其人,君子也。沈约事两朝,佞佛,有绮语之忏;其人,小人也。次回才藻艳绝,阮亭集中,时时窃之。先生最尊阮亭,不容都不考也。(《再与沈大宗伯书》)

袁枚引经据典,追本溯源,以证艳诗自古早已有之。在袁氏看来,诗歌的本质在于抒发性情,男女之情,是性情之一,而且是最主要的一种,所谓"情所最先,莫如男女",就是这个意思。因此,只要是真情实感的自然流露,便是好诗。他认为艳诗也好,宫体也好,从艺术上说自可以具体分析,不应一概排斥。喜做艳诗的,其人未必不是"君子";悔于做过绮语者,其人未必不是"小人"。这就说明艳诗并非"害人之术",艳诗本身也不能一概斥之为"害人之术"。从整体的诗学观来看,袁枚之肯定艳诗,一是出于论诗主性灵说,二是在于主张艺术风格之多样化,认为"艳诗宫体,自是诗家一格"(同上)。这与沈氏"温柔敦厚"说和狭隘的名教论相比较,袁枚的观点则向艺术真理跨进了一大步,至少袁枚敢于正视这样一个事实:以婉约温柔著称的艳诗宫体,是中国文学史上的客观存在。"孔子删诗,亦存《郑》《卫》,公何独不选次回诗?"(《随园诗话》卷一)是的,对数以万计的中国女性诗,熟视无睹,讳莫如深,不是唯物主义的态度。

有些论者说袁枚"性好女色""风流放诞",而《随园诗话》也取"艳词侧体太多,殊玷风雅"(尚镕《三家诗话》),这显然是一种偏见。我们认为,袁枚论诗虽然有不尽如人意之处,但他追求个性解放和创作自由,追求艺术风格的多样化,敢于冲击封建礼教所设置的禁区,从时代的发展与文学的演进来考察,这是无可非议的;而从诗话创作的专门化来考虑,袁枚不仅在其《随园诗话》中多取"艳词",大量论述女性诗歌,而且撰著《随园闺秀诗话》,专论名媛闺秀之诗,为中国女性文学正名,替中国女性诗人争一席文学地位,从而使诗话之体通于史传,通于闺阁,为中国女性文学史开一先河。

据史载,清代的名媛闺秀诗话专著,袁枚肇其端,之后历有所作。主要作品有:

《闽川闺秀诗话》四卷,梁章钜撰。存,清道光年间家刻本,二册。

《闽川闺秀诗话续编》四卷,丁芸撰。存,民国三年侯官丁震京师刻本,二册。

《名媛诗话》十二卷,沈善宝撰。清道光二十六年鸿雪楼刻本,民国辛酉沈补愚排印本,仅八卷。

《妇人诗话》一卷,苏慕亚撰。

《红梅花馆诗话》一卷,雪平女士撰。

《绾春楼诗词话》一卷,杨全荫撰。

《竹净轩诗话》一卷,王迺德撰。

《浣桐阁诗话》一卷,王迺容撰。

《古今闺阁诗话》八卷(又名《金箱荟说》《婵娟录》),杨芸撰。

此外,尚有季家恒《闺秀诗话》、何玉瑛《左海诗话》、刘淑《同芳榭诗话》、王琼《名媛诗话》等,多已散佚。至清末民初,雷君曜、雷君彦曾辑有《闺秀诗话》十六卷,民国五年上海扫叶山房版,共八册。是书"大旨以有清一代闺秀诗为断,元明间闺媛名著,偶亦附入焉",共辑闺秀一千三百余人,卷帙之富,堪称历代闺媛诗话之冠。雷君曜又辑有《闺秀词话》四卷、《青楼诗话》二卷。

人类是由男女两性组成的,人类的历史都是两性共同写成的。男性独尊,排斥女性的现象,是不文明的表现。因此,在清代诗话史上,名媛闺秀诗话专著的出现,具有特别重要的历史意义。概而言之有三:一是闺秀诗话以女性诗为论述对象,本身就是对封建礼教的一种挑战,具有反封建主义旧传统的意义;二是名媛闺秀诗话的出现,开女性文学史之先河,在中国文学史上填补了一个空白;三是名媛闺秀诗话的出现,鲜明地表现出诗话之体所特有的开放性,它不同于其他文学批评样式的拘谨性。诗话的这种开放性,也许正是诗话之体长盛不衰的重要原因之一。

卷六　近代诗话

第一章
乾坤之变与近代诗话

第一节 乾坤之变与诗风之变

1840年,中英鸦片战争的枪炮声,揭开了中国历史新的一页。这是中国历史的转折点。从此,中国历史进入了一个"乾坤之变"的重要时期。它的主要标志有三点:第一,中国历时两千余年的封建社会,从此开始土崩瓦解,封建"盛世"的夕照余晖,已被帝国主义侵略势力掀起的战争暮霭所吞没。鸦片战争以后,帝国主义列强的铁蹄,开始为所欲为地践踏中华大地上的美好河山,中国逐渐沦为半殖民地半封建社会。第二,鸦片战争以后,随着外国资本的侵入,中国社会的基本矛盾正发生历史的巨变:即由原先只是封建地主阶级同广大农民阶级之间的阶级矛盾,转变而为外国帝国主义侵略势力同中华民族之间的民族矛盾,并因之而上升为近代中国社会的主要矛盾。第三,鸦片战争的前前后后,以林则徐的虎门禁烟运动、三元里人民的抗英斗争和洪秀全领导的太平天国的金田起义为先锋,中国人民揭开了反帝、反封建、反官僚资本主义伟大爱国斗争的序幕。古老的中国,从此走上了民族民主革命的道路。

文学,是时代的风雨表。

在诗歌创作领域里,乾坤之变,导致了诗风之变。处在"乾坤之变"的历史漩涡之中的中国近代诗坛,也随之发生了史无前例的

翻天覆地的巨大变革。概而言之,这种诗风之变有如下突出的特点:

第一,诗歌创作以反帝反封建为最基本的主题。乾嘉时代,清代诗坛被所谓"才人之诗"与"学人之诗"主宰着,诗格卑弱,诗道浇漓。乾坤之变导致了诗风之变。鸦片战争前后,以龚自珍、魏源、张际亮、姚燮、贝青乔、林则徐、朱琦、张维屏、鲁一同、陆嵩、张仪祖、金和等为代表的改革之士崛起于诗坛,把深沉而犀利的目光投向满目疮痍的现实社会,自觉地以诗歌为战斗武器,反映乾坤之变,投入反帝反封建的革命斗争。于是,一种以反帝反封建为基本主题的"志士之诗"应运而生。这种令人耳目一新的"志士之诗",是鸦片战争前后中国的社会性质和社会矛盾急剧变化的产物,是当时激烈的民族斗争和阶级斗争的风云促成封建阶级内部力量加剧分化的必然结果,标志着"万马齐喑"的晚清诗坛,已经出现了新的希望之光。

第二,诗人关心政治,诗歌面向社会。晚清时代,处于内外交困之中的清王朝,逐渐失去了对内实行高压政策和思想钳制的能力。世乱蜂起,文禁日弛,长期被禁止的文学社团东山再起,被锢禁的民主思想生机复发,一大批改革志士结社集会,针砭时弊,形成了一股不可抗拒的政治改革力量。时代,需要诗歌;改革,需要诗歌;诗歌面向社会,文艺从属政治。于是,几千年以来以"温柔敦厚"为诗歌创作准则的儒家诗教,已经不能再约束诗人了。诗人们的笔触已经伸进了社会的最深之处,或揭露刻剥诛求的封建压迫,或抨击屈膝投降的卖国罪行,或寄托忧国忧民的耿介情思,或歌颂为国捐躯的英雄志士,了无生机的晚清诗坛,从此出现了澎湃的怒潮……

第三,新旧两派对垒,阶级烙印鲜明。随着阶级矛盾与民族矛盾日趋激化,文坛诗苑新与旧、先进与守旧的斗争也随之加剧。在诗歌领域里,程恩泽、祁寯藻首倡宋诗,反对诗宗汉魏盛唐;何绍基、郑珍、莫友芝等继之而起,竞相仿效,形成了宋诗运动;到同光时代,宋诗派发展而为名噪一时的"同光体"。在以黄遵宪为旗帜的"诗界革命"及其"新诗派"崛起的情势之下,宋诗运动及"同光体"的负隅顽抗,正反映了封建正统文学面临着深刻危机之际的拼命挣扎。然而,历史的潮流是不可抗拒的。在"诗界革命"的旗帜指引下,作为时代的号角和战斗武器的"新派诗",终于不可遏制地崛起于晚清诗坛,取代了中国封建正统文学的历史地位。从此,中国诗歌发展到了一个崭新的阶段。

第四,诗体解放,形式自由。随着思想的解放,个性的自由发展和诗歌题材与内容的开拓,中国诗歌的艺术形式也出现了从严格的律体之中解放出来的发展趋势。这时,崛起于诗坛的"新派诗",大都突破了旧体诗歌形式及艺术风格的束缚。语言的通俗化,形式的自由化,风格的多样化,正表明了中国诗体已经开始走上了解放的道路。在中国诗歌史上,其重大意义与深远影响,是不可以低估的。

第二节 近代诗话的基本特征

风气,是创作的潜在势力,是作品产生的社会的和文学的背景。

近代诗话,正是在中国近代史这一特定的社会背景和文学风气之中诞生的。它既是对宋元以来中国诗话创作的文学传统的继承和发展的产物,又是在新的时代风气之中敢于变革这种旧传统的必然结果。正因为如此,与先前的宋、元、明、清各个时代的诗话相比较,近代诗话深深地打上时代的烙印,具有与众不同的个性特征。

那么,近代诗话的主要特征是什么呢?

其一是强烈的政治性和战斗性。毛泽东在《新民主主义论》中指出:"在'五四'以前,中国文化战线上的斗争,是资产阶级的新文化和封建阶级的旧文化的斗争。"近代诗话,也同样带有这种性质。鸦片战争前后,"山雨欲来风满楼",阶级矛盾和民族矛盾日益激化,文学与政治、文学与社会现实的关系日趋密切,文学创作和文学批评已经成为阶级斗争和民族斗争的有力工具和战斗武器。这样,作为中国文学批评主要形式的诗话,其创作内容的阶级性、政治倾向性和战斗性,也就日趋明显化。两军对垒,先进与落后、变革与保守、革命与反革命、光明与黑暗,双方都以诗歌及诗话为武器,积极参与现实的政治斗争。一方是站在封建主义立场,为维护封建正统秩序和封建统治地位而效力。我们称之为"旧派诗话"。宋诗运动、桐城派以及"同光体"等,则拼命鼓吹孔孟之道和程朱理学,把"温柔敦厚"的诗教和对封建统治者的"怨而不怒"作为万古不变的封建教条,作为扼杀人民反帝反封建斗争的精神鸦片。例如,桐城派诗话的代表作——方东树的《昭昧詹言》,以论古文之法论诗,极力鼓吹桐城派的封建道统和文统,以维护"君臣父子"的封建主义伦理纲常为己任。此外,刘熙载的《诗概》、朱庭珍的《筱园诗话》、钟秀的《观我生斋诗话》以及王闿运《湘绮楼说诗》、邓显鹤的《南村草堂诗话》、邓绎的《藻川堂谭艺》、曾纪泽的《演司空表圣〈诗品〉二十四首》等,力主"温柔敦厚"的儒家诗教,强调"诗品出于人品",宣扬封建文人"积理养气"之说;还有"同光体"诗话之代表作——陈衍的《石遗室诗话》,就其思想内容的本质而言,也属于封建卫道之作。而另一方,则站在新兴的资产阶级改良派和民主主义立场上,注重发挥诗歌和诗话创作在解放思想、宣传变法图新、抨击落后复古以至反动的诗歌流派方面的战斗作用,要求诗歌和诗话创作面向现实、面向改革、面向人生,使之成为反帝反封建的有力武器。我们称之为"新派诗话"。这是近代诗话的主流。如张维屏《听松庐诗话》和《艺谈录》、林昌彝《射鹰楼诗话》、狄葆贤《平等阁诗话》、梁启超《饮冰室诗话》、王韬《东人诗话》、高旭《愿无尽庐诗话》、沧海遗民《台阳诗话》、李伯元《庄谐诗话》等,都代表着资产阶级改良派和抵抗派的意志和心声。近代诗话这种鲜明而强烈的政治倾向性,是以前任何一个历史时期的诗话之作所不曾有过的，它是近代中国社会急遽突变的阶级分化和复杂激烈的阶级斗争的反映。

其二是明显的宗宋倾向。宋元以来，历时数百年的"唐宋诗之争"，至晚清时代已趋于余波。然而，由于"乾坤之变"，内忧外患的社会环境，近代中国诗坛及其诗话创作的"宗宋"倾向尤为显著。这种宗宋倾向，主要表现为：（1）"宋诗派"。清道、咸以来，何绍基、郑珍、莫友芝等以宋诗传统继承者自命，提倡"宋诗运动"，尊崇苏轼和黄庭坚；湘乡曾国藩也附和此风，论诗标举杜、韩、苏、黄，推波助澜，扩大了宋诗派的影响。（2）"同光体"。煊赫一时的宋诗运动，至同治、光绪年间发展而为"同光体"。其中包括三派：以陈三立为首的江西派，宗黄山谷；以郑孝胥、陈衍为首的闽派，宗梅尧臣、王安石、陈师道、姜夔；以沈曾植为首的浙派，则专宗江西诗派。在这种普遍的"宗宋"风气中，诗话创作的宗宋倾向也十分突出。陈衍的《石遗室诗话》，就大力鼓吹"宋诗派"及"宋诗运动"在清代正统诗坛上的重要地位，把它看作近代中国"上下数十年间"封建正统诗坛"兴亡之所系"和诗坛的宗主。"同光体"也因《石遗室诗话》的广泛传播，而成为宋诗运动的代名词。他如朱庭珍的《筱园诗话》，也公开亮出"宗宋"的旗帜。朱氏指出：

> 宋人承唐人之后，而能不袭唐贤衣冠面目，别辟门户，独树壁垒，其才力学术，自非后世所及。如苏、黄二公，可谓一朝大家，前无古人，后无来者也。半山、欧公、放翁，亦皆一代作手，自有面目，不傍前贤篱下，虽逊东坡、山谷两家一格，亦卓然在名大家之列。（《筱园诗话》卷二）

虽然，朱庭珍对苏、黄多有溢美之词。然而，他的论述，却可以视为晚清乃至近代诗话"宗宋"的典型代表。

应该看到，近代诗话的宗宋倾向，有其深刻而广泛的社会根源。在中国诗话史上，盛世则"宗唐"，乱世则"宗宋"，几成规律。每当国势弥昌,社会升平,百姓乐业,政通人和之际,诗坛多倡唐诗,标举"盛唐气象";而国祚衰危,内忧外患,民族矛盾、阶级矛盾日益激化、社会动乱之秋,诗人们往往推崇宋诗,多欲借助宋诗笔力以揭露现实,针砭时弊,抒爱国之心,发忧时伤乱之情。晚清时代,正是动乱多事之秋,帝国主义侵略者的铁蹄,踏碎了清贵族"闭关锁国"的梦呓,中华大地升腾起一阵阵反帝反封建的革命风云。时代,这个苦难的晚清时代,给这个时期的诗歌和诗话之作染上了一层悲郁慷慨的色彩。宋人"以文为诗,以议论为诗"的创作笔法,"开口揽时事,论议争煌煌"的社会风尚,陆放翁、文天祥等爱国诗人和民族英雄的悲壮慷慨的诗歌格调和以身赴难的爱国热忱,怎么能不使身处忧患之中的近代诗人受到感奋呢?本人认为,这种宗宋倾向,正是近代诗话具有强烈而鲜明的时代感的表现。在中国诗话史上,诗话创作的这种时代感与政治色彩,正是诗话之体成熟完美的标志,是诗话的社会价值和历史地位空前提高的反映。

其三是具有两面性特点。这是诗话作家本身的两面性格所决定的。如著名诗话家林昌彝,一面是改革的志士仁人,是主张抗击外国侵略者入侵的爱国者,一方面又是以太平天国为代表的农民革命运动的诬蔑者。他的《射鹰楼诗话》,专论有关鸦片战争的诗人诗作,具有强烈的爱国主义精神,可以说是一部鸦片战争的史诗。然而,在对待太平天国运动的态度上,却又表现出地主阶级的反动立场,写诗污蔑和咒骂农民革命。梁启超是戊戌变法运动的卓越领导者之一,变法失败以后,他逃亡日本,撰《饮冰室诗话》,宣传"诗界革命",鼓吹康有为、谭嗣同、夏曾佑、蒋智由的新派诗,把黄遵宪奉为"诗界革命"的一面旗帜。然而,当孙中山领导的资产阶级民主主义革命运动蓬勃兴起以后,他竟站在保皇派的立场上,一度成为革命的反对派。陈衍是戊戌变法和资产阶级新政的拥护者,而其论诗却标榜"同光体",主张复古,既有头脑,有眼力,不乏精到之见，能开人心窍，又鼓吹诗歌通向"荒寒之路"，要求诗歌创作远离纷纷扰扰的社会现实，逆时代潮流而动。其诗论是良莠并存，龙鱼夹杂，精华和糟粕冶于一炉。李伯元是晚清"谴责小说"的优秀作家，所撰《庄谐诗话》也是近代诗话的杰作之一。其创作目的亦如同小说一样，在于揭露时弊，劝善惩恶，挽救人心，医治社会，表现出资产阶级改良派对于黑暗社会和腐败官场的猛烈抨击。然而，由于李伯元在政治上是比较保守的，以至在《庄谐诗话》中不仅敌视农民革命，而且对康、梁变法的"过激"行动也给予讽刺和奚落。虽然，这也并非主流，但瑕不掩瑜，也表现出思想内容上的两面性。

我们认为，近代诗话的这种两面性，就其外部因素而论，是晚清那种动乱剧变的社会状态的客观反映，是时代使之然；就其内在的阶级本质来说，则是当初资产阶级新文化的软弱性的表现，是诗话作者使之然。正如毛泽东所论："因为中国资产阶级的无力和世界已经进到帝国主义时代，这种资产阶级思想只能上阵打几个回合，就被外国帝国主义的奴化思想和中国封建主义的复古思想的反动联盟所打退了，被这个思想上的反动同盟军稍稍一反攻，所谓新学，就偃旗息鼓，宣告退却，失了灵魂，而只剩下它的躯壳了。"（《新民主主义论》）说得一针见血。近代中国文化革命的这种软弱性和妥协性，正决定了近代诗话论诗倾向的这种两面性。

其四是题材内容和表现手法的开放性。诗话诞生以后，论诗的范围和对象一直局限于中国古典诗歌，视野狭小，题材划一，内容单调。近代诗话出现在十九世纪末叶与二十世纪之初，世界资本主义已进入"盛世"，中国的民族资本主义也开始发展。特别是鸦片战争以后，封闭式的中国封建主义的结构体系已经解体，中国长期紧闭的大门已经打开。这样，中国诗歌反映现实的领域空前地扩大了，中国诗人的视野逐步地打开了，因而为中国传统的诗话之体走向世界创造了良好的条件。可以说，近代诗话的开放性特点，是它所处的时代的开放性和诗歌的开放性所决定的。

近代诗话的开放性，主要表现在：（1）内容的开放。近代诗话的创作内容，不再囿于历代诗话关于探源流、论得失、述本事、谈诗法的论诗传统，它还特别注重系统而真实地反映和评述近代中国历史的许多重大事件。例如，林昌彝《射鹰楼诗话》专论鸦片战争时期的诗歌，堪称鸦片战争的史诗；梁启超《饮冰室诗话》专论戊戌变法派的诗歌，是"诗歌革命"的历史总结。这些诗话在反映现实斗争和历史事件方面，表现出来的现实主义精神，为此前的历代诗话所鲜见。（2）视野的开放。近代诗话的论述对象，不再限于中国本身的历代诗人诗作，随着作者视野的开阔、文化的交流和知识的增长，论诗的笔触已经伸向世界诗坛，中国人开始大胆地评述世界各国著名的诗人诗作，如希腊的荷马，英国的莎士比亚、弥尔顿、田尼逊（《饮冰室诗话》），以至日本陆军大将长谷川的《凤凰城驻军听洞箫》《征途阅兵于广陵》《入义州》，日本谦吉女史的《游西京莲花王院》、《春闺怨》（《庄谐诗话》），朝鲜遗民诗等都有评述。至于中国诗人的译诗、描写外国风情的诗作，就不胜枚举了。就连海洋、轮船、火车、电报、宗教、科学、进化、革命、民主、自由、平等、博爱，也都一一进入了近代诗话的字里行间。狄葆贤（字楚卿，号平子）曾撰写《平等阁诗话》，足见时人对"民主""自由""平等"的憧憬和向往。至此，诗话不仅通于方志，通于史传，而且通于世界了。（3）形式的开放。近代诗话在政治形势和现实运动的冲击和刺激之下，开始突破历代诗话旧的形式和格局，"不名一格，不专一体"，形式活泼，语言趋向通俗化。为了开通民智，启迪人心，更好地发挥诗话的战斗性，就连拟古派诗话家也不能不打破"古雅""高雅"的陈腐观念，让资本主义世界的新事物、新思想、新知识、新生活等，都进入诗话，一切新事物、俗事俗物、"方言俚谚"，无不入诗。近代诗话所注重的是诗歌的思想性、战斗性，不再强调诗歌的格律和形式，表现出从旧体诗话向现代新体诗话过渡的迹象。

第二章
新派诗话

第一节　新派诗话的崛起及其影响

新派诗话，得名于"新派诗"。

所谓"新派诗"，最早是黄遵宪提出的。1897年，他在《酬曾重伯编修》一诗中，明确地把自己创作的诗称为"新派诗"。而它的真实含义，就是后来梁启超所说的"以旧风格含新意境"（《饮冰室诗话》）。这里的"新意境"，就是指"诗界革命"的理想，要求诗歌表现"新意境"，运用新思想、新事物、新名词入旧体诗，为资产阶级改良主义政治服务。黄遵宪、康有为、谭嗣同、梁启超、蒋智由、丘逢甲等，都是"新派诗"的重要作家，在他们的影响下，形成了一股声势浩大的新诗潮流，开创了近代诗歌创作的新局面，也为"新派诗话"的崛起奠定了基础。

在近代诗话史上，"新派诗话"是相对拟古复古的"旧派诗话"而言的。新旧两派诗话，相比较而存在，相对立而发展。就新派诗话来说，它产生于从鸦片战争到五四运动这一段社会急剧变动的历史环境之中，是资产阶级旧民主主义革命运动（含"诗界革命"）的产物。因此，新派诗话具有鲜明的时代特色。

第一，强烈的爱国思想。新派诗话，以新派诗为论述对象，又诞生在血和火的时代，经受着战争和革命的洗礼，以致强烈的爱国主义和变法图强的思想成为新派诗话的基本格调。新派诗人林昌彝的《射鹰楼诗话》，就是鸦片战争以后出现的一部具有强烈的爱国主义思想的诗话代表作之一。林昌彝是一个爱国志士。他"留心时务，而胸怀爽朗，每谈海氛事，即激昂慷慨，几欲拔剑起舞"（《射鹰楼诗话序》）。面对英逆为虐的严峻现实，他义愤填膺，坚决支持林则徐禁烟。其诗话之所以取名曰"射鹰楼"，一则出于林氏绘制的《射鹰图》。据咸丰元年林温训序《射鹰楼诗话》所云："孝廉家福州省垣，与乌石山相密迩，山为厉鹰所穴。孝廉蒿目时艰，故绘《射鹰图》以见志。"二则"射鹰"之"鹰"与"英"是谐音双关，"射鹰"的内涵就是打击英国侵略者之意。温训序又说："按诗话之例，大旨有四：一则志在射鹰，……次则借诗以正风俗，意在维持风化，其用心亦良苦矣；又次则主于论诗，一归正始，惧骚雅之不作，恐风月之销沉。"可见，林氏把诗话的战斗锋芒，首先直刺英帝国主义侵略者，正是其爱国精神的体现。

第二，锐利的批判锋芒。新派诗话代表着资产阶级民主主义革命家的诗歌理论主张，以反帝反封建为主旨，因而能够不避锋芒，敢于面对现实，针砭时弊，把批判的矛头指向外国侵略者和本国腐朽势力。林昌彝的《射鹰楼诗话》、李伯元的《庄谐诗话》等，都把现实主义的笔触伸向当时中国社会的各个角落，揭露黑暗，抨击邪恶，以锐利的批判锋芒，显示出新派诗话的政治倾向性和战斗性。特别是李氏《庄谐诗话》，对于黑暗、腐朽势力的揭露、讽刺和批判，其力量简直不亚于《官场现形记》和《二十年目睹之怪现状》。当然，诗话毕竟不是政论，诗话的主要职能是评论诗歌。因此，近代诗话的这种锐利的批判锋芒，还表现于对"桐城派""同光体"以及其他复古流派的批评。例如，林学衡（字庚白，福建人）为诗本自"同光体"入手，而后期却反戈一击，转而批判"同光体"囿于拟古之风。其所著《丽白楼诗话》指出："清戊戌维新，迄于民国，远沿五口通商之旧，近经辛亥与丁卯革命之变，文物典章，几于空前，生活之因革，虽与矛盾杂陈，要其于人情与风俗之推移，实为有史以来之创局。苟诗人于此，瞢焉无睹，行今人之行，而言古人之言，人人自以为陶、谢、李、杜，其去陶、谢、李、杜益远矣。"并指出"同光诗人，什九无真感"。林学衡来自旧营垒，反戈一击，正能击中要害。

第三，提倡新诗，鼓吹革命。"戊戌变法"之前，资产阶级改良派就提出了"诗界革命"的口号，发动了一个诗体革新运动，以"鼓吹新学思潮,标榜爱国主义"相号召,为改革做舆论准备。当时，谭嗣同、夏曾佑、梁启超等为了解决诗歌如何为改良主义运动服务的问题，也试作"新诗"。这种"新诗"，起初还只是从形式着眼，"捋扯新名词以自表异"。在这种新的尝试中，一大批新派诗人脱颖而出，"新诗"创作也越来越多地反映了"新世"的"瑰奇"，这就是资本主义世界的新事物、新思想、新知识。为了革命的需要，"以堆积满纸新名词"为特点的"新诗"，发展成为"以旧风格含新意境""可以举革命之实"的"新派诗"。从中国古典诗歌发展演变的过程来观察，"新诗"以至"新派诗"，尽管还不成熟，未能尽如人意，但毕竟是旧体诗的一大进步，是近代诗坛出现的新鲜事物。为了资产阶级的旧民主主义革命之需，应运而生的"新派诗话"则大力扶植和赞扬"新派诗"，从理论和实践相结合的角度，总结"新派诗"的创作经验，肯定它在鼓吹革命、宣传变法维新、开通民智、激励人心和揭露黑暗、抨击腐败、改造社会等方面所起的战斗作用，给予它以应有的历史地位,同时也批评"新诗"只注重形式而忽视内容,"以堆积满纸新名词为革命"的缺陷和不足，要求新派诗人应该重在表现"新意境""新思想""新事物"，反映资产阶级改良派对"诗界革命"的理想、意志和要求。这样，"新派诗话"的创作和崛起，不仅为"新派诗"的创作与繁荣发展指明了前进的方向，为资产阶级革命派所从事的"诗界革命"以及改良主义运动壮大了声势,而且还有力地打击了当时的腐朽诗派的气焰,动摇了拟古主义、形式主义诗歌的统治地位,开拓了诗歌创作的新意境、新天地,为中国诗体的解放铺平了道路。

总而言之,在中国诗话史上,"新派诗话"的崛起,具有重大的意义和深远的影响。这就是:(1)新派诗话打破了历代诗话论诗谈艺、崇古是古的旧传统,不再是士大夫阶级茶余酒后的谈资,也跳出了乾嘉朴学大师训诂、诠释、考据之学的藩篱,钻出了故纸堆,而以新的态势,昂首阔步地走向社会,走向人生,投身到中国人民反帝反封建的伟大斗争中去,自觉地服务于政治,从属于民族民主革命,成为阶级斗争、政治斗争的一翼。在中国诗话史上,"新派诗话"的崛起,不啻提高了诗话的历史地位和社会价值,还以其创作实践说明诗话这种独特的诗歌评论样式已经出现了质的飞跃,说明诗话创作已进入自觉的时代。(2)由于时代使然,历代诗话作者的思维空间一般是封闭式的,思维方式一般是直线式的。而"新派诗话"的作者,大多是资产阶级改良派和新派诗人。他们一般都能立足旧中国,放眼新世界,在向西方寻求真理的过程中,接受资本主义世界的新事物、新思想、新知识,思维空间得到了明显的拓展,思维方式一般由直线型逐渐变成多维型,既不背离旧传统,又注重中国与西方世界的横向联系。论诗的眼光则由古至今,由中而外,既论"古体",又论"新诗",而以"新诗"为主;既论中国诗,又论外国诗;对腐朽诗派的批判,对"新派诗"的肯定,对诗派诗人的赞许,对中西诗歌的比较,都表现出"新派诗话"已经突破了历代诗话"闭关自守"的格局,开始走向开放之路。因而,一部新派诗话,仿佛就是近代中国通往西方文明世界的一个窗口;这一窗口的打开,说明诗话已跨进了世界文学批评的行列。这才是开创性的,在中国诗话史上,确实具有划时代的意义。尽管新派诗话还有不少弱点和缺点，还有理论上的缺憾。但是，它的意义和影响，却是不可低估的。

第二节　新派诗话的代表之作

一　鸦片战争的史诗：林昌彝《射鹰楼诗话》

1840年开始的鸦片战争，是中国历史的转折点。

在这历史的转折关头，诗话创作也一反历代诗话宗古学古的格调，走向社会，走向现实的阶级斗争和民族斗争的战场。于是，一部专论鸦片战争诗歌的现实主义杰作——《射鹰楼诗话》应运而生了。

《射鹰楼诗话》是鸦片战争的史诗，是中国诗话史上又一座巍峨的丰碑！

在中国诗话史上，如果从诗话创作中作者对待社会现实的态度而言，诗话可以分成两大类别：一类以历代诗歌为论述对象，宗古学古，回避现实，即令是论诗力主"诗教"、提倡封建功利主义的诗话之作，也不曾面向现实社会，反映重大社会事件，而诗话的基本格调在于复古，可以称之为"复古主义诗话"；另一类以当代诗歌为论述对象，重在反映当时的社会现实，反映重大的社会事件，敢于揭露现实，针砭时弊，使诗话创作成为现实政治斗争的有力工具，我们称之为"现实主义诗话"。这两类诗话，前者为大宗，历史悠久，流派繁多，作品甚富；后者崛起于近代，是文学创作与文学批评参与阶级斗争和政治斗争的产物。林昌彝的《射鹰楼诗话》就是其中的优秀论著之一。

林昌彝（1803—1876），字惠常，号芗溪，福建侯官（今闽侯）人。道光进士，与林则徐同族，同魏源交往甚深，是清代崛起的新派诗人之一。著有《小石渠阁文集》《海天琴思录》等。其论诗之著《射鹰楼诗话》，凡二十四卷，有清咸丰元年（1851）家刻本，六册。是书"竭十余年搜辑之功"，以大量的篇幅记述鸦片战争的史实,表彰抗英爱国志士的事迹,抨击清政府的腐败无能,堪称鸦片战争的史诗,林氏也因此成为近代文学史上一位富有特色的文学批评家。

首先,这部诗话详尽地记叙了英国侵略者向中国倾销鸦片的历史事实:"钱塘梁应来绍壬《秋雨庵随笔》云:鸦片名合甫融,见徐伯龄《蟫精隽》。向止行于闽、广,今则各省并皆渐染。其类有三:一曰公班,出明雅喇;一曰白皮,出孟买;一曰红皮,出曼达喇萨。乌土为上(即公班),白皮次之,红皮又次之。红皮又有三种:花红为上,油红次之,别出吗喇及益叽哩者名鸭屎红……魏默深(魏源)《海国图志》卷五十一载《澳门月报》论禁烟云:……近来六年间,孟阿拉出产七万九千四百四十六箱,内有六万七千零三十三箱到中国,故鸦片乃是中国最销流之物。"(《射鹰楼诗话》卷一)接着作者还不厌其烦地开列了从1833年到1838年六年间仅从孟加拉一地运往中国的鸦片烟箱数:道光十三年(1833)为7598箱,十四年为10206箱,十五年为9485箱,十六年为13094箱,十七年为10393箱,十八年达到16297箱。鸦片的销售量,逐年增加;而中国的黄金与白银,却不断外流。这些触目惊心的数字,足以说明:当时的中国,早已成为西洋鬼子倾销鸦片毒品的最大的世界市场。面对这种严酷的社会现实,新派诗人林昌彝与其他爱国志士一样,岂能不"激昂慷慨,几欲拔剑起舞"呢!在《射鹰楼诗话》中,林昌彝义愤填膺地说:

中国以大黄、茶叶救夷人之命,夷人反以鸦片流毒之物赚去中国财宝。此天怒人怨,为天理所不容,人情所共愤!余尝有诗云:"但望苍天生有眼,终教白鬼死无皮。"家太傅少穆先生见之,为之赞赏累日。(卷一)

这种强烈的爱国精神,满腔的民族义愤,正是当时一切爱国志士和抵抗派的共同心声。在那暗无天日的时代,"天理"又何在?"人情"又在哪里？在侵略者的洋枪洋炮的威胁面前，腐朽透顶的清王朝，只是屈膝求和，赔款割地。一个又一个不平等条约，像一根又一根绞索套在中华这只沉睡中的雄狮的脖子上。外国侵略者加快了瓜分中国的步伐，这就更加深了鸦片之害所带来的中国社会的严重危机，同时也更激发了中华民族反抗外族侵略的爱国激情。《射鹰楼诗话》写道：

> 英逆之变，主和议者是诚何心？余尝见《和约》一册，不觉发为之指。陆渭南《书志》诗云："肝心独不化，凝结变金铁。铸为上方剑，衅以佞臣血。"读此诗，真使我肝心变成金铁也。（卷一）

前二卷"专言时务"，作者的爱国之心、抗战之志、斥降之意，跃然于字里行间。

《射鹰楼诗话》的珍贵价值，不仅在于大量地收存了鸦片战争年代反抗帝国主义列强侵略和清政府卖国求和的爱国主义诗篇，具有强烈而鲜明的时代色彩，尤其在于它在评述和推崇魏源、林则徐、张际亮、张维屏、孙鼎臣、朱琦等爱国诗人诗作之中，一反历代诗话作者冷眼旁观、就诗论诗的故态，旗帜鲜明地表达了作者强烈的爱国热情，看到了新派诗人和新派诗话作者那颗和着时代的脉搏一起跳动的赤诚的心。这就彻底地改变了历代诗话从来的旧面貌，即改变了欧阳修所开创的诗话"以资闲谈"的基本路线，诗话登上了政治舞台，成为与政治时事密切相关的阶级斗争和民族斗争的有力工具之一，从而把诗话的社会的、文学的地位提高到了前所未有的高度。

林昌彝说："吾所为诗话，为世戒，不为人役也。"（《海天琴思录》卷六）正是出于反帝反封建斗争的政治之需，林昌彝在《射鹰楼诗话》中要求诗歌创作应该是"有为而作"，充分发挥诗歌"裨益经济，关系社会"的作用，自觉地投入拯救国家和民族的伟大斗争中去。他认为像魏源那样的《古微堂诗钞》，乃是处于内忧外患的社会环境中的中国诗坛的榜样,"视世之章绘句藻者,相去远矣"(卷二),而诗歌则是"贵有抱负,方为大家"(卷二十一)。只有像南宋陆游一类爱国诗人那样,对社会有抱负、有理想,才能写出富有时代意义的伟大诗篇。因而,林昌彝也不只作诗论文,他尤其关心时事政治,积极投入反抗侵略、改造社会的正义斗争,曾著有《平逆志》四卷,还向清政府提出《平夷十六策》。在《射鹰楼诗话》中,他还指出:

> 洋烟流毒中国,元气已伤,救之之法有二:一则绝通商,一则开海禁。绝通商,非主战不可,主和则苟安于目前,过此伊于胡底矣。开海禁,是彼国之人可商于我国,则我国之人亦可商于彼国。盖海禁一开,则天下之财分于百姓,不能独归外地矣。宜黄陈少香先生诗云:"已拼海国成孤注,肯舍金汤塞漏卮。"又云:"重洋岂能沉铁,百粤山宜尽变铜。"读此诗,不禁作杞人忧天之感。(卷一)

作者的头脑是清醒的。这些主张,由于当权派的昏庸无能,当时自然难以实现,倡言于此,也不过是杞人忧天而已。然而,他积极为国家献计献策,我们正可以从中看出作者那颗关心国家大事、愿系民族命运于一身的赤胆忠心。

鸦片战争时期,中国处在内忧外患、内外交困的社会环境之中。而深受其害的,莫过于百姓了。当时的中国老百姓,一受洋烟之害,二受官兵之苦。林氏在诗话中曾不厌其长地引用孙芝房《官兵行》诗:

> 海口不靖以来,定海、宁波妇女被毒最惨,有带至鬼国者,有鬻与他人者,有肆淫后投之于水者,有送与汉奸者。陈少香先生诗所以有"红粉千行航海去,白幡一片上城来"之句。然各海口官兵之害,犹之逆夷。余友孙芝房太史《官兵行》云:"北风萧萧腥满衢,广州城中人迹无。家家闭户如避道,官兵横行来叫呼。官兵杀人食人肉,挺刃莫敢相枝梧。短领窄袖大布襦,三三五五遍里闾。宰割

鸡犬牛羊猪，突入酒肆悬双弧。搜索盆盎及罂盂，饮食醉饱惟所须。八十老翁泣路隅：'去年夷人到番禺，十家五家被贼俘。今年官兵望讨贼，贼未及讨民被屠。彼贼杀人兵得诛，官兵杀人胡为乎？'黄昏吹角声呜呜，辕门半掩人吏疏。双双银烛红氍毹，大将夜坐治军书。老翁欲归无室庐，夜半却立长欷歔。"（卷二）

这是血和泪的控诉！是鸦片战争时代的黑暗现实的真实写照。

《射鹰楼诗话》的批判锋芒，不啻指向帝国主义侵略势力，还特别注重对清王朝统治之下的腐朽政治和黑暗现实的批判。它是鸦片战争时代中国现实社会的一面镜子，折射出那个血与火的时代风貌。从中，我们又看到了在这血与火的斗争中新派诗人那颗拳拳的赤子之心。

二　"诗界革命"的历史总结：梁启超《饮冰室诗话》

十九世纪中叶，鸦片战争、中日甲午战争的失败，使中国沦为半殖民地半封建社会，帝国主义加快了瓜分中国的步伐。为了拯救濒于灭亡中的中国，康有为、谭嗣同、梁启超一类新兴的资产阶级知识分子，强烈要求变法图强，并领导了以"戊戌变法"为中心的资产阶级改良主义运动。为宣传革命，鼓吹变法，资产阶级改良派极力要求诗歌从内容到形式，更好地为改良主义政治服务。所以，在戊戌变法前一二年（1896—1897），梁启超、谭嗣同、夏曾佑等正式提出了"诗界革命"的口号，以"鼓吹新学思潮，标榜爱国主义"相号召，并大量创作"新派诗"，发起了一个声势浩大的诗体革新运动。因此，可以说"诗界革命"，是资产阶级政治改良运动在诗歌领域内的反映。

梁启超（1873—1929），字卓如，号任公，别署饮冰室主人，广东新会人。他是康有为的弟子，资产阶级改良主义运动杰出的宣传鼓动家。戊戌变法失败以后，他流亡日本，和康有为组织保皇党，创办《清议报》《新民丛报》等，坚持改良主义立场；辛亥革命后，出任北洋军阀袁世凯、段祺瑞政府的司法部长、财政部长等职。后又与蔡锷等组织护国军声讨袁世凯。晚年放弃政治，从事学术研究，在清华大学任教，著述不辍，临终前还为辛弃疾撰年谱。著有《饮冰室全集》。

《饮冰室诗话》，系梁启超逃亡日本时所著。其撰著宗旨，在于继续鼓吹"诗界革命"。全书凡一百七十四条，主要以评述"诗界革命"中师友诗文为主，特别重于宣扬康有为、谭嗣同、夏曾佑、黄遵宪一类主将的"新诗"。这部诗话的价值，不啻是保存了大量的有关"诗界革命"的重要史料，尤其在于作者站在资产阶级改良主义的立场上，对近代诗歌史上声势浩大的资产阶级改良主义文学运动——"诗界革命"进行历史的总结。

可以毫不夸张地说，《饮冰室诗话》是"诗界革命"的历史总结。这部诗话的基本特色是具有鲜明的政治倾向性，完全服务于当时的政治改革的需要，为资产阶级改良派张目。所以，从论诗的对象而言，它只论当时人，只论改良派中的诗人诗作，与历代诗话泛论古今者完全不同。诗话的第一则就开宗明义地指出：

> 我生爱朋友，又爱文学，每于师友之诗文辞，芳馨悱恻，辄讽诵之，以印于脑。自忖于古人之诗，能成诵者寥寥，而近人诗则数倍之，殆所谓丰于昵者耶！

第八则又说：

> 中国结习，薄今爱古，无论学问、文章、事业，皆以古人为不可几及。余生平最恶闻此言。窃谓自今以往，其进步之远轶前代，固不待蓍龟，即并世人物亦何遽让于古所云哉？

梁启超毕竟是在中国资产阶级旧民主主义革命的浪潮中涌现出来的思想家，因而他能站在比封建地主阶级的思想家更高的理论制高点上来观察社会现象和文学现象,一反前人"薄今爱古"的积习,明确提出"厚今薄古"的文学主张,从而把朴素唯物主义先哲所倡导的文学进化观提高到了一个新的更高的层次之上。仅仅是这种厌恶"中国结习,薄今爱古"的主张,在中国诗话史上就具有划时代的意义。

作为资产阶级改良主义的思想家和革命家,梁启超在戊戌变法失败以后,撰著《饮冰室诗话》,对"诗界革命"进行了历史的总结,继续鼓吹"诗界革命"。他指出:

> 过渡时代,必有革命。然革命者,当革其精神,非革其形式。吾党近好言"诗界革命",虽然,若以堆积满纸新名词为革命,是又满洲政府变法维新之类也。能以旧风格含新意境,斯可以举革命之实矣。

当然,这里所说的"革命",只是资产阶级改良主义者心目中的"革命",实质乃是改良而已。然而,梁启超能从时代的立足点上,看到"革命"的必然性,这是很有识见和眼力的。他从戊戌变法的失败中走出来,认为"革命"必行,但必须"举革命之实",不能"以堆积满纸新名词为革命",表现出一种失败以后"革命派"的冷静和清醒,也是难能可贵的。在《饮冰室诗话》中,他又总结了失败的教训,认为主要有两点:一是"当时在祖国无一哲理、政法之书可读",在向西方学习的过程中又未接触到西方资产阶级民主主义的哲学社会科学的系统学说,仅仅是从西方传教士的基督教经典著作中,支离破碎地撷拾某些字句,牵强附会地借以表达改良主义的要求。虽然"吾党二三子号称得风气之先",实际上其思想仍然处在宗教的蒙昧状态之中(参见六十一则)。二是"当时吾辈方沉醉于宗教,视数教主非与我辈同类者,崇拜迷信之极,乃至相约以作诗非经典语不用",以至所谓"新诗",大多生硬地堆砌一些翻译的名词术语,"颇喜挦扯新名词以自表异",甚至连《新约》与《可兰经》的字面,也络绎于笔端(参见六十则)。这两点教训,说明"诗界革命"从指导思想到创作实践,都没有找到一条根本的出路。

通过对"诗界革命"的反思,梁启超明确提出了"以旧风格含新意境"的诗歌创作主张。所谓"以旧风格含新意境",就是利用旧诗歌的风格形式,来宣传"革命"的政治思想内容。在第四则又提出"能熔铸新理想以入旧风格",第二则又提出"独辟新界而渊含古声"的主张。这里的"新意境""新理想""新界",都是对诗歌的思想内容的要求,强调思想内容的革新,这当然是无可厚非的;然而,形式为内容服务,形式的革新有助于诗歌内容的表现。因此,他否定形式革新的必要,把形式和内容截然分割开来,这就陷入片面性了。梁启超毕竟是一个资产阶级启蒙主义改良派,其理论主张自然缺乏自觉性和辩证性。他一方面公开主张诗歌形式不必革新,以旧瓶子装新酒,而书中又提倡诗歌的音乐性,要求诗歌与音乐相结合,提倡诗歌语言的通俗化和史诗式的宏伟结构与瑰玮连犿、波谲云诡、沉郁哀艳的艺术风格,本身也就不自觉地涉及形式的革新了。

为着宣传革命,特别是鼓吹"诗界革命",也出于对戊戌变法的战友的深切怀念,梁启超在《饮冰室诗话》中盛情地赞颂师友们的新诗。对于黄遵宪的新诗,他作过极高的评价,认为"近世诗人能熔铸新理想以入旧风格者,当推黄公度",并把他推为"诗界革命"的一面旗帜。说他的诗"精神之雄壮活泼、沉浑深远不必论,即文藻亦二千年所未有也,诗界革命之能事,至斯而极矣"。并把黄遵宪、夏曾佑、蒋智田推为"近世诗家三杰"。对于台湾爱国诗人丘逢甲,他也推崇备至,说他的诗能"以民间流行最俗最不经之语入诗,而能雅驯温厚",不愧为"诗界革命一巨子"。

与前人诗话比较,《饮冰室诗话》的又一基本特点,是它论诗面向世界,具有突出的开放性。这部诗话作于日本,论及日本、越南和西欧的诗人以及中国近代诗人有关西方的诗作甚多。诸如黄遵宪的《琉球歌》《越南歌》《朝鲜叹》《锡兰岛卧佛》等等。可以说，梁启超是中国诗话史上第一个涉足西方诗歌世界并进行中西诗之比较的人。他说：

> 希腊诗人荷马，古代第一文豪也。其诗篇为今日考据希腊史者独一无二之秘本，每篇率万数千言。近世诗家，如莎士比亚、弥儿敦、田尼逊等，其诗动亦数万言，伟哉！勿论文藻，即其气魄固已夺人矣。中国事事落他人后，惟文学似差可颉颃西域，然长篇之诗，最传诵者，惟杜之《北征》、韩之《南山》，宋人至称为日月争光。然其精深盘郁、雄伟博丽之气，尚未足也。古诗《孔雀东南飞》一篇，千七百余字，号称古今第一长篇诗；诗虽奇绝，亦只儿女子语，于世运无影响也。……生平论诗，最倾倒黄公度，恨未能写其全集。顷南洋某报录其旧作一章，乃煌煌二千余言，真可谓空前之奇构矣。荷、莎、弥、田诸家之作，余未能读，不敢妄下比鹜。若在震旦，吾敢谓有诗以来所未有也。……有诗如此，中国文学界足以豪矣。（第八则）

这段精彩的论述，畅言中外，纵论古今，其意义不仅在于它把黄公度的新派诗与古代的杜甫、韩愈，外国的荷、莎、弥、田相提并论，提高了新派诗的文学价值和历史地位，而且还在于《饮冰室诗话》首开中国诗坛评论西方诗歌之先声，打开了通向西方世界的诗歌之路。纵观全书，我们看到，作者把论诗的笔触伸向古今中外的各个领域，包括哲学、文学、音乐、戏剧、绘画，乃至近代自然科学。如第四十则盛赞黄遵宪的《以莲菊桃杂供一瓶作歌》，谓其"半取佛理，又参以西人植物学、化学、生理学诸说，实足为诗界开一新壁垒"。《饮冰室诗话》所提倡的"新意境""新理想"，大凡也是以进化论的哲学思想和近代自然科学知识为基础的。这一切，我们好像看到了近代中国通往先进的西方世界的一个窗口，说明中国诗话发展到近代已跨进了世界文学评论的行列,诗话作家的思维空间已开始出现前所未有的拓展。这一点,也是具有划时代意义的。

由以上两个特色可知,《饮冰室诗话》虽然也有其局限和理论上的缺憾,但把它摆在历史的天平上,其文学价值和历史地位是显著的。有些人出于梁氏以后堕落成保皇派的政治因素,而低估了这部诗话的价值和地位,值得商榷。

三 封建末世的一面哈哈镜:李伯元《庄谐诗话》

晚清时代,文禁松弛,朝不保夕的清王朝,已经无法再像"康乾盛世"时代那样为所欲为地对思想界进行严厉的钳制。于是,各种人物、各派势力、各种文学流派,不管是美的、丑的,高尚的、卑琐的,光明的、黑暗的,进步的、腐朽的,都带着自身的爱与憎、仇与恨的灵光和花环,粉墨登场,使处在封建末世的中国社会,呈现出一幅光怪陆离、令人眼花缭乱的病态。著名谴责小说家李伯元的《庄谐诗话》,就是这个时代的产儿。它像封建末世的一面哈哈镜,折射出这个被时代扭曲的社会和人生。

李伯元(1867—1906),本名宝嘉,字伯元,号南亭亭长,江苏武进(今常州)人。诸生,青年时热衷功名,擅长八股制艺和诗赋,曾以第一名入学,后屡应省试而不第。甲午战争后到达上海,接触变法维新的思想,从1896年起,先后创办《指南报》《游戏报》《世界繁华报》等,为晚清小报的主要创始人之一。他是资产阶级改良主义者,又是著名的"谴责小说"大师,曾在梁启超小说革新运动的推动下,1903年又创办《绣象小说》半月刊,并全力从事小说创作,著有《官场现形记》《文明小史》《活地狱》《海天鸿雪记》《中国现在记》等五部长篇小说。其论诗之著有《庄谐诗话》四卷,收入《南亭四话》之中,1925年由上海大东书局出版石印本,今由上海书店据1925年版影印发行。其中还有《庄谐联话》《庄谐词话》《庄谐丛话》,合称之为《南亭四话》。

李伯元创作诗话的目的，也如创作小说一样，在于揭露时弊，劝善惩恶，挽救人心，医治社会。纵观《庄谐诗话》，我们看到：全书记述清代诗人黄遵宪、龚自珍、康有为、张问陶、姚燮、秋瑾、李家孚、易顺鼎、李鸿章等人的旧闻轶事，搜采甚富，其中不乏抨击和讥刺清廷吏治腐败、官场黑暗的嬉笑怒骂之作。文笔诙谐而辛辣，犹如一部诗坛的幽默小品，具有一定的史料价值和文学价值。民国十三年（1924）古稀老人为之作序时说："征君深于词章，纵观泛览，论理有独到之处，而交游既广，搜采尤富，以生花之笔，粲花之舌，兼资并用。其'庄'者，固足为词章家之圭臬；即'谐'者，亦可为酒后茶余之消遣。以视前人之陈腐，今人之空疏杂凑成书者，相去奚啻霄壤耶。"（《南亭四话·序》）这段夸饰之词虽然过誉，但也能道出其中真谛。

李伯元《庄谐诗话》从论诗内容到论诗风格，都表现出与众不同的特色。他站在改良主义的立场上，一反历代诗话述本事、论高下、美教化、善人伦的传统。卷一述诗事，卷二多录闺艳诗，卷三记诗坛趣闻，卷四以诗嘲时讽世。全书的基调可以用两个字来概括：一"嘲"二"谐"。所谓"嘲"，就是嘲笑讽刺；所谓"谐"，就是诙谐有趣。李伯元以"谴责小说"的创作笔法来写诗话，用诗话的形式再现了封建末世的社会面貌，鞭笞了那个变态的社会和病态的人生，颇多谐语，趣味横生，好像一块特制的时代的哈哈镜，映出的社会与人生，真是奇形怪状，博人发笑。

统治阶级的思想，就是统治的思想。在中国漫长的封建社会里，儒家学说一直被尊奉为封建统治阶级的最高教条，成为中国封建主义文化的主体。到清末时代，随着"乾坤之变"，中国人的封建信仰正在逐渐崩溃。李伯元在《反对孔门诗》一则诗话中记载：

  戊戌后，维新人皆衔口结舌，有似仗马寒蝉。某君是时为湖南桂阳府属聘往阅县卷，童子军中有李姓者，前后所作诸文，独慷慨评议时事，志不稍怯。某君屡置前列，拟为案首，同人阻之甚力，卒因三场古作将该童扣考。题系《谒孔子墓》，内有四句云："不杀季路我不生，不诛颜渊我不存。冥中若为楚令尹，雄师直缚仲尼魂。"（《庄谐诗话》卷三）

童子军的诗，显然是对封建道统的挑战。作者录此，亦可见他对儒家教条的蔑视与决裂。

这是一个国运舛厄、时世动乱的时代。《庄谐诗话》的价值，正在于反映了时代的真实，使读者一看到这个光怪陆离的大千世界，就会捧腹大笑。诸如《人缸诗》《刺客诗》《送穷诗》《犯禁诗》《购鸦片烟诗》《偷被诗》等等，都像一面面凹凸不平的镜子，照出的全是变态的形象。然而，忍俊不禁之后，令人感伤不已的，则是亡国之痛。譬如《朝鲜遗民》一则诗话中说：

《天南随笔》，朝鲜遗民神骥所著。元序岁戊申，余以病茧天南，愁绪万端，郁郁不乐，乃就某某编辑之席。是岁之冬，翻阅暹罗《华暹新报》，见有七律二首，题有《亡国吟》，下署亡国遗民林贞吉稿。一气挥洒，激昂慷慨，痛感淋漓，觉有一种哀国哀民之挚情，自然流露而出，令人读之一字一泪。至其词雄气壮，犹其余事耳，录之以公同好。诗云："大声谁是哭铜驼，麦秀禾离不忍过。生死几人完责任，英雄无地起干戈。江山依旧前朝样，人物无如妾妇多。我亦四千年睡醒，痛心常唱《大风歌》！""国破君亡事可哀，江流犹带血痕来。当年屠戮难追忆，此日昏霾尚未开。皮骨空存怜赤子，头颅轻掷哭英才。仇深报复知何日，不信黄魂唤不回！"余读此诗，不觉神为之伤，心为之往，而又气为之一振。盖诗之感人，其情不能自已有如此。呜呼！余亦亡国遗民一份子也，未识能与林君一

面之缘，相与痛哭时艰否？（《庄谐诗话》卷三）

这段叙述，十分精彩。作者论诗，能推己及人，动之以情，表达了自己爱国忧民的一片赤子之心，实在难得。与"以局外身作局内说"或"论作诗之法"和"述作诗之人"①的历代诗话，其情调与风格，迥然而异。他并不以局外人的身份冷眼论诗，却以冷眼观看大千世界；他并不囿于诗话的"评论"与"述事"的旧格，而是在评述诗歌之中，对病态的人生和丑恶的现实给以冷嘲热讽，无情鞭笞，以达到其"拯救人心，医治社会"的目的。正是出于这种动机和目的，李伯元在《庄谐诗话》中，以大量的篇幅和诙谐的笔调，对这个变态的社会和病态的人生进行无情地揭露和有力地嘲讽。诸如"嘲内阁中书""嘲某军机""嘲孙观察""讽某大臣""嘲杭守""嘲博学鸿词""嘲教官""嘲学究""嘲斋长""嘲村塾""嘲生员""嘲青年""嘲散赈官""嘲云骑尉""嘲劣生""嘲矮子""嘲刚毅"等等，从朝廷要官到芸芸众生，凡是灵魂丑恶、行为不正者，都成为他的嘲讽对象。然而，他的主要矛头则指向贪官污吏，指向使他屡试不第的科举制度。一部《庄谐诗话》，像《官场现形记》一样，刻画了形形色色的官僚群像，揭露了官场与科场的黑暗、腐朽和落后。不仅如此，作者还把批判的锋芒直指康、梁保皇党。他在《妾妇怨》一则诗话中诙谐地指出：

"革命""保皇"同为政党，惟宗旨迥异。恒以文字相诽薄，构衅仇视，习为故常。近为革炽时代，保皇会渐即衰歇，乃仿前溪读曲作《妾妇怨》五绝。某志曾载其诗，盖有所寓言也。诗曰："与郎相遇时，妾年十有六。美景

---

① 清人吴璙在《龙性堂诗话·序》中指出："诗话者，以局外身作局内说者也。"沈楙德跋《莲坡诗话》说："诗话有两种：一是论作诗之法，引经据典，求是去非，开后学之法门，如《一瓢诗话》是也。一是述作诗之人，彼短此长，花红玉白，为近来之谈薮，如《莲坡诗话》是也。"

与良辰,与郎共榻宿。""妾既受郎恩,郎亦爱妾美。何意数月间,中道竟相弃?""妾原无异志,郎君自信谗,天涯任飘泊,陨涕湿罗衫。""与郎虽异姓,血肉已融和。何意黑白渚,前途尽倒戈?""闻道郎君病,瘦减妾腰围。鱼书频问讯,郎意竟何如?"前解言康、梁得用,次戊戌政变,次仓皇出走,次融和满汉,次电请圣安。一时传诵殆遍。(《庄谐诗话》卷四)

这则诗话,别出心裁,以妾郎作比,生动而形象地再现了戊戌变法的历史,指出以康、梁为首的"革命党"又是如何堕落成"保皇党"的。语言幽默而含蓄,寓意深刻而有力,富有强烈的政治性和战斗性,在历代诗话中亦不多见。

当然,《庄谐诗话》以诙谐滑稽著称,但也有些近乎卑屑无聊。如《粪船尿布》条云:

> 有学唐诗者,偶游村落间,仿"两个黄鹂鸣翠柳,一行白鹭上青天"格调作诗,曰:"两只粪船停石埠,一竿尿布出楼窗。"见者叹为神似。(《庄谐诗话》卷四)

如此诗话,读之仅能使人捧腹,他有何益?此外,李伯元在政治上是保守的,以致这部诗话是精华和糟粕混杂在一起。他对太平天国和捻军等农民革命采取敌视态度,在《杨秀才歌》和《李素贞》等则诗话中,对起义英雄的鄙视和仇视,真令人发指!这在某种意义上来说,也削弱了这部诗话的价值和影响。

第三章
旧派诗话

第一节　旧派诗话的论诗倾向

在近代诗话史上，旧派诗话是对新派诗话来说的。它是中国封建正统文学处于衰落阶段的历史产物，打上封建末世的时代印记。因此，这类诗话在总的思想倾向方面，是趋于保守落后的。但在诗歌艺术论方面，仍然不乏精到之见。有的诗话之作如方东树的《昭昧詹言》、陈衍的《石遗室诗话》、邓绎的《藻川堂谭艺》、易顺鼎的《琴志楼摘句诗话》、李慈铭的《越缦堂诗话》、陆蓥的《问花楼诗话》等等，还曾对近代诗坛产生过相当的影响。

对于旧派诗话，许多论者常简单地把它斥之为封建主义和形式主义的"糟粕"，一棍子打入冷宫。我们认为，这种态度似乎不大妥当。应该实事求是，具体分析，取其精华，去其糟粕，不应简单地加以排斥。从历史的眼光来看，旧派诗话的总的论诗倾向，是复古拟古的。下面，我们从三个方面来分析：

第一，主"诗教"，鼓吹孔孟之道与程朱理学，为行将灭亡的封建主义制度张目。

毛泽东指出："一定的文化是一定社会的政治和经济在观念形态上的反映。"（《新民主主义论》）这一见解是正确的。自从鸦片战争失败以后，历时几千年的中国封建主义，为维护其统治地位，一则屈膝求和于外国侵略者，二则与外国资本主义结成反动的同盟，对近代中国实行黑暗统治，以作垂死挣扎。特别是从辛亥革命失败到五四运动前夜，近代中国更处于黎明前最黑暗的时期。瞬息万变的政治风云，使近代诗坛文苑呈现出错综复杂的情势。为挽救封建正统文学日趋衰败的命运，旧派诗话曾经竭尽全力地宣扬"温柔敦厚"的儒家诗教，鼓吹孔孟之道和程朱理学，提倡对统治阶级"纯正和平""怨而不怒"，主张论诗应以"诗教"为本，以"事君父"为宗，以"兴观群怨"为用。桐城派诗话家方东树论诗，则以姚范、姚鼐为主，以程朱理学和"君臣大义"为诗歌创作的宗旨。诗话家刘熙载，则认为论诗须"以直温宽栗为本"。"同光体"诗话家陈衍，更是拼命吹捧镇压太平天国的湘军首领曾国藩；宋诗运动的倡导者何绍基，则鼓吹诗歌创作应"忠孝节烈，有关风教"。凡此种种，说明旧派诗话恪守儒家"诗教"，维护封建伦理纲常，乃是时代使然。然而，处于封建末世的旧派诗话家，若以此来抵制方兴未艾的资产阶级民主革命，以挽救濒临灭亡的封建主义制度，那么，这种政治上的落后性、保守性，以至反动性，理所当然的应该受到批判。

第二，重"诗品"，提倡"积理养气"之说，主张"诗品"与"人品"的统一。

从"温柔敦厚"的儒家诗教和封建主义的伦理纲常出发，旧派诗话之作大都注重"诗品"，强调诗歌的思想内容要符合封建主义的伦理道德观，要求诗人"积理养气"，使诗歌创作达到"诗品"与"人品"的统一。

"积理养气"，最先是何绍基提出来的。他是湖南道州人，道光进士，官至四川学政。论诗宗宋，尊奉苏、黄，标举"积理养气"之说："子史百家，皆以博其识而长其气，……积理养气，皆从此为依据。"（《与汪菊士论诗》）稍后，钟秀《观我生斋诗话》和朱庭珍《筱园诗话》等，都力主"积理养气"之说。

朱庭珍，号筱园居士，系云南人，所撰《筱园诗话》四卷，曾三易其稿，据自序知成书于同治三年（1864），是近代诗话的优秀作品之一。论诗主"诗教"，重"诗品"，提倡"积理养气"。他说：

> 诗人以培根柢为第一义。根柢之学，首重积理养气。

（《筱园诗话》卷一）

何谓"积理"？朱氏指出：

> 积理云者，非如宋人以理语入诗也，谓读书涉世，每遇事物，无不求洞析所以然之理，以增长识力耳。（《筱园诗话》卷一）

何谓"养气"？朱氏又说：

> 积理而外，养气为最要。盖诗以气为主，有气则生，无气则死，亦与人同。……养之云者，斋吾心，息吾虑，游之以道德之途，润之以诗书之泽，植之在性情之天，培之以理趣之府，优游而休息焉，蕴酿而含蓄焉，使方寸中怡然涣然，常有郁勃欲吐、畅不可遏之势。此之谓"养气"。

（《筱园诗话》卷一）

经朱庭珍这一阐发，"积理养气"的内在含义也就更清楚明白了。看来"积理养气"之说，一在"理"，二在"气"。所谓"理"，就是学问、识力，洞析事物发展变化的内在规律性的一种能力；所谓"气"，就是指诗人的性情、道德和生活情趣，指诗人的自我修养。朱氏认为，"理"在于"积"，"气"在于"养"（包括"练"）。"积理养气"，重在"学问"与"性情"两个方面。重"学问"和"识力"，就自然强调"学人之诗与诗人之诗合一"；重"性情"和"修养"，则必定强调"诗品"与"人品"的统一。这正是"积理养气"之说的主旨所在。这种理论的提出，目的在于救袁枚"性灵说"之弊，以一新诗歌面目。到陈衍《石遗室诗话》，又进一步明确提出了"学人之诗与诗人之诗合一"的主张，这就比较圆满地解决了"性情"与"学问"的关系问题，使诗境更加臻于完美，因而为近代中国的传统文学创作，提供了新鲜的经验。

第三，注重摹拟复古，提倡"格调说"。

拟古、复古，是中国文学史上一切守旧派的通病之一。旧派诗话之所以曰"旧"，就在于它继承了历代诗论、诗话的因陈守旧的传统，陈陈相因，衣钵相传，未能跨越传统文学理论中拟古、复古的藩篱，从诗学观念到审美理想、审美趣味、审美标准，都与前人一脉相承。方东树的《昭昧詹言》，大力提倡的是"桐城派"所倡明的"义理"和"法式"，推重的是沈德潜的"格调说"。"同光体"诗话的代表作——陈衍的《石遗室诗话》，则提倡规唐模宋，主张依傍古人门户，创学古之"三元说"，要求学唐则以开元、元和之诗为宗，学宋则以元祐之诗为尚。以王闿运为首的汉魏六朝派，主张诗文创作应模拟汉、魏、六朝，要求"取古人陈作，处处临摹，如仿书然，一字一句，必求其似"，真可谓近代诗文模拟论的集大成者，与明代七子的拟古主义相比较，实在是有过之而无不及。还有以张之洞、李慈铭、谭献、樊增祥、易顺鼎为代表的中晚唐诗派，主张诗歌创作应学中、晚唐，视中、晚唐诗歌为诗家圭臬。如此众多的复古流派，竞相争艳，使近代中国诗坛的拟古、复古主义浪潮日趋高涨。旧派诗话中的复古思潮，就是这样掀起来的。尽管这只是一股历史的回流而已，但它影响着近代诗坛和诗歌理论界，给近代诗话渗入了古人的血液。

第二节 旧派诗话的主要派别

根据旧派诗话的论诗宗尚和风格特色方面的细微差异，我们认为，旧派诗话的主要派别有四：一是桐城派，二是同光体，三是汉魏六朝派，四是中晚唐诗派。现在分述如下。

一　桐城派诗话

桐城派，本来是清代一个著名的散文流派，因其领袖人物方苞、刘大櫆、姚鼐都为安徽桐城人而得名。其他主要骨干，却并不都是桐城人。桐城派以古文正宗自命，主张学习《左传》《史记》等秦、汉散文和唐宋八大家的古文传统，讲究"义法"，强调"义理、考据、词章"三者并重，以神理、气味、格律、声色为作文门径，曾以突出的古文成就和风格特色，卓然立于清代文苑。但由于它依傍道统，以宣扬程朱理学和封建正统观念为自己的神圣职责，过于追求语言的"雅洁"，以致内容贫薄，流于空疏，充满陈腐的说教。

桐城派的领袖们没有诗话之著，但值得特别一提的是姚鼐（1732—1815）。他虽长于古文，但曾倡言以"阳刚""阴柔"辨析诗文风格，认为"天地之道，阴阳刚柔而已。文者，天地之精英，而阴阳刚柔之发也"，而"阴阳刚柔之精，皆可以为文章之美"，说明阳刚阴柔的客观存在，表现在文章之中就是"阳刚之美"与"阴柔之美"。在中国美学史上，姚鼐运用古代有关阴阳刚柔的矛盾观点，把复杂多样的文章风格明确地分为"阳刚之美"与"阴柔之美"两大类别，正标志着人们审美观念的巨大变化。这一美学理论的创立，曾对中国文学、诗学、美学乃至其他艺术创作，产生了巨大而深远的影响，极大地丰富了中国古代文学理论的艺术宝库。

桐城派诗话的代表作，是方东树的论诗之著《昭昧詹言》。尚有方廷楷《习静斋诗话》、郑杰《注韩居诗话》、许丙椿《敉园诗谈》、孙衣言《逊学斋诗话》、孔宪彝《韩斋诗话》、徐经《雅歌堂诗话》、徐熊飞《春雪亭诗话》、王昶《蒲褐山房诗话》等，以桐城古文义法论诗，熔义理、考据、词章为一炉，是桐城"义法"的产物。

方东树（1772—1851），字植之，别号副墨子，安徽桐城人。诸生，年幼即能效范云《慎火树》诗，乡先辈为之惊叹。及壮受学于姚鼐,为桐城派重要作家之一,与姚氏以反对汉学为旗帜,维护程朱理学,以封建卫道士自居。东树始好文章,专精而治,有独到之识,中岁为义理学,晚年耽于禅悦,凡三变其志趣,都有论著传世。年八十,卒于祁门东山书院。所著有《汉学商兑》《大意尊闻》《向果微言》《昭昧詹言》《仪卫轩集》等,凡数十卷。

诗话《昭昧詹言》的突出特点,是以"桐城文派"的准则论诗。全书原为正十卷,续八卷,续录二卷,附录、附考各一卷。今人民文学出版社1961年汪绍楹校点本,勒为二十一卷,论诗条目多达一千七百余条。于分体之中,按时代、家数论述。取材多依据王士禛的《古诗选》和姚鼐的《今体诗钞》,以论古文之法论诗,大抵宗桐城派姚范、姚鼐之说。是书既有通论,又有作家专论,篇幅浩繁,内容庞杂,结构松散枝蔓,因之连他的从弟方宗诚也批评他"讲得太絮,嫌近于陋"(《柏堂集续编》卷二),并将该书简辑而为《昭昧詹言节录》,凡四卷。

作为"桐城派"的重要作家和文学批评家之一,方东树论诗深深地打上了"桐城派"文学思想和封建末世的烙印。通观《昭昧詹言》,全书论诗,一主"诗教",以朱熹、姚鼐为宗,鼓吹孔孟之道和程朱理学;二重"义法",强调"义理、考据、词章"三者并重,以神理气味格律声色为基本门径。《昭昧詹言》卷一开宗明义地指出:

> 夫论诗之教,以兴、观、群、怨为用。言中有物,故闻之足感,味之弥旨,传之愈久而常新。臣子之于君父、夫妇、兄弟、朋友、天时、物理、人事之感,无古今一也。
> 故曰:诗之为学,性情而已。

可以说,这就是《昭昧詹言》论诗的主旨之所在,也是"桐城派"共同的诗学纲领。

"桐城派"以方、刘、姚为三祖。方苞(1668—1749)当康熙隆盛时期,康熙提倡宋儒理学,褒扬朱熹,重用李光地等"理学名臣"，使理学成为一时之统治思想。方苞备受李光地赏识，皈依宋学，以"学行继程、朱之后"为平生祈向，这就使桐城派与程朱理学结下了不解之缘。刘大櫆（1698—1779）生当康乾盛世，以沈德潜为代表的"格调派"主盟诗坛，诗风为之一变。刘氏深受时风影响，论诗亦主"诗教"，重格调，把诗歌看作沟通君臣、父子、兄弟、夫妇之情的桥梁，认为"有诗而君臣之志通也，有诗而父子兄弟之恩洽也，有诗而夫妇之好永也"（《左仲郛诗序》）。这样，"桐城派"的文学思想又与沈德潜"格调说"有着渊源师承关系。姚鼐的时代，汉学大盛。鼐自幼从伯父姚范学，恪守桐城家法，治学以宋儒之学为本，又兼长经史考据之学，文风质实谨严。桐城三祖的衣钵，正为桐城后学所承继，为方东树的《昭昧詹言》定了基调。然而，时至晚清，清王朝的封建统治已由盛而衰，盛极一时的乾嘉考据之学也随之走向衰落，而以维系人心、恪守纲常为旨归的宋儒理学，又东山再起。方东树所处的时代，政治腐败，经济衰落，外敌入侵，民族危亡，资产阶级改良派和抵抗派已经崛起。主张"通经致用"、变革埋头学问的考据之风，强调文学有益于世，成为当时一股强大的时代潮流。方东树指出："汉学诸人，言言有据，字字有考，只向纸上与古人争训诂形声，传注驳杂，援据群籍，证佐数百千条，反之身己心行，推之民人家国，了无益处，徒使人狂惑失守，不得所用。"（《汉学商兑》）看来，以经史考据为特点的汉学之衰与以经世致用为目的的宋学之兴，乃是时代使然。只是由于方东树的政治立场和思想观点，也由于方东树主要从发挥程朱理学的角度来强调诗文穷理尽性，有益于世，方氏诗话所呈现出来的是一副卫道的面孔。由此可见，《昭昧詹言》论诗主"诗教"，鼓吹孔孟之道和程朱理学，强调"以兴、观、群、怨为用"，既是对"桐城三祖"文学思想的继承和发挥，又是封建末世的时代的需要。可以说，《昭昧詹言》是时代的产物。

不啻如此,方东树的《昭昧詹言》还是桐城"义法"的产物。

桐城义法的首倡者,是桐城派的开山祖师方苞。方苞论文,特别标举"义法"。他说:"《春秋》之制义法,自太史公发之,而后之深于文者亦具焉。"(《史记评语·十二诸侯年表》)这就是其"义法论"的本源。所谓"义",就是义理;所谓"法",就是法式。方苞的"义法论",大凡包括内容与形式两方面:一个是"言有物",就是内容,即"孔孟之道"的最新表现——程朱理学;另一个是"言有序",就是形式,即"古文之道"的基本模式——古文作法。方苞要求"义法"以"雅洁"为标准,一是"贵简",二是"避俚",三是"体要",强调内容和形式的统一。之后,姚鼐又提出"八要说",要求古文以"神、理、气、味、格、律、声、色"为门径,对方苞的"义法论"给予新的补充和发展。这里的"神、理、气、味",是指文章的内容和基本精神;"格、律、声、色",则指文章的形式和写作技巧。实际上,这就是"桐城派"的古文创作理论。作为"姚门四杰"之一的方东树,他以桐城义法论诗,乃秉承"桐城三祖"的创作宗旨,以"神、理、气、味、格、律、声、色"为门径。他认为"学诗之正轨",在于"讲求文、理、义"(卷一)。那么,什么是"文""理""义"呢?方氏解释道:

> 文者,辞也;其法万变,而大要在必去陈言。理者,所陈事理、物理、义理也;见理未周,不赅不备,体物未亮,状之不工,道思不深,性识不超,则终于粗浅凡近而已。义者,法也;古人不可及,只是文法高妙,无定而有定,不可执着,不可告语,妙运从心,随手多变,有法则体成,无法则伧荒。率尔操觚,纵有佳意佳语,而安置布放不得其所,退之所以讥六朝人为乱杂无章也。(卷一)

由此看来,所谓"文",就是文辞藻饰。方氏强调"必去陈言",要求诗歌的语言应该做到"文从字顺"。所谓"理",就是事物发展的内在规律性。他认为只有"随事得理""义理丰富""灼然见作诗之意",才合乎"兴、观、群、怨"的创作之旨。所谓"义",就是法式。有法则体成,无法就会乱杂无章;然而,法有万变,应该"妙运从心,随手多变",不可拘着。很明显,这些论点本于朱熹,也是桐城派的始祖一再强调过的。不过方、刘、姚用于论文,而东树却用于论诗,这就是对方苞"义法论"的发展了。方东树指出:

> 诗以言志。如无志可言,强学他人说话,开口即脱节,此谓言之无物,不立诚。若又不解文法变化、精神措注之妙,非不达意,即成语录腐谈,是谓言之无文无序。若夫有物有序矣,而德非其人,又不免鹦鹉、猩猩之诮。庄子曰:"真者,精诚之至也。"不精不诚,不能动人。(卷一)

他强调诗歌创作,一要言之有物,二要言之有序,又要"修辞立诚",因为"不精不诚,不能动人"。因此,方东树十分推重孟子的"知人论世"和"以意逆志"之说,认为它是"学诗最初的本事",要求论诗者应该"求通其词,求通其意",而求通其意,则"必论世以知其怀抱"(卷一)。他指出:"诗文者,生气也。""气之精者为神",诗文应"以精神为主","精神者,气之华也"。他论诗特别称誉李、杜、韩、苏四公,其中一个重要原因就是四公之诗"以豪宕奇恣为贵""以环怪玮丽为奇",富有"英气""奇气""生气",合乎"兴、观、群、怨、六义之旨"。

由于强调"义法",方东树论诗还特别推重沈德潜的"格调说"。《昭昧詹言》一书曾以大量的篇幅论述诗歌的法式格调,还特意总结出学诗六法:一曰"创意艰苦",二曰"造言",三曰"选字",四曰"隶事避陈言",五曰"文法",六曰"章法"。(见卷一第二十八则)又分卷分体而论五古、七古、七律等诗体的风格特征和作法要旨。如论七古,他认为"七言长篇,不过一叙、一议、一写三法":"一叙也,而有逆叙、倒叙、补叙、插叙,必不肯用顺用正。一议也,或夹叙夹议,或用于起最妙,或用于后,或用于中腹。一写也,或夹于议中,或夹于叙中,或用于起尤妙,或随手触处生姿。"(卷十一)所谓"叙""议""写",就是记叙、议论、描写相结合。这些诗歌创作的方法论,是经验之谈,是对前人创作实践的经验总结。同时,我们也明显地看到这一切都本于沈德潜的"格调说"和桐城派的"古文文法"。其中卷二十一所集各家诗话,凡二百二十七条,取之于《说诗晬语》者,就达六十余条,几占全卷论诗条目的四分之一。方东树的论诗祈向和诗学宗尚,不就昭然若揭了吗?他继承的是"桐城三祖"的衣钵,他建立的是桐城派诗论的一个内容和形式发生深刻矛盾的封闭性的诗学体系。

在《汉学商兑》中,方东树说:"夫义理、考据、词章,本是一事,合之则一贯,离之则偏蔽。"《昭昧詹言》以"义法"论诗,把"古文文法"通于诗歌创作,主张内容和形式的统一,正是为了"因文以见道",因质实雅洁之文,见封建伦理纲常之道。这就使桐城派诗论贯串着对理学的宣扬,在内容上带着浓厚的道学气和腐朽性,在形式上固守"古文文法"的正统模式和规范性,使诗歌创作陷入僵化,终于走上无可挽回的没落之路。虽然,方东树论诗着重于诗歌艺术鉴赏和诗法的艺术总结,也不乏精到之见,不乏可取之处,在近代诗话史上,我们也应给它一席地位。然而,从总的论诗倾向而言,以《昭昧詹言》为代表的桐城派诗话的出现,也只能为封建末世的传统文学的衰落唱一曲痛苦的挽歌而已。

二 同光体诗话

"同光体",是清末至辛亥革命前后一段时期出现的一个诗歌流派。因兴于清代同治、光绪年间,所以陈衍《石遗室诗话》把这一时期内"诗人不专宗盛唐者",称之为"同光体"。代表作家有陈三立、郑孝胥、陈衍、沈曾植等。其论诗宗宋,与道光、咸丰年间的宋诗派一脉相承。

"同光体"诗话，以陈衍《石遗室诗话》为代表。陈衍（1856—1937），字叔伊，号石遗老人，福建侯官（今闽侯）人。光绪举人，任学部主事，参张之洞幕府，为官报局编纂。陈是同光体的主要作家和评论家，论诗之著甚富，有《石遗室诗话》三十二卷，《续编》十卷，又辑《辽诗纪事》十二卷，《金诗纪事》十六卷，《元诗纪事》二十四卷，还著有《石遗室文集》十二卷，《诗集》七卷。

《石遗室诗话》主要成书于民国之初。民国元年壬子（1912），陈衍开始撰写《石遗室诗话》，连续发表在梁启超主编的《庸言》杂志上，至甲寅（1914）而印行了十三卷，乙卯（1915）以后，又继续在上海《东方杂志》刊登，增加到十八卷。后来又有增益，至壬申（1929）年，商务印书馆出版《石遗室诗话》全本，凡三十二卷。以后又在《青鹤》杂志上发表《续编》，至抗日战争前夕，无锡国学专修学院刊行其《续编》全部，凡十卷。至此，陈衍《石遗室诗话》之全本与续编本，总共四十二卷，篇幅之浩繁，堪称中国历代诗话之冠。

陈衍身处清末民国迭代之交，新思想、新生活、新文学的潮流已不可阻挡。而"同光体"诗派却反其道而行之，论诗宗宋，继续鼓吹拟古复古，成为近代文学史上较保守的诗文流派之一。陈衍站在"同光体"的立场上，撰诗话继续鼓吹"同光体"，主张依傍古人，守旧不变，论诗倾向具有明显的保守性，与当时鼓吹"诗界革命"的《饮冰室诗话》大相径庭。然而，它毕竟是一部相当严肃的诗话之著，对清末、民初诗坛的概述，以及其对诗人诗作的网罗、评析，具有重要的文学史价值，可以与他所编辑的《近代诗钞》互相补充。此外，其诗歌艺术论和作家作品论，亦能集前人之大成，还有别出心裁之处，于旧体诗歌理论和作家作品之研究，也有重要的参考价值。

第一，标举"同光体"。

"同光体"作为一个诗歌流派，在近代诗坛上乃是客观存在的

历史事实。而最先为"同光体"正名的,正是陈衍的《石遗室诗话》。他指出:

> 丙戌在都门,苏堪告余:"有嘉兴沈子培(曾植)者,能为'同光体'。""同光体"者,余与苏堪戏目同(治)、光(绪)以来诗人不专宗盛唐者也。(卷一)

陈衍用"不专宗盛唐"来揭橥"同光体"的宗旨,显然是从反面来说的,言下之意是说"同光体"以宗宋为主,而溯源于韩、杜。事实上,"同光体"论诗也不专宗一派一家。如以陈衍为首的"闽派"学古,溯源韩、孟,于宋诗则偏重于梅尧臣、王安石、陈师道、陈与义和姜夔,其中陈衍又近乎杨万里;沈瑜庆偏重于苏轼;以陈三立为首的"江西派",则以黄山谷为宗祖;而稍后的夏敬观,却又学梅尧臣。以沈曾植为首的"浙派",则立"三关说",论诗宗元祐、元和、元嘉,并以此为"三关"。尽管三派各有宗尚,但总的方向是一致的,就是"宗宋"。实际上"同光体"本来就是道、咸间何绍基等发起的"宋诗运动"不断发展的产物。《石遗室诗话》第二则在追溯"同光体"的渊源时指出:

> 道、咸以来,何子贞绍基、祁春圃寯藻、魏默深源、曾涤生国藩、欧阳磵东辂、郑子尹珍、莫子偲友芝诸老,始喜言宋诗。何、郑、莫皆出程春海侍郎恩泽门下,湘乡诗文字皆私淑江西;洞庭以南,言声韵之学者,稍改故步。……吾乡林欧斋布政寿图,亦不复为张亨甫(际亮)而学山谷。

可见,清诗由宗唐转而宗宋,道、咸以来,在宋诗运动的推动下,学宋诗,宗山谷,已蔚为风尚。陈衍标举"同光体",显然是出于对宋诗派先祖的尊崇和仰慕,以上承宋诗传统自居。

第二,首倡"三元说"。

《石遗室诗话》以"三元说"为其诗论中心。所谓"三元",就是指诗歌发展的三个阶段,即唐之"开元""元和",宋之"元祐"。陈衍认为,"三元",是诗歌全盛的三个时期,所谓"诗莫盛于三元",论诗也应以"三元"为尚。

"三元说"的提出,是光绪己亥(1899)年。时陈衍客居武昌,与沈曾植论诗,《石遗室诗话》第四则曾有详细记载,现摘录如下:

> 子培(沈曾植之字)有《寒雨积闷,杂书遣怀,襞积成篇。为石遗居士一笑》诗,八十余韵,余与君论诗语,略具其中。诗云:"……"盖余谓诗莫盛于"三元":上元开元,中元元和,下元元祐也。君谓"三元"皆外国探险家觅新世界、殖民政策开埠头本领,故有"开天启疆域"云云。余言今人强分"唐诗""宋诗",宋人皆推本唐人诗法,力破余地耳。庐陵(欧阳修)、宛陵、东坡、临川(王安石)、山谷、后山、放翁、诚斋,岑、高、李、杜、韩、孟、刘、白之变化也;简斋(陈与义)、止斋(陈傅良)、沧浪、四灵,王、孟、韦、柳、贾岛、姚合之变化也。故开元、元和者,世所分唐、宋人之枢干也。若墨守旧说,唐以后之书不读,有日蹙国百里而已。故有"唐余建宋兴"及"强欲判唐宋"各云云。(卷一)

陈衍论诗首倡"三元说",强调宋诗的"变化"都本于唐人诗法。其目的意义正在于:一是融通唐宋。明清诗坛,宗派日炽。历时数百年之久的"唐宋诗之争"方兴未艾,使某些诗学观点蒙上了一层门户之见的阴影而失去了理论光彩。为此,清人正欲走一条融通唐宋的学古新路。王士禛、袁枚诸大家,都曾带头跨越唐宋鸿沟。陈衍是"同光体"的首领之一,俨然以兼师二代、弥合唐宋为己任,恰好说明分唐界宋、固守鸿沟、偏执一端,不得人心,而融合唐宋、力破藩篱、转益多师,已是大势所趋,人心所向。二是为"同光体"争地位。晚清时代,"同光体"以"宋诗派"的后继者自居,理所当然地应自觉维护宋诗的地位和尊严。陈衍认为："宋人皆推本唐人诗法，力破余地耳。"强调宋诗既是对唐人诗法的继承，又力破唐人余地，在唐人之基础有所"变化"，有所发展，开辟一新天地。因而，他打破旧说，将"元祐"之诗与"开元""元和"之诗相提并论。提倡规唐模宋，学唐以"开元""元和"为宗，学宋则以"元祐"为尚。其言虽似欲求同存异，泯除唐宋界限，而实为宋诗张目，以此抬高"同光体"的文学地位。为此，陈衍又提出"学人之诗"说，把"学人之诗"的桂冠，加到"同光体"诗人的头上，足见其用心之苦。

第三，提倡"学人之诗与诗人之诗合一"。

在近代诗话史上，"学人之诗与诗人之诗合一"之论，是"同光体"诗话家陈衍在总结前人创作经验的基础上提出来的，是一个重大的创举。陈衍《石遗室诗话》卷二十八说：

> 祁春圃相国有《题镘瓻亭集诗》及《自题镘瓻亭图诗并序》，……证据精确，比例切当，所谓学人之诗也。而诗中带着写景言情，则又诗人之诗矣。

这里，陈衍不仅提出"学人之诗"说，而且严格区分"学人之诗"与"诗人之诗"的差别。所谓"学人之诗"，重在学问，其特点是"学有根柢"；所谓"诗人之诗"，重在性情，其特点是"写景言情"。陈衍通过对于前人诗歌活动的观察总结和对于"学"与"诗"关系的思考理解，强调做诗应植根于学问，以纠袁枚"性灵派"无实腹、无功力的空疏之弊；但如果过分强调学问，以经史饾饤为诗人之本和创作之源，则又会坠入翁方纲"肌理派"殆同抄书的深渊。正如陈衍指出："不先为诗人之诗，而径为学人之诗，往往终于学人，不到真诗人境界。盖学问有余，性情不足也。"（《石遗室诗话》卷十四）陈衍认为，只有"合学人、诗人之诗二而一之"（《近代诗钞序》），诗境方臻于完美。

诚然，这个命题清初黄宗羲早就提出过，说"古来论诗有二：有文人之诗，有诗人之诗。文人由学力所成，诗人从锻炼而得"（《南雷文定前集》卷一《后苇碧轩诗序》）。钱谦益还有"诗人之诗"与"儒者之诗"之说。然而，直到晚清、民初时代，陈衍才如此明确地把"学人之诗与诗人之诗合一"作为诗歌创作的基本原则和批评标准提出来。应该肯定，这是"同光体"诗话家的一大贡献，陈衍在学古之中求探索、求创新的精神，是值得后人称道的。

第四，主张论诗以"知人论世"为要。

陈衍认为，诗歌评论和诗歌鉴赏，应联系诗人的生平事迹、创作思想和时代背景，进行实事求是的全面考察；如果囿于漫曰"诗教"，笺释字句，评头品足，则难以得出正确的结论。他说：

> 后世诗话，汗牛充栋，说诗焉耳；知作诗之人，论作诗之人之世者，十不得一焉。不论其世，不知其人，漫曰"温柔敦厚，诗教也"，几何不以受辛为天王圣明，姬昌为臣罪当诛，严将军头、嵇侍中血，举以为天地正气邪？（《石遗室诗话》卷三）

这是对孟子关于"知人论世"的理论的发挥和拓展。鉴于这一论诗原则，他主张诗贵真，认为作诗要合情合理，实事求是，反对投机取巧，反对公开说谎。陈衍指出：

> 作诗文要有真实怀抱，真实道理，真实本领；非靠着一二灵活虚实字，可此可彼者斡旋其间，便自诧能事也。

（《石遗室诗话》卷八）

他认为诗贵"三真"，即怀抱要真实，道理要真实，本领要真实。作为"同光体"诗话家，他毫不含糊地指出"同光体"的病根在于缺乏真实性，无"真实怀抱"，无"真实道理"，也无"真实本领"，正切中了要害。他论诗求真、求似、求确切，因此，对人对己，都能严格要求，甚至连细节也力求真实，近乎吹毛求疵，经常指摘某诗某字用之不当，平仄不协。这种批评，在其诗话中处处可见，比比皆是。而他自己一生好学不倦，博洽精深，谈诗论艺，妙语如珠，体析入微，对古典诗歌了如指掌，论诗歌流派如数家珍，探骊得珠，信手拈来，无不有真知灼见。例如，陈衍论及诗有"四要三弊"时说：

> 诗有四要三弊：骨力坚苍为一要；兴味高妙为一要；才思横溢，句法超逸，各为一要。然骨力坚苍，其弊也窘；才思横溢，其弊也滥；句法超逸，其弊也轻与纤。惟济以兴味高妙，则无弊。唐之孟浩然、王摩诘、杜少陵、韦苏州，宋之东坡、荆公、放翁，皆有真兴趣者。（《石遗室诗话》卷二十三）

诗歌以吟咏性情为本，要有"兴味"；高妙的"兴味"，既要有形象性，又要有无穷的旨趣意气。陈氏认为，诗歌之"窘""滥""轻与纤"三种弊病，只有用"兴味高妙"来补救。这种见解，颇有新意。通读《石遗室诗话》，我们觉得：石遗老人忠实于艺术，不愿苟且的求实精神和严谨的治学态度，确实值得后人引为楷模。

三 汉魏六朝派诗话

汉魏六朝诗派，是晚清一个拟古主义诗歌派别。以王闿运为代表，诗文均以模拟汉、魏、六朝为准则而得名。

王闿运(1832—1916)，初名开运，字壬秋，一字壬甫(或作壬父)，号湘绮，湖南湘潭人。咸丰七年丁巳（1857）举人，曾入曾国藩军府，先后主讲于成都尊经书院、长沙思贤讲舍、衡阳船山书院，辞归后在湘潭故居湘绮楼设馆授徒。宣统间授翰林院检讨，民国初任清史馆馆长，兼任参议院参政。民国五年丙辰（1916）九月二十四日病逝于故里。闿运为人恬淡洒脱，言行警拔，治学谨严，门生满天下，被晚清拟古派尊为泰斗。著述甚富，后人辑为《湘绮楼全书》。

在中国近代史上，王闿运政治上保守迂阔，是个封建遗老；文学上是守旧派，拟古大家。以王闿运为代表的汉魏六朝诗派，专以模拟汉、魏、六朝诗文为准,公然声称其诗为"杂凑模仿"之作。对他的诗,也是毁誉参半。谭嗣同誉其诗为"当代之秀",柳亚子《论诗绝句》却说他"古色斓斑真意少,吾先无取是王翁"。而陈衍《石遗室诗话》则评价得比较公允,说:

> 湘绮五言古沉酣于汉魏六朝者至深,杂之古人集中直莫能辨。正惟其莫能辨,不必其为湘绮之诗矣。七言古体必歌行,五言律必杜陵《秦州》诸作,七言绝句则以为本应五句,故不作,其存者不足为训。盖其墨守古法,不随时代风气为转移,虽明之前后七子无以过之也。

陈衍不作简单的肯定与否定,通过具体分析,指出湘绮"墨守古法""沉酣于汉魏六朝"的诗歌本质特征,正切中肯綮。

作为拟古大家,王闿运论诗,宪章八代,以汉、魏、六朝为宗,以为摹拟古人之诗,可以"治心",可以"通于大道"。这种摹拟复古论,确实如陈衍所说的"虽明之前后七子无以过之"。其论诗之著《湘绮楼说诗》八卷,为王简所辑。原名《湘绮诗话》,仅四卷,后增入记游之作,外集韵事,厘为八卷,改为《说诗》之名。此外,有《湘绮老人论诗册子》一卷,稿本,夏寿田、冒广生跋;有《王志论诗》一卷,《三家诗话选》本。

王闿运的诗学观,属于复古主义的模拟论。大凡包括两个方面:一是复古,复封建主义的"道统"与"文统"之古。他仇视太平天国农民革命,为湘军首领曾国藩、左宗棠献计献策,为镇压太平军而战死的将领歌功颂德;他反对戊戌变法和孙中山领导的革命运动,反对洋务运动,拒绝向西方学习,把传统的封建文化看作至高无上。政治上的保守迂阔,导致了他文学思想的保守落后,抱残守缺,深闭固拒,"墨守古法,不随时代风气为转移",沉酣于汉魏六朝文学,宣传复古,推尊唐以前诗文,贬斥唐及唐以后诗。他说:

> 文有朝代,诗有家数。文取通行,故一代成一代之风;

诗由心声，故一人有一人之派。……诗亦自有朝代，唐以前诗，不能伪为，宋以后诗，大都易似，此又先辨朝代，后论家数也。（《湘绮楼说诗》卷六）

从表面上来看，王闿运主张学诗、论诗要"辨朝代""论家数"，这自然无可非议。然而，其主旨不在于此，而在于是古非今，为其复古拟古寻求理论依据。他认为"唐以前诗，不可伪为"，因为"古人之诗，尽美尽善矣"（《诗法一首示黄生》）；而"宋以后诗，大都易似"，因为"古以教谏为本，专为人作；今以托兴为本，乃为己作"（《王志·论诗法》）。很显然，诗"以教谏为本"，其创作目的就在于正得失、厚人伦、美教化、移风俗。这才符合封建主义的"道统"和"文统"。在王氏的眼里，诗与"道"是相通的，而"通于大道"和终南"捷径"，就是"由诗悟入"。可见，王闿运的复古论，正是为当时腐朽没落的封建政治服务的。

二是拟古，即诗歌创作必须模拟，模拟的对象是"古"。所谓"古"，就是汉、魏、六朝。请问：王闿运为何主张模拟八代呢？他说："作诗必先学五言，五言必读汉诗，而汉诗甚少，题目种类亦少，无可揣摩处，故必学魏、晋也。"（《湘绮楼说诗》卷六）又说："从八代入手者，可以及唐；从唐入手者，多宜俗赏，而失古音。"（《湘绮楼论唐诗》）在《王志》中，他又探讨了唐诗诸家的渊源流别，认为唐诗各家皆源于汉魏六朝，指出：

三唐风尚，人工篇什，各思自见，故不复摹古。陈隋靡习，太宗已以清丽振之矣；陈子昂、张九龄以公干之体自抒怀抱，李白所宗也；元结、苏涣加以排宕，斯五言之善者乎！刘希夷学梁简文，而超艳绝伦，居然青出；王维继之以烟霞，唐诗之逸，遂成芳秀；张若虚《春江花月》，用《西洲》格调，孤篇横绝，竟为大家；李贺、商隐挹其鲜润，宋词、元诗尽其支流，宫体之巨澜也；杜甫歌行，自称鲍、庾,加以时事,大作波澜,咫尺万里,非虚夸矣。……白居易歌行,纯似弹词,《焦仲卿妻》诗所滥觞也。(《王志·论唐诗诸家源流》)

在中国文学史上,大凡一切复古派,都要从历史的与现实的文学现象中去寻找自己复古拟古的主要理由和客观依据。王闿运也这样,他是从学诗门径、不失"古音"、诗歌源流诸方面来说明理由的,说得头头是道,振振有词,甚而不惜以自己的诗歌为口实,说:"学诗当遍观古人之诗,唯今人诗可不观。今人诗莫工于余,余诗尤不可观。以不观古人诗,但观余诗,徒得其杂凑模仿,中愈无主也。"(《王志·论诗法》)这并非是王闿运的过谦之辞。醉翁之意,不在酒而在山水之乐,王闿运以"今人诗莫工于余"而自负,却又扬古抑己,抬高古人,贬低自己,用意全在于复古拟古,为其复古主义的文学宗旨服务。

作为一个汉、魏、六朝的模拟复古论者,王闿运论诗还十分强调格调和法式,说:"诗主性情,必有格律。不容驰骋放肆,雕饰更无论矣。情动于中而形于言,无所感则无诗,有所感而不能微妙则不成诗。"(同上)又说:"诗以养性,且达难言之情,既不讲格调,则不必作,专讲格调,又必难作。"(《湘绮楼说诗》卷六)当然,这里说的"格调",不是指近体诗(律、绝)的声韵调及对偶等写作规律,而是泛指诗歌创作本身的规矩法度。王闿运认为诗歌创作要讲究法度,不可超越一定的框框限制而随心所欲地抒发情性,否则,就不成诗。这种见解,无疑是对的。问题在于王闿运出于复古主义的模拟论,要求的不是强调诗人遵章守法,而是要求诗歌创作尺尺寸寸地摹拟汉、魏、六朝。怎样摹拟呢?他说:

故知学古当渐渍于古:先作论事理短篇,务使成章,取古人成作,处处临摹,如仿书然,一字一句,必求其似。如此者,家信帐记,皆可摹古。然后稍记事,先取今事与古事类者，比而作之；再取今事与古事远者，比而附之；终取今事为古所绝无者，改而文之。如是非十余年之专功，不能到也。(《王志·论文法》)

这种模拟之法，与明代前后七子的复古主义模拟论相比较，有过之而无不及，难怪陈衍批评他"虽明之前后七子无以过之也"。此外，王闿运论诗特别推重五言，认为"唐无五言，学五言者，汉、魏、晋、宋尽之"。因此，关于五言作法，他又有专论，《湘绮楼说诗》和《王志》都列有"论五言作法"。而对于七言，他说唐初王、杨、卢、骆，也是"以齐梁排偶法为七言"，而开创一派。因而又专有"论七言绝句法"的论述。他指出：

诗……易模拟，其难亦在于变化。于全篇模拟中，能自运一两句，久之可一两联，又久之可一两行，则自成家数矣。(《王志·论文法》)

也许这正是王氏的经验之谈，然而，他要求处处拟古、摹古，要求诗人长期地临摹比附，跟着古人兜圈子，于近代诗文创作究竟又有何益？他的诗多类魏、晋、六朝之作，如果嗤为"优孟衣冠"，自然未免偏颇，但他的复古拟古理论的失误，却是显而易见的。名重一时的王湘绮先生，竟坠入古董诗派的泥潭，确实令人为之叹息！

与王闿运一唱一和者，还有其好友邓辅纶、邓绎兄弟。邓辅纶（1828—1893），字弥之，湖南武冈人。咸丰元年副贡生，官浙江候补道。与王闿运同学城南书院，相与友善，诗文亦宗汉、魏、六朝。有《白香亭诗文集》，而无诗话之作传世。邓绎，字保之，辅纶之弟。亦工诗文，人称"武冈二邓"。保之有《藻川堂谭艺》四卷，分"比兴""唐虞""日月""三代"，凡四篇。保之论诗文与其兄同旨，且更为系统全面，颇多精到之见。他指出：

有《三百篇》《离骚》之气脉，然后可以为真汉、魏诗；有真汉、魏诗之气脉，然后可以为六朝、初盛唐人之

诗。有六经、四子之渊源，然后能为两汉之沉博奇肆；渊源乎两汉，然后可以包举唐、宋，奄有元、明。（《藻川堂谭艺·比兴篇》）

他认为"真汉、魏诗之气脉"，是六朝、初盛唐诗歌的生命之所在，而唐、宋、元、明之诗皆"渊源乎两汉"，其"本根树骨"，则莫不在"经史群子"和"风骚"之上。保之的文学宗尚，由此可见矣。他对司马迁与杜甫推崇不已，说："汉盛莫如史，唐盛莫如诗，司马迁出，而后《诗》《书》《春秋》之道复存于史；杜甫出，而后《书》《礼》《春秋》之道复存于诗。非章句儒者所及知也。国初诸儒博考经诂，足救陆、王空疏之弊，其致用犹博，其练识犹精。乾嘉以来，训诂密而鸿儒希，并文苑词章亦不逮前代。不贤识小，非虚言矣。"（同上《唐虞篇》）王闿运、二邓论诗文以汉、魏、六朝为宗，拾取的正是古人的余绪而已，并非有什么新见。不过，这个古董诗派的出现，却反映出中国传统文学的严重危机。危机四伏的近代诗坛，凸出几个古董诗人和诗论家，又何能挽救其衰败的局面呢？

四　中晚唐派诗话

中晚唐诗派，是活跃在清代末年和辛亥革命后一段时间的一个诗歌流派。其代表人物有李慈铭、谭献、易顺鼎、樊增祥等，他们论诗标举中、晚唐，诗歌创作以对仗用事为能，讲求艳词丽句，有刻意求新尚格之弊，表现封建末世士大夫的悠游自得的生活情调，也是晚清时代的重要诗派之一。

李慈铭（1830—1894），字爱伯，号莼客，浙江会稽（今绍兴）人。清光绪六年进士，累官山西道监察御史。诗尊中晚唐，不名一派，自称"大家"。筑室名"越缦堂"，著述常以此室名集。有《越缦堂日记》《越缦堂文集》等。

谭献（1832—1901），字仲修，号复堂，浙江仁和（今杭州）人。清同治六年举人，官安徽歙县、合肥、全椒等知县。文宗汉魏,诗宗中晚唐,实以词名世,为常州词派大家。著有《复堂类集》二十一卷、《复堂词话》等。

易顺鼎(1858—1920),字实甫,又字中硕,号眉伽,自署"忏绮斋",晚号哭盦,湖南龙阳(今汉寿)人。幼有神童之名,长负才子之称,工诗,宗中晚唐,与宁乡程颂万、湘乡曾广钧并称为"湖南三诗人"。清光绪元年举人,甲午之战时属主战派,曾去台湾帮助刘永福,后官至广东钦廉道。辛亥革命后,依附于袁世凯门下。著述甚富,收于《琴志楼全书》(光绪十三年刊本,收四十三种之多)。

樊增祥(1846—1931),字嘉父,号樊山,湖北恩施人。清光绪三年进士,官至江宁布政使,曾权署两江总督。工诗,好艳体,以用事对仗为能,为中晚唐诗派代表作家之一。著有《樊山全集》。

中晚唐诗派代表人物之中,有诗话之著行世者仅李慈铭、易顺鼎二人。李慈铭有《越缦堂诗话》一卷,后学蒋瑞藻又辑为三卷,徐珂校,民国十四年(1925)上海商务印书馆铅印本,二册,蒋瑞藻为之序。是书皆为校阅评点他人诗集之语,间或论词。卷上论明清诗人之诗,卷中论清代浙人之诗,卷下杂论他人集中所论唐宋诸家诗。钱仲联《近百年诗坛点将录》称李慈铭而为"托塔天王",其诗"能兼综汉、魏以来,下迄明七子,清渔洋、樊榭、复初斋各派之长,而不能自创新面目",似为公允平正之论。综观《越缦堂诗话》,知其论诗亦能博采众家之长,主张"本之以经籍,密之以律法,不名一家,不专一代",他指出:

> 学诗之道,必不能专一家限一代。凡规规摹拟者,必其才力薄弱,中无真诣,循墙摸壁,不可尺寸离也。五古自枚叔、苏、李、子建、仲宣、嗣宗、太冲、景纯、渊明、康乐、延年、明远、玄晖、仲言、休文、文通、子寿、襄阳、摩诘、嘉州、常尉、太祝、太白、子美、苏州、退之、子厚,以及宋之子瞻,元之雁门、道园,明之青田、君采、空同、

大复，国朝之樊榭，皆独具精诣，卓绝千秋。作诗者当汰其繁芜，取其深蕴，随物赋形，悉为我有。七古，子美一人，足为正宗；退之、子瞻、山谷、务观、遗山、青邱、空同、大复，可称八俊；梅村别调，具足风流，此外无可学也。五律，自唐迄国朝，佳手林立，更仆难数，清奇浓淡，不名一家，而要以密实沉着为主。七律取骨于杜，所以导扬忠爱，结正风骚，而趣悟所昭，体会所及，上自东川、摩诘，下至公安、松圆，皆微妙可参，取材不废。其唐之文房、义山，元之遗山，明之大复、沧溟、弇州、独漉，国朝之渔洋、樊榭，诣各不同，尤为杰出。七绝则江宁、右丞、太白、君虞、义山、飞卿、致尧、东坡、放翁、雁门、沧溟、子相、松圆、渔洋、樊榭十五家，皆绝调也，而晚唐、北宋多堪取法，不能悉指。我朝之王、厉，尤风雅替人，瓣香可奉。五绝则王、裴其最著矣。平生师资学力，约略在兹，自以为驰骤百家，变动万态，而可域之以一二人，赏之以一二字哉？盖今之言诗者，必穷纸系幅，千篇一律，缀比重坠之字，则曰此汉、魏也；依仿空旷之语，则曰此陶、韦也。风云月露，堆砌虚实，则以为六朝；天地乾坤，佯狂痛哭，则以为老杜；杂填险字，生凑硬语，则以为韩、孟。作者惟知剿袭剽窃，以为家数；观者惟知影响比附，以为评目。振奇之士，大言之徒，又务尊六朝而薄三唐，托汉魏以诋李杜，狂谵窽语，陷于一无所知。故自道光以来，五十余年，惟潘四农之五古差有真意，而七古仵弱，诸体皆不称。（《越缦堂诗话》卷上）

这一段论述，穷极历代诗家，包容各类诗体，有破有立，有胆有识，足以视之为中晚唐诗派论诗中的真知灼见。李氏博学雅才，七言尤工，望倾朝野，群推宗奉。他的学生樊增祥谓"国朝二百年诗家坛席，先生专之"，他自己也矜夸其诗"精深华妙，八面受敌而为大家"。作为中晚唐诗派的一位大家，李慈铭的诗论还是有可取之处的。

此外，中晚唐诗派诗话还有易顺鼎的《琴志楼摘句诗话》，不分卷，有《琴志楼全书》本。是书采用摘句形式，全举己作以为诗话，别具一格。因此，郭绍虞先生在论及宋人张表臣的《珊瑚钩诗话》与吴沆的《环溪诗话》时，曾指出易顺鼎的《琴志楼摘句诗话》与张、吴二诗话的渊源因承关系，说：

文采珊瑚爱己钩，环溪自炫亦沿流。

后来若数扬波者，摘句当推《琴志楼》。

（《宋诗话考》）

从是书体例来看，易氏论诗上承宋人张表臣《珊瑚钩诗话》与吴沆《环溪诗话》之列，下启近人张维屏《艺谈录》之体，盖先述故事而后举己作。

五 刘熙载与《艺概·诗概》

刘熙载（1813—1881），清代末年著名的经学家和文论家。字伯简，号融斋，晚号寤崖子，江苏兴化人。道光二十四年进士，授翰林院庶吉士，官至左春坊左中允、广东提学使，晚年主讲于上海龙门书院。著述甚富，汇刻为《古桐书屋六种》。论诗谈艺之著有《艺概》六卷。其中卷二《诗概》，概括地论述《诗经》、汉魏六朝、隋唐五代、宋代的诗歌和诗体、诗法、诗格，所论极为精简，颇多新见。从中可以清楚地看到，清人论诗越来越趋于精确性和集大成性。

刘熙载论诗亦主"诗教"，恪守"诗言志"与"思无邪"之旨。通观全书，我们认为刘氏论诗具有两个基本特色：

一是论诗注重"诗品"，明确提出"诗品出于人品"之说，并以此为批评的准则。刘氏论诗，不仅强调作品内容的充实性与完美性，而且特别注重"诗品"与"人品"的统一性，认为文学批评应该把文学作品同作家的思想倾向及品德情操联系起来考察,指出作品的价值与作者的品格密切相关。因此,刘氏对作家作品的认识往往比较深刻,能透过扑朔迷离的表象,来揭示其内在的思想实质。例如,前人论李白往往强调李白"出世"的一面,具有明显的片面性,而《诗概》认为:

> 太白与少陵同一志在经世,而太白诗中多出世语者,有为言之也。屈子《远游》曰:"悲时俗之迫厄兮,愿轻举而远游。"使疑太白诚欲出世,亦将疑屈子诚欲轻举耶?

他以屈原类比李白,指出李白与杜甫同一"志在经世",即或是游仙诗也是"有为言之",这就切中肯綮,抓住了要害,颇有超乎前人之高处。

二是论诗之语,言简意赅,语言的容量极大。正如刘熙载自叙中说:"顾或谓艺之条绪綦繁,言艺者非至详不足以备道。虽然,欲极其详,详有极乎?若举此以概乎彼,举少以概乎多,亦何必殚竭无余,始足以明指要乎!是故余平昔言艺,好言其概,今复于存者辑之,以名其名也。"由此可见,《艺概》之名,意在言艺之"概",这个"概",是"概要""概述"之意。此书的评论方法,一个突出的特点是"举此以概乎彼,举少以概乎多",即以简练的语言,作重点突出的评论,通过"触类引伸",来表现内涵极富的内容。根据这一创作方法,是书对作家作品的评论、对文学形式的流变过程及其艺术特点的阐发,确有卓见的论,往往用寥寥数语,就能勾勒出某作家作品的艺术风格特色。如在《诗概》中,他把《诗经》归纳为"自乐""自励""自伤""自誉自嘲"与"自警"五种类别,颇有新见;又如他以"高、大、深"三个字来评价杜甫诗:"杜诗高、大、深,俱不可及。吐弃到人所不能吐弃,为高;涵茹到人所不能涵茹,为大;曲折到人所不能曲折,为深。"从高度、广度、深度三方面来评论杜诗,而且解释得如此非同凡响,言之精简,意之赅博,确实发前人之所未道!

当然,毋庸讳言,刘熙载诗论打上的也是封建末世的时代印记。从维护封建秩序出发,他也把"温柔敦厚""发乎情止乎礼义"的儒家诗教,看成是诗歌创作与诗歌评论的圭臬,诗学观点表现得比较守旧,当然也是不可取的。

卷七 现代诗话

第一章

诗话的历史转变

第一节　五四新文化运动与中国诗话

像春雷震撼神州，似狂飙席卷大地。1919年，举世闻名的五四运动，开创了中国历史的新纪元，也为中国新文学大厦的崛起，举行了一次具有划时代意义的伟大的奠基仪式。

在中国诗话史上，作为中国现代文学史的伟大开端，五四新文学运动即以其春雷般的声威、狂飙式的力量，对中国诗坛和诗歌评论界产生巨大而深远的影响，使传统的中国诗话开始了历史性的转变，进入一个崭新的历史发展时期。我们认为，五四新文学运动对中国诗话所产生的影响，主要表现在以下几方面：

其一，狂飙式的五四精神，给中国诗话创作赋予了新的时代意识和历史使命。在几千年的中国文明史上，古老的封建社会曾经创造过悠久的历史和灿烂的文化，然而它又以封闭式的社会形态和文化结构，长期桎梏着人们的思想意识和行为规范，以致"复古主义""国粹万岁"往往成为一面永不褪色的旗帜。在这面旗帜下集合着的，乃是以孔孟之道为安身立命之本的封建士大夫之群，及其所依附着的封建统治集团。因此，他们的文学思想，代表着中国封建时代的"正统"。这种文学思想的思维特征，主要表现为思维的伦理化，强调文学应该以"教化"为旨归，以政治功利和宗法伦理为致思的起点，因而文学批评的思想武器，也就是孔子宣扬的"教化论"。应该指出，作为传统文学思想的核心和灵魂，"教化论"在反映现实、针砭时弊、维护封建秩序、繁荣封建文化、促进以诗歌为主体的中国文学的发展等方面，它是有功绩的。然而，它又表现出沉重的历史惰性，锢禁思想解放，遏制个性自由，使传统的文学观念、美学思想始终未能超越伦理中心主义和经验主义的藩篱，在相对稳定的历史条件下，几乎成为"集体无意识"，并沉淀在我们民族文化心理结构上，代代相传，一旦有人越雷池半步，就被斥责为"离经叛道"的"异端邪说"。这样，传统的文学思想和文学理论，由于囿于狭小的功利目的，因而缺乏向更广阔更深邃的未知领域开拓、探索的精神和大胆的批判精神，而习惯于"替圣人立言"，从前人的言论中寻找理论依据，呈现出的是理论上的幼稚和保守性。数不胜数的诗话、词话，之所以在理论上徘徊不前，未能有飞跃性的突破，一个重要原因就是传统文学思想及其思维方式的束缚。到了五四时代，世界资本主义飞速发展，马克思主义广泛传播，人们的思维空间正在拓展，无产阶级的世界观和方法论正在不可遏制地崛起。相形见绌，传统的文学思想的保守性、落后性，已经愈来愈暴露无遗了。以孔孟之道为理论核心的正统文学观念，正面临着前所未有的全面挑战。"打倒孔家店"的革命呼声响彻神州大地，"民主"与"科学"已成为整个时代所高举的两面大旗。新的事物、新的思潮、新的时代意识，一句话，新的反帝反封建的新民主主义革命，向中国文学提出了崭新的要求，也给中国诗话创作赋予了新的时代意识和历史使命。这种崭新的时代意识，就是狂飙式的五四精神；这种新的历史使命，就是服务于无产阶级领导的以反帝反封建为旗帜的新民主主义革命。所以，尽管五四时期并没有产生过举足轻重的诗话之作，然而，五四精神对现代诗话的影响，却是巨大而深远的。五四新文学运动，不可否认地成为中国诗话的历史转折点。

其二，以白话为正宗的五四文学革命，促成了中国诗话创作由文言向白话的转变。中国传统文学以文言为正宗。到五四时代，简古深奥的文言，早已成了宣传革命、发动工农大众的语言障碍。为着革命之需，在反对旧道德、提倡新道德的同时，五四文学革命又亮出了"反对文言，提倡白话""反对旧文学，提倡新文学"的旗帜。作白话文、写白话诗，主张以白话取代文言，在当时已蔚然成风，成为一股不可抗拒的时代潮流。以至于当时的北洋军阀政府的教育部也不得不承认白话为"国语"，于1920年通令全国的国民学校采用，由此正式确立了白话的"正宗"地位。文学语言形式的大解放，不仅使传统的抒情文学摆脱了旧体诗的格律体式的束缚，使诗歌从封建士大夫的"大雅之堂"走出来，走向社会，走向民间，变成文艺大众化的一个新的起点，尤其在宣传群众、动员群众、组织群众，发挥文艺作为阶级斗争工具的战斗性方面，具有不可低估的意义和作用。在中国诗话史上，诗话的语言形式，一般以五四时期为界。五四以前的历代诗话，都是文言体式，即使是近代诗话中的"新派诗话"也不例外；而五四以后，诗话创作的语言有文言，也有白话，而以白话为主。这种语言形式的变化，也正是诗话的历史性转变之一种表现。而这种历史转变，五四时期掀起的白话文运动，乃是新的起点。从这种意义来说，现代诗话又是五四白话文运动的产物。如果我们把用文言写作的以复古为宗尚的诗话称之"旧体诗话"，而把用白话写作又含新内容的诗话称之"新体诗话"的话，那么，从诗话创作的语言形式的主导方面而言，五四新文化运动则是"新体诗话"的助产婆。从此，旧体诗话走向衰落，新体诗话开始崛起。它不仅打破了旧体诗话的一统天下，而且其发展趋势也表明，新体诗话将逐步取代旧体诗话的地位。古往今来，诗话的编撰有二种：一是自撰诗话，二是他辑诗话，即辑他人论诗之语而为诗话。现代诗话亦然。二十世纪八十年代，以普通话为语言形式的新体诗话,如雨后春笋般涌现出来了。诸如《鲁迅诗话》《沫若诗话》《臧克家诗话》《闻一多诗话》《楚天诗话》《中外诗话》《窑台诗话》《西湖诗话》《文谈诗话》《郭沫若历史剧〈屈原〉诗话》《黑牢诗话》《中外诗话》《林以亮诗话》《梦苕庵诗话》《兼于阁诗话》《咏鸟诗话》《群芳诗话》,不胜枚举。诗话创作出现的这种新形势、新机制、新成就,不仅说明中国诗话这种独特的诗歌评论样式,具有何等旺盛的艺术生命力,而且表明五四新文学运动所开创的以"白话"为正宗的新的语言形式和创作规范,正在新的形势下得到了全面的继承和充分的拓展。

其三,五四新文学运动,是现代诗话走向世界和未来的起点。像封闭式的北京四合院一样的中国封建社会那种封闭式的社会结构和文化堡垒,在五四新文化运动的革命浪潮的猛烈冲击面前,已经出现土崩瓦解之势。这个具有几千年悠久历史的文明古国,开始敞开通往西方现代文明世界的红漆大门。中国革命从此进入了以无产阶级为领导的新民主主义阶段。这是中国历史上具有重大意义的变化。这种巨变与质变,对中国文学理论批评(包括诗话)的影响,主要表现在两点:一是西方诗学、美学、心理学的广泛介绍和研究,开拓了中国诗学、美学研究的新领域,从而对中国诗话的创作产生重大影响;二是马克思主义哲学的传播,特别是辩证唯物主义和历史唯物主义对中国思想界、文艺界、学术界的指导,从世界观和方法论两个方面为中国文学理论的建设和诗话的创作,提供了崭新的思想武器。

任何一门艺术,都深深地植根于本民族赖以生存和发展的皇天后土之中,具有本民族的风格特色。中国诗话之体也是这样。她在自己生长、发育、成熟的过程中,不断吸收中国古典诗论和古典美学的营养,不断地继承创新,不断地自我完善,创造了自己的价值,也建立了自己独特的理论体系。这些我们在本书的"总论"之中，已经较为详细而又较为系统地阐述过。然而，我们也应该清醒地看到她本身的缺陷和不足。以诗话为主要样式的中国古代文学批评，注重对诗歌本事的阐说，缺乏系统的理论研究；注重以"教化"为标准的社会学的批评，而缺乏美学意义上的剖析；注重自下而上的感性经验的总结，而缺乏对诗歌创作进行高屋建瓴的规律性的理论指导；注重对传统的历史渊源的探寻，而缺乏对思想武器的批判；注重评点鉴赏式的点悟，而缺乏缜密严实的理论思辨。到了五四时代，由于西方哲学、诗学、美学、艺术心理学、形式逻辑学的传入，特别是唯物辩证法与西方诗学体系及其方法论的传播，人们的眼界打开了，思维空间拓展了，理论水平提高了，观察问题、分析问题、解决问题的方法逐步科学化了，中国诗话的长处与短处、优点与弱点，也就一目了然了；中国诗话的发展方向，也就更为明确了。可以断言，中国古代封闭式的社会结构和文化性格，丝毫也吸收不了西方哲学、诗学、美学的思辨空气。五四新文化运动，冲破了这种封闭式结构，开拓了视野，解放了思想，使中国诗话这种独特的诗歌批评样式得以走向新的世界和未来。这是何等了不起的功绩！正是因为西风东渐，因为西方理论思辨方式的传播与影响，才出现了鲁迅的《摩罗诗力说》，为中国诗学、美学走向现代化揭开了序幕，遂出现了朱光潜的《诗论》、钱锺书的《谈艺录》、李木庵的《窑台诗话》、王力的《汉语诗律学》、钱仲联的《梦苕庵诗话》以及后人编辑的《鲁迅诗话》《沫若诗话》《臧克家诗话》等优秀论诗专著，这些诗话站在更高的理论制高点上，以锐利的思想武器、更开放的思维结构，对中国诗歌的渊源流派、诗人诗作、诗学理论等复杂纷呈的文学现象，进行实事求是的科学的分析研究，并将中西诗歌进行综合比较，探求各自的风格特色和艺术成就，从而开创了诗话创作和诗话研究的新局面。

第二节　南社诗话

中华民国，是中国革命的伟大先行者孙中山先生缔造的，是中国历史上第一个共和制国家政权。

1911年孙中山领导的"辛亥革命"，以排山倒海之势推翻了清王朝的封建统治，末代皇帝——七岁的溥仪（宣统）在隆裕皇后提携之下宣布退位，中国封建社会的最后一个王朝寿终正寝了，一个资产阶级共和国——"中华民国"诞生在古老的神州大地上。

民国诗话，诞生在一个多灾多难的时代，而同时又是一个孕育着灿烂辉煌的伟大黎明的时代。在中国诗话史上，这是诗话的变革与创新时期。

南社诗话，是民国诗话最初的崛起者与佼佼者。

南社，是辛亥革命时期的一个进步文学团体，由陈去病、高旭、柳亚子等人发起，1909年成立于江苏苏州，以"操南音不忘本"为宗旨，故名之曰"南社"。南社早期社员多为"同盟会"成员，追随孙中山先生从事资产阶级民主革命。为鼓吹革命，南社社员曾大量创作诗话。据不完全统计，南社诗话的知见书目多达四十部。如柳亚子《磨剑室诗话》、谈文红《海盐诗话》、陈栩《栩园诗话》、高旭《愿无尽庐诗话》、周实《无尽庵诗话》、戚牧《绿杉野屋诗话》、奚囊《逢云小阁诗话》、胡蕴《半兰旧庐诗话》、姚锡钧《止观室诗话》、庞独笑《灵蕤阁诗话》、庄先识《庄庄诗话》、朱慕家《南社诗话》《新新诗话》、胡蕴玉《南社诗话》、胡怀琛《海天诗话》《萨坡赛路诗话》、田桐《扶桑诗话》、江山渊《绿野亭边一草庐诗话》、孙璞《兰园诗话》、沈宗畸《南雅楼诗话》、汪兆铭《南社诗话》、潘飞声《在山泉诗话》等等。

与前此中国历代诗话相比较，南社诗话是中国千年诗话中的一支奇葩，具有与众不同的审美特点与文化性格：

其一，南社诗话是中国历史上资产阶级民主革命的必然产物。中国资产阶级民主革命，一个鲜明特点是反帝反封建性。南社诗话的创作宗旨，就在于为反帝反封建的资产阶级民主革命服务，完全摆脱了中国历代诗话以"温柔敦厚"的传统"诗教"为创作旨归的窠臼，成为资产阶级民主革命的宣传工具和斗争武器。

其二，南社诗话的作者们，不仅仅是文人骚客，更是资产阶级民主主义革命的战士。其奋斗目标，不在于以诗话资闲谈、以诗话论诗言志、以诗话评骘古今诗人诗作、以诗话记述诗坛轶事趣闻、以诗话作文坛诗苑的门户之争、以诗话阐述个人的诗歌美学之见，而在于反帝反封建，为资产阶级的民主共和而斗争。因而诗话作家的论诗之笔更为锋芒毕露，旗帜更为鲜明张扬，创作目标更为明确，针对性更为强烈，政治倾向性更为突出。

其三，南社诗话的论诗对象，主要是资产阶级民主革命者的战斗诗篇，虽然也有一些兼顾中国历代诗人诗作者，但仍然注重其中富有爱国精神、民族精神与战斗精神的篇什，而那些流连光景、闲情逸致、无病呻吟之作，几乎都不屑一顾。南社诗话的审美情趣和文化性格，与历代诗话迥然有别。应该说，这是时代的需要，是资产阶级民主革命的需要，是时代与资产阶级民主革命留在南社诗话中的印记。

其四，南社诗话的语言艺术，较晚清诗话更注重大众化、通俗化。中国诗话的语言艺术、形态，本来是唐宋以来的浅近文言，具有"平民"化的艺术倾向，不同于《文心雕龙》式的"贵族"化倾向。但比较而言，自晚清时代资产阶级改良派为推动变法维新而大力提倡白话文之后，文学批评语言通俗化的历史进程大大加快了。因此，为了宣传大众，组织大众，南社诗话的语言艺术更趋于白话化、通俗化了。虽然也有少许诗话夹杂着文言成分，但多数南社作家能自觉摈弃文言，而采用白话语言形式创作诗话。

第三节　旧体诗话的衰落

五四新文学运动以后,以文言为语言形式、以复古崇古为创作旨归的旧体诗话,逐步被奔腾向前的历史潮流所淘汰,处于一个前所未有的衰落阶段。

旧体诗话的衰落,是由于时代之使然。第一,在五四时代所掀起的一片"提倡白话,反对文言"的声浪之中,文言已成为众矢之的,失去了生命力,丧失了读者群。诗话创作再以文言为语言形式,既不合时髦,又没有广泛的市场,旧体诗话的文学价值和社会效果也就受到严重的阻碍,其创作积极性因而低落下来了。第二,五四新文学运动以后,由于西方哲学、诗学、美学、文艺心理学、形式逻辑学,特别是马克思主义理论的输入、传播和影响,人们思维空间的拓展、思维方法的更新,使诗歌研究更趋于系统化、理论化和科学化,以至传统的诗话之体,逐渐为系统的专论所取代。人们的创作兴趣开始由传统式的随笔和漫谈转向系统的诗学专论。这样,旧体诗话之被冷落,也是势在必然了。第三,在中国诗话史上,自欧阳修开创诗话之体以后,历宋、元、明数代,至清代而发展到高峰。清诗话以其数量之多、质量之高以及诗歌理论的集大成性,使人叹为观止。旧体诗话已逐渐老化,这已是历史事实。后人如果因陈守旧,继续走旧体诗话的老路,也就很难超越它的成就。因而别开生面,让诗话创作往系统的诗学研究之路发展,对传统的诗歌评论样式进行新的突破,既是时代之需,又是中国传统的诗话之体不断发展、创新的必然趋势。鉴于以上原因,我们认为旧体诗话走向衰落,乃是历史的必然。

时至现代,旧体诗话的衰落,主要表现在两点:一是数量较少,二是理论上很少有新的突破。据《中国历代诗话书目》统计,现代诗话中的旧体诗话,数量较少,较有影响的更是寥若晨星。如:

《今传是楼诗话》（不分卷），王逸塘撰。民国十三年（1924）铅印本。

《湘湄诗话》二卷，彭子兰撰。民国十一年（1922）年刊印。

《观尘因室诗话》初集，陈景实撰。民国二十五年（1936）凤台陈氏观因室排印本。

《汇川诗话》二卷，龙汇川撰。民国二十二年（1933）祁阳精华公司印。

《合肥诗话》三卷，李家孚撰。民国十八年（1929）李伯琦苏州铅印本。

《藏斋诗话》二卷，赵元礼撰。民国二十九年（1940）铅印本，二册。

《定庵诗话》二卷，由云龙撰。民国云南开发公司排印本，一册。又《定庵诗话续编》二卷，民国二十八年（1939）铅印本，一册。

《天籁阁诗话》一卷，张可中撰。《庸庵遗集》本。

《藕船诗话》一卷，青心居士撰。有《台岑丛书》本。

《军国民诗话》（不分卷），祝嘉撰。民国三十四年（1945）重庆商务印书馆本。

《古今滑稽诗话》（不分卷），嵇山范左青编。民国二十三年（1934）上海会文堂书局本。

《七绝诗话》（不分卷），邵祖平撰。民国三十二年（1943）中国文化服务社成都分社本，今有1986年四川巴蜀书社与《七绝诗论》合编本。

《桃花源诗话》，吕光锡撰，民国三十六年（1947）刊印本。

……………

这些诗话之作，在论述诗歌源流、品藻诗人诗作、谈论诗歌作法、漫话诗坛轶事、考释丽词佳句等方面，皆未脱前贤诗话的窠臼，在诗歌理论及其论诗体例上较少有更新的突破。正如王逸塘（1878—

1948，名赓，安徽合肥人)《今传是楼诗话》自叙中所说："予幼即嗜诗，遇古今人一篇一句之工，随时采录不少辍，欲为诗话以自遣。"这是很有一些代表性的自我表白，说明旧体诗话从创作宗旨到创作方法、体例，都与历代诗话的创作传统是一脉相承的。

诚然如此，我们认为这种传统式的诗话还是应该有一些的，因为这种传统式的随笔和漫谈，并非是系统的专论可以完全替代的。更何况旧体诗话之中也还有不少吉光片羽似的精当之见，还有一些佳构杰作。例如原国立四川大学邵祖平教授的《七绝诗论》和《七绝诗话》。是书专论七言绝句，对这一诗体作了比较系统而全面的研究。作者以严肃的批判态度，集中整理了前人论述七绝诗的理论精华，阐明了七绝的缘起、体裁、风格、诗品、类别、作法、解法等理论性和实践性问题，既系统深刻，又具体详明，具有较高的学术研究价值和实际指导作用。因此，早在四十年代这部专著刚问世的时候，就甚为时人所称道，"书出不半载，即告销罄"了。当时，在华西大学中国文学系任教的沈祖棻女士，曾以此书作为文学专题研究课程教材。由此可见，是书论诗的系统化、理论化、专门化程度，则在清人诗话的起点上又向前跨越了一大步。作为大学中文系的专修教材，这部杰作的理论的广度和深度，体例的严谨和一致性，也许又是清人诗话无法比拟的。

此外，即便是那些学术价值并不太高的旧体诗话，也由于时代的发展、作者思维空间的拓展，其论诗的内容、对象、方法、角度，与传统的诗话相比，也并非一成不变。至少传统诗话属于封闭式的，打上的是封建时代那种封闭性的社会结构和思想形态的烙印；而现代诗话中的旧体诗话，却带有开放性的时代特征，论诗的眼光不再死盯着中国古代的诗人诗作，还将目光投向了世界诗歌之林。例如《今传是楼诗话》就论及过英国、日本等国之诗，说：

英国诗人摆伦之诗，最脍炙人口者为《留别雅典女郎》

四首。吾国译本,已数数见之,实则其集中佳什尚不少。如少时《吊碧伽女士墓》一篇,中有警句云:"万木无声兮风寂寂,黄土一抔兮血痕碧。草自芳兮花自红,我所欢兮今在帝之宫。帝亦无情兮,遽夺予之爱侬。"哀感顽艳,无愧西方"温李"。姑录此,以备一格。译笔却佳,不知出自何人,当续考之。

像这类旧体诗话之作,由封闭而开放,也正是对传统诗话原有论诗境界的一种可喜的超越。然而,这类诗话之著毕竟为数极少,并非是旧体诗话的主流。从总的趋势来看,旧体诗话的衰落已经不可避免了。代之而起的,应该是顺应历史潮流的新体诗话。

第四节　新体诗话的兴起

在中国诗话史上,随着时代的发展和诗话之体本身的演变,旧体诗话带着自己完成历史使命以后的欣慰退出了历史舞台,代之而出场的主要角色,将是充满着生机的新体诗话了。

帷幕已经拉开,出场的锣鼓已经敲响。然而,新体诗话却姗姗来迟,用唐代大诗人白居易《琵琶行》中的两句诗来形容,可谓"千呼万唤始出来,犹抱琵琶半遮面"。正如陈声聪先生《兼于阁诗话》自叙中所言:"余晚喜谈诗,偶于报上发表杂文。友人见之,以为石遗诗话后,又五六十年未有作者,曷不广其范围而接其前绪?"陈衍《石遗室诗话》之后,"又五六十年未有作者",也许言之过甚。然而,旧体诗话衰落之后,新体诗话却未能"接其前绪",这倒是历史事实。也许事物的发展正是这样,从萌发到兴盛需要一个长时间的积蓄。从五四到七十年代,半个世纪,在人类历史的长河之中,仅仅是短暂的一瞬而已。新体诗话从诞生到成长起来,正式取代旧体诗话的主角地位,当然需要量的积累,在量的积累到质的转变的过程中,由于种种条件所致,某一阶段出现暂时的"空白",自然不足为怪。

五四新文学运动为新体诗话的崛起举行了一次隆重的奠基礼。之后，旧体诗话新著（新编）也间有问世，然而新体诗话的兴起，乃是历史之必然。这些诗话的代表作有：

《湘湄诗话》二卷，彭子兰撰，民国十一年（1922）刊本，一册。

《嵺溪诗话》二卷，何挈人撰，民国刊本，一册。

《汇川诗话》二卷，龙汇川撰，民国二十二年（1933）祁阳精华公司刊印本，一册。

《香奁诗话》三卷，金燕编，民国四年（1915）上海广益书局刊印本。

《双溪诗话》一卷，朱辛彝撰，民国二十四年（1935）铅印本。

《偷香庐诗话》一卷，杨香池撰，民国二十三年（1934）铅印本。

《旧诗新话》（不分卷），刘大白撰，民国十八年（1929）上海开明书店刊印本。

《民族英雄诗话》二卷，梁乙真撰，二册，北京师大图书馆藏本。前有民国二十八年（1939）七月自序，称所录忠烈志士一百人之言论文学为一编，起于寇准而终于秋瑾。

《谈艺录》（不分卷），钱锺书撰，民国三十七年（1948）上海开明书店刊本。

《笠山诗话》（不分卷），包树裳撰，民国三十六年（1947）刊于《海疆学报》。

《幽默诗话》（不分卷），胡山源编，民国三十二年（1943）上海世界书局刊本。

《闺秀诗话》四卷，苕溪生编，台湾三信出版社1972年刊印本。

《唐诗说》二集，夏敬观撰，1975年台湾河洛图书出版公司刊印本。

《诗话》（不分卷），邹问轩撰，1963年北方文艺出版社出版。

《法家诗话》(不分卷),曹晓波撰,1976年上海人民出版社出版。

《唐诗百话》,施蛰存撰,1987年上海古籍出版社出版。

《现代诗话》,孙克恒撰,1981年青海人民出版社出版。

《楚天诗话》,长江日报编辑部编,1981年长江文艺出版社出版。

《诗说》,黄焯著,1981年长江文艺出版社出版。

《文谈诗话》(增订本),苗得雨著,1981年山东人民出版社出版。

《郭沫若历史剧〈屈原〉诗话》,黄中模编著,1981年四川人民出版社出版。

《鲁迅诗话》,吴奔星选辑,1981年天津人民出版社出版。

《沫若诗话》,吴奔星、徐放鸣选编,1984年四川人民出版社出版。

《胡适诗话》,吴奔星、李兴华选编,1991年四川文艺出版社出版。

《窑台诗话》,李木庵编著,1984年湖南人民出版社出版。

《黑牢诗话》,林彦著,1983年重庆出版社出版。

《中外诗话》,余之编著,1983年知识出版社出版。

《诗话一百篇》,黎洪著,1983年安徽文艺出版社出版。

《兼于阁诗话》四卷,陈声聪著,1985年上海古籍出版社出版。

《梦苕庵诗话》(不分卷),钱仲联著,1986年齐鲁书社出版。

《魏晋南北朝诗话》三卷,萧华荣撰,1986年齐鲁书社出版。

《樵庵诗话》(不分卷),陆宝树撰,存。

《中国导游诗话》(不分卷),许善明、许戈冰编著,1988年中国旅游出版社出版。

《诗词杂话》二卷,冯振撰,1989年广西师范大学出版社出版,一册。

《人口诗话》(不分卷),佟道庆编著,1989年南京大学出版社出版。

《神童诗话》（不分卷），曹爽著，1989 年陕西人民出版社出版。

《面壁诗话》四辑，余之撰，1989 年长江文艺出版社出版。

《森林诗话》（不分卷），尹涵著，1989 年花山文艺出版社出版。

《情趣诗话》四辑，杨光治著，一册，1989 年广州文化出版社。

《乌鲁木齐诗话》（不分卷），浩明著，1989 年新疆人民出版社出版。

《丁芒诗论》一卷，丁芒著，1991 年江苏文艺出版社出版。

《历代诗话论诗经楚辞》，蔡守湘主编，江风副主编，前后二编，是书按照历代诗话之论《诗经》《楚辞》编排，1991 年武汉出版社出版，一册。

《全辽诗话》四卷，蒋祖怡、张涤云整理，一册，1992 年岳麓书社印刷本。前有编者前言，按《增订辽诗话》卷上、卷下和《新补辽诗话》卷上、卷下编排。

《民族团结诗话》（不分卷），王佑夫、钟兴麒主编，1993 年新疆人民出版社出版。

《历代诗话小品》（不分卷），轻言主编，谭邦和副主编，1994 年湖北辞书出版社出版。

《近代江西诗话》十五卷，胡迎建撰，1994 年百花洲文艺出版社出版。

《流沙河诗话》六辑，流沙河撰，1995 年四川文艺出版社出版。

《宋人诗话外编》，程毅中主编，精装二册，1996 年国际文化出版公司出版。

《民国诗话》二卷，陈浩望编著，1996 年广西民族出版社出版。

《明诗话全编》，吴文治主编，凡十册，1997 年江苏古籍出版社出版。

《宋诗话全编》，吴文治主编，凡十册，1998 年江苏古籍出版社出版。

《马一浮诗话》四篇，马一浮撰，丁敬涵编注，1999年学林出版社出版。

《养生诗话》（不分卷），王佑夫、吴正兰著，2000年新疆人民出版社出版。

《莫砺锋诗话》（不分卷），莫砺锋著，2006年北京大学出版社出版。

《湖湘诗话》（不分卷），伏家芬著，2006年海南出版社出版。

《中国品茶诗话》六卷，蔡镇楚著，2004年湖南师范大学出版社出版。

《中国品酒诗话》六卷，蔡镇楚著，2005年湖南师范大学出版社出版。

《中国音乐诗话》五卷，蔡镇楚著，2006年湖南师范大学出版社出版。

《中国美食诗话》六卷，蔡镇楚著，2007年湖南师范大学出版社出版。

《中国美女诗话》十卷，蔡镇楚著，2008年湖南师范大学出版社出版。

《中国战争诗话》八卷，蔡镇楚、蔡静平著，2009年湖南师范大学出版社出版。

《富厚堂诗话》，佘国武著，2016年湖南文艺出版社出版。

《蔡氏宗门诗话》七卷，蔡镇楚著，未刊本。

《唐才子诗话》七卷，蔡镇楚著，2021年南方日报出版社出版。

这些诗话，不论是用白话文写作的，还是用文言写作的（如《兼于阁诗话》《梦苕庵诗话》），都与传统诗话有着明显的质的区别。这种质的区别，主要表现在三点：

其一，是传统诗话缺乏对于思想武器的自省，因而使沉淀在中华民族文化心理结构上的孔孟儒学及其"诗教"在历代诗话中成为一条主线而代代相传。而八十年代整理、出版的新体诗话，或多或少地接受并运用马克思主义、毛泽东思想武器，批判地继承前代文学理论的遗产，去其糟粕，取其精华，因而诗话创作不仅跳出了旧体诗话所固有的伦理中心主义和经验主义的藩篱，而且具有在更高理论制高点上的审视姿态，表现出横向比较和纵向探索相交织的宏观气势。这正是传统诗话无法相比的。

其二，是传统诗话论诗的眼光仅仅局限于古人，前后抄袭，陈陈相因，诗学观念表现出一种沉重的历史惰性。而新体诗话不同，它随着时代的发展、社会的开放、思维空间的拓展，论诗的眼光更为开阔，古今中外，纵横开阖，因而关于诗歌源流的探讨、诗人诗作的品评、诗歌流派的研究，更加具有系统性、科学性，避免了旧体诗话中各执一端的门户之见和派别之争，走进了诗歌评论和诗歌研究中的自由王国。这是对旧体诗话的超越。

其三，旧体诗话之"旧"，主要表现在理论观点之旧，思想体系属于封建文学的范畴，即使以朴素唯物主义为理论基础的某些优秀的诗话之著，其诗学观点也仍然深深地打上封建主义文化思想的烙印。新体诗话受马克思主义的理论指导，论诗体系已纳入了无产阶级文艺思想的轨道，诗话的面目已焕然一新。例如李木庵的《窑台诗话》，采用以事系诗、以诗存人的体例，全面记载了朱德、董必武、林伯渠、徐特立、谢觉哉、续范亭等老一辈无产阶级革命家工余以诗词遣兴抒怀的动人事迹，再现了革命战争年代延安的窑洞生活，堪称中国抗日战争和解放战争的一部史诗，是中国革命战争历史的真实记录。内容是全新的，思想是全新的，体例也是全新的。

其四，是论诗方法之"新"，以钱锺书《谈艺录》为代表的新体诗话，其创作方法已趋于中西比较法的运用。人们面对着西学东渐，逐步转向中西诗的比较研究，以寻求中西方文学特别是诗学的共同"诗心"。学术视野之开阔,是史无前例的,为诗话之体的现代转换提供了一个良好的契机。

第二章
诗话史的新变

在中国诗话史上,诗话之体经历了宋、元、明、清数代的历史演进,以五四新文学运动为光辉起点,而进入了一个崭新的历史发展阶段。

古往今来,中国诗话之作有各种不同的创作形态:一是自撰诗话,作者自撰者,如欧阳修《六一诗话》然;二是他辑诗话,后人根据其论诗之语而编辑成诗话者,如苏轼《东坡诗话》、黄庭坚《山谷诗话》然。辑录前人论诗之语而成诗话,乃是中国诗话史上一种不可忽视的诗话现象。二十世纪八十年代之初,后人整理出版的两部诗话巨著——《鲁迅诗话》与《沫若诗话》,即以崭新的面貌,开创了诗话创作的新时代。

第一节　鲁迅与《鲁迅诗话》

鲁迅(1881—1936),原名周樟寿,字豫才,后改名周树人,浙江绍兴人。青年时代,曾先后求学于南京江南水师学堂和江南矿务铁路学堂。1902年东渡日本,先在东京弘文学院补习日文,后入仙台医学专门学校学医。企图以文学改变落后民族的国民精神,而弃医从文。曾加入资产阶级革命团体"光复会"。1909年回国,先后在杭州、绍兴任教。辛亥革命后,曾到南京临时政府和北洋政府教育部任部员、佥事等职,同时在北京大学、北京女子师范大学兼教。五四运动前后,参加改组后的《新青年》杂志编纂工作,站在反帝反封建的新文化运动的最前列,成为五四新文化运动的伟大旗手。1921年发表著名小说《阿Q正传》。因支持学生运动,受到北洋政府的通缉,被迫于1926年8月离京南下,到厦门大学任教。翌年1月,怀着对南方革命的向往,至广州中山大学任教。"四一二"反革命政变以后,目睹血淋淋的现实,又因营救革命学生无效,愤然辞职,离开广州,定居上海。1928年参加"革命互济会"。1930年起,先后参加中国自由运动大同盟、中国左翼作家联盟、中国民权保障同盟等进步团体,正是在这种艰苦卓绝的斗争中,鲁迅成为中国文化革命的伟人。1936年10月19日,伟大的鲁迅在上海病逝。噩耗传来,举国同悲。毛泽东曾赞扬鲁迅是五四以来中国"文化新军的最伟大和最英勇的旗手"。"鲁迅是中国文化革命的主将,他不但是伟大的文学家,而且是伟大的思想家和伟大的革命家。鲁迅的骨头是最硬的,他没有丝毫的奴颜和媚骨,这是殖民地半殖民地人民最可宝贵的性格。鲁迅是在文化战线上,代表全民族的大多数,向着敌人冲锋陷阵的最正确、最勇敢、最坚决、最忠实、最热忱的空前的民族英雄。鲁迅的方向,就是中华民族新文化的方向。"(《新民主主义论》)这个评价是极其崇高的,充分肯定了鲁迅在中国文学史、文化史乃至革命史上的伟大贡献和历史地位。

鲁迅一生著述甚富,撰写作品近一千万字。今有《鲁迅全集》1938年二十卷本、1958年十卷本、1981年十六卷本、2005年十八卷本。鲁迅的文学生涯是从诗歌创作和诗歌理论研究开始的,1908年曾发表《摩罗诗力说》,这是中国现代最早的诗论之一。作者为使文学成为改造人生社会、拯救祖国命运的政治斗争的有力武器,极力提倡西方积极浪漫主义的文学潮流,即所谓"摩罗诗派"。他以为摩罗诗派"立意在反抗,指归在动作",能积极引导人们去反抗、去战斗,因而以饱满的热情赞美摩罗诗派诗人,尤其推崇英国大诗人拜伦，而对中国封建文学和封建文学思想，他却给予了深刻的批判，充满着强烈的战斗风格。

作为一个伟大的文学家，鲁迅在诗歌理论方面的建树也是很高的。遗憾的是，鲁迅并没有撰著诗话，仅仅用过"诗话"之名，如与瞿秋白合写过《王道诗话》。这是二人合作写的第一篇杂文，而非诗话之作。1981年吴奔星选辑、天津人民出版社出版的《鲁迅诗话》，则弥补了这一重大缺憾。

《鲁迅诗话》，就是鲁迅论诗的话，就是鲁迅论述古今中外的诗人、诗作、诗派、诗史及诗歌理论的话。是书选辑了鲁迅诗论约二百条，据辑者自述，初为《且介亭诗话》，正式出版时改为今名。全书按鲁迅诗论的内容分类，凡七类，一论述诗歌的起源，二论中国古代诗人及其作品，三论诗歌的创作，四论诗歌的欣赏，五为诗歌的批评，六是诗歌的翻译，七论外国诗歌。我们认为，选辑者对鲁迅诗论的分类，既全面而又精当，内容完备，体例清晰，较精当地体现了鲁迅诗论的系统性和理论性。正如吴奔星先生在《后记》中所说："我觉得鲁迅的诗论，同唐宋以来的诗话相比，进入了一个新阶级，开辟了一个新纪元。"这个评价，并不是溢美之词。前面所述历代诗话，较之鲁迅的诗论，其理论的高度确实相去甚远。而《鲁迅诗话》却以超乎前人的高度，巍然屹立于中国诗话之林，成为中国诗话史上一座光彩夺目的巍峨的丰碑。

通观《鲁迅诗话》，本人认为，鲁迅的诗论具有中国历代诗话前所未有的无与伦比的时代特色。这就是：

一　鲜明的阶级性

鲁迅论诗，以马克思主义为理论指导，用鲜明的阶级观点深刻地观察和揭示复杂纷纭的诗歌现象，因而具有鲜明的无产阶级的阶级性。

所谓"阶级性"，是指阶级社会中文学所表现出的一定阶级的思想、感情、意志，以满足一定阶级在政治上、精神上的某种需要，而为一定阶级所利用的社会属性。鲁迅认为文学的这种阶级属性，"实乃出于必然"。1930年，他写下《"硬译"与"文学的阶级性"》一文，详尽地论述了文学的阶级性，指出口号和标语"并非无产文学"。后来他在致蔡斐君的信中又说："口号是口号，诗是诗，如果用进去还是好诗，用亦可，倘是坏诗，即和用不用都无关。"他认为"凡有文学，都是宣传"，文学不可能脱离政治；但不必故意把文学"做成宣传文字的样子"，因为文学与政治并无不可分离的"从属"关系。鲁迅强调写革命诗，关键在于做"革命人"。他指出：

> 我以为根本问题是在作者可是一个"革命人"，倘是的，则无论写的是什么事件，用的是什么材料，即都是"革命文学"。从喷泉里出来的都是水，从血管里出来的都是血。"赋得革命，五言八韵"，是只能骗骗盲试官的。(《而已集·革命文学》)

这就切中了要害。鲁迅认为，并非"革命人"的诗人，如果单从形式出发去写"革命诗"，像过去写试帖诗那样，是只能欺骗盲目无知的主考官，而骗不了广大读者的。

鲁迅论诗的可贵之处，正在于它具有鲜明的阶级观点，在于用马克思主义的阶级观点去深刻地揭示诗歌现象的阶级本质。1927年他驳斥梁实秋"人性论"以及在与"新月派"和"第三种人"的论战之中，都鞭辟入里地论及文学的阶级性，主张作家必须是非分明，爱憎强烈，要像"热烈地主张着所是一样，热烈地攻击着所非"。他批判那些自我标榜超阶级的人，是"生在有阶级的社会里而要做超阶级的作家"，无异于"用自己的手拔着头发，要离开地球一样"(《南腔北调集·论"第三种人"》)，这是根本不可能的。因为文学就其本质来说，它是社会生活在作家头脑中反映的产物。这就决定了它不能超越政治，"即使是从前的人，那诗文完全超于政治的所谓'田园诗人','山林诗人',是没有的。完全超出于人间世的,也是没有的"(《而已集·魏晋风度及文章与药及酒之关系》)。有些"文学家虽自以为'自由',自以为超了阶级,而无意识底地,也终受本阶级的阶级意识所支配"(《二心集·"硬译"与"文学的阶级性"》)。正是立足于马克思主义的文学观,鲁迅曾在中国左翼作家联盟成立大会的讲台上公开宣称:"无产文学,是无产阶级解放斗争底一翼。"(《二心集·对于左翼作家联盟的意见》)这是进军的战鼓,冲锋的号角,鲜红的战斗旗帜!

二 深刻的辩证性

五四运动以后,辩证唯物论和历史唯物论武装了鲁迅的头脑,拓展了鲁迅论诗的思维空间,使他能站在新的时代和理论的高度,努力把唯物辩证法和历史唯物论运用到对于古今中外诗人诗作的批评、鉴赏和诗歌理论的探讨中去,从而走出了一条与中国历代诗话家截然不同的全新的路子,表现出前所未有的知人论世的全面性和深刻性。

我们认为,鲁迅论诗所具有的深刻的辩证性,来源于马克思主义的唯物辩证法和历史唯物论,而具体表现在以下几方面:

其一,鲁迅论诗,善于从宏观的角度上来审视,已经超越了历代诗话所擅长的"点悟"式品评和作家作品论的藩篱,在传统的作家作品论个体研究之基础上进行综合性、整体性的研究,具有评论的自身价值。纵观《鲁迅诗话》,我们可以看到,鲁迅在诗歌的起源、诗歌创作论、诗歌鉴赏论、诗歌批评论及中国诗歌发展的历史、演变和诗歌发展的方向等重大的诗歌理论问题上,充满了唯物辩证法和历史唯物主义的全面和深刻,对于现代中国马克思主义诗学观点的创立和传播,做出了重大的贡献。

其二,鲁迅论诗,能以辩证的观点来评论古今中外的诗人诗作,有分析地对各种复杂纷繁的诗歌现象和文学现象进行历史唯物主义的深刻而科学的评价。中国历代诗话由于缺乏对传统的思想武器的批判，因而只能就诗论诗，注重对批评对象作本事的研究、实证性的研究和鉴赏性的研究，批评的方法则多为政治学的、社会学的和历史学的，以致儒家所标举的"教化论"成为中国诗话论诗的"极则"。鲁迅运用辩证唯物主义和历史唯物主义的世界观和方法论，在更为广阔的范围内和多样化的方位上寻求研究和评论诗歌的最佳审视角度，因而能摆脱传统"诗教"的束缚，得出更符合历史真实性的科学结论。例如，1924年，他提出了"诗歌起于劳动和宗教"（《中国小说的历史的变迁》）的著名论点，十年以后的1934年，他更明确地断言诗歌起源于生产劳动，说：

> 我想，人类是在未有文字之前，就有了创作的，可惜没有人记下，也没有法子记下。我们的祖先的原始人，原是连话也不会说的，为了共同劳作，必需发表意见，才渐渐的练出复杂的声音来，假如那时大家抬木头，都觉得吃力了，却想不到发表，其中有一个叫道"杭育杭育"，那么，这就是创作；大家也要佩服，应用的，这就等于出版；倘若用什么记号留存了下来，这就是文学；他当然就是作家，也是文学家，是"杭育杭育派"。（《且介亭杂文·门外文谈》）

这一段精彩的论述，表明鲁迅对于文学起源这一重大理论课题的探讨，已经跨越了古今中外文学理论家所陷入的唯心论的鸿沟，而进入了马克思主义的唯物辩证法和历史唯物论的崇高的思想境界。

其三，鲁迅论诗的辩证性，还表现在他思想开放，不执一端，能从各自不同的角度对诗歌与生活、诗歌与政治、内容与形式、批判与继承的关系，进行历史的、辩证的分析。例如，他主张个性解放，反对儒家"温柔敦厚"和封建礼教的束缚，认为"古人并不纯厚"，不能"以伦理学的眼光来论动机"。但是，鲁迅却主张革命的功利主义。1930年，他在介绍普列汉诺夫艺术观的时候，曾从美学的角度对艺术与政治、艺术与生活的关系做过辩证的分析。他指出：

> 社会人之看事物和现象，最初是从功利底观点的，到后来才移到审美底观点去。在一切人类所以为美的东西，就是于他有用——于为了生存而和自然以及别的社会人生的斗争上有着意义的东西。功用由理性而被认识，但美则凭直感底能力而被认识。享乐着美的时候，虽然几乎并不想到功用，但可由科学底分析而被发见。所以美底享乐的特殊性，即在那直接性，然而美底愉乐的根柢里，倘不伏着功用，那事物也就不见得美了。（《二心集·〈艺术论〉译本序》）

美，本身就具有功用性，世界上没有什么超功利主义的美，在阶级社会中，不是这一阶级的功利主义，就是那一阶级的功利主义。所以，鲁迅关于美的功用性的论述，是符合马克思主义美学的基本原理的。此外，在内容与形式的关系上，鲁迅提出"旧瓶装新酒"的论点；在批判与继承的关系上，又提出了"拿来主义"的著名论断，主张"古为今用""洋为中用"，如吃用牛羊，"弃去蹄毛，留其精粹"，以滋养和发达新的生命之体。所以鲁迅在《集外集拾遗·〈引玉集〉后记》中郑重声明："我已经确切的相信：将来的光明，必将证明我们不但是文艺上的遗产的保存者，而且也是开拓者和建设者。"

三 广泛的群众性

中国诗话，自欧阳修作《六一诗话》始，以"资闲谈"为创作旨归，古往今来，曾与封建士大夫茶余酒后的"谈资"结下不解之缘。假如按鲁迅的分类方法，诗话，至少是初期的闲谈随笔体诗话，也只能算作"帮闲文学"而已。之后，诗话之体发展成为中国诗歌评论的主要样式，属于严肃的论诗专著了。然而，它依然高居于士大夫论诗谈艺的"大雅之堂"，不愿放驾来到人民群众之中。近代诗话中的优秀之作，尽管已经面向社会，面向人生，但仍然未能解决对人民群众的态度问题。鲁迅论诗,特别注重"国民性"和民族精神的历史分析,指出诗歌起源于生产劳动,认为中国诗歌的形式产生于中华民族对艺术美的追求的历程之中,从而在中国诗话史上破天荒地肯定了劳动人民作为文学艺术的创造者的历史地位。不仅如此,鲁迅论诗的可贵之处,还以这种唯物史观为指导,充分论述了建立"平民文学",把文学艺术归还给人民群众的必要性和可能性。鲁迅指出:"大众是有文学,要文学的。"人民群众创造了物质财富,也创造了精神财富。刚健、清新的古代民歌,因未染旧文学的痼疾,而备受鲁迅的赞誉。他认为民间隐藏着许多"不识字的作家",他们的民歌、民谣、山歌、渔歌等,都曾对文人和文学史产生过重大而深远的影响,诸如《竹枝词》《柳枝词》都是当时文人向民歌学习的产物。鲁迅认为"歌、诗、词、曲",原来都是民间物,以后被"文人取为己有"了。他气愤地指出:"现在中国自然没有平民文学,世界上也还没有平民文学,所有的文学,歌呀,诗呀,大抵是给上等人看的;他们吃饱了,睡在躺椅上,捧着看。"这是天大的不合理!鲁迅呼唤着"平民文学"的诞生!他所希望的不在于"以平民——工人农民——为材料,做小说做诗",因为平民还没有开口。他认为"如果工人农民不解放,工人农民的思想,仍然是读书人的思想",就谈不到平民文学;"必待工人农民得到真正的解放,然后才有真正的平民文学"(《而已集·革命时代的文学》)。鲁迅的主论的基点,是相当高的。而这正是历代诗话所望尘莫及的。

第二节　郭沫若与《沫若诗话》

郭沫若,是中国现代杰出的诗人、戏剧家、历史学家和古文字学家,是继鲁迅之后,中国文化战线上又一面光辉的旗帜。

郭沫若(1892—1978),乳名文豹,原名郭开贞,笔名郭鼎堂、沫若等,四川乐山人。童年时代,受家塾教育,能诵《诗经》《唐诗三百首》等，对王维、孟浩然、李白、柳宗元的诗歌产生浓厚兴趣。1910年入成都分设中学，怀着"报国济民"的抱负，1914年初赴日本留学，先后就读于东京第一高等学校预科、冈山第六高等学校和福冈九州帝国大学医科。1923年帝大毕业，回到上海，因两耳重听，才弃医从文，与创造社同人在上海出版《创造季刊》《创作周报》《创造日》《洪水》等刊物。1926年3月赴广州，担任广东大学（后改名为中山大学）文科学长，提出"革命文学"的口号。后投笔从戎，参加北伐战争，先后担任北伐军总政治部秘书长、总政治部副主任、代理主任等职。后参加了著名的"八一"南昌起义，起义军失败后，经香港回上海，第二年2月东渡日本，开始了十年的政治流亡生活，从事中国古代史、甲骨文、金文的研究，并积极支持留日青年和国内的革命文化活动。抗战一开始，郭沫若怀着满腔抗日救国的热情，于1937年3月从日本回国，先后在上海、广州主办《救亡日报》，1938年赴武汉，参加中华全国文艺界抗敌协会的领导工作，出任军事委员会政治部第三厅中将厅长。武汉失守以后，到达重庆，在极艰苦的环境中继续从事抗日宣传工作，并创作了《屈原》《棠棣之花》等六部大型历史剧。抗战胜利后，中华全国文艺界抗敌协会迁往上海，改名为中华全国文艺界协会，郭沫若仍为主要领导者之一。1949年北平解放后，在第一次全国文学艺术工作者代表大会上，郭沫若被选为全国文联主席。中华人民共和国成立以后，郭沫若历任中央人民政府委员、政务院副总理兼文化教育委员会主任、中国科学院院长、中国人民保卫世界和平委员会主席、中日友好协会名誉会长和人大常委副委员长、政协副主席等重要的职务，对发展中国的科学文化教育事业和维护世界和平做出了重大贡献。

郭沫若一生著述甚富，现有《郭沫若全集》行世。他的文学生涯，始于诗歌，也因诗歌而蜚声中外，成为现代中国诗坛上的一颗巨星。

郭沫若也没有诗话专著，但他毕竟是一位伟大的诗人，所以论诗谈诗之语甚多，远远超过了鲁迅。其《沫若诗话》，为吴奔星、徐放鸣二人选编而成，1984年四川人民出版社出版。是书选辑郭沫若重要的论诗之语凡三百五十余条，虽非郭沫若诗论的全部，但其理论性强又富有代表性者，则多已收录其中。全书按时代先后编写，概括了从1920年到1977年半个多世纪以来郭沫若的全部重要诗论，前有系年目录，后有分类目录，检索较为方便。其编排体例，与《鲁迅诗话》差不多，但比较而言，吴奔星编辑的这两部诗话之著，《鲁迅诗话》显得比较粗糙，而《沫若诗话》则比较精细。这部诗话巨著，按论诗内容分类，包括九个方面：(1)诗歌的起源与诗歌的历史；(2)诗歌的创作；(3)诗歌的欣赏；(4)诗歌的批评；(5)诗歌的翻译；(6)谈自己的诗歌创作；(7)论中国古代诗人及其作品；(8)论中国现代诗人及其作品；(9)论外国诗人及其作品。其实，这九个方面的内容又可以概括为诗歌本原论、诗歌创作论、诗歌鉴赏论、诗歌批评论、诗歌翻译论、作家作品论，凡六个主要论题，自成一个完整的论诗体系。

郭沫若论诗具有两个显著特点：一是主情，继承和发展了古代诗话关于诗歌抒情本质的理论传统。早在1920年2月，青年时代的郭沫若就提出了"诗的本职专在抒情"的著名论点，认为诗是"情绪自身的表现"，"情绪的律吕，情绪的色彩便是诗"（《文学论集·论诗三札》）。1936年4月，进入中年的郭沫若在回答青年诗人蒲风的诗问时，又指出："诗歌的形式当用以抒情，至于刻描现实宜用散文的形式。"他这样严格地区分诗歌与散文的不同本职，目的在于突出诗歌的"抒情"。那么抒什么情呢？郭沫若认为："抒情不限于抒个人的情，它要抒时代的情，抒大众的情。"因而要求"诗人和时代合拍，与大众同流"（《郭沫若诗作谈》）。到1942年4月，年近五十的郭沫若再次提出"诗限于抒情"的见解，他说：

> 照我看来，今后的诗的道路还是应该限于抒情。或许有的人会说，那岂不是限制了诗人的活动？在目前的大时代，我们正应该写出纪念这个时代的史诗，把这个时代铸型在诗里，诗人岂能够踏蹰在个人感情的小天地里面讨生活？这样的诘难，看起来是很堂皇的，很像替诗人们吐了气，但其实这儿是犯了两种错误：一种是把史诗的函义太看狭隘了，二种是把抒情的范围也太看狭隘了。（《诗歌底创作》）

基于对诗歌抒情本质的深刻理解，郭沫若主张用抒情诗的形式来铸造时代，因为"抒情并不是说要限于抒写个人的小感情"。他以为"一个伟大的诗人或一首伟大的诗，无宁是抒写时代的大感情的。诗人要活在时代里面，把时代的痛苦、欢乐、希望、动荡……要能够最深最广地体现于一身，那你所写出来的诗也就是铸造时代的伟大的史诗了"（《诗歌底创作》）。这种申述是有道理的。到二十世纪六十年代，晚年的郭沫若的诗学理论已经更成熟、更丰富、更完善了。1961年，他在论及诗歌创作时仍然强调：

> 关于诗歌创作，我是偏于抒情说的。当然，抒情不仅是抒写个人的感情，要抒写时代的感情。把个人和集体打成一片，把作者和人民打成一片，那就有把握抒写时代的感情。这样的个人，才能体会出时代精神，突出狭隘的个体范围。当然，我也并不否定叙事，但叙事要通过感情的熔炉。我们所需要的是抒情的叙事，或叙事的抒情。这样能表现时代精神的诗，才具有大的吸引力，可以成为时代的纪念碑，受大众喜爱。（《使自己成为胜任的时代歌手》）

这段论述，说得极其精当，鞭辟入里，合乎艺术辩证法。在中国诗话史上，像郭沫若这样精辟地有说服力地论述诗歌的本质特征者，此前还找不出第二个。

本人认为，郭沫若一生，论诗注重抒情，至晚年仍不改初衷。究其原委，一是基于对诗歌抒情的本质特征的深刻认识，二是出于对诗歌创作经验的总结，三是滥觞于"诗言志"与"诗缘情"的中国古典诗论的传统。古往今来，鉴于中华民族长期积淀起来的民族文化性格和心理结构的影响，中国诗歌以抒情言志为审美本质特征，抒情文学特别发达，尤其是抒情短诗更处于中国传统文学的正宗和主体的重要地位，用郭沫若自己的话来说："抒情诗一出马便是诗的独擅场。"所以，中国古代诗论特别注重抒情的特点。从"诗言志"到"诗缘情"，历代诗论都以抒情为中心。《毛诗序》说：

诗者，志之所之也，在心为志，发言为诗。情动于中而形于言。言之不足，故嗟叹之；嗟叹之不足，故永歌之；永歌之不足，不知手之舞之，足之蹈之也。

郭沫若对这段经典的论述极为称颂，认为这是给诗歌下了"一个很周到的定义"，因为它"不仅把诗底本质（即抒情）说得很恰当，而且把诗歌、音乐、跳舞是三位一体的东西，也在简单的几句话里面包括尽了"（《诗歌底创作》）。尽管这里所指的"情"，有狭义和广义之分，即有个人之情和时代之情、人民大众之情的分别，但如果仅仅把诗歌中的感情看成是诗人个人的感情，既"小视"了诗人，又不符合艺术辩证法。更何况，中国诗歌的抒情早已成为历史的积淀，形成了与西方诗歌完全不同的民族形式和民族风格。郭沫若说："自周以来，我们对于诗的认识差不多就只限于抒情。《诗三百篇》便纯粹是抒情之作，有好些人以中国无雄大史诗为遗憾，在我看来，倒是值得夸耀的。"他认为"诗以限于抒情，这个传统很值得宝贵。我们在这一点上确确实实是比欧西诸国先进"（《今昔集·今天创作的道路》）。这是很有见地的。由此看来，郭沫若的诗论，在鲁迅诗论的基础上又有了新的发展，特别是对于诗歌的审美本质特征的认识，已经进入了诗歌宇宙的高层空间，说明中国诗话对于诗歌艺术规律的探求，至《沫若诗话》不仅表现出横向比较和纵向探索相交织的宏观气势，而且表明中国诗话向艺术真理的自由天地跨出了新的一步。纵观《沫若诗话》，人们所企望着的中国诗歌理论的基本网络，已经清晰地呈现在我们面前，渴望已久的马克思主义的中国诗学的建立，已经指日可待了。

郭沫若论诗的第二个特点，是推崇新诗。

郭沫若是诗人，是五四那个狂飙式的时代崛起的一代新诗人中的最杰出的代表。严格地说，郭沫若是中国第一个伟大的新诗人，而1921年8月出版的《女神》，实际上是中国诗歌史上第一部新诗集。因而，郭沫若论诗特别推崇新诗，极力为新诗张目，为新诗的繁荣和发展摇旗呐喊。首先，郭沫若论及了新诗产生的原因，认为新诗的出现，一是"受外来影响"，即"受资本主义影响的"，吸收了西洋文化的有益的东西（《郭沫若谈诗》）；二是"由社会生活与语言扩大化的客观发展进程所决定的，是适应中国社会发展的规律，也是符合中国诗歌发展的规律的"（《雄鸡集·谈诗歌问题》）。新诗的产生也并非偶然，不是少数人心血来潮，或者起了一股什么风把它从什么角落里吹来的。新诗在受了外来的影响的同时，也并没有因此而抛弃中国诗歌的传统。从文学史上来考察，任何一种新诗体的出现，一方面是在社会发展的基础之上吸取了新的营养，另一方面也是在旧诗体的基础之上逐渐经过改造而形成的。新诗的产生也不例外。由于时代的进步和语言的发展，由于社会生活日趋纷繁复杂，旧的诗歌已经不能适应这种变化，而需要一种相应的形式，于是新的诗歌便应运而生了。同时，郭沫若还认为"诗的形式是在民间开始的"。他回顾了中国诗歌形式的变迁以后，说："诗歌的形式不断变迁，每一个新形式出现都是从民间开始，只是往往要经过好几百年，才能登上大雅之堂。"所以，他认为新诗的出现，就其影响和渊源来说，主要是外来影响和中国诗歌本身的演变规律所致，而新诗形式的出现恐怕也是从民间开始的。

其次,郭沫若又精辟地论述了新诗的形式与风格、成就与历史贡献等问题。关于新诗的形式,他认为"形式不在乎新旧,主要是内容问题"。这是他谈论新诗的形式的基本出发点。他提倡形式的活泼多样,指出"新诗也有各种各样的新诗,'五四'以来的新诗,有豆腐干的形式,有梯子坎的形式,有一字一行的形式,有十四行的形式……",并且希望出现"新的形式"。(见《郭沫若同志就当前诗歌中的主要问题答本社问》,《诗刊》1959年第1期)正因为诗歌的形式是不断变化着的,所以,郭沫若认为新诗的风格,在于"潇洒自如",有如"衣冠不整下堂来"。新诗的生命,在于自由,在于变化。他指出:"古代诗歌的形式不断变迁,今后也还要变迁。新诗要从民歌和古典诗歌的基础上发展,这就说明是要变了,要不,何必发展?"(《郭沫若谈诗》)新诗的产生,本来是诗的解放,是从打破旧的形式出发的。如果禁锢于单一的形式,则无异于带上了新的镣铐,追求新的枷锁而已。所以郭沫若认为:"新诗没有建立出一种形式来,倒正是新诗的一个很大的成就。"(《开拓新诗歌的路》)这种见解,一般鄙弃新诗者是难以接受的。然而,从诗体的解放和五四以来人们对于个性、自由的追求来看,倒是充满着唯物主义的思辨力量。

正是从唯物辩证法和历史唯物论的立场观点出发,郭沫若对五四以来新诗的成就、贡献、作用和历史价值等,给予了全面而正确的估计。他指出:"五四以来的新诗还是有贡献的,应该肯定它的成绩。如反封建,解放个性,打破束缚,突破了旧诗词的清规戒律等是应该肯定的。"(《郭沫若同志就当前诗歌中的主要问题答本社问》)他认为五四以来的新诗在革命战争时期曾"起过摧枯拉朽的作用",成为"动员人民""组织人民""团结大众"的有力武器。并且说:

> 新诗的历史意义还远远不止此。在五四以前,诗在旧时代已经僵化了,新诗从已经僵硬了的旧诗中解放出来,冲破了各种清规戒律的束缚,打碎了旧的枷锁,复活了诗的生命。这对于中国的诗歌起到了起死回生的作用。(《雄鸡集·谈诗歌问题》)

从发展的眼光看新诗,郭沫若认为"新诗的前途比旧诗要远大得多",因为它是有生命力的。

再次,郭沫若对新诗的创作及其发展方向,也发表了许多精到的意见。郭沫若认为,社会主义时代为新诗的发展打开了广阔的天地。新诗是有光明前途的。但是,新诗的发展方向毕竟还处于探索之中,新诗怎样健康地发展呢?这个问题,前人从来没有论及过,作为中国第一代新诗人和现代文坛领袖,郭沫若认为,新诗的创作方向,一要民族化、群众化,二要富有音乐性。1963年5月,郭沫若在《关于诗歌的民族化群众化问题》之中指出:

> 诗歌进一步民族化、群众化的问题,无疑是对于新体诗歌的要求。五四以来的新体诗歌,企图诗歌的彻底解放,采用自由的形式,打破旧有的一切清规戒律。这是有革命的意义的,这是中国的诗歌革命,中国的文学革命。但担负这项革命运动的人是当时的一些知识分子,他们的创作方法无可否认是接受了外国文学的影响。因此,五四以来的新体诗和我国人民大众是有距离的,这一诗歌革命一直到现在都还没有彻底完成。要完成这项革命,就必须使新体诗进一步民族化、群众化。

他能从完成五四文学革命、诗歌革命的历史制高点上来看新诗民族化、群众化的重要意义,足见其论诗眼光之深邃和远大。此外,新诗要写得自然,加强音乐性,避免散文化。郭沫若指出:"现在有的新诗太散文化了,这样,那用散文来写不是更痛快?要作到音乐化，还要大家努力。""新诗应该发展，音乐性要加强。"(《郭沫若谈诗》)我们以为，郭沫若这些意见是正确的，对中国新诗的创作具有方向性的指导意义。他坚定地相信，新诗是有前途的。这是因为"新的生命本身就是新的诗"，而"新诗应该是年轻的"，富于生命力的！

第三节 《沫若诗话》与《鲁迅诗话》论诗之比较

在中国现代诗话史上，《鲁迅诗话》与《沫若诗话》，有如广袤天空中的双子星座，交相辉映，闪烁着异样的光彩。纵观这两部诗话，我们可以看到，鲁迅和郭沫若这两位文学巨匠在论诗方面，既有共性，又有不同的个性，而且个性多于共性。这里，仅就两人论诗的差异性加以比较研究，从中探求两人的论诗个性，以补上面两节论述《鲁迅诗话》与《沫若诗话》之某种不足。

其一，鲁迅论诗注重思想性、革命性、阶级性。可以说，鲁迅的诗论是激烈的阶级斗争的产物。郭沫若论诗虽然也注意诗歌的时代性和思想性，认为诗歌是生活的反映和批判，是人格创造的表现，诗的优劣决定于诗人的人格和思想，要求诗人"以人民为本位"，有正确的思想做指导，成为胜任时代的歌手。然而，他论诗的主要倾向则重在艺术性。如1924年郭沫若就认为"艺术本身无所谓目的"，说："文艺也如春日的花草，乃艺术家内心之智慧的表现。诗人写出一篇诗，音乐家谱出一支曲子，画家绘成一幅画，都是他们感情的自然流露：如一阵春风吹过池面所生的微波，应该说没有所谓目的。"(《文艺论集·文艺之社会的使命》)当然，早期的郭沫若还不是动机与效果的统一论者，因而从艺术创作的动机着眼，才说艺术本身并无目的性。1962年，毛泽东已重提阶级斗争，而郭沫若却认为："对古典诗词，不能专门强调斗争的一面。不能见到农民就捧，见到地主就打，见到帝王就砍。如李白的《静夜思》，有何斗争意义？强调斗争，那只好打零分了；但是一千多年来很多人会背诵它。王维的'独坐幽篁里'，如果说它是地主思想，那就完蛋了。"他主张欣赏古诗不要太强调人民性与斗争性，说："我认为，只要对人民没有害处的健康的作品，都可以肯定下来。有一个时期强调斗争性，如果只看斗争性，旧诗中可以保留下来的东西就少了。陈毅同志说，要把门开大一些。人民性不一定非有斗争性不可。"(《郭沫若谈诗》)有鉴于此，郭沫若主张，批评尺度要放宽，创作角度也要放宽，"不要自己划地为牢"。历史证明，郭沫若的这些观点是十分正确的。

其二，鲁迅论诗注重写实，强调现实的针对性，而郭沫若则注重抒情，强调浪漫的抒情性。时代和斗争环境使然，鲁迅曾经把诗论也拉入唇枪舌剑式的杂文之中，似投枪、似匕首，具有强烈的现实的针对性。郭沫若论诗，则更多地从诗歌艺术的审美本质特征出发，强调诗歌的抒情本质。早在1920年，他就认为诗的本职专在抒情，说"诗的创造是要创造'人'"，即是在"感情的美化"(《文艺论集·论诗三札》)。这就是抒情性。关于郭沫若论诗注重抒情，第二节中已有详论，在此不再赘述。

其三，郭沫若论诗注重于以"诗言志"为核心的传统诗论的继承，而鲁迅则表现出对传统"诗教"的批判性。他反对"以伦理学的眼光来论动机"，反对"道学先生"对抒情诗的"神经过敏"以及"前辈老先生"和"后辈而少年老成的小先生"厌恶恋爱诗的态度，对传统的封建文学和封建文学思想表现出大胆的批判精神。郭沫若却更强调对旧传统的批判性继承，他认为"古人特别重视诗教（通过诗歌以进行教育），看来是很有道理的"。从"诗言志"出发，郭沫若再三强调诗歌的抒情本质特征，肯定《毛诗序》对于诗歌特质的论述。而对于中国历史上第一个伟大的爱国诗人屈原的态度，正表现出鲁迅与郭沫若论诗的差异性。鲁迅在《摩罗诗力说》中一面肯定《离骚》为"奇文",张扬屈原"放言无惮,为前人所不敢言",而另一方面又贬斥屈原的《离骚》"多芳菲凄恻之音,而反抗挑战,则终其篇未能见,感动后世,为力非强",意思是说,屈原缺乏"反抗挑战"精神,甚至把贾府中的焦大比作"贾府的屈原"(《伪自由书》),而他的《离骚》,也只是"不得帮忙的不平"(《且介亭杂文二集》)。这种评价,也可以说是"为前人所不敢言"。而郭沫若论诗则极推屈原。《沫若诗话》所选辑的论屈原之语多达三四十条。郭沫若赞扬屈原是中国历史上"最伟大的革命诗人""最伟大的民族诗人""人民诗人""爱国诗人""卓越的艺术家",屈原的精神"泽被后世",屈原的诗歌创作"完成了诗歌方面的一个伟大的革命"。凡此种种,不一而足,说明郭沫若对屈原的推崇已达到登峰造极的地步。这与鲁迅形成鲜明的对比。屈原是应该肯定的,郭沫若论诗以屈原为宗尚,是可以理解的;而鲁迅的否定和责备,也许正是为其立论服务的。

其四,鲁迅论诗侧重从外部对诗歌创作进行社会学的批评,而郭沫若则更多地注重于诗歌艺术的内部规律性的总结和探求,因而具有较深刻的实际指导意义。由于现实斗争的需要,鲁迅论诗也如其杂文,是感应的神经,是攻守的手足,简便灵活,隐晦曲折,注重社会功用,无心从事系统的论述和研究。郭沫若论诗正好补足了鲁迅诗论的理论缺憾,通过对复杂纷繁的诗歌现象的分析,总结古往今来的诗歌创作经验,找出许多带规律性的东西来。例如诗歌的节奏,郭沫若认为"节奏之于诗是与生俱来的"(《文艺论集·文学的本质》),而诗中的感情总是要通过节奏才能表现出来,因此,他断言:节奏是诗的生命,"没有诗是没有节奏的,没有节奏的便不是诗"(《文艺论集·论节奏》)。这就是规律。他认为"诗应该是纯粹的内在律",就是指诗歌应具备内在的韵律和节奏,要有"情绪的自然消涨"。因此,郭氏论诗特别注重诗歌的形式美、韵律美、节奏的和谐之美，强调加强诗歌的音乐性。我们以为，这正是从内部研究诗歌创作规律的一种努力。它比那种囿于作家作品论的研究，其视野不知要广阔多少！理论的研究，目的在于求取对事物的真理性认识。郭沫若论诗颇有这种求取真理性认识的气魄，诸如他对诗歌之源的探索，对诗歌创作规律的论述，对诗歌发展史的总结，都重在规律性的宏观把握。如《沫若诗话》中关于"中国诗歌发展的规律"一则，颇有逻辑的思辨性。作者在详尽地论述了中国诗歌的发展过程之后，总结性地指出：

> 一部中国文学史，今天可以作正确的评价了。凡是在前认为文学正宗的著作，差不多都是一些死板的东西，而不登大雅之堂的一般俗文学倒反而富有生命。一代的文学正宗差不多都导源于前一代的俗文学，待到俗文学一登了大雅之堂以后，有生命的又逐渐化为死板的东西去了。(《沸羹集·文艺与民主》)

显然，这一规律性的总结是符合中国文学史的客观实际的。通过以上比较，我们认为，《沫若诗话》的论诗境界和理论价值，要比《鲁迅诗话》略高一筹。

第三章
现代诗话发展的新趋势

第一节 诗话向诗学演进

中国诗话，经过宋、元、明、清等各个历史阶段的发展变迁，至现代而出现了一种向诗学演进的新的趋势。这种新的发展趋势，是"西方诗学"东渐的产物。

首先，诗话创作偏重于诗学理论。这里所说的"诗学"，其概念当然有别于作为文艺理论著作统称的西方诗学，而是指研究和阐述诗歌理论的专门著作。如前所述，中国的论诗之著，素有两种基本体制并存：一种本于钟嵘之《诗品》，重在论辞；一种本于欧阳修之《六一诗话》，偏于论事。因而有"宗钟"和"宗欧"两派之分。在中国诗话史上，这两派早已显露合流的端倪，但沿用的名称，"诗话"与"诗论"毕竟还有区别，虽然"诗学"之名早在宋元时代诗坛就已经出现，然而其含义仅仅限于诗法、诗格以及诗经之学，有其名而无其实。至清代，随着诗话创作之盛，诗话的理论化、系统化、专门化的日益增强，诗话创作偏重诗学理论的倾向也愈加明显，而"以资闲谈"的记事随笔体诗话，虽亦不时出现，即使是以记事为主的诗话随笔，也超越了欧阳修设置的"以资闲谈"的藩篱，变成严肃的著作了。诗话之"话"的故事成分逐渐消失，而为系统的专论所取代，并且成为现代诗话的主流。邵祖平的《七绝诗论》与

《七绝诗话》，钱仲联的《梦苕庵诗话》，朱光潜的《诗论》，钱振锽的《谪星说诗》，潘大道的《诗论》，俞陛云的《诗境浅说》，蒋伯潜、蒋祖怡的《论诗》，等等，都显露出偏重于诗学理论的论诗倾向。我们认为，从以诗话为主体的中国古典诗论的发展演变全过程来考察，这是符合中国诗话之体的演进规律的。

其次，以"诗学"命名的论诗专著的大量涌现。五四新文化运动以后，随着西方资产阶级哲学、诗学、社会学、心理学以及其他自然科学理论，特别是马克思主义唯物辩证法和历史唯物论在中国思想界和学术界的广泛传播，人们的思维空间得到了前所未有的拓展，思维方式也出现明显的变化。反映到文艺理论界，人们对于诗歌的研究则更趋于系统化、理论化和专门化。其中一个重要标志就是诗学专著不断出现。如：

《诗歌学 ABC》，胡怀琛著，上海世界书局 1929 年版。

《诗歌原理 ABC》，傅东华著，上海世界书局 1928 年版。

《中国诗学大纲》，江恒源著，上海大东书局 1928 年版。

《中国诗词概论》，刘麟生编述，上海世界书局 1933 年版。

《诗学常识》，徐敬修著，上海大东书局 1925 年版。

《诗学指南》，谢无量著，上海中华书局 1918 年版。

《绝句论》，洪为法著，上海商务印书馆 1934 年版。

《诗学含英》（精校本），刘文蔚著，上海鸿文书局 1940 年版。

《诗底原理》，萩原朔太郎著、孙俍工译，上海中华书局 1933 年版。

《中国诗学通论》，范况著，上海商务印书馆 1933 年版。

《诗学发凡》，刘圣旦著，上海天马书店 1935 年版。

《唐代诗学》，杨启高编著，南京正中书局 1935 年版。

《诗学》，黄节著，北京国立北京大学出版部 1922 年版。

《诗的艺术》，李广田著，上海开明书店 1948 年版。

《诗论》，朱光潜著，重庆国民图书出版社1943年版。

这些诗学专著，继承和发挥了中国历代诗话的论诗成果，以宏观审视的态势，对中国诗歌理论进行了比较全面、系统的研究。其论诗内容，以杨鸿烈《中国诗学大纲》为例，该书凡九章，分为"通论""诗的定义""诗的起源""诗的分类""诗的组合原素""诗的作法""诗的功能""诗的演进"和"结论"。在《通论》一章中，作者对"诗是有原理"和"中国是有诗学原理"的两大问题进行比较系统的历史回顾。指出：

中国有不有诗学原理？我敢说中国千多年前就有诗学原理，不过成系统有价值的非常之少，只有一些很零碎散漫可供我们做诗学原理研究的材料；在欧洲就不是这样的情形了，那所谓的"诗学原理"有的很早，并且很多。从亚里斯多德起不断的直到现在，都是作者如林。(《中国诗学大纲·通论》)

这种认识是正确的。它说明现代诗论家的头脑是很清醒的，论诗的审视角度开始由传统的线性思维变为多维方式，因而对于中国诗学原理的阐发，颇多精当而独到的见解。如胡怀琛先生在《诗歌学ABC》这部杰作中，详尽地论述了诗歌产生的原因，有七点：(1)为男女爱情的媒介物；(2)为悲伤时发抒郁结之用或快乐时助兴之用；(3)为战争时鼓动尚武精神之用；(4)为工作时唱来安慰自己或同伴；(5)祀神时唱来媚神；(6)将语言编为整齐有韵的诗歌或使得便于记诵；(7)将语言编为巧妙的诗歌式以游戏。我们认为，这些论述虽然过于琐屑，未能切中要害、抓住本质之点，然而却具有集大成性，又自成一家之言，能给人以启迪。特别是该书第三编所论中国诗歌实质上的变化，能从民族关系、哲学关系、政治关系等方面进行多角度、多因素、多层次的探讨，观点新颖，论述精当。他认为中国诗因政治关系而发生的变化，突出表现为三个方面：一是"治世的歌颂",二是"乱世的呼吁",三是"外族压迫下的呻吟"。这三种诗歌情态,归纳得恰到好处,很有创见性。从整体来看,这些诗学专著之注重于诗学理论的阐述,且具有理论的系统性和创造性,正是对中国历代诗话论诗传统的一种异乎寻常的拓展。

现代著名诗论家、美学家朱光潜先生说:"诗学的任务就在替关于诗的事实寻出理由。"(《诗论·抗战版序》)这里所说的"事实",就是指复杂纷繁的诗歌现象;所谓"理由",就是通过对众彩纷呈的诗歌现象的分析综合而探寻出诗歌创作的内在规律性。朱氏把"寻出"诗歌的规律作为诗学的任务,是颇有见地的。在这个序言中,他指出:

> 诗学在中国不甚发达的原因大概不外两种。一般诗人与读诗人常存一种偏见,以为诗的精微奥妙可意会而不可言传,如经科学分析,则如七宝楼台,拆碎不成片段。其次,中国人的心理偏向重综合而不喜分析,长于直觉而短于逻辑的思考。

朱光潜的这种分析,本于瑞士心理学家荣格的"民族心理积淀"学说。他认为中华民族长期积淀起来的文化心理结构,形成了"重综合而不喜分析""长于直觉而短于逻辑思辨"的传统,以致对诗歌的精微奥妙产生了一种"只可意会而不可言传"的偏见。这种现象,用荣格的理论来解释,叫作"集体无意识"。中国当代美学家李泽厚,则吸收其思想精华,淘汰其神秘特质,建立了马克思主义的"历史积淀"学说。按照这一崭新的理论,朱光潜先生所分析的诗学在中国不甚发达的主要原因,我们认为,就在于民族文化心理结构上的"历史积淀"。这种"历史积淀",是中国传统文化的产物,既不全是好的,也不全是坏的,打上的是民族文化的烙印。诗学的被忽略,当然是一种不幸。我们应该把民族文化大厦的大门敞开,吸收一些别的民族文化窗户中吹来的新鲜空气,像鲁迅那样搞点"拿来主义",

洋为中用,以发展中华民族的新文化,繁荣具有中国特色的东方诗话学。然而倘若因为"诗学"盛于西方,而使中国独特的诗歌理论批评样式的诗话之体,强行屈就于西方"诗学"的模式,那也无异于"邯郸学步",一样可笑!

其实,在世界文化的历史长廊中,各民族的文化由于受民族性、地域性和时代性的制约,各有所长,也各有所短。因此,建立在各民族不同的文化心理结构之上的文学理论,都是根据各自不同的文学发展实际而总结出来的,都有各具特色的理论体系。诗歌理论也是如此。倘若用西方的诗学来驳难中国诗歌理论批评的专著形式——诗话,那就不是一个学者应有的态度。当然,中国传统的诗歌批评也确实有自己的缺点和弱点。这一点我们在导论中早已说过,不用讳言。现在的问题是如何扬长避短,如何取西方诗学之长补中国诗话之短,如何在发扬审美经验的直觉性和系统性的基础之上,又辅之以理论思维的严密性和开拓性,使之达到感性和理性的完美统一。一句话,中国诗话注重于微观的审视,而不太重视宏观的研究。加强宏观研究,看来是中国诗话今后的主攻方向。

鉴于这种认识,我们所说的诗话向诗学演进,是指现代诗话表现出一种注重诗学理论的倾向,也就是向具有中国特色的现代诗学演进,而不是强求于中国诗话向西方诗学演进。事实上,中国现代诗话所表现出的理论的系统性和思维的严密性,已经开始自立于世界各国的诗歌艺术之林,闪烁着的独特的理论光彩,完全不用在西方诗学面前自惭形秽。这方面的成果,朱光潜的《诗论》、钱锺书的《谈艺录》、梁宗岱的《诗与真》(一、二集)、邵祖平的《七绝诗论》与《七绝诗话》、艾青的《诗论》、任钧的《新诗话》以及二十世纪八十年代初邵燕祥的《人间要好诗》、荒芜的《纸壁斋说诗》(生活·读书·新知三联书店《今诗话丛书》)等,都是成功的标志。

特别是朱光潜的《诗论》(今有生活·读书·新知三联书店

1984年版），充分体现了中国传统诗话向现代诗学演进的光辉的轨迹，是中国现代诗话中的杰作之一。全书共分十三章，从诗的起源，诗的声韵、节奏到诗的意境，对中国诗歌的发展演变规律做了科学的分析和深刻的论述，并大胆地用西方诗论来解释中国古典诗歌，又用中国诗论去印证西方著名诗论，内容丰富，论述精当，富有创造性。有许多论点，发前人之所未发。例如，关于诗的起源问题，他坚定地否定了前人所公认的从历史和考古学探源的说法，认为"历史和考古学的证据不尽可凭"，指出："诗的起源实在不是一个历史的问题，而是一个心理学的问题。"他对诗歌的起源做出心理学的解释，认为诗歌是"表现"情感与"再现"印象的产物，实在是别开生面，令人耳目一新。朱光潜自己在《后记》中得意地说："在我过去的写作中，自认为用功较多，比较有点独到见解的，还是这本《诗论》。我在这里试图用西方诗论来解释中国古典诗歌，用中国诗论来印证西方诗论；对中国诗的音律、为什么后来走上律诗的道路，也作了探索分析。"本人认为，像朱氏《诗论》这类系统而深刻的诗论专著，在现代中国并不多见。它所体现出的中国学者在诗学研究中取得的丰硕的理论之果，已经足以使我们感到无比的光彩和自豪！

第二节　诗话与美学结合

"美"，这是多么迷人、多么令人憧憬的字眼啊！我们的祖先对于"美"的追求，由来已久。然而，作为研究"美"的一门学科，"美学"在古老的中国却很陌生。直到现代的中国，才慢慢揭开了中国古典美学那神秘的面纱。

五四运动前后，蔡元培提出了"以美育代宗教"的口号，鲁迅发表了具有深刻美学价值的诗论《摩罗诗力说》，这才为中国古典美学走向现代拉开了序幕。到二十世纪二三十年代，西方美学专著大量翻译传入中国，受其影响，中国学者才开始自觉地运用美学原理来研究以诗歌为主体的中国文学。

这是开拓进取的时代。在西方美学潮流的冲击之中，中国学者把论诗的笔端伸进了美学的领域。研究中国诗歌美学的著述，如雨后春笋一般不断涌现，中国出现了一股美学研究之热。

宗白华，1897年生于江苏常熟，青年时代留学德国柏林大学学习美学和历史哲学，回国后从事康德哲学和西方美学的教学。他是我国现代较早从事美学研究的学者。在诗歌美学研究方面，早在二十世纪二十年代他就发表了《新诗略谈》和《中国诗画中所表现的空间意识》等论文。他认为"诗"就是"用一种美的文字……音律的绘画的文字……表写人底情绪中的意境"。就是说，诗歌应具有两大内容，即"形"与"质"。所谓"形"就是富于音乐美和形象美的文字；所谓"质"，就是所表写的人的思想情感中的意境。他明确地指出诗歌的"音乐的作用"和"绘画的作用"，要求以此来构成诗的"空间时间中极复杂繁富的'美'"，主张新诗的创造，应该"用自然的形式，自然的音节，表写天真的诗意和天真的诗境"。这是很有创见的诗歌美学理论。后来，闻一多也在《诗的格律》一文中做了更加系统而详明的论述，提出了诗歌的"三美"之说。这"三美"就是"音乐的美""绘画的美"和"建筑的美"，要求新诗的音节、词藻、节的匀称和句的均齐，都合乎美的规律。

二十世纪三十年代从事诗歌美学研究而又卓有成效的有朱自清、梁宗岱、艾青等。朱自清有《诗言志辨》一书，包括《诗言志》《比兴》《诗教》《正变》四章，对中国诗歌美学中的一些重要论题，发表了许多独到的见解。他还在《中国新文学大系·诗集》的"导言"中，全面回顾了"诗界革命"以来诗歌发展的历史进程，肯定五四新文学运动所开拓的白话诗方向，认为其具有划时代的意义，并指出五四以后第一个十年新诗发展中的三个主要流派为"自由诗派""格律诗派"和"象征诗派"。这种论述对我国新诗发展史的研究无疑是有益的。此外,"南国诗人"梁宗岱发表了《诗与真》(含一、二集)一书,包括《保罗梵乐希先生》(Paul Valéry,现通译为保尔·瓦雷里,象征派大师)、《论诗》(给徐志摩的信)、《象征主义》等美学论文。作者说自己在美学上追求的目标就是"诗"与"真",认为"真是诗底唯一深固的始基,诗是真底最高和最终的实现"。他的诗论文采斐然,学识兼备,有一种独特的文体风格。

特别要提及的是现代著名诗人艾青的《诗论》。艾青(1910—1996),原名蒋海澄,浙江金华人。二十世纪三十年代末,他撰写的《诗论》是现代中国颇有影响的诗歌美学专著。它将诗歌的一系列理论问题置于美学的高度进行研究,为现代诗歌理论的发展开辟了新的蹊径。他第一次把"美学"这个新鲜的名词作为专题,写在自己的《诗论》之中,以探索诗歌的美学原理,认为"一首诗的胜利,不仅是它所表现的思想的胜利,同时也是它的美学的胜利",指出"诗的生命在真实性之成了美的凝结,有重量与硬度的体质。无论是梦,是幻想,必须是固体"。艾青的诗论观点新颖,内涵丰富,语言优美,文采飞扬,节奏明快,富有诗的美感,最鲜明地表现了诗话与美学相结合的发展趋势。

现代诗话与美学结合,实在是有其必然性和必要性的。本人认为,这种结合的必然性主要在于三点:其一,中国诗话(含古典诗论)对美的追求和探索性。中国素有文明古国、礼仪之邦之称,有着极为丰富的美学遗产。从孔夫子到王国维,从先秦到近代中国,中国美学源远流长,博大深厚,经过几千年的历史积淀,逐渐形成了具有民族特色的美学传统。为了继承和发扬我们民族的美学思想,中国诗话曾进行过认真的追溯和探索,特别是宋、元、明、清的优秀的诗话之作,都有意无意地将论诗的笔触伸到诗歌美学那块未开垦的处女地中,去寻找诗歌审美本质特征和美的规律,在对诗歌所体现的现实美（包含自然美和社会美）和艺术美的感受、欣赏、评论之中，企图对人们的审美意识，包括美感（审美感受）及与之相关的审美趣味、审美观念、审美理想、审美心理等等，从理论上进行科学的研究概括，使之系统化和理论化。大家知道，传统的诗话鉴于其时代的、思想的、体制的、思维方式的种种局限性，对中国诗歌的规律从美学的高度进行系统的理论概括，是无能为力的。只有到了现代，中国诗话创作与现代美学相结合，才有这种将诗歌理论问题置于美学的高度进行本质性探讨的可能性，才能把我们民族的审美意识的丰富多彩的内容提升到美学理论的高度。二十世纪上半叶所出现的诗话，虽然对于一系列诗歌理论问题的美学研究，还仅仅处于初级阶段，还很不成熟，但已经走出了一条诗话与美学结合的新路，为中国诗歌美学的创立和发展打下了一定基础。因此，前辈学者的拓荒之功是永远不会泯灭的。其二，西方美学的借鉴作用。五四运动以后，西方美学专著被大量翻译成中文，蒋维乔、黄忏华、吕澂等曾编写了介绍西方美学的小册子；被并称为"南宗北邓"的宗白华和邓以蛰，还在大学中文系专门讲授西方美学；特别是朱光潜先生，更系统而通俗地评介了西方现代派的美学思想；张闻天和鲁迅也从事过西方美学的介绍工作，1924年鲁迅翻译的日本文论家厨川白村的《苦闷的象征》一书，在当时的中国产生了巨大的影响。这些介绍西方美学著作，风行一时，增加了中国人对西方近代美学的了解，普及了美学基础知识，对中国美学的发展所起的借鉴作用是不可低估的。可以这样认为，中国现代美学的产生最先所受的影响，几乎全是西方的美学思想，至少西方美学起了催生的作用。从这种意义来看，中国诗话与美学的结合，无疑是西方美学的影响所致。有了这种外来的影响，才有这种结合的可能。其三，马克思主义美学的指导作用。随着西方近代美学的传入，科学的马克思主义美学也以崭新的面目和战斗的姿态，出现在中国学者的面前。从以郭沫若为代表的"创造社"到以鲁迅为旗帜的"左联",先进的知识分子更是不遗余力地介绍和宣传马克思主义的美学,以建立中国无产阶级的文艺。1930年,鲁迅翻译出版了普列汉诺夫的美学著作《艺术论》(即《没有地址的信》),并在序言中深刻地分析了普列汉诺夫的美学思想,称赞"蒲力汗诺夫也给马克思主义艺术理论放下了基础",他的《艺术论》"不愧称为建立马克思主义艺术理论,社会学底美学的古典底文献的了"。此外还有瞿秋白、周扬等,他们的翻译和荐介,都为在现代中国传播马克思主义的美学观点做出了重大的贡献,给中国现代美学的研究开辟了一条与西方美学迥然不同的新途径。这样一来,现代诗话对于诗歌理论的探讨也就有了马克思主义美学的指导,诗话创作才有可能开创新的局面,取得新的成就。面目一新的现代诗话的崛起,正是诗话与美学结合的丰硕之果。朱光潜说:"我现在相信:研究文学、艺术、心理学和哲学的人们如果忽略了美学,那是一个很大的欠缺。"(《文艺心理学·作者自白》)这是很有道理的。在中国诗话史上,诗话与美学结合,必将为中国诗歌理论的研究开拓一个广阔的新天地,使中国诗歌理论升华到更高的艺术境界。尽管现代诗话还仅仅只表现出与美学结合的一种趋势,一种动向,然而,这却是一种无限美好的、充满希望的开端。中国人按照美的规律创立一代新诗,建立具有中国特色的诗话学,已经指日可待了。

第三节　中西诗的比较研究

比较研究是一种开放性的、交叉性的研究方法。中国诗论、诗话、词话、曲话对于作家作品论、源流风格论等的论述,早已运用过这种比较研究的方法。然而,仅仅流于简单的比附,寻求比较对象中的"同中之异"或"异中之同",还只是一种狭隘的纵向探索。而比较文学研究在现代中国的蓬勃兴起,也就使我们祖先的那种比较研究显得黯然失色了。因为现代意义上的比较文学研究,不只是寻求"同中之异"或"异中之同",不只满足于在本民族文学的范围内进行狭隘的纵向探索,而是要立足于一定的国度,通过与其他国家和民族文学的横向比较,从世界文学或世界性区域文学的范围内,去认识自身文学的价值和缺陷,总结出有益于本民族文学繁荣发展的经验教训。因此,简单的比附是无济于事的,应该多角度、多学科地从事文学发展规律的探求。

现代诗话在进行比较文学研究方面,已经迈出了可喜的一步。其中比较优秀的研究成果有两部诗话作品,这就是朱光潜的《诗论》和钱锺书的《谈艺录》。

一 朱光潜与《诗论》

朱光潜(1897—1986),著名文艺理论家、美学家,别名孟实,安徽桐城人。1925年赴英国留学,四年后又去法国留学,先后攻读英国文学、法国文学、心理学、哲学和艺术史。1933年学成回国,先后任教于四川大学、武汉大学、北京大学。主要著作有《文艺心理学》《悲剧心理学》《谈美》《谈文学》《美学批判论文集》《西方美学史》。他的《诗论》,是"自认为用功较多、比较有点独到见解"的一部系统的论诗专著。曾由重庆国民图书出版社初版于1943年,今有生活·读书·新知三联书店1984年重印本,并补入两篇二十世纪三十年代写的论文。

朱光潜的这部诗论,充满着逻辑思辨性和综合比较研究的理论色彩。例如,他在前三章曾从历史学、社会学、民俗学、心理学、文艺学等方面进行多角度、多学科的综合比较,旁征博引,深刻论述了诗的起源、诗的本质特征和诗的价值功能,指出诗歌与音乐、舞蹈同源,并且最初是"一种三位一体的混合艺术",认为诗歌的本质在于抒情,诗歌的境界乃是"情景的契合",是"情趣与意象的融合",是主观与客观的统一。这部杰作试图用西方诗论来解释中国古典诗歌，又用中国诗论来印证西方诗论，中西结合，洋为中用，字里行间，处处洋溢着诗学和美学的思想光辉。

朱光潜认为"中国古诗大半是情趣富于意象"。那么，中西诗歌在情趣上有什么异同呢？三联书店这次重版时补入了作者写于三十年代的一篇论文，题为《中西诗在情趣上的比较》。这是迄今为止对中西诗歌进行比较研究所取得的最优秀的理论成果之一，为我们后学者从事新兴的比较文学研究，提供了一个很好的典型范例。作者把中国诗和西方诗的情趣放在中西文化——包括哲学、宗教、伦理学和文艺学等综合性的广阔的文化背景上加以比较，认为它们在情趣上有许多有趣的异同点。他指出："西方诗和中国诗的情趣都集中于几种普泛的题材，其中最重要者有（一）人伦、（二）自然、（三）宗教和哲学几种。"以人伦而论，西方关于人伦的诗大半以恋爱为中心；而中国诗描写爱情的虽然很多，却未让爱情把其他人伦抹杀，朋友的交情和君臣的恩谊与之占同等位置，甚至抒写友情的诗远远超过描写男女爱情的诗。西方诗人虽亦以交谊而著称于世，但他们诗集中的友朋交谊之作却极少。在情趣的表达方面，朱氏指出："西诗以直率胜，中诗以委婉胜；西诗以深刻胜，中诗以微妙胜；西诗以铺陈胜，中诗以简隽胜。"以自然而论，中西诗人对于自然的爱好一样较晚，中国自然诗发轫于六朝。中国自然诗与西方自然诗相比，一个以委婉、微妙、简隽胜，一个以直率、深刻、铺陈胜。西方诗人爱好的自然是大海、日景、狂风暴雨、峭崖荒谷，而中国诗人喜爱的却是明溪疏柳、月景、微风细雨、潮光山色，以至于西诗偏于阳刚，中诗偏于阴柔，艺术风格迥然有别。以哲学和宗教而论，中国哲学思想平易，宗教情操淡薄；西方诗比中国诗深广，就在于它有较深广的哲学和宗教为之培基。朱光潜的高明之处，在于不仅求其共同点和不同点，而且进一步分析了出现这种差异的原因。他认为恋爱诗在中国诗苑中不如西方发达，主要原因有：

第一，西方社会表面上虽以国家为基础，骨子里却侧重个人主义。爱情在个人生命中最关痛痒，所以尽量发展，以至掩盖其他人与人的关系。说尽一个诗人的恋爱史往往就已说尽他的生命史，在近代尤其如此。中国社会表面上虽以家庭为基础，骨子里却侧重兼善主义。文人往往费大半生的光阴于仕宦羁旅，"老妻寄异县"是常事。他们朝夕所接触的不是妇女而是同僚与文字友。

第二，西方受中世纪骑士风的影响，女子地位较高，教育也比较完善，在学问和情趣上往往可以与男子忻合，在中国得于友朋的乐趣，在西方往往可以得之于妇人女子。中国受儒家的思想影响，女子的地位较低。夫妇恩爱常起于伦理观念，在实际上志同道合的乐趣颇不易得。加以中国社会理想侧重功名事业，"随着四婆裙"在儒家看是一件耻事。

第三，东西恋爱观相差也甚远。西方诗人重视恋爱，有"恋爱最上"的标语。中国人重视婚姻而轻视恋爱，……可以说，西方诗人要在恋爱中实现人生，中国诗人往往只求在恋爱中消遣人生。中国诗人脚踏实地，爱情只是爱情；西方诗人比较能高瞻远瞩，爱情之中都有几分人生哲学和宗教情操。（《诗论·中西诗在情趣上的比较》）

这段精彩的论述，把中西诗在情趣上出现差异的原因，从社会、哲学、伦理、恋爱观等各个不同的视角，分析得淋漓尽致，入木三分。只有对中西广阔的文化背景了如指掌，只有对各民族的文化心理结构洞若观火，具有清代诗论家叶燮所标举的"才、胆、识、力"四个内在基因，才有可能分析得这样鞭辟入里、切中肯綮，才有可能像朱光潜先生一样，表现出如此博大深邃的横向比较和纵向探索相交织的宏观气势。从事比较文学研究的人们，难道不可以从中得到一些有益的启迪吗？

二　钱锺书与《谈艺录》

除朱光潜以外，现代中国就只有钱锺书先生可以称之为比较文学大师了。在诗话创作与诗话研究方面，钱锺书都有独到的成就。

钱锺书（1910—1998），现代著名学者、作家，江苏无锡人。1933年毕业于清华大学外文系，后又留学于英国牛津大学，1937年毕业，获副博士学位，旋去巴黎大学研究法国文学。回国后，先后担任西南联合大学外文系教授、国立师范学院英文系主任、上海暨南大学外语系教授、中央图书馆外文部总编纂等。新中国成立后任清华大学外文系教授、中国科学院研究员、中国社会科学院副院长。他一生从事学术研究，对中国古典文学的造诣精深，又通晓几国语言文学，这为他从事比较文学研究奠定了坚实的基础。其诗话之作《谈艺录》以及《管锥编》《七缀集》等，就是进行比较文学研究的杰出成果。

《谈艺录》是钱锺书的诗话之作，曾由上海开明书店初版于1948年，今有中华书局1984年补订本。这部诗话，是钱氏在抗战最艰苦的岁月于湖南宝庆蓝田（今涟源市蓝田镇）所撰写。作者在卷首小序中诉说创作过程时说："比来湘西穷山中，悄焉寡侣，殊多暇日。兴会之来，辄写数则自遣，不复诠次。昔人论文说诗之作，多冠以斋室之美名，以志撰述之得地。赏奇乐志，两美能并。余身丁劫乱，赋命不辰。国破堪依，家亡靡托。迷方著处，赁屋以居。……因径攘徐祯卿书名，不加标别。非不加也，无可加者。"因为"立锥之地，盖头之茅，皆非吾有"，岂有斋室美名以冠此书哉？"谈艺录"这个普通的书名，正是当年国恤世乱的历史记录，充分体现了作者的故国之思和离乱之苦。所以，钱氏自序指出：《谈艺录》一卷，虽赏析之作，而实忧患之书也。"可见，这部诗话的价值，不仅在于学术性，而且在于时代性。

《谈艺录》论诗，注重中西比较研究，具有博大精深、别树一帜的特点。早在二十世纪四十年代末期，这部巨著问世时，就以其博极群书、学贯中西而使学术界为之震惊和赞叹。三十五年后，钱氏又加以补订，厘为下编，"上下编册之相辅，即早晚心力之相形也"。全书内容极为广博，涉及文艺论、文学史论、作家作品论，以及评各家诗论的、论诗注和补诗注的，包括诗论、诗的鉴赏、修辞、创作论、艺术论和美学等，研几穷理，钩玄抉微，引经据典，触类旁通，集古今之大成，熔中外于一炉，别树一帜，前所无有，堪称中国现代诗话中的佳构奇作，被夏志清誉为"中国诗话的里程碑"。

　　《谈艺录》论诗的最大特色，一是"博"，二是"深"。它突破了各种学术界限，打通了全部文艺领域，把论诗的触角伸到了人文科学乃至自然科学的各个角落，因而能够超越一般性"比较文学"所涉及的表象比较研究的广度和深度，而从表象比较研究进入了深层比较研究的境界，既求其同，又求其异，既论其形似，又论其神似，从更高的层次上去追求比较双方所共有的诗心机制。

　　通观《谈艺录》，读之再三，我们认为钱锺书的比较诗学研究，大凡着眼于以下三点：

　　其一，注重实证性研究。

　　学术研究的目的在于求取对于事物的真理性认识。要达到这一目的，研究者必须要有严谨的治学态度。作为蜚声中外的著名学者，钱锺书发扬了中国学者的务实精神。他不尚空谈，不作高论，脚踏实地，埋头苦干，锲而不舍，一丝不苟，特别耐得住冷清寂寞，勤于对作品做"擘肌分理""取心析骨"的工作。一部《谈艺录》和四册《管锥编》，洋洋百五十万言，最充分地体现了他所具有的极为踏实严谨的作风和扎实牢固的基本功。可以说，钱锺书先生是以务实为本的中国学者的代表和楷模。我们觉得，钱锺书的这种求真务实精神，体现在《谈艺录》中就是论诗注重于实证性，即重在诗事的推本穷源，博稽详考，而不像朱光潜《诗论》那样重在诗歌理论方面的系统的阐发。这里仅以诗话第二四条为例。钟嵘《诗品》本以陶渊明诗为中品，说明钟嵘对陶诗并不重视，后人因此啧有烦言。有笺《诗品》者二人，曾根据宋本《太平御览》卷五八六所云，断言《诗品》中的"陶公本在上品，今居中品，乃经后人窜乱，非古本也"。这一"中"一"上"，一字之差，毫厘千里。钱锺书忠实于历史的真实，从《太平御览》的版本、《诗品》的次第和《诗品》的体例义法等方面，旁征博引，明辨详考，以充分而确凿的证据，说明钟嵘不会把陶渊明诗歌列入"上品"，并且指出"渊明文名，至宋而极"，宋以前，除昭明太子和梁简文帝以外，无人把陶诗视之为"上品"。钱氏批评说："单文孤证，移的就矢，以成记室一家之言，翻征士千古之案"；"不知其人之世，不究其书之全，专恃斠勘异文，安足以论定古人。况并斠勘而未备乎。"（《谈艺录·二四》）后又给予补订，说明"钟记室不赏渊明"，而北宋人引《诗品》，皆谓其置渊明于"中品"，事实上唐人李、杜、韩也"皆不重渊明"。钱氏诗话，凡论一诗一题，引证考索，不厌其烦，不烦其多，虽然近似资料汇编，却次序井然，中心突出，论点鲜明。这种注重实证性的论诗风格与清代乾嘉学派的考据之风还是迥然有别的。乾嘉大师以考据为旨归，为考据而考据；钱锺书论诗注重实证性研究，目的在于全面彻底地弄清研究对象的实际底细，恢复一个具体而实在的客观事物的本来面目，试图从中探索出攻不破、推不倒的艺术规律。他的成果将具有永久性的生命力，不仅为后学者提供了富有较强的科学性的研究资料，而且开创了文艺批评的一种方法。正因为这样，他的《管锥编》问世以后，厦门大学中文系教授郑朝宗先生还特地培养了一批从事《管锥编》研究的研究生，写出了第一部《〈管锥编〉研究论文集》（福建人民出版社 1984 年版）。《谈艺录》补订本出版以后，专门的研究人才也会应运而生。

其二，注重综合性的研究。

综合性的研究，属于宏观研究的范畴。比较而论，这种研究不是我们民族文化的特长。从中国历代诗话来看，一般都采用着眼于渊源关系方面的线性思维的方式，对古代诗歌进行以直感点悟为特征的微观研究。到了现代，由于社会科学各个学科的成长与发展，各学科之间的交叉和综合发展的趋势不断加剧，以至诗歌研究的天地日趋广阔，诗话创作所涉及的领域也在不断地扩展。不仅它过去所联系到的历史学、哲学、政治学、社会学、思想史学、字源学、语义学、古典美学等更为密切了，而且连心理学、宗教学、民俗学、思维科学、文化史学等，也在新的时代环境中与诗话发生了纵横交错的联系。这就要求诗话创作必须放在更为广阔的文化背景上，对诗歌现象进行综合性的研究。钱锺书的《谈艺录》，就是进行综合性研究的丰硕成果之一。

本人认为，钱锺书《谈艺录》中的综合性研究具有两大显著特点：一是采用例概形式，即于大量的举例中来概括综合；二是注意于梳理类同命题之间的内部联系，研究某一文艺现象和文学观念的演变踪迹。

在《谈艺录》这部诗话中，钱氏特别注重于诗例的钩稽排比，荟萃古今，从大量的例证中进行简洁的综合归纳。他也比较注重考据，而这种考据之超越了乾嘉朴学大师的水平，主要在于他能站在新的时代高度上，提出一系列前人所未曾触及甚至不可能想到的问题。一部《谈艺录》，点到的古今中外的诗人、学者，其总数在千人左右，或褒或贬，或扬或抑，都以详尽地占有其诗歌材料和严肃认真的考释为客观的基准，从不简单轻率地下结论。这里仅以钱氏论"竟陵诗派"为例。历来竟陵与公安，共事争锋，而竟陵多为人訾议。钱锺书认为"后世论竟陵诗,多耳食而逞臆说,更不足凭"①。他比较说:"以作诗论,竟陵不如公安;公安取法乎中,尚得其下,竟陵取法乎上,并下不得,失之毫厘,而谬以千里。然以说诗论,则钟谭识趣幽微,非若中郎之叫嚣浅卤。盖钟谭于诗,乃所谓有志未遂,并非望道未见,故未可一概抹杀言之。"②钱先生这种评价,已经够全面公允了。然而,他并不满足于此,在补订本中,他对此论经过三次补订,以大量的事实为依据,进一步肯定竟陵诗派的地位。他指出:"后世论明诗,每以公安、竟陵与前后七子为鼎立骖靳;余浏览明清之交诗家,则竟陵派与七子体两大争雄,公安无足比数。"③为了显示其"真理感",钱先生信手拈出明清之交二十余诗家的谈艺之语,钩稽排比,荟萃了全部论竟陵派的诗说,来寻求真理性认识。有了这种事实和理论做坚实基础,他才指名批评陈散原、章太炎、胡步曾、沈子培等人说:"诸先生或能诗或不能诗,要未了然于诗史之源流正变,遂作海行言语。如搔隔靴之痒,非奏中肯之刀。有清一代,鄙弃晚明诗文;顺康以后,于启祯家数无复见知闻知者,宜诸先生之钦其宝莫名其器也。"④这样的结论,其所以有说服力,就在于它充分地摆事实讲道理,在于它富有"真理感"。作者在补订本的"引言"中说:"自维少日轻心,浅尝易足,臆见矜高;即亿而偶中,终言之成理而未澈,持之有故而未周,词气通倪,亦非小眚。"基于这种自责之心,钱锺书对原编再三补订,严肃而坦率地检讨了自己在原编中的某些疏漏失误,如评黄公度诗,自称"词气率略,鄙意未申"⑤;评李雁湖《半山诗注》,则自咎其议论"有

---

① 钱锺书:《谈艺录》,中华书局,1984,第424页。
② 钱锺书:《谈艺录》,中华书局,1984,第102页。
③ 钱锺书:《谈艺录》,中华书局,1984,第418页。
④ 钱锺书:《谈艺录》,中华书局,1984,第422页。
⑤ 钱锺书:《谈艺录》,中华书局,1984,第347页。

笼统鹘突之病"①；而评赏蒋心余《咏烛花》诗一联，则自贬"余少见多怪耳"②等等，说明作者对艺术真理的追求，是何等地不遗余力！

此外，钱锺书的《谈艺录》还摆脱了先前文艺批评中多做社会学批评的陋习，比较注重于文艺发展内部规律的研究。为此，他特别注意对类同的诗歌命题之间的理论联系的梳理，注意对某一诗学观念的演变踪迹的研究。例如严羽论诗主妙悟，王渔洋论诗主神韵，古今亦多有非议，钱氏在《谈艺录》原编中就首持异议，并且认真地梳理了"妙悟"与"神韵"二说之间的理论联系，指出这两种诗学观念的历史演变的共同踪迹。钱氏说：

> 沧浪别开生面，如骊珠之先探，等犀角之独觉，在学诗时工夫之外，另拈出成诗后之境界，妙悟而外，尚有神韵。不仅以学诗之事，比诸学禅之事，并以诗成有神，言尽而味无穷之妙，比于禅理之超绝语言文字。

钱氏指出，诗是"艺之取资于文字"，而文字有声，诗得之于文字就变成为调为律，要涉理路，要落言诠。所谓"神韵"，还要有"弦外之遗音"和"言表之余味"，只有在诗歌的形象格调中含有言外之音，才能构成神韵。诗有形象藻采，有情有意，再加上言外之音又跟妙悟紧密配合，才符合诗歌创作的要求和规律性。钱锺书对于"妙悟"与"神韵"二说的阐述，是符合诗歌艺术的审美趣味和审美规律的。郭绍虞先生在《沧浪诗话校释》一书中曾多次称引，赞扬钱锺书"此说最为圆通，与一般空言妙悟或怕言妙悟者不同"。更难能可贵的，钱锺书不仅指出了沧浪的独到之处，而且指出了沧浪禅悟之说产生的时代风尚。在《谈艺录》中，他详尽地列举了"宋人多好比学诗于学禅"的大批诗例，指出："比诗于禅，乃宋人常

---

① 钱锺书：《谈艺录》，中华书局，1984，第389页。
② 钱锺书：《谈艺录》，中华书局，1984，第469页。

谈。"① 在《七缀集》中他更精辟地论述了传统与时风对诗歌创作和诗歌理论的影响。他指出:"一个艺术家总在某些社会条件下创作,也总在某种文艺风气里创作。"又说:"风气是创作里的潜势力,是作品的背景。"一个传统破坏了,新风气又成为新传统;传统和时风总是制约着艺术家的创作实践的。因此,"批评家对旧传统或风气不很认识,就可能'说外行话',曲解附会"(《中国诗与中国画》)。钱锺书的这种概括性总结,确实是合乎规律性的,它已经为中国文学和文学理论发展的全部历史所证明。

其三,注重比较性研究。

《谈艺录》对于诗歌的比较性研究,采用的方法有两种:一种是中国传统诗论、诗话所采用的比较,即作家之间、流派之间和时代之间的点悟、比附式的比较。一种是在较广阔的文化背景上所进行的中西方诗歌及其诗学之间的比较。这种比较,是钱锺书无与伦比的专长,也是其《谈艺录》最突出的艺术成就之一。我们认为,比较研究方法在此书中的运用,有一个基本倾向,就是它始终立足于本国,把中国古代诗歌及其理论作为基本的比较,引进西方的东西是为了更明确地说明和认识中国古代文化的某些实际问题和理论问题,而不是搞"移中就西"或"以洋解古"的所谓"共相研究"。根据"洋为中用"的原则,钱锺书从研究中国古典诗歌的立足点出发,看到一个新颖的比喻、一种巧妙的手法、一点未经别人论及的文学思想,他立刻从外国文学作品里拈来与此相关联的比喻、手法或思想,加以比较和印证,以寻求中西文学中所共同的诗心、文心。《谈艺录》特别是其补订中无数用以作比的例证,正是作者数十年探讨力索而藏之腹笥的艺术珍宝。例如钱氏在论及李长吉诗《高轩过》时说:

---

① 钱锺书:《谈艺录》,中华书局,1984,第258页。

长吉《高轩过》篇有"笔补造化天无功"一语,此不特长吉精神心眼之所在,而于道术之大原、艺事之极本,亦一言道著矣。夫天理流行,天工造化,无所谓道术学艺也。学与术者,人事之法天,人定之胜天,人心之通天者也。《书·皋陶谟》曰:"天工,人其代之。"《法言·问道》篇曰:"或问雕刻众形,非天欤。曰:以其不雕刻也。"百凡道艺之发生,皆天与人之凑合耳(Homo additus naturae)。顾天一而已,纯乎自然,艺由人为,乃生分别。

接着,钱氏联想到西方文学史上的造艺"两大宗":一则"师法造化,以模写自然为主"。这是自然主义派。此说创于柏拉图,发扬于亚理士多德,重申于西塞罗(Cicero),而大行于十六、十七、十八世纪。二则"主润饰自然,功夺造化"。这是唯美主义派。此说萌芽于克利索斯当(Dio Chrysostom),申明于普罗提诺(Plotinus)。在中国,前者韩昌黎《赠东野》诗"文字觑天巧"一语可以括之。因为此派"以为造化虽备众美,而不能全善全美,作者必加一番简择取舍之工",这就是"觑巧"之意。后者李长吉"笔补造化天无功"一句可以提要钩玄,因为此派论者"不特以为艺术中造境之美,非天然境界所及;至谓自然界无现成之美,祇有资料,经艺术驱遣陶熔,方得佳观"。这就是"天无功"而有待于"补"之意。为此,钱氏得出这样的结论:

> 窃以为二说若反而实相成,貌异而心则同。……盖艺之至者,从心所欲,而不逾矩:师天写实,而犁然有当于心;师心造境,而秩然勿倍于理。莎士比亚尝曰:"人艺足补天工,然而人艺即天工也"(This is an art / Which does mend nature, change it rather, but / That art itself is Nature)。见 *The Winter's Tale*, IV, iv Polixenes 语。圆通妙彻,圣哉言乎。

钱锺书从李贺的一句诗，经过中西比较，触类旁通，而总结出一条中西沟通的艺术创作原理，这确实是比较文学研究应该追求的境界。这样的比较研究，在《谈艺录》中比比皆是，不胜枚举。事实充分地说明，钱锺书的比较文学研究已经达到了一个很高的水平。它的真正价值就在于能从具体的语言、意境和艺术手法的比较，飞跃到中西方的艺术创造精神和创造原则的对比的高度，从而为探求世界文学共同的艺术原理开拓出了一条崭新的途径。

　　诗话是钱锺书的学术起点，除《谈艺录》之外，其学术巨著《管锥编》亦采用诗话之类随笔体式。可以预言，钱锺书《谈艺录》以及《管锥编》《七缀集》，将以其独特的风格和卓越的成就，为世界比较文学领域里"中国学派"的崛起奠定坚实的基础。

卷八 诗话之整理研究

第一章
诗话整理与研究之历史

经过对中国历代诗话的一番粗略的巡礼之后,我们认为,诗话既然是中国古代诗歌评论的一种专著形式,卷帙又如此繁富,那么,对诗话进行认真的整理与研究,乃是一项极有意义、极有价值的工作。这既有助于我们对中国古代文学理论特别是诗歌理论批评的优秀遗产进行发掘和继承,为繁荣我国社会主义文艺创作和文艺批评服务,又可以通过对诗话这种独特的诗歌评论样式的整理与研究,提高中华民族的民族自尊心和自信力,加强日益兴盛的比较文学研究,为建设一支马克思主义的文艺批评的宏大队伍、建立具有中国特色的东方诗话学而贡献力量。

第一节　宋元人的开拓之功

纵观中国诗话发展史,我们认为,中国诗话的整理与研究,肇于宋而盛于清。

早在宋代,欧阳修首创诗话,为论诗谈艺开一方便法门。所以,宋人既喜作诗话,又比较注重于诗话之作的汇纂整理。整理,就是研究。当时,诗话的整理研究尚处于草创阶段,限于经验不足和水平不高,宋人只侧重于诗话的裒集汇辑。这些汇集成编的诗话,大凡分为四种类型:

一 纪事体诗话总汇

初期诗话,大多体制松散,菁芜杂陈,许多论诗之语又往往散见于宋人笔记或其他诗文集中,翻检不便。为检索之便,去芜存菁,宋人便着手于诗话的整理,分类选录,汇编成集。如无名氏之《唐宋分门名贤诗话》、阮阅《诗话总龟》等。这类诗话总汇的编辑,特点是以事为纲,按内容分门别类。其中,佚名《唐宋分门名贤诗话》,久佚,韩人赵钟业教授于书肆购得一明版残本,凡二十卷,是中国第一部诗话类编。其次才是北宋阮阅汇编而成的《诗话总龟》。阮阅(生卒年不详),原名美成,字闳休,号散翁,又号松菊道人,北宋舒城(今属安徽)人,元丰间进士,知巢县,宣和中又知郴州,建炎元年(1127)以中奉大夫知袁州。阮氏工绝句,有"阮绝句"之誉,晚年居宜春。他广收古今诗话和笔记小说,于宣和五年(1123)汇编而成《诗话总龟》,原名曰《诗总》。初为十卷,至绍兴三十一年(1161)经人增补而为前后二集,各五十卷,刊于闽中,易名为《诗话总龟》,又有《百家诗话总龟》之称。今之流传本又经明宗室月窗道人改编,前集四十八卷,后集五十卷。现有商务印书馆影印本行世,编入《四部丛刊》,流传甚广。此书重在诗坛掌故和诗人轶事的收集摘录,对北宋诗歌本事尤述甚详,材料丰富,所引著作多已失传,零章断简或片言只语,全赖之以仅存,具有一定的史料价值。

二 论事与论辞交叉型诗话总集

继《诗话总龟》之后,又有南宋胡仔《苕溪渔隐丛话》、何汶《竹庄诗话》、蔡正孙《诗林广记》等大型诗话总集出现。这类诗话总集的编辑特点,是以人为纲,以时为序,内容以评论和纪事相交叉。

胡仔(生卒年不详),字元任,南宋徽州绩溪人。以荫授迪功郎,两浙转运司,官至奉议郎,知常州晋陵县,后卜居江苏吴兴,以渔隐垂钓自适,号"苕溪渔隐"。所编诗话总集《苕溪渔隐丛话》,

分前后两集，凡一百卷，其中前集六十卷，成书于宋高宗绍兴十八年（1148），后集四十卷，成稿于宋孝宗乾道三年（1167）。前后相距达二十年之久，可见此书的编辑整理，耗费了胡仔的大量精力。胡仔自称此编为继阮阅《诗话总龟》而作，故所收元祐以来诸公诗话，凡胡氏已录者，皆不复收录。其中既采前人之论，又录时人之说，间述编者己见。编排分类异于阮书，而以人物为纲，以年代为序，便于考见古今诗话之异同。《四库全书总目》论及二书之优劣得失时说：

> 二书相辅而行，北宋以前之诗话大抵略备矣。然阮书多录杂事，颇近小说；此则论文考义者居多，去取较为谨严。阮书分类编辑，多立门目；此则惟以作者时代为先后，能成家者列其名，琐闻轶句，则或附录之，或类聚之，体例亦较为明晰。阮书惟采摭旧文，无所考正；此则多附辨证之语，尤足以资参订，故阮书不甚见重于世，而此书则诸家援据，多所取资焉。

这一比较，切中肯綮。据此，今人郭绍虞先生认为："阮阅《诗总》，则闲谈之资料也；胡仔《渔隐丛语》，则成为学术研究之资料矣。"（《宋诗话考》下卷）同具资料性，但价值不同：一则可资闲谈，一则可助学术研究。一劣一优，对比鲜明。可见胡氏《渔隐丛话》的编辑刊行，标志着南宋人在诗话的整理与研究方面已经在北宋人的基础上迈出了新的一步。如果说阮书仅有编排之劳，那么，胡书则具有撰著之功了。

与《苕溪渔隐丛话》风格、体例大同小异的诗话总集，还有南宋何汶所撰《竹庄诗话》。全书二十四卷，以人物编排，先列古今诗评，后录其诗。其中卷一为总论；卷二至卷十分别选录两汉至宋代的诗歌四百余首；卷十一至卷二十为杂论，按题材与风格相类汇编；卷二十一、二十二是分类诗选；最后二卷为警句摘录。此书将有关诗话列在相关的时代、作者和诗歌之前,供读者相互参照,既有利于理解原诗,又可考究品评者之得失,具有重要的史料价值。

南宋蔡正孙编有《诗林广记》,凡二集二十卷,收录六十名诗人诗作,止于北宋,编排以人为纲,先列其诗,后以年代为序分列古今诗评,与《竹庄诗话》略异。

三 辑录体诗话汇编

在中国诗话史上,辑录体诗话汇编的出现,是诗话创作趋向于系统化、专门化的一个重要的标志。

中国较早的辑录体诗话汇编,当数南宋任舟编辑的《古今类总诗话》。可惜这部书早已失传,编者里贯亦无以考据,仅以此书自署,可知任舟曾官左宣教郎。书中有南宋绍兴丙寅年(1146)所作之序。方回《桐江集》卷七有《古今类总诗话考》。由此可知此书凡五十卷,"其第一卷曰诗体,二曰诗论,三曰诗评,至四卷诗仙以下,多不涉出处"(郭绍虞《宋诗话考》下卷),其内容、体例、得失已大抵可知。这部诗话汇编从总体而论,兼采阮、胡二家之长,而开《诗人玉屑》之先声。

这类诗话汇编的代表作,应推南宋魏庆之编撰的《诗人玉屑》。魏氏字醇甫,号菊庄,南宋建安(今属福建)人,其所编《诗人玉屑》(又名《玉屑诗话》[①])二十一卷(也有二十卷本),辑录两宋诗话论诗的短札谈片,以资料丰富、理论色彩突出而见称于世,是宋人诗话的集成性选编,体现了宋人整理与研究诗话的最高水平和巨大成就。《苕溪渔隐丛话》多编录北宋诸家诗话,而此书则着重于编录南宋诗话,二书互相参照,可见宋人诗话的全貌。其中最富有特色的是前十一卷中的"诗辨""诗法""诗评""诗体""句法""警句""口诀""初学蹊径""命意""造语""下字""用事""押韵""属对""锻炼""沿

---

① 《玉屑诗话》二十卷,黄淑旸序。六册。藏湖南省武冈县图书馆。

袭""夺胎换骨""点化""托物""讽兴""含蓄""诗趣""诗思""风调"等门目，分论诗体、诗艺、诗格、诗法和学诗宗旨等各类诗学原理，体例虽略同于《诗话总龟》，但更为严整，不落小说家的窠臼；而第十二卷以下品评历代诗人诗作，以人为纲，以时为序，体例又近似《苕溪渔隐丛话》，却又更趋严密精巧，其不涉考证，不及琐事，去芜存菁，亦高出《丛话》一筹。全书虽有重复支蔓之病，但排比大致有序，又能兼取阮、胡二书之长，而无二书之弊。魏氏承严羽《沧浪诗话》论诗之风，偏重于诗学理论特别是诗歌写作技巧的整理与研究，许多经验可资借鉴，颇具学术研究价值。

四 专家体诗话评论专辑

随着诗话创作的理论化、系统化和专门化，宋人诗话总集中出现了一种专论某一家或几家诗歌的评论专辑。如方深道的《集诸家老杜诗评》、蔡梦弼的《草堂诗话》等，这是以人分类的专家体诗话专辑。还有以时代分门的，如南宋初计有功的《唐诗纪事》、旧题尤袤辑的《全唐诗话》之类，专辑论某一朝代诗人诗作之诗话，亦别具一格。这类诗话总集的产生，不仅反映出宋人对诗话进行整理和研究的微观性加强了，而且说明宋人诗话已臻于专门化，标志着诗话之体已经成熟。

方深道，福建莆田人，宣和六年（1124）进士，官奉议郎，知泉州晋江县。其所辑《集诸家老杜诗评》五卷，续一卷为其弟方醇道所辑。此书《四库全书存目》作《老杜诗评》，而无"集诸家"三字，称其"汇辑诸家评论杜诗之语，别无新义"。其实，从诗话之整理与研究的历史角度来看，作为宋人诗话总集中专就一家之诗而汇辑诸家诗评的最早的一部专辑，《老杜诗评》首创专家诗话之体，对此后诗话创作的专门化，其开创之功和深远影响是不可忽视的。但也由于它仅作纂辑，毫无辨正，卷帙又繁，注无新义，因此为后人弃，不获流传。

比之方深道的粗制滥造之集，蔡梦弼《草堂诗话》则面目一新。蔡氏字傅卿，南宋建安人，所撰《草堂诗话》二卷，专辑宋人诗话、语录、文集、笔记之中有关论杜诗之语，凡二百余条，继《苕溪渔隐丛话》之编排体例，汇辑而为专家诗话之体。此书博采诸家之说，间附辩证之语，与唯事采撷的诗话之作大相径庭。故《四库全书总目》称其"详赡，胜于方深道《续集诸家老杜诗评》"。丁福保《历代诗话续编》收录此书，改题为《杜工部草堂诗话》，亦称之"颇足以资参考，远在方醇道《老杜诗评》之上"。这正说明专家体诗话已臻于成熟和完善。

元人之于诗话的研究，主要在于考证方面，较有成就者是方回。他是第一位对宋代诗话予以认真考辨的学者，撰有《诗话总龟考》《渔隐丛话考》《诗人玉屑考》《竹庄备全诗话考》《古今类总诗话考》《瑶池集考》《可言集考》等一系列重要论文，分别对宋代各家诗话之卷数、作者、内容、版本与文字传播中的正误等，进行较详的考察，具有较高的学术价值。可以说，方回是中国诗话史上具有现代意义的诗话研究的真正开创者。

综上所述，我们似乎可以得出这样三点结论：第一，宋元人对于诗话的搜集、整理和编纂，虽为草创，然而实在是一件极有价值的学术研究工作。它使众多残缺散佚的宋人诗话之作和一鳞半爪似的论诗之见得以保存流传，启发后学，为后人的称引、编纂和研究提供了许多方便。如罗根泽曾撮录《苕溪渔隐丛话》《诗话总龟》《诗人玉屑》《诗林广记》《草堂诗话》等书所胪举，"益以笔记野史所援引，参伍校核，删汰复重，辑出已佚诗话二十一种"（《两宋诗话辑校叙录》），如《蔡宽夫诗话》《西清诗话》《陈辅之诗话》《洪驹父诗话》《潘子真诗话》《李希声诗话》《汉皋诗话》《桐江诗话》《休斋诗话》等，而零珪断璧，不成卷帙者，更是数不胜数。

第二，宋元人对诗话的整理与研究，其思维空间和思维方式很明显地受到所处时代的诗话创作之风气的限制。北宋时代，诗话创作沿着欧阳修开辟的"以资闲谈"的路线发展，以致北宋人所编辑的诗话总集倾向于述事，显得芜杂零乱，缺乏学术性。如阮阅《诗话总龟》，于采集诗话而外，又益以小说、笔记之作，思维空间狭窄，思维方式简单，把许多仅有少量诗条的历史、地理、小说、随笔、考证方面的著作，也视为诗话而编入集中，影响了诗话总集的质量。诗话发展到南宋，理论化、系统化和专门化的论诗倾向日趋明显，特别是《岁寒堂诗话》《白石道人诗说》《沧浪诗话》等的问世，开拓了诗话家和研究者的思维空间，使南宋尤其是南宋末期的诗话整理和研究也随之偏重于理论化、系统化和专门化。如胡仔的《苕溪渔隐丛话》和魏庆之的《诗人玉屑》等，已经剔除了阮阅《诗话总龟》之类的疏驳之弊，几于以诗学为主了。这种倾向性，反映出诗话之体发展的必然趋势，带有一定的规律性。

第三，宋元人对于诗话的整理与研究具有开拓性的意义。这是首先应该给予肯定的。而宋人多偏重于裒辑整理诗话，缺乏比较系统的研究，也不能不说是一个缺陷。假如我们因此而否定宋人的开拓之功，那就不是唯物主义者应有的态度了。因为诗话之体虽系随笔性质，与一般著述不同，而一旦成书，就不能不加以校勘、整理，否则，鲁鱼亥豕，将误人不浅。且宋人诗话，即便是流传者亦多佚文，搜辑之难有如大海捞针。有时翻遍群书，依然无获，又或引者误记，得而复弃。其搜辑之勤、之细、之艰，实有甚于诗话创作。宋人能够如此勤苦奋发地裒集、整理、刊订诗话，并汇编成集，虽粗陋一些，也不能求全责备。我们认为，从宏观与微观两个方面来对历代诗话进行全面整理和系统研究，自然有待于后人的努力！

第二节　清人的集大成之功

在中国诗话史上，清代，是诗话创作繁荣发展的黄金时代，同时在诗话的整理与研究方面也取得了超乎前人的巨大成就。

一　诗话丛书的编纂

中国诗话，篇幅短小，流传不广，且多有散佚。清乾隆年间，何文焕（字也夫，嘉善人）鉴于"前贤小品，每易散遗"之虑，将其中较有新意、可资考鉴的诗话之作汇为一编，以"诗话丛书"形式刊行于世，名曰《历代诗话》，凡五十七卷，附考索一卷，辑录宋、元、明历代诗话之著二十七种。这类丛书与宋人诗话汇编、总集大不相同，它只汇刻诗话原作，不做分类摘录。事属创造，但这种创造并非始于何氏。早在明代就有扬州知府杨成玉编辑的《诗话》，凡十卷，收录欧阳修、司马光、刘攽等宋人诗话十种，明弘治三年马忠刻本，今存七卷。这是中国最早的诗话丛书。此后，清人续有编纂，如顾龙振《诗学指南》八卷，辑唐、宋、元人诗评、诗格、诗式、诗法之作凡四十一种；朱琰《诗触》五卷，收录钟嵘《诗品》、严羽《沧浪诗话》、徐祯卿《谈艺录》等十六种；王启原《谈艺珠丛》，收历代诗话、诗品、诗式凡二十七种；等等。这些诗话丛书，编选大多不全不精，价值不高，流行不广，影响不大。而何氏《历代诗话》，按比较统一的标准、经过较为严格的取舍汇编成册，以崭新的态势立于诗话之林，给研究者们提供了许多方便。据何氏《历代诗话凡例》及其中诗话之作，本人以为何文焕汇编此丛书的取舍标准是：

（1）前贤诗话，议论精确、文笔有致者取。

（2）诗话贵发新义，倡独创，若多列前人旧说，陈陈相因者，殊无足取。

（3）卷帙既富，可自专行的诗话总集，则无烦赘入。

（4）最为舛讹，无从稽考，大半属于赝本者，以及一二种不尽如人意的元人诗话，皆不取之。

（5）率多讹字，真伪参半者，如杨慎、谢榛诗话，非为善本，亦不录取。

这五条标准，虽非其全部，然而也可见何文焕的编辑旨意及其诗学观点和审美趣味。尽管如此，何氏精选失当之处，亦不乏其例，特别是不录王若虚《滹南诗话》、杨慎《升庵诗话》、谢榛《四溟诗话》，毕竟是件憾事。

继何文焕之后，对诗话丛书的编辑和出版做出巨大贡献的，当数晚清的出版家丁福保（1874—1952）。丁氏字仲祜，江苏无锡人，肄业于南菁书院，曾任京师大学堂及译学馆教习，后创办上海医学书局，从事编撰出版工作。丁福保对于诗话的整理的主要贡献，是汇编而成三种诗话丛书：一是翻印何文焕汇编的《历代诗话》，二是自编《历代诗话续编》，三是编辑出版《清诗话》。这三部规模较大的诗话丛书，在学术界产生过较大的影响。

《历代诗话续编》七十六卷，刊行于民国五年（1916），上海医学书局版，二十四册。这是丁福保继何氏《历代诗话》而编辑的一部大型诗话丛书。全书收录历代诗话二十九种，上起唐人孟棨《本事诗》，下迄明人陆时雍《诗镜总论》，所录偏重于诗学理论和诗艺、诗法方面的诗话之作。这部诗话丛书的价值，在于搜辑了几种世已罕见的诗话之作，如天一阁珍藏的《观林诗话》、明手抄本《艇斋诗话》、明《永乐大典》本《藏海诗话》、手抄本《逸老堂诗话》等，使这些罕见的诗话乃至孤本得以传世。同时，丁氏又对《升庵诗话》加以合理改编，使《函海》本《升庵诗话》和《杨慎诗话补遗》更为完善。从这部诗话丛书的纂辑之中，我们可见丁福保与何文焕对诗话的舍取标准是有所不同的，如王世贞《艺苑卮言》，何文焕斥之为"多列前人旧说，殊无足取"，而丁福保则不以为然，认为"虽云少作，实仿仲伟，自钱、朱两选，奉为识志，何氏乃云'罗列前人,殊无足取',此特其识有所未至"(李详《历代诗话续编·序》)。可见丁氏亦有自己的诗学见解和审美情趣,趋响正大,不随流俗苟为异同,治学态度还是严肃认真的。

《清诗话》五十一卷,民国十六年(1927)上海医学书局刊印,十册。丁福保编辑的这部诗话丛书,收录清人诗话四十三种,汇辑了王夫之《姜斋诗话》、王士禛《渔洋诗话》、叶燮《原诗》、沈德潜《说诗晬语》等许多重要的诗话代表作,基本能反映出清代的学术风气和各家流派的论诗主张,在学术界产生了一定影响。但也有重大疏漏,连《随园诗话》《瓯北诗话》《石洲诗话》《北江诗话》《养一斋诗话》和《筱园诗话》等诗话名作,都未被收录进去。

二　纪事体诗话的系列化

纪事体诗话集,多以人为纲,将其生平行实、名篇丽句、各家评述等资料汇编成集。它采撷菁英,汰除芜杂,别裁真伪,博参广考,以其丰富的资料性,有裨于人物志、文学史和文学批评史的研究。在清代浓厚的学术研究之风中,从事诗话的整理与研究的人们,网罗散佚,勤奋搜集,苦心汇编,终于继宋人计有功《唐诗纪事》之后,出现了大批纪事体诗话集。清诗浙派领袖厉鹗撰《宋诗纪事》一百卷,收罗抄撮宋代诗人三千八百一十二家之多。之后,陆心源又撰《宋诗纪事补遗》一百卷和《宋诗纪事小传补正》四卷,罗以智亦有《宋诗纪事补遗》之手稿本,不分卷,惜其未能完稿。"同光体"诗话家陈衍辑编有《元诗纪事》四十五卷《辽诗纪事》十二卷、《金诗纪事》十六卷,搜罗散见于诗话、史传、小说、笔记中的元、辽、金三代诗人诗歌及其诗本事、诗评论等,是研究辽、金、元三代诗歌及其发展史的重要资料。此外,清人张景筠与钱大昕二人合辑有《元诗纪事》,但未见其传本。陈田撰有《明诗纪事》一百八十七卷,以天干数分为十签,实际只刊行了八签,而壬、癸二签尚未见刊行于世。此书虽名为《纪事》,而无事可记者亦广为甄录,卷帙之富,材料之繁,实为空前。其中辛签中辑录前明遗民诗,可补朱彝尊《明诗综》之缺漏。后人邓之诚又撰《清诗纪事》八卷。此外,吴景旭的《历代诗话》八十卷,体例如陈田《明诗纪事》,按天干数分为十集,评述从《楚辞》到元、明历代诗,每条各立标题,先引旧说,后杂采诸书以资考证,间发己见,颇有参考价值。这些诗事之著与旧题尤袤《全唐诗话》之类相辅相成,使历代纪事体诗话形成一个完整的系列。

三　诗话的注释、评论与研究

如果说前人偏重于对诗话的编纂整理的话,那么,随着清代学术研究之风的大盛,清人初步加强了对诗话的注释、评论和研究工作。

首先,清人加强了单篇诗话的研究。宋人诗话以严羽《沧浪诗话》最负盛名,清人为之注释者有二家:胡鉴有《沧浪诗话注》,王玮庆有《沧浪诗话补注》。注释详尽,有益于《沧浪诗话》的研究,实属创举。而对《沧浪诗话》的评论,清人大致可分三派:誉之者如王士禛、潘德舆等,承宋范晞文《对床夜语》和明胡应麟《诗薮》之说,把严羽"比之达摩西来,独辟禅宗";攻之者如冯班,其《钝吟杂录》专有《严氏纠谬》一卷,专门批驳《沧浪诗话》,承钱谦益之论,将严羽"禅悟"说诋为"热病"和"呓语",认为严羽根本不该"以禅喻诗",表现出批判者的愚妄。除一褒一贬者外,还有《四库全书》派,持论较为全面公允。这部巨著的提要对《沧浪诗话》发表了权威性的评论,认为严羽能"成一家之言,救一时之弊",在理论上独树一帜,其历史地位是明显的,誉之"太过"或毁之"太过",都是不对的。

其次,清人注重对于诗话之体的研究。其中较为系统、具有拓荒意义的专论,当推清代史学家章学诚的《文史通义·诗话》。章学诚(1738—1801),字实斋,会稽(今浙江绍兴)人,官国子监典籍,主讲于定州定武、保定莲池、归德文正等大书院。所著《文史通义》八卷，卷四中的《诗话》篇，是我国古代第一篇专论诗话之体的论文，对于诗话的源流、性质、特征、类别、演变过程及其文学地位等，都进行了有益的探讨，颇多精到之见。例如：关于诗话的性质，章氏认为诗话是"说部之末流"，既"通于史部之传记"，又"通于经部之小学"，还"通于子部之杂家"，兼采众家之长；关于诗话之源，他认为诗话"本于钟嵘《诗品》"；关于诗话的类别，章学诚依内容分为"论诗及事"与"论诗及辞"两大类，说诗话虽然"书旨不一其端，而大略不出论辞论事"。从章氏对于诗话的评论中，我们可以看到他对诗话是存有偏见的。他说："论文考艺，渊源流别不易知也；好名之习，作诗话以党同伐异，则尽人可能也。以不能名家之学，入趋风好名之习，挟人尽可能之笔，著惟意所欲之言，可忧也，可危也。"他的这段论述虽然是针对当时诗坛上那种党同伐异的门户之风而发的，然而批评得也实在过于严厉尖刻，咄咄逼人，以致缺乏辩证性，受到今人郭绍虞先生的非议。

再次，清人注重于诗话著作提要式的评述。清人对历代诗话的评论，多为著作提要式的。而集其大成者乃是纪昀主编的《四库全书总目》中的"诗文评类"。这部鸿篇巨制在"诗文评类"之中对四十九部历代诗话（含总集和别集）和七十三部诗话存目给予简明扼要的评介，最富有权威性。每部著作，先列书目、卷数、作者，再简述其论诗主旨、内容提要、评论得失，介绍版本，考证校勘，颇多精当之论。如关于《六一诗话》《石林诗话》《岁寒堂诗话》《沧浪诗话》等以及存目中对《谈龙录》《归田诗话》《诗薮》《围炉诗话》等的评论，皆自成一家之言，于当时与后世产生过巨大而深远的影响。为方便读者，又编有《四库简明目录》，诗话之评介更为简明精练。如《六一诗话》条云：

诗话莫盛于宋，其传于世者，以修此编为最古。其书以论文为主，而兼记本事。诸家诗话之体例，亦创于是编。

(《四库全书简明目录》)

又安磐《颐山诗话》条云:

其论诗以严羽为宗,持论往往中理,虽载及俳谐,未免涉于小说,然不害其宏旨也。(《四库全书简明目录》)

如此提要,一编一议,虽缺乏系统,亦未尽情发挥,然而概述清楚,简单扼要,提纲挈领,许多评述切中肯綮,较全面地指出该书的高下得失,便于读者阅读,又具有广泛性,体现集体的智慧,能给人以启迪。

那么,清人在整理与研究诗话方面能出现这种前所未有的集大成的宏观气势,其原因何在?本人以为,这种气势所以出现,原因有四:一是丰富多彩的诗话创作至清代而出现繁荣鼎盛的新局面。不仅为诗话的整理与研究打下了坚实的基础,而且这种日新月异的创作情势也使诗话的整理与研究者产生了一种"咄咄逼人"的紧迫感。二是宋代以来,前人在整理与研究诗话方面的艰苦实践,其间成功与失败、经验与教训可资清代学者们借鉴,因而能在更高的角度上表现出一种高屋建瓴的审视态势。三是清代盛极一时的学术研究之风,特别是考据、训诂、词章之学的发展,为诗话的整理与研究提供了一个良好的学术环境。四是清代从事诗话的整理与研究工作的人大多数是学者型的。他们的"才、胆、识、力"和实事求是、锲而不舍的治学精神,对诗话的整理与研究所产生的影响,实在是不可低估。尽管由于时代或思维的某种局限,清人在整理和研究诗话之中尚不可避免地出现某些失误,但是在继承前人的研究成果之基础上,他们已有新的突破、新的开拓,成绩斐然,硕果累累。这是应该加以肯定的。

第二章
诗话整理与研究之现状

在中国诗话史上,诗话的整理与研究由来已久,几乎与诗话的创作是同步发展的。然而从上一章可知,前人多局限于搜辑整理,根本谈不上对中国诗话做周密而系统化的研究。即使是对诗话之著的少许评论,也因多属题序跋记之类的散篇零札而被淹没在集部的汪洋大海之中,失去了夺目的光彩,不引人注目。尽管前人在整理与研究诗话方面所从事的工作,是十分有价值、有意义的,但又是十分有限的。只有到了现代,随着中国古代文学理论研究领域的思维空间的不断开拓,研究者们在整理和研究中国古代文论史、文学批评史和美学史的过程中,由于对中国诗话有了新的认识,特别是新中国成立以后,学术界普遍地学习并接受了马克思主义的基本原理、观点和方法论,使学术研究从方向到方法都发生了根本性的变化,而有志于中国古典诗学、文学理论批评和古典美学研究的专家学者,以崭新的姿态从事诗话的整理和研究,于是诗话的整理和研究才有了新的起色,才开创了新的局面,取得了超乎前人的可喜的成绩。所以,诗话整理与研究的现状,可以用一句话来概括,叫作"继往开来"。

第一节 诗话整理与出版概况

在诗话的整理和出版方面做出较大贡献的出版社,主要有三家,即中华书局、人民文学出版社和上海古籍出版社。

中华书局和上海古籍出版社一般从事诗话丛书和诗话总集的整理出版。二十世纪八十年代初，中华书局先后整理出版了何文焕的《历代诗话》和丁福保的《历代诗话续编》，此后还出版了何汶的《竹庄诗话》、郭绍虞《宋诗话辑佚》《宋诗话考》等。中华书局对于诗话的整理与出版，最大的长处是注重学术性，既基本保留诗话丛书的原貌，又根据历代诗话的其他版本，对丛书所录诗话进行必要的考证、补遗和校勘，改正其衍脱舛讹，使之更加完善。与此同时，中华书局文学编辑室的同志还编有《历代诗话人名索引》和《历代诗话续编人名索引》，分别附于这两部丛书之后，给读者以检索之便，很有参考价值。上海古籍出版社后来再版了丁福保汇辑的《清诗话》。这部诗话丛书采用了中华书局上海编辑所1963年的版本，这次再版的最大功绩是请郭绍虞先生对原版的《前言》做了较大的修订补充，具有很高的学术价值。但未注明"丁福保辑"字样，而改为"王夫之等撰"，毕竟是件憾事。该社1983年又出版了郭绍虞编选、富寿荪校点的又一部诗话丛书《清诗话续编》，选辑了三十四种清人诗话，足资研究者参考。以上四部较大的诗话丛书的整理出版，是中国诗话史上一件意义匪浅的大好事。它不仅为诗话研究提供了较为丰富的原材料，给广大读者提供了精神食粮，而且以其精当严实的选编和广征群书的校勘，为后人从事中国历代诗话的整理和研究、继承前辈的未竟之业，提供了一部优秀的范本，树立了一个光辉的榜样。此中，编纂者之劳与出版者之功，同样是不可磨灭的。

人民文学出版社一向重视中国诗话之著的整理和出版。早在六十年代，它曾以《中国古典文学理论批评专著选辑》的形式，整理出版了一大批中国诗话专著的校点本、笺释本。这就是：

《诗品注》，钟嵘著，陈延杰注。

《诗品集解　续诗品注》，司空图、袁枚著，郭绍虞集解、辑注。

《六一诗话　白石诗说　滹南诗话》，欧阳修、姜夔、王若虚著，郑文、霍松林、胡主佑校点。

《苕溪渔隐丛话》（共二册），胡仔纂集，王利器校点。

《沧浪诗话校释》，严羽著，郭绍虞校释。

《四溟诗话》，谢榛著，张友鸾校点。

《姜斋诗话笺注》，王夫之著，戴鸿森笺注。

《原诗　一瓢诗话　说诗晬语》，叶燮、薛雪、沈德潜著，霍松林、杜维沫校注。

《带经堂诗话》（共二册）王士禛著，张宗楠纂集，戴鸿森校点。

《谈龙录　石洲诗话》，赵执信、翁方纲著，陈迩冬校点。

《随园诗话》（共二册），袁枚著，顾学颉校点。

《瓯北诗话》，赵翼著，霍松林、胡主佑校点。

《昭昧詹言》，方东树著，汪绍楹校点。

《饮冰室诗话》，梁启超著，舒芜校点。

《北江诗话》，洪亮吉著，陈迩冬校点。

这些诗话名作，经过修订、校点而重新刊行于世，开拓了研究者的思维空间，促进了研究者与广大读者的联系，有助于诗话这宗诗学遗产的继承和发扬，有益于诗话知识的普及和提高。特别是刊于其中的校点前记或后记，都极为简洁而精辟地评介了每部诗话的作者、论诗主旨、内容得失、版本及其在诗话史上的价值和地位，提纲挈领，切中肯綮，都是单篇诗话的较优秀的研究论文，为打开诗话的艺术天地提供了一把把精巧玲珑的小钥匙。

这里还要提及的是湖南出版界。湖南出版界在古籍整理出版中，也注重了诗话的整理与出版。其中湖南人民出版社出版了常振国、绛云合编的《历代诗话论作家》（上、下编），岳麓书社出版了中国社会科学院文学研究所王大鹏等选编的《中国历代诗话选》（一、二册）。这两部大作不啻为研究古代作家作品论提供了极为丰富的诗话资料，而且在研究单篇诗话方面迈开了新的一步。

此外，武汉大学出版社还出版了《历代诗话词话选》。这是迄今为止最富有理论特色的诗话、词话选编本。编者从历代诗话与词话中摘选了一千三百余条论诗论词条目，归为"感物志言""兴观群怨""沿革因创""诗品人品""妙悟""神思"等二十四个门类，每一门类之后又附有编者说明，精粹之见，时有显现。这虽然仅仅是一种尝试，但对于诗话之研究十分有益。

与此同时，台湾地区影印出版了《古今诗话丛编》《古今诗话续编》《清诗话访佚初编》三套诗话丛书。

日本于大政八年（1919）整理出版了一套《日本诗话丛书》，韩国也出版了《韩国诗话丛编》和《日本诗话丛编》。如此繁富的大型诗话丛书的整理出版，无疑将有力地推动诗话研究的蓬勃发展。

第二节　诗话研究专论的勃兴

随着诗话丛书、总集、单行本、选集的整理和出版工作的兴盛，一批有分量的诗话研究论文应运而生，给中国诗话的研究带来了一束希望之光。

然而，令人遗憾的是系统而全面的诗话研究专著至今尚未问世。现时的论文论著，多数形式是在中国文学史、文学批评史、美学史、文体史等著作中，或设专门章节、或插入其他章节、或于作家作品论中提及有关诗话之作。如郑振铎《插图本中国文学史》，刘大杰《中国文学发展史》，郭绍虞《中国文学批评史》，王运熙、顾易生《中国文学批评史》，中国社会科学院文学研究所《中国文学史》，罗根泽《中国文学批评史》，朱东润《中国文学批评史大纲》及敏泽《中国文学理论批评史》等，还有郭绍虞主编《中国历代文论选》，北京大学哲学系美学教研室《中国美学史资料选编》等等。此外，散见于诗话丛书、总集、选集和单行本诗话中的题序跋记，以及报刊上的有关诗话名作的研究论文，如陈一冰《诗话研究》（1935）、徐英《诗话学发凡》（1936）、郭绍虞《宋诗话辑佚·序》《清诗话·前言》、钱仲联《漫谈诗话》《宋代诗话鸟瞰》、王达津《论〈沧浪诗话〉》、香港中文大学黄维樑博士《诗话词话中摘句为评的批评手法》等等，亦屡见不鲜。许多论文精到别致，富有新意，但一般而论，多数论文：（1）只注重于名家名作，如严羽《沧浪诗话》、王夫之《姜斋诗话》、叶燮《原诗》等；（2）局限于作家作品论的微观研究，较少对中国诗话做出更高层次上的宏观的审察，因而覆盖面不广，局限性较大。只有将这些论文论著中的有关诗话之论加以综合性考察，我们才能将其中的主要内容梳理出一个较为完整的网络，这就是以下四方面：

第一，关于诗话的称谓、源流、性质、特征及其文学价值与历史地位的研究；

第二，关于诗话论诗的一些基本概念、范畴、术语和学说的研究；

第三，关于诗话总集、别集、丛书、选本和断代诗话的研究；

第四，关于诗话所论及的作家论、作品论、鉴赏论、批评论、诗歌艺术论的研究。

仅从以上这四个方面的研究内容而言，我们看到时至现代，中国诗话的研究已出现了超乎前人的可喜景象。此中，既有前辈学者的辛勤耕耘，也有后起之秀的开拓进取之功。其中成就最为卓著的专家学者，有郭绍虞、罗根泽、徐中玉、钱仲联、周振甫等。

罗根泽（1900—1960），字雨亭，河北深县人。1929年毕业于清华大学研究院国学门及燕京大学国学研究所，后分别在河南大学、天津女子师范学院、河北大学、中国大学、安徽大学、北京师范大学、西南联合大学、中央大学授读。新中国成立后任教于南京大学。他以治诸子之学和中国文学批评史著称于世。所著《中国文学批评史》之第六编"两宋文学批评史"，以大量的篇幅论述了两宋诗话，特别是其中第十一章对诗话的渊源与功能做了比较详尽而富有说服力的阐述,把诗话提到了"重要的文学批评"的显著地位。本人认为,罗根泽在诗话之整理与研究方面的突出贡献,主要表现在两点:一是在关于诗话的起源的论述方面,他提出了"诗话出于本事诗"之说(详见本书卷一中的第二章所论),弥补了何文焕、章学诚二说之不足;二是搜辑整理了宋代诗话。他一生搜罗诗话极为勤勉,诗词中的片言只语,笔记中的零楮碎札,无不认真搜求,辑有《两宋诗话辑校》和《两宋诗话年代存佚残辑表》,表述了近百部宋人诗话之作者、年代、版本、异名及其存佚残辑等情况,一目了然,别具一格。此外,他对《许彦周诗话》《岁寒堂诗话》《沧浪诗话》等所进行的论述阐发,亦颇为中肯,可资考鉴者甚多。

华东师范大学教授徐中玉先生,早年就重视诗话之整理与研究,二十世纪三十年代曾撰有《宋诗话研究》一书,凡三十万字。惜其于"文革"之中被抄走失散。著名的诗话研究论文有《诗话的起源及其发达》(1941)等。其主编的"中国古代文艺理论专题资料丛刊",对历代诗话之诗歌创作论颇多阐发。还有苏州大学钱仲联教授,于诗话之整理与研究不遗余力,著有《梦苕庵诗话》(齐鲁书社1986年版)。此诗话大量评论古代诗家而以清代诗人为主,引诗翔实,不啻是一部清诗评论集。在对清代诗话的全面整理研究方面,大型的《清诗纪事》,采辑清人诗话约五百种,凡诗话中所载清人之诗有事可纪各条,他都择其有价值者辑入,以纪历史事件者为主,旁及诗坛故实,且详尽地辑录人们对各个诗人的评论材料,不少材料,须重加考订者,则用《梦苕庵诗话》之名或按语的形式附于后。全书卷帙浩繁,议论博深,是研究清诗的重要文献。钱氏不仅身体力行,自撰诗话,而且注重诗话的总体研究。他发表于《古代文学理论研究丛刊》第三辑(1984年)上的《宋代诗话鸟瞰》,是从事断代诗话研究的重要论文。其学术价值在于:(1)这篇论文明确提出"诗话,是我国古代文学理论批评的一种专著形式",进一步肯定了诗话在中国文学批评史上的重要地位。（2）这篇佳作从诗话集的编辑形式入手，把中国诗话分为"诗话别集"与"诗话总集"两大类别，自成一家之言，为中国诗话的分类另辟蹊径。另外，中华书局编审周振甫先生早在二十世纪六十年代撰有《诗词例话》，凡七十五则，分为"欣赏与阅读""写作""修辞""风格"与"文艺论"五种类别。全书议论精微，深入浅出，雅俗共赏，是不可多得的诗话与词话的普及读物。

还应特别提及的是张葆全同志撰著的《诗话和词话》，这是研究诗话与词话的最新成果之一。全书共分四章，简练而系统地论述了诗话与词话的艺术特点、渊源流别、发展演变、学术价值和历史地位，观点正确，内容充实，自成体系，叙述简明扼要，语言通俗易懂，雅俗共赏，不愧为诗话与词话研究中的拓荒之作。

第三节　诗话整理研究的旗帜

赵宋以来，学术界的有识之士在诗话的整理与研究方面，已经做了许多有益的工作。他们的拓荒之功和集成之绩，将与日月共存。

如上所述，新中国成立以后，诗话的整理和研究已经呈现出一派崭新的气象。累累硕果出自辛勤的耕耘，浩瀚大海来自涓涓的细流。诗话整理与研究所呈现的这种新气象，正是许多专家学者长期奋斗的结果。在发掘、整理和研究中国诗话这宗优秀的民族文化遗产的园圃里辛勤拓荒、努力耕耘而又获得丰硕之果的园丁，何止万千！然而，本人认为，其中最令人仰慕的旗帜，乃是郭绍虞、徐英和钱锺书三位先生。

郭绍虞（1893—1984），江苏苏州人，我国著名的教育家、古典文学家、语言学家、书法家。1914年在上海尚公小学任教，五四运动以前，曾撰写我国第一部古代体育史专著《中国体育史》，以及《战国策评注》等其他学术专著。五四运动期间，加入"新潮社"，并任《晨报》特约撰稿员，积极从事马克思主义的宣传译注工作，翻译了《劳动问题的起源》和《马克思年表》等。1921年和茅盾、郑振铎、叶圣陶等共同发起成立"文学研究会"，批判旧文化，介绍新思潮，为新文化运动做出了积极的贡献。此后，先后在福州协和大学、开封中州大学、武昌中山大学、北平燕京大学、上海复旦大学等高校中文系任教授兼系主任等职，曾任同济大学文法学院院长和上海进步书局、开明书店编辑，为我国教育、出版事业做出了巨大贡献。1984年6月22日在上海病逝，终年91岁。

郭绍虞先生致力于诗话之整理与研究，始于1927年搜辑撰著《中国文学批评史》之时。半个世纪以来，他以顽强的毅力和严谨的治学态度，锲而不舍，孜孜以求，在整理与研究诗话方面，开拓了新的领域，做出了卓越的贡献。

第一，编纂《宋诗话辑佚》与《宋诗话考》。

由于历史的原因，宋人诗话散佚甚多，真伪难辨。为免于遗珠之憾，郭绍虞先生在从事中国古典文学、中国文学批评史的理论研究之时，又下苦功夫从事宋诗话的辑佚、辨伪和考订。他勤于搜集，善于整理，苦心经营，先后纂辑了《宋诗话辑佚》和《宋诗话考》两部极有学术价值的专著。

《宋诗话辑佚》二卷，分为补辑、全辑二例。补辑者，虽有传本而不全，补而全之；全辑者，则为完全散佚之著，全凭辑佚成书。上卷为补辑，下卷为全辑，加之附辑，全书共纂辑有三十五部宋代诗话。这是一件极为琐碎而又极为艰苦的工作，钩沉集腋，博稽详考，字里行间渗透着纂辑者的滴滴心血。许多诗话既无抄本，又无残本，如《诗史》《洪驹父诗话》《垂虹诗话》《李希声诗话》《休斋诗话》《唐宋诗话》之类诗话，仅见于著录；而《闲居诗话》《三莲诗话》《高斋诗话》《松江诗话》《栗斋诗话》《玉林诗话》等则未见著录，仅见称引。因此，这种搜辑有如大海捞针。然而，经过郭氏的纂辑,诗话的内容竟如此丰富多彩,如《王直方诗话》所辑论诗条目达三百零六条,而《古今诗话》更多达四百四十四条。编辑者的惨淡经营之迹,实在令人惊叹不已!郭先生自题此书云:

> 钩沉集腋到骚坛,比迹《玉函》成鼠肝。
> 若使葑菲堪采撷,可能换骨有灵丹。

(见《宋诗话考》)

这种自谦、自重的学术态度,令人可敬可钦!此书最初发表于《燕京学报》专号,1937年8月由哈佛燕京学社出版,二册;北京中华书局1980年重印,郭氏重写了序言。

《宋诗话考》三卷,据郭绍虞先生夫人张方行女士说:"绍虞生前在北京燕京大学任教时,曾在1939年6月出版过《宋诗话考》,登载在《燕京学报》第二十一期。"郭绍虞于"四害"猖狂横行之时对此稿进行整理,厘为三卷:以现尚流传者为上卷,凡四十二部诗话;其部分流传,或本无其书而由他人纂辑成书者为中卷,凡四十六部诗话;有其名而无其书,或知其书目而佚其文,或有佚文而未及纂辑成书者为下卷,凡五十一部诗话。上下卷均略以时为序,不复分类;中卷则分撰述与纂辑两类,亦仍以时为序。这部大作总计纂辑宋人诗话之著一百三十九部,就现时所能采集到的,都大体已备,具有集宋人诗话之大成的意义。此书从诗话作者、写作年代、诗话版本、论诗主旨、内容及其得失、文学地位与历史影响等,对这一百三十多部宋人诗话进行全面的、综合性的、多角度的考证论述,其考证之精确、评述之中肯,是迄今为止在诗话研究领域中不可多得的学术珍品,堪称郭绍虞先生晚年的金针度人之作。作者自序云:

> 我写此稿,正值"四人帮"猖狂横行之时,自知这种著作不合时宜,本不敢作出版之想。于是整理此稿,也就改用文言体,并亲自缮写,索性弄得古色古香一些,准备

将来把它装帧成册,送给图书馆,作手稿本贮藏而已。(《宋诗话考》序二)

这寥寥数语,已足见郭绍虞先生忠实于学术研究的拳拳之心。

第二,编辑出版《清诗话续编》。

郭绍虞为研究中国古典文学理论,平生搜集清人诗话不遗余力,继丁氏《清诗话》之后,又编辑《清诗话续编》,并由富寿荪校点,分四册于1983年由上海古籍出版社出版。这部诗话丛书,不仅能补丁氏《清诗话》之不足,而且以其鲜明的系统性和专门性等理论特色,使人们看到了清代诗话的学术价值。它共收清人诗话之作凡三十四种,其中如毛先舒《诗辩坻》、贺贻孙《诗筏》、贺裳《载酒园诗话》、吴乔《围炉诗话》、张谦宜《絸斋诗谈》、乔亿《剑溪说诗》、赵翼《瓯北诗话》、翁方纲《石洲诗话》、余成教《石园诗话》、潘德舆《养一斋诗话》、朱庭珍《筱园诗话》等等,都是历代绝少流传的诗话之作,论诗亦颇有真知灼见,具有较高的学术性。郭氏选编的标准之严格、校点之扎实,以及所选诗话本身的学术价值之高,远远超过了何文焕和丁福保所编辑的其他三部诗话丛书的实际水平,代表了诗话丛书编纂的最高学术成就。郭氏又有选辑《清诗话三编》的意愿。诗话发展到清代而登峰造极,数量之多,质量之高,皆为前所未有。因此,选编一、二、三辑,又岂能尽其精粹!我们应该继承郭绍虞大师的未竟之业,着手整理和编辑《全清诗话》,为清代诗话之宏观研究,提供尽可能详尽而完备的资料。

第三,中国诗话研究的重大突破。

整理中国诗话的目的,全在于研究。郭绍虞先生的第三个重大贡献,是他在对中国诗话进行系统的、综合性的研究方面获得了前所未有的理论上的重大突破。本人认为,对中国诗话的系统的综合性的研究,始于清代的章学诚(以《文史通义·诗话》为标志),发扬于郭绍虞。郭绍虞的《沧浪诗话校释》《宋诗话辑佚·序》《诗话丛话》《清诗话·前言》和《浅谈清代诗话的学术性》等，都是中国诗话研究中极为重要的力作。特别是《清诗话·前言》，其理论的系统性、立论的准确性、内容的丰富性和逻辑的严密性，使诗话研究跨进了一个新阶段。如果说诗话的综合性研究，在章学诚的《文史通义》中的《诗话》篇已经露出端倪，那么可以说到郭绍虞先生手里，这种系统的诗话研究则已经初具规模了。综合性地考察郭绍虞以上诗话研究的论著、论文，我们则可看到其初具规模的诗话研究系统，主要包括以下几方面内容：

其一，关于诗话之名。

郭氏指出："诗话之体，顾名思义，应当是一种有关诗的理论的著作。"（《清诗话·前言》）这是第一次对"诗话"这个概念做出现代意义上的解释。这种解释，把诗话提到中国诗歌的理论著作的高度，正反映了人们对中国诗话之体的认识，已经摆脱了旧的传统观念的束缚。

其二，关于诗话之源。

在中国诗话史上，关于诗话之源，历来分歧很大，言人人殊。诸如何文焕之三代说、章学诚之《诗品》说、罗根泽之《本事诗》说等等。郭绍虞先生指出："溯其渊源所自，可以远推到钟嵘的《诗品》，甚至推到《诗三百篇》或孔、孟论诗的片言只语。但是严格地讲，又只能以欧阳修的《六一诗话》为最早的著作。"（《清诗话·前言》）郭氏一反前人那种单一化的线性思维方式，而注意从多层次、多角度的思维空间来探讨中国诗话之源。他的论述，全面中肯，既避免了一元化的论诗倾向和恪守一隅的争论，又将前人之论熔于一炉，符合从多元化探讨诗话之源的艺术辩证法。

其三，关于诗话之性质。

郭绍虞指出："诗话之体原同随笔一样，论事则泛述闻见，论辞则杂举隽语，不过没有说部之荒诞与笔记之冗杂而已。"（《宋诗话辑佚·序》）这就是说，诗话之体的性质，原是关于诗的随笔，不论是"论事"还是"论辞"，都与"说部""笔记"难以犁别。然而，诗话毕竟是诗话，不能等同于随笔。它"述闻见"虽然也"泛"，但不同于"说部之荒诞"；它"举隽语"虽然也"杂"，但不同于"笔记之冗杂"。这种分界是相当细密、精当、富有分寸的。

其四，关于诗话之分类。

诗话的分类，最精辟的见解出于清代章学诚的史学论著《文史通义》之中的《诗话》一篇。郭绍虞先生也欣然赞同把诗话分为"论诗及事"与"论诗及辞"两大类别。但这是一个较为复杂的问题，分类的标准不同、方法有异，其类别也随之而不一。因此，郭氏在《清诗话·前言》中又列出以朝代、人物、地域、性别、事件等几种不同角度的分类，亦可资参考。

其五，关于诗话之流派。

郭绍虞先生把中国诗话分成"宗钟"与"宗欧"两大派别。他在《清诗话·前言》中明确指出："论诗之著不外二种体制，一种本于钟嵘《诗品》，一种本于欧阳修《六一诗话》，即溯其源，也不出此二种。其介于二者之间的，只能说是欧派的支流；至于专论诗格诗例或声调等问题的，又可说是钟派的支流。"考其历史，我们认为这种论述是很正确的。大致"钟派"重在论诗及辞，长于理论性的阐述；而"欧派"则重在论诗及事，善于闲谈式的随笔。清代诗话中的优秀之作，大凡是两派合流的结晶，是"论辞"与"论事"的有机契合。

其六，关于诗话之风格特征。

郭绍虞先生认为，诗话的主要特征，一是闲谈性，二是灵活性。他指出：诗话之体是"在轻松的笔调中间，不妨蕴藏着重要的理论；在严正的批评之下，却多少又带些诙谐的成分"（《宋诗话辑佚·序》）；又说诗话的体制灵活多变，"富于弹性"。这就是说，诗话的个性是漫谈式的，闲谈式的；诗话的风格是轻松的，灵活的。它不同于西方诗学，具有自己所固有的中国文化的民族形式和风格特色，既不是单纯经验性的，也不是纯粹思辨性的；而是感性的直观和理性的思辨、微观的审察和宏观的把握之浑然一体，是中华民族千百年来积聚而又成为群众所喜闻乐见的诗歌评论的专著形式。

其七，关于诗话之演变规律。

郭绍虞先生在《清诗话·前言》中，对诗话之体的演变过程和发展趋势，做了富有规律性的分析。

就其论诗话的演变过程而言，郭绍虞说："我觉得北宋诗话，还可说是'以资闲谈'为主，但至末期，如叶梦得的《石林诗话》已有偏重理论的倾向。到了南宋，这种倾向尤为明显，如张戒的《岁寒堂诗话》，姜夔的《白石道人诗说》和严羽的《沧浪诗话》等，都是论述他个人的诗学见解，以论辞为主而不是以论事为主。从这一方向发展，所以到了明代，如徐祯卿的《谈艺录》、王世贞的《艺苑卮言》、胡应麟的《诗薮》等，就不是'以资闲谈'的小品，而成为论文谈艺的严肃著作了。一到清代，由于受当时学风的影响，遂使清诗话的特点，更重在系统性、专门性和正确性，比以前各时代的诗话，可说是更广更深，而成就也更高。"这段论述，简明扼要，精当地表述了诗话的发展过程和历史演变。

就其论诗话的演变规律来说，郭绍虞在指出论诗之著的两种不同体制以后说："《诗品》偏于理论批评，比较严肃；《六一诗话》偏于论事，不成系统，比较轻松，二者区别，从表面看，只是写作态度的不同而已。严肃的偏于理论，轻松的偏于批评或叙述。偏于理论的必须条理精密，系统分明，故能严肃。偏于批评或叙述的，不妨随所触发，信笔即书，故轻松而易涉于滥。再有，严肃的重在论辞，轻松的则于论辞之外不妨再兼论事。重在论辞的往往偏于论古；论古则已有定评，不易信口雌黄，态度也较严肃。重在论事的往往偏于述今；述今则标准可以降低，不妨泛滥一些。《诗品》代表了前一种，

《六一诗话》代表了后一种,所以在《六一诗话》以后,有偏于严肃的诗学理论的倾向,正是这种诗话体发展的必然趋势;而一般停留于随笔式的'以资闲谈'的著作反成为落后的了。……所以诗话之从论事到论辞,从宗欧到宗钟,从轻松到严肃,是诗话本身发展的主要倾向。"(《清诗话·前言》)古往今来,鄙薄中国诗话的人,往往一叶障目,不见庐山真面目,而被欧阳修《六一诗话》的卷首题词所惑,以为诗话只不过"以资闲谈"而已,并无多大学术价值,而看不清诗话之体本身发展演变的主要倾向。郭绍虞先生这段精彩的分析,鞭辟入里,廓清了迷雾,澄清了一些糊涂观念,探索了诗话的演变规律,为我们从事诗话研究指明了方向。我们认为,郭绍虞先生研究中国诗话所具有的这种宏观气势,是前无古人的!

其八,关于诗话之学术价值与历史地位。

诗话,是中国诗歌理论批评的专著形式,也是中国古代文学批评的一种主要样式。著作如林,汗牛充栋。然而,它的学术价值一直未被人们所理解,它在文学批评史上的历史地位一直很低下。称誉者固然有之,而鄙薄者的非难指责,则更是纷至沓来。毫无疑问,每一种文体并非十全十美,诗话作为一种新兴的论诗之体,有其所长,也有其所短。正如朱光潜先生所说:"诗话大半是偶感随笔,信手拈来,片言中肯,简练亲切,是其所长;但是它的短处在零乱琐碎,不成系统,有时偏重主观,有时过信传统,缺乏科学的精神和方法。"(《诗论·抗战版序》)不管朱氏所论是否确切得当,但总算是一分为二,比那些鄙薄诗话者,则又高出一筹了。

郭绍虞先生平生致力于诗话的整理与研究而不遗余力,因而他最理解诗话之体的价值和地位。他不同于别人的是对诗话不做简单的肯定或否定,而是通过科学的实事求是的分析研究,来肯定诗话的学术价值和历史地位。他在《宋诗话辑佚·序》中指出:"论其材料与作用,却并非仅助茶余酒后之谈资;论其考核有据,阐明作诗之本事，或网罗散佚，吉光片羽，赖以仅存，则有裨于文学史的研究；论其上下古今，衡量名著，摘举胜语，时于其间流露一己之文学见解，则又有裨于文学批评之研究。"即便是弥留之际，郭老还撰写了一篇题为《浅谈清代诗话的学术性》的论文（刊于《文艺理论研究》之创刊号），为确立诗话应有的历史地位而据理力争。他指出：

> 诗话之作至清代而发展到高峰，数量之多，远远超过前代，即质量也比前代为高。章学诚之论诗话，谓"以不能名家之学，入趋风好名之习；挟人尽可能之笔，著唯意所欲之言"，固然批评得相当中肯，但是事物总是在发展的，历史也总是在前进的。所以清人诗话，也不必像章学诚这样说得"可忧""可危"。（《照隅室古典文学论文集》下编）

郭氏之论，是公正而中肯的，是实事求是的。关于诗话的价值和地位，我们在本书总论中已详细论述，可以参证之。

在中国学术史上，有谁这样系统地从理论与实践相结合的高度来研究过中国诗话？没有。相反，1977 年东京八云书店出版了日本东洋大学文学教授船津富彦撰著的《中国诗话研究》。在中国，虽说章学诚的《文史通义》中的《诗话》篇在清代为数不多的诗话研究之作中属于上乘之作，然而，与郭绍虞先生的研究相比则相形见绌了。章氏之论，虽然比较正确地阐明了诗话的性质、源流、类别等重要问题，却低估了诗话的学术价值和历史地位，甚至带有某种狭隘的偏见。郭绍虞能以马克思主义为理论指导，以更为广阔、深邃、辩证的眼光，来观察和分析诗话这一独特的诗歌评论样式，把研究的范围扩展到诗话的各个领域之中，表现出一种在更高理论制高点上的宏观审视姿态，因而能正确地论述中国诗话之发生、发展、演变的全过程及其必然趋势，能较为公正地评价诗话的功过得失和历史地位。这一切，正是郭绍虞先生高于前人之处。

综上所述，我们可以毫不夸张地说，郭绍虞先生是中国诗话之整理与研究的一面旗帜。他的功绩是永远不会磨灭的。

"诗话"之名，始创于北宋时代之欧阳修；"诗话学"之名，始创于民国时代之徐英先生，两者都是诗话研究史上一座巍然屹立的里程碑。

1936年的《安徽大学季刊》第一卷第二期，发表了一篇题为《诗话学发凡》的论文，作者是原中央大学、安徽大学教授徐英。徐文以文言体式纵论中国诗话之源流、派别、体制、演变、流弊等，文末又仿效旧题司空图《二十四诗品》形式，阐述诗话学之内容和学术价值，在于"述原始""述体派""述诗学""述诗品""述本事""述说部""述杂体""述标榜"等八个方面，以此构成诗话学的理论体系。我以为，徐文的最大学术价值在于鲜明地标举"诗话学"，高扬起"诗话学"这一面新的学术旗帜。在中国学术史、文学批评史乃至悠悠文化史上，尚属第一次。与欧阳修首创"诗话"一样，徐英先生对于"诗话学"的首创之功，是永远不会磨灭的。

然而，徐英先生的《诗话学发凡》，还仅仅只是一种"发凡"而已，给人一种言犹未尽之感。也许徐老先生有其撰写《诗话学》之计划，也许已经成书而尚未付梓，我们皆不得而知。但是《诗话学发凡》一文的字里行间，已经传达了一个重要信息，代表了前辈学者对"诗话学"的呼唤。

从"诗话"到"诗话学"，这是历史之必然，是诗话研究趋于系统化、专门化的重要标志。

钱锺书先生之于诗话研究，源于二十世纪四十年代在湖南宝庆蓝田国立师范学院撰著《谈艺录》这部里程碑式的诗话之著，而成于六十年代主持《中国文学史》之"唐宋文学"的编撰。

在卷帙浩繁的《中国文学史》皇皇巨著中，钱锺书是第一个为中国诗话设章立传的著名学者。他在中国社会科学院文学研究所编著的《中国文学史》之"宋代文学"的第十章专设《宋代的诗话》，并亲自撰稿。这是中国文学史研究中的石破天惊之举。其学术意义远远不在于文学史本身，而在于继清代章学诚《文史通义·诗话》之后对宋代诗话进行的系统研究。作为一篇宋代诗话专论，它的学术价值之一，就是为诗话正名。具体而言有以下三点：(1)文学批评常常采取各色各样的形式，并不限于像刘勰《文心雕龙》那样系统周密的专著。钱氏认为，"在各种体裁的文评里，最饶趣味、最有影响的是诗话，是以'轶事类小说'体出现的文评"。并且肯定诗话产生于北宋之后，"渐渐发达成为中国文评传统里的主要形式"。(2)诗话是诗的随笔，风格生动活泼。"它不是严肃正经的崇论闳议，而是随便亲切的漫谈杂话，语气轻松，文笔平易，顺手拈来，信口说去，随意收住，给读者以一种不拘形迹、优游自在的印象。"钱先生认为，宋代诗话往往"写得娓娓动人，读着津津有味，仿佛在读魏晋以来的'轶事类小说'"一样。诗话之体的性质、风格特征、审美价值，几句话就概括得非常恰切。(3)钱氏批评了元初以来非难、贬斥中国诗话的理论偏向，分析了出现这种偏向的原因，说："后人瞧不起宋代的诗歌，因而把宋代的诗话也牵连坐罪。元初就有人慨叹说'诗话盛而诗愈不如古'，明人更常发'唐人不言诗法，诗法多出宋'那一类议论。这种话只能表示那些人对唐人讲诗法的书无所知晓，至少也是视而不见。"字里行间，体现出钱锺书先生对那些贬斥诗话之论的愤慨与鄙视。几乎与此文写作同时，钱氏又在《读〈拉奥孔〉》一文中指出，崇拜名牌的理论著作，"眼里只有长篇大论，瞧不起片言只语"，也是轻视诗话一类随笔的一个原因。他说：

> 一般"名为"文艺评论史也，"实则"是《历代文艺界名人发言纪要》，人物个个有名气，言论常常无实质。倒是诗、词、随笔里，小说、戏曲里，乃至谣谚和训诂

里，往往无意中三言两语，说出了精辟的见解，益人神智；把它们演绎出来，对文艺理论很有贡献。也许有人说，这些鸡零狗碎的东西不成气候，值不得搜采和表彰，充其量是孤立的、自发的偶见，够不上系统的、自觉的理论。不过，正因为零星琐屑的东西易被忽视和遗忘，就愈需要收拾和爱惜；自发的孤单见解是自觉的周密理论的根苗。再说，我们孜孜阅读的诗话、文论之类，未必都说得上有什么理论系统。更不妨回顾一下思想史罢。许多严密周全的思想和哲学系统经不起时间的推排销蚀，在整体上都垮塌了，但是它们的一些个别见解还为后世所采取而未失去时效。……眼里只有长篇大论，瞧不起片言只语，甚至陶醉于数量，重视废话一吨，轻视微言一克，那是浅薄庸俗的看法——假使不是懒惰粗浮的借口。（《七缀集》）

"重视废话一吨，轻视微言一克"，这是对那种只重视名牌理论著作而轻视中国诗话的浅薄庸俗之见的莫大讽刺。五四以降，中国文论界受"欧洲文化中心论"之影响，推崇西方诗学而漠视中国诗话，卷帙浩繁的中国诗话，长期被人们斥之为"鸡零狗碎"而备受冷落。郭绍虞、钱锺书等前辈学者独具慧眼，为诗话正名而据理力争。拂去沉积在中国诗话身上的历史灰尘，使中国诗话这宗巨大的诗歌理论批评和诗歌美学遗产发扬光大，乃是历史赋予我们的光荣使命。

第四节　中国诗话史研究的世界视野

改革开放以来，春风吹拂着神州大地，中国学者走出国门，诗话观念逐渐改变，学术视野更加开阔，研究队伍不断扩大，学术成果日新月异，国际交流日趋活跃，学科建设卓有成就，中国诗话的整理与研究，进入空前未有的黄金时代，具有更为广阔的世界视野。

一　诗话之整理研究与改革开放同步发展

现代中国学者的学术视野逐渐开阔，加深了对历代诗话的文献整理和系统研究，学术性大有加强，研究专著层出不穷，由中国诗话研究转向朝鲜—韩国诗话、日本诗话与越南诗话，转向中西诗学的比较研究，诗话文献整理与系统研究蔚为壮观，成果累累，呈现出史无前例的繁荣发展态势，明确提出创建"东方诗话学"的理论主张，并且付诸学术实践。主要成果有：

《全明诗话》，周维德集校，齐鲁书社2005年校点本，精装六册。这是一套断代诗话丛书，编辑校点明代诗话之独立成书者91种，全系有明一代诗话之善本与孤本，起于瞿佑《归田诗话》而迄于赵士喆《石室谈诗》，可补历代诗话丛书编辑之空缺也。前有蔡镇楚序言与编辑者前言、凡例以及明代诗话内容提要，末有编者后记，附录有编者著作目录。编者周维德，系杭州大学中文系教授，穷毕生精力而成是编。

《民国诗话丛编》，张寅彭主编，上海书店出版社2002年校点本，精装六册。本丛书所收，以说旧体诗者为限。据编者查检，民国初至二十世纪四十年代，此类著作约在百种以上。今仿丁福保《清诗话》之例，辑出较著者及流传较罕见者37种，或记事，或录诗，或评论，不拘一格，都为一集。比较罕见者有《蕉庵诗话》四卷续一卷、《诗话后编》八卷《裛碧斋诗话》一卷《尊瓠室诗话》三卷补一卷《诗史阁诗话》不分卷、《藏斋诗话》二卷、《卧雪诗话》八卷、《诗学》一卷、《柏严感旧诗话》三卷、《蜗牛舍说诗新语》一卷、《谪星说诗》二卷、《名山诗话》六卷、《冷禅室诗话》一卷、《忍古楼诗话》不分卷、《学山诗话》不分卷等。

《古今诗话丛编》，台湾广文书局影印本。中国诗话大型丛书，精装。

《古今诗话续编》，台湾广文书局影印本。中国诗话大型丛书，精装。

《日本诗话丛编》，赵钟业编，首尔太学社1992年影印本，日本诗话大型丛书，十卷，精装十册。

《韩国诗话丛编》，赵钟业编，首尔太学社1996年影印本，修正增补本韩国诗话大型丛书，十七卷，精装十七册。

《中国诗话珍本丛书》，蔡镇楚编，北京图书馆出版社2004年影印本，精装二十二册。

《域外诗话珍本丛书》，蔡镇楚编，北京图书馆出版社2006年影印本，精装二十册。

《朝鲜古典诗话研究》，任范松、金东勋主编，延边大学出版社1995版。是书系国家社科八五规划项目，第一编为高丽时期诗话研究，第二、三、四编分别为李氏朝鲜前期、中期、后期诗话研究，前有绪论，后有《朝鲜历代诗话目录》表格式，是中国第一部研究朝鲜诗话的专门之述。

《韩国诗话研究》，郑判龙主编，延边大学出版社1997年版，一册。收录现代韩国诗话研究论文19篇，后附《韩国历代诗话目录》。

《韩国诗话全编校注》，蔡美花、赵季主编，人民文学出版社2012年排印本，精装十二册。该书以赵钟业影印版《韩国诗话丛编》与蔡镇楚《域外诗话珍本丛书》（北京图书馆出版社2006年影印本）为基础，查阅、分析并研究韩国古文献全集，补充了40余种散佚汉诗话，收录自高丽时期李仁老《破闲集》至现代李家源《玉溜山庄诗话》，共计诗话作品136部，总计近八百万字，是第一部全景式展现韩国诗话全貌的文献资料数据集大成者。

《日本汉诗话集成》，赵季、叶言材、刘畅辑校，中华书局2019年版，精装十二册。

《中国诗话总目要解》，蔡镇楚、张红、谭雯著，天津教育出版社2021年版，精装一册。

二　东方诗话研究进入比较文学与更高层次的比较诗学研究领域，出现一批享誉国际的研究成果

《中韩日诗话比较研究》，赵钟业著，台北学海出版社1984年版，精装一册。

《诗话学》，蔡镇楚著，湖南教育出版社1990年版，精装一册。

《明代诗话考述》，台湾东吴大学博士论文，连文萍撰，1998年，凡五编。第一编为明诗话总论，第二、三、四编分别为现存、后人纂辑、已经散佚三种明诗话之考述，第五编为研究结论。所述明代诗话，共计有318种之富。

《中国古代文学批评方法研究》，张伯伟撰，中华书局2002年版，内外两编，精装一册。是书主要以古代文学批评方法为研究对象，其中涉及诗话论诗评诗之诸多基本方法，如"以意逆志""推源溯流""意象批评"以及"选本""摘句"之类，还专门论及诗格、论诗诗、诗话、评点之学，故著录于此。

《杜甫诗话六种校注》，张忠纲编注，齐鲁书社2002年版，一册。

《韩国诗话中论中国诗资料选粹》，邝健行、陈永明、吴淑钿选编，中华书局2002年版，一册。

《清代诗话知见录》，吴宏一主编，一册，以蔡镇楚、张寅彭、蒋寅的清代诗话文献为本编辑而成。另附中国港台地区，日本、韩国收藏之清诗话版本。台北"中央研究院"中国文哲研究所2002年版。

《中日韩〈诗品〉论文选评》，曹旭选评，上海古籍出版社2003年版，一册。是书收录中日韩三国《诗品》研究论文，分序跋之属、论文之属、评论之属编排，附以简评。不啻是中日韩三国《诗品》研究论文之集大成者。

《新订清人诗学书目》，张寅彭辑著，上海古籍出版社2003年版，一册。

《清诗话考》，蒋寅撰，上下两编，中华书局2005年版，精装一册。此乃清代诗话书目文献之集大成者。上编为"清诗话目录"，汇集见存者与待访者凡1469种之富；下编为"清诗话经眼录"，为之内容提要者凡464种。至此清代诗话书目之收集整理，穷爬梳之力，费搜集之功，可谓史无前例矣。

《比较诗话学》，蔡镇楚、龙宿莽著，北京图书馆出版社2006年版，平装一册。

《珍本明诗话五种》，张健辑校，北京大学出版社2008年版，是书收集明代诗话珍本雷燮《南谷诗话》、季汝虞《古今诗话》、浮白斋主人《浮白斋诗话》、朱奠培《松石轩诗评》以及谢肇淛《小草斋诗话》。

《日本诗话的中国情结》，谭雯撰，中国社会科学出版社2007年版，平装一册。此乃作者根据博士论文修改增补而成，系中国首部关于日本诗话研究的学术专著，具有开创意义和文献价值，前有蒋凡、蔡镇楚序，后附《日本诗话书目提要》。

《明清之际汾湖叶氏文学世家研究》，蔡静平撰，岳麓书社2008年版，平装一册。是书是其博士学位论文，系清诗话大家叶燮家族文化研究的优秀之作。前有蒋凡前言，后附《汾湖叶氏世系简表》和参考文献及《后记》。

《江户时期的日本诗话》，祁晓明著，中国社会科学出版社2009年版，平装一册。此乃作者于日本大阪大学攻读博士学位之学位论文，分为序章、上下两篇，共九章，上篇分论江户时期日本诗话创作背景、发展概况、主要内容、基本特征及其外域影响，下篇着力论述其所表述的诗歌理论，以诗歌本质论、诗韵诗律、创作论、批评论、鉴赏论出之。前有深泽一幸之序，后有作者后记。

《校辑近代诗话九种》，王培军、庄际虹校辑，上海古籍出版社2013年版，平装一册。是书校辑近代中国诗话九种，集有陈诗《江介隽谈录》、姚大荣《惜道味斋说诗》、何震彝《鞮芬室诗话》、易顺鼎《琴志楼摘句诗话》、黄侃《繡秋华室说诗》、陈曾寿《读广雅堂诗随笔》、邵祖平《无尽藏斋诗话》、陈廖士《单云阁诗话》、俞陛云《吟边小识》等，皆系清诗话珍贵版本。

《江户前期理学诗学研究》，张红撰，岳麓书社2019年版，精装一册。系国家社科基金项目"日本杜诗学研究"的阶段性研究成果，系统论述江户前期中国理学诗学在日本大行其道的基本情况与主要特征，是江户前期日本学人接受中国传统文化及其理学诗学的集大成之作，具有颇为深厚的理学诗学研究价值。

三 "国际东方诗话学会"的创建

经过几年的艰苦筹备，以赵钟业、蔡镇楚、李炳汉、任范松等为主要发起人，"国际东方诗话学会"于1996年5月26日在韩国大田市的韩国国立忠南大学校宣告成立，通过了由蔡镇楚、赵钟业、任范松起草的学会章程。邝健行、詹杭伦、刘德重、张寅彭、张伯伟、李岩、汪中、沈秋雄、文幸福、张健、黄坤尧、李炳汉、柳晟俊、金周汉、金善祺、洪瑀钦、李钟振、郑大林、全英兰、李香培、丰富健二等中韩日三国及东南亚地区的学者参与其事，学会总部设在韩国，车柱环、汪中、船津富彦、钱仲联、饶宗颐为顾问，赵钟业为首任会长，金周汉为秘书长，并确定以《诗话学》为会刊，至2018年已经连续举办了11次国际东方诗话学术大会，开创了国际东方诗话研究的一代新风。

四 《东方诗话学》的撰著出版

本人一直从事为诗话立学、为东方诗话立学的学术事业，前有《诗话学》，今有《东方诗话学》。此书经前后十多年之积淀，凡18章，40余万字，由台湾花木兰文化出版社出版。其内容之丰富，东方诗话学的各个领域、现象、范畴、内涵、名著、名家、流派、诗话群、比较诗话学、中日韩诗话历史演变、文化视野与话语体系等，基本涵盖在其中，囊括了自己半个世纪从事中国诗话乃至东方诗话研究的一系列成果。其中许多论题具有开创性。穷一生之学术，亦乃沧海之一粟耳；唯其学海之无涯，而学术生命之有限也。

增订本后记

诗话，乃是中国独具特色的论诗之体，从远古周秦汉时代走来，历经魏晋六朝到隋唐五代，至于北宋大文豪欧阳修时代而勃然崛起，彻底改变了刘勰《文心雕龙》大一统的文学批评格局，使中国文学理论批评走上诗化之路，因有诗话，而又有词话、曲话、文话、赋话、剧话、四六话、小说话，等等，几乎没一种文体没有自己的话。话者何也？故事也，诗话之本义，就是诗歌的故事，而后演变而成诗歌评论鉴赏的样式。

余致力于诗话研究久矣，研究成果亦夥矣，从《中国诗话史》《诗话学》到《比较诗话学》与《东方诗话学》，从个人的诗话考槃到中韩日等各国或地区同人共同努力创立的国际东方诗话学会，诗话研究开创一代国际风气，东方诗话的学术旗帜在中国、在东亚、在东南亚乃至世界迎风飘扬，令人欣喜异常。

我从事诗话研究是在"文化大革命"的逆境中开始的，没有学术殿堂，没有既得的文献资料，没有名师指点迷津，全靠自己收集整理，自己钻研琢磨。并不尽如人意的拙著《中国诗话史》，如同引玉之砖，自1988年问世以来，历时30余载，湖南文艺出版社已经出版印行两次，发行已逾万册之富。时隔20余年，幸蒙广大读者学人不弃与江西教育出版社盛情相约，列入"中国诗歌专题史丛书"，得以再版，于当今之世，实属不易，难亦难矣，幸亦幸矣。

《论语·为政》篇曰:"君子周而不比,小人比而不周。"古往今来,人际交往之中,君子与小人之别就在这里。在诗话研究领域,在国际东方诗话学会的旗帜之下,大致集中了这样一批人才:从事中国古代文学理论批评者,从事文艺学与比较文学研究者,从事东亚语言文学研究者,从事佛教禅宗文化研究者。这是一个相当优秀的学术团体,总部在韩国。少而精的一批国内外同人,或许引发一些争论,但大都能够同心同德,顾全大局,兢兢业业,"周而不比",尊重学术,一改"文人相轻,自古而然"的历史陋习,专业队伍之精干、学风之纯真、会风之端正,令人肃然起敬。

值此国际诗话学会成立 25 年之际,借此《中国诗话史》增订再版机会,我要特别感恩郭绍虞、罗根泽、徐英、台静农、钱锺书、钱仲联、陈贻焮、周振甫、马积高、羊春秋等学术先贤指引,感恩李炳汉、赵钟业、汪中、袁行霈、蒋凡、周维德、邝健行、詹杭伦、吴宏一、李立信、任范松、胡明、莫砺锋、曹旭、詹福瑞、刘德重、张寅彭、赵季、李钟振、船津富彦、丰富健二等国内外诗话研究同人的襄助之功,感恩我的夫人梅子的默默奉献、大哥蔡炳焜在台湾购书之劳与湖南师大同事们的积极支持,感恩人民文学出版社刘文忠、宋红,湖南文艺出版社马小驹,湖南教育出版社邹树德,中华书局俞国林,国家图书馆出版社王冠、张爱芳,天津教育出版社王轶冰,江西教育出版社陈骥、王成龙等编辑,也一并感恩所有关注与关爱中国诗话乃至东方诗话研究的专家与读者们。谢谢,有你们真诚的关爱与支持,中国诗话研究乃至东方诗话研究的明天,将更加多姿多彩,更加灿烂辉煌。

石竹山人蔡镇楚
2021 年 11 月 12 日于岳麓山石竹山房